Hari Kunzru

Götter ohne Menschen

Roman

Aus dem Englischen
von Nicolai von Schweder-Schreiner

liebeskind

Die Arbeit des Übersetzers wurde mit einem Stipendium
des Deutschen Übersetzerfonds gefördert.

Die Originalausgabe erschien 2011 unter dem Titel
»Gods without Men« bei Hamish Hamilton, London.

Umschlagmotiv: Kamil Vojnar / Trevillion Images
Typografie und Satz: Frese Werkstatt, München
Herstellung und Umschlaggestaltung: BuchHaus Robert Gigler, München
Druck und Bindung: Friedrich Pustet, Regensburg

ISBN 978-3-95438-117-3

Für Katie

»Dans le désert, voyez-vous, il y a tout, et il n'y a rien …
c'est Dieu sans les hommes.«

BALZAC, *Une passion dans le désert* (1830)

»De Indio y Negra, nace Lobo, de India y Mestiza,
nace Coyote …«

ANDRÉS DE ISLAS, *Las Castas* (1774)

»My God! It's full of stars!«

ARTHUR C. CLARKE, *2001: A Space Odyssey* (1968)

Als die Tiere Menschen waren

ALS DIE TIERE MENSCHEN WAREN, lebte Coyote an einem bestimmten Ort. »Haikya! Ich bin es so leid, hier zu leben – Aikya. Ich werde in die Wüste gehen und kochen.« Und so nahm Coyote ein Wohnmobil und fuhr in die Wüste, um sich ein Labor einzurichten. Er nahm zehn Pakete Toastbrot mit und fünfzig Päckchen Instantnudeln. Er nahm Whiskey mit und genug Gras, um in Schwung zu bleiben. Nachdem er lange gesucht hatte, fand er einen geeigneten Platz. »Hier lasse ich mich nieder – Aikya! Hier ist so viel Platz! Niemand wird mich stören!«

Coyote machte sich an die Arbeit. »Ach«, sagte er, »Haikya! Ich habe so viele Pseudoephedrin-Tabletten! Und es hat so lange gedauert, sie zu bekommen! Von einer Apotheke zur anderen bin ich gefahren.« Er zerdrückte das Zeug, bis es ein feines Pulver war. Er füllte einen Messbecher mit Methanol und rührte das Pulver hinein. Um den Füllstoff loszuwerden, goss er die Mischung durch Filterpapier. Dann stellte er sie auf die Heizplatte, damit sie verdunstete. Aber Coyote vergaß, aufs Thermometer zu sehen, sodass die Temperatur immer weiter stieg. »Haikya!«, sagte er. »Ich habe so hart gearbeitet, jetzt brauche ich eine Zigarette – Aikya!«

Er zündete sich eine Zigarette an. Es gab eine Explosion. Er starb.

Cottontail Rabbit kam vorbei und klopfte ihm mit seinem Stock auf den Kopf. Coyote kam hoch und rieb sich die Augen. »Verehrter Coyote!«, sagte Cottontail Rabbit. »Geh zum Rauchen nach draußen und mach die Tür von deinem Wohnmobil zu.«

Coyote fing an zu jaulen. »Autsch – Aikya! Wo sind meine Hände – Aikya? Die Explosion hat sie mir weggerissen.« Er jaulte und legte sich hin und war lange Zeit traurig. Dann stand er auf und machte sich neue Hände aus einem Cholla-Kaktus.

Er fing wieder von vorn an.

Er zerhackte das Pseudoephedrin. Er vermischte es mit dem Lösungsmittel. Er filterte und erhitzte und filterte und erhitzte es, bis er sicher sein konnte, dass kein Füllstoff mehr übrig war. Dann nahm er ein paar Streichholzschachteln und schabte den roten Phosphor ab. Er vermischte das Pseudoephedrin mit dem Phosphor und danach mit Jod und Wasser. Plötzlich fing die Mischung im Kolben an zu kochen. Gas strömte aus. Coyote bekam es in die Augen und ins Fell. Er heulte und kratzte sich im Gesicht.

Er erstickte an dem Giftgas und starb.

Gila Monster kam vorbei und bespritzte ihn mit Wasser. Coyote kam hoch und rieb sich die Augen. »Verehrter Coyote!«, sagte Gila Monster. »Nimm einen Schlauch. Füll einen Eimer mit Katzenstreu und steck den Schlauch hinein. So fängst du das Gas auf. Dann kannst du zusehen, wie es im Kolben blubbert und kocht. Und wenn du kannst, am besten nicht atmen.«

Coyote fing an zu jaulen. »Autsch – Aikya! Wo ist mein Gesicht – Aikya? Ich hab mir das Gesicht weggekratzt.« Er lief zum Fluss, machte sich ein Gesicht aus Schlamm und klebte es sich vorne an den Kopf. Dann fing er wieder von Neuem an. Er zerdrückte das Pseudoephedrin und erhitzte es. Er schabte die Streichholzschachteln ab und steckte den Schlauch vom Kolben in den Eimer mit der Katzenstreu. Er vermischte die Chemikalien, kochte sie auf, filterte sie und gab ein wenig Red Devil Rohrreiniger dazu. Er sah aufs Thermometer und versuchte, nicht zu atmen. Er ließ die Mischung abkühlen, gab etwas Benzin dazu, schüttelte das Ganze und sprang dann vor Freude in die Luft, als er die Kristallkruste auf der Flüssigkeit schwimmen sah. Er ließ das Lösungsmittel verdunsten, war aber so aufgeregt, dass er nicht aufpasste und sein Schwanz Feuer fing. Und so tanzte er durch sein Labor und steckte mit seinem Schwanz alles in Brand.

Das Labor brannte ab. Er starb.

Southern Fox kam vorbei und tippte ihm mit der Spitze seines Bogens auf die Brust. »Verehrter Coyote!«, sagte er. »Du darfst deinen Schwanz nicht ins Feuer halten! Darauf musst du achten, wenn du kochst.«

»Autsch – Aikya!«, jaulte Coyote. »Meine Augen, wo sind mei-

ne Augen – Aikya?« Coyote machte sich Augen aus zwei Silberdollars und begann von vorn. Er zerkleinerte das Pseudoephedrin.
Er filterte und erhitzte es, mischte es und ließ es blubbern. Er
filterte und erhitzte es noch weiter und sprang dann in die Luft.
»Ach, bin ich klug – Aikya!«, sagte Coyote. »Ich bin klüger als sie
alle – Aikya!« In den Händen hielt er hundert Gramm reines
Crystal.

Dann ging Coyote fort.

Das ist alles, so endet die Geschichte.

1947

ALS SCHMIDT DIE SPITZEN der Pinnacles sah, wusste er gleich, dass es der richtige Ort war. Drei Felssäulen ragten empor wie die Tentakel eines Urtiers, verwitterte Fühler, die sich in den Himmel bohrten. Er führte ein paar Tests durch, samt Wünschelrute und Bodenmessgerät. Die Nadel schoss direkt nach oben. Keine Frage, hier verlief ein Kraftfeld, entlang der Bruchlinie und hoch durch die Felsen: eine natürliche Antenne. Der Deal war schnell gemacht. Achthundert Dollar an die alte Dame, der das Grundstück gehörte, ein paar Papiere in einer Kanzlei in Victorville unterschreiben, und das Land war seins. Pachtvertrag über zwanzig Jahre, kinderleicht. Er konnte sein Glück kaum fassen.

In Barstow kaufte er sich einen gebrauchten Airstream-Trailer, schleppte ihn auf sein neues Grundstück und saß den ganzen Nachmittag im Gartenstuhl mit Blick auf das funkelnde Aluminiumgefährt. Er musste an North Field denken, den Luftwaffenstützpunkt im Pazifik. Wie die Superforts-Bomber in der Sonne glänzten, das hatte auch etwas Symbolisches. Es zeigte, dass es Welten gab, die man besser nicht direkt ansah.

In der ersten Nacht machte er kein Auge zu. Er lag unter einer Decke auf dem Boden und starrte nach oben, bis aus dem Schwarz erst Lila, dann Grau wurde und die Tautropfen auf der Wolle glitzerten wie kleine Diamanten. Der Wüstengeruch nach Kreosotbüschen und Salbei, die Sterne am Firmament. Am Himmel war mehr los als hier unten auf der Erde, aber um das zu erfahren, musste man erst mal aus der Stadt rauskommen. Die ganzen verdammten Senkrechten, die einem die Sicht versperrten, die ganzen Stahlrohre und Kabel und so unter den Füßen, die einen immer wieder aufhielten und den Fluss behinderten. Von der Wüste hatten die Menschen die Finger gelassen. Eine Landschaft, die einen in Frieden ließ.

Seine Aussichten standen gut. Er war jung genug für die körperliche Arbeit und hatte weder Frau noch Familie. Und er glaubte an etwas. Sonst hätte er schon lange aufgegeben, schon damals als Kind, als er in der Mittagspause religiöse Pamphlete las und sich erste zaghafte Notizen zu den Mysterien des Lebens machte. Jetzt wollte er keine Ablenkung. Es war ihm egal, was die Leute im Ort dachten. Er war ein höflicher Mensch, wechselte gern ein paar Worte, wenn er Einkäufe erledigte, das war es dann aber auch. Die meisten Männer waren Idioten, das hatte er auf Guam festgestellt. Die Scheißkerle ließen ihn nicht in Ruhe, sie gaben ihm Spitznamen und machten alberne Witze auf seine Kosten. Er konnte sich gerade noch beherrschen, seinen Fantasien nicht freien Lauf zu lassen, aber nach der Sache mit Lizzie hatte er nicht das Recht dazu, also unterdrückte er seine Wut und kämpfte weiter im Krieg. Diese Trottel waren wer weiß wie viele Einsätze geflogen, so viele Stunden lang, da hätten sie es doch *sehen* müssen, aber sie dachten immer noch, das echte Leben spielte sich unten am Boden ab, in der Essensschlange oder zwischen den Beinen der Pin-up-Girls, die sie über ihren versifften Feldbetten aufgehängt hatten. Der Einzige, der einen Funken Verstand besaß, war der irische Bombenschütze, wie hieß er noch, Mulligan oder Flanagan, irgendein irischer Name, der ihm von den Lichtern erzählte, als sie auf dem Weg waren, um Bomben über Nagoya abzuwerfen, grüne Punkte, zu schnell für Zeroes. Er wollte sich ein Buch von ihm leihen. Schmidt gab es ihm und sah es nie wieder. Eine Woche später stürzte der Junge zusammen mit dem Rest seiner Crew ab und versank im Meer.

Nach und nach richtete Schmidt sich ein. Im Trailer war es höllisch heiß, und als er überlegte, wie er am besten den Schatten der Felsen nutzen konnte, entdeckte er die Goldgräberhöhle. Was es damit auf sich hatte, erfuhr er in der Bar im Ort. Vor ein paar Jahren hatten sie den alten Bastard weggescheucht, offenbar ging das Gerücht, er sei ein deutscher Spion. War wohl ein verrückter alter Kerl gewesen und wahrscheinlich halb verhungert, denn auf seinem sogenannten Claim gab es kein Klümpchen Silber oder sonst was, aber graben, das konnte er. Ein ganzer Raum, an die vierzig Quadratmeter groß, direkt unter den Felsen. Kühl im

Sommer, isoliert gegen die kalten Winternächte. Ein verdammter Bunker.

Danach lief alles wie von selbst. Er legte eine Landepiste an, setzte einen Benzintank in die Erde, zog einen Betonschuppen hoch und malte in großen weißen Buchstaben WILLKOMMEN auf das Blechdach. Jetzt hatte er eine Aufgabe. Viel einbringen würde ihm das Café nicht, aber es musste ja auch nicht gleich General Motors sein. Wahrscheinlich würde er noch eine Weile alleine zurechtkommen, aber ewig reichten seine Ersparnisse auch nicht. Ein oder zwei Jahre noch, dann würde es eng werden, gerade die richtige Zeit also, um etwas Neues auf die Beine zu stellen.

Viele Flugzeuge kamen nicht vorbei. Etwa einmal die Woche landete jemand. Dann servierte er Kaffee und Spiegeleier. Wenn sie ihn fragten, was er hier draußen mache, sagte er, warten, und wenn sie fragten, worauf, sagte er, das wisse er noch nicht, aber es sei bestimmt besser als im Stau zu stehen, und damit gaben sie sich meistens zufrieden. Den Bunker zeigte er niemandem. Nach ein paar Monaten wurden es mehr. Unter den Piloten auf dem Weg zur oder von der Küste sprach sich herum, dass man dort tanken konnte. Er kaufte ein paar Stühle und Plastiktische und legte einen Biervorrat an.

Natürlich gab es auch Probleme. Der Generator ging kaputt. Er hatte Ärger mit ein paar Indianern, die in den Felsen herumkletterten und denen er sein Gewehr zeigen musste. Nachdem sie verschwunden waren, fand er dort oben Felsmalereien. Handabdrücke, Schlangen und Dickhornschafe. Eines Tages zwang ein Sandsturm ein Flugzeug zur Landung. Der Wind jagte mit sechzig Sachen über die Piste, und der Pilot bewies starke Nerven, dass er die Maschine überhaupt sicher zu Boden brachte – zwischendurch sah es aus, als würde es den linken Flügel hochziehen und komplett herumreißen. Schmidt rannte mit Bandana vor dem Mund nach draußen und brachte den Mann, ohne groß nachzudenken, nach unten in den Bunker.

Der Pilot war ein junger Bursche, Anfang zwanzig, dunkle Haare, kleiner dandyhafter Schnurrbart. Aus gutem Hause. Während er die Jacke und die Fliegerbrille abnahm, sah er sich verwundert um und fragte, wo um alles auf der Welt er hier sei.

Zu diesem Zeitpunkt war das Projekt bereits weit fortgeschritten. Schmidt hatte einen Wirbelkondensator gebaut, um die paraphysikalischen Energien, die durch die Felsen strömten, zu speichern und zu bündeln. An der höchsten Stelle setzte er einen Kristall in einen Kardanring und richtete ihn zur Venus hin aus. Basierend auf den Erkenntnissen Teslas, entwickelte er ein paralleles piezoelektrisches System, sendete vorerst aber über eine alte Morsetaste mit Ätherwandler, der die Klicks in Modulationen der paraphysikalischen Trägerwelle umwandelte. All das erklärte er dem Piloten, der aufmerksam zuhörte und dabei die Geräte und die Stapel von Büchern und Notizen betrachtete. Er schien beeindruckt.

»Und was ist das für eine Botschaft, die du da sendest?«

Gute Frage. Schmidts Botschaft war die Liebe. Liebe und Brüderlichkeit zwischen allen Wesen im Universum. Jeden Abend zwei Stunden Sühne, sobald der Planet am Horizont auftauchte. Zwei Stunden lang wiederholte er seine Einladung: WILLKOMMEN. Er wollte nicht darüber reden, nicht mit einem Fremden, machte stattdessen Witze über höhere Mächte, Dinge, die man mit bloßem Auge nicht sehen könne.

Der Pilot lächelte. »Ich hoffe, du weißt, was du tust.«

»Na ja, wir werden sehen.«

Von da an landete der Junge mit seinem Zweisitzer alle zwei Wochen zwischen den Felsen. Sein Vater besaß eine große Farm unten im Imperial Valley, aber Davis, so hieß er, wollte mehr vom Leben als Orangenhaine und illegale Pflücker. Obwohl Schmidt ihn nicht darum bat, gab er ihm Geld für Bücher und Ausrüstung. Clark Davis war sein erster Jünger, der Erste, der Schmidts Berufung wirklich erkannte.

Eines Abends flogen sie rüber nach Nevada, zu einer Ranch in der Nähe von Pahrump, mit Neon-Bierwerbung in den Fenstern und einer Reihe von Sattelschleppern vor der Tür. Davis wollte, dass er sich amüsierte, es sei nicht gut, so viel allein zu sein. Wider besseres Wissen – der ganze Ausflug verlief wider sein besseres Wissen – saß Schmidt kurz darauf nervös mit einem Drink in der Hand da, während sich die Mädchen, nur mit einem seidenen Nichts bekleidet, aufreihten, einen Schmollmund zogen und den

Hintern rausstreckten. Davis, ganz Mann von Welt, wählte eine großbrüstige Mexikanerin aus und zwinkerte ihm beim Rausgehen aufmunternd zu, als wäre Schmidt ein aufgeregter Teenager, dem sein erstes Mal bevorstand. Das brachte ihn auf die Palme. Er kippte seinen Brandy und bestellte einen zweiten. Seit dem letzten Abend mit Lizzie hatte er keinen Alkohol angerührt, und bald wusste er auch wieder warum: Obwohl das kleine blonde Stück, für das er sich entschied, ausgenommen süß und nett war, wurde er wütend auf sie, im Grunde eher auf sich selbst, und wahrscheinlich hatte sie Angst bekommen und einen Knopf gedrückt oder so, denn kurz darauf stand er mit der Hose in der Hand auf dem Parkplatz und suchte nach seinem zweiten Stiefel.

Er versuchte, es Davis zu erklären. Dass er ein wilder Junge und seine arme Mutter überfordert mit ihm gewesen sei. Er habe weder Interesse an der Schule noch an einer Ausbildung gehabt und sich für sein junges Leben nichts anderes gewünscht als ein großes Zelt und Luft, die nicht nach Schwefel roch, also war er in Erie, Pennsylvania, auf den nächsten Güterzug gesprungen, ohne sich ein einziges Mal nach den Schornsteinen umzusehen. Mit siebzehn arbeitete er am Fließband in einer Lachskonservenfabrik in der Bristol Bay, trug seinen Lohn in die Bars und hatte dauernd wegen irgendwas Ärger, was ihn schließlich zu Lizzie führte, die ganze vierzehn Jahre alt war, ein Halbblut und noch verrückter als er. Als sie ihm vor einer Lagerhalle im Hafen einen Blowjob verpasste, fühlte es sich an, als spielte eine Band in seinem Kopf. Kurz darauf war sie schwanger, und da saß er dann wirklich in der Scheiße, zumal sie mehrere Brüder hatte und ihr Vater eine große Nummer in der Stadt war und sie beide mehr oder weniger vor den Altar zerrte, um das Ansehen der Familie zu retten. Der Alte konnte Schmidt nicht leiden, aus naheliegenden Gründen, war aber immerhin so anständig, ihnen ein kleines Zuhause einzurichten und sogar noch Geld für das Kind beizusteuern. Der Haken war, dass Schmidt keine Almosen wollte, und vor allem wollte er nicht das Gefühl haben, in der Falle zu sitzen, und weil das Geschrei des Kleinen ihn wahnsinnig machte und er irgendwie keine Lust mehr auf sie hatte, fing er an, Lizzie zu schlagen. Ihr Vater und ihre Brüder warnten ihn, und jedes Mal, wenn es passierte, weinte er danach in ihren Schoß und versprach, sich zu bessern. Aber durch die Streits fühlte er sich nur noch eingeengter, und dann trank er eines Abends mehr als sonst, und sie wurde pampig, und am Ende band er ihr eine Schlinge um den Hals und schleifte sie eine halbe Meile hinter seinem Truck her, bis er irgendwann zur Vernunft kam und auf die Bremse trat.

Sie überlebte, sah aber nicht mehr aus wie vorher. Im Knast machten sich ein paar Jungs über ihn her, und er dachte, sie würden ihn umbringen, weil sie sagten, Lizzies Vater hätte sie bezahlt, aber als sie fertig waren, ließen sie von ihm ab, und er zog die Hose hoch und legte sich in die Ecke seiner Zelle, wo er auch noch lag, als der Russe kam und ihn auf Kaution rausholte. Der Russe stand in seiner Schuld, seit Schmidt ihn daran gehindert hatte, einen Typen beim freitäglichen Kartenspiel aus dem Fenster im zweiten Stock zu werfen. Denk an die verschenkten Jahre, sagte Schmidt, und der Russe, breit vom Whiskey, hörte auf ihn. Betrunken genug, um ihn fallen zu lassen, ließ er den wimmernden Falschspieler an den Knöcheln baumeln, zog ihn stattdessen aber wieder rein, verpasste ihm ein paar Backpfeifen, und damit hatte sich die Sache erledigt. Als er am nächsten Morgen nüchtern war, bedankte er sich bei ihm. Sollte er mal in Schwierigkeiten stecken, könne er auf ihn zählen. Die zweihundert Dollar des Russen waren der erste Glücksfall, der zweite geschah, als der Polizeichef auftauchte und ihm erklärte, wenn er noch am selben Nachmittag die Stadt verlasse, würde Lizzies Vater von einer Anzeige absehen. Damit war das Ansehen wiederhergestellt. Das schien ihm wichtiger zu sein als seine Halbbluttochter.

Also brach Schmidt auf in Richtung Süden, und obwohl er die Geschichte Arbeitskollegen und Mitbewohnern wie einen Witz erzählte, wuchsen die Schuldgefühle in ihm und löschten jede Art von Glücksgefühl aus, und er wusste, dass er sich umbringen würde, wenn er nicht eine Möglichkeit fand, wieder mit der Welt ins Reine zu kommen. Ich bin Abschaum, erzählte er jedem, der es hören wollte. Das war schon immer so, ich kann nichts dagegen tun. Und es würde auch immer so bleiben, dachte er, weil es nämlich unmöglich war, sich zu ändern, bis er erkannte, dass es *das Wort unmöglich nur im Wörterbuch der Narren* gab, ein Zitat, sein

erstes, das zweite lautete, *wenn du lange in einen Abgrund blickst,*
blickt der Abgrund auch in dich, ein Sprichwort, das er aus einer
alten Ausgabe von *Reader's Digest* hatte und das ihn auf den für
ihn neuen Gedanken brachte, man könne Wahrheit im geschrie-
benen Wort finden. Danach gewöhnte er sich an, nach solchen ge-
schriebenen Wahrheiten zu suchen und sie aufzuschreiben, erst
auf Zetteln, dann in Notizbüchern, bis ihm schließlich bewusst
wurde, dass er an einem System arbeitete, einem Verständnis von
der Welt, wie es sonst nur wenige hatten. Er las so viel er konnte,
verschlang Bücher in jeder freien Minute und rührte nie wieder
einen Tropfen Alkohol an, bis er sich von Davis dazu verführen
ließ, und das auch nur aus dem kurzen Wunsch heraus, so zu sein
wie andere Menschen, ein Recht, dass er verwirkt hatte, wie er tief
in seinem Inneren wusste.

Davis hörte sich seine Geschichte an, ohne ein Wort zu sagen.
Es dauerte mehrere Wochen, bis er das nächste Mal kam.

Schmidt vertrieb sich die Zeit damit, Signale loszuschicken und
den Himmel zu beobachten. In seiner Abgeschiedenheit arbeitete er weiter mit seinen Zitaten. Seine Suche hatte ihn anfangs zur
Bibel geführt, dann zu anderen Büchern. Er ging immer davon aus,
dass jede wertvolle Wahrheit versteckt sein müsse, dass etwas, solange man nicht danach graben musste, keinen Wert besaß. Ein,
zwei Jahre später stand er mit einem Mopp in einem Hangar in
Seattle, während die Ingenieure Flugzeuge bauten, deren Größe
und Komplexität ihm wie ein Wunder erschienen. Als er die riesigen Maschinen abheben und landen sah, wie die Erde sie losließ
und dann wieder freundlich empfing, hatte er das Gefühl, dass das
Geheimnis sich genau darin offenbarte. Er beschloss, Pilot zu werden, erfuhr dann aber beim Sehtest, dass er unter einer Horn-
hautverkrümmung litt. Dieser Weg blieb ihm verwehrt.

Er ging ins Büro und fragte, wie er einen Job als Flugzeugme-
chaniker bekommen könne. Berufsfachschule, lautete die Antwort, also ging Schmidt tagsüber zur Schule und arbeitete nachts
als Wachmann. Als in Europa der Krieg ausbrach, hatte er einen
festen Job am Flughafen und ein Haus voller Bücher, deren Rän-
der schwarz von seiner Krakelschrift waren. Sein Projekt nahm
Formen an: Wie ließen sich die Mysterien der Technik mit denen

des Geistes verbinden? Er wusste, dass die Flugzeuge, an denen er arbeitete – mit ihren verknoteten Kabelsträngen, der Hydraulik und den fein geeichten Messgeräten, die den Kraftstoffstand und die Motorleistung überwachten –, nur die halbe Wahrheit waren. Es gab größere, weniger greifbare Mächte als Schub, Drehmoment und Auftrieb. Seine Aufgabe war es, sie zu vereinen. Wenn er eines Tages vor seinen Schöpfer trat, würde er vielleicht nicht als Monster dastehen, sondern als Überbringer des Lichts, als guter Mensch.

Nach Pearl Harbor arbeitete er am Bau der XB-29, einem neuen Langstreckenbomber, der gegen die Japaner eingesetzt werden sollte. Der Zeitplan war mörderisch. Es tauchten alle möglichen Probleme auf, überhitzte Triebwerke, rätselhafte Fehler in der Elektronik, die erst nach Tagen entdeckt wurden. Einmal verlor ein Testpilot die Kontrolle über einen Prototyp und sauste durch eine Stromleitung in eine Packanlage. Die Bodencrew sprang sofort in ihre Fahrzeuge und fuhr zu dem brennenden Gebäude, um die Opfer zu retten. Dreißig Menschen starben.

Die Probleme an den Triebwerken blieben, und als der Bomber in Produktion ging, war so gut wie jedes Teil, das vom Band kam, defekt. Die Generalität wollte, dass die Maschinen in China Einsätze flogen, aber am Starttag war kein einziges Flugzeug einsatzfähig. Schmidt wurde nach Wichita versetzt und absolvierte dort Doppelschichten im Schneesturm, als Leiter einer Crew, die sich um die letzten Modifikationen am Navigationssystem kümmerte. Sie mussten sich alle zwanzig Minuten abwechseln, länger hielt man es draußen nicht aus, ehe es zu Erfrierungen kam. Schließlich brachen die Maschinen in Richtung Osten auf, um dann in Ägypten wieder zu landen, weil die Triebwerke, die in der Eiseskälte einigermaßen funktioniert hatten, bei Temperaturen um 45 Grad den Geist aufgaben. Sie schickten Schmidt los, um Leitbleche und ein Kühlsystem nachzurüsten, die mehr oder weniger spontan in einem Hangar in Kairo entwickelt wurden.

Und so machten die B-29er sich wieder auf den Weg, und mit ihnen Schmidt. Die Temperaturen im Cockpit kletterten auf über siebzig Grad und fielen über dem Himalaja auf minus dreißig, wo heftige Fallböen und Seitenwinde sie wie Holzspielzeuge

hin- und herwarfen und die Flugwerke an ihre Grenzen brachten.
Zwischen den Wolken erblickte er Täler und Schluchten, Flüsse,
Dörfer und hier und da beängstigend schimmernde Aluminium-
trümmer in den schwarzen Berghängen. Offenbar hatte er einen
Schutzengel, jedenfalls stand er eine Woche, nachdem er es über
den »Buckel« geschafft hatte, auf der Rollbahn in Xinjin. Die Bauern auf den Reisfeldern ringsum hielten die Hände über die Augen, als die neunzig Bomber des 58sten Geschwaders in Richtung
des Showa-Stahlwerks in Anshan starteten. Er halluzinierte fast
vor Erschöpfung, nachdem er die letzten achtundvierzig Stunden
an den großen Wright-Cyclone-Triebwerken herumgewerkelt
hatte, um die Katastrophe abzuwenden, die sich mitten in der
Luft ankündigte: Ventilköpfe flogen davon, dabei wurden die Zylinder zerstört und die Hydraulikflüssigkeit lief aus, weswegen der
Pilot den Propeller nicht mehr auf Segelstellung schalten konnte,
sodass er schleifte und dann wegbrach oder, noch schlimmer, das
ganze Triebwerk verklemmte und es aus der Tragfläche riss. Die
Flugzeuge sahen aus wie riesige weiße Vögel, wie Engel. Er verspürte ein mulmiges Hochgefühl. Das war seine Art der Wieder-
gutmachung. Er half mit, den Krieg zu gewinnen.

Anfang '45 verlagerten sie die Einsätze auf die Marianen-In-
seln. Auf Guam verbrachte Schmidt seine freie Zeit in einem Lie-
gestuhl neben der Kantine des Luftwaffenstützpunkts North
Field und las *Isis entschleiert*, das er sich in einem theosophischen
Buchladen in Kalkutta gekauft hatte. Hinter der Eingrenzung, im
Dschungel, gab es wilde Tiere und halbwilde Japaner, die dort ge-
strandet waren, nachdem die Kaiserliche Armee das Feld geräumt
hatte. Bei ihm selbst war alles im Reinen. Zum ersten Mal seit Jahren erlaubte er sich, glücklich zu sein. Über die Piloten hörte er
von den zerstörerischen Luftangriffen, ohne dass es ihn berührt
hätte, bis er schließlich nach Tinian entsandt wurde. Die 509te
Einheit führte sich auf, als gehörte ihnen der ganze Pazifik und
alle anderen müssten für das Privileg, hier zu sein, bezahlen. Angeblich testeten sie eine neue Superwaffe. Als Schmidt die *Enola
Gay* in Richtung Hiroshima starten sah, wusste er zwar, dass sie
nicht die übliche Fracht an Bord hatte, aber das war auch schon
alles. Das Übrige erfuhr er wie der Rest der Welt durch Bilder: die

brennenden Kinder, die Uhren, die auf 8:15 stehen geblieben waren. Seine hübsch glänzenden Flugzeuge, die Boten des Lichts, hatten Dunkelheit über die Menschen gebracht. Man hatte ihn hintergangen.

Im Herbst '46 war er zurück in Seattle, konnte sich aber an keine normale Arbeit gewöhnen. Die Welt schien sich auf ein schreckliches neues Übel zuzubewegen. Das spirituelle Energieversprechen war pervertiert worden: Statt Armut und Hunger abzuschaffen, verwandelte die Atomkraft den Planeten in verseuchtes Land. Er ging nicht mehr vor die Tür und vernachlässigte seine Arbeit. Im Haus war es kalt und feucht. Abends saß er zitternd vor dem Kamin und stellte sich vor, wie die großen Nadelbäume vor dem Fenster näher rückten und den Himmel tilgten, bis er irgendwann einschlief.

Er ging, bevor sie ihn feuern konnten, holte seine Ersparnisse von der Bank, packte seine Bücher und Papiere in den 38er Ford Pick-up und machte sich auf den Weg in die Wüste. In Gedanken sah er sich als alten Propheten, ein Asket, der im Schneidersitz in einer Höhle saß. Er würde seinen Körper martern und seinen Geist reinigen. Die Welt war in zwei Teile gespalten, diesseits und jenseits des Eisernen Vorhangs. Er würde die Wunde heilen. Er wollte die einzige Macht anrufen, die stark genug war, Kommunismus und Kapitalismus zu überwinden und den zerstörerischen Energien Einhalt zu gebieten. Seit Anbeginn der Geschichte gab es Kontakt zu außerirdischer Intelligenz. Ezechiels Thronwagen, die Weltraumfahrten der Maya, die kosmischen Waffen im vedischen Indien – die Besucher verfügten über eine spirituelle Technologie, die den groben Mechanismen der Naturwissenschaft weit voraus war. Es war an der Zeit, dass sie sich zu erkennen gaben und in das Leben der Menschen eingriffen.

Also sandte er Einladungen aus. Zwei Stunden pro Abend – zwei Stunden, um für Lizzie Buße zu tun, für die Bombenangriffe, für das ganze Elend der irdischen Existenz. Während er den Himmel absuchte, sah er Sternschnuppen, helle Lichter, die in Formation über die Tehachapi Mountains flogen. Manchmal sausten Düsenjäger über ihn hinweg und zogen Kondensstreifen durch das Blau.

Eines heißen Abends saß er nach dem üblichen Abendessen
aus Dosenwürstchen und Bohnen draußen und döste vor sich hin.
In der Ferne jaulte ein Kojote und holte ihn aus dem Schlaf. Er
öffnete die Augen, streckte sich und überlegte, runter in den Bunker zu gehen und sich eine Zigarette zu holen. In dem Moment
sah er es: ein helles Licht direkt über dem Horizont. Es war diesig,
der starke Wind der letzten Tage hatte Staub aufgewirbelt, und es
dauerte eine Weile, bis er sicher war, was er da vor sich hatte. Mit
trockenem Mund sah er zu, wie das Objekt größer wurde und mit
unglaublicher Geschwindigkeit auf ihn zuraste. Kein Motorengeräusch war zu hören und auch sonst nichts. Was da auf ihn zukam, sah aus wie eine schlichte Scheibe mit einem Ring aus flir-
renden Lichtern drum herum, wie Edelsteine oder Katzenaugen.
Sein ganzer Körper kribbelte, als stünde er unter Strom, an seinen
nackten Armen stellten sich die Haare auf. Kurz darauf schwebte
das Oval über den Felsen, als untersuchte es den Boden. Dann
sank es feierlich und majestätisch herab und landete direkt vor
ihm, ohne auch nur ein Körnchen Sand aufzuwirbeln. Es war das
Schönste, was er je gesehen hatte.

Nach der Landung fing das Fahrzeug an zu pulsieren – anders
konnte er es nicht beschreiben –, es wurde blassgrün, dann lila
und rosa, mit einem leichten Pochen wie ein Herzschlag. Er
keuchte auf, als am Rumpf eine Tür aufging und eine Rampe her-
ausklappte, wie die Ranke einer tropischen Pflanze. In der Tür
standen zwei menschliche Gestalten, eine männlich, die andere
aufreizend weiblich. Ihr blondes Haar wehte in einem ätherischen
Wind, obwohl die Abendluft ansonsten still und drückend war.
Ihre Haut sah fast durchsichtig aus, und in ihren edlen Gesichtern
entdeckte er bemerkenswerte graue Augen, aus denen tiefes Mitgefühl und Intelligenz sprachen. Beide trugen schlichte weiße Gewänder, um die Hüfte von Metallketten zusammengehalten. Als
sie ihm zulächelten, verspürte er ein großes, allumfassendes Wohlwollen. *Komm*, sagte eine Stimme, aber nicht laut, sondern weit
hinten in seinem Kopf. Sie klang tief und voll und hallte in ihm
wider wie ein Gebet. *Sei willkommen. Wir wollen dir etwas zeigen.*
Endlich, dachte er und trat lächelnd ins Licht.

2008

OH BABY OH WHAT YOU WANT went down to the crossroads
got down on my mojo black cat und so weiter. In Nickys Augen
war das ganze Americana-Ding nur noch ein Witz. Er sah die
Jungs auf den großen Ledersofas im Studio rumhängen. Lol mit
seinem Trucker-Cap. Jimmy versuchte, Slide-Gitarre auf seiner
funkelnagelneuen National zu spielen, und machte dazu kehlige
Geräusche, als wäre er ein alter Bluesman und kein dünner hero-
insüchtiger Elektrikersohn aus Essex. Ihr seid alle Wichser, erklärte er ihnen. Uh huh unh unh, machte Jimmy. Ned telefonierte mit seinem Steuerberater. Niemand sah hoch. Scheiß drauf,
dachte er. Scheiß auf alles.

Draußen auf dem Parkplatz brannte die Sonne vom immer
gleichen blauen L.A.-Himmel. Nicky rauchte eine Zigarette und
sah die Mexikaner an der Ecke stehen, so wie jeden Tag. Dem
Tontechniker zufolge warteten sie darauf, dass jemand in einem
Lieferwagen vorbeikam und ihnen einen Job gab. Gartenarbeit.
Irgendwas auf dem Bau schleppen. Was für ein Leben. Stell dir
das vor, hatte er zu Lol gesagt. Wären die Würfel anders gefallen,
könnten wir da jetzt stehen, weißt du, was ich meine? Ich nicht,
meinte Lol. Ich bin zu groß für einen Mexikaner.

Was war passiert? Vor drei Jahren waren sie noch durch Cam-
den gelaufen, hatten sich auf Konzerte gemogelt und auf dem Klo
im Good Mixer schlechtes Speed gezogen. Ohne sich einen
Scheißdreck um irgendwas zu kümmern.

Und jetzt?

Natürlich würden die meisten Menschen ihre Großmutter verkaufen, um in einer Band wie ihrer zu spielen. Wenn einem alle
auf die Schultern klopfen, man Hits hat und im Fernsehen
kommt und so, und man dann rumstöhnt, dass es ja alles gar
nicht so toll sei, wie man dachte, muss man sich nicht wundern,

wenn man wie ein Geistesgestörter behandelt wird. Du lebst deinen Traum, oder? Also halt die Klappe. Er hatte schnell gelernt, bestimmte Dinge für sich zu behalten. Immer schön lächeln und den Journalisten irgendwelchen Scheiß erzählen. Jedenfalls nicht, dass du nachts wach liegst und dich fragst, warum du nicht glücklicher bist. Clonazepam, Ambien, Percocet, Xanax. Er sollte besser nicht mit dem Finger auf Jimmy zeigen. Sein eigenes Badezimmer sah aus wie eine Apotheke.

Er lehnte an Noahs Wagen, einem hübschen alten Mercury Cabrio mit buntem Hippiemuster. Man erkannte das Studio an den Autos. Die Gebäude hier sahen alle gleich aus: große graue Bunker mit Eisentüren. Nur bei einem standen die ganzen Karren vor der Tür. Sein eigener oranger Camaro, den er in seiner Begeisterung für Amerika gleich nach der Ankunft gemietet hatte. Jimmys Porsche, der quer auf zwei Parkplätzen stand, mit einem fetten Kratzer auf der Beifahrertür, weil er in der Tiefgarage eine Säule gestreift hatte. Jimmy konnte ums Verrecken nicht Auto fahren, selbst wenn er nicht breit war. Nicky war nicht hundertprozentig sicher, ob er noch einen Führerschein besaß.

Was also sollte er tun? Wieder reingehen, ein braver Junge sein und versuchen, Songs zu schreiben mit diesem Haufen Arschlöcher, die mal seine Freunde waren? Er konnte sich das nicht vorstellen, wozu auch? Natürlich gab es Millionen von Gründen, ungefähr zweieinhalb Millionen Gründe allein für ihn, was ungefähr dem Vorschuss entsprach, bevor die Plattenfirma mit ihren krummen Rechnungen kam und alles wieder weg war. Sie waren in L.A., um ihr West-Coast-Album aufzunehmen, mit Sunset-Strip- und Laurel-Canyon-Vibes als Feenstaub zum Drüberrieseln. Stattdessen hatten sie sich drei Monate lang angezickt, Zeug gekauft und sich in Bars volllaufen lassen, in denen die Leute aussahen, als wären sie gerade frisch ausgepackt worden, blitzeblank und teuer, wie Audio Equipment. Leute mit Schaumstoffflocken, Plastiktüten und Kabelbindern.

Drei verdammte Monate. Amerika erobern? Eher andersrum. Erst dachten Jimmy und er, sie müssten nur ein bisschen durch die Gegend fahren und die Atmosphäre aufsaugen und plötzlich würden sie klingen wie die Byrds oder so und gute Musik machen.

26 Also fuhren sie durch die Gegend. Und machten Scheißmusik –
    schlimmer noch –, Scheißmusik, die nicht mal nach ihnen klang.
    In London hätten sie das besser hingekriegt, selbst mit dem gan-
    zen Mist drum herum – Jimmys Dealer, der immer bei ihnen ab-
    hing, Anouk, die Klatschpresse. In L.A. kam sich Nicky vor wie
    ein Tourist. Was sollte er hier, einen Song über Palmen schrei-
    ben? Über Rasensprenger? Bikram Yoga? Er sagte zu Jimmy, er
    habe Heimweh, aber Jimmy wollte nichts davon wissen und
    quatschte weiter darüber, wie sie damals in Dalston, wenn sie
    high waren, Gram Parsons gehört und sich über Cosmic Ameri-
    can Music ausgelassen hatten. Er käme gerade erst in die Szene
    rein, meinte er. Er wollte Schauspielerinnen vögeln und auf Par-
    tys in Häusern mit riesigen Glasfronten gehen, von wo aus man
    die Lichter unten im Tal sehen konnte. Nicky wollte nichts an-
    deres als einen Döner.

    Manchmal betrank er sich und ging mit jemandem ins Bett. Er
    fand sich nicht toll deswegen, aber letzten Endes war Anouk sel-
    ber schuld. Es wäre nicht passiert, wenn sie bei ihm gewesen wäre.
    Er hatte sie gebeten zu kommen, aber sie musste ja zu einem Job
    nach Moskau. Und dann noch zu einem Werbespot nach Phuket.
    Das nächste Mal war es die Paris Fashion Week. Dauernd war
    irgendeine beschissene Fashion Week.

    Hör auf zu jammern, meinte sie. Sie mochte es nicht, wenn er
    jammerte.

    Nicky hatte eine Regel: Niemals vor einem Mädchen zu viel
    Gefühle zeigen. Schließlich bestand die halbe Welt aus Muschis.
    Aber mit Anouk war es anders. Ihr konnte er nichts vormachen.
    In ihrer lustigen, gelangweilten Art durchschaute sie ihn. Er has-
    te es, sie am Telefon abzuwürgen, aber er musste es durchziehen.
    Sie durften nie die Oberhand gewinnen.

    Nach dem Fashion-Week-Telefonat tat er, was er inzwischen
    immer tat, wenn es ein Problem gab – er trank sich durch die Mi-
    nibar. Erst Wodka, dann Gin, Whiskey und was sonst noch da
    war. Er sah sich irgendwelchen Mist im Fernsehen und auf You-
    Tube an und merkte, wie er immer finsterer drauf kam. Sie hatte
    so unbeteiligt geklungen. Mit wem war sie in Paris zusammen?
    Die meisten Typen in der Modewelt waren schwul, ein Segen,

wenn man mit einem Model zusammen war, aber es liefen auch
immer genug Heteros rum. Fotografen zum Beispiel. Alles lüster-
ne Dreckskerle. Und diese reichen Fünfzigjährigen, die man nur
auf Fashionpartys sah, mit der orangefarbenen Haut und einem
Faible für Teenager. Ein krankes Business, wenn man drüber
nachdachte.

Kein guter Abend. Am nächsten Morgen war er nicht unbedingt stolz auf sich. Terry hielt ihm einen Vortrag, im Hotel sei
man nicht sehr erfreut, und ob ihm klar sei, wie viel es koste, die
Polizei da rauszuhalten. Nicky antwortete, es sei seine Schuld,
wenn er ihn in so einem miesen Zimmer unterbrachte. Er hatte
von Anfang an einen größeren Balkon gewollt. Wie Terry geguckt
hatte. Ein oder zwei Tage später versöhnte er sich mit Anouk,
aber es war klar, dass er noch eine Weile ohne sie auskommen
musste. Er schickte Blumen, schrieb einen Songtext, überlegte,
ihr den Text zu schicken, zerriss ihn wieder.

L.A. war ein Albtraum. So was von spießig. Nichts durfte man.
Sorry, Sir, dies ist ein Nichtraucherbereich. Sorry, Sir, Engländern
ist es nicht erlaubt, in unserem tollen weiß angemalten Restaurant
mit Freunden laut zu reden und zu lachen. Er wollte einfach nur
zum nächsten Eckladen gehen. Mit dem Bus fahren. Valet Par-
king? Was sollte das? Wie sollte man in einer Stadt, in der es keine Taxis gab, betrunken nach Hause kommen? Und niemand
verstand seinen Akzent. Ich nehm das Tuna Sandwich. *Cheena?*
Tut mir leid, Sir, was ist *Cheena?* Einmal wollte er ein Glas
Wasser bestellen. Wasser, sagte er. Wasser. Das Zeug, das aus dem
Hahn kommt. Die Kellnerin reagierte genervt. Ich verstehe nicht,
zischte sie, was bitte möchten Sie? Noah musste einschreiten. Wasser, sagte er. *Wah-dah.* Sie wiederholten es noch mehrmals.

Er rief Anouk an.

»Sag alles ab. Ich sag Terry, er soll dich in den nächsten Flieger
setzen.«

»Das kann ich nicht. Ich kann nicht ›alles absagen‹.«

»Ich brauch dich, Baby. Ernsthaft. Ohne Scheiß.«

»Ich habe einen Job.«

»Verdammt, Nookie, du sitzt doch nicht in irgendeinem Büro.
Kannst du nicht einmal was absagen?«

»Nicky, es war deine Entscheidung, dort hinzugehen. Du hast mich verlassen, nicht ich dich.«

»Ich hab dich nicht verlassen.«

»Du hättest in irgendein Studio gehen können. Es ist nur ein Raum mit einem Haufen blöder schwarzer Kästen. Noch nicht mal mit Fenstern. Was spielt es für eine Rolle, wo du bist?«

»Davon hast du keine Ahnung.«

»Nein, natürlich nicht. Ich bin ja so dumm. Ich bin dumm und gut zum Vögeln und um an deinem Arm zu hängen, wenn du fotografiert wirst.«

»Das hab ich nicht gemeint.«

»Du bist ein egoistisches Arschloch, weißt du das? Ein verwöhnter kleiner Junge.«

»Ich bin ein kleiner Junge, ja? Und wer ist dann der Mann, Nookie? Wer ist der echte Mann in deinem Leben?«

»Bitte?«

»Ich kenne dich. Du hast jemanden. Wer ist es? Sag mir die Wahrheit, Anouk.«

»Das ist lächerlich. Ich hab keine Lust, mit dir zu reden, wenn du so bist.«

Klick.

Er stand auf dem Parkplatz, dachte an Anouk und fragte sich, ob das flaue Gefühl in seinem Magen bedeutete, dass er verliebt war. Er schrieb Liebeslieder oder zumindest so was Ähnliches. Aber was empfand er eigentlich wirklich für sie? Wenn er etwas haben wollte, hasste er es, wenn er es nicht bekam, das war alles. Er suchte nach Gründen, ins Studio zurückzugehen. Ein Pick-up hielt an der Ecke bei den Mexikanern. Der Fahrer gestikulierte, und ein paar von ihnen kletterten auf die Ladefläche. Er fragte sich, was passieren würde, wenn er dazustieg. Wo er landen würde. Was für ein Leben er führen würde.

Vielleicht sollte er ein bisschen durch die Gegend fahren. Er beugte sich über Noahs Cabrio und öffnete das Handschuhfach. Es war nicht abgeschlossen. Die Schlüssel lagen nicht drin, dafür ein Plastikbeutel mit kleinen braunen Scheiben, die aussahen wie abgenutzte Münzen. Er wusste, was es war, obwohl er nie eine genommen hatte. Eines von Noahs Lieblingsthemen war, dass man sein Totemtier finden und den Spalt zwischen beiden Welten betreten musste. Hinter dem Beutel mit den Drogen war noch etwas, in ein Tuch gewickelt. Er griff hinein. Eine Waffe. Eine klobige vergoldete Pistole mit der Inschrift ISRAELI MILITARY INDUSTRIES. Solche Dinger lagen wahrscheinlich bei einem afrikanischen Diktator unterm Weihnachtsbaum.

Es dauerte eine Weile, bis Nicky kapiert hatte, dass Noah ein Psychopath war. Er war ein paar Jahre älter, fast dreißig und berühmter als sie, zumindest in den USA. Seine Freak-Folk-Alben verkaufte er wie geschnitten Brot an Hipster-Kids, die den Geruch von Freiheit atmen wollten – das Licht, das durch Mammutbäume fällt, im Whirlpool unter den Sternen sitzen –, alles, wovon Londoner wie Nicky in ihren feuchten Souterrainwohnungen so träumten. Noah überführte diese Sehnsüchte in eine rauchige Gesangsstimme und quietschende Gitarrensaiten, ließ im Hintergrund ein paar Grillen zirpen und durchspülte das Ganze mit einem sitarartigen elektronischen Brummen, sodass die Stücke klangen, als kämen sie direkt vom Mars. Die Band hielt ihn für den idealen Produzenten.

Das erste Mal trafen sie sich in seinem Haus oben in den Hügeln. Es war genauso, wie Nicky es sich vorgestellt hatte: eine Art Luxus-Blockhaus in Ethno-Stoffen mumifiziert, Mädchen mit Perlen und Stirnbändern, die Joints rauchten und wie Designer-Indianerinnen aussahen. Noah war high von irgendwas, redete dummes Zeug und hüpfte nervös über die Terrasse. Ihr Engländer habt doch keine Ahnung, erklärte er ihnen. Ihr denkt, ihr seid noch im 19. Jahrhundert und würdet die Welt regieren. Nicky war das egal. Im Grunde hatten sie ihn ja deswegen engagiert – für sein Amerikanischsein. Aber Ned fing natürlich an zu diskutieren. Nicky stieß ihn an und meinte, er solle sich nicht aufregen, Noah hörte sowieso nicht zu. Er hielt mit einer Hand einen Sarong um seine Hüfte fest, zog mit der anderen an einem Joint und stieß ihn dann in ihre Richtung, um gleichzeitig unverständliches Zeug über das Schicksal, die Grenze und Jim Morrison von sich zu geben. Wollt ihr mal was sehen?, fragte er plötzlich. Wollt ihr echt mal was *sehen*, Mann? Er ging mit ihnen in ein Hinterzimmer, öffnete mit großem Getue mehrere Schlösser und Riegel und schaltete das Licht an. An den Wänden standen Glasvitrinen voll mit Waffen. Pistolen, Gewehre, Schrotflinten, alte Steinschlossmusketen wie aus einem Piratenfilm. Dazwischen eine verchromte Kalaschnikow, die er einem Special-Forces-Typen in einer Bar abgekauft hatte.

Sie schossen von der hinteren Veranda. Noah ließ seine Squaws Flaschen auf einer Bank aufstellen, als wären sie die hübschen Assistentinnen in einer Gameshow. Kapiert ihr das nicht?, brüllte er. »Frei sein, Baby! Frei sein!« Nicky verstand nicht ganz, was Freisein damit zu tun hatte, leere Corona-Flaschen wegzuballern, aber Spaß machte es. Irgendwann tauchte die Polizei auf, blaues und rotes Licht blinkte auf der Straße. Earl kümmerte sich darum. Earl war Noahs Terry.

Nach diesem Abend beschlossen Jimmy und Nicky, dass Noah cool war. Lol fand es auch. Lol fand immer, was Nicky und Jimmy fanden. Ned mochte ihn nicht, aber hätte Ned Jimmy nicht aus der Schule gekannt und wäre er nicht praktisch der einzige Drummer in Billericay gewesen, würde er immer noch bei Phones4U arbeiten, seine Meinung zählte also nicht. Noah wurde ihr Vorbild, ihr Guru. Er sagte ihnen, wo sie ihre Klamotten und Instrumente kaufen sollten. Morgens rauchten sie als Erstes eine Bong, weil er meinte, sie müssten sich locker machen. Jimmy fing sogar an zu meditieren. Im Studio spielten sie mit tibetischen Klangschalen, Regenmachern und Maultrommeln herum, sangen Sprechchöre in abgedunkelten Räumen, saßen auf dem Boden und schrieben irgendwelchen Quatsch auf Zettel, die sie dann zerschnitten und die Worte neu kombinierten. Burroughs hat das auch so gemacht, erklärte Noah ihnen. Der Mann war ein Pionier des Bewusstseins. »Wer ist Burroughs?«, flüsterte Lol und spritzte Kleber auf den Teppich. »Irgendein Penner aus dem Kinderfernsehen?«

Noah war beeindruckend, aber nicht gut für die Band. Nicky fand, Popmusik müsse instinktiv sein: Man senkte den Kopf, machte ein bisschen Lärm und legte ein paar Worte darüber. Jetzt saßen sie hier und durchsuchten das I Ging nach einem Reim auf »Baby«. Alles klang prätentiös. Nicky konnte keine Melodie mehr spielen, ohne sich selbst zu hinterfragen. Bei Jimmy war es dasselbe. Egal, was passierte, die beiden hatten immer Songs zusammen schreiben können. Da es jetzt keine Songs mehr gab, fingen sie an zu streiten. Unschöne Worte fielen. Nicky zog aus dem Haus der Band in ein Hotel am Sunset Strip. Er arbeitete in seinem Zimmer, Jimmy im Studio. Zeitweise kommunizierten sie nur noch per Fax, aber keiner von beiden hatte Bock, irgendwas zu schreiben, also gaben sie es auf und redeten wieder miteinander.

Wäre Anouk bloß da.

Eines Tages schrieb Nicky ein paar Zeilen auf:

Oh go to sleep
you're too much
when you're awake

Es fühlte sich an wie ein Anfang. Noah hockte in der Ecke vom Proberaum über einem Vierspurgerät und kaute auf seinem Bart. Als Nicky ihn fragte, was er davon hielt, machte er nur *hmm*.

»Was soll das heißen, *hmm*?«

»Nichts. Ich finde nur … Na ja, es hat irgendwie keinen richtigen Biss.«

Nicky hatte immer so getan, als könnte er gut mit Kritik umgehen. In dem Satz ging es darum, wie Anouk und er mal in einem Hotel in Berlin waren, zwei Tage nicht schliefen, die ganze Zeit Speed nahmen und beim Zimmerservice Essen bestellten. Nookie war ziemlich drauf gewesen, und er hatte Terry gebeten, ihnen Valium zu besorgen. Egal, wie das klang, es war eine schöne Erinnerung.

Kurz herrschte betretenes Schweigen. »Okay«, sagte Noah schließlich. »Ich erklär dir, was ich meine. Ich finde, es muss irgendwie … markanter sein.« Er ging ans Mikrofon und sang:

Go to sleep
little frog
you're too much
when we touch

»Sie ist kein kleiner Frosch. Das passt nicht zu ihr.«

»Okay, Mann. Dann irgendwas anderes, keine Ahnung, ein Eichhörnchen.«

»Oder ein Blutegel«, meinte Lol.

Nicky ging. Was hätte er sonst tun sollen? Er blieb ein paar Tage weg und betrank sich mit ein paar Jungs von einem Custom-Car-Laden in Venice. Für den Notfall hatte er ja Noahs Nummer. Der Kerl war Hippie-Adel in dritter Generation. Seine Großeltern betrieben ein Hindu-Heilzentrum in Nordkalifornien, so was Ähnliches wie das Ding, in dem die Beatles waren. Sein Vater war Singer-Songwriter gewesen und nach einem Album an einer Überdosis gestorben. Noah zufolge hatte er in einer Kuppel in der Wüste gelebt, und dort vor allem mit seiner Band gejammt und Ausschau nach Ufos gehalten. Er hatte ihnen die LP vorgespielt, sie hieß *The Guide Speaks*, auf dem Cover war eine Pyramide. Totaler Schrott. Alles, was sie an Noah anfangs so toll fanden, war im Grunde nur ein Abklatsch davon. Nicky wusste von seinem Vater einiges über die Tottenham Spurs und über Kerndämmung. Hätte er sich als Kind mit Zen-Kalligrafie beschäftigt und wäre mit Leonard Cohen reiten gegangen, hätte sein Leben sich wahrscheinlich anders entwickelt.

Nach der Geschichte im Whirlpool hätte er das Ganze abblasen und sich ins nächste Flugzeug setzen sollen. Sie waren bei Noah, und Nicky war fast gegen seinen Willen gut drauf und genoss den Abend. Er saß mit einem Mädchen namens Willow im Whirlpool, das Wasser sprudelte, und er war gerade dabei, Anouk zu vergessen, als plötzlich Noah auftauchte, splitterfasernackt, und mit einer Pistole herumfuchtelte. Willow gab ein leises Geräusch von sich, krabbelte raus und suchte ihre Klamotten zusammen.

»Schau mal, was du angerichtet hast.«

»Scheiß auf sie, Mann. Wir beide müssen reden.«

Noah hielt die Waffe mit beiden Händen umklammert, als stünde er auf dem Schießplatz. »Echt irre, wie einen das fokussiert. Kennst du das? Dieses Prickeln in der Stirn? Stell dir vor: Wie wäre es wohl, wenn ich tatsächlich erschossen würde? Wenn das ganze Hirn rausspritzt.«

»Ich mach keine Scherze, Alter, wenn du jetzt nicht sofort das
Ding weglegst, schlag ich dir sämtliche Zähne ein.«

»Ich mach auch keine Scherze, *Alter*. Ich mein das ernst. Siehst
du, wie ernst ich das meine? Ich bin unzufrieden, Mann. Ich hab
das Gefühl, du und deine Band, ihr vergeudet meine Zeit. Ihr vergeudet mein ganzes Leben. Willst du eine Platte machen, oder
willst du nur Gras rauchen und in meinem Whirlpool rum-
vögeln?«

»Du spinnst doch.«

»Zeit für ein paar Antworten, Nicky. Die Uhr tickt. Ich hab
das Gefühl, dass du keine Ideen hast. Ich hab das Gefühl, dir fehlt
jede Kreativität.«

Willow musste den anderen Bescheid gesagt haben, denn in
dem Moment kam Earl an und rang Noah zu Boden. Noah tob-
te und brüllte, in ihm pulsiere das kosmische Leben und Nicky
sauge ihn aus, bis Earl ihm schließlich die Waffe abnahm und ihn
ins Haus schickte, damit er sich schlafen legte. Terry bot an,
Nicky ins Hotel zu fahren, aber er wollte mit niemandem reden.
Er fuhr selbst, so high und aufgewühlt, dass er kaum die Mittel-
linie sah.

Er rief Anouk an. Sofort ging die Voicemail an.

Da hätte eigentlich Schluss sein müssen, zurück nach Dalston,
Döner in der Hand, Schachtel Marlboro Lights, sechs Stellas für
einen Fünfer und L. A. nur ein schlechter Traum, der allmählich
im Rückspiegel verblasste. Wie sich rausstellte, ließen die Scheißkerle ihn nicht so einfach weg. Am nächsten Tag riefen Terry und
Earl an, um ihn zu beschwichtigen, und dann noch die Plattenfirma und das Management in London und ein Konzertpromoter
in New York, den das Ganze überhaupt nichts anging. Danach
kam ein Kurier mit einer großen Schachtel, angeblich von Noah,
wahrscheinlich aber eher von Earl, mit einem Cowboyhut in Sei-
denpapier und einem Zettel, auf dem stand, Neil Young habe ihn
getragen, als er *The Needle and the Damage Done* schrieb, und
jetzt sollte Nicky ihn haben, weil er der wahre Erbe dieses Spirits
sei, bla bla bla. Nicky mochte es nicht, wenn man ihm Honig um
den Bart schmierte. Zwölf Stunden in der Luft, und er könnte im
George an der Commercial Road ein Bier trinken, draußen wür-

de es schütten und irgendein Idiot quatschte ihn voll, dass Ronaldo sein Geld nicht wert sei. Die reinste Wonne.

Als er Terry erklärte, er habe genug, tat Terry etwas, das er sehr selten tat: Er sagte Nein. Nicky erinnerte ihn daran, dass es nicht sein Job sei, Nein zu sagen, sein Job sei es, Ja zu sagen. Worauf Terry erwiderte, das wisse er, aber manchmal glaube Nicky, etwas zu wollen, was er eigentlich gar nicht wolle. Die Plattenfirma brauchte eine Platte, und wenn sie die in L.A. nicht hinbekamen, dann könnte man ihnen das als Vertragsbruch auslegen. Scheiß drauf, sagte Nicky. Dann brechen wir eben den Vertrag und gehen zu einer anderen Plattenfirma. Terry seufzte. So laufe das nicht. Sie hätten schon zu viel Geld versenkt. Nicky solle sich Männer vorstellen, die an ihren Schreibtischen Summen addierten. Männer in Anzügen. Nicky tat es. Er verstand nicht, worauf Terry hinauswollte. Terry drückte es anders aus. Wenn sie das Album nicht machten, würde die Plattenfirma ihnen ihr gesamtes Geld abnehmen. Sie wären pleite. Nicky fragte, ob er eine Wahl habe. Nicht wirklich, erwiderte Terry. Keine Wahl zu haben war das, was Nicky mit am meisten hasste.

Er rauchte seine Zigarette auf und trat sie auf dem heißen Studioparkplatz aus. Die Platte machen oder pleite sein. Oder Noahs Drogen und die Waffe klauen, aus der Stadt verschwinden und hoffen, dass sich alles geregelt hätte, bis man ihn fand. Man hatte immer eine Wahl, es kam nur darauf an, wo man suchte. Er stieg in seinen Wagen.

Autofahren war so ziemlich das Einzige, was sich in Amerika normal anfühlte. Es war Tradition. Es war patriotisch. Wenn man Gas gab, hörte man fast, wie die Leute einem zujubelten. Der Camaro verbrauchte ungefähr hundert Liter auf einen Kilometer und klang wie eine Panzerinvasion. Der Wagen war ein oranger Feuerball aus den Siebzigern, eine Umweltkatastrophe auf Rädern, und selbst wenn er im hohen Alter in einer global erwärmten Welt auf einem Floß leben oder durch die Ruinen von Billericay ziehen und sich von Hundefutter ernähren musste, das wäre es wert gewesen.

L.A. wich nach und nach einer toten Landschaft. Man konnte es nicht unbedingt Wüste nennen. Es war Ödland, der

Hinterhof der Stadt, eine Müllhalde für alles Hässliche, das man
dort nicht mehr sehen wollte. Lagerhallen und Aufbereitungs-
anlagen. Masten und Pipelines. Gerümpel. Schrott. Es gab ganze
Schrottstädte, San dies und San jenes, die aus nichts als Beton
bestanden. Betonkästen zum Wohnen, Betonplätze vor Beton-
einkaufszentren, wo die kleinen Leute ihren Schrott kaufen
konnten. Er war froh, einfach so durchzufahren, ohne anzuhalten, alles nur verschwommen aus dem Augenwinkel mitzube-
kommen. Ein Wasserturm, eine Mauer, bemalt mit dem Tiger-
wappen einer Highschool-Mannschaft. Es war ihm egal, dass
sein Handy alle paar Minuten klingelte. Es war ihm egal, dass
im Radio nur Bibelprediger und Dinnerjazz liefen. Die Straße
war kreideweiß, der Himmel airbrushblau, und er auf dem Weg
zum leersten Fleck auf der Landkarte. Es ging nur noch darum,
alles im Griff zu haben, sich zwischen die heranrasenden Autos
zu schieben, an der Abzweigung auszuscheren, einmal herum,
drüber und drunter und zurück, und die Katastrophe weit hinter sich zu lassen.

Wie lange war er unterwegs? Drei, vielleicht vier Stunden. Er
trug keine Uhr. Der Wagen hatte keine Klimaanlage, und der
Wind blies heiß und sandig durch das offene Fenster. Das Gehirn
brutzelte ihm im Schädel wie ein Ei in der Pfanne, und er hielt an
einer Tankstelle, steckte noch mal sechzig Dollar in den Tank
und kaufte sich einen Kanister Wasser, den er sich größtenteils
über den Kopf schüttete. Nachdem seine angeschwollenen grau-
en Zellen auf die normale Größe zurückgeschrumpft waren, sah
er auf sein Handy. Elf verpasste Anrufe. Mehrere von Terry, ein
paar von Jimmy, sogar einer von Noah. Die Nachrichten auf der
Mailbox hörte er sich gar nicht erst an.

Was er jetzt auch tat, es hatte nichts mit der Band zu tun. Der
einzige Mensch, der ihn jetzt interessierte, war Anouk. Er wünschte sich so sehr, dass das Handy noch mal klingelte und ihr Name
auf dem Display erschien.

Ruf mich an, Baby.

Komm und hol mich hier raus.

Die Abstände zwischen den Schrottstädten wurden größer.
Bald waren die einzigen Lebenszeichen riesige weiße Windräder

und Plakatwände mit Werbung für Casinoanlagen. Ein Outlet-Center tauchte wie eine Fata Morgana am Straßenrand auf. Dann nichts. Meilenweit nur Felsen und Gestrüpp. Irgendwann dämmerte es. Funken sausten an den Rändern seines Sichtfeldes vorbei, kleine Kometen, die er für überholende Autos oder Fledermäuse hielt. Er kam in einen Ort, dessen Name ihm entgangen war, und sah ein Motelschild. Entlang der Strecke gab es Dutzende solcher schäbiger Läden. Desert dies und Palm jenes. Das hier hieß *Drop Inn*. Er war zu müde, um weiterzufahren.

Die Rezeption war nicht größer als ein Schrank, ein kleiner Kasten mit Tresen, Klingel, Postkartenständer und einer klappernden Fliegengittertür. Die Frau, die aus dem Raum dahinter kam, hatte eine Frisur, wie er sie seit seinem dreizehnten Lebensjahr nicht mehr gesehen hatte, als er die Achtzigerjahre-Fitness-Videos seiner Mutter entdeckte. Sie trug einen lila Jumpsuit, der an einer Zwanzigjährigen vielleicht sexy (oder zumindest ironisch) gewirkt hätte, an ihr aber eher traurig, ein Outfit aus einer Zeit, als seine Trägerin sich zum letzten Mal schön fand. Er konnte schlecht einschätzen, wie alt sie war. Fünfundvierzig? Um ihren Mund hatten sich kleine Fältchen gebildet. Wenn sie nicht redete, formte er sich zu einer müden Grimasse, als hätte sie zu oft im Leben Dinge gesagt, die sie nicht meinte.

Er solle sie Dawn nennen, sagte sie und bestand darauf, ihn durchs ganze Motel zu führen. Er erwiderte, er sei müde, in der Hoffnung, sie würde ihm einfach den Zimmerschlüssel geben, aber davon wollte sie nichts wissen. Sie redete auf ihn ein, als wäre er der interessanteste Gast seit Monaten (was vielleicht auch stimmte), und erklärte ihm sämtliche »Finessen«. Im »Gemeinschaftsraum« gab es eine Kaffeemaschine, ein Regal mit abgegriffenen Büchern und ein Brett mit Take-away-Speisekarten. Die »Gartengestaltung« bestand aus ein paar Blütensträuchern, die aus dem Staub ragten, dazwischen standen kleine Gipsfüchse und -hasen, alle lila angemalt. Der Wellblechzaun um den nierenförmigen Pool war ebenfalls lila. Genauso wie die ausgefransten Matten auf den Liegen, die Türen zu den Zimmern und die Fliesen in der Erde, die die betonierten Wege begrenzten. »Den Whirlpool machen wir zwischen halb sechs und zehn an«, erklärte sie, als könnte diese Information ihn zum Bleiben bewegen. Er nickte und versuchte, die Augen offenzuhalten.

Während Dawn ihm die verschiedenen Düsen zeigte, warf er einen Blick über den Zaun. Schwer zu sagen, wo das Hotelgrundstück endete. Es verlief praktisch im Nichts. Hinter dem Pool war ein Schuppen, davor lagen ein paar Gartenstühle aus Plastik. Dahinter erstreckte sich die brüchige Erde in die Ferne bis hin zu einer kargen Hügelkette und ihrer zerklüfteten Silhouette vor dem Abendhimmel. Er stellte sich vor, dort hochzuklettern. Tagsüber unmöglich. Dazu brannte die Sonne zu stark. Das war quasi Selbstgeißelung, der sichere Tod.

»Frühstück haben wir nicht«, sagte Dawn. »Aber Sie können sich jederzeit im Gemeinschaftsraum Kaffee holen.«

»Kann ich jetzt mein Zimmer sehen?«

»Sicher.«

Sie rührte sich nicht vom Fleck und starrte einfach weiter in den Himmel, die Arme vor der Brust verschränkt, als wäre ihr plötzlich kalt.

»Gibt eine Menge zu sehen hier draußen«, sagte sie schließlich.

»Das Zimmer?«

»Oh, Pardon. Hier lang.«

Später lag er auf dem Bett, das nach Lavendel-Waschmittel stank, und lauschte den Autos, die auf dem Highway vorbeirauschten. Er fühlte sich schwer wie Blei. Sein Magen knurrte, er hatte Kopfschmerzen. Alles pulsierte in verschiedenen Lila-Schattierungen. Malvenfarbige Bettwäsche, fliederfarbener Teppich, violette Vorhänge. Als liege er in einem Bluterguss. Er schlummerte eine Weile, im Hintergrund das Gebrabbel aus dem Fernseher, und fuhr nur hin und wieder hoch, wenn Lachkonserven oder Schüsse erklangen. Schließlich musste er sich eingestehen, dass er wohl nicht richtig schlafen würde, bevor er etwas gegessen hatte. Er raffte sich auf, zog die Turnschuhe an und ging zur Rezeption. Die Frau reagierte nicht auf sein Klingeln. Schließlich fand er sie draußen am Pool, wo sie auf einem der Gartenstühle saß und mit einem Fernrohr in den Himmel starrte.

»Was sehen Sie da?«

»Ach, nichts Besonderes.«

Er fragte sie, wo er etwas zu essen bekäme.

»Zwei, drei Kilometer die Straße runter ist ein Diner. Können Sie gar nicht verfehlen. Es ist hell erleuchtet.«

Er blieb noch eine Weile stehen. Ihr Mund hing leicht offen, während sie das Fernglas auf ihr Auge drückte. Sie wirkte angespannt, als wartete sie auf etwas. Auf einmal sah er sie als Kind vor sich. Glücklich, optimistisch. Sie merkte, dass er sie beobachtete, und runzelte die Stirn.

»Sagen Sie mal, sind Sie wegen der Lichter hier?«

»Nein. Na ja, ich weiß nicht. Vielleicht. Ich versuche eher, von etwas wegzukommen, wissen Sie?«

Sie musterte ihn und widmete sich dann wieder ihrem Fernrohr. Er ging seinen Autoschlüssel holen.

Auf dem Weg in die Stadt kam er an einer Abzweigung zu einem Marinestützpunkt vorbei. Ein Lichternetz leuchtete in der Ferne über einer Fläche, die sehr viel größer war als die kurze Einkaufsstraße. Eine Videothek, ein 7-Eleven, ein Getränkemarkt und ein paar Bars. Ein Friseur bot »Militär-und Zivilhaarschnitte« an, und auf drei Leuchtschildern im Fenster eines Hauses stand »Nägel«, »Massage« und »Chinesisches Essen«. Das Diner war leicht zu finden. Hell erleuchtet, wie Dawn gesagt hatte. Allerdings hatte sie nicht erwähnt, dass es in der Form einer fliegenden Untertasse gebaut war. Er parkte den Wagen und ging durch die Tür und dann eine Art Rampe hoch, die irgendwann mal in Metall-Optik bemalt worden war. Das Ufo-Diner hatte schon bessere Tage gesehen. Der Putz an den gewölbten Wänden war rissig, und im rot erleuchteten Rand der Untertasse fehlten diverse Lampen. Die Kunstlederbänke und angeschlagenen Chrombarhocker standen dort bestimmt schon seit mindestens dreißig Jahren. An den Wänden hingen verblichene Poster von Science-Fiction-Filmen in Pastellblau und Gelb. Darth Vader war ein Gespenst, E.T. der Umriss eines Fötus. Ein fettes Teenie-Mädchen führte ihn zu einem Tisch, reichte ihm die Karte und ging dann wieder, um mit ein paar Jungs zu quatschen, die an einem der anderen Tische hockten. Insgesamt waren es fünf, tätowiert, kurz rasiertes Haar. Alle starrten sie Nicky an, und zwar nicht unbedingt freundlich. Womöglich waren zitronengelbe Röhrenjeans, ein ab-

geschnittenes T-Shirt und besprühte Achtzigerjahre-Converse
nicht unbedingt der angesagteste Look hier draußen in San schieß
mich tot.

Nicky versuchte locker zu wirken und nippte an seiner Coke.
Was Essen betraf, war er nicht sehr wählerisch. Auf Tour verschlang er mit Freuden in billigen Spelunken Gerichte, bei denen
sich den meisten Menschen der Magen umdrehte – in Fett
schwimmende Spiegeleier, Würstchen aus Teilen vom Schwein,
für die es nicht mal Namen gab. Aber auch wenn das Essen in
England schlecht war, wenigstens taten sie nicht überall Zucker
rein. Er hatte den »Mothership Chicken Basket« bestellt, und alles daran – Fleisch, Brötchen, Pommes, Salatdressing, sogar der
Kopfsalat, soweit er das beurteilen konnte – war gesüßt. Kein
Wunder, dass die Kellnerin aussah wie ein Schwein. Einen Teil
bekam er runter – immerhin war er hungrig –, dann gab er auf.
Er schob den Stuhl zurück und klatschte einen Zwanziger auf
den Tisch. Die bösen Blicke der jungen Marines verfolgten ihn
bis zur Tür.

Bei Dee's American Eagle Liquor Store standen sie Schlange.
Wieder kurze Haare, Tattoos, Geglotze. Zwei Typen kamen extra
raus, um zuzusehen, wie er wieder ins Auto stieg. Ein Sixpack Co-
ronas und eine Flasche Tequila – das war offen gesagt das Min-
deste, was er brauchte, um seine Nerven zu beruhigen. Er fuhr um
die Ecke und parkte auf dem Parkplatz vom Taco Bell. Eigentlich
wollte er sich ein Sandwich kaufen, aber drinnen sah er schon wieder einen Haufen von diesen Militär-Spinnern stehen. Das ertrug
er jetzt nicht. Von der Paranoia war er wach geworden, und in seine lila Höhle wollte er noch nicht wieder zurück. Scheiß drauf. Er
hatte doch alles, was er brauchte. Warum machte er nicht einfach
mit dem weiter, weswegen er gekommen war? Er konnte die ganze Nacht über draußen bleiben und warten, dass die Sonne aufging. Immerhin waren noch siebenundzwanzig Grad. Frieren
würde er jedenfalls nicht.

Also fuhr er weiter und entdeckte nach ein paar Meilen ein
Schild vor einer Abzweigung: NATIONAL MONUMENT. Der
Himmel war klar und dunkelblau. Als er den Wagen herum-
schwenkte, fiel das Scheinwerferlicht auf die großen Kakteen, die

am Straßenrand die Hände in den Himmel streckten. Er folgte dem Weg etwa eine halbe Stunde lang, hielt dann an und schaltete den Motor aus. Insektengeräusche kamen aus der Dunkelheit, ein industrielles Sägen und Kratzen. Er setzte sich auf die Motorhaube, leerte ein Bier und spürte seinen Puls langsamer werden. Er warf die leere Flasche in die Dunkelheit und hörte sie leise im Staub aufprallen.

Er fischte den Plastikbeutel mit dem Peyote aus dem Versteck unter dem Beifahrersitz und aß ein paar Buttons. Sie waren so bitter, dass er sie mit Tequila runterspülen musste. Keine gute Idee. Nachdem er fast eine Minute lang dem Würgereiz widerstanden hatte, spuckte er eine eklige Pampe auf den Boden. Die Silhouette einer Felsformation zeichnete sich vor dem Himmel ab, ein großer runder Brocken, der aussah wie der Rücken eines schlafenden Tieres, darauf drei wacklige Stapel Steine. Es schien nicht besonders weit weg zu sein. Er wischte sich den Mund ab, warf ein paar Sachen in eine Plastiktüte und machte sich auf den Weg. Die Pistole schlug laut hörbar gegen die Flaschen, und da er befürchtete, sie könnte aus Versehen losgehen, holte er sie wieder raus und steckte sie sich in den Hosenbund. Die Hose war jedoch so eng, dass er mit der Pistole darin ging, als litte er unter Verstopfung. Wäre er jetzt losgerannt, hätte er sich wahrscheinlich selbst in den Arsch geschossen. Am Ende trug er die Waffe in der Hand.

Zehn Minuten später waren die Felsen noch genauso weit entfernt. Er hatte keine Taschenlampe dabei und stolperte ständig. Überall standen diese pelzigen Kakteen rum, ungefähr kniehoch, und immer wieder lief er in sie hinein, sodass Stacheln in seinen Jeans stecken blieben. Dummerweise fiel ihm ein, dass es hier wahrscheinlich Schlangen gab. Und was war mit Wölfen oder Kojoten oder so? Sei kein Weichei, sagte er sich. Du bist Sänger in einer Band. Du hast eine Pistole. Du bist Jim Morrison. Du bist der Held in deinem eigenen Abenteuer.

Niemand wusste, wo er war. Niemand auf der ganzen Welt. Aber kam man nicht genau deswegen in die Wüste? Man musste sich verirren, um zu sich selbst zu finden. Das klang wie einer von Noahs Sprüchen. Scheiß Noah, es war alles seine Schuld. Vorsichtig untersuchte er den Boden, setzte sich und trank noch ein

Bier, gefolgt von ein paar Schlucken Tequila. Dann wusste eben
niemand, wo er war. Wie hatte es sich angefühlt, als sie es noch
wussten? Im Grunde kümmerte es doch sowieso niemanden. Er
nahm noch ein paar Klumpen Peyote, die er möglichst ohne zu
kauen hinunterschluckte. Etwas Helles, Weißes sauste am Himmel entlang. Die Sterne sahen aus wie Nadeleinstiche in einem
Tuch. Man hätte meinen können, hinter der Dunkelheit in eine
unglaublich helle Welt zu blicken.

Aber der Gedanke ließ ihn nicht los. Niemand wusste, wo er
war. Niemand. Er holte sein Handy raus. Ein paar Balken hatte
er noch. Sie würde es wahrscheinlich nicht verstehen, aber er rief
trotzdem an, allein um ihre Stimme zu hören.

Sie klang heiser und verschlafen.

»Baby? Ich bin's.«

»Nicky, es ist mitten in der Nacht. In ein paar Stunden muss
ich arbeiten.«

»Ich wollte mit dir reden.«

»Ich muss wirklich früh raus. Ruf mich später an, okay?«

»Warum denn nicht jetzt?«

»Ich seh nachher total scheiße aus.«

»Das ist deine einzige Sorge.«

»Das ist mein Job.«

»Wo bist du?«

»Paris.«

»Schon wieder? Ist jemand bei dir?«

»Meine Güte, Nicky, nicht wieder die Nummer. Ich schlafe.
Lass mich in Ruhe.«

»Was soll das heißen, dich in Ruhe lassen?«

»Du klingst betrunken.«

»Nicht wirklich. Ein bisschen. Ich wollte dir sagen, dass ich
dich liebe.«

»Das ist nett.«

»Ich brauche dich, Baby.«

»Mmm.«

»Ernsthaft.«

»Nicky, was ist los? Terry hat mich angerufen. Er wollte wissen, ob ich etwas von dir gehört habe. Ist etwas passiert?«

»Ich weiß nicht. Nein. Vielleicht. Ich bin aus dem Studio ab-gehauen.«

»Warum?«

»Das ist kompliziert. Ich musste da weg.«

»Wo bist du jetzt?«

»Keine Ahnung. Irgendwo im Nichts.«

»Wo im Nichts?«

»In der Wüste. Horch mal.«

Er hielt das Handy hoch, damit sie die Insekten hören konnte.

»Ist das nicht toll?«

»Was für eine Wüste, Nicky? Was machst du da?«

»An dich denken. Ich will, dass du kommst. Ich hab sonst nie-manden, Anouk. Nur dich.«

»Wie soll das gehen? Ich hab doch keinen fliegenden Teppich. Was ist mit den anderen? Was ist mit Jimmy? Und Terry? Warum rufst du nicht Terry an?«

»Weil Terry mir scheißegal ist. Es ist alles im Arsch, Nookie. Du bist das Einzige, was zählt. Das ist mein Ernst. Du musst mich hier rausholen. Ich bin in der Nähe von einem Ort namens San … irgendwas. Setz dich in den Flieger nach L.A., okay? Ich sag dir dann, wo du hinkommen musst.«

»Nicky …«

»Okay?«

»Du hörst mir nicht zu.«

»Sag einfach Ja. Komm einfach, Nookie. Du bist alles, was ich habe.«

»Das stimmt nicht. Sei nicht so pathetisch.«

»Sag mir nicht, wie ich bin. Ich meine das ernst.«

»Ich versteh dich nicht. Warum musst du immer so sein?«

»Komm. Ich will, dass du kommst. Setz dich einfach ins Flug-zeug. Ich hol dich am Flughafen ab. Ich liebe dich.«

»Warum gerade jetzt, Nicky? Warum sagst du das jetzt alles?«

»Weil es stimmt.«

»Du sagst das nur, weil du Angst hast. Du hast Angst, mich zu verlieren, deswegen redest du jetzt so pathetisches Zeug.«

»Ich meine es ernst. Wenn du nicht kommst, weiß ich nicht, was passiert.«

Am anderen Ende war es still. Er hörte sie seufzen und sich im
Bett umdrehen. Er stellte sich vor, wie ein anderer Mann neben
ihr lag, sie auf den Hals küsste und ihr übers Haar strich.

»Anouk, bitte. Wenn du nicht kommst, mach ich irgendwas
Dummes.«

»Du machst immer irgendwas Dummes, Nicky. Du bist ein
Rockstar. Du kannst gar nicht anders.«

»Ich bringe mich um.«

»Das tust du nicht.«

»Doch. Ich hab eine Pistole.«

»Du redest Scheiße, Nicky. Ich lege jetzt auf.«

»Warte. Du findest, ich rede Scheiße? Pass auf.«

Er hielt das Handy hoch und feuerte einen Schuss ab. Es gab
einen ohrenbetäubenden Knall. Er hatte nicht mit dem starken
Rückstoß gerechnet. Sein Arm wurde hochgerissen, sodass er
rückwärts stolperte. Das Handy segelte durch die Luft.

»O Scheiße. Nookie? Nookie, kannst du mich hören? Schrei,
wenn du mich hören kannst. Mist.«

Er hatte keine Ahnung, wo das Ding gelandet war. Das Display
war dunkel. Er brüllte ihren Namen, horchte auf eine Antwort
und kroch dabei auf allen vieren herum wie ein Hund. Was hatte
er getan? Scheiße Scheiße Scheiße. Er holte sein Feuerzeug raus,
suchte den Boden in kurzen Fünf-Sekunden-Schüben ab und
knipste es aus, wenn die Finger zu heiß wurden. Vielleicht war das
Handy unter einem Stein gelandet, er drehte einen um und glaubte, darunter eine Schlange zu sehen. Panisch sprang er auf und feuerte los. Diesmal warf ihn der Rückstoß nach hinten, wobei er
rückwärts über einen kleinen Kaktus stolperte. Der Schmerz war
kaum auszuhalten. Seine linke Wade war übersät mit Stacheln,
manche davon saßen ziemlich tief. Er konnte nichts sehen, selbst
wenn er in der Lage gewesen wäre, sie allein rauszuziehen. Er musste zurück zum Auto. Im Auto war wenigstens Licht.

Nur die Ruhe bewahren, Nicky. Egal, was du tust, nicht die
Nerven verlieren. Er hob die Plastiktüte mit den Getränken auf
und humpelte in die Richtung, aus der gekommen zu sein er
glaubte, aber nach ein paar Minuten war er nicht mehr sicher und
lief denselben Weg zurück. Die Felsgruppe lag immer noch vor

ihm. Logischerweise musste er in die entgegengesetzte Richtung. Er war nur nicht sicher. Die Schmerzen im Bein erschwerten das Denken. Der Boden unter den Füßen fühlte sich schwammig an. Würde er jetzt sterben? Junge, sagte er sich, du musst dich jetzt echt zusammenreißen.

Sein Mund war trocken, aber er hatte noch Bier. Also konnte er logischerweise ein Bier trinken. Mit zitternden Händen machte er sich am Deckel zu schaffen. Er und seine Plastiktüte mit Alkohol, hier draußen in der Wüste, der Himmel zugeschmiert mit Sternen. Der Boden atmete. Merkwürdig. Die ganze Wüste atmete langsam ein und aus, und er war nur ein kleines verletztes Tier mittendrin. Das gewaltige Rasseln der Insekten drückte auf seine Ohren, er fing an zu schwitzen. Jeder Stein, jedes Sandkorn dünstete die Hitze aus, die sie während des Tages aufgenommen hatten. Die Kakteen streckten die Arme gen Himmel. Er überlegte, ob er es genauso machen und um Vergebung bitten sollte. Ihm wurde schlecht. Würde Anouk ihm vergeben? Und all die anderen? Er ging auf die Knie. Sorry, flüsterte er. Ich hab mir nichts dabei gedacht.

Er übergab sich und hielt sich den Magen. Sein Kopf pochte. O Gott, er war ganz allein. Warum war niemand bei ihm? Er war ein Rockstar. Er konnte jede haben. Je schlimmer man sich aufführte, umso mehr wollten sie einen. Sie erniedrigten sich, vergaßen alles, sobald du den Raum betratst. Die Männer wurden eifersüchtig. Die Mädchen wollten dir einen blasen. Auf der Toilette, in der Garderobe, in den Betten mit Vorhang im Tourbus. Was sie davon hatten, war ihm unklar. Ihn machte es glücklich, bis er merkte, dass sie in Wirklichkeit gar nicht ihn meinten. Es mit einem Rockstar zu treiben – darum ging es. Nicht um Nicky Capaldi. Wenn er kam, hatten sie es geschafft. Es war diese Vorstellung, der Ruhm, dem sie einen bliesen. Sie waren in der Lage, den Ruhm kommen zu lassen.

Irgendwo hörte er sein Handy klingeln. Er taumelte los, aber als er näher kam, hörte es auf. Er machte das Feuerzeug an und sah sich um. Direkt vor seinen Füßen erklang ein dreifaches kurzes Piepen. Mailbox. Er hob das Handy auf und drückte es an die Brust. Mit zitternden Händen rief er Anouk an.

»Baby?«
»Du lebst!«
»Tut mir leid. Ich wollte nicht …«
»Du Scheißkerl! Du egoistischer Scheißkerl!«
»Es war ein Versehen.«
»Findest du das witzig? Meinst du, das ist witzig, so zu tun, als
würdest du dich umbringen?«
»Das war keine Absicht.«
»Du bist tatsächlich verrückt, weißt du das? Du bist ein Irrer.«
»Ich hab das Handy verloren.«
»Ich hab genug, Nicky. Ich mach da nicht mehr mit. Bleib du
schön in der Wüste und spiel mit deiner Pistole. Ist mir egal. Ich
will es nicht wissen. Es ist aus. Ruf mich nicht mehr an.«
»Das meinst du nicht ernst.«
»Erzähl du mir nicht, was ich meine. Es ist aus, Nicky.«
»Ich hab mich verletzt. Ich bin hingefallen.«
»Mami, ich bin hingefallen. Ich hab mich verletzt. Du bist ein
kleiner Junge. Ein egoistischer kleiner Junge.«
»Aber ich liebe dich.«
»Nein, das glaube ich nicht. Tut mir leid, Nicky. Du liebst nie-
manden außer dir selbst.«
»Das ist nicht wahr. Nookie! Nookie?«
Sie hatte aufgelegt. Er rief noch mal an, aber sie ging nicht ran.
Er konnte es nicht glauben. Das durfte nicht wahr sein. Niemand
verließ ihn. Er verließ sie, nicht sie ihn. Ihm schwirrte der Kopf.
Sein Bein schmerzte. Er trank noch etwas Tequila. Die Wüste atmete und der Boden saugte an seinen Füßen wie Treibsand. Jetzt
dachte er wirklich daran, sich zu erschießen. Sein Schädel würde
platzen wie eine Wassermelone. Wie konnte es so weit kommen?
Seit wann hasste er sich so? Es war ihm ein Rätsel, wie andere
Menschen ihr Leben führten. Vielleicht hätte er sich mehr um die
normalen Dinge kümmern sollen. Abwaschen, kochen. Er hatte
keinen Schimmer, wie viel Geld auf seinem Konto war. Hatte er
Ersparnisse? So was hatten normale Menschen doch. Man sparte
auf etwas, das man sich wünschte und nicht direkt leisten konnte.
Nach und nach wich die Hitze aus der Luft. Er setzte sich und
hielt die Pistole vor sich hin wie ein Kreuz, mit dem man Vam-

pire abwehrte. Er zitterte. Seine Gedanken sprangen hin und her. Seine Mutter, die weinte, als sie ihn zum ersten Mal im Fernsehen sah. Jimmys Vater, der sie zu den ersten Auftritten gefahren hatte. Seine kleine Schwester, die jeden Backstage-Pass bekam, immer mitkokste, den besten Champagner soff und im China White abhing, um sich Fußballer zu angeln. Liebte sie ihn? Was war mit seiner Mutter? Er hatte seiner Mutter ein Haus gekauft. Endlich dämmerte es. Ein dünner oranger Streifen schob sich über die Hügel, bis er endlich ein Stück weit sehen konnte und feststellte, dass er die ganze Zeit nur wenige Hundert Meter vom Auto entfernt gewesen war.

Ganz langsam fuhr er zum Motel zurück, eine leere Straße entlang, die sich wie eine Schlange unter den Rädern zu winden schien. Als er ankam, stand die Sonne am Horizont und sein Bein pulsierte schmerzhaft in großen roten Wellen. Er hinkte zum Pool und setzte sich auf eine Liege, in der Hand die halb volle Flasche Tequila. Als er die Augen schloss, war hinter den Lidern alles rot, ein heißes, krankes Tiefrot, das alles andere erstickte.

1778

An Eure Exzellenz Franz Theodor Freiherr de Croix,
Generalkommandant der Provincias Internas

Señor,

die Anweisung Eurer Exzellenz befolgend, habe ich die Mission in Bac erreicht und übermittle Euch hiermit diesen vertraulichen Bericht zu Lage und Zustand.

Die Mission San Xavier del Bac liegt in einem weiten Tal, zwanzig Wegstunden vom neuen Presidio San Agustín del Tucson entfernt. Bis auf die Gegend um die Quelle gibt es nur wenig Weidefläche. Etwa vierzig Wegstunden weiter nördlich gibt es eine Fülle an Kiefern, die sich zum Bauen eignen. Auf freiem Feld wachsen Mesquitebäume, Kreosotbüsche und Saguaro-Kakteen, dort leben außerdem Wachteln, Kaninchen, Hasen und Wild. Gefährliche Tiere gibt es außer Kojoten keine. Während das Land sämtliche Annehmlichkeiten bietet, die man zum Leben braucht, ist die Luft alkalisch und drückend, die Menschen, die herkommen, erkranken an fiebrigen Erkältungen. Als nördlichste der Sonora-Missionen ist San Xavier del Bac regelmäßigen Überfällen durch die Kojotenesser-Apachen ausgesetzt, die außerdem die Pimas und Papagos in ihren Rancherias drangsalieren. Angesichts dieser Umstände lässt sich feststellen, dass die Gegend die Bedingungen für eine Neuansiedlung erfüllt, wie sie im Ersten Gesetz Philipp II., gemäß Buch vier, Kapitel fünf der Gesetze der Indias festgehalten sind.

Leiter der Mission ist Fray Francisco Hermenegildo Tomás Garcés, ein gewiefter alter aragonischer Ordensbruder, den der Allmächtige nahezu perfekt dafür ausgestattet hat, die Wilden dem Heiligen Glauben zuzuführen und sie zu Untertanen Seiner

Allerkatholischsten Majestät zu machen. Ich sah ihn im Staub zwischen den Indianern hocken und scheinbar genüsslich ihr Essen verspeisen, das jedem zivilisierten Gaumen abstoßend und unbekömmlich vorkommen muss. Er spricht fließend mehrere ihrer Sprachen und ist in Sonora berühmt für seine Expeditionen ins Land der kriegerischen Heiden auf der anderen Seite des Rio Colorado, die er regelmäßig ganz allein unternahm, ohne jegliche Begleitung. Fray Garcés ist ähnlich dickköpfig und verschlossen wie seine Franziskaner-Brüder und betrachtet meine Anwesenheit in Bac mit Argwohn, zumal er darin die Gefahr einer möglichen Säkularisierung der Mission sieht. Ich habe mich bemüht, ihm zu versichern, dass Eure Exzellenz großen Respekt und Wohlwollen gegenüber seiner Arbeit hegt.

Ich bin geneigt, Fray Garcés sein Temperament nachzusehen, da er mit seinem Glauben und seiner Entschlossenheit diesen wilden verlassenen Ort zu einem annehmbaren Zuhause für sich und seine Herde gemacht hat und dabei äußerste Not erdulden musste. Als er nach San Xavier kam, war die Mission bereits fast ein Jahrhundert alt, bot jedoch nicht einmal die mindesten Voraussetzungen zur Feier der Heiligen Mysterien. Sein Bett war der nackte Boden, und beim Essen war er auf das Schicksal angewiesen, da die diversen weltlichen Besitztümer aus der Zeit der Jesuiten bei ihrer Vertreibung auf die Wilden zurückgefallen waren und diese sich, wie die Kinder, nicht darum kümmerten und die Felder brach liegen, die Gebäude verfallen und das Vieh frei umherziehen ließen. Fray Garcés ist es zu verdanken, dass die Mission in den zehn Jahren seit seiner Ankunft einen derartigen landwirtschaftlichen Fortschritt erlebt hat. Inzwischen produziert sie ausreichend Mais, Weizen, Gerste und Bohnen und erwirtschaftet in guten Jahren einen kleinen Gewinn, indem sie Lebensmittel an den Presidio verkauft. Fray Garcés brachte die Neubekehrten außerdem dazu, Kerzen, Talg, Seife und andere Güter anzufertigen. Es gibt drei Webstühle, auf denen San Xavier eine kleinere Menge Sackleinen herstellt. Damit lässt sich die beschämende Nacktheit der Neubekehrten bedecken, darüber hinaus ist Fray Garcés außerdem in Besitz mehrerer aus Kastilien importierter Ballen roten Leinens. Dieser Stoff erfreut sich bei den Wilden

großer Beliebtheit, und unser Bruder belohnt und ermutigt damit
seine Schützlinge.

Fray Garcés hat vierhundert Indianer unter seiner Obhut, darunter auch eine kleinere Anzahl Mestizen und Cholos, die meisten davon Nachkommen der Soldaten, die während der Jesuitenzeit hier stationiert waren. Er selbst hält sich an ein absolutes Verbot der Verbrüderung von Spaniern und Indianern, wobei dies schwer durchzusetzen ist. Die Mission wird von einer elf Mann starken Einheit unter dem Kommando von Hauptmann Díaz bewacht. Dieser junge Hauptmann hat, so wie meisten der Soldaten, keine Frau, sie scheinen aber alles in allem gute Christen zu sein.

Die Gebäude der Mission sind in einem erbärmlichen Zustand. Die kleine Kirche ist ein Lehmflachbau ohne Fundament. Die Jesuiten haben nicht mal den Boden ordentlich geebnet. Die Unterkünfte für die unverheirateten Frauen, die zur Wahrung der Keuschheit nachts abgeschlossen und bewacht sein sollten, sind dringend reparaturbedürftig, genau wie die Wohnquartiere der Soldaten. Die Unterkunft der männlichen Neubekehrten ist in einem besseren Zustand. Die Mission hat gegenwärtig keinen eigenen Schmied und ist für diese und andere Dienste auf die Werkstätten im Presidio angewiesen. Abgesehen von einem kleinen Getreidespeicher, einem Brennofen und einigen Hütten – in einer davon wohnt Fray Garcés – sind vom Grundstock der Mission nur noch eine einzelne Glocke auf einem Holzgerüst sowie ein großes Eisenkreuz übrig. Das einzige verteidigungsfähige Gebäude ist die Kirche, in der Fray Garcés und seine Herde oft genug Zuflucht suchen, da es weder einen Palisadenzaun noch einen Wall oder andere Befestigungen gibt. Fray Garcés verweist häufig auf das Verhältnis zwischen irdischer Armut und geistigem Reichtum, und theologisch gesehen hat er in diesem Punkt zweifellos recht. Angesichts der Herrlichkeit Gottes und unserer zivilisatorischen Aufgabe in diesem Land würde man sich jedoch wünschen, dass die Dinge anders stünden. Während ich diese Zeilen schreibe, macht sich der gute Vater Sorgen um die verspätete Lieferung eines Pakets von Holzschnitten aus Mexiko, von denen er sich erhofft, mit ihnen die Wilden leichter zu erreichen als durch Worte. Darüber hinaus wünscht er, bald weiteres liturgisches Gerät bestellen zu können, unter anderem einen Kronleuchter und einen Satz Handglocken.

Der beklagenswerte Zustand der Mission San Xavier del Bac ist zum Teil auf die anhaltenden Überfälle der Apachen in den letzten vierzig Jahren zurückzuführen. Fray Garcés behauptet, die Wilden hätten allein seit seiner Ankunft Güter im Wert von mehr als tausend Reales gestohlen, wobei ich diese Angaben für übertrieben halte. Was die Apachen betrifft, so ist Eurer Exzellenz zweifellos bewusst, dass das Problem nicht nur die Pimería Alta betrifft. Dieses vagabundierende Volk ist erstaunlich zahlreich und streift ungehindert durch die Provincias Internas von Sonora, Nueva Vizcaya, Coahuilla und Nuevo Reino de León. Um ihrer Feindseligkeit entgegenzuwirken, hat der Hauptmann von San Agustín del Tucson unklugerweise einigen Apachen erlaubt, sich in der Nähe des Presidios niederzulassen. Sie bekommen Mais und Tabak zugeteilt, im Vertrauen darauf, dass sie sich von Fray Garcés in der Christenlehre unterrichten lassen, was sie nur unter Zwang tun. Der gute Bruder, ein Mann von großer, wenn auch nicht endloser Geduld, scheint sich nicht viel Hoffnung zu machen, sie Gott näherzubringen. Im Übrigen ist es ihnen erlaubt, ihre barbarischen Bräuche beizubehalten, einschließlich der Darbietung obszöner Tänze und Zeremonien und der Vielehe. Kleinere Verfehlungen werden toleriert, selbst der Diebstahl von Tieren aus den Beständen des Presidios. Versuche, sie selbst zur Landwirtschaft zu animieren, werden nicht unternommen. Kurzum, es sind verkappte Feinde, die auf Kosten des Schatzamtes Seiner Allerkatholischsten Majestät unterstützt werden.

Trotz dieser Schwierigkeiten hat Fray Garcés die Mission so weit etabliert, dass er Ausflüge zu den entlegenen Rancherias der Papagos, Cocomaricopas und Gileño Pimas unternehmen konnte, ohne Gefahr zu laufen, dass in seiner Abwesenheit die Gemeindemitglieder flüchten oder die Gesinnung wechseln. Wie bereits erwähnt, ist er außerdem zu Expeditionen ins Land der Heiden auf der anderen Seite des Rio Colorado aufgebrochen, um auch dort unseren Heiligen Glauben zu verbreiten und das Herrschaftsgebiet Seiner Majestät zu vergrößern. Während dieser aus-

gedehnten Abwesenheiten hat meines Wissens der Schirmherr
der Apostelschule von Santa Cruz de Queretáro einen Vertreter
nach Bac geschickt. Anlässlich meiner Ankunft versammelte Fray Garcés die Neubekehrten auf dem Platz vor der Kirche. Es müssen an die hundert
gewesen sein, größtenteils Frauen und Kinder. Als ich bemerkte,
es seien doch insgesamt recht wenige, teilte der Bruder mir frei-
heraus mit, dass im Sommer viele der Neubekehrten die Mission
verließen, um Nahrung zu sammeln und Verwandte zu besuchen.
Dies bezeichnete er als bedauernswert, aber unvermeidlich. Die
Pinienkerne und Eicheln, die sie auf ihren Wanderungen sammeln, ergänzen die landwirtschaftlichen Erträge der Mission in
Hungerzeiten, und es scheint, obwohl Fray Garcés das so nicht direkt sagte, als blieben einige der Neubekehrten in den Wintermo-
naten nur wegen der knappen Nahrung. Ich fragte, ob es nicht in
seiner Macht stünde, sie durch Kerkerhaft oder körperliche Züchtigung vom Vagabundieren abzubringen, worauf er antwortete,
man habe es versucht, jedoch ohne Erfolg. Allerdings würden gelegentlich Soldaten entsandt, um Ausreißer zurückzuholen. Ich
fragte, wie die Arbeit auf der Mission verrichtet würde, wenn so
viele Angehörige regelmäßig unterwegs seien. Darauf lachte er
und sagte, dies sei in der Tat ein Problem – manchmal gäbe es
nicht mal genug Feuerholz, um Pozole zu kochen für die Dage-
bliebenen. Ich fand diese Haltung bemerkenswert, zumal Auto-
ritäten wie Verger oder de la Peña Montenegro in der Arbeit ein
wichtiges Mittel sehen, damit die Wilden ihr Heil finden. Fray
Garcés gab mir damit recht und sprach von langen Wegen und
kurzen Schritten. Die Armut der Indianer scheint ihn geradezu zu
verzücken, er betrachtet sie als heilig, im franziskanischen Sinne.
Bei näherer Betrachtung erscheinen mir die Neubekehrten der
Mission wenig besser als ihre heidnischen Brüder, sie neigen zu
Liederlichkeit, Aufsässigkeit, Müßiggang, mangelnder Weitsicht,
Argwohn und Labilität. Es herrscht ein Übergewicht an alten
Frauen und Waisenkindern. Offensichtlich lassen sich verhältnis-
mäßig wenige arbeitsfähige Männer dazu bewegen, die Rancheria
zu verlassen. Ich weise Eure Exzellenz noch einmal auf meine frü-
heren Bemerkungen bezüglich der Versorgung mit Nahrung im

Winter hin und gebe zu Bedenken, dass in manchen Fällen nur die Unfähigkeit, sich selbst zu ernähren, einen Indianer zu Gott führt. Unabhängig davon, wie ernst sie es mit ihrer Bekehrung meinen, leiden die Neubekehrten oftmals an Krankheiten und Abgeschlagenheit. Fray Garcés zufolge haben viele Frauen Totgeburten, und sowohl Frauen als auch Männer erkranken und sterben ohne ersichtlichen Grund. Er vermutet, dass der Weggang aus der gewohnten Umgebung ihnen wichtige Lebensgeister entzieht.

Obwohl Fray Garcés nicht gewillt oder in der Lage zu sein scheint, seine Schützlinge zu überwachen, fehlt es nicht gänzlich an Disziplin. Während meines Aufenthalts in der Mission sah ich einen Soldaten im Schandstock stehen, als Strafe für ein bestialisches Verbrechen an einer Einheimischen. Weiterhin trugen mehrere Indianer Fußfesseln als Strafe für Unzucht, Simulantentum oder kleinere Diebstähle. Dies ist sicher lobenswert, dennoch herrscht eine generelle Nachlässigkeit und Duldung gegenüber ungebührlichem Verhalten unter den Neubekehrten. Ausgenommen davon ist der Gottesdienst, denn dann läuft ein Sergeant mit der Geißel durch die Reihen, von der er Gebrauch macht, sobald jemand redet oder sich aus der knienden Position erheben will.

Fray Garcés hat nichts dagegen, wenn das Kreuz der Mission mit Votivbändern geschmückt wird, er verbietet jedoch gewisse andere Götzenpraktiken, zum Beispiel das Aufhängen von Tabak und Fleisch an den Seitenarmen. Ich muss gestehen, Señor, mir ist nicht klar, wo hier die Grenze verläuft, und ich würde es durchaus vorziehen, überhaupt keine derartigen Opfergaben zu sehen, aber der Bruder ist anderer Meinung, er sieht die Bänder als eine Art Trittstein auf dem Weg zum wahren Glauben. Ich habe den Eindruck, dass das Verständnis der Prinzipien unserer heiligen Religion bei den Neubekehrten ein primitives ist, das liegt aber eher an ihrem mangelnden Intellekt als daran, dass sie nicht mit entsprechendem Eifer gelehrt würden. Fray Garcés gibt sich alle Mühe, ihnen den Katechismus in ihrer eigenen Sprache nahezubringen, und ich habe viele Stunden lang mitangehört, wie er mithilfe verschiedenster Kehllaute wiederholte, dass es nur einen Gott gibt und dieser der Schöpfer all dessen ist, was wir sehen und nicht sehen, dass Gott die Heilige Dreifaltigkeit ist und Gottes

Sohn im Schoß der heiligen Maria zum Menschen ward, dass er
am Kreuz gestorben ist, dass alle guten Dinge im Himmel fortbe-
stehen und die Hölle Feuer und Verdammnis ist und so weiter.
Einige der Knaben (für die sich der Vater besonders interessiert)
prägen sich seine Worte ein und können sie auf Kommando aufsagen, ich bezweifle jedoch, dass sie verstehen, wenn er sagt, sie
müssten nicht nur Gehorsam zeigen, sich von ihren Irrtümern los-
sagen und allen Verpflichtungen eines Christen nachkommen,
sondern auch mit ganzem Herzen glauben. Fray Garcés räumt
ein, man könne nur bei einem kleinen Teil der Neubekehrten
davon ausgehen, dass sie aufrichtig Beichte ablegen. Wenige Indianer beichten freiwillig, manche reagieren verängstigt beim Anblick des Beichtstuhls und weigern sich, ihn zu betreten. Nur selten verweigert Bruder Garcés dagegen einem Mann auf dem
Totenbett das Sakrament der Beichte. Jeder, so sagt er, soll auf
diese Reise vorbereitet sein.

So streng Fray Garcés es mit den Bestimmungen der Ehe auch
nimmt, wenn er Bräutigam und Braut befragt und sie ermahnt,
die Wahrheit zu sagen, weil sie andernfalls in der Hölle enden, ist
das Wesen der fleischlichen Sünde den Wilden doch ein großes
Rätsel. Dies allein sollte den Einsatz eines Instruments rechtfertigen, das Gott den Eltern zur Erziehung ihrer Kinder zugesteht,
nämlich die Maßregelung und Züchtigung mit der Rute. Wie die
Tiere auf dem Feld zeigen sie keinerlei Schamgefühl angesichts ihrer Nacktheit. Ich sah eine Frau die Mission verlassen, und als sie
glaubte, außer Sichtweite zu sein, streifte sie ihr Sackkleid ab wie
eine Schlange ihre Haut. Wann immer Fray Garcés seine Schützlinge bei dergleichen beobachtet, peitscht er sie tüchtig aus, wobei
er diesbezüglich noch härter gegen sich selbst vorgeht als gegen seine Kinder, und zwar täglich und nicht nur an den Tagen, an denen es sein Orden gebietet. Die Unwissenheit der Indianer all diesen Dingen gegenüber könnte größer nicht sein. Da sie bei den
Spaniern nie Frauen zu Gesicht bekamen, vermuteten die Papagos in den entlegeneren Rancherias anfangs, der Bruder und seine
Begleiter seien der Nachwuchs ihrer Maultiere.

Während seiner Genesung in Tubutama im letzten Jahr
schrieb Fray Garcés einen Bericht über seine Streifzüge unter den

heidnischen Grenzvölkern, im Gespräch machte er mir gegenüber jedoch Andeutungen, dass darin vieles unerwähnt bleibt, insbesondere, was die körperlichen und geistigen Prüfungen auf einer solchen Reise betrifft. Er behauptet, mehr als fünfundzwanzigtausend Indianer am Rio Gila und Rio Colorado entdeckt, geläutert, zur Buße geführt und darauf vorbereitet zu haben, das Wort Gottes zu empfangen und Seiner Allerkatholischsten Majestät Don Carlos III. zu dienen, möge der Herr Seinen Namen schützen. Ich muss dazu sagen, dass Fray Garcés auf diesen Reisen stets allein war und Hunderte von Wegstunden entfernt von jedem vernünftigen Menschen. Ungeachtet seiner Begeisterung für die heilige Armut glaube ich, dass er fernab der Zivilisation in gewisser Hinsicht nachlässig wurde, und vielleicht hat er sich auch aus diesem Grund neuerdings für die strengstmögliche Auslegung der Regeln seines Ordens entschieden, was dazu führte, dass der Schirmherr der Apostelschule von Santa Cruz de Queretáro ihm dreimal bestimmte Fastenzeiten und Selbstkasteiungen, denen er sich in seinem Eifer unterwerfen wollte, untersagen und ihn ermahnen musste, doch eine andere Art der Buße zu finden, die weder seiner Gesundheit schadete noch ihn von seinen Aufgaben in der Mission abhielt.

Fray Garcés ist laut eigenem Bekunden erstaunt über die Rauheit des Landes auf der anderen Seite des Colorado und über die Hürden, die Gott dort hineingepflanzt hat. Wasser ist rar, Brunnen muss man manchmal aus dem Sand ausgraben. An einem dieser Orte begegnete er einer Gruppe feindseliger Jamajabs, und da er unbewaffnet war, glaubte er bereits, den Märtyrertod sterben zu müssen, als Gott ihn auf die Idee brachte, ein Bild hervorzuholen, das er in einem Holzrohr eingerollt bei sich trug und auf dem die Heilige Jungfrau mit Kind abgebildet war. Beim Anblick Unserer Lieben Frau fielen die Indianer staunend auf die Knie, verschwanden dann und ließen ihn trinken. Um seine Rettung zu feiern, nannte er den Brunnen *Kairos*. Ein weiteres Zeichen, das der Herr ihm auf seinen Wegen zu geben geruhte, war eine Darstellung der Dreifaltigkeit in Form von drei gewaltigen Felsnadeln, Vater, Sohn und der Heilige Geist, die als Symbol göttlicher Gnade aus dem Wüstenboden emporragten. An diesem Ort be-

gegnete er einem Engel in Form eines Mannes, der mit ihm
sprach und ihm gewisse Geheimnisse offenbarte. Er wirkt noch
immer aufgewühlt von dieser Begegnung, und nachdem er mir
die Geschichte erzählt hatte, entschuldigte er sich dafür und sagte, über manche Dinge solle man besser schweigen. Obwohl ich
ihn bat weiterzusprechen, weigerte er sich, und ich nehme an,
dass er nicht sicher ist, ob die Erscheinung auf unseren Herrn zu-
rückgeht oder auf den Feind. Obwohl er ungern von seinen eigenen übernatürlichen Erfahrungen erzählt, weiß Fray Garcés einiges über die berühmte Maria de Jesús de Ágreda zu berichten, die
Engel zu den Heiden von Alta California brachten, damit sie zu
ihnen predigte. Er selbst hat mit den Alten der Jamajabs und Che-
meguabas gesprochen, die angeblich von einem fliegenden Priester gehört hatten, der vor hundert Jahren ihre Völker im Namen
des Allmächtigen Gottes segnete. Auf seinen Streifzügen kam
Fray Garcés zu der Überzeugung, dass andere Prediger die Seelen
der Heiden schon auf sein Kommen vorbereitet hatten, und er
hofft weiter auf umfangreiche Bekehrungen, sobald wir unser Ter-
ritorium ausdehnen und die Missionen von Sonora und Alta California zusammenführen.

Ich bin jetzt seit zwei Monaten in San Xavier del Bac und werde am heutigen Tag ins Presidio von Tucson aufbrechen und dort
auf Eure Anweisungen warten, Senór. Zwei kleinere Vorfälle haben mein Verhältnis zu Fray Garcés getrübt, sodass es unweiger-
lich zum Streit kommen würde. Einer meiner Maultiertreiber hatte Geschlechtsverkehr mit einer jungen Indianerin, nachdem er
mit Tortillas und einem Stück Band um sie geworben hatte. Der
Bruder macht mich dafür verantwortlich und auch für den Über-
eifer, mit dem einer meiner Begleiter einen Neubekehrten ausge-
peitscht hat, weil der einen Ledergurt gestohlen hatte. Fray Garcés gibt mir die Schuld am Missmut und an der Unruhe, die das
Ableben ebenjenes Neubekehrten unter seinen Leuten ausgelöst
hat. Obwohl ich den betroffenen Offizier für acht Tage in Folge
zum Wachdienst abgestellt habe, wobei er fünf Lederharnische
tragen musste, was bei dieser Hitze Strafe genug sein sollte, konnte dies den guten Vater nicht beschwichtigen, der die den Fran-
ziskanern eigene Arroganz ausstrahlt und Bescheidenheit heu-

56 chelt, während er gleichzeitig sehr empfindlich ist gegenüber jeder Verringerung oder Infragestellung seiner Macht. Es ist hier genau wie anderswo. Jede Anfechtung franziskanischer Autorität wird als Angriff auf ihre heilige Mission gesehen. Im Presidio beschwert sich der Hauptmann, dass Fray Garcés die Neubekehrten nicht zu ihm zum Arbeiten schickt und die Soldaten deswegen gezwungen sind, niedere Aufgaben zu übernehmen wie zum Beispiel die Mühle zu betreiben und Lehmsteine zu pressen, was sie als Spanier in ihrer Würde verletzt.

Ich habe Fray Garcés sehr gut kennengelernt. Als wahrer Bettelmönch vertraut er komplett auf Gott und hat, wenn auch nicht immer im Sinne christlicher Brüderlichkeit, große Freude am Gespräch mit den Einheimischen, die er aufrichtig zu lieben scheint und seine Kinder nennt. Er ist oft frustriert und vergleicht seine Arbeit bei den Papagos und Pimas mit dem Gewinnen von Silber durch das Mahlen von Erz in einer Arrastra. Er möchte weiterhin die alleinige Verantwortung für seine verstreute Herde behalten und zeigt kein Interesse daran, die Entwicklung des Status der Mission zur Doctrina voranzutreiben. In jedem Fall ist ein solcher Wandel kaum vorstellbar, zumindest nicht in den nächsten Jahren. Die Einheimischen sind nicht in der Lage, in ihrem eigenen Interesse zu handeln, und es wird noch einige Zeit dauern, bis eine Säkularisation angebracht ist.

In Ausübung ihrer königlichen Schirmherrschaft hat das Streben nach dem Gedeihen von Kirche und Staat unsere Monarchen dazu veranlasst, viele weise Erklärungen abzugeben, nicht zuletzt, Señor, Eure Berufung in das hohe Amt, das Ihr heute innehabt. Die Wertschätzung, die ich Eurer Exzellenz entgegenbringe, veranlasst mich zu der Annahme, dass Ihr Verständnis für meine Bitte habt, jetzt von meinen Pflichten entbunden zu werden und zu meiner Frau und Familie in Vera Cruz zurückkehren zu können, wo ich seit neun Monaten nicht gewesen bin. Mein bescheidener Wunsch ist es, dass Eure Exzellenz Nutzen aus diesem Bericht ziehen möge. Ich verbleibe als Euer gehorsamster Diener

Juan Arnulfo de Flores y Rojas, Hidalgo de Vera Cruz
Presidio del Tucson, 21. August 1778

2008

EINEN MOMENT LANG DACHTE JAZ, er wäre verschwunden. Aber da war er, am Pool, zog den armen schmutzigen Bah hinter sich her und stellte sich wie ein Wachtposten vor einen dubiosen Typen, der auf einer der Liegen schlummerte. Jaz lief zu ihm rüber. Er musste aufpassen, dass er nicht auf den nassen Fliesen ausrutschte. Raj war vollkommen in sich gekehrt, er schaukelte leicht hin und her, die Fäuste geballt und den Hals scheinbar schmerzhaft verdreht, als wollte er den Kopf unter der Achsel vergraben. Der Mann lag auf der Seite, sein dünner Arm zeigte ausgestreckt auf eine leere Flasche Tequila, die auf dem Boden lag. Er hatte enge, grelle Klamotten an, wie die Hipster, die auf dem Fahrrad durch Williamsburg cruisen. Er schien ohnmächtig zu sein. Je mehr Jaz sah, desto weniger gefiel ihm: der strähnige Bart, das Tattoo, das sich an seinem Hals hinaufschlängelte, die Blutflecken auf der Hose. Er war von oben bis unten eingesaut, als hätte er sich im Dreck gewälzt. In dem Moment wachte er auf. Er guckte überrascht, als er die beiden vor sich stehen sah. Jaz versuchte, möglichst unbeteiligt zu wirken.

»Tut mir leid. Hat er Sie gestört?«

»O nein.« Der Mann hatte einen Akzent. Er rieb sich das Gesicht und kam hoch. »Ich hab nur'n bisschen gepennt.« Britisch. Vielleicht australisch.

»Komm, Raj.« Jaz klang besänftigend. »Mama wartet.«

Raj rührte sich nicht, er schaukelte nur noch doller. Der Typ beugte sich zu ihm vor und zeigte seine schiefen Zähne. »Alles klar, kleiner Mann?« Natürlich antwortete Raj nicht. Der Mann lehnte sich wieder zurück, hielt sich die Hand über die Augen und sah in den Himmel. Er roch nach schalem Schweiß. War er überhaupt ein Motelgast? Vielleicht hatte er sich einfach aufs Grundstück geschlichen.

»Schüchtern, Ihr Junge.«

Jaz hatte keine Lust, sich mit diesem Menschen über seinen Sohn zu unterhalten.

»Richtig. Fremden gegenüber schon manchmal.«

»Klar.«

»Okay, mein Junge, komm mit.«

Raj machte es ihm nicht leicht. Er gab ihm nicht die Hand, und als Jaz ihn hochnahm, protestierte er, indem er sich abwechselnd steif machte, hängen ließ und wand wie ein Fisch.

»Hör jetzt auf und komm. Daddy will, dass du mitkommst.«

Der Mann sah ihnen bei ihrem Kampf zu. Jaz versuchte, sich nicht dafür zu schämen. Er hatte sich nie an diesen Teil seines Vaterseins gewöhnt, die Szenen mit Raj, ständig die Aufmerksamkeit auf sich zu ziehen. Nie konnten sie sich unauffällig irgendwo aufhalten, eine ganz normale Familie sein. Lisa war tougher als er, aber kein Wunder, sie war ja auch den ganzen Tag mit dem Jungen zusammen. Jaz konnte wenigstens zur Arbeit gehen.

Vier Jahre lang hatte Jaz sich an jedem Wochentag schuldig gefühlt. Wenn er die Haustür schloss und zur U-Bahn lief, wenn er am Kiosk die *Times* kaufte. Er war jedes Mal so erleichtert, Rajs unermüdlichen Trotzanfällen zu entkommen. Für Lisa war es ein Scheißdeal, und er wusste das, und sie wusste, dass er es wusste, und das war der Haarriss, der Beginn ihrer Probleme. Bevor Raj kam, war alles bestens gelaufen. Es war schlimm, als Vater so über seinen Sohn zu denken, aber es ließ sich nicht leugnen. Trotz des Wahnsinns in der Firma, der obszönen Trader, des Drucks von Fenton, Bachmans neuesten apokalyptischen Entwurf abzusegnen, war die Arbeit eine Oase der Ruhe verglichen mit dem, was ihn zu Hause bei seinem Kind erwartete – das flaue Gefühl, wenn er den Schlüssel ins Schloss steckte, Hallo rief und Lisas Gesicht und Haltung zu entnehmen versuchte, wie schlimm der Tag für sie gelaufen war. Nach seiner Geburt wollte Raj nicht an die Brust. Er hasste es, wenn man ihn hochnahm. Als er dann Zähne bekam, bohrte er sie wie ein Tier in Lisas Brustwarzen. Er verwandelte sie in eine weinende hohläugige Version ihrer selbst, ein blasses Wesen in dicken Socken und Jogginghose, dem die hübschen langen

blonden Haare am Kopf klebten. Das ist nicht mein Sohn, dachte Jaz. Mein Sohn würde meiner wunderschönen Frau so etwas
nicht antun.

Es war immer dasselbe. Er stellte die Laptoptasche ab und versuchte, sich nützlich zu machen. *Komm schon, lass mich das machen, gib ihn mir.* Er hörte sich an, was Raj sich für neue Strafen
ausgedacht hatte, dass er sich weder in den Arm nehmen noch
trösten lassen wollte. Er setzte sich auf die unpraktische weiße
Couch, auf der sie früher versucht hatten, keinen Rotwein zu ver-
schütten – und die jetzt voller Karottenpüreeflecken war –, und
fing Lisas Wut auf, saß einfach still da, während sie ihn anschrie.
Weil er da war. Weil es sonst niemand verstehen würde. Dann
hielt er sie in den Armen, wenn sie weinte, roch ihr Haar, den Geruch von Milch und Babykacke und die seltsam autoritäre La-
kritznote, die er inzwischen hasste, den Geruch seines Sohnes.

Raj war kein normales Baby. Das war von Anfang an klar. Er
schlief nicht, er lag nur da in seinem neu gekauften Kinderbett im
neu angemalten Kinderzimmer und schrie, ununterbrochen und
aus vollem Hals, ungehemmt und unerbittlich. Er klang so aufgebracht, in diesem bunten Kasten mit den ganzen Mobiles und
Plüschtieren und den Zootieren auf der Tapete leben zu müssen.
Am schlimmsten war, dass er sich nicht von ihnen beruhigen lassen wollte. Das brach Lisa das Herz. *Jaz, er ist zurückgezuckt. Ich
wollte ihn in den Arm nehmen, und er ist zurückgezuckt.* Es sei nicht
ihre Schuld, erklärte er ihr. Sie sei eine gute Mutter, eine tolle
Mutter. Während er das sagte, streichelte er ihr übers Haar, aber
sie ließ sich nicht überzeugen. Wie sollte sie eine gute Mutter sein,
wenn ihr eigenes Kind Angst vor ihr hatte? Er hatte keine Antwort. Er war es nicht gewohnt, auf etwas keine Antwort zu haben.

Die Geburtshelferin meinte, so etwas komme vor. Raj würde
sich schon noch beruhigen. Alle Babys seien unterschiedlich. El-
ternsein sei jedes Mal eine einzigartige, bereichernde Herausforderung. Jaz betrachtete Raj nicht als bereichernde Herausforderung. Diese unmenschlichen Schreie, wie ein Fuchs oder eine
Katze, die animalische Angst im Gesicht, wenn Jaz sich zu ihm
runterbeugte. Seine Mutter hatte Worte aus ihrem Punjabi-Dorf
für Raj, Worte, die Jaz in seinem Haus nicht hören wollte.

Manchmal machten sie tagelang kein Auge zu. Sie gingen nicht aus dem Haus. Neben der Tür stand ein Tausend-Dollar-Kinderwagen, unbenutzt, an den Griffen klebte noch die Plastikfolie. All die Bilder, die sie sich von ihrem neuen Leben gemacht hatten, wie sie Händchen haltend in Schals und Mützen gehüllt durch den Prospect Park liefen – eine echte amerikanische Familie. Sie hatten ihn noch kein einziges Mal reingesetzt. Jaz verlängerte seine Elternzeit um einen Monat. Sein Boss schickte Techniker vorbei, die ihm ein VPN im Arbeitszimmer einrichteten: mehrere Bildschirme und ein Terminal, das an den Hauptserver angeschlossen war. Er saß oben, verfasste Regressionsanalysen anhand der letzten Datensätze und horchte auf das Chaos unten. Nach zwei Monaten riefen sie ihn zurück ins Büro. Lisa verstand. Raj war von nun an ihre Aufgabe. Eine Frage der Erwerbskraft. Sie sah aus wie ein Geist.

Natürlich hatten sie ein Kindermädchen. Sie kam von einer Agentur und war teuer. Eine Jamaikanerin mittleren Alters namens Alice, religiös und streng. Sie kündigte nach drei Wochen. Elena war aus Puerto Rico, jung und kurvig. Sie hörte in der Küche Reggaeton im Radio und tanzte vor dem Bügeleisen. Jana war eine slowakische Studentin. Dann gab es noch eine Dominikanerin, die ging nach einer Woche. Keine Einzige blieb. Raj vergraulte sie alle.

So sah ihr Leben in den ersten zwei Jahren aus. Jaz war mal beim Wildwasser-Rafting gekentert. Eben hielt er noch das Paddel fest und kniff die Augen vor dem spritzenden Wasser zusammen, im nächsten Moment wirbelte er durchs Wasser. So fühlte es sich an. Die Plötzlichkeit, die Heftigkeit. Als Rajs Diagnose kam, war es schon keine Überraschung mehr. Vor seinem zweiten Geburtstag gingen sie mit ihm zum Kinderarzt – mittlerweile dem dritten. Er stellte ihm ein paar simple Fragen, bat ihn, auf Dinge zu zeigen und so zu tun, als würde er mit einem Plastiktelefon telefonieren. Kurz darauf stand Jaz vor der Praxis, ohne den kalten Dezemberwind wahrzunehmen, der durch die Lexington Avenue heulte, den Verkehr in Midtown, die Menschen, die auf dem Bürgersteig an ihm vorbeidrängten. Er war Vater eines autistischen Kindes. Wie hoch war die Wahrscheinlichkeit? Er wusste es genau. Eins zu zehntausend in den Siebzigern. Jetzt nur noch eins zu hundertsechsundsechzig. Jaz verdiente sein Geld damit, mathematische Modelle zu entwerfen, mit denen man jedwede Art von Katastrophe vorhersagen und sich zunutze machen konnte. Und jetzt das: ein Ereignis, für das er keine Tabellen hatte, keine Zeitreihen. Eine gänzlich ungesicherte Position.

Im Handschuhfach lag noch das Paket von seiner Mutter, genauso eins wie die anderen, die krakelige Handschrift auf dem Umschlag war nicht mal ihre eigene – sie konnte weder auf Punjabi noch auf Englisch schreiben. Darin steckten ein kleines Päckchen Kajal, ein Medaillon und ein Brief, den seine Tante Sukhwindermassi geschrieben hatte. In dem Brief stand der übliche Mist, er solle Raj zu ihnen nach Baltimore bringen, dann würden sie zu einem Astrologen gehen, außerdem sollte er den schwarzen Ruß auf Rajs Stirn auftragen, ihm das Amulett um den Hals hängen und sich nach einem Exorzisten umhören, um den Nazar abzuwenden, den bösen Blick, der sein Kind befallen und ihm den Verstand geraubt habe.

Jaz' besessener Sohn war eine Schande. Ein Problem, das die Familie lösen musste, nicht aus Mitgefühl mit dem Jungen oder aus Liebe zu Jaz, sondern weil es Schande über den Namen Matharu brachte. Ginge es nach den Älteren, dann hätten sie den Jungen auf irgendeinen Dachboden gesperrt, fernab von den neugierigen Augen und tratschenden Zungen der Punjabi, all den Tanten und Onkeln, die im Grunde ihres Herzens wussten, dass das, was Jaz getan hatte, nämlich die Ehre der Familie zu beschmutzen, indem er eine Weiße geheiratet hatte, kein gutes Ende nehmen konnte.

Natürlich waren Lisa die »kulturellen Unterschiede« (diese nichtige Dinnerparty-Phrase) zwischen ihrer und seiner Erziehung bewusst, aber letztendlich hatte sie keine Ahnung, was für einen Spagat er bewältigen musste, um ihre beiden Familien zusammenzuhalten. Seine Eltern kamen direkt aus Jalandhar und waren viel zu jung verlobt worden, ihre Kindheit hatte sich in kleinen Dörfern vor Weizen- und Senffeldern abgespielt. Drei Tage nach der Hochzeit brach sein Vater nach Amerika auf, zu Onkel Malkit, der sich in Baltimore eine Existenz aufgebaut hatte. Die beiden Cousins arbeiteten zusammen in der Autowerkstatt eines Polen namens Lemanski. Der Familienlegende nach war Mr. Lemanski ein typischer weißer Boss, gierig und tyrannisch, der Malkit und Manmeet um ihre Überstunden betrog und sich über ihre religiösen Bräuche und ihr holpriges Englisch lustig machte. Jaz nahm an, dass er in Wirklichkeit nicht schlimmer als jeder andere war, überfordert vom Wandel seines Viertels und den dunkelhäutigen Männern, die als Einzige bereit waren, für die niedrigen Löhne zu arbeiten, die er zahlen konnte. Nach zwei Jahren Autoteile und Motoröl wechselte sein Vater ans Fließband und setzte Elektrowerkzeuge zusammen. Dann holte er Jaz' Mutter nach, deren erster Eindruck von Amerika eine Fabrik war, in der sie zusammen mit Hunderten von schwarzen Frauen Schokoriegel verpackte. Statt sich unter sie zu mischen, blieb sie in der Kantine lieber bei ihrem Punjabi-Hexenkreis am Ecktisch sitzen. Jaz konnte sich genau ausmalen, wie sie mit ihren langen Zöpfen unter dem Haarnetz die sorgfältig eingepackten Dal Roti aßen und sich die neue Welt und ihre unwürdigen Bewohner mit bissigen Kommentaren und Aberglauben vom Hals hielten.

So machte man das. Hart arbeiten, sich von den Schwarzen fernhalten, Geld nach Hause schicken für Hochzeiten, landwirtschaftliches Gerät und neue Backsteinhäuser, deren zwei oder sogar drei Geschosse über den Feldern aufragten, damit die Nachbarn sahen, dass diese und jene Familie einen Sohn in Amerika oder England hatte. Wo auch immer auf der Welt man wohnte, ob in London, New York, Vancouver, Singapur oder Baltimore – in Wirklichkeit lebte man in Apna Punjab, einem internationalen Franchise-Unternehmen, einem geistigen Senffeld. All die großen Städte waren nichts anderes als Arbeitshäuser, in denen man für Dollars schuftete, und die Wolkenkratzer, Parks und Galerien unwirklicher als das sentimentale Desi-Phantasma, in das man sich einwickelte wie in eine Heizdecke gegen die Kälte.

Sämtliche Tanten arbeiteten in derselben Fabrik wie Jaz' Mutter, außer denen, die in der Johns Hopkins Universität putzten oder am Fließband in der Kondomfabrik standen. Die Onkel fuhren Taxi. Als Jaz geboren wurde, der Sohn, den seine Eltern sich nach der Enttäuschung von zwei Töchtern so sehnlichst ge-

wünscht hatten, war die Familie aufs Land gezogen, in die Nähe
des Gurdwara, eine anonyme Fassade mit Vorhängen im Fenster
und handgeschriebenem Schild an der Tür. Das war das Zentrum
ihres sozialen Lebens, ein Reigen von Shaadis und Festen, Dutzende von Menschen, die sich in enge Wohnungen und Reihen-
häuser quetschten, auf dem Boden saßen und Kirtans sangen.
Weiße Laken, die über gemusterte Teppiche gezogen wurden,
umkränzte Bilder von Gurus in Plastikgoldrahmen. Als kleiner
Junge im nagelneuen Kurta-Pyjama, der noch auf der Haut kratzte, konnte Jaz sich keine andere Welt vorstellen. Während er mit
den Fingern über die Baumwollfalten auf der Brust fuhr, bahnte
er sich den Weg durch die Reihen von Betenden in Küchen, in denen es nach Essen duftete, in Wälder aus in Seide gekleideten
Frauenbeinen, an denen man ziehen konnte, woraufhin mit Hen-
na bemalte Hände ihm den Haarknoten richteten oder ihm einen
Bissen in den Mund steckten. Eine sichere Blase für einen um-
sorgten kleinen Jungen. Als er älter wurde, stellte er fest, dass diese Blase bei allem Mithai und In-die-Wange-Kneifen auch paranoid, klein und zerbrechlich war, sobald sie mit der Außenwelt in
Berührung kam, wenn zum Beispiel ein Polizist vor der Tür stand
oder auch nur der Postbote. Seine Mutter schüttelte den Kopf,
zog den Dupatta vors Gesicht und rief nach den Kindern, die
Englisch konnten, um zu erfahren, was der *Gora* in der Uniform
wollte. Immer war sie misstrauisch, dass man ihnen irgendwas
wegnehmen wollte, schuld daran war wohl die Erinnerung an die
Steuereintreiber und die Schläger der Grundbesitzer in der Heimat.

Jaz verstand nicht, warum seine Eltern solche Angst hatten. Er
war in Baltimore groß geworden, nicht im Punjab. Er ging auf
eine Schule, in der die schwarzen Kids das Sagen hatten, die amerikanischen, nicht die anderen aus Somalia und den französisch-
sprachigen Ländern, deren Familien hier genauso wenig zu Hause waren wie seine. Er sprach Englisch, konnte den Treueschwur
aufsagen, wusste die Hauptstädte der fünfzig Staaten. Er lernte
viele weiße Kinder kennen, Amerikaner und neue Einwanderer
aus der Slowakei, Polen und der Ukraine. Und Latinos. Er und
die anderen »Asiaten«, Vietnamesen, Pakistani, Iraner und Tami-

len, alle nicht zahlreich genug, um eine eigene Clique zu bilden, hatten in der Hierarchie der Schule nicht viel zu melden, aber selbst als dünner Junge mit brauner Haut und seinen auffällig langen Haaren fühlte er sich als Amerikaner. Er spielte Baseball, kein Kricket. Er hörte Top-40-Musik auf dem Walkman. Wenn er mit der Familie in den Park ging, sah er die große, weite Welt aufmarschieren, die Frisbeewerfer, Jogger und Sonnenbadenden, die verrückten alten Ladys und Skateboarder mit zu großen T-Shirts, die alle so frei und locker wirkten und sich den öffentlichen Raum teilten. Seine Eltern indessen zogen mit ihren Decken klare Grenzen, drängten sich mit den Kindern über Lunchboxen und Tupperwaredosen und trauten sich nicht mal, ein Radio mitzubringen.

Aber Mom, warum darf ich nicht mit? Es ist doch nur ein Rockkonzert.

Du musst für die Schule lernen, Beta.

Die Schule. Immer die Schule. Zum Glück war er nicht auf den Kopf gefallen. Mathe und Naturwissenschaften waren genau seine Fächer. Er konnte mit Zahlen hantieren, wie es ihm gefiel. Und genauso wie er die Muster in einer Exponentialfunktion oder einem Logarithmus erkannte, sah er auch, dass es noch ein anderes Leben gab als seins, ein Leben, in dem man in den Ferien ins Ausland fuhr, Piercings hatte, einen Hund oder einen Garten oder ein Boot im Jachthafen, mit seiner Band auf MTV spielte, sein Fahrrad vor dem veganen Café abschloss und dort mit seiner Dreadlocks-Freundin knutschte. In einem solchen Leben lernte man *Gora*-Mädchen mit kurzen Röcken und langen Beinen kennen, die mit einem redeten, statt sich die Nase zuzuhalten und so zu tun, als widerte sie der vermeintliche Currygeruch an. Eine Weile drehte sich in seinem Leben alles um diese Mädchen, die Mädchen aus seiner Klasse und die in der Nachbarschaft. Becky, Cathy, Carrie und Leigh … Es gab unüberwindbare Hürden, die ihn daran hinderten, ihr Freund zu werden, geschweige denn mit ihnen zu schlafen. Die Tatsache, dass er ein nerdiger Inder war. Seine Haare. Vor allem seine Haare. Mit fünfzehn hatte er den Knoten gegen einen Turban eingetauscht, aber dann blieb da immer noch der Flaumteppich am Kinn und die schwarzen Büschel, die sich an den Wangen entlangschlängelten, ein Wirrwarr aus widerspenstigem und unleugbar kindlichem Gewuchere, das das hormonelle Chaos seiner schlechten Teenagerhaut noch hervorhob. Er war ein Monster, ein Ausgestoßener.

Ein paar von den anderen Sikhjungs taten das Unvorstellbare. Sie gingen zum Friseur. Sie nahmen die Prügel der Väter und die Tränen der Mütter auf sich. Als wollten sie ihre folgsamen Brüder und Cousins verhöhnen, verbrachten sie Stunden vor dem Spiegel, rasierten sich komplizierte Undercuts und Bleistift-Schnurrbärte oder gelten sich wilde Muster ins Haar. Sie zogen sich an wie Gangster, rauchten Dope und fuhren mit ihren aufgemotzten Rice-Burnern zu Bhangra-Partys in DC. Sie waren die echten Punjabi Shers, die Bravehearts, stets bereit, sich dreckige schwarze Bandars vorzuknöpfen, die sich in ihrem Viertel blicken ließen, oder miese Schlampen, die sich mit weißen Jungs einließen. Jaz hätte keiner von ihnen sein können, selbst wenn er sich getraut hätte. Er war ein Nerd, ein Mathegenie. Am Kühlschrank in der Küche seiner Eltern hing ein vergilbtes Foto von ihm, auf dem er sechzehn war und hinter seiner preisgekrönten Statistik auf einer Wissenschaftsmesse stand. Ihm fiel jedes Mal sein Blick auf dem Bild auf. Glasig, gen Ausgang gerichtet.

Jeder kannte das MIT. Onkel Daljit hatte sogar schon mal den Campus besichtigt. Es war die absolute Nummer eins. Natürlich würde Jaz ein Stipendium brauchen, aber seine Lehrer meinten, das sei gar nicht mal so unmöglich. Er war ein außergewöhnlich guter Schüler, sehr begabt. Das klang wie Musik in den Ohren seiner Eltern. *Unser begabter Sohn.* Es war also beschlossene Sache: Jaz würde sich für das MIT bewerben. Die ganze Familie stellte sich darauf ein. Der Fernseher wurde stummgeschaltet. Das Essen brachte man ihm auf einem Tablett hoch. Seine Mutter und seine Schwestern wuselten herum wie Bodentechniker vor einem Mondflug. Er war zu sehr mit sich selbst beschäftigt, um sich zu fragen, warum die Schwestern nicht ähnlich in ihren Ambitionen unterstützt worden waren. Wovon hatte Seetal geträumt, bevor sie in der Krankenhauswäscherei landete? Oder Uma, die neben ihrer Mutter Schokoriegel verpackte? Beide Mädchen waren mit einundzwanzig verheiratet worden. Für sie gab es keine Stipendien, stattdessen gab es jetzt einen Onkel Amardeep und einen Onkel Baldev.

Er arbeitete wie ein Besessener. Auf physikalischer Ebene waren Energie und Materie gut zu handeln; anders als bei komplexeren Phänomenen wie Mädchen, ließen sich diese Probleme mithilfe von Formeln zähmen. Die Ergebnisse beim Zulassungstest waren bemerkenswert, und eines Tages lief er dann über den MIT-Campus, mit breiter Batikkrawatte und einem von Onkel Malkits alten Anzügen, den Seetal fachmännisch geändert hatte, sodass er den Trendsettern auf dem Familiensofa zufolge ziemlich stylisch aussah. Ob es seine manische Entschlossenheit war oder der tadellose Minderheitenbonus, die Zulassungsstelle war beeindruckt, und in Anwesenheit der jubelnden Familie gewährte man ihm ein Vollstipendium, unter der Bedingung, dass seine Leistungen nicht nachließen. Der Adler war gelandet.

Eines Septembermorgens saß er mit seinem hüftlangen Haar in einen rosa Turban gewickelt, einem Kranz um den Hals und dem roten Tilaka-Punkt auf der Stirn im Inderpal-Taxi seines Onkels auf dem Weg zum Bahnhof, um sein neues Leben anzutreten. Seine Mutter suchte schon nach einer geeigneten Braut.

In Cambridge machte er sich als Erstes – noch bevor er sich sein Zimmer ansah oder sich für irgendwelche Kurse einschrieb – auf die Suche nach einem Friseur. Auf seinem Studentenausweis sollte ein neuer Mensch zu sehen sein, einer, der abends im Bett lag, mit den Fingern über die kurz rasierten Borsten fuhr, die ungewohnte Kopfform abtastete und versuchte, nicht zu weinen. Am nächsten Tag fing er zögerlich an, sich eine neue Persönlichkeit zuzulegen, eine, die besser zu den Kuppeln und Türmen einer Universität passte als Jaswinder Singh Matharu. Als Jaz – ohne Nachnamen – ging er der indischen Szene aus dem Weg, dem Speeddating und den Kulturklubs, allem, was ihn an die Schmach erinnerte, der er zu entkommen versuchte. Sein Mitbewohner Marty führte ihn in Aktivitäten ein, die er bisher nur von den Teeniekomödien aus der Videothek kannte. Gemeinsam stachen sie Bierdosen an, rauchten Gras und gingen auf wilde Partys, auf denen die Leute Bettwäsche oder Badeanzüge anhatten und sich in den Schlafzimmern im oberen Stock befummelten. Bei einer die-

ser Partys verlor Jaz seine Unschuld an ein Mädchen namens Am-
ber, das genauso war wie die Goris, von denen er immer geträumt
hatte, nur sternhagelvoll von Wodka-Red Bull. Danach dachte er,
er sei verliebt, und lief ihr ein paar Wochen hinterher, bis sie ihn
bat, damit aufzuhören, was sie getan hätten, sei eine»einmalige Sache« gewesen. Er fragte Marty, was das bedeutete. Nichts Gutes,
Bro, lautete die Antwort. Jaz sagte sich, dass sie nur eine Gandi
Rundi war, eine dreckige Hure wie alle weißen Mädchen.

Auf diese Weise verging der Großteil des ersten Semesters, bevor er seinen Eltern gegenübertreten und der Punjabi-Welt zeigen
musste, was er getan hatte. Sein Cousin Jatinder heiratete in Phi-
ladelphia. Er musste hin. Keine Ausrede. Wenigstens hätte er das
Ganze dann mit einem Schlag hinter sich. Seine Ankunft bei der
Party im Festsaal eines Hotels war dramatisch. Onkel Malkit, der
draußen telefonierte, erkannte ihn erst nicht. Als Jaz ihn begrüßte, riss er die Augen auf. Seine Eltern waren buchstäblich sprach-
los. Statt ihn zu umarmen, hielt seine Mutter ihn an den Ellbogen fest und sah ihn entsetzt an. Sein Vater gab ihm nicht mal die
Hand. Später folgte er Jaz auf die Toilette und packte ihn mit
schmerzverzerrtem Gesicht am Kragen. Er suchte lange nach
Worten. Jaz fragte sich, wann er zuschlagen würde.»Du siehst
aus wie ein Verbrecher«, wimmerte er schließlich und ließ von
ihm ab.

Sein Schwager Baldev wurde beauftragt, ihm die Leviten zu lesen. Er hoffe, Jaz sei glücklich. Er hoffe, es fühle sich gut an, seinen Eltern ins Gesicht zu spucken, nachdem sie sich jeden Tag ab-
gerackert und solche Opfer gebracht hatten. So stolz waren sie auf
ihn, aber kaum ging er von zu Hause weg, trat er seine Religion
mit Füßen. Er war erwachsen, es war seine Entscheidung. Baldev
wusste, wie schwer es war, sich an seine Kultur zu halten, besonders in diesem *maderchod* Amerika. Aber sah Jaz denn nicht,
wie grausam er sich verhielt? Er hatte etwas in seiner Maa kaputt
gemacht, er hatte die Ehre seines Vaters beschmutzt. Wie sollte
der alte Mann jetzt noch jemandem in ihrer Gemeinde in die Augen sehen, wo sein Sohn nicht besser war als diese schwarzen
Gaandus, die sich wie Affen aufführten, sich prügelten und
dauernd Ärger machten? Jaz murmelte etwas wie, er müsse seinen

eigenen Weg gehen, ein Satz, der ihm in jener Zeit oft in den Sinn kam.

Nach Jatinders Hochzeit stürzte er sich schuldbeladen in sein Studium. Er ging nicht mehr auf Partys, verzichtete auf Alkohol und versuchte, abgesehen vom wöchentlichen Besuch beim Friseur, wieder der gute Sikhjunge zu sein, der das Opfer seiner Eltern zu schätzen wusste. Seine Mutter brach irgendwann das Schweigen und rief ihn an, ob er in den Ferien nach Hause käme. Nein, erwiderte er. Er müsse arbeiten. Er versprach, die Familie so oft zu besuchen, wie sein Studium es zulasse, aber in den folgenden Jahren kam er nur selten und in großen Abständen.

Marty, nicht gerade der Einfühlsamste, verstand nicht recht, was mit seinem Party-Lehrling los war. Jaz und er lebten sich auseinander. Im zweiten Jahr fand Jaz neue Freunde. Er las europäische Romane, kaufte sich eine Lavalampe und trug rund um die Uhr eine John-Lennon-Brille mit lila Gläsern. Er saß unter einem Baum, tat, als lese er, und wartete verzweifelt auf Ablenkung. So lernte er seine erste richtige Freundin kennen, eine Goth-Biologiestudentin namens Lynsey, die ihn offenbar als gequälte Intellektuellenseele akzeptierte. Sie waren fast zwei Jahre zusammen. Ihre einfachen Unternehmungen – Zelten gehen, Restaurantbesuche – überzeugten Jaz, dass Amerika mehr zu bieten hatte als seine hormonellen Fantasien.

Die Familie wusste nicht, was sie von dem neuen Jaz halten sollte. Er merkte, dass die anderen sich unwohl fühlten, wenn er am Frühstückstisch die *New York Times* las und bissige Bemerkungen über Bill Clinton oder Bosnien machte. Hätte er es in Worte fassen können, hätte er gesagt, er versuche, ihren Horizont zu erweitern. Im Sommer arbeitete er Doppelschichten im Laden seines Cousins Madan, besorgte sich dann einen Pass und reiste mit Freunden nach Europa. Als er zurückkam, fuhr er nach Hause, kaufte in der Stadt bei einem Deli ein paar Sachen ein und bunkerte sie im Kühlschrank seiner Mutter. Es war nicht nur das fremde Essen (ein Camembert und ein paar Scheiben Mortadella), über das sie sich aufregte, sondern dass er in ihren Bereich eindrang, die implizite Kritik an ihrer Mutterrolle. Ihr Sohn war bei ihr zu Hause, es war ihre Aufgabe, ihn zu versorgen. Jaz regte sich auf, dass sie seine Sachen wegwarf. Erst dann fiel ihm ein, wo er war. Selbst eine Dose Bohnen aufzuwärmen wäre eine Provokation gewesen.

Er ließ die Urlaubsfotos entwickeln und zeigte seinem Vater den Eiffelturm und das Brandenburger Tor. Er erwartete Interesse oder zumindest, dass er stolz auf seinen Sohn war, weil er so exotische Orte besuchte. Er versuchte, ihn zum Lachen zu bringen, indem er ein paar anzügliche italienische Sätze wiederholte, die er in Neapel aufgeschnappt hatte, aber der alte Mann sah ihn nur deprimiert an. Damals interpretierte Jaz das als Missbilligung. Später wurde ihm klar, dass es eine Art Trauer war. Er war traurig, weil er keine Verbindung hatte zu diesem lächelnden kurzhaarigen Jungen in Shorts und T-Shirt, der mit seinen sonnengebräunten weißen Freunden anstieß und Steak mit Pommes aß.

Dann machte Lynsey mit ihm Schluss. Sie sagte, sie würde gern an seinem Leben teilhaben, aber er schlösse sie dauernd aus. So sei es nicht, erwiderte er. Aber wie sollte er ihr erklären, dass er unmöglich ein *Gora*-Mädchen mit nach Hause bringen konnte, geschweige denn sie als seine Freundin vorstellen? Keiner seiner Freunde hatte seine Eltern kennengelernt. Die wenigen Male, wenn seine Eltern ihn am MIT besuchen kamen, sah er zu, dass sie so schnell wie möglich den Campus verließen. Er brachte ein qualvolles Mittagessen hinter sich und sah sich in einem Mietwagen die Sehenswürdigkeiten mit ihnen an. Sie waren höflich und aufmerksam, aber das Gefühl von Erleichterung, wenn der Abschied nahte, beruhte offensichtlich auf Gegenseitigkeit.

Und so lebte er weiter sein aufgegliedertes Leben. Er blieb für ein Graduiertenkolleg am MIT, unter anderem, um sich noch nicht für einen Beruf entscheiden zu müssen. Er hatte sich immer mehr für die Theorie als für die Praxis interessiert, und sein Doktorvater führte ihn auf das Feld der Quantenmechanik, wo er konkurrierende mathematische Erklärungen der physikalischen Welt verglich und versuchte, das Leben in einem Umfang zu verstehen, an dem sich Präzision in Unschärfe auflöste.

Als hätte er damals eine Ahnung gehabt, was Unschärfe wirklich bedeutete.

70 Der Junge war jetzt vier. Er redete nicht. Er sah einem nicht in die Augen. Er trug Windeln. Und Jaz kämpfte mit ihm am Pool eines billigen Motels, in dem sie absteigen mussten, weil sie zwar Geld hatten, Geld, mit dem Jaz seiner Familie immer nur das Beste kaufen wollte, aber die romantischen Inns, die Lisa und er noch von früher kannten, solcherlei Störungen nicht duldeten. Es war immer dasselbe. Anrufe von der Rezeption, der diskrete Hinweis, sie sollten sich doch etwas Kinderfreundliches suchen. Sie hatten es auf dem Weg vom Flughafen versucht. Bis die Junior Managerin an die Zimmertür klopfte. Ob alles in Ordnung sei. Sie wolle nicht stören, aber es habe Beschwerden von anderen Gästen gegeben.

Ein bisschen Urlaub. Raj hielt sie die ganze Nacht auf Trab. Um fünf hatten sie beschlossen, weil sie beide wach und wütend waren, aufzubrechen. Sie fuhren weiter, bis sie das Schild sahen. *Drop Inn. Zimmer frei.* Es war später Vormittag. Sie hatten noch nicht gefrühstückt. Jaz fand, es reichte. Außerdem würden sie an einem Ort wie diesem wahrscheinlich nicht schief angesehen. Die Frau am Empfang begrüßte sie jedenfalls freundlich. Wahrscheinlich war sie Schlimmeres gewohnt. Vorsichtshalber nahm er die beiden Zimmer ganz hinten: eins für die Familie, eins als Schalldämmung. Niemand sollte durch die dünnen Wände seinen Sohn hören müssen.

»Komm jetzt, Raj. Wir müssen Mami beim Auspacken helfen.«

Er nahm ihn hoch und klemmte ihn wie ein Paket unter den Arm. Raj fing an zu schreien, richtig zu schreien, ein lang gezogener einzelner Ton. Kurz malte Jaz sich aus, ihn in den Pool zu werfen und auf den Grund sinken zu sehen. Sein wütendes Gesicht, das unter der gekräuselten Oberfläche verschwand, die Stille danach.

1958

JOANIE MUSSTE ZUM SCHUTZ vor der Sonne die Hand vor die Augen halten. Sie war den Felsvorsprung hochgeklettert, um einen besseren Ausblick zu haben. Junge, war das heiß und anstrengend! Ihr Sommerkleid klebte ihr am Körper, und sie spürte, wie die Schweißtropfen unter dem Strohhut herunterliefen. Egal. Dieser Ort war überwältigend! Die glänzenden Autos, Trucks und Wohnwagen, die kreuz und quer zwischen den Mesquite- und Kreosotbüschen im Wüstensand parkten, während die Leute an den Zelten und Ständen vorbeidrängten – was für ein Gewusel! Was für ein Fest!

Ihr fiel auf, dass sie Judy das letzte Mal vor ein paar Stunden gesehen hatte. Das arme Kind. Die Fahrt hatte lange gedauert, und sie war die ganze Zeit über so ein Engel gewesen. Kein Gejammer, kein sind-wir-bald-da, selbst als Mom sich hinter Pomona verfahren hatte und einen Farmer nach dem Weg fragen musste. Richtig erwachsen, ihre Tochter. Eine echte junge Lady. Wie spät war es jetzt? Viertel vor fünf. Lange Schatten und spätnachmittägliches Licht. Da unten mussten mehrere Tausend Menschen sein. Schwer zu sagen, wie viele genau. Sechs oder sieben bestimmt. Zehn? Die Motels im Umkreis waren alle voll, hatte sie gehört, aber drinnen zu schlafen kam für sie sowieso nicht infrage. Wozu, wenn man unter den Wüstensternen zelten konnte? Wie herrlich! Am Abend zuvor war Judy so süß aufgeregt gewesen, als sie das Zelt aufgebaut hatten. Manny Vargas hatte ein Feuer gemacht, und eine Gruppe der Kohorte war dazugekommen, hatte Marshmallows gegrillt und Lieder gesungen. Als sie später in ihre Schlafsäcke gekuschelt dalagen, hatte Judy ihr Sternbilder gezeigt, und ihr war aufgefallen, dass sie kaum welche kannte. Noch ein Punkt auf ihrer To-do-Liste. Ihr Guide sagte immer, die Menschen bräuchten ein besseres, engeres Verhältnis zu den höheren Ebenen. Die Namen der Sterne zu lernen war schon mal ein Anfang. Außerdem die restlichen Dankesgebete auswendig können, den Bericht über ihren Kontakt aufschreiben, das Gedicht für die Meister der Weisheit beenden und – ach, es gab so viel zu tun!

Nach dem Mittagessen war Judy mit ein paar anderen Kindern losgelaufen – eine richtige kleine Horde –, um all die wundersamen Dinge auf der Convention zu erkunden. Joanie machte sich keine Sorgen. Diese Ufo-Leute waren liebe Menschen, und das Kind wusste ja, wo das Zelt war. Sie blickte nach unten; konkret konnte sie es nicht sagen, aber irgendwie hatte sie das Gefühl, dass die Bewegungsströme sich leicht veränderten, dass es eine allgemeine Tendenz zur Hauptbühne gab. Das Kommando hatte sie vor den Pinnacles errichten lassen und den Guide angewiesen, dafür zu sorgen, dass sie mit weißen Wimpeln und spiegelnden Scheiben geschmückt wurde. Die Scheiben hingen mit Schnüren an der pyramidenförmigen Konstruktion und kanalisierten die Energie auf die verschiedenen Redner, außerdem drehten sie sich im Sonnenlicht, was wirklich schön aussah. Es war noch eine halbe Stunde Zeit, bis der Guide seine Rede halten sollte, aber Joanie dachte, es sei besser, wieder runterzugehen und sich hübsch zu machen. Immerhin gehörte sie zur Kohorte und würde während seiner Rede hinter ihm stehen, in ihrer grünen Tunika mit Schärpe. Nach der Kletterei musste sie sich ein wenig frisch machen. Sie nahm die Schutzkappe von der Kodak, knipste ein paar Bilder (die bestimmt nichts werden würden) und machte sich an den Abstieg.

Was für ein Tag! Es waren fast zu viele Eindrücke auf einmal: Leute, die etwas verkauften, ihre Theorien vorstellten, sich gegenseitig von ihren Begegnungen berichteten, alles in einer vertrauensvollen, wohlwollenden Atmosphäre wie – na ja, jedenfalls machte es einen ganz demütig. Sie wünschte, sie könnte die Szene aufnehmen und den Skeptikern zu Hause zeigen. So sah echte Brüderlichkeit aus, nicht dieses verlogene Getue, das die da oben einem andrehen wollten. Meine Güte, es machte sie wütend, wenn sie an deren schmutzige Tricks dachte. Die Öffentlichkeit hatte ein Recht darauf, zu erfahren, was los war, und die Regie-

rung, ihre eigene Regierung, verhinderte, dass sie ein paar der
wichtigsten Wahrheiten erfuhren, die man sich vorstellen konnte.
Wenigstens hier draußen konnte sie sie selbst sein. Hier gab es nie-
manden wie diesen schrecklichen Bob Rasmussen aus ihrem
Büro. Dauernd hing der bei ihnen im Schreibzimmer herum.
Hier machte sich niemand über sie oder ihre Recherchen lustig.
Es gab Geheimnisse, die sie alle von den Socken hauen würden,
wenn sie irgendwann ans Licht kamen. Die Menschen hier in der
Wüste wussten, dass etwas Großes bevorstand.

Sie lief zwischen den Ständen durch und staunte, wie viele An-
bieter geduldig unter ihren Sonnenschirmen saßen und darauf
warteten, dass die Kunden kamen und in ihren Büchern, Broschüren und Zeitschriften blätterten. Wer besser organisiert war,
hatte einen Klapptisch. Andere machten einfach ihren Kofferraum auf oder legten die Sachen auf den Ladeflächen ihrer Pick-
ups aus. Eine Frau verkaufte Statuen von einem Wesen, dem sie
in ihrem Garten in Wisconsin begegnet war, ein kleiner Kerl mit
spitzem Kopf und schrägen schwarzen Augen. »Lebensgroß«,
stand auf dem Schild am Truck. Dann wäre er nur etwa dreißig
Zentimeter groß, was Joanie irgendwie unwahrscheinlich vorkam.
Sie war durchaus ein offener Mensch, aber ihrer Erfahrung nach
waren Außerirdische nicht unbedingt klein. So ein Kontakt war
das größte, eindrucksvollste Ereignis in der Geschichte der
Menschheit. Das hatte nichts Niedliches an sich. Trotzdem, es
war ein freies Land, und vielleicht hatte die Frau ja tatsächlich gesehen, was sie behauptete, gesehen zu haben. Joanie wäre die Letzte, die jemandem das Recht verweigerte, seine eigene Wahrheit zu
erforschen.

Ein älteres Paar in selbst genähten Klamotten verteilte kosten-
loses vegetarisches Essen. Der Mann trug Strohsandalen. Joanie
aß eine Art Muffin, offensichtlich aus Bohnen. Während sie noch
kaute, blieb sie an einem Stand stehen, wo Bücher zu allen möglichen spannenden Themen verkauft wurden – Numerologie,
Geistheilung, Mineralientherapie, Astrophysik, mentale Übungen,
Yoga, die Dimensionen des Salomonischen Tempels, telepathi-
sche Kommunikation ... Anscheinend gab es nicht einen, sondern sechzehn gekreuzigte Erlöser seit Anbeginn der Zeit, außer-

dem war ein Großteil der Bibel bei uralten irischen Druiden abgeschrieben. Der Standbesitzer schwärmte einer kleinen Gruppe von der Bedeutung der Pinnacle Convention vor. Was für Energien hier zusammenkämen! Er fühlte sich, als sei er in eine andere Dimension transportiert worden. Auf seiner Schulter saß ein Engel, ein Wesen aus Licht und Liebe.

Joanie schenkte ihm ein breites Lächeln. Schön für den Mann! Mit dem ganzen Bibelkram hatte sie nicht viel am Hut, und das meiste von dem anderen Kram lief letztendlich auf Zahlen hinaus, womit sie auch nicht viel anfangen konnte, zumal sie es selbst nicht so mit Mathematik hatte. In gewisser Hinsicht wirkte der Büchermann ein bisschen wirr, aber was die Liebe betraf, da war sie ganz bei ihm. Die Convention war ein Ort der Liebe, veranstaltet von Menschen, die die schrecklichen Wunden der Welt heilen wollten. Sie war von weit her angereist, um ein Teil davon zu sein, und bisher nicht enttäuscht worden. Die Fahrt von Olympia, WA, dauerte drei Tage, und sie hatte die ganze Zeit aufgepasst, dass ihr klappriger alter Buick nicht heiß lief, einen Platten bekam oder Öl verlor. Sie war knapp bei Kasse, und gierige Automechaniker merkten es immer, wenn man sich in einer verzweifelten Lage befand, ganz zu schweigen davon, dass sie eine Frau und allein war. Zum Glück hielt der Wagen durch, und sie fand ein paar günstige, nicht zu schäbige Motels, wobei in dem in der Nähe von Fresno hinten irgendeine wilde Party lief und die arme Judy kaum hatte schlafen können.

Eine Gruppe buddhistischer Mönche lief an ihr vorbei, sie sangen und schlugen auf Trommeln. Die meisten sahen tatsächlich orientalisch aus, einige aber waren weiß und größer als der Rest. Sie wirkten ein bisschen verlegen in ihren orangen Gewändern, dachte sie. Sie hatte gar nicht gewusst, dass man einfach so buddhistischer Mönch werden konnte. Wurden die nicht als Kinder auserwählt, und dann kam jemand bei den Eltern vorbei und nahm sie ihnen weg? Wie grausam. Andererseits empfanden die Einheimischen das wahrscheinlich als großen Segen. Auf der Hälfte der Strecke entdeckte sie Bill Burgess, wie üblich umgeben von potenziellen Kunden, die sich seine Waren ansahen und ihm unterwürfige Fragen stellten. Bill war ein hohes Tier in Kontakt-

lerkreisen. Der Guide hatte ihn eingeladen, auf der Bühne zu sprechen. Er war schon morgens dran gewesen, wahrscheinlich nicht
die beste Zeit, aber trotzdem eine Ehre, und Joanie fand ihn sehr
überzeugend. Seine Sichtung wurde in der Bewegung ernst genommen, es erschien sogar eine Zeichnung davon auf dem Cover
des *Saucerian*-Magazins. Er war eines Nachts über den New Jersey Turnpike gefahren und hatte plötzlich ein unscharfes ovales
Licht gesehen. Er war ihm gefolgt, und bevor es in der Ferne verschwand, ließ es zwei Kapseln ab, die auf einem Feld in der Nähe
landeten. Als Bill aus dem Auto stieg, wurde ihm auf einmal
schwindelig, und seine Haut wurde heiß und kribbelte, als hätte
er ein Strahlenfeld betreten. Aus dem Flugobjekt sprachen Stimmen zu ihm, und als er später dem Guide davon berichtete, bestätigte der, dass es sich bei den Besuchern um Space Brothers
handelte, Repräsentanten des Oberkommandos, allerdings aus einem anderen Sektor als die, die den Guide besucht hatten, als der
anfangs von den Pinnacles aus Kontakt aufgenommen hatte.

Bill winkte ihr zu, und sie bahnte sich ihren Weg durch die
Menge der Bewunderer, um ihn zu fragen, ob er Judy gesehen
habe. Sie sei mit den anderen Kindern drüben beim Mux-Turm,
sagte er. Erleichtert dankte sie ihm und ging zum Zelt, um sich
umzuziehen, nicht ohne einen Anflug von Eifersucht angesichts
der vielen Aufmerksamkeit, die er bekam. Ihr Kontakt war natürlich längst nicht so dramatisch gewesen. Es war eher ein Gefühl
als eine tatsächliche Sichtung, ein sehr schönes Gefühl, das sie
überkam, als sie in der Nähe von ihrem Zuhause im Wald spazieren ging. Es war ein Winterabend, es hatte stark geschneit, alles
war vollkommen still. Plötzlich war sie eingehüllt, umschlossen,
das war das richtige Wort, von diesem herrlichen Gefühl, nicht allein im Universum zu sein, sondern dass gütige Wesen über sie
wachten und sie leiteten. Sie stand eine Weile so da, vielleicht nur
ein paar Minuten, vielleicht auch Stunden. Dann ging sie nach
Hause, setzte sich vor den Kamin und war so überwältigt, dass sie
sich überhaupt nicht erklären konnte, was los war, bis Jake aus
irgendeiner Kneipe wiederkam, nach dem Abendessen fragte und
sich wunderte, warum sie noch ihre Stiefel anhatte und den Teppich volltropfte.

Ausgerechnet in einem Diner fand sie einen Hinweis. Jemand hatte eine zerfledderte Zeitschrift auf dem Tresen liegen lassen, und sie hatte ein bisschen darin geblättert und war auf einen Artikel über den Guide, die Space Brothers und das Ashtar Galactic Command gestoßen. Instinktiv wusste sie, dass dies die Art von Bewusstsein war, der sie begegnet war. Es kam ihr vor wie ein Zeichen. Sie abonnierte den Newsletter des Guides und verbrachte schon bald darauf, wenn sie nicht gerade in diesem verdammten Holzlager saß und Rechnungen tippte, ihre Zeit damit, die verborgenen Geheimnisse des Universums zu entdecken. Natürlich gefiel Jake das nicht, aber der hatte nun wirklich nicht das Recht, den Moralapostel zu spielen.

Im Zelt war Judy nicht, aber sie stellte fest, dass jemand in ihren Sachen gekramt hatte, was bedeutete, dass sie zwischendurch da gewesen sein musste. Joanie trank ein Glas Wasser und setzte sich kurz. Als sich ihr Atem beruhigt hatte, machte sie einen Waschlappen nass und wusch sich Gesicht, Hals, unter den Armen und zwischen den Beinen. Sie zog frische Unterwäsche an und schlüpfte in ihre Tunika. Es war das erste Mal, dass sie das Kohorten-Outfit trug, und als sie nach draußen trat, fühlte sie sich unsicher darin. Es war ein bisschen kurz. Ihre Beine sahen zwar ganz passabel aus, aber sie war nun mal keine einundzwanzig mehr, und selbst zu Highschoolzeiten hatte sie nie gern viel Haut gezeigt. Es gab keinen Grund zur Sorge. Auf dem Weg in Richtung Bühne lächelten die Leute und nickten ihr zu, ein oder zwei Männer schenkten ihr sogar bewundernde Blicke. Sie strich sich das Haar glatt und drückte den Rücken durch. Genau genommen war sie doch etwas Besonderes. Sie war der Kohorte beigetreten, als sie, vielleicht ein bisschen ironisch, noch Willkommenskomitee hieß. Man musste Geld mit der Post schicken und bekam dafür eine Urkunde, einen Button und ein kleines lila Regelbuch. Judy war damals ganz klein, und Jake noch zu Hause. Die Streits wurden schlimmer, und da Joanie versuchte, die Familie zusammenzuhalten, verpasste sie die ersten Conventions, obwohl sie sich nicht erinnern konnte, seit ihrer Kindheit sich je etwas so sehr gewünscht zu haben. Schließlich schaffte sie es, den Guide in San Francisco zu sehen, wo er vor vollem Saal über den

Mux und die neuesten Botschaften des Kommandos sprach. Es war das erste Mal, dass sie ihm persönlich begegnete; sie hatte noch nie einen Menschen mit einer solchen Ausstrahlung gesehen. Danach unterhielt sie sich mit Clark Davis, dem Ersten Anhänger, er lud sie zum Abendessen im inneren Kreis ein und tätschelte schamlos ihren Schenkel, während der Guide Hummerschwänze knackte und von einem elektronischen Computer erzählte, den Ashtar in den Mux einbauen wollte. Sie konnte der Diskussion kaum folgen, war aber trotzdem den ganzen Rückweg nach Olympia so verdammt glücklich, dass sie noch wochenlang davon zehrte. Seitdem betrachtete sie ihr Leben als einzige lange Vorbereitung auf den Tag, an dem das Kommando die Menschheit als bereit erachtete, um die Last des galaktischen Bewusstseins auf sich zu nehmen, der Beginn der Post-Kontakt-Ära.

Auf dem Weg zur Bühne kam sie am Mux-Turm vorbei und hielt Ausschau nach Judy. Ein paar andere Kinder waren da, unter anderem Arties und Karens Töchter und ein kleiner rothaariger Racker, der bestimmt zu Wanda Gilman gehörte. Sie spielten in der Kapsel, die vom Grundgerüst abgenommen und aufgeklappt worden war, sodass die Leute einen Blick hineinwerfen konnten. Die Kinder lagen mit ausgestreckten Armen und Beinen in der Kugel, deren Größe natürlich auf einen Erwachsenen zugeschnitten war. Sie fragte, ob sie Judy gesehen hätten, woraufhin sie sie ernst ansahen.

»Sie ist mit dem leuchtenden Jungen mitgegangen«, sagte ein kleines Mädchen.

»Wie bitte, Schätzchen?«

»Sie war hier, und dann ist sie mit dem Jungen spielen gegangen.«

»Ich verstehe nicht. Was für ein Junge?«

»Der leuchtende Junge. Der kleine Junge aus dem Weltraum.«

Ihr blieb keine Zeit, herauszufinden, wovon das Mädchen sprach. In dem Moment tauchte Manny Vargas auf und schob sie weg. Der Guide würde gleich sprechen, es war Zeit, zu den anderen zu gehen. Vargas sah toll aus in seiner Tunika und Schärpe. Wie ein Grieche. Hinter der Bühne liefen alle aufgeregt herum, rauchten und sahen wunderbar spacig und exotisch aus.

Der Guide kam aus der Kontrollraumkammer unter den Felsen und stieg gemeinsam mit seiner Frau Oriana die Stufen hinauf. Er sah wie immer beeindruckend aus, das graue Haar hatte er aus der breiten Stirn nach hinten geworfen, und unter dem silbernen Gewand lugten die muskulösen Unterarme hervor. Er entsprach haargenau dem Dr. Schmidt aus der Legende, ehemaliger Testpilot und Forscher, Heidelberg- und Oxford-Absolvent. Oriana sah genauso blass aus wie immer, was erstaunlich war, wenn man bedachte, dass sie hier draußen unter der Wüstensonne lebte. Ihr langes Haar wurde von einem mit einem Edelstein besetzten Metallreif zurückgehalten, ein Diadem, mit dem sie an eine altertümliche Priesterin erinnerte. Was für eine geheimnisvolle Frau! Sie war vor zehn Jahren mit dem Guide zusammengekommen, der Legende nach war sie einfach aus der Wüste herausmarschiert und hatte verkündet, das Schicksal habe sie zu seiner Gefährtin bestimmt. Angeblich war sie Sprachenexpertin und beherrschte diverse indianische Dialekte, außerdem Sanskrit und Maya. Ihr Gesicht war auffällig flach, und sie hatte eine unheimliche Art, sich umzuschauen, als sähe sie etwas anderes als das, was sie eigentlich vor sich hatte. Sie sprach ein sanftes, fast roboterhaftes Englisch mit nur ganz leichtem Akzent. Man merkte sofort, dass Oriana eine Außerirdische war oder zumindest außerirdisches Blut in sich trug, wobei Joanie mehrfach den gehässigen Kommentar gehört hatte, sie sei einfach nur Frankokanadierin.

Die Sonne stand tief, ein großer oranger Klecks am Horizont. Neben der Bühne zündeten Mitglieder der Kohorte Fackeln an und steckten sie in Halterungen. Joanie nahm ihre Position in der vorderen Reihe ein, die Arme verschränkt, die Füße ein Stück auseinander. Kraftstellung nannte es der Guide. In der Erde verwurzelt, bereit für den Kontakt mit dem Himmel. Während die Menge nach vorn drängte, versuchte sie, nicht zu grinsen und stattdessen die feierliche Miene eines Menschen aufzusetzen, der verstand, welch epochale Veränderungen auf der Erde stattfinden würden, und der darauf vorbereitet war, während des Tumults, der zwangsläufig auf den Massenkontakt folgen würde, seine Rolle einzunehmen. Es war nicht einfach! Sie war zu aufgeregt. Der

Wüstensand leuchtete pfirsichfarben, mit Spuren von eiskaltem
Blau, als würde der Sand sich vor ihren Augen in ein Meer verwandeln. Sie fragte sich, ob das flattrige Gefühl in ihrer Brust den nächsten Besuch ankündigte. Konnte es sein, dass das Kommando diesen Moment gewählt hatte, um sich seinen irdischen Helfern zu offenbaren? Oh, das wäre wundervoll!

In diesem Moment betraten der Guide und seine Gefährtin die Bühne. Winkend stiegen sie die Stufen hinauf und wurden mit stürmischem Jubel empfangen. Der Guide ging zum Mikrofon und tippte zum Test ein paarmal mit dem Finger dagegen, dann begann er zu sprechen. Als seine Stimme erklang, wurden alle und (so erschien es Joanie zumindest) *alles* still, als wäre eine riesige Glasglocke herabgesunken, die ihre Versammlung von allen anderen Geräuschen der Welt abschloss.

»Brüder und Schwestern«, begrüßte sie der Guide. »Brüder, Schwestern, liebe Freunde – ich heiße euch willkommen. Wie ihr wisst, ist der menschliche Verstand die stärkste Kraft im Universum, und trotzdem nutzen wir nicht einmal ein Hundertstel, ja nicht einmal ein Hunderttausendstel dieser Kraft. Ich trete an diesem Abend vor euch, um über vieles zu sprechen, aber zunächst einmal über eine Zahl, die entscheidend ist, um das Potenzial dieser wunderbaren Kraft freizusetzen. Es ist die heilige Zahl Vierhundertsechsundachtzig. Der Breitengrad der Pinnacles, wo wir uns versammelt haben, ist genau 2057.6215 Minuten vom nördlichen Bogen entfernt. Der Kehrwert davon ist 0.000486. Die ursprüngliche Höhe der Großen Pyramide betrug genau vierhundertsechsundachtzig Fuß. Das bedeutet, dass der Breitengrad dieses kraftvollen Ortes dem exakten harmonischen Kehrwert der Höhe der Großen Pyramide von Gizeh entspricht, ein altes Kommunikationsmittel von einzigartiger Bedeutung für die Verbindung der Menschheit mit den Köpfen des spirituellen Plans für unseren Planeten. Die Zahl Vierhundertsechsundachtzig spielt außerdem eine zentrale Rolle bei der Harmonie von Raum und Zeit, zumal sie mit der universellen interdimensionalen Konstante *Om* verbunden ist. Vierhundertsechsundachtzig ist ein Schlüssel, der das Tor zu den Dimensionen öffnet. Er weist auf den Zyklus der Herausforderung und der Veränderung, in den wir in

Kürze eintreten werden. Merkt euch diese Zahl. Behaltet sie im Kopf, während ich weiter zu euch spreche.«

Joanie wusste, dass die Felsen an einem besonderen Ort standen. Viele aus der Kohorte sprachen von den Kraftlinien, die an diesem Punkt zusammenliefen, und nicht wenige waren mit ihren Wünschelruten daran entlanggelaufen, aber dies war das erste Mal, dass sie von der Beziehung zu den Pyramiden in Ägypten hörte. Sie versuchte, sich die Zahl einzuprägen, und murmelte sie ein paarmal vor sich hin. Der Guide bat die Menge, gemeinsam mit Oriana die Willkommenshymne zu singen. Sie trat ans Mikrofon, breitete die Arme aus und begann.

»O Ihr Großen! O Brüder des Lichts! Wir vergießen den Trank der Liebe über Euch!«

Nach jeder Zeile machte sie eine Pause, und die Menge wiederholte ihre Worte. Die Wirkung war elektrisierend, und Joanie hatte immer mehr das Gefühl, dass etwas Außergewöhnliches bevorstand.

»Wir vergießen den Trank, denn jeder Tropfen …«

Wir vergießen den Trank, denn jeder Tropfen!

»Bringt seinem Empfänger, wie auch dem Absender, Segen!«

Bringt seinem Empfänger, wie auch dem Absender, Segen!

»Willkommen! Willkommen! Willkommen!«

Willkommen! Willkommen! Willkommen!

Als sie fertig war, leuchtete die Wüste nicht mehr pfirsichfarben, sondern lila, und die Sonne flackerte über dem Horizont, gleich würde sie verschwinden. Der Guide nahm das Mikrofon und erzählte die Geschichte von seiner Begegnung.

»Ich stehe heute hier vor euch«, erklärte er, »weil mir an diesem Ort etwas widerfahren ist. Vor elf Jahren war ich allein und hatte keine Freunde. Ich kam in die Wüste auf der Suche nach einer Antwort, einer Wahrheit, die ich finden musste, koste es, was es wolle. Als ich eines Nachts unter den Sternen lag und über meine Bedeutungslosigkeit angesichts der Unendlichkeit von Zeit und Raum nachdachte, erhielt ich Besuch. Ein Gefährt, wie es einigen von euch bekannt vorkommen wird, ein Silent Carrier, der wie ein riesiger Topas durch die sternenklare Nacht flog. Er landete direkt vor mir, so perfekt und geräuschlos, dass ich die Natur

noch hören konnte, während er auf dem Boden aufsetzte – die Insekten, den Wind, das ferne Heulen eines Kojoten, ein Tier so allein wie ich. Es fühlte sich an, als wäre mein ganzer Körper spirituell aufgeladen, so etwas hatte ich noch nie erlebt. Am Rumpf,
der eben noch wie eine perfekte glatte Kugel ausgesehen hatte, öffnete sich eine Rampe. Darauf standen zwei Gestalten, Menschen,
so erschien es mir zumindest, von so edlem Äußeren und Auftreten, dass es mir vorkam, als stünde ich Halbgöttern gegenüber.
Reine Arier, helle Haut und graue Augen, in schlichte weiße Gewänder gekleidet, wie unsere Vorväter.

›Was wollt ihr von mir?‹, fragte ich. Sie sagten, ich solle keine
Angst haben, und luden mich in ihr Raumschiff ein. Sie kommunizierten nicht über primitive Stimmen wie wir, sondern in einer
Sprache des Geistes, einer Gedankenübertragung, die erst in meinem Kopf Gestalt annahm, gekleidet in einen betörend klaren,
sanften Klang. Als ich an Bord ging, betrat ich eine Wunderwelt.
Das Innere war gewölbt, in weiches warmes Licht getaucht, ein
wohliger, mutterleibartiger Raum. Ich merkte, dass ich sehr durs-
tig war. Im nächsten Moment hielt ich einen langstieligen Kris-
tallbecher in der Hand, bis zum Rand gefüllt mit einer klaren Flüssigkeit und einer Art grünem Edelstein darin. Vor Staunen ließ
ich ihn fast fallen. ›*Hab keine Angst*‹, sagten meine Gastgeber.
›*Trink. Du wirst dich gut fühlen.*‹ Ich sah sie mir genauer an. Noch
nie war ich so perfekten Wesen begegnet. Ich spürte, dass sie genau wussten, wie es in meinem Herzen aussah. Ich vertraute ihnen
bedingungslos, obwohl ich gleichzeitig das unangenehme Gefühl
hatte, vollkommen durchsichtig für sie zu sein, eine Art mentale
Nacktheit, die genauso peinlich war wie körperliche. Ich trank einen Schluck aus dem Becher. Es war ein köstlicher Nektar, all meine Müdigkeit verflog sofort, dazu auch alle depressiven Gedanken
und negativen Gefühle, die ich durchlebt hatte, bevor diese wundersamen Menschen vor meiner Höhle gelandet waren. Sie baten
mich, es mir bequem zu machen, was mich verwirrte, da ich keinerlei Sitzmöglichkeit erblickte. Auf ein Zeichen von einem von
ihnen ging eine Luke auf, aus der eine Art gepolsterte Sitzecke auftauchte. Zu dritt setzten wir uns, und ich spürte, wie sich die Pols-
terung leicht bewegte und an meinen Körper anpasste.

›*Wir sind Merku und Voltra*‹, verkündeten meine neuen Freunde. ›*Wir kommen von einem Ort, den du vielleicht als weit entfernt bezeichnen würdest, der in einem anderen Sinne aber nicht weiter entfernt ist als dein Daumen vom Zeigefinger. Wir sind Repräsentanten einer Gruppe, die in allen Welten als Ashtar Galactic Command bekannt ist. Das Kommando beobachtet eure Zivilisation seit Anbeginn der Geschichte. Unsere Aufklärungsschiffe haben Unmengen von Informationen gesammelt. Unsere Gehörstäbchen überwachen die seelischen Schwingungen der Menschen mit großer Aufmerksamkeit. Seit Tausenden von Jahren verfolgen wir die Strategie des Nichteinmischens auf der Erde. Gelegentlich kam es zu flüchtigen Kontakten, meist aber versehentlich. Nun allerdings haben wir uns entschlossen, diese Regel zu durchbrechen. Ihr seid in ernster Gefahr. Die Menschen haben eine Methode entdeckt, die Materie zu manipulieren, die Technologie der Kernspaltung, auch bekannt als Atomkraft. Ihr habt eine Energiequelle an der Hand, die zu großem Wohl wie Übel führen kann. Wir müssen leider sagen, dass zwar eure technischen Fähigkeiten enorm gewachsen sind, die moralischen jedoch nicht. Die Menschen sind immer noch eine primitive Rasse, von barbarischen Emotionen beherrscht. Ihr werdet von Zorn und Angst geleitet. Und so seid ihr bereits der Versuchung erlegen, dieses neue Werkzeug im Krieg zu benutzen. Ihr habt euch in zwei mit Atomwaffen ausgerüstete Lager aufgeteilt und riskiert die absolute Zerstörung eurer jungen Welt. Wir vom Ashtar Galactic Command sind euch höchst brüderlich zugetan, o Volk der Erde! Wir, die wir die höchste Blüte der großen Zivilisationen in der Galaxie darstellen, empfinden großes Mitgefühl und haben uns entschlossen, in den Strom des menschlichen Schicksals einzugreifen und die Zerstörung aufzuhalten, bevor es zu spät ist.*

Ihr müsst sofort sämtliche Atombombentests stoppen. Mit den Kräften der Natur zu spielen kann nur Schrecken über euch bringen, solange ihr es nicht mit Liebe und Voraussicht tut. Wir haben lange und genau überlegt, wie wir euch auf einen friedvollen Pfad führen können. Anfangs zogen wir in Betracht, eure Kommunikationssysteme zu übernehmen und eine Botschaft an die Anführer aller Weltregierungen zu senden, damit sie miteinander in Kontakt treten und Gespräche beginnen, die ein Ende des Kriegs herbeiführen. Unsere

Rechner haben jedoch festgestellt, dass das plötzliche Auftauchen höherer Wesen sowie das Trauma, das mit einer Bewusstwerdung der Rückständigkeit eurer Evolution einherginge, negative Konsequenzen hätten. Kurzum, wir befürchten, dass es innerhalb eurer Führungsstrukturen zahlreiche labile Persönlichkeiten gibt, die Angst vor Vereinnahmung haben und lieber eine nukleare Selbstzerstörung auslösen, als auf ihre Macht zu verzichten.

Stattdessen sind wir zu dem Entschluss gekommen, dass die Botschaft von Veränderung und Erlösung nur von der Menschheit selbst ausgehen kann. Wir haben beschlossen, Kontakt zu besonders begabten Menschen aufzunehmen, und eine Anzahl von Personen ausfindig gemacht, deren mentale Schwingungen auf einer vergleichsweise höheren Stufe verlaufen als bei der Mehrheit eurer Rasse. Dadurch eignen sie sich besser als Kommunikationskanäle. Du bist eine dieser Personen.‹

Wie ihr euch vorstellen könnt, war ich äußerst beunruhigt, dies zu hören. Die Aussicht auf ein bevorstehendes Ende der Welt war etwas, woran ich schon oft gedacht hatte, wie ich zugeben muss. Aber es nun bestätigt zu bekommen, und dann auch noch von einer solchen Quelle! Jedenfalls glaubte ich nicht, ihren Erwartungen an mich gewachsen zu sein. Sie erklärten mir, sie hätten für diese erste Kommunikation zwar körperliche Gestalt angenommen, eine physische Reise sei zukünftig aber nicht mehr erforderlich, da es zwischen uns jetzt eine dauerhafte seelische Verbindung gäbe. Faktisch sollte ich eine Art lebender Transmitter sein, ein Werkzeug, um den Menschen die Botschaft zu übermitteln.

›*Du bist etwas Besonderes‹, sagten sie, ›du hast es gewagt, den Blick zu heben und hinter die materielle Welt in die himmlischen Sphären zu blicken. Dort existieren wir, aber eure Sinne sind nicht dafür geschaffen, uns wahrzunehmen. Wir sind Wesen der siebten Dichte, der Mensch erkennt nur die erste bis dritte. Dank unserer fortgeschrittenen spirituellen Technologie sind wir jedoch in der Lage, unsere Schwingungen und die unseres Raumschiffs an die Frequenzen der Atome auf materieller Ebene anzugleichen.‹* Erschrocken stellte ich fest, dass dies exakt die Berichte von außerirdischen Besuchern erklärte, die durch Wände und andere sogenannte feste Formen gehen konnten, sowie die Tatsache, dass die Fortbewegung ihrer Fahrzeuge den Grundgesetzen der Physik widersprach.

Danach unterhielten wir uns noch eine Weile. Sie stellten mir extrem komplexe Konzepte vor, Ideen, deren Verständnis normalerweise stundenlange Erklärungen und konzentrierte Analysen erfordert hätten. Erstaunlicherweise übertrugen sich diese Gedanken innerhalb von Sekunden auf meinen Verstand, als würden sie von einem Stempel in ein Stück Wachs geprägt. Als ich sie nach dieser wundersamen Lernmethode fragte, bestätigten sie mir, sie könnten im Handumdrehen große Informationsmengen aufnehmen und weiterleiten. Die gesamte Menschheitsgeschichte ließe sich innerhalb der Zeitspanne einer Radiosendung übertragen. Und so begann eine neue Phase in meinem Leben, der Teil, den ich der bedeutenden Aufgabe widmen möchte, mit der mich meine Freunde Merku und Voltra beauftragt haben. Seit jenem schicksalhaften Tag vor elf Jahren habe ich mehrere Hundert weiterer solcher Nachrichten erhalten. Gerade vorhin erst informierten sie mich, sie würden den Verlauf unserer Veranstaltung von einem Raumschiff aus 3740 Kilometer Höhe verfolgen. Ihr, meine Freunde, sollt wissen, dass die Lage sich zunehmend zuspitzt und sie aktiv nach weiteren Kandidaten Ausschau halten, die ihnen dabei helfen, die Katastrophe zu verhindern. Unter der Leitung von Merku, Voltra und anderen Mitgliedern des Kommandos, zu denen auch Aleph, Lord Maitreya, Sananda-Jesus, der Comte de Saint-Germain und gelegentlich auch Direktor Ashtar persönlich zählen, arbeite ich unermüdlich daran, ihre Nachricht zu verbreiten und eine Schar von Freiwilligen zu rekrutieren und auszubilden, Männer und Frauen mit besonderen geistigen Fähigkeiten, die den Weg für die nächste Etappe der Menschheitsgeschichte bereiten, für die Überwindung des Krieges und den Anbruch eines galaktischen Zeitalters, in dem unsere Rasse ihren rechtmäßigen Platz im Kongress der Föderation des Lichts einnimmt. Diese Freiwilligen werde ich euch jetzt vorstellen. Ich bitte um Applaus für die Universelle Kohorte des Grünen Strahls!«

Während die Menge klatschte und jubelte, war Joanie so glücklich wie noch nie in ihrem ganzen Leben. Sie hoffte, Judy

hatte einen guten Platz ergattert. Sie war bestimmt unglaublich
stolz, ihre Mutter dort stehen zu sehen, zu hören, dass man sie als
Mensch mit besonderen geistigen Fähigkeiten bezeichnete.

Als sie von der Bühne kamen, tippte Manny Vargas ihr auf die
Schulter und flüsterte ihr zu, es gäbe gleich noch ein weiteres Treffen im Kontrollraum. Nur einige wenige Leute seien eingeladen,
und der Guide hatte ausdrücklich ihren Namen genannt. Sie wurde verlegen und bombardierte ihn mit Fragen. Ihren Namen?
Wirklich? Ob er sicher sei? Hatte sie noch Zeit, kurz zum Zelt zu
gehen? Sie wolle nach ihrer Tochter sehen. Er erwiderte, sie solle
Wanda oder Michelle schicken, das Treffen finge in zehn Minuten an. Joanie schnappte sich Wanda und bat sie, so gut zu sein.
Wanda verzog das Gesicht, drückte sie aber am Arm und sagte, sie
solle sich keine Sorgen machen. Joanie merkte ihr an, dass sie eifersüchtig war. Abgesehen von allem anderen war sie ganz klar in
Manny verknallt. Wie ein Schulmädchen. Joanie hätte Wanda
gern beruhigt. So gern sie Manuel auch mochte, zwischen ihnen
würde nie etwas laufen.

Es war das erste Mal, dass sie runter in den Kontrollraum durfte. Eine richtige Höhle war das, direkt unter den Felsnadeln. Und
offensichtlich schon ziemlich alt. Der Guide hatte sie entdeckt,
nachdem er im Traum erfahren hatte, wo er graben sollte. Obwohl sie unter der Erde lag und Luft nur durch ein paar Luken unter der Decke kam, war es weder feucht noch muffig, im Grunde
sogar ganz gemütlich. Mit Petroleumlampen und Kissen und
Bänken an den Wänden, die um einen freien Platz in der Mitte
arrangiert waren. Anscheinend hatte der Guide hier an seinen Er-
findungen gebastelt, inzwischen aber ein Stück weit entfernt ein
Häuschen gebaut, wo Oriana und er lebten und arbeiteten. Nur
ein Gerät stand noch hier, ein kompliziert aussehendes Blech-
Dingsbums mit jeder Menge Rohren und Scheiben, einem kleinen Griff zum Drehen und einer Art Käfig, in dem ein großer
Kristall lag. An der Maschine war ein Holzkasten befestigt, und
aus dem Kasten führte ein Kabel zu einem Kopfhörer, wie von einem Telefonisten, der Anrufe verbindet.

Die Teilnehmer wurden nacheinander mit einem herzlichen
Händedruck vom Guide und einer Art orientalischen Begrüßung

von Oriana empfangen, die die Handflächen gegeneinandergedrückte und sich leicht verbeugte. Es waren nur ungefähr zwanzig Leute da. Draußen standen zehntausend andere, die alles dafür gegeben hätten, in diesem Raum sein zu dürfen. Womit hatte sie das verdient? Besondere geistige Fähigkeiten hin oder her, sie hatte nicht das Gefühl, etwas Besonderes zu sein. Als sie sich ins Gesicht fasste, waren ihre Finger danach schweißnass, und sie wusste aus Erfahrung, dass sich eine Nervenkrise anbahnte. Einen Moment lang dachte sie, sie müsse sich übergeben. Das wäre natürlich scheußlich: zu einer Audienz beim Guide eingeladen zu werden und dann im Kontrollraum den Boden einsauen. *Reiß dich zusammen, Joanie Roberts. Tief durchatmen.* Sie war kurz davor rauszustürzen, als der Guide das Gespräch mit seinen Leutnants beendete und sich auf einen Holzstuhl in der Mitte des Raums neben dem seltsamen Gerät setzte. Er hob die Hände und bat um Ruhe.

»Danke, dass ihr gekommen seid«, sagte er. »Ich habe euch hergebeten, weil ihr in meinen Augen etwas Besonderes seid. Ihr seid Sternenmenschen, ihr habt mehrere Seelenwanderungen durchlaufen, sowohl hier auf der Erde als auch auf anderen Planeten. Ihr seid dem Himmel verbunden, weil ihr, anders als der Großteil des Erdenvolks, euch vorheriger Stadien bewusst seid, da ist ein Strahlen, das euch für Eindrücke und Erfahrungen öffnet, die andere nicht teilen. Ihr habt euch dieser unserer gemeinsamen Arbeit verpflichtet, und dafür danke ich euch aus tiefstem Herzen. Ihr habt diese unglaubliche Energie dort draußen gespürt. Das ist ein gutes Zeichen. Wir sind an einem entscheidenden Punkt unserer Mission angekommen. Der Sputnik der Sowjets kreist über uns, die Welt war der Katastrophe noch nie so nah. Es ist Zeit, zur nächsten Ebene überzugehen. Ihr, meine lieben treuen Freunde, sollt mehr über den Stand der Dinge hinsichtlich der Erkenntnisse aus dem Mux erfahren. Den meisten von euch dürfte das wissenschaftliche Prinzip der Maschine bekannt sein. Allen anderen und auch denen, die ihm vielleicht nicht ganz folgen können – die technischen Details sind ohne ein wissenschaftliches Studium tatsächlich etwas abschreckend –, erkläre ich kurz ein paar Punkte, bevor wir fortfahren. Wie ihr wisst, habe ich mich in den vergangenen zehn Jahren mit kaum etwas anderem beschäftigt, und in meinen Augen spielt der Mux eine zentrale Rolle, um die Welt vor der atomaren Vernichtung zu bewahren. Meine Freunde vom Ashtar Galactic Command sind da ganz meiner Meinung. Das Prinzip des Muxens oder auch Multiplexens kennen wir aus der Welt der Kommunikation. Dabei werden mehrere Botschaften zu einem Signal zusammengefasst und über ein gemeinsames Medium gesendet. Dieses Medium könnte ein Kabel sein oder auch nur die Luft, wie im Fall der drahtlosen Übertragung von Radiowellen. Unsere irdischen Telefonsysteme nutzen Multiplexing, indem sie mehrere Anrufe zusammenlegen und über Koaxialkabel senden. Das Prinzip des Mux ist analog, das Signal ist jedoch viel höher entwickelt. Man kann sich den Mux als ätherisches Transmitter-Empfänger-System vorstellen. Er nimmt Input von mehreren Absendern an und gibt für jeden auf einer anderen Frequenz ein Signal ab. Daraus entsteht ein komplexes Signal aus vielen individuellen Botschaften. Warum ist das wichtig? Ihr kennt viele der leitenden Mitglieder des Kommandos als Individuen. Meister der Weisheit wie Merku, Voltra, Maitreya und Kuthumi treten in einer Weise in Erscheinung, die für uns auf der Erde erkennbar ist. Ihr Individualitätsbegriff unterscheidet sich jedoch stark von unserem. Jeder Space Brother steht in ständiger Verbindung mit allen anderen Mitgliedern ihrer diversen Zivilisationen. Das ist sehr viel mehr, als wir gewöhnlich unter Kommunikation verstehen. Im Grunde ist es eine Art Bewusstseinsverschmelzung, die totale Gemeinschaft mit allen anderen und mit dem Kosmos. Leider sind wir Menschen nicht weit genug entwickelt, um ein solches Glück zu erfahren. Um eine ähnliche Gemeinschaft mit unseren Mitmenschen herzustellen, sind wir auf den Mux angewiesen.

Wie ich bei der Versammlung erwähnte, legt das Kommando Wert darauf, dass die Botschaft vom Weltfrieden über ein menschliches Sprachrohr verbreitet wird, um so unseren weniger aufgeschlossenen Brüdern den überwältigenden Schock eines Kontakts zu ersparen. Bei unseren Forschungen, sowohl hier als auch in den Laboren der Galaktischen Flotte, stellten wir fest, dass eine einzelne Person diese Aufgabe nicht bewältigen kann.

Im Lauf der Geschichte hat es immer wieder Propheten und Se-
her gegeben, die von den Herrschenden fast ausnahmslos ignoriert oder sogar verfolgt wurden. Die Antwort lautet Multiplexen.
Mit dem Mux kann ein menschlicher Transmitter sich zum Medium von Signalen unzähliger interplanetarischer Wesen von
unterschiedlicher Dichte machen und Tausende von Übertra-
gungen zu einem einzigen Signal vereinen. Es ist denkbar, dass
mithilfe dieser Technik ein einzelner Transmitter zum Sprachrohr für Willen und Macht ganzer Völker werden kann, ja, ganzer Planeten, der punktgenaue Zusammenfluss all ihres Wissens
und ihrer Heilkraft. Auf der Erde ermöglicht dies einer neuen
Kaste von Kommunikatoren, sich miteinander und mit dem
Kommando zu vereinigen. Das bedeutet, sobald die erste Generation von Muxen in Betrieb ist, gibt es keine einsamen Menschen mehr, zumindest unter den Glücklichen, die Teil dieses
Netzes sind.

Bisher war ich euer Guide. Sobald wir den Mux anschalten,
opfere ich meine Individualität und gehe in das nächste Stadium
meiner persönlichen Reise über. Ich werde das erste Orakel sein.
An diesem Punkt muss ich sagen, dies ist kein egoistischer
Wunsch. Eher das Gegenteil. In diesem Prozess verliere ich mich
komplett im kosmischen Signal. Außerdem ist, wie gesagt, mehr
als ein Orakel nötig, um die mächtigen Skeptiker auf unserem un-
wissenden Planeten davon zu überzeugen, den Pfad der Zerstörung zu verlassen. Wir brauchen ein ganzes Netzwerk von Orakeln, und alle werden wir gegenseitig in unsere Köpfe eintauchen.
Stellt euch eine Weltgemeinschaft vor mit Mitgliedern in China,
Europa, im dunkelsten Afrika und im peruanischen Dschungel.
Jedes Orakel wird an einen Mux angeschlossen und kommuni-
ziert auf ätherischem Weg mit dem Kommando und elektromag-
netisch mit allen Menschen auf der Erde. Mit der oberen Atmosphäre als Übertragungsmedium. Eine Technik, die der große
Nikola Tesla entworfen hat. Der Mux ist, kurz gesagt, ein Sprung-
brett zur nächsten Bewusstseinsebene, eine Möglichkeit, unsere
Evolution hin zu einer totalen, harmonischen Konvergenz mit
dem höheren Willen des Schöpfers zu beschleunigen.«

Hier machte er eine Pause und trank einen Schluck Wasser.

Joanie sah sich um. Der Ausdruck auf den Gesichtern der Um-
stehenden war mehr oder weniger überall derselbe. Das Wort »beeindruckt« brachte es nicht ansatzweise auf den Punkt. Sie waren
Teil der Geschichte, mittendrin und live dabei, wie bei der Unter-
zeichnung der Unabhängigkeitserklärung oder der Landung am
Plymouth Rock. Der Guide wollte wissen, ob jemand eine Frage
hatte. Niemand war überraschter als Joanie Roberts selbst, als sie
die Worte aus ihrem Mund kommen hörte.
»Gibt es Risiken?«, fragte sie.
Der Guide nickte. »Natürlich. So etwas hat noch nie jemand
vor uns versucht. Es ist durchaus möglich, dass es für das menschliche Gehirn, selbst für mein hoch entwickeltes Gehirn, eine zu
große Belastung ist. Meine Kollegen beim Kommando halten die
Gefahr für gering, zumindest in meinem Fall, aber sie ist da. Persönliche Risiken spielen allerdings keine Rolle. Dafür ist die Aufgabe zu wichtig. Wenn ich falle, übernimmt ein anderer meinen
Platz.«
Bill Burgess meldete sich zu Wort. »Kannst du uns noch mehr
über den Aufbau des Mux erzählen? Wir haben alle die Kapsel gesehen, aber was ist mit dem Rest?«
»Nun, der aktuelle Schaltkreis beruht größtenteils auf Ent-
würfen aus den Laboren von Araltar, dem Magnetisten für diesen
Quadrant. Der Mechanismus steckt in einer versiegelten Holzkiste neben der Kapsel. Eine ausführliche Erklärung wäre zu tech-
nisch, es reicht vielleicht zu sagen, dass ein violetter Strahl und ein
Elementarstrahl durch einen Kristall gebündelt werden, dessen
Spitze durch den Mantel der Kammer dringt, in dem das Orakel
geschützt ist. Der violette Strahl ist der Träger der multiplexen
ätherischen Botschaften. Er ist so ausgerichtet, dass er mit dem
Elementarstrahl zusammenläuft und das Signal in mentale
Schwingungen übersetzt, die der menschliche Verstand verarbei-
ten kann. Die Übertragung zwischen den Orakeln auf der Erde
funktioniert über ein konventionelles Mikrofon innerhalb der
Kammer und eine Art Hochleistungstransmitter-Empfänger, der
das Signal durch die Ionosphäre zu den anderen Orakeln in der
Kette weiterleitet.«
»Warum ist er so groß?«

»Ah, ich bin froh, dass du das fragst. Wir haben uns entschieden, den Mux in einen kegelförmigen Turm zu stellen, sodass die Spitze des Kristalls in seiner Ausrichtung exakt den Dimensionen des Salomonischen Tempels entspricht.«

»Er sieht aus wie eine Rakete.«

»Ich versichere euch, physisch reisen kann man damit nicht.«

Alle lachten. Der Guide bat freundlich um Ruhe.

»Heute Abend kann ich euch etwas Besonderes mitteilen. In genau einer Stunde werden wir den Mux zum ersten Mal testen.«

Hier und da schnappte jemand nach Luft, dann brachen alle in spontanen Applaus aus.

»Da dies nur ein Prototyp ist und es keine anderen Muxe gibt, die sich mit menschlichen Orakeln anderswo auf der Erde vernetzen können, werden wir diesen Aspekt nicht testen können. Für kurze Zeit werde ich eine komplette Verbindung mit dem Kommando und dem Kosmos eingehen. Nach dem Experiment muss ich mich voraussichtlich ein paar Stunden oder auch Tage ausruhen. Das Ganze bedeutet eine enorme körperliche Anstrengung, und ich habe keine Ahnung, wie es ausgeht. Um den Mux startklar zu machen, müssen wir die Batterie aufladen und Energie in das System leiten. Das ist der andere Grund, warum ich euch hergerufen habe.«

Clark Davis und Manny Vargas trugen eine schwer aussehende Holzkiste in die Mitte des Raums und stellten sie auf ein großes Stativ. Es sah aus wie eine altmodische Kamera, mit der man beim Highschoolabschluss fotografiert wird.

»Ihr gehört zu meinen spirituell stärksten Mitarbeitern«, fuhr der Guide fort. »Der Mux vergrößert mithilfe von elektrischer und ätherischer Energie die spirituelle Kraft seines Benutzers. Diese Batterie ist eine ätherische Speichereinheit, die Gebetsenergie in eine feste Form bringt. Oriana wird euch jetzt in ein Mantra einführen, und jeder von euch wird seine Gebete durch die Kupferklemme vorne am Gehäuse auf die Batterie richten.«

Sie stellten sich in einer Reihe vor dem Apparat auf. Oriana nahm eine Art Karatestellung ein, zur Seite gedreht, eine Hand flach ausgetreckt knapp über der Oberfläche. Angeführt von Clark Davis, fingen sie an zu singen, *Om Mani Padme Hum, Om*

Mani Padme Hum, in einem frenetischen, dringlichen Rhythmus,
und Joanie musste an King Kong denken oder irgendeinen anderen Film, wo die Heldin von Eingeborenen entführt wird und primitiven Göttern geopfert werden soll. Oriana stimmte ein Gebet an. »Gesegnet sind die Weisen, denn sie gehen durch Dunkelheit und Unwissenheit der Welt und verbreiten Licht.« Beim letzten Wort verdrehte sie ihren Körper und ließ die Hand vorspringen, als sendete sie eine unsichtbare Kraft in die Maschine. Clark Davis kam als Nächster, sagte dieselbe Zeile auf und machte dieselbe Geste. Joanie wurde klar, dass die meisten im Raum das schon mal gemacht haben mussten. Wenn es nicht schon vorher offensichtlich war, dann spätestens jetzt: Es gab innere Kreise im inneren Kreis – und sie wurde für würdig erachtet, in die nächste Ebene aufzusteigen! Während sie auf ihren Einsatz wartete, versuchte sie, sich die Worte zu merken, um nicht im entscheidenden Moment etwas Falsches zu sagen. Als es so weit war, machte sie die richtige Bewegung und war sicher, etwas zu spüren, eine spezielle Energie, die von ihr auf die Batterie überging. Sie wiederholten das Ritual noch zweimal, jeder trat vor, sprach das Gebet und sandte es zur Kiste. Am Ende hatte der Gesang ein atemberaubendes Tempo angenommen, ihr war ganz schwindlig und sie war völlig außer Atem.

Der Guide saß die ganze Zeit über nur da und sah zu. Zum Schluss gab er allen ein Zeichen, sich zu setzen. Während Davis und Vargas die Batterie raustrugen, sackte er noch tiefer auf seinem selbst geschnitzten Holzstuhl zusammen. Er wirkte müde, und Joanie fragte sich, wie alt er eigentlich war. Kaum kam ihr der Gedanke, war er schon wieder verflogen: Er griff nach dem Kopfhörer an der Maschine und setzte ihn auf. Im nächsten Augenblick wurde sein Kopf heftig nach hinten gerissen, und sein Körper versteifte sich, als stünde er unter Strom. Unter Mühe und Schmerzen schien er den Flow in sich aufzunehmen und senkte das Kinn zur Brust. Dann fing er an zu sprechen. Joanie erschrak. Seine Stimme klang vollkommen anders, tief und kratzig, von weit unten aus der Kehle.

»Seid gegrüßt! Ich bin Esola, Meister der Magnetik, 8.600ste Projektion, 525ste Welle. Ich stehe bereit. Stopp.«

Wieder verkrampfte er und warf den Kopf nach hinten. Dann sprach er weiter, diesmal mit einer hohen, wahrscheinlich weiblichen Stimme.

»Ich bin Kendra, Archivarin der 36sten Projektion, 6te Welle. Auch ich stehe bereit. Stopp.«

Daraufhin bat der Guide mit seiner eigenen Stimme die beiden Erscheinungen um ihre Einschätzung des Experiments. Esola antwortete zuerst.

»Meinen Informationen zufolge ist die Batterie voll aufgeladen. Stopp.«

»Ich habe die Übertragung von Energie im kosmischen Buch notiert«, fügte Kendra hinzu. »Alles ist bereit, um das Multiplex-Gerät zu testen. Stopp.«

Der Guide bedankte sich, bestellte herzliche Grüße und Segenswünsche und nahm den Kopfhörer ab. Wie es schien, hatte das Kommando grünes Licht gegeben. Er stand auf, nahm Orianas Hand und gab ihnen ein Zeichen, ihm die Stufen nach oben zu folgen.

Die Nacht draußen war klar und frisch. Joanie war kalt in ihrem knappen Kohorten-Outfit, sie wünschte, sie hätte einen Pullover dabei. Draußen in der Wüste sah sie Lagerfeuer, Menschen, die davor auf und ab gingen wie Gespenster. Erde und Luft verschwammen miteinander. Sie hatte das Gefühl, als schwebte sie bereits schwerelos im kalten klaren Weltraum zwischen den Planeten. Essensgerüche wehten durch das Lager, Gesprächsfetzen, Rufe und Lachen. Irgendwo spielte jemand Gitarre. Sie gingen zum Mux-Turm rüber, einem kegelförmigen Umriss, halb verdeckt von den drei großen dunklen Fingern der Pinnacles. Die Männer setzten einen Generator in Gang, der stotternd ansprang und dann in ein regelmäßiges Tuckern überging. Ein Kabel führte von dort zum Mux. Jemand anderes brachte eine große Lampe, eine Art Bühnenscheinwerfer, und richtete sie auf den Turm. Eine Menschenmenge versammelte sich um sie, stellte Fragen und versuchte herauszufinden, was los war. Clark Davis ließ die Kohorte einen Kreis um den Turm bilden, während Manny und ein paar andere die Gebetsbatterie hochtrugen und in die Kapsel setzten. Joanie starrte in die Dunkelheit und suchte in der Menge nach Wanda. Hoffentlich war sie so schlau gewesen, Judy ins Bett zu bringen. Die Techniker kamen wieder runter und berieten sich kurz mit Davis und dem Guide. Während die Zuschauer flüsterten und mit dem Finger zeigten, umarmte der Guide Oriana, griff nach den Sprossen der Leiter und stieg hinauf.

2008

LISA HATTE DIE KOFFER OFFEN auf dem Bett liegen. Das Zimmer war klein und eng und mit einem unschönen lila Blumenmuster tapeziert. Kaum kam Jaz mit ihm rein, hörte Raj auf zu weinen, wand sich aus seinen Armen und lief zur Toilette, um die Spülung zu drücken. Jaz hatte nicht die Energie, ihn aufzuhalten. Er war besessen von Toiletten. Mit den Fingern im Wasser plätschern. Den Kopf tief in die Schüssel stecken, um den Abfluss zu untersuchen. Noch bevor der Wasserkasten sich wieder gefüllt hatte, drückte er den Hebel noch mal. Jaz hörte das hohle Klacken. Und noch mal. Das konnte er stundenlang tun.

Jaz setzte sich in einen Sessel. Im Zimmer stank es nach Reinigungsmittel mit künstlichen Duftstoffen. Karzinogene und Lavendel.

»Kann ich dir helfen?«

Lisa schüttelte den Kopf.

»Alles in Ordnung?«

»Klar.«

Er zog eins seiner Hemden aus dem Koffer und griff nach einem Bügel.

»Nicht.«

»Was?«

»Du bringst alles durcheinander.«

Er setzte sich wieder. Raj kam ins Zimmer gerast und lief zu Lisa, die versuchte, weiter auszupacken, während er an ihrem T-Shirt zerrte.

»Komm«, sagte Jaz. »Lass Mami in Ruhe. Hier hast du Bah.«

Bah. Ehemals weißer Hase. Kahle Stellen. Büscheliges grau meliertes Fell. Bakterien-Bah, abgenuckelt und durch den Dreck gezogen, klebrig und voller Sekrete. Raj warf ihn seiner Mutter an den Kopf. Die ignorierte die Attacke und sortierte ihre Sachen.

Hemden, Hosen und Badesachen, die Windeln für Raj, der sich jetzt gut gelaunt in den Vorhang einwickelte. Lisa verzog in letzter Zeit kaum noch eine Miene. Das Mädchen, das Jaz damals kennengelernt hatte, war immer am Flirten gewesen und hatte meistens kurze Röcke getragen und schmutzige Witze erzählt. Sie schnappte sich gern spontan eine Tasche, fuhr zum Flughafen oder checkte im Hotel ein, um Fernsehen zu gucken. Einmal hatten sie Sex auf der Toilette eines Sushi-Restaurants in der Lower East Side, während ihre Freunde am Tisch saßen und dachten, sie wären zum Geldautomaten gegangen. Jaz hatte in seinem Leben nur wenige Frauen kennengelernt, und keine war auch nur ansatzweise wie sie. Sie überraschte ihn immer wieder. Im Herzen war er immer noch ein typisches Einwandererkind, ein bisschen ängstlich, immer auf der Hut vor sozialen Bananenschalen. Sie hatte ihm gezeigt, dass es okay war, Risiken einzugehen, sich ausgefallene Vergnügungen zu erlauben. Er wollte sich diese Frau zurück ins Gedächtnis rufen, sie musste noch da sein, weggeschlossen in dieser neuen Version ihrer selbst, die Prinzessin im Turm.

»Fahren wir in den Park?«

Lisa zuckte mit den Schultern. »Ich schätze schon. Deswegen sind wir doch hier.«

»Wir brauchen Proviant.«

»Verdammt noch mal, Jaz. Ich weiß, dass wir Proviant brauchen. Ich packe gerade aus, ich kann mich nicht um alles kümmern ...«

»So war das nicht gemeint. Ich fahr mit dem Boss in den Ort. Dann kaufen wir was zu essen, Plastikteller, was wir sonst noch so brauchen.«

»Alles klar.«

»Du kannst dich solange hinlegen.«

»Ich will mich nicht ... okay, alles klar, ich leg mich hin, wie du willst. Danke.«

Der Boss. Der junge Meister. So nannten sie ihn. Sie waren Leibeigene in seinem kleinen Reich. Jaz packte ihn, schmierte ihm Sonnencreme in das verzogene Gesicht und sammelte Autoschlüssel, Sonnenbrille und Navi samt Kabel ein. Lisa saß auf der Bettkante und zappte sich mechanisch durch das Fernsehprogramm.

Die Motelmanagerin hantierte draußen vor dem Büro herum. Jaz hatte sie beim Einchecken nicht groß beachtet. Sie sah seltsam aus, mit ihrer dauergewellten Mähne und dem ganzen türkisfarbenen Schmuck.

»Alles okay bei Ihnen?«, fragte sie.

»Auf jeden Fall.« Jaz richtete sich auf. »Alles bestens.« Wollte sie sich beschweren? Raj hatte nichts getan. Der Junge ließ seine Hand los und untersuchte etwas auf dem Boden. Die Frau lächelte.

»Das Zimmer gefällt Ihnen?«

»Alles wunderbar. Wir kaufen nur kurz was zu essen, ein bisschen Proviant, bevor es in den Park geht.«

»Ah, schön. Wenn Sie den Hügel da runterfahren, kommt rechts ein Supermarkt. Können Sie gar nicht verfehlen.«

»Danke.«

»Dann wünsche ich einen schönen Tag. Nehmen Sie ordentlich Wasser mit und setzen Sie sich nicht in die Sonne.«

Während dieses kurzen Austauschs war Raj verschwunden. Jaz sah sich um, entdeckte ihn aber nirgends.

»Mein Sohn. Haben Sie gesehen, wo er hin ist?«

»Oh, nein. Ich hoffe, er ist nicht vorne raus.«

Jaz lief vor bis zur Ecke, von wo aus er die Straße überblicken konnte. Er rechnete schon damit, ihn am Straßenrand spielen zu sehen.

»Sir? Hallo, Entschuldigung, Sir?«

Die Frau zeigte auf den Engländer. Der Junkietyp stand nur mit einem kleinen rosa Handtuch um die Hüfte vor der offenen Tür eines Zimmers. Ohne Klamotten sah sein dürrer Körper erschreckend aus, bleich und übersät mit Tattoos, wie mit Kugelschreiber bekritzelte rohe Hähnchenschenkel.

»He, Mann? Suchen Sie nach Ihrem Jungen? Der ist hier.«

Jaz ging zu ihm. Er zeigte in Richtung Bad, wo Raj stur immer wieder auf die Toilettenspülung drückte. »Sorry«, sagte er und deutete nervös auf sein Handtuch. »Ich hab grad gepennt. War ne harte Nacht. Hab das Klo gehört, und dann stand er da und wollte nicht rauskommen.«

»Tut mir leid. Raj, du darfst da nicht einfach reingehen. Das ist nicht unser Zimmer. Der Mann wohnt hier.«

»Wegen mir müssen Sie nicht mit ihm schimpfen. Es ist nur … wissen Sie … man will nicht unbedingt einen kleinen Jungen im Hotelzimmer haben. Könnte leicht nach Gary Glitter aussehen.« Er nickte, tat so, als verstünde er ihn trotz seines Akzents, und packte Raj am Arm. Dann entschuldigte er sich noch mal und marschierte in Richtung Auto. Raj ließ sich widerstandslos in seinen Kindersitz schnallen. Als Jaz sich ans Steuer setzte, überlegte er, wie anstrengend ihre kleine Einkaufsfahrt wohl werden würde. Lisa und er brauchten unbedingt ein paar ruhige Tage, vielleicht erinnerten sie sich danach wieder, wie es war, nett zueinander zu sein.

Sie war auf einmal da, ohne Vorwarnung, in seinem letzten Sommer an der Uni. Bei einem Abendessen saß sie neben ihm, wunderschön und blond, kurz davor, ihren Master in vergleichender Literaturwissenschaft zu machen. Sie sprach über Henry James, Marrakesch, den Kosovokrieg und die Filme von Krzysztof Kieślowski, und er musste sich beherrschen, nicht die ganze Zeit zu lächeln, weil es so schön war, wie sich ihr Mund bewegte. Wenn er etwas erwiderte, was er nur zögerlich tat und (wie er später erfuhr) mit quälendem Ernst, musterte sie ihn so konzentriert, dass er sich vorkam wie im Lichtstrahl eines Suchscheinwerfers. Für ein paar Momente war er der einzige Mann am Tisch, der einzige Mann im ganzen Haus. Als der Hauptgang serviert wurde, gehörte er ihr mit Haut und Haaren.

Lisa war sich ihrer Wirkung auf ihn durchaus bewusst. Während die anderen ihre Jacken holen gingen, schrieb sie ihre Nummer auf eine fremde Visitenkarte. Die brauchst du, sagte sie. Er bedankte sich und wurde rot. Sie lächelte kokett.

»Willst du nicht wissen, warum?«

»Doch.«

»Weil du mich nächste Woche ins Theater einlädst.«

»Was sehen wir uns denn an?«

»Tja, das entscheidest du. Aber sieh zu, dass es gut ist. Ich langweile mich schnell.«

In den Tagen darauf geriet die stochastische Modellierung ins Hintertreffen, stattdessen durchkämmte er hektisch die Theaterseiten in der Zeitung. Nicht, dass er sich nicht hätte konzentrieren können. Die Zahlen selbst schienen nur nicht mehr so fest miteinander verbunden. Die Verteilungen waren unwahrscheinlich, die Streumuster ein Schwarm kleiner Fische. Er kaufte Tickets für *Die Möwe* und wartete nervös auf Samstagabend.

Jaz konnte nicht glauben, dass eine Frau wie Lisa etwas von ihm wollte, geschweige denn, sich in ihn verliebte. Aber nur eine Woche nach der *Möwe* revanchierte sie sich und nahm ihn mit zu einem Streichquartett, das repetitive minimalistische Stücke spielte, mit denen er längst nicht so viel anfangen konnte, wie er vorgab. Danach gingen sie essen, und am Ende des Abends nahm er all seinen Mut zusammen und küsste sie. Bald trafen sie sich regelmäßig. Sein Leben öffnete sich wie eine Blume. Er war trunken von ihr, ihrem Ehrgeiz, ihrer Intelligenz, ihrer Anspruchshaltung. Die akademische Welt war nichts für sie, das hatte sie irgendwann festgestellt. Sie wollte nach New York ziehen und in einem Verlag arbeiten. Er staunte, was für ein genaues Bild sie von ihrer Zukunft hatte: Kinder, ein Haus mit ein paar Stufen zur Eingangstür, Regale mit Erstausgaben, geistreiche, interessante Freunde. Sie fragte ihn über Physik aus und war zu seinem Erstaunen offenbar tatsächlich fasziniert von seiner Arbeit. Als sie sich nach seiner Familie erkundigte, traute er sich zum ersten Mal, einen Teil der Wahrheit zu erzählen. Ihre Reaktion verblüffte ihn. Sie wirkte weder spöttisch noch herablassend. Wenn überhaupt, schien sie sich dadurch nur noch mehr für ihn zu interessieren.

Als es ernster wurde zwischen ihnen, merkte er, dass er sich ziemlich ins Zeug legen musste, wenn er sie nicht verlieren wollte. Offenbar war sie mit diversen Ex-Lovern noch befreundet. Für ihn eigentlich untragbar. Nachts lag er oft wach und malte sich in allen Einzelheiten aus, wie sie mit ihnen Sex hatte. Er wollte das Gefühl haben, dass sie erst seit dem Tag existierte, als er sie zum ersten Mal gesehen hatte, dass sie nie jemanden vor ihm gekannt hatte. Wenn er dann irgendwas in der Richtung sagte, war sie immerhin so vernünftig, sich nicht zu rechtfertigen. Er versuchte, ihr zu erklären, dass es in seiner Kultur als erniedrigend für einen Mann galt, eine Frau zu heiraten, die keine Jungfrau war. »Heiraten?«, sagte sie. »Du scheinst dir deiner Sache ja sehr sicher zu

sein.« Er wurde rot und fing an zu stottern, bis er merkte, dass sie
sich über ihn lustig machte. »Du musst es einfach hinnehmen, Jaz,
ich bin nicht deine verschleierte Teenagerbraut. Wenn du das
willst, musst du dir jemand anderen suchen.«
Sie sprach oft von dem Gefühl, keine Wurzeln zu haben. Sie
war Einzelkind. Sobald sie zu Hause ausgezogen war, kappten
ihre Eltern alle Verbindungen zu dem Vorort auf Long Island, wo
sie aufgewachsen war, und gingen nach Arizona. »Damit mein Vater den ganzen Tag auf dem Golfplatz stehen und meine Mutter
Hautkrebs kriegen konnte.« Es klang, als fühlte sie sich verraten.
Jaz hatte das Gefühl, mit einem Ort verbunden zu sein, ihn nie
wirklich gekannt und deshalb auch nicht darunter gelitten zu haben, ihn zu verlieren. Er gab sich Mühe, mit ihr mitzufühlen.
Zu Thanksgiving flogen sie nach Phoenix. Mr. und Mrs.
Schwartzman wohnten in einer riesigen Trabantenstadt aus identischen ranchartigen Häusern. Sie waren nett und neugierig und
erkundigten sich nach seiner Familie und seiner »Kultur«, ein
Wort, das sie aussprachen, als bezeichnete es etwas Zerbrechliches.
Ihr Vater fuhr mit ihm Wein fürs Mittagessen kaufen und zeigte
ihm die Nachbarschaft, als wäre sie sein Privateigentum. Die Ten-
nisplätze, der Swimmingpool, die Grünanlage vor dem Krankenhaus, das alles schien ihm so wichtig, als hätte er Anteile daran. Jaz
war peinlich berührt. Wenn er daran dachte, was er mit der Tochter dieses Mannes angestellt hatte! Er glaubte, ihm nicht ins Gesicht sehen zu können, solange er nicht etwas dazu gesagt hatte.
Später erzählte Lisa ihm, es sei der Ausdruck »ehrliche Absichten«
gewesen, der Mr. Schwartzman so zum Lachen gebracht hatte.
Als Lisa verkündete, sie wolle nach New York ziehen, hatte er
das Gefühl, in einen Abgrund zu fallen. Zu dem Zeitpunkt saß er
an seiner Dissertation und spielte mit dem Gedanken, sich für
Jobs zu bewerben. Er wusste, dass die Fernbeziehung zwischen ih-
ren Wohngemeinschaften in Boston und Providence »auf lange
Sicht« nicht aufrechtzuerhalten war. Aber das war eben auf lange
Sicht, nicht auf kurze, ganz zu schweigen vom Jetzt. Er war glück-
lich. Er wollte nicht, dass sich irgendetwas änderte.
»Jaz, davon spreche ich, seitdem wir uns kennengelernt haben.
Es ist ja nicht so, dass ich dich damit überfallen würde.«

»Klar, aber ich dachte … na ja, ich dachte, wir würden noch mal darüber reden.«

»Was gibt es da zu reden? Du weißt doch, dass es genau das ist, was ich will.«

»Und was ist mit uns?«

»Das musst du entscheiden, Jaz. Wenn es dir ernst ist mit mir, findest du schon eine Lösung.«

»Es ist mir ernst.«

»Da bin ich mir nicht so sicher.«

»Wie kannst du so was sagen? Ich liebe dich!«

»Ja, ich weiß, dass du das glaubst.«

»Was soll das heißen? Glaubst du, ich weiß nicht, was ich denke?«

»Was ist denn zum Beispiel mit deiner Familie? Ich weiß, dass es schwierig ist. Aber wenn du mich ihnen nicht mal vorstellen willst, was sagt das dann über uns aus? Jaz, ich glaube, tief in deinem Inneren willst du eigentlich ein Punjabi-Mädchen. Du hältst mich eine Weile hin, weil es bequem ist und – keine Ahnung – weil du gern mit mir Sex hast, aber du willst dich nicht wirklich binden. Und dann heiratest du eine andere, eine, die mit deiner Mutter Samosas macht.«

»Lisa, das ist nicht wahr.«

»Ich glaube, doch.«

»Für dich steht es also fest? Du ziehst einfach weg?«

»Sieht so aus, oder?«

Sie sprachen mehrere Tage lang nicht miteinander. Er lag zusammengerollt vor dem Fernseher und schaute sich ganze Staffeln einer Serie über eine Invasion Außerirdischer an. Und dann war sie weg, bei einer Freundin in Brooklyn, und sah sich nach einer Wohnung um. Er dachte, sein Leben hätte keinen Sinn mehr. Ein Freund musste es ihm erklären.

»Fahr hin und hol sie dir, Jaz. Sie will doch nur wissen, ob du ihr hinterherfährst.«

Es war die beste Entscheidung seines Lebens. Er mietete ein Auto, fuhr nach New York und verirrte sich erst mal komplett irgendwo in Queens. An einem Samstag klingelte er schließlich spätnachts an einem alten Fabrikgebäude in Williamsburg. Da

niemand aufmachte, hing er noch eine Stunde vor der Tür rum,
bis Lisa auftauchte, mit mehreren Cocktails intus und ihrer
Freundin Amy am Arm.

»Ich will mit dir zusammen sein«, sagte er zu Lisa, während
Amy indiskret neben ihnen schwankte, die Hände vor den Mund
hielt und ein leises Gurren von sich gab. »Ich zieh überall für dich
hin. Ich stell dich meiner Familie vor, allen Cousins und Cousi-
nen, meinen Tanten und Onkeln, so vielen Verwandten, dass du
um Gnade flehst. Du musst nur sagen, dass du mit mir zusammen
sein willst.«

Jahre später erzählte Amy die Geschichte bei diversen Abendessen in stark ausgeschmückten Versionen, »das Romantischste,
was ich je erlebt habe«. Lisa lief jedes Mal rot an und machte halb-
herzige Versuche, sie zu stoppen, genoss es aber ganz offensichtlich. Es war ein unausgesprochener Heiratsantrag gewesen. Den
richtigen sparte Jaz sich auf, bis er sein Versprechen eingelöst hatte. Während er ihren Trip plante, versuchte er, seine Nervosität
zu verbergen und sie nicht mit zu vielen Anweisungen, was sie anziehen und wie sie sich verhalten sollte, zu verschrecken. Er wusste, dass das Treffen nicht gut gehen würde – die Frage war nur, ob
sie danach noch bei ihm blieb. Auf der Fahrt nach Baltimore fühlte er sich wie ein Todeskandidat auf dem Weg zum elektrischen
Stuhl.

Seine Eltern hatten die Nachricht von Lisas Existenz den Um-
ständen entsprechend gut aufgenommen. Am Telefon hatte seine
Mutter nach ihrem Nachnamen gefragt und wo ihre Eltern lebten. Als er das Thema Besuch ansprach, reagierte sie eher kühl.
Wenn Gott es will, so sagte sie, werdet ihr kommen. Sein Vater
war da schon herzlicher. Deine Familie vermisst dich, *Beta*. Es ist
schon so lange her. Jaz buchte ein Motelzimmer, damit die Frage,
wer wo schlief, gar nicht erst aufkam. Lisa trug einen Hosenanzug
und ein langärmliges Hemd, trotz feuchter Sommertemperaturen.
Während sie an Blöcken mit zugenagelten Reihenhäusern vorbeifuhren, fühlte Lisa sich immer unbehaglicher und war dann sichtlich erleichtert, als sie vor dem Haus seiner Eltern hielten, das
zwar relativ klein war, aber zumindest nicht in einer völlig verlassenen Gegend stand.

Sie aßen zu Mittag. Seetal und Sukhwindermassi hatten seiner Mutter beim Kochen geholfen. Statt dem üblichen Gewusel, dem Rumgerenne und den ausgelassenen Witzen war das Klappern der alten Klimaanlage über längere Strecken hinweg das lauteste Geräusch im Raum. Sein Vater bot Lisa einen Whiskey an und war wenig erfreut, als sie Ja sagte. Während sie an ihrem Drink nippte, rutschte Jaz unruhig mit den Füßen über den Boden und versuchte, das Gespräch nicht versiegen zu lassen. Vergeblich übersetzte er Lisas Annäherungen an seine Mutter, Fragen nach dem Haus, Komplimente für das Essen. Statt zu antworten, huschte sie einfach zurück in die Küche und hantierte mit Töpfen und Pfannen. Lisa hielt sich wacker, versuchte erfolglos, sich einzubringen, indem sie Seetal und Uma half, das schmutzige Geschirr abzuräumen, und sogar anbot, den Abwasch zu machen. Aber Uma führte sie höflich zurück ins Wohnzimmer, wo Jaz sich mit seinen Onkeln über Immobilien unterhielt. Sie wirkte niedergeschlagen. Unauffällig drückte er ihre Hand und erntete einen weiteren missbilligenden Blick seines Vaters.

Später saßen sie zusammen im Wagen vor dem Haus. Lisa suchte wütend in ihrer Handtasche nach Taschentüchern.

»Es hat nichts mit dir zu tun«, sagte er. »Das weißt du, oder? Sie wären zu jeder so.«

»Jeder Weißen.«

»Zu den meisten Inderinnen auch.«

Sie lächelte matt und tupfte sich die Augen ab. »So schlimm war es auch nicht.«

»Doch, war es.«

»Du hast recht. Es war schrecklich.«

Sie sah seinen Blick und griff nach seiner Hand. »Keine Sorge, Jaz. Ich laufe nicht weg.«

Ein paar Wochen danach führte er sie in ein teures französisches Restaurant im West Village aus und fragte sie, ob sie ihn heiraten wolle. Er rechnete immer noch damit, dass sie Nein sagen könnte, aber sie sah den Ring an, grinste und küsste ihn, woraufhin ein Kellner mit Champagner erschien und die anderen Gäste höflich klatschten. Damit begann das im Nachhinein beste Jahr seines Lebens. Sie zogen in eine winzige Dachwohnung ohne

Fahrstuhl in Cobble Hill. Er pendelte regelmäßig nach Cambridge, um seinen Doktorvater zu treffen, und sie fing an, für einen kleinen Verlag Manuskripte zu lesen. Sie kauften Möbel auf
dem Flohmarkt, unternahmen lange Spaziergänge und hatten so
oft und so laut Sex, dass die verrückte Französin unter ihnen
irgendwann den Hausmeister rief. Sie kochten Pasta und Risotto
für andere junge Paare, tranken Rotwein aus nicht zusammen-
passenden Gläsern und diskutierten über Bücher und Filme. Einmal luden sie Lisas Eltern zum Brathähnchen ein und saßen zu
viert zusammengequetscht und mit angezogenen Ellbogen um
den kleinen Küchentisch. Seine Eltern waren kein einziges Mal
da. Angeblich waren sie zu beschäftigt, um nach New York zu
kommen. »Womit?«, fragte Jaz. »Alles Mögliche«, erwiderte sein
Vater und verstummte.

Er beschwerte sich bei Seetal. »Warum sollten sie dich besuchen?«, blaffte sie. »Du bist noch nicht mal verheiratet. Und sie
ist …«

»Sie ist was? Na los, sag es.«

»Du hast dich dafür entschieden, Jaz. Du wusstest, was das
bedeutet.«

Jaz verteidigte erfolgreich seine Dissertation und verbrachte einen Sommer damit, vorstädtischen Collegebewerbern Nachhilfe-
unterricht zu geben und gleichzeitig halbherzig nach einem Job
als Wissenschaftler zu suchen. Dann traf er zufällig Xavier, einen
Kommilitonen vom MIT. Lisa und er saßen in einem der neuen
Nachbarschafts-Restaurants, die überall im gentrifizierten Brooklyn aus dem Boden schossen, ein Laden, der Steaks und Austern
servierte und in dem noch die Einbauten aus der alten Apotheke
standen, die vorher dort gewesen war. Xavier kam rüber, um Hallo zu sagen, und setzte sich dann zum Nachtisch zu ihnen. Er hatte als Teilchenphysiker gearbeitet, war dann aber an die Wall
Street gegangen. Er war nicht der Erste, von dem Jaz das hörte.
Die Anwendung physikalischer Modelle auf den Finanzmarkt
war so was wie ein Trend. Banken und Hedgefonds gierten nach
Spezialisten in der sogenannten quantitativen Finanzwirtschaft,
Mathematiker und Informatiker, die die Unwägbarkeiten des
internationalen Kapitalstroms unter Kontrolle bekamen. Xavier

benutzte Vokabeln wie *revolutionieren* und *transformativ*. In dem Job konnte man richtig Geld machen: Er verdiente in einem Monat mehr als Jaz in zwei Jahren als Lehrbeauftragter. Er hinterließ seine Visitenkarte und einen Hauch seines individuell abgestimmten Parfüms. Am nächsten Tag rief er an, seine Firma suche noch Leute, ob Jaz Interesse habe? Klar hatte er das. Ohne große Erwartungen ging er zum Vorstellungsgespräch. Er glaubte nicht, dass er den Job bekommen würde. Sechs Wochen später saß er vor einem Bildschirm und schrieb nach denselben Modellierungsmethoden wie bei Wahrscheinlichkeitsfragen in der Quantentheorie Programme, um Strömungen im Anleihenmarkt zu verfolgen.

Jaz versuchte, sich nicht zu sehr darüber aufzuregen, dass erst das Geld zu einer Versöhnung mit der Familie führte. Alles andere hatte nichts gebracht. Seit 9/11 waren seine Eltern immer paranoider geworden. Sie hatten eine riesige amerikanische Fahne im Fenster stehen, für den Fall, dass sie jemand versehentlich für Moslems hielt. Bei seinem ersten Besuch nach den Attentaten war Jaz ausgerastet, als er sah, wie seine Mutter eine Flagge auf die Arbeitskleidung seines Vaters nähte, als Talisman gegen weiße Gewalt. Während der Krieg gegen den Terror immer größere Ausmaße annahm, schienen sie sich allmählich mit der Haltung ihres Sohnes anzufreunden, seiner Entscheidung, sich »zu integrieren«. Jaz' Rebellion galt jetzt als Vorsicht des Einwanderers.

Sein Wall-Street-Gehalt ließ das gemeinsame Bankkonto anschwellen, und Lisa und er gaben ein Angebot für ein zweistöckiges Haus in Park Slope ab und begannen mit den Vorbereitungen für die Hochzeit. Da er unbedingt seine Familie dabeihaben wollte, entschied er sich für Bestechung, bezahlte das Haus seiner Eltern ab und schickte Uma Geld für die längst fällige Zahnbehandlung ihres jüngeren Sohnes. Zufall oder nicht, endlich fanden seine Eltern Zeit, ihn zu besuchen. Ein grauenhaftes Wochenende, das mit zwei Stunden Warten an der Penn Station begann (sie hatten den Zug verpasst und ihn nicht informieren können, da keiner von beiden ein Handy besaß), gefolgt von einer minutiösen Begutachtung der Wohnsituation, diversen qualvollen Restaurantbesuchen (Italienisch zu essen weigerten sie sich, und beim Inder meckerte seine Mutter im Flüsterton, aber immer noch gut hörbar, über jedes einzelne Gericht) sowie Sightseeing. Der Höhepunkt war ein Ausflug zur Freiheitsstatue. Jaz machte ein Foto von Lisa, wie sie zwischen Amma und Bapu am Geländer der Fähre lehnte und alle drei tapfer gegen den Wind lächelten.

Am Ende gab es zwei Hochzeiten: eine in einer Synagoge am Prospect Park, zu der in erster Linie ihre Freunde und Lisas Familie kamen, die zweite im Gurdwara, wo Jaz einen Großteil seiner Kindheit verbracht hatte. Jaz' engerer Familienkreis kam auch nach Brooklyn zur jüdischen Feier, wo sie sich herumführen ließen und höflich den Erklärungen zu den verschiedenen Gebeten, der Chuppa und dem Zerbrechen des Glases lauschten. In Baltimore nahm Lisa zur Unterstützung eine indische Freundin mit, sie half ihr beim Anziehen und fungierte als Puffer für mehrere Tanten, die sich berufen fühlten, die Vorbereitungen zu beaufsichtigen. Lisas Eltern und eine Gruppe von Freunden aus Brooklyn waren auch dabei. Bei der Party im Gemeindesaal versuchten sich beide Elternpaare in Konversation, mit Uma als Dolmetscherin, während der DJ (ein Cousin von Jaz) mit ohrenbetäubender Lautstärke Bhangra spielte, damit die Jüngeren tanzen konnten. Jaz war froh, dass von ihren Brooklyner Freunden niemand Punjabi sprach, zumal er später einen betrunkenen Onkel etwas von *Gora*-Schlampen sagen hörte und man ihn davon abbringen musste, den Kerl rauszuschmeißen.

Das Eheleben fühlte sich gut an. Lisa bekam einen Job als Lektoratsassistentin bei einem Verlag. Jaz tauschte seinen ersten Bonusscheck gegen einen klassischen Mercedes Sportwagen ein, ein Modell aus den Siebzigern, von dem Lisa behauptete, es nicht zu mögen. Zusammen eroberten sie die Stadt, bemühten sich um Tische in angesagten neuen Restaurants und fuhren am Wochenende mit der Subway in die Außenbezirke. Sie gingen zu Charity-Veranstaltungen, wo die Trader aus Jaz' Firma Tausende von Dollar für Tauchkurse oder einen Tag mit den New York Mets boten, und zu Buchpremieren, wo Jaz als »Wall-Street-Typ« die frostige Ablehnung der Künstlermeute entgegenschlug, denen missfiel, wie er sein Geld verdiente. Nach und nach füllte sich das Haus

mit Büchern. Sie mieteten ein Sommerhaus in Amagansett, kauften Mid-Century-Modern-Möbel in Designläden in Tribeca und
hängten sich ein Bild von einem angesagten jungen Künstler, in
das Lisa sich in einer Galerie in der Lower East Side verliebt hatte, über den Kamin. Beim Anblick der gestischen Pinselschwünge
und der hübschen kleinen Totenköpfe, für die seine Frau sich un-
erklärlicherweise derart begeisterte, verspürte Jaz eine große Zu-
friedenheit.

Dann wurde Lisa schwanger. Sie nahm sich sechs Monate frei,
in der Annahme, das müsse genügen. Auf dem Ultraschallbild sah
Raj aus wie ein kleines weißes Gespenst, ein Stückchen Ektoplas-
ma. Jaz rief seine Eltern an und verkündete, es werde ein Junge.
Die Freude in der Stimme seiner Mutter berührte ihn so tief, dass
er den Hörer weghalten musste, als er zu schluchzen anfing. Raj
kam auf die Welt, ein wunderschönes kleines Wesen mit olivfar-
bener Haut, einem Büschel schwarzer Haare, einer dicken Punja-
bi-Nase und braunen Augen, die die Freude seines Lebens gewesen wären, hätte Jaz etwas Menschliches darin erblicken können.

Es fühlte sich an, als wäre es eine Ewigkeit her.

Er startete den Motor, ließ ihn eine Weile laufen und genoss den
leichten Luftzug aus der Klimaanlage. Die Mojave-Sonne stand
hoch am Himmel und tauchte alles in ein bleiches Weiß, bis auf
den schwarzen Streifen Straße, der in den Ort führte. Im Handschuhfach suchte er nach dem letzten Brief seiner Mutter, adres-
siert in Sukhwindermassis zittriger Handschrift. Raj maulte und
wand sich in seinem Sitz. Jaz machte den Umschlag auf und holte das kleine Medaillon raus, das seine Mutter dazugelegt hatte,
um den bösen Blick abzuwenden. Konnte doch nichts schaden.
Er drehte sich um und hängte es Raj um den Hals. Der Junge griff
danach und befühlte das Band, Jaz dachte erst, er würde es abrei-
ßen, stattdessen hörte er auf zu zappeln, blickte aus dem Fenster
und war in Gedanken offenbar schon woanders.

Jaz lenkte den Wagen auf den Highway, schaltete instinktiv
das Radio an und dann wieder aus. In letzter Zeit machte Raj Musik Angst. Die Ärzte meinten, sein Gehör sei überdurchschnittlich
empfindlich. Als Baby hatte er geweint, wenn der Staubsauger lief.

U-Bahn ging gar nicht, und es hatte auch ziemlich lange gedauert, bis er sich ans Autofahren gewöhnt hatte, aber als Säugling hatte ihn Musik immer beruhigt. Noch ein trauriger Verlust. Auf der schweigsamen Fahrt von L.A. hatte sich die Langeweile ausgebreitet wie Kohlenmonoxid.

Sie fuhren den Hügel runter in Richtung Stadt, vorbei an Werbeplakaten für Anwälte und Seniorensiedlungen. Die Sonne brannte gnadenlos. Die Hitze warf flimmernde Fata Morganas auf die Straße, und Jaz war erst nicht sicher, ob die in himmelblaue afghanische Burkas gewickelten Frauen am Straßenrand echt waren. Als wäre ihm ein Bruchstück aus dem Fernsehen ins Auge gefallen, ein einzelnes Bild, das sich verirrt hatte. Er fuhr langsamer und blickte in den Rückspiegel. Da liefen sie, unbegreifliche kobaltblaue Geisterwesen, unterwegs von einem Ort zum anderen. Unwillkürlich sah er sich um. Alles andere war, wie es gehörte, die Plakatwände, Stromleitungen, Kreosotbüsche. Als fürchtete er, plötzlich in einem Humvee zu sitzen und durch das Panzerglas der Windschutzscheibe auf ein Lehmziegeldorf zu schauen.

Beim Supermarkt fanden sie einen Parkplatz direkt vor dem Eingang. Raj ließ sich widerstandslos hineinführen. Sie liefen durch die Gänge und legten Sachen in den Einkaufswagen: Putenbrust, Wasser, Cracker, alles, was sie für ein Picknick brauchten. Raj war fasziniert von den Regalen voller Konserven. Er liebte es, Dinge aufeinanderzustapeln, einen Klotz auf den anderen zu setzen oder seine Spielsachen in einer Reihe aufzustellen, und hier war alles genau nach seinem Geschmack geordnet. Er schnalzte mit der Zunge und ruderte mit den Armen, beides Ausdruck von Freude, wie Jaz gelernt hatte und worüber er jedes Mal froh war. Als Raj anfing, dosenweise Mais in den Wagen zu laden, lenkte Jaz ihn ab, indem er ihm eine Orange gab, ein Gegenstand, der seine Aufmerksamkeit fesselte und den er stundenlang mit sich herumtragen konnte wie ein Stoff- oder Haustier. An der Kasse gab es kurz Tränen, als er die leicht zerdrückte Frucht zum Scannen aus der Hand geben musste, ansonsten verlief ihr Ausflug friedlich. Auf dem Rückweg pfiff Jaz vor sich hin und trommelte mit den Fingern aufs Steuerrad. Raj schnalzte und summte. Jaz hielt Ausschau nach himmelblauen Frauen, entdeckte aber keine mehr.

Lisa lag mit ihren langen Beinen ausgestreckt auf einer Liege am Pool und sonnte sich. Sie sah gut aus in ihrem Bikini, und Jaz empfand auf einmal eine fast ungewohnte Leidenschaft für seine Frau. Er küsste sie und streichelte ihren Schenkel. Sie roch toll, nach Sonnenöl und frischem Schweiß.

»Hey.«

»Selber hey.«

Sie setzte sich auf und fühlte Rajs Stirn.

»Du bist ganz heiß. Na komm, rein in die Badehose mit dir.« Jaz küsste sie noch mal. »Ist schon okay, ich kümmere mich darum. Bleib du liegen.«

Raj beschwerte sich nicht, als Jaz ihm auf dem Zimmer die Schwimmwindel anzog und ihn mit Sonnencreme einrieb, aber als er ihm das Medaillon über den Kopf ziehen wollte, stieß er einen gellenden Schrei aus und hielt das Band fest. Jaz fand, das war die Aufregung nicht wert. Kein Problem. Sollte er es ruhig anbehalten.

»Komm, wir gehen Mami suchen.«

Am Pool sah Jaz Lisa mit der Motelmanagerin reden und über irgendeinen Witz lachen. Als er näher kam, ging die Frau weg, und Lisa stützte sich auf einem Ellbogen auf und hielt sich die andere Hand über die Augen.

»Was ist das?«

»Was?«

»Das blöde Ding da um seinen Hals.«

»Ah, das hat meine Mutter geschickt. Ihm gefällt's, jedenfalls wollte er es nicht mehr abnehmen.«

»Hast du ihm das umgehängt?«

»Ja. Das ist nur … irgend so ein traditionelles Schmuckstück. Ein Geschenk.«

»Verdammt, Jaz, ich dachte, ich hätte mich klar ausgedrückt. Ich will dieses abergläubische Zeug von deiner Mutter nicht an unserem Sohn sehen.«

»Es schadet doch nicht.«

»Es schadet nicht? Sie glaubt, auf ihrer Familie liegt ein Fluch, weil du eine weiße Frau geheiratet hast. In ihren Augen ist Raj die Strafe dafür.«

»Jetzt übertreib mal nicht.«

Sie zog den Jungen an sich und versuchte, ihm das Medaillon abzunehmen. Er griff danach und fing an zu heulen.

»Du tust ihm weh.«

»Raj, lass los!«

Schließlich riss das Band. Lisa fluchte und warf den Anhänger über den Zaun. Raj schaukelte vor und zurück und legte den Kopf auf die Schulter wie ein Vogel im Winterschlaf. Jaz ließ sich auf einen Plastikstuhl sinken.

»Toll. Super gemacht.«

Lisa starrte ihn wütend an. Er stieg in den Pool und schwamm ein paar Bahnen, um sich abzureagieren. Schließlich zog er sich am Beckenrand hoch, setzte sich und ließ die Beine ins Wasser hängen, während das Wasser auf seinem Rücken in der Hitze verdunstete.

»Lisa?«

»Was?«

»Könntest du ... ich weiß nicht ... versuch doch auch mal zu sehen, wie ich mich dabei fühle. Sie ist meine Mutter.«

»Mein Gott, Jaz. Manchmal denke ich, du glaubst es auch. Dass etwas mit ihm nicht stimmt.«

»Na ja, es stimmt auch etwas nicht mit ihm.«

»Der böse Blick?«

»Was willst du hören? Dass meine Eltern ignorant sind? Dass wir nichts als arme dunkelhäutige Einwanderer sind, die euer großes modernes Amerika nicht verstehen? Zwischen ihnen und dir ... meine Güte, du hast keine Ahnung, was ich alles tun muss, wie schwer es ist ... ich meine, sieh ihn dir doch an, Lisa! Er ist nicht normal. Und keine noch so politisch korrekte Sprache wird daran etwas ändern. Und wenn du es genau wissen willst, ja, manchmal fühlt es sich an wie ein Fluch. Es fühlt sich an, als werde ich verdammt noch mal bestraft.«

Er wusste, dass er zu weit gegangen war.

»Lisa ...«

»Lass mich.«

»Ich hab es nicht so gemeint. Ich liebe ihn genauso sehr wie du. Aber sieh dir doch an, was es mit uns gemacht hat.«

»Was *er* mit uns gemacht hat, meinst du.«

»So waren wir sonst nie.«

»Es wäre nur halb so schlimm, wenn du mich einfach mal unterstützen würdest, statt immer so zu tun, als wäre ich das Problem.«

»Ach, komm, Baby. Das ist nicht wahr.«

»O doch. Du könntest dich wenigstens mal gegen deine Familie wehren. Glaubst du, es macht mir nichts aus – zu wissen, was sie von mir denken? Ihrer Meinung nach ist ja alles meine Schuld.«

»Das denken sie nicht.«

»Doch, Jaz. Und du lässt es zu. Du hast dich nie gegen sie gestellt, nicht ein einziges Mal.«

»Wir haben doch kaum Kontakt.«

»Das hat damit nichts zu tun. Weglaufen ist nicht dasselbe wie kämpfen.«

»Und was soll ich deiner Meinung nach tun? Mich von ihnen abwenden? Ich habe eine Verpflichtung ihnen gegenüber. Sie sind meine Familie. Die Familie ist alles für uns – das werdet ihr Amerikaner nie verstehen. Ich liebe meine Eltern, und ich liebe meinen Sohn.«

Sie sah ihn an, als hätte er sie gerade geschlagen.

»Ihr Amerikaner?«

»Du weißt genau, was ich meine.«

»Herrgott, jetzt bin ich schon ›ihr Amerikaner‹. Weißt du was, wenn du deinen Sohn so sehr liebst, dann kannst du dich ja zusammen mit deiner wunderbaren Familie ohne mich um ihn kümmern. Da werden bestimmt alle jauchzen vor Freude. Ding dong, die Hex ist tot! Die böse weiße Hexe ist weg, und die Dorfbewohner können feiern. Ihr Amerikaner? Verdammte Scheiße, Jaz, ich glaube es einfach nicht. Wo sind die Autoschlüssel?«

»Was willst du damit?«

»Sag mir einfach, wo die verdammten Schlüssel sind.«

»Auf dem Tisch neben dem Bett.«

»Okay.«

Sie schnappte sich ihr Handtuch und stolzierte in Richtung Zimmer. Jaz blieb bei Raj sitzen und versuchte zu verstehen, was gerade passiert war. Nach ein paar Minuten kam sie in T-Shirt und Shorts und mit einer riesigen eulenartigen Sonnenbrille im Gesicht wieder raus. Ohne einen Blick zum Pool lief sie um die Ecke und zum Wagen. Er hörte den Anlasser kreischen. Dann fuhr sie mit quietschenden Reifen davon.

1969

ALS KINDER WAREN SIE IMMER zu den Felsen gegangen und hatten sich den Unfallort angeschaut. Das Wrack war größtenteils geborgen worden, aber man sah noch die Überbleibsel von der Rakete oder was immer es war, ein verdrehter, zerknautschter Zylinder, übersät mit Einschusslöchern. Die Jungs benutzten ihn für Schießübungen, obwohl Dawn nicht verstand, was Üben an einem so großen Ding bringen sollte. Wahrscheinlich ging es eher um das Geräusch, das metallische Pfeifen, wenn die Kugel den verrosteten Stahl eindrückte. Es gab einen gesprungenen Betonsockel, eine verbrannte Stelle, das war alles. Nicht viel zu sehen.

Jeder hatte seine eigene Version, was passiert war. Irgendwas mit der Elektrizität. Ein Streich, ein Jugendlicher, der einen Böller angezündet hatte. Das ganze Ding war jedenfalls sofort in Flammen aufgegangen, vor Tausenden von Leuten, und der Typ saß drin. Kommunist, meinten die Alten im Laden, die immer alles über jeden wussten. Ein Agent feindlicher fremder Mächte. Trotzdem, einfach so lebendig verbrennen, in eine Blechkiste eingeschlossen – so was wünschte man niemandem.

Frankie DuQuette hatte einen klapprigen Plymouth, mit dem sie da draußen rumfuhren, 360-Grad-Drehungen machten, Staubwolken aufwirbelten – nur zum Dampf-Ablassen, nichts Wildes. Danach saßen sie auf den Felsen und blickten auf die Wüste, oder sie legten sich auf die Motorhaube, hörten Radio und sahen sich den Sonnenuntergang an. Wenn es dunkel wurde, schalteten sie die Scheinwerfer ein, dann tanzten die Staubkörner im gelben Lichtstrahl, und sie knutschten rum, und Frankie schob die Hand unter ihr Shirt, aber weiter ging er nie, dafür war er zu schüchtern und hatte zu viel Angst vor dem Pastor. Ihr Onkel Ray brüllte jedes Mal rum, wenn sie nach den Abenden mit Frankie draußen bei den Felsen nach Hause kam. Er erinnerte sie daran, wie dankbar sie sein

könne, dass sie sie aufgenommen hatten, während ihre Tante sich
mit aufgerissenen Augen die Hand vor den Mund hielt.

Dann kam die Verrückte. Sie schleppte einfach einen Wohnwagen auf das Land und tat, als wäre es ihr Zuhause, direkt unter den Felsspitzen. Wie sich herausstellte, war es Privatbesitz, nur wusste niemand mehr, von wem. Alle dachten, das Land gehöre der Regierung. Sie ging niemandem auf die Nerven und kam nur zum Einkaufen in den Ort, in ihrem alten Ford Pick-up, der schon an so vielen Stellen ausgebessert und repariert worden war, dass sich nicht mehr erahnen ließ, welche Farbe er mal hatte. In erster Linie rostfarben. Es gab alle möglichen Theorien, was sie da machte und wovon sie lebte. Von irgendwoher musste sie Geld haben, arbeiten tat sie jedenfalls nicht. Weiß der Himmel, was sie die ganze Zeit trieb.

Eines Tages fasste sich einer der Jungs im Laden ein Herz und fragte nach. Sie sagte, sie warte auf ihre Tochter. Niemand verstand, was sie damit meinte, bis Onkel Ray, der bei dem Unfall dabei war, bei dem Treffen oder was auch immer, sie daran erinnerte, dass damals ein Mädchen verschwunden war. Der Typ war in seinem silbernen Outfit auf den Turm geklettert, und als er zu brennen anfing, fielen jede Menge Trümmer runter, dabei starben drei Menschen. Das Kind hatte wahrscheinlich dort gespielt. Offenbar waren viele Kinder da. Sie musste sofort verbrannt sein.

Dawn arbeitete manchmal nach der Schule im Laden, und als die Verrückte das nächste Mal kam, sah sie sie sich genauer an, den schmierigen Overall, die sonnengebräunten Arme und den Hals. Dawn hatte keine Angst vor ihr. Sie wollte ihre Augen sehen, das war das Wichtigste, man musste jemandem in die Augen sehen, nur dass die Verrückte die ganze Zeit auf den Boden starrte. Sie zählte die Münzen in der Hand, und man sah den Schmutz unter den Fingernägeln und in den Handfurchen. Arbeiterhände, wie von einem Mann. Gott bewahre, dass Dawn je solche Hände bekäme.

»Fühlen Sie sich wohl da draußen?« Sie biss sich auf die Zunge. Der alte Craw hielt die Schneidemaschine an und warf ihr einen Blick zu. Die Verrückte blickte hoch, und da waren sie, kleine schokoladenfarbene Scheiben wie von einem Hasen oder Reh, die unter ihrem hässlichen, zerknitterten Strohhut in die Welt hinausschauten. Dawn entdeckte nichts darin, nicht wirklich, aber später erzählte sie der ganzen Klasse, ihrer Meinung nach sei die Alte kein bisschen verrückt.

Im Jahr darauf waren schon ein paar mehr Leute bei den Felsen. Sie steckten mit Stacheldraht eine Art Grundstück ab und errichteten ein paar Wellblechhütten. Der Sheriff schickte Officer Carlsbad hin. Als er wiederkam, berichtete er, sie röchen ein bisschen streng, aber soweit er es überblicken konnte, taten sie nichts Unerlaubtes. Die Verrückte kam jetzt öfter mit einem älteren Typen mit Augenklappe in die Stadt. Dawn konnte kaum hinsehen. Unter dem Auge war die Haut glatt und rosa, als könnte sie jeden Moment übers Kinn rutschen.

Jetzt wusste sie definitiv, dass die Ufo-Freaks zurück waren. Es war offensichtlich. Als sie Onkel Ray davon erzählte, sagte er, egal, was das für Leute seien, sie solle sich von ihnen fernhalten. So lautete die offizielle Devise. Alle im Ort behandelten sie höflich, aber mehr nicht. Die Jüngeren sollten auf Distanz bleiben, was sie natürlich erst recht neugierig machte. Es gab die unterschiedlichsten Gerüchte. Und natürlich fuhren sie ständig mit ihren Autos vorbei.

Eines Tages dann sah sie das Mädchen, es lief einfach in der Hitze an der Straße entlang, etwa acht Kilometer vom Ort entfernt. Dawn fuhr rechts ran und fragte, ob alles in Ordnung sei. Sie dachte, jetzt käme wahrscheinlich die Story von irgendeinem Arschlochfreund, der es dort ausgesetzt hatte. Stattdessen sagte sie, es ginge ihr gut, ihr Name sei Judy und sie sei auf dem Weg nach Hause.

»Nach Hause?«

»Ja.«

»Zu Fuß?«

Sie war blond und hatte ein ärmelloses weißes Hemd und Jeans an, die Haare waren zu Zöpfen geflochten wie bei einem Kind oder einer Squaw, was Dawn total komisch vorkam, weil die Mädchen damals alle so aufgetürmte, fluffige Frisuren hatten, die sie stundenlang mit Lockenwicklern und Haarspray hochtoupierten. Sie war ungefähr neunzehn. Und schön, total natürlich, ganz frisch und sauber, als hätte sie gerade geduscht, statt kilometerweit durch die Hitze zu laufen. Als sie den Truck wendete und in Richtung Ort fahren wollte, sagte Judy, ah, nein, sie lebe draußen bei den Felsen. Dawn musste lachen.

»Bei denen? Du lebst da draußen?«

»Mit meiner Mutter und ein paar Freunden.«

Was sollte man davon halten? Als sie das Gelände erreichten, lud Judy sie nicht ein mitzukommen, sie sagte nur Danke und bis zum nächsten Mal, was Dawn ein bisschen kränkte. Natürlich erzählte sie den anderen Mädchen beim Milkshake im Dairy Queen davon, das war immerhin ein Trost, aber wie sich herausstellte, sollte sie Judy erst ein Jahr später wiedersehen, als das Mädchen sich zum ersten Mal in der Stadt blicken ließ. Da war Dawn schon mit der Schule fertig und arbeitete eigentlich nur noch im Laden. Eines Nachmittags, während sie so tat, als wäre sie mit etwas Sinnvollem beschäftigt, kam Judy mit den drei verrücktesten Freaks rein, die sie je gesehen hatte. Dawn versuchte angestrengt, nicht zu zwinkern, um ja nicht das Geringste zu verpassen, ein Glitzern, eine seltsame Bemerkung, wie jemand einen Hut, eine Sonnenbrille oder Feder aufsetzte oder abnahm. Einer von ihnen trug jede Menge Silber und Türkis, einen großen schwarzen Stetson mit Perlenband, Schlangenlederstiefel und einen langen mexikanischen Schnurrbart. Der andere hatte eine grüne Ballettstrumpfhose an, durch die man so gut wie alles sehen konnte, was bedeutete, dass sie sich auf die obere Hälfte konzentrierte mit der Kaninchenfellweste über der nackten Brust und dem blonden Bart mit den knotigen Zöpfchen – was wirklich abstoßend aussah –, und weil sie da nicht hingucken wollte und in die Mitte nicht konnte, blieben nur die nackten Füße, und die waren unglaublich dreckig. Die Dritte war zu allem Überfluss eine schwarze Frau in einem langen, leicht zerrissenen gelben Seidengewand wie ein Morgenmantel, ohne BH darunter. Sie hatte einen großen runden Afro und war von irgendwas high, das merkte man gleich. Und mittendrin Judy, in Jeans und ordentlich gebügelter weißer Bluse, genau wie beim letzten Mal.

»Hey«, sagte sie.

»Hey«, sagte Dawn.

»Leute, das ist Dawn. Sie ist eine von uns.«
Der mexikanische Schnurrbart gab eine Art Gurgeln von sich
und beugte sich breit grinsend über den Tresen. Dawn wurde direkt rot. Sie hasste das. Die anderen brachen in Gelächter aus, außer Judy, die einfach nur dastand und lächelte, als wollte sie gleich
ein Gedicht aufsagen.
»Tut mir leid«, sagte die Schwarze, »es ist nur wegen deinem
Gesicht, Mann, du solltest dein Gesicht sehen. Deine Augen –
wow – weißt du?«
Dawn wusste nicht, und ehrlich gesagt war das ihr erstes Gespräch mit einem schwarzen Menschen, abgesehen von dem einen Mal bei der Klassenreise nach Sacramento, als sie zusammen
mit einer Schule aus einem sozial schwachen Viertel im State Ca-
pitol waren. Offenbar hatte sie irritiert oder verängstigt oder so geguckt, weil nämlich genau da Mr. Craw aus dem Lagerraum kam
und erst die Kunden musterte und dann sie und dann in seiner
Bis-hierhin-und-nicht-weiter-Stimme sagte:
»Kann ich Ihnen helfen, junge Dame?«
Mr. Craw hatte einen 38er unter dem Tresen liegen, daneben
einen Baseballschläger und eine Eisenkette, alles in Reichweite.
»Ich fragte, ob ich Ihnen helfen kann, junge Dame.«
Judy setzte ihr breites Lächeln auf. »Sicher, Bruder. Sie können
uns was zu essen verkaufen.«
»Was denn?«
»Nudeln, Reis, Käse. Was zu essen eben.«
»Da müssen Sie schon genauer werden.« Unter dem Tresen
dehnte er seine Hand wie ein Fernsehserien-Revolverheld.
»Ich habe eine Liste.«
Das schien Mr. Craw zu beruhigen. Noch ein bisschen von
dem Gekasper und er hätte womöglich Gebrauch von seinem Revolver gemacht. Mr. Craw war Kriegsgefangener in Korea gewesen und seitdem lieber allein. Eine Mrs. Craw gab es nicht. Das
sagte schon einiges über Mr. Craw. Dawn hoffte nur inständig,
die jungen Leute hier erinnerten ihn nicht an irgendwas, an das er
lieber nicht erinnert werden wollte.
Irgendwie spazierten sie lebend und mit fünf Tüten Lebens-
mitteln wieder raus. Dawn stand in der Tür und sah ihnen nach.

Vor dem Laden parkte ein Schulbus, der in allen möglichen Farben und Mustern bemalt war. Der hintere Teil war vollgepackt
mit meterweise glänzendem Stoff, so viel, dass er schon aus den
Fenstern quoll. Obendrauf war eine Art Satellitenschüssel angebracht. Es hingen mindestens noch drei oder vier Leute draußen
rum, aber außer einem Typen mit Umhang und Footballhelm
bekam sie keinen von ihnen richtig zu sehen, weil Mr. Craw sie
wieder reinzog und sagte, sie solle sich um die Lieferungen für das
Veteranenheim kümmern.

Kurz darauf ergab es sich, dass Sheriff Waghorn mit seinem
Flugzeug einen Ausflug zu den Pinnacles machte. Er landete auf
dem ausgetrockneten See in der Nähe und lud sich selbst zu einer
Nachbarschaftstour über das Gelände ein. Nach seiner Rückkehr
rief er das übliche halbe Dutzend zu einem Treffen im Hinterzimmer von Mulligan's Lounge and Grill zusammen – den Bürgermeister, Mulligan, Mr. Hansen von der Tankstelle, letztendlich die Rotarier –, und kurz darauf wusste der ganze Ort, dass der
Kerl mit dem verbrannten Gesicht Davis hieß und den Sheriff
sehr höflich herumgeführt und ihm eine Backstube und eine Art
Windmühle gezeigt hatte, aber das Ganze war ein Irrenhaus,
mehr als zwanzig Leute lebten da, unter anderem ein nacktes
Mädchen und zwei Nigger, womit es offiziell die größte Ansammlung von Beatniks in der Geschichte des Countys war, was wieder-
um dazu führte, dass Dawn und ihre Freundinnen Lena und Sheri keine Zeit verschwendeten, ihren jeweiligen Freunden den
Laufpass zu geben, und sich, um ein wenig Lebenserfahrung zu
sammeln, auf die andere Seite schlugen.

Es war ein Freitagabend, und sie hatten draußen bei den Felsen Lichter gesehen, womöglich eine Party. Nach einigem Hin
und Her am Telefon, um entsprechende Ausreden abzustimmen,
saßen sie schließlich in Lenas Truck und stritten sich, und diesmal
ging es nicht darum, ob es okay war, Tommy James & the Shon-
dells gut zu finden, sondern ob es okay war, dass Robbie Molina
beim Methodisten-Grillfest die Hand in Lenas Höschen hatte,
wo er doch gerade erst die Hand in Dawns Höschen gehabt hatte, und das Schwein es dann auch noch dem ganzen Basketball-
team erzählen musste.

Als sie das Gelände erreichten, blieben sie eine Weile im Dunkeln sitzen und überlegten, was sie tun sollten. Sie hörten seltsame Musik herüberschallen. Dawn wurde nervös. Endlich fassten sich die drei Mädchen ein Herz und wollten aussteigen, da kam neben ihnen ein Trupp übel aussehender Kerle auf Motorrädern an, ließ die Motoren aufheulen und reckte die Hälse nach ihnen. Sie dachten schon, sie würden einer Vergewaltigung durch kettenschwingende Rocker zum Opfer fallen, stattdessen fragte der Anführer ganz freundlich und mit sanfter Stimme, warum sie nicht mit reinkämen. Es war kein anderer als der Mann, der sich im Laden über den Tresen gebeugt hatte, der gut aussehende mit dem mexikanischen Schnurrbart. Er sagte, er heiße Wolf, und zeigte ihr seine großen weißen Zähne.

Letztendlich hatten sie keine Wahl. Sie stiegen aus dem Truck, folgten Wolf und seinen Kollegen durch das Tor und versuchten, so zu tun, als wäre es das Normalste der Welt für sie. Kurz darauf begegnete Wolf einem Mädchen, legte den Arm um sie und lief mit ihr weiter, aber Dawn blieb ebenfalls an seiner Seite. Sie projizierten Farben auf die Felsen, Dias und Öltropfen und so was. Ein Haufen Leute saß um ein Feuer und spielte Trommeln und Flöten und andere Instrumente in so ein Ding in der Mitte, eine Art Gebilde aus Mikrofonen und kastenförmigen elektrischen Geräten.

Niemand schenkte ihnen groß Beachtung. Ein paar nickten ihnen zu. Die Musiker spielten weiter. Dawn gefiel die Musik, obwohl es nicht unbedingt das war, was sie sonst hörte. »Wie nennt ihr das hier?«, fragte sie das Mädchen neben sich, das sich eine Navajodecke umgewickelt hatte.

»Das«, sagte sie, »ist das terrestrische Zentrum des Ashtar Galactic Command.«

»Das was?«

»Unsere geheime Basis auf der Erde. Die erste. Irgendwann werden es viele sein.«

Dawn wusste nicht, was sie dazu sagen sollte, also nickte sie und strich sich als Zeichen des Interesses die Haare aus dem Gesicht.

»Sehr viele«, betonte das Mädchen versonnen. »Vielleicht

Hunderte. Wenn wir erst unseren Durchbruch hatten, werden sehr viele Menschen neu integriert. Dann entstehen neue Basen von ganz allein. Willst du mal durch meine Brille sehen?«

Sie hatte eine seltsame Omabrille auf, deren Gläser facettiert wie Edelsteine waren. Dawn setzte sie auf. Das Feuer zersplitterte in sämtliche Spektralfarben.

»Urim und Thummim«, erklärte das Mädchen. »Sie zeigen dir Zukunft und Vergangenheit.« Dawn hatte keine Ahnung, wovon sie redete.

»Woher hast du das alles?«

»Was?«

»Das mit den Basen und so.«

»Ach so, weiß ich nicht mehr. Kommt mir vor, als hätte ich es schon immer gewusst. Ich hab Judy in L. A. auf der Straße kennengelernt, und sie hat mich Joanie und Clark vorgestellt, und die haben mich dann gefragt, ob ich zu ihnen in die Wüste ziehen will. So war das.«

»Joanie und Clark?«

Das Mädchen zeigte auf die andere Seite vom Feuer. Eins musste man sagen: Hier draußen bei den Felsen sah die Verrückte nur noch halb so verrückt aus. In ihrem langen Kleid mit Blumenmuster wirkte sie eher wie eine altertümliche Pionierin. Das lange Haar war glatt gekämmt, ein grauer Vorhang zu beiden Seiten des Gesichts. Sie und der einäugige Mr. Davis saßen nicht wie die anderen im Schneidersitz auf dem Boden, sondern auf stabilen Holzthronen mit hohen Rückenlehnen. Ma und Pa, und zu ihren Füßen Miss Judy, immer noch durch und durch amerikanisch, frisch und sauber, den Kopf in die Hände gestützt wie beim Morgenappell.

Dawn lächelte ihr zu, aber die kleine Miss Judy starrte durch sie hindurch, als wären sie sich nie begegnet.

Das Navajodeckenmädchen schien einem Gespräch nicht abgeneigt, also fragte Dawn sie weiter aus. Wie sich rausstellte, hieß die alte Dame Ma Joanie, allerdings mit langem Aah, da sie aus dem Osten kam. *Maa* Joanie. *Maaaaa* … Und war sie jetzt verrückt oder nicht? Lena und Sheri, die neben Dawn saßen, fanden die Frage offenbar unhöflich und rissen schockiert die Augen auf.

»Sie hat im Leben einiges gesehen, wovon wir keine Ahnung haben«, erklärte das Mädchen. »Sie ist sehr weit fortgeschritten.«

Was gewissermaßen wie ein Ja klang.

Lena bewegte die Lippen zu einem *Lass uns gehen*. Aber Dawn wollte noch bleiben. Es gab jede Menge tolles Zeug hier, die Lightshow, den gut gebauten jungen Mann ohne Hose, der am Feuer tanzte und sein Ding hin und her schleuderte, wie es Frankie oder Robbie oder sonst irgendein Junge, den sie kannte, wohl kaum getan hätten.

»Und was ist mit Judy? Sie wirkt irgendwie abgehoben.«

Das Navajodeckenmädchen flüsterte: »Judy ist die wichtigste Person hier. Judy ist der Guide.«

»Was für ein Guide?«

»Kann ich meine Brille wiederhaben?«

Einfach so, ohne sich zu verabschieden, stand das Navajodeckenmädchen auf und marschierte summend davon. Dawn war verwirrt, musste sich aber schnell wieder einkriegen und einen möglichst coolen Eindruck machen, weil sich neben ihr jetzt nämlich Wolf ausstreckte und ihr, auf einen Ellbogen gestützt, einen Zug von seinem langen dünnen Joint anbot. Das Wichtigste war, jetzt nichts Dummes zu sagen oder zu tun.

»Hi«, sagte er.

»Dawnie«, flüsterte Sheri. »Lass uns abhauen. Hier kriegt man ja allein schon vom Auf-dem-Boden-Sitzen Läuse.«

Dawn würde gleich zum ersten Mal Marihuana rauchen und hatte nicht die Absicht zu gehen, weder wegen Sheri noch sonst jemandem, also warf sie ihr einen Halt-die-Klappe-Blick zu, und sie lauschten eine Weile der Musik. Dawn zog ein paarmal am Joint und reichte ihn Sheri, die aber nicht wollte. Lena nahm einen Zug und hustete wie eine kranke Katze, was irgendwie lustig war. Dann fragte Wolf, ob sie ein paar Leute kennenlernen wollte, und sie sagte Ja. Er half ihr auf, und sie ignorierte sowohl Lena mit den Autoschlüsseln in der Hand als auch Sheri, die wütend auf ihre Uhr zeigte. Wie in einer Art Tanz oder Prozession lief sie mit Wolf um das Feuer herum.

»Dawn«, sagte er. »Du musst nicht mal deinen Namen ändern.«

2008

ALS LISA DEN WAGEN IN GANG SETZTE, merkte sie, dass ihre Hände zitterten. Sie war den Tränen nahe, und das machte sie noch wütender, ein Teufelskreis, der ihr die Kehle zuschnürte und den Blick trübte, während sie den Hügel hinunter auf die Reihe von Fast-Food-Restaurants zusteuerte. Sie schimpfte leise vor sich hin. Verdammter Jaz. So oft machte er das, spielte den Wissenschaftler, die anerkannte Stimme der Vernunft. Nein, Schatz, mach es lieber so. So doch nicht, du machst das kaputt. Vor ihr scherte ein Truck aus, sodass sie bremsen musste. Fluchend drückte sie auf die Hupe, und noch während sie dem weißen Riesen den Finger zeigte, wusste sie, dass sie im Unrecht war. Komm schon, Mädchen, ermahnte sie sich. Auch wenn du kaum geschlafen hast, reiß dich zusammen. Was, wenn du stirbst? Wer würde sich um das arme Kind kümmern? Jaz ganz bestimmt nicht. Er wusste doch gar nicht, wo er anfangen sollte.

Sie fuhr auf den Parkplatz eines Denny's und blieb eine Weile im Wagen sitzen, überprüfte ihre Frisur im Spiegel, trug Lippenbalsam auf und griff nach ihrem Portemonnaie. Nachdem sie sich beruhigt hatte, ging sie hinein und bestellte einen Kaffee.

Der »heilsame Familienurlaub« war also ein Reinfall. In Phoenix würde zwischen Jaz und ihr alles genauso sein wie immer. Ihr Vater würde wahrscheinlich versuchen zu schlichten, obwohl er im Grunde keine Ahnung hatte, wie Jaz tickte, insgeheim sogar ein bisschen Angst vor ihm hatte und ihn wie ein imposantes, aber unberechenbares exotisches Tier behandelte, einen Leguan oder einen Honigbär. Ihre Mutter würde sie mit ihren Rehaugen mitfühlend ansehen, bis Lisa das Bedürfnis hätte, sie ihr aus dem dezent geschminkten Gesicht zu reißen.

Ein paar Jungs saßen dicht gedrängt in einer Sitzecke neben dem Eingang, so jung, dass sie sie erst für eine Highschool-Mannschaft hielt. Dann fielen ihr die kurz geschorenen Haare auf und ihre aufgedreht ruppige Art. Das mussten Marines von dem Stützpunkt um die Ecke sein. Einer hatte sein eingegipstes Bein im Gang ausgestreckt. Neben ihm auf dem Boden lagen Krücken. Vom Fußball? Oder eine Kriegsverletzung? Waren die Jungs im Irak gewesen? Sie schnappte ein paar Gesprächsfetzen auf. Es ging weder um Autos noch um Mädchen, sondern um die Lage der Nation. Die Worte *Ehre, Anstand, Schwuchteln* fielen.

Sie hatte schon vorher mehr oder weniger gewusst, was ihre Eltern von Jaz halten würden. Ihr Vater hatte ein simples Gemüt: Er wollte nur, dass sein kleines Mädchen glücklich war, dass sie ihn hin und wieder umarmte, ihm zum Geburtstag unnützes Golfequipment schenkte und, solange sie lebten, niemals aufhörte, ihn Poppy zu nennen. Ein Inder war also okay für ihn. Jaz war a) gebildet, b) höflich, verdiente c) gutes Geld und war d) nett zu seiner Tochter. Alle Punkte abgehakt. Geprüft und für gut befunden. Also hatte Poppy ihn abgesegnet und war beruhigt zur Übertragung der Sonntagnachmittagsspiele in seinem Arbeitszimmer verschwunden. Mit Mom war es komplizierter, sie war eine dieser Frauen, die sich genau ausmalten, wie etwas zu sein hatte, und dann in Panik gerieten, wenn die Wirklichkeit anders aussah. Jaz sah in der Tat anders aus, er war ein unbekannter Unbekannter, und bei ihren Versuchen, ihn zu begreifen, hatte Patty Schwartzman sich ihrer Tochter von einer hässlichen Seite gezeigt. Kurz vor der Hochzeit hatte sie auf einen »Mädelstag« im Spa bestanden. Offensichtlich lag ihr etwas auf der Seele. Also ließ Lisa die Maniküre, die Pediküre und die Hot-Stone-Massage über sich ergehen. Erst als sie im Bademantel auf Liegestühlen lagen und mit einer klebrigen, an Fäkalien erinnernden Schokoladenmaske (ausgerechnet Schokolade), die auf dem Gesicht verkrustete, an aus Europa importiertem Mineralwasser nippten, kam Patty zur Sache. Nach kaum zwei Minuten zischten sie sich an, Lisa rasend vor Wut, Patty scheinbar verständnislos und gekränkt.

»Sie sind eben anders als wir. Das ist ja keine Beleidigung.«

»Mom, wenn du mir jetzt mit Jason Elsberg kommst, hau ich dich.«

»Weißt du, dass er verlobt ist? Sieh mich nicht so an. Ich sag ja
nur, wenn es um Frauen geht, sind die Männer sehr altmodisch.
Sie haben eben bestimmte Vorstellungen.«
»Und das weißt du woher? Weil du etwas mit einem Anthro-
pologen hattest? Er ist nicht Osama bin Laden. Er trägt Polo-
hemden. Meine Freunde halten ihn für einen Republikaner.«
»Du hast es dir schon als kleines Mädchen nie leicht gemacht.«
»Weißt du, Mom, du siehst aus, als hätte dir jemand Scheiße
ins Gesicht geschmiert.«
Lisa wäre eher gestorben, als sich ihre eigenen Zweifel einzu-
gestehen. Als Jaz und sie sich kennenlernten, wartete sie darauf,
dass er seine freundliche Maske abriss und darunter ein orienta-
lischer Blaubart zum Vorschein kam, der sie in der Küche ein-
sperrte und sie schlug, weil sie anderen Männern ihre Knöchel
zeigte. Natürlich erwies sich das als Quatsch, andererseits gab es
eben auch ein paar wunde Punkte – seine Eifersucht gegenüber ihren Ex-Freunden, eine gewisse körperliche Prüderie –, die man
durchaus als typisch für einen Inder, Asiaten, Punjabi oder was
auch immer bezeichnen konnte. Vielleicht aber auch nicht, vielleicht war das einfach Jaz. Zu diesem Zeitpunkt war Lisa dieser
Fragen längst überdrüssig.

Sie hatte leichthin angenommen, dass Jaz' Probleme mit seiner
Familie vor allem in seinem Kopf stattfanden. Sie war ein guter
Mensch und sie liebte ihren Sohn, jeder – zumindest jeder, der sie
kannte – musste doch froh sein, sie als Schwiegertochter zu haben.
Sie hatte sogar hin und wieder davon geträumt, Teil einer altmo-
dischen Großfamilie zu sein, eine Art indische Version von *Little
Women*, mit Mahlzeiten an einer großen Tafel und Feiern, zu denen sie wunderschöne Stoffe und Silberschmuck trug, inmitten
von mehreren kichernden, braunäugigen Schwestern. Dann kam
die schreckliche Fahrt nach Baltimore, die heruntergekommene
Gegend, das enge, seltsam riechende Haus voller unergründlicher,
zorniger Menschen. Sie versuchte alles, um sich einzuschmei-
cheln, aber ganz offensichtlich wollten sie nichts von ihr wissen.
Allein dafür gehasst zu werden, wer sie war, und nichts dagegen
tun zu können! Hinter einer Maske verbissener Höflichkeit, von
Menschen, die von Plastiktellern aßen, billigen Nippes in ihren

Vitrinen aufbewahrten und einen alten Toyota vor der Tür stehen hatten, Menschen, die wie Einwanderer lebten. Ein schändlicher Gedanke. Ein unaussprechlicher Gedanke. Das war das Schlimmste: Dass sie sich wie eine fanatische Republikanerin vorkam, wie ihre eigene Mutter.

Lisa war zu stolz, jedem zu erzählen, was für eine Angst ihr dieser Besuch eingejagt hatte, und Jaz war so lieb und so niedergeschlagen gewesen, dass es sie fast wieder versöhnt hatte. Er war kein bisschen wie seine Familie. Während sie zurück zum Motel fuhren und er nervös Witze über den schlimmen Tag machte, dachte sie an die Dinge, die sie an ihm liebte, seine Zärtlichkeit, seine komische Art, ihre Probleme wie einen Zauberwürfel zu behandeln, wie Rätsel, die er für sie lösen konnte. Er war der netteste, anständigste Mann, den sie bisher kennengelernt hatte. Ihr gemeinsames Leben war wunderbar. Natürlich wollte sie ihn heiraten.

Die erste Hochzeit fand an ihrem Wunschtag statt. Umgeben von ihren gemeinsamen Freunden fühlte sie sich so glücklich, dass sie die Sikh-Zeremonie eine Woche später einfach so an sich vorbeiziehen ließ und zufrieden mit gesenktem Blick im Gurdwara saß, während Jaz' Verwandte ihre Gesänge anstimmten und an den Tüchern über ihrem heiligen Buch herumzupften. Es war toll, dass ihre ehemalige Mitbewohnerin Sunita ihr zur Seite stand, ihre Hand drückte und ihrer Mutter half, sie hereinzuführen – ja, Patty Schwartzman, in einen Sari gewickelt, die Augen konzentriert aufgerissen, um ja keinen Fehler zu machen. Poppy saß bei den Männern, die Beine übereinandergeschlagen, Taschentuch auf dem Kopf, den Camcorder in der Hand, als wären sie auf Hawaii oder bei einer Feier in seiner Loge.

Danach waren sie verheiratet genug für jeden, der glaubte, in der Hinsicht etwas zu melden zu haben. Sie kehrten zurück in ihr Leben mit Cocktails und Buchpremieren, Degustationsmenüs und Theaterkarten, und in puncto Familie war alles bestens, bis sie schwanger wurde und schon wieder die ganze Welt so tat, als hätte sie ein Recht mitzureden. Jaz hing stundenlang am Telefon, hörte sich Anweisungen seiner Verwandten an und sagte nichts als *ji, haan ji.* Ihre Mutter bot an zu kommen, »nur für die ersten sechs Monate«, bis sich alles eingespielt hatte. Nachdem diese Ka- tastrophe abgewendet war, gab Jaz den Namen des Babys bekannt. Lisa rechnete natürlich mit entsprechenden Zeremonien, aber nicht damit, dass Gott Mitspracherecht hatte. Sie hatte diverse Namen im Kopf gehabt – Conor, Lucas oder Seth, falls es ein Junge war, Lauren oder Dylan für ein Mädchen –, Namen, die sie mochte, die mit ihrem Leben zu tun hatten. Die Vorstellung eines Losverfahrens, bei dem sie den Adi Granth auf einer beliebigen Seite aufschlugen, um den Anfangsbuchstaben zu bestimmen, war eine Zumutung. Sich schick zu machen und sich ein paar Stunden zu langweilen, um den Schwiegereltern eine Freude zu machen, war das eine; dass sie einem vorschreiben wollten, was man seinem Kind an der Brust zumurmelte, dann schon etwas anderes. Als Raj auf die Welt kam, steif und schreiend, schoben sie die Frage noch hinaus und nannten ihn nur »Baby« oder »das Ei«. Als Jaz ihr erklärte, dass eine Beschneidung bei den Sikhs streng verboten war, wurde ihr erst das volle Ausmaß des Problems bewusst. Sie wünschte, Jaz und sie wären nicht so gutmütig gewesen, unabhängiger, hätten sich gesagt, scheiß auf die Familie, die Tradition und Gott, egal, ob er Hut, Turban oder Kippa trug. Aber je länger sie redeten, desto stärker beschlich sie das frustrierende Gefühl, dass sie beide doch glaubten, es aus irgendwelchen sentimentalen Gründen ihren Familien recht machen zu müssen.

»Aber was spielt das für eine Rolle? Es ist doch nur ein Stück Haut.«

»Es … ich weiß nicht, Jaz. Es geht um Identität. Wir wurden über so viele Generationen hinweg unterdrückt …«

»Ah, dann erzähl mir doch noch mal bitte, wer dich an deiner Privatschule unterdrückt hat?«

»Red nicht so einen Scheiß. Das ist etwas Symbolisches. Immerhin gab es … den Holocaust, die Pogrome. Wenn ich das nicht für ihn tun würde, hätten sie gewonnen. Die ganzen Schweine, die uns auslöschen wollten.«

»Die Nazis.«

»Ja, die Nazis.«

»Und der Zar.«

»Ja, stimmt, der auch.«

»Du solltest dich mal hören. Weißt du eigentlich, wie lächerlich das klingt? Du glaubst nicht mal an Gott. Das einzige Mal, dass ich dich in einer Synagoge gesehen habe, war bei unserer Hochzeit.«

»Das hat doch nichts mit Religion zu tun. Es geht um unsere Kultur.«

»Und was ist mit meiner Kultur? Was ist mit unserem Guru Arjan Dev, der von den Mogulen hingerichtet wurde, weil er sich geweigert hat, Texte aus dem heiligen Buch abzuändern? Oder Guru Tegh Bahadur, der so grausam gefoltert wurde, dass er heimlich eingeäschert werden musste? Die Sikhs wurden auch verfolgt. Die Moslems wollten uns mit Gewalt bekehren. Sie wollten uns zwangsbeschneiden. Verstehst du das?«

»Ich dachte, du bist Atheist.«

»Agnostiker.«

»Du hast immer gesagt, Gott ist tot. Du hast doch dauernd mit Nietzsche rumgewedelt.«

»Und du willst mir anscheinend erzählen, dass Gott von dir verlangt, meinen Sohn zu verstümmeln.«

»*Unseren* Sohn, Jaz. Außerdem hat das auch gesundheitliche Gründe. Die Übertragung von Geschlechtskrankheiten zum Beispiel.«

Und so ging es weiter. Immer im Kreis, über Tage und Wochen. Sie schlug nach, was in den Schriften der Sikhs stand. Es klang wie ein alter Borscht-Belt-Witz, von einem dicken Mann im zerknitterten Smokinghemd vorgetragen. *Ich glaube nicht daran, o Geschwister des Schicksals. Wenn Gott wollte, dass ich ein Moslem wäre, würde es sich selbst abschneiden.* Sie informierte sich über die Verfolgung der Sikhs durch die Mogule. Wahrscheinlich hatten sie genauso ein Recht auf Gedenken wie die Juden, obwohl sie das rein emotional nicht so sah. Was die Juden erlebt hatten, war etwas Besonderes. Das hatte man ihr jedenfalls beigebracht. Vielleicht war das alles, was ihr von ihrer Religion geblieben war – das vage Gefühl der Auserwähltheit. Sie fragte sich, ob Jaz bei seinem Mitgefühl für die gefolterten Gurus etwas Tieferes empfand.

Also schoben sie die Entscheidung immer weiter auf. Es gab

noch anderes zu bedenken. Sie willigte in die Taufzeremonie ein, in der Hoffnung, dass Jaz in der anderen Sache kompromissbereit sein würde. Sie beteten für ihren Sohn Raj (nicht Seth oder Conor) im Gurdwara, diesem schmuddeligen Raum, in dem es nach Haaröl und Füßen roch. Die Frauen warfen ihr böse Blicke zu, weil das Baby brüllte. Als machte sie etwas falsch. Seht euch die weiße Schlampe an, die offensichtlich nicht in der Lage ist, ein Kind großzuziehen. Nach der Taufe schloss sie sich in einer Toilette ein und weigerte sich rauszukommen. Jaz versuchte, durch die Tür mit ihr zu reden, er klang angespannt. Sie ließ ihn schwören, dass so etwas nie wieder passieren, dass er sie vor diesen Frauen beschützen würde.

»Du musst mich verteidigen, Jaz. Du verteidigst mich nie gegen deine Familie.«

»Das werde ich, Schatz. Ganz bestimmt, ich verspreche es.«

Er hatte es geschworen. Und jetzt ließ er sich schon wieder von ihnen einwickeln, von ihrem fiesen Aberglauben, diesem ganzen primitiven Scheiß.

Sie zahlte die Rechnung, ging zurück zum Wagen und blieb dort eine ganze Weile sitzen. Sie sah die Leute rein- und rausgehen, ohne sich Gedanken über sie zu machen, sie nahm sie kaum als Menschen wahr, nur als sich bewegende Gestalten. Autos rasten vorbei, hielten auf dem Parkplatz und verschwanden wieder, auch sie nur bedeutungslose Formen. Später fuhr sie durch die Stadt, vorbei an Spiegelglasfassaden. Computerzubehör. Eine Weight-Watchers-Filiale. Sie bog in eine Seitenstraße, dann in eine andere. Rissiger Beton und Maschendrahtzaun. Eine Reihe von Lagerräumen hinter vertrockneten Palmen. Eine Gemeinde, deren Wahrzeichen Waschsalons und 7-Elevens waren, Trailerparks für die Glücklosen und die ein wenig Glücklicheren, Trabantenstädte aus niedrigen, ärmlich aussehenden Ranches, Bunker mit Doppelgaragen und toten braunen Rasen, auf denen Kinderspielzeug verstreut lag. Überall gelbe Schleifen, in Form von Autoaufklebern oder von der Sonne ausgebleichten Fetzen an Straßenlaternen und Zaunpfählen. *Support Our Troops*. Gewinnt den Krieg. Auf ein McDonald's hatte jemand ein Wandbild von in der Wüste kämpfenden Marines gemalt, Männer mit Schutzbrillen und Helmen, die schreiend irgendwohin zeigten, umgeben von Hubschraubern und brennenden Ölquellen. Zwei Soldaten halfen einem verwundeten Zivilisten, der die Arme um ihre Schultern geschlungen hatte.

Sie stieg aus und sah sich das Bild an, dann fiel ihr ein, dass sie eine Kamera in der Tasche hatte. Zerbrochenes Glas knirschte unter ihren Füßen, als sie loslief, um einen besseren Ausschnitt zu bekommen. Es war ihr erstes Foto seit Monaten. Die Kamera hatte sie mitgenommen, um sich zu sagen, dass sie im Urlaub war. Sie war nicht sicher, warum sie dieses Wandbild in Erinnerung behalten wollte, und ob überhaupt. Ein funkelnder schwarzer Truck fuhr vorbei, aus den offenen Fenstern wummerten die Bässe. Der Teenager hinterm Steuer starrte sie durch seine Sonnenbrille an und warf ihr eine Kusshand zu. Sie konnte es kaum fassen. Wie lange war es her, dass jemand mit ihr geflirtet hatte?

Ihr Magen knurrte. Es war Mittag, und bisher hatte sie nur einen Kaffee getrunken. Sie überlegte, zurück ins Motel zu fahren. Das wäre das Vernünftigste. Andererseits, scheiß drauf. Auf der anderen Straßenseite war ein mexikanisches Restaurant mit Glockenturm-Attrappe, daneben eine Pizzeria mit Drei-Dollar-Fünfundneunzig-Dinner-Special. *Ja, wir haben »geöffnet«*, stand auf einem handgeschriebenen Schild an der Tür. »Geöffnet« war offensichtlich nicht dasselbe wie geöffnet. Müll wehte über den Parkplatz. Die Fenster waren mit Seife verschmiert. Sie fuhr zurück zum Highway und landete schließlich vor dem Ufo-Diner, einem billigen Themenrestaurant, das wohl schon bessere Tage gesehen hatte, wahrscheinlich während der Nixon-Ära. Es war ziemlich gut besucht. Sie bestellte Caesar Salad, das Dressing extra. Sie beobachtete die jugendliche Bedienung, wie sie durch den Laden wankte und Bestellungen entgegennahm, dann den mexikanischen Hilfskellner. Gestalten. Der Salat kam. Während sie die Croûtons herauspickte, sah sie durchs Fenster zwei Frauen, von Kopf bis Fuß in Moslemkluft, Hijabs oder wie die Dinger hießen, vor dem Fenster vorbeilaufen. Eine schob einen Buggy, die andere hielt einen kleinen Jungen an der Hand. Hinter ihnen hergeschlurft kam ein älterer Junge in Jeans und T-Shirt mit einem

Skateboard unter dem Arm. Was war das? Eine Liveübertragung
aus Bagdad?

Sie musste sich zusammenreißen. Was hätte ihr Vater gesagt? *Da musst du durch, Mädchen. Pack die Sorgen in den Rucksack und lauf los.* Aber Poppy, ich kann nicht. *Du kannst nicht? Das Wort gibt es nicht, Kleines.* Als sie Rajs Diagnose bekamen, hatten ihre Eltern großartig reagiert. Sie hatte am Telefon geschluchzt, und ihr Vater, der sonst nie wusste, was er sagen sollte, hatte genau das Richtige gesagt, nämlich nichts, nur *Na, na, meine Kleine, nicht traurig sein. Das wird schon wieder*, hatte er in den Hörer geflüstert. Immerhin würde sie in ein paar Tagen bei ihm sein, konnte in seine Arme flüchten und seinen beruhigenden Geruch einatmen, den Mief von Brezeln und alten Zeitschriften.

Dass er auf diesen Bösen-Blick-Mist reinfiel! Und ihrem Sohn so ein hässliches Ding umhängte!

Als sich herausstellte, dass Raj an Autismus litt, warf das Jaz völlig aus der Bahn. Wochenlang redete er kaum, saß einfach nur da und sah zu, wie sie versuchte, mit dem nächsten Wutausbruch, der nächsten Schreiattacke klarzukommen. Seine Passivität brachte sie auf die Palme. Warum stand er nicht seinen Mann? Sie war dazu erzogen worden, sich nicht unterkriegen zu lassen. Ihr Poppy hatte ihr beigebracht zu kämpfen. Natürlich fühlten sie sich beide schuldig. Sosehr sie sich auch bemühte, wurde sie den Verdacht nicht los, etwas falsch gemacht zu haben. Gegen welches Gesetz hatte sie während der Schwangerschaft verstoßen? Mit dem Handy telefoniert? Thunfischsteak gegessen? Wenn sie mit Freunden essen waren, hatte sie ein paarmal ein Glas Wein getrunken. Jaz hatte nie das Gesicht verzogen, im Gegenteil, er hatte sie sogar dazu ermutigt. Entscheidungen hatten sie gemeinsam getroffen. Warum kam sie jetzt damit klar und er nicht?

Nichts geschah ohne Grund. Für jedes Problem gab es eine Lösung. Wenn ihr Mann keine hatte, musste sie es eben in die Hand nehmen. Sie surfte durch Internetforen, las Posts von Müttern, die genauso verzweifelt klangen, wie sie sich fühlte. Sie machte sich Notizen, bestellte Bücher im Internet. Eines Nachts las sie von einer Tagung für Eltern von autistischen Kindern und meldete sich an. Sie erzählte Jaz, sie müsse zu einer Freundin, er müsse sich allein um Raj kümmern. Er sah sie an, als hätte sie nicht alle Tassen im Schrank.

Sie war nicht sicher, warum sie ihm nicht die Wahrheit erzählte. Aufgehalten hätte er sie nicht. Sie merkte, dass er kurz mit dem Gedanken spielte, ob sie sich mit einem Liebhaber traf, aber letztendlich hatten sie beide nicht die Kraft, miteinander zu schlafen, geschweige denn, mit jemand anderem, und das wusste er. Während sie packte, stand er in der Schlafzimmertür und machte ein betroffenes Gesicht. Hör auf, mich zu beobachten, fauchte sie ihn an. Du kommst aber zurück, fragte er. Natürlich komme ich zurück, stammelte sie. Sei nicht albern.

Die Tagung war in Boston. Auf der Zugfahrt starrte sie aus dem Fenster und grübelte. In Boston gewitterte es, sie fuhr mit dem Taxi zum Kongresszentrum, wo alle mit *Hallo, ich heiße*-Ansteckern rumliefen und die Teppichfliesen volltropften. Sie lief durch die Gänge, vorbei an Ständen, hinter denen meistens Eltern saßen, die inbrünstig für Magnesiuminjektionen, Antipilzcremes, Biofeedback, Cranio-Sacral-Therapie, hyperbare Oxygenierung, chinesische Kräuter, Antibiotika, Vitamin B-12 etc. warben. Man konnte Bluttests und Sehtests machen, Speichel, Haare, Urin oder Hirnstromwellen prüfen lassen. Manches war einfach nur lächerlich, sodass sie den Leuten kaum in die Augen sehen konnte, vor lauter Angst, die eigene Bedürftigkeit in ihren Gesichtern gespiegelt zu sehen. Sie steckte Broschüren ein und versuchte, die Energie in der Halle zu ignorieren, die allgegenwärtige Sehnsucht nach dem Wundermittel, der königlichen Hand, die das Böse abwendete.

Am Abend ging sie zu einem Vortrag, bei dem ein Arzt mit Headset und dem Auftreten eines Late-Night-Show-Moderators behauptete, Autismus entstehe durch Thiomersal, einem quecksilberhaltigen Konservierungsstoff in Impfstoffen. Dagegen helfe angeblich die sogenannte Chelat-Therapie, eine Behandlung mit Substanzen, die Schwermetalle aus dem Blut des Kindes spülten. Sein Sohn war autistisch. Nach der Behandlung hatte der Junge gelächelt. Er sei sicher, die Eltern im Publikum wüssten, wie sich das für ihn angefühlt habe. Das Kind hatte zum ersten Mal gelä-

chelt und seinem Vater in die Augen gesehen! Der Arzt breitete
die Arme aus. Er wirkte beseelt. Lisa kaufte sein im Eigenverlag
publiziertes Buch. Auf der Rückfahrt am nächsten Tag ließ sie
sich anstecken. Konnte das die Ursache für Rajs Problem sein? Jaz
und sie hatten pflichtbewusst den Impfplan ihres Arztes befolgt –
Hepatitis, Polio, Meningitis, Diphtherie, MMR … Was, wenn
sie ihr Baby vergiftet hatten? Was, wenn sie ihm mit ihren Vor-
sorgebestrebungen geschadet hatten?

Nachdem sie Jaz erklärt hatte, wo sie in Wirklichkeit gewesen
war, brach sie in Tränen aus. Warum sie das nicht gleich gesagt
habe, fragte er, woraufhin sie schluchzend an seiner Schulter hing
und ihm von der schrecklichen Bedürftigkeit der anderen Eltern
erzählte. An seinem schlaffen Arm und der Anspannung in seiner
Stimme erkannte sie instinktiv, dass sich zwischen ihnen etwas
verändert hatte. Mit ihrer Fahrt nach Boston hatte sie die Initia-
tive übernommen. Von nun an würde sie entscheiden, wie es mit
Raj weiterging. Am nächsten Tag nahm sie eine Urinprobe und
schickte sie zusammen mit einem Scheck über dreihundert Dollar an ein Labor. Zwei Wochen später bekam sie einen Brief, in
dem stand, dass Rajs Quecksilberwerte leicht erhöht seien. Zu
dem Zeitpunkt hatte Jaz sich selbst ein bisschen schlaugemacht
und wandte ein, der Zusammenhang zwischen Quecksilber und
Autismus sei nicht bewiesen. Dies sei sogar, wie er in seinem un-
ausstehlichen Wissenschaftlerjargon erklärte, »höchst umstritten«.
Was zu einem heftigen Streit führte. Hatte er aufgegeben? War er
wirklich zu schwach, um für seinen Sohn zu kämpfen? Da er offenbar keine Antwort darauf hatte, gab sie triumphierend seine
Kreditkartennummer auf einer Webseite ein und kaufte eine Reihe von Chelaten, die ein paar Tage darauf per UPS eintrafen.

Raj hasste die Mittel. Es stank, und sein Pipi roch danach nach
Schwefel. Aber sie blieb hart und zwängte ihm das Zeug rein,
auch wenn er sich wehrte und Jaz fand, sie sei zu brutal mit ihm.
Und es schien etwas zu bringen. Raj war ruhiger. Er konnte sich
besser konzentrieren. Jubelnd rief sie bei ihren Freundinnen an.
Ja, wirklich. Er hat eine Viertelstunde mit seinen Klötzen gespielt,
ohne sich ablenken zu lassen. Wir waren im Park, und er hat meine Hand gehalten.

Jaz fügte sich, aber allmählich nahm sie ihm seine mangelnde Beteiligung übel. Eines Abends sprach sie ihn darauf an und zwang ihn zuzugeben, dass er keine große Veränderung in Rajs Verhalten bemerkte. Bist du blind?, fragte sie. Siehst du das nicht? Er zuckte mit den Schultern und hielt abwehrend die Hände hoch. Diese jämmerliche Geste machte sie so wütend, dass sie eine Lampe nach ihm warf. Sie flog quer durchs Schlafzimmer und krachte an die Wand. Er sah sie mit einer Mischung aus Angst und Mitleid an, ein seltsamer Gesichtsausdruck, den sie nicht an ihm kannte. Ganz sanft und ruhig erklärte er, er glaube, dass sie sich zu viel zumute. Sie brauche eine Pause. Da ging sie richtig auf ihn los, trat ihm gegen die Schienbeine, schlug mit den Fäusten auf ihn ein, bis er sie an den Handgelenken packte und aufs Bett drückte. Beide waren in Tränen aufgelöst. Wie kannst du es wagen, hörte sie sich brüllen. *Wie kannst du es wagen, mir so etwas zu sagen, wenn du es nicht mal probierst?*

Es war ein Kampf zwischen Hoffnung und Vernunft. Jaz fand, sie verhalte sich irrational, und Rationalität war für ihn das Wichtigste, seine Art, mit dem Chaos umzugehen, das von ihrem Leben Besitz ergriffen hatte. Das hatte sie kapiert. Sie war ja nicht doof. Aber mal ehrlich? *Messbare Fortschritte. Objektive Kriterien.* Was für tumbe, saudumme Phrasen. Wenn er so daherredete, hätte sie ihm am liebsten seine Blasiertheit runtergerissen wie alten Efeu von einer Mauer. Es war so selbstgefällig, fantasielos und dumm, zu behaupten, es gäbe keine Alternative zu den gängigen Theorien der Schulmedizin. Wie oft hatten sie sich schon geirrt? Früher schluckten die Menschen Radium als Allheilmittel und glaubten, Zugfahren schade der Gebärmutter. Mürrisch stimmte Jaz ihr zu und half schließlich sogar dabei, Raj seine Medizin zu verabreichen, doch mehr als ein Waffenstillstand kam nicht dabei heraus. Er machte nicht mit, weil er an die Behandlung glaubte, sondern weil er wollte, dass Lisa selbst merkte, wie falsch sie lag. Irgendwie machte das die Sache noch schlimmer. Es war, als wollte er gar nicht, dass es Raj besser ging. Die Medikamente wirkten. Das stand für sie fest. Als aus einem Monat zwei wurden und dann drei, war sie irgendwann nicht mehr so sicher. Die ersten Fortschritte waren folgenlos geblieben.

Schließlich musste sie sich eingestehen, dass Raj genauso verschlossen war wie immer. Aus irgendeinem Grund machte sie Jaz dafür verantwortlich. Er hatte die Behandlung verseucht. Hätte er daran geglaubt, wirklich daran geglaubt, dann hätte es vielleicht funktioniert. Sie wusste, sie klang wie Peter Pan, aber das war ihr egal.

Als Jaz eines Abends nach Hause kam, war sie gerade dabei, die Küchenschränke zu leeren und alles in den Müll zu werfen. GFCF. Gluten- und kaseinfrei. Jaz fragte, ob sie wirklich glaube, Autismus habe damit zu tun, dass man keine Bio-Lebensmittel esse. Er solle aufhören, sie zu bevormunden, erwiderte sie. Wenn Raj an Allergien litt, könne eine Ernährungsumstellung zumindest seine Magenbeschwerden lindern. Jaz setzte sich an den Frühstückstresen und stützte den Kopf in die Hände. »Willst du uns das wirklich antun?«, fragte er. Nie hatte sie ihn so verachtet. War sie denn tatsächlich mit einem Feigling verheiratet, einem Mann mit so wenig Rückgrat, dass er nicht mal für seinen eigenen Sohn kämpfen wollte?

Also ernährte die Familie sich von nun an ohne Weizen- und Milchprodukte. Fisch und Meeresfrüchte waren vorher schon wegen Quecksilberkontaminierung verboten. Jaz lehnte es strikt ab, sich vegetarisch zu ernähren, ohne Fleisch hätte er das Gefühl, seine Kultur ganz aufzugeben. Lisa spottete. So bedroht fühlte er sich also? Sie hatten schon die Sache mit der Beschneidung aufgeschoben, nur wegen seiner kulturellen Sensibilität. Den Ausdruck setzte sie höhnisch in Gänsefüßchen. Von da an suchte er regelmäßig nach Entschuldigungen, auswärts zu essen, mit Kunden oder Kollegen von der Bank.

Sie recherchierte nach anderen Möglichkeiten. Konnten gespritzte Hormone Raj bei seinen Darmproblemen helfen? Was war mit dieser Sauerstoffkammer? Mit der Zeit wurden die einzelnen Behandlungsmethoden weniger wichtig als die Haltung dahinter, ihre Einstellung, die Hoffnung nicht aufzugeben. Sie las Bücher über Selbstheilung und Positives Denken. Ehemalige Kollegen aus dem Verlag ließen ihr Druckfahnen von einem Imprint zukommen, das New-Age-Sachen veröffentlichte.

Lebe im Moment. Gehe den Weg, der zu deinen Träumen führt. Statt vom Schlimmsten auszugehen, stell dir das Beste vor. Nimm die täglichen Aufgaben leichten Herzens und voller Liebe in Angriff. Lerne, dich voll und ganz auf die Freude einzulassen, die jeder von uns in sich trägt. In dem Moment, in dem du sie an die Oberfläche steigen lässt, bist du auf dem Weg zu einem neuen Bewusstsein, das dir Reichtum, Glück und materiellen Wohlstand beschert. Sobald du Positivität ausstrahlst, kehrt sie tausendfach zu dir zurück, wie ein transzendentes Licht, das dein Leben vollkommen verändern kann.

Sie las diese Bücher heimlich, wie eine Ostblock-Dissidentin, in Samisdat-Texte von Havel oder Solschenizyn vertieft. Für sie steckte etwas Wichtiges darin, etwas Zerbrechliches, das sie nicht mit Jaz teilen konnte. *Male dir aus, was du dir wünschst. Das ist der erste Schritt, um es wahr werden zu lassen.* Bald las sie weder ihre literarischen Romane mit trostlosem Ende noch Bücher über Umweltschutz oder Menschenrechte wie bisher. Das alles waren Luxusthemen, Firlefanz für Leute, die keine eigenen Probleme hatten. Sie war ja nicht mal sicher, ob sie genug Hoffnung für sich selbst hatte, geschweige denn für Somalier, Straßenkinder oder Yanomami-Indianer.

Das Mittagslicht strömte durch die Windschutzscheibe, hart und weiß. Wie lange kurvte sie jetzt schon durch die Seitenstraßen dieses kleinen Wüstenstädtchens? Vielleicht Stunden oder Tage. Früher oder später musste sie zurück ins Motel. Dorthin, wo die Falle ihres Lebens auf sie lauerte.

Andererseits, scheiß drauf. Sie bog auf die Hauptstraße, die aus dem Ort herausführte. Die Häuser fielen brav zurück, vor ihr öffnete sich ein Talkessel, übersät von Joshua Trees. Am Ende des Asphaltstreifens verlief eine Bergkette. Es gab immer weniger Spuren menschlicher Existenz. Ein handgemaltes Schild, fast weiß gebleicht von der Sonne, mit den Worten FÜRCHTE GOTT, ein paar Wohnwagen und Hütten, wie Kleingeld in der Wüste verstreut. Sie fuhr weiter. Bald war auch davon nichts mehr zu sehen. Es gab nur noch sie, die ihr kleines Gefährt durch das Nichts steuerte.

Sie hielt an und öffnete die Tür. Ein warmer Luftstoß schlug
ihr entgegen, als sie ausstieg und sich schützend die Hand über
die Augen hielt. Das Blau ging in Lila und Schwarz über, die Farben des Alls. Die Atmosphäre war dünn. Sie machte den Motor
aus, aber irgendwas im Wagen lief noch, die Klimaanlage oder ein
Kühlergebläse, ein Surren, das klang wie ein langes Ausatmen.
Schließlich verebbte es, und es herrschte Stille. Sie lief ein paar
Schritte in die Wüste. Im Gestrüpp am Straßenrand hing Plastik-
müll. Spuren von einem Hasen oder Nagetier. Noch ein paar
Schritte. Und noch ein paar. Das Auto war inzwischen weit weg,
ein weißes Schimmern in der Ferne. Etwa zwei Kilometer vor ihr
ragte eine seltsame Felsformation empor, drei Türme, die wie Finger in den Himmel zeigten. Wenn ich mich hier hinlegen müsste,
würde ich sterben, dachte sie. Ich würde aus meinem Körper treten wie aus einem Kleid und direkt hoch ins Blaue schweben.

1920

DER MANN HIESS DEIGHTON, aber die Indianer nannten ihn Offene Haut wegen seines verbrannten Gesichts. Niemand wusste, warum die anderen Weißen ihn so hassten. Er hatte Geld: Für Geschichten zahlte er mit frisch geprägten Silberdollars. Er besaß sogar ein Automobil. Vielleicht weil er krank war. Wenn er nachts im Lager schlief, hörte man ihn husten. Einmal konnte Steinerner Schurz deswegen nicht schlafen, also stand er auf und machte ihm Kräutertee. Es half nicht. Er klang, als würde er sterben.

Er war ein großer, ungepflegt wirkender Mann mit ölverschmierter Jacke und einem fünf Tage alten Backenbart, der sein Gesicht verformte, weil er nur auf der einen Seite wuchs, auf der, die nicht von rosa Narbengewebe überzogen war. Als er zum ersten Mal auftauchte, bewarfen die Jungen ihn mit Steinen und versteckten sich dann unten am Wasser. Die Männer, die kamen, um ihn zu verscheuchen, waren überrascht, ihn sprechen zu hören. Er erzählte ihnen, er sei in einem Lager am anderen Ende des Colorado gewesen, und die Indianer dort hätten ihm ihre Sprache beigebracht. Er hatte einen merkwürdigen Akzent und benutzte Frauenausdrücke oder verwechselte Dinge, aber einen Weißen vor sich zu haben, der überhaupt ihre Sprache konnte, grenzte schon an ein Wunder. Manchmal nannten sie ihn auch Zweiköpfiges Schaf. Eine Laune der Natur.

Was wollte er? Er fragte nach den Alten. Wer war der Weiseste? Wer kannte die Lieder und die Namen der Pflanzen? Die Indianer waren misstrauisch, aber er blieb hartnäckig und zeigte ihnen sein Geld, also brachten sie ihn zu Dornen-Baby, der gut Englisch konnte und sich noch erinnerte, wie Maultierhirsche in großen Horden über das Land zogen. Als der Mann sagte, Dornen-Baby habe zu viel von den Weißen gelernt, wussten sie, dass er verrückt war und offenbar einer von denen, die immer ihr eigenes Weißsein heruntermachten. Sie wollten, dass er ging, aber er blieb einfach da, und irgendwann gewöhnten sie sich an ihn. Er machte den Kindern Geschenke und sagte in seinem komischen Akzent Guten Tag, sodass sie ihn schließlich zu Segunda brachten, die so gerne tratschte, dass die jungen Männer sie Leerer Tontopf nannten, wegen des hohlen Geräuschs, wenn man mit den Fingern dagegenklopfte. Sie wusste, dass man sie so nannte. Sie dachten, sie wäre einfach eine schwerhörige alte Frau, aber so war es nicht. Der verrückte weiße Mann ging zu ihr und schien danach zufrieden. Man war sich einig: Die beiden passten zusammen wie Schraube und Mutter.

Offene Haut kam jetzt regelmäßig ins Lager und verbrachte ganze Tage damit, Segunda beim Korbflechten zuzusehen und sich von der Zeit erzählen zu lassen, als die Tiere Menschen waren. Er hörte zu und schrieb in sein Buch, was einige der Indianer nervös machte, weil es sie an die Magie in den Gerichten und Grundbuchämtern erinnerte, die wundersamerweise immer zugunsten der einen Seite ausfielen.

Sie begann sich in seiner Gesellschaft zu entspannen. Gemeinsam saßen sie unter ihrer Ramada und blickten auf die Palmen an der Wasserstelle, sie im Schneidersitz auf einer Matte, er auf dem kleinen Klappstuhl, den er in einer Truhe mitgebracht hatte, zusammen mit dem Schlafsack und dem Corned Beef, das eine starke Versuchung darstellte für jeden, der von Yuccas und Mesquiten die Nase voll hatte. Der Mann gab vor, es nicht zu merken, wenn Essen aus seinem Koffer verschwand. Er hätte einfach ein Vorhängeschloss anbringen können, wenn er gewollt hätte.

Er machte Segunda Komplimente wegen ihrer Körbe. Wer hatte ihr das Flechten beigebracht? Welche Materialien benutzte sie? Wie viele verschiedene Flechtarten kannte sie? Er sah zu, wie sie Weidenholz schnitt und Yuccawurzeln und Teufelskralle zu Farbe zermahlte. Er machte sie stolz auf ihre Körbe – die meisten hatten keine Verwendung mehr dafür, seit sie im Kolonialwarenladen Schüsseln und Eimer kaufen konnten –, also nahm sie ihn mit zum Bach, damit er sehen konnte, wie sie die Yuccafasern in Guano tauchte. Vor allem interessierte er sich für alte Geschichten über das Korbflechten. Natürlich gab es die, und wenn sie sein Drängen leid war, erzählte sie sie ihm. Sie erzählte ihm von dem Korb, mit dem Meerfrau die Sonne hochholte, und dem Korb, mit dem Coyote die Indianer aus dem Westen zurückholte und den er auf dem Rücken trug wie eine Wasserspinne ihre Eier. Aber auch andere, zum Beispiel von der Zeit, als Hund und Coyote getrennte Wege gingen, Hund ins Lager und Coyote überallhin. Sie erzählte von der Zeit, als Coyote und sein Bruder Wolf in Gefallener Schnee lebten und Dickhornschafe jagten.

Dann kam der Tag, als er wollte, dass sie abscheuliche Dinge sagte. Sie war aufgebracht und sprach kein Wort mehr mit ihm. Wenn sie danach seinen Wagen zum Lager kommen hörte, nahm sie jedes Mal ihre Körbe und versteckte sich. Sie beklagte sich bei ihrem Neffen. Kleiner Vogel bat den Mann zu sich und erklärte ihm, ganz langsam, wie einem Kind, dass es verboten war, die Namen der Toten auszusprechen. Der Mann holte sein kleines Buch heraus. Interessant, sagte er. Stirbt also der Name mit dem Menschen? Seine Worte ergaben keinen Sinn. Würde ein Name sterben, müsste man ja niemandem verbieten, ihn auszusprechen.

Kleiner Vogel sagte, er sei nicht mehr willkommen. Der Mann verstand nicht. Kleiner Vogel konnte es ihm nicht begreiflich machen, nicht nachdem er so viel in sein Buch geschrieben hatte. Das war typisch. Er bat sogar darum, mit Segunda zu sprechen. Kleiner Vogel wurde rot und tat, als kenne er niemanden mit diesem Namen.

Da tat der Mann etwas Seltsames. Er schickte seine Frau. Sie war jung und schön, was die Indianer zum Lachen brachte, weil er so ein sehniger alter Kerl war. Unter ihrem großen Strohhut war ihr Gesicht so weiß wie Salz. Mit ihren staubigen Röcken und der geflickten Hemdbluse bot sie einen traurigen Anblick. Sie trug keinen Schmuck, nicht mal eine Perlenkette, und wenn sie sich auf den Boden setzte, sah man die Löcher in ihren Schuhen. Da wussten die Indianer, dass sie nicht reich war, obwohl der Mann, Deighton, ein Automobil fuhr. Sie sagten sich, dass zwischen den beiden etwas nicht stimmen konnte.

Salzgesicht versuchte, mit ihnen zu reden, aber niemand konnte sie verstehen. Dann sprach sie Englisch mit Dornen-Baby und

Stehender Kohle, und die beiden erzählten den anderen, dass ihr Mann sie geschickt habe, damit sie sein Mund und seine Ohren war. Die anderen Frauen hatten Mitleid mit ihr. Sie halfen ihr, eine Schlafstelle zu bauen. Offene Haut war schon wieder zurück in die Stadt gefahren.

Eines Abends kam sie und setzte sich neben Segunda ans Feuer. Dornen-Baby war es peinlich, ihre Worte in der eigenen Sprache zu wiederholen. Sie sprach von Staub. Sie fragte nach den Namen der Toten. Segunda hielt sich die Ohren zu. Sie hatte Angst. Diese Leute hatten den Tod an sich. Der Tod umgab sie wie eine Decke. Segunda lief weg. Dornen-Baby fand sie am Arroyo und sagte, die Frau habe versprochen, sie nicht mehr zu behelligen.

Salzgesicht blieb lange. Nach einer Weile schien sie die Dinge hinzunehmen, wie sie waren. Auf jeden Fall begriff sie schneller als ihr Mann. Ihre Stimme wurde lauter. Segunda verstand ein bisschen was von dem, was sie sagte. Aber sie machte ihr Angst. Segunda wollte nicht mehr reden. Salzgesicht hatte ihr die Sprache verschlagen. Die anderen wunderten sich. Leerer Tontopf spricht nicht mehr? Was konnte der Grund sein?

Wenn ein Mensch tot ist, ist es besser, nicht mehr über ihn zu sprechen. Man sollte ihn nicht zurückrufen. Das bringt nur Ärger, dem Toten und einem selbst. Vielleicht war die Frau kein Mensch. Vielleicht trug sie eine fremde Haut.

Dann kam Spottdrosselläufer wieder, der eine Weile für einen Rinderzüchter gearbeitet hatte. Seit die Weißen ihren Krieg um die Wasserstellen geführt hatten, stellten sie Indianer ein, um bestimmte Orte zu bewachen. Spottdrosselläufer hatte ein Gewehr, und er trug schöne Stiefel, aber er kannte auch das Lied vom Dickhornschaf, und seinen Namen hatte er angeblich bekommen, weil er so lief, wie man früher lief, nach der alten Tradition. Sein Großvater war ein berühmter Arzt und besaß eine Fledermaus, die ihn vor der Kälte schützte. Spottdrosselläufer war noch jung, aber er hatte Macht. Als er von Salzgesicht hörte, kam er, um sie sich anzusehen. Als Nächstes erfuhr Segunda, dass die beiden unter einer Ramada saßen und die junge Frau in ihr Buch schrieb.

Segunda schlich sich heran, um sie zu belauschen. Spottdrosselläufer erzählte ihr eine Geschichte aus der Zeit, als Coyote mit seinem Bruder Wolf in Gefallener Schnee lebte. Sie führten mit dem Volk der Bären Krieg, und Wolf wurde getötet. Das Volk der Bären zog ihm den Skalp ab, und Coyote schlich sich zusammen mit seinem Penis in ihr Lager, beide getarnt in der Haut alter Bären-Frauen, die Mesquitezweige für das Feuer gesammelt hatten.

Während Spottdrosselläufer diese Geschichte erzählte, schrieb die Frau sie auf. Natürlich benutzte er nicht das Wort Penis. Er nannte ihn Coyotes Schwanz.

Willie Prince, sagte die Frau. Das ist nur dein englischer Name.

Bald darauf kam Deighton zurück und nahm seine Frau mit. Segunda war froh, sprach aber trotzdem mit Kleiner Vogel darüber, in ein anderes Lager zu ziehen. Es gab viele Möglichkeiten. Zum Beispiel unten im Imperial Valley und oben am Fluss in der Nähe von Lehm-der-wie-Tränen-hängt. In Kairo würde es Ärger geben, da war sie sicher. Die Schlangen lauschten schon. Besser, sie gingen woandershin. Kleiner Vogel arbeitete als Maultiertreiber in einer Silbermine in den Bergen und musste wieder zurück. Sie könne ja ruhig in ein anderes Lager gehen, wenn sie wolle. Er käme dann später nach. Aber sie war eine alte Frau. Es fiel ihr schwer, sich allein zu einer so langen Reise aufzuraffen.

Dann brachte Deighton seine Frau zurück. Er ließ ihr eine Kiste mit Konserven da und fuhr wieder weg. Zuvor erhob er die Stimme, sie sei verschwenderisch und keine gute Arbeiterin. Salzgesicht versteckte sich in ihrem Zelt, wo sie glaubte, dass niemand sie würde weinen sehen. An jenem Abend setzte sich Spottdrosselläufer zu ihr und brachte ihr Wörter bei. Die Namen von Tieren, Felsen und Sternen. Verschiedene Arten von Regen. Regen, der auf die Haut klatscht. Frühlingsregen, so fein wie Palmensamen.

Willie Prince, sagte die Frau. Das ist nur dein englischer Name. Wie ist dein richtiger Name?

Segunda hatte Spottdrosselläufer vor solchen Fragen gewarnt. Er lachte und sagte, sie sei ein dummer alter Tontopf, in dem ein paar Körner rasselten. Er war ein unbekümmerter Mensch. Es machte ihm nichts aus, ob die Schlangen wach waren. Es machte ihm nichts aus, ob er seine Geschichten einem Geist erzählte. Segunda sah, wie er Salzgesicht die Narben auf seinem Rücken aus der Missionsschule zeigte. Sie hörte ihn eines der Lieder singen, die er dort gelernt hatte. Als die Frau ein drittes Mal fragte, verriet Spottdrosselläufer ihr seinen wahren Namen.

Wer würde seine Frau allein in einem fremden Lager lassen? Für Segunda war es offensichtlich, dass Deighton seine Salzgesicht-Frau egal war. Das sagten alle. Deswegen weinte sie auch so viel. Nachts war es kalt. Sie hatte nur eine dünne Decke. Segunda sah, wie Spottdrosselläufer ihr eine Steppdecke brachte. Sie sah sie im Feuerschein reden. Sie sah, wie Spottdrosselläufer sich zu ihr legte.

Ich soll ihr den Tod erklären, sagte Spottdrosselläufer, als er sich am nächsten Morgen im Wasser wusch. Das musst du nicht, erwiderte Segunda. Diese Leute wissen mehr darüber als du oder ich. Aber er hörte nicht auf sie. Salzgesicht wollte es nun mal wissen, sagte er. Er wollte sie glücklich machen.

An jenem Nachmittag kletterten die beiden Liebenden auf die Felsen. Obwohl Segunda seit Jahren nicht mehr so weit gelaufen war, geschweige denn über Felsbrocken oder schmale Pfade gestiegen, folgte sie ihnen. Sie sah, wie sie sich an einer geschützten Stelle hinsetzten. Sie sah Salzgesicht ihr kleines Buch aufschlagen. Segunda kroch näher und horchte angestrengt. Es war, wie sie befürchtete. Spottdrosselläufer erzählte ihr die Geschichte aus der Zeit, als Coyote ins Land der Toten gereist war.

Coyote lief wie üblich ziellos umher. Er war traurig, dass so viele seiner Gefährten im Krieg gegen Gila Monster getötet worden waren.

»Haikya! Ich bin einsam. Niemand hilft mir, meine Beute zu tragen – Aikya! Wo sind meine Freunde, mit denen ich das Knochenspiel gespielt und am Feuer gesungen habe? Gila Monster und ihre Leute haben sie alle getötet.«

Er fragte seinen Penis, der einiges mehr wusste als er. »Penis«, sagte er, »was soll ich tun – Aikya! Früher hatte ich Gefährten, mit denen ich die alten Tänze tanzte, aber Gila Monster und ihre Leute haben sie alle getötet – Aikya!«

Sein Penis dachte eine Weile nach. »Wenn du deine Freunde sehen willst, musst du in die Höhle unter den Drei-Finger-Felsen gehen. Dort findest du Yuccafrau beim Korbflechten. Sie ist blind und merkt nicht, was du tust, solange du still bist. Nimm einen Stängel Teufelskralle und halte dich daran fest, denn sie flicht das Diesseits mit dem Land der Toten zusammen. In dem Moment, in dem sie die Weidenstäbe auseinanderhält, öffnet sich eine Lücke zwischen den beiden Welten und du kannst ins Land der Toten kriechen. Aber, egal, was du tust, lass niemals die Teufelskralle los, sonst bist du gefangen.«

Also überquerte Coyote die Berge und den weißen Sand und kam schließlich zu den Drei-Finger-Felsen. Und tatsächlich fand er in der Höhle darunter die blinde alte Yuccafrau beim Korbflechten.

»Wer ist da?«, fragte sie. »Niemand ist da – Aikya!«, antwortete Coyote. »Nur ein alter Staubteufel, auf den die Kinder mit ihren Stöcken hauen.« Und Yuccafrau flocht weiter ihre Körbe.

Coyote machte sich ganz klein, drückte sich an einen Stängel Teufelskralle und klammerte sich daran fest, während Yuccafrau ihn mit ihren flinken Fingern durch die Weidenstäbe fädelte. Kaum fuhr der Stängel hindurch, stand Coyote im Zwielicht. Es war kalt und grau. Er blickte über das Land und sah überall schwach leuchtende grüne Lichter, die Lagerfeuer der Toten. Er spähte in die Dunkelheit. Endlich erkannte er die Gesichter seiner Gefährten, die jungen Kämpfer, die im Krieg gegen Gila Monster gestorben waren. Er rief nach ihnen. »Haikya! Hallo, meine Brüder! Wie schön, euch zu sehen! Geht es euch gut hier – Aikya? Habt ihr genug zu essen?« Seine Freunde antworteten, aber da sie tot waren, konnte er ihre Stimmen kaum hören, so leise waren sie. In dem Moment schob Yuccafrau mit ihren flinken Fingern die Teufelskralle zurück durch die Weidenstäbe, und Coyote stand wieder im Diesseits.

Er war frustriert, erinnerte sich aber an die weisen Worte seines Penis. Yuccafrau fädelte die Teufelskralle ein zweites Mal durch die Weide und Coyote hielt sich ein zweites Mal fest und befand sich wieder im Land der Toten. Wieder sah er seine Gefährten um die bleichen Feuer sitzen. Wieder rief er nach ihnen.

Diesmal winkten sie ihn zu sich und hatten ihm einen Platz am Feuer frei gemacht. Ihre Worte konnte er immer noch nicht verstehen. Als er ein drittes Mal ins Land der Toten trat, konnte er nicht widerstehen und ließ den Stängel los. Er fiel zu Boden und setzte sich zu seinen Gefährten ans Feuer. »Meine Freunde, schön, euch zu sehen – Aikya! Was gibt es Neues? Erzählt, was jagt ihr hier im Land der Toten? Ringt ihr noch und werft Stöcke durch den Reifen?« Seine Freunde antworteten nicht.

»Coyote!«, sagte sein Penis. »Wie konntest du nur so dumm sein? Sieh doch, was du getan hast!« Coyote spähte in die Finsternis und sah einen jungen Krieger auf die Teufelskralle klettern. »Leb wohl, Coyote!«, rief der Krieger. »Leb wohl und danke. Du hast mich aus dem Land der Toten befreit. Ich sitze hier, seit ich im Krieg gegen Gila Monster von einem Speer durchbohrt wurde. Jetzt kann ich zurückgehen und die Sonne im Gesicht spüren und laufen und jagen und mit einer Frau schlafen.« Coyote schüttelte die Faust. »Haikya! Du hast mich reingelegt – Aikya! Warum bin ich bloß hergekommen.« Er weinte und jammerte, weil er reingelegt worden war. »Was war ich nur für ein Narr, dass ich die Teufelskralle losließ. Jetzt muss ich hier an diesem finsteren Ort warten, bis ich jemand anderen reinlegen kann, der meinen Platz einnimmt.«

Segunda hörte sich die Geschichte an und dachte, dass Spottdrosselläufer trotz all seiner Macht in die Falle gegangen war. Sie lag im Schutz des Gebüschs und sah, wie die Liebenden sich auszogen. Sie sah seinen roten Körper neben ihrem weißen Körper, und sie wusste, es würde ein Baby geben, und es würde Coyotes Baby sein und halb in diese Welt und halb ins Land der Toten gehören.

2008

»ICH DENKE«, SAGTE JAZ, »wir warten besser noch auf Mami.« Raj stand am Fußende der Liege, starrte in den Himmel und summte mit hoher, bebender Stimme, normalerweise ein Zeichen dafür, dass er Hunger hatte. Jaz wuschelte ihm durchs Haar. Raj trat einen Schritt zurück, außer Reichweite.

»Ach, scheiß drauf. Ich könnte jetzt auch gut was zu essen vertragen.«

Er machte Knäckebrot mit Thunfisch. Sie aßen zusammen am Pool. Raj aß im Stehen und hielt sein Sandwich in seiner warmen kleinen Faust. Daddy hockte mürrisch auf einem Klappstuhl. Raj trank Apfelsaft. Daddy Bier. Daddy trank noch ein Bier. Er zertrat die roten Tecate-Dosen mit seinem Flipflop und warf sie in den bemalten Metalleimer. Was zum Teufel war mit Lisa los? Sie hatte ihm die Meinung gesagt, und er war mehr als bereit, sich zu entschuldigen. Wenn er seine Fehler zugab, konnten sie sich vielleicht einfach mal die Landschaft ansehen. Sie war es doch, die unbedingt an diesen gottverlassenen Ort fahren wollte. Und bis sie mit dem Wagen zurückkam, steckten Raj und er hier im Motel fest.

Eine Stunde verging. Er überredete Raj, in den Pool zu gehen, und hielt ihn beim Planschen in den Armen. Sein zappelnder Körper fühlte sich an wie ein Seehundjunges. Danach rieb er ihn mit Sonnencreme ein und versuchte, ihm den Schlapphut aufzusetzen, den Lisa bei der Fahrt von L. A. in einem Walmart gekauft hatte. Raj wollte nichts davon wissen. Es half auch nichts, ihn unterm Kinn festzubinden, sobald Jaz ihm den Rücken zukehrte, knotete er das Band geschickt wieder auf.

Je mehr er an Lisa dachte, desto mehr verschwamm die Schrift in seinem Taschenbuch. *Ihr Amerikaner.* Na ja, manchmal war sie das. Ein kleines Amulett. Was um Himmels willen war das Problem?

Noch eine Stunde verging. Jaz nahm Raj an der Hand und lief
mit ihm zur Straße, in der Hoffnung, dass vielleicht auf wunder-
same Weise seine Frau und ihr Mietwagen auf dem schimmern-
den Asphalt auftauchten. Ein rosa Dunst lag in der Luft. Er überlegte, in Richtung Ort zu laufen. Wie lange würde es dauern? Eine
Stunde? Mit dem Jungen?

Wenn er gestresst oder wütend war, konnte er nicht arbeiten.
Die Sonne stand tief. Während er vergeblich versuchte, sich auf
seine Berichte zu konzentrieren, vibrierte sein Handy in der Ho-
sentasche und ein hoher mehrstimmiger »Ritt der Walküren« erklang. Nicht Lisa. Der Klingelton war ein geschmackloser Insi-
derjoke auf Kosten von Fenton Willis, ein Mann, über den es
wahrscheinlich gefährlich war, Witze zu machen, auch wenn er
nicht dein Arbeitgeber war.

»Mr. Willis.«

»Jaswinder.« Der CEO war neben seinen Eltern der einzige
Mensch in Jaz' Leben, der darauf bestand, ihn bei seinem voll-
ständigen Namen anzureden. Er sprach ihn *Jass-wein-dur* aus,
eine verstümmelte Silbenfolge, die er derartig förmlich vortrug,
dass Jaz sich manchmal wie das Objekt einer Herz-und-Kopf-
Strategie aus dem Vietnamkrieg vorkam. *Erster Schritt: Schauen
Sie ihm in die Augen und sprechen Sie ihn mit der korrekten Anrede
an. Zweiter Schritt: Erklären Sie ihm, warum Sie es bedauern, sein
Dorf bombardiert zu haben …* Man munkelte, Willis sei in Vietnam mit Taschenlampe und 38er bewaffnet in Vietcong-Tunnel
gekrochen. Wenn er in der U-Bahn saß oder irgendwo in der
Schlange stand, um sich einen Kaffee zu kaufen, fragte Jaz sich
manchmal, wie viele der Männer um ihn herum Ähnliches erlebt
hatten. Wer von den Typen, die mit ihm im F-Train standen, war
im Krieg gewesen? Wer von ihnen, mit der Zeitung unterm Arm
und der Laptop-Tasche in der Hand, hatte gefoltert oder getötet?

»Und, wie ist es in der Wüste?«

»Oh, sehr schön, Mr. Willis. Gefällt uns wirklich gut hier.«

»Freut mich zu hören. Ich war in der Gegend mal auf einer
Rinderfarm. Hab bisschen mitgeholfen, die Tiere zusammentrei-
ben, Stiere festbinden und so was. Vielleicht kann Linda Ihnen
die Adresse schicken. Lohnt sich. Man kann da übernachten, isst

Bohnen aus dem Blechtopf, ein Indianer erzählt am Lagerfeuer Geistergeschichten, das volle Programm.«

»Klingt großartig, Sir. Vielleicht nächstes Mal. Wir sind schon ziemlich durchgeplant.«

»Verstehe. Hören Sie, Junge, ich stör Sie nur ungern im Urlaub, aber ich war gestern mit Cy Bachman zum Lunch verabredet, und er scheint der Meinung, Sie seien nicht so zufrieden mit ihm.«

»So würde ich das nicht sagen.«

»Wie würden Sie es denn sagen?«

»Ich denke, wir arbeiten gut zusammen. Und Cy ist auf jeden Fall ein guter Mann, gar keine Frage.«

»Aber?«

»Ich finde, wir lehnen uns zu weit aus dem Fenster. Wenn da etwas schiefgeht, könnte das Konsequenzen haben.«

»Ganz klar. Der Einsatz ist hoch.«

»Ich meine nicht nur Verluste für die Firma. Ich spreche von einem Systemrisiko.«

»Das müssen Sie mir näher erläutern.«

»Ich glaube nur, dass wir das, was wir mit Walter planen, noch nicht richtig durchdacht haben.«

»Cy sagt, Sie seien risikoscheu. Er sagt, Sie seien ihm mit irgendwelchen Moralargumenten gekommen, dass Sie seine stark fremdfinanzierten Transaktionen nicht mit Ihrem Gewissen vereinbaren könnten.«

»Das habe ich so nicht gesagt.«

»Was haben Sie denn gesagt? Wenn Sie sein Konzept nicht für gut halten, müssen Sie das sagen. Ich bezahle Sie nicht dafür, dass Sie Probleme sehen und sie für sich behalten.«

»Na ja, ich …«

»Und dann würde ich gern wissen, was zum Teufel Ihr Gewissen mit dem Reispreis zu tun hat.«

Auf diese Art von Gespräch konnte Jaz gut verzichten, heute sowieso. Gerne auch sonst, aber heute besonders. Er wollte Willis fragen, ob er ihn zurückrufen könne, aber das kam wohl nicht infrage. Wenn Fenton jetzt über Cy Bachman und das Walter-Konzept reden wollte und über den ganzen anderen Mist, den noch

ein paar Tage aufschieben zu können Jaz gehofft hatte, dann musste es jetzt sein. Es war offensichtlich, was Bachman ihm erzählt
hatte. Ihr Verhältnis war nie ganz unkompliziert oder offen gewesen, und jetzt – nach ihrem Streit – wollte er Jaz nicht mehr im
Team haben. Fenton tat ihm einen Gefallen, indem er ihm die
Möglichkeit gab, sich zu verteidigen, aber letztendlich war es
wahrscheinlich beschlossene Sache. Er nahm an, dass sein Haus-
ausweis bereits deaktiviert war. Bestimmt packten sie gerade seine
persönlichen Sachen, damit der Kurier sie abholte.

Es war nur eine Frage der Zeit gewesen.

Er war Cy Bachman zum ersten Mal vor zwei Jahren in einem
Steakhouse im Financial District begegnet, die Art Laden, in der
Willis sich gern zum Lunch traf, wo man Wagyū-Burger für
fünfundachtzig Dollar aß und mit ein paar Flaschen Opus One
runterspülte. Bachman erwies sich als Vegetarier, was Willis offensichtlich wusste und bei der Reservierung ignoriert hatte. Während der CEO eine langweilige Story von einem Pferd erzählte,
das er aus einem Stall in Saratoga kaufen wollte, hatte Jaz zugese-
hen, wie ein eleganter Mann um die fünfzig mit kahl geschore-
nem Kopf seine Manschetten herauszog und sich über eine Rie-
senschüssel Rucola hermachte, deren Größe wahrscheinlich über
das komplette Fehlen von Proteinen hinwegtrösten sollte. Vielleicht war der Salat auch als Witz gedacht – der Laden war bekannt für sein »kein Kaninchenfutter«-Logo auf der cremefarbe-
nen Speisekarte. Bachman tat, als würde er es weder merken noch
sich daran stören.

Als Willis mit seiner Pferdegeschichte fertig war, lächelte Bachman Jaz an und machte ihm ein Kompliment für eine Publika-
tion, an der er am MIT beteiligt gewesen war, über eine verein-
fachte statistische Methode zur Beschreibung des Verhaltens
bestimmter Partikelgruppen. Jaz war entwaffnet, gleichzeitig aber
auch auf der Hut. Bachman galt als einer der begabtesten Financial Engineers an der Wall Street. Es war ein offenes Geheimnis,
dass Willis ihn einer großen Bank abgeworben hatte, um ihn als
Leiter eines neuen Forschungsteams einzusetzen. Jetzt saßen sie
wahrscheinlich zusammen, weil Willis wollte, dass er unter Bach-

man arbeitete. Mit dem Kommentar ließ ihn sein neuer Boss wissen, dass er sich vorbereitet hatte. Später sollte er feststellen, dass Bachman sich jedem Aspekt seines Lebens mit dieser Akribie widmete, von seinem stylischen Outfit bis zu einem fast neurotischen Interesse an der visuellen Präsentation von Daten. Eine hängende Null konnte ihn zur Weißglut bringen. Er bestand darauf, dass sein Team »anständig gekleidet« war, auch wenn sie nichts anderes machten als Programme schreiben.

Willis schien unbeeindruckt von Bachmans Aura, sein WASP-Anspruchsdenken samt entsprechendem Privatvermögen diente ihm quasi als Schutzschild gegen jede Form von Intellekt. »Schmeckt's Ihnen, Cy?«, gluckste er.

Bachman zog eine Grimasse. »Das ist die Rache«, erklärte er. »Letztes Mal hab ich ihn in ein Rohkostrestaurant im Village eingeladen.«

»Die Mistkerle haben mir einen Kaffee aus Pistazien gemacht.«

Jaz lachte herzlich. Von Fentons raubeinigem Auftreten ließ er sich nicht irreführen. Hinter der Maske des geselligen Klubmanns, dem eichengetäfelten Drei-Martini-Deckmantel lauerte ein skrupelloser Taktiker. Wenn es um Geld ging, war er durch und durch pragmatisch und handelte komplett unvoreingenommen und nüchtern. In der Hinsicht war er genial. Jaz verband diese Fähigkeit, jede Situation ausschließlich für sich selbst zu beurteilen, unwillkürlich mit dem Bild eines Mannes, der mit der Pistole in der Hand durch einen Tunnel kriecht und sich in der Dunkelheit seinen Weg ertastet.

»Also, Jaswinder. Cy hat einen Blick auf Ihre Arbeit geworfen, und er glaubt, er könnte Sie für Walter gebrauchen.«

»Walter?«

»Das ist ein neues globales Analystenmodell.«

»Eine gottverdammte Theorie für praktisch alles, hab ich recht, Cy?«

»Wenn Sie so wollen, Fenton. *Alles* wäre allerdings ein relativ großer Datensatz.«

Jaz horchte auf. »In welchem Stadium sind Sie?«

»Ich persönlich«, unterbrach ihn Willis, »finde es jetzt schon fantastisch. Wenn es nach mir ginge, würde ich direkt loslegen

und anfangen, die Gewinne zu zählen. Aber Cy meint, das Mist-
vieh hat eine Halbwertszeit von circa zwanzig Sekunden, und
wenn wir zu früh abgehen, verpassen wir die Chance, später richtig abzusahnen.«

»Die Entscheidung liegt natürlich bei Ihnen, Fenton. Ein
Wort genügt.«

»Cy. Wenn Sie mir sagen, ich kann heute einen Dollar haben
und morgen drei, dann nehme ich die drei. Belohnungsauf-
schub – das unterscheidet den zivilisierten Menschen von Schim-
pansen und Kindern. Die Einkünfte aus den bewährten Modellen
laufen gut, ich kann also warten. Solange Renaissance oder die
Schweinehunde von Goldman uns nicht zuvorkommen.«

»Fenton, es würde mich sehr überraschen, wenn die an dieser
Strategie interessiert wären.«

»Tja, mich nicht. Wahrscheinlich haben sie den ganzen Tisch
verwanzt und schmieren den Sommelier. Apropos, bestellen wir
noch eine Flasche.«

Als Jaz am nächsten Tag in Bachmans Büro erschien, rechnete
er damit, eine Art Formel gezeigt zu bekommen. Das Walter-Programm war streng geheim, man brauchte eine eigene Adresse,
PIN-Codes und biometrische Daten, um reinzukommen. Bachman hatte in seinem Büro Blick auf den Hudson und hinter dem
Schreibtisch eine Vitrine voller Kuriositäten, die Jaz sich lieber
nicht allzu genau ansah, da er kein Interesse an einem Gespräch
über Korbwaren, Keramik oder Netsuke hatte, Themen, die ihn
schnell aus seiner Komfortzone führten. Zum Glück kam Bachman gleich zur Sache. Um das Modell kennenzulernen, sei es das
Beste, wenn er direkt damit arbeitete, was vernünftig klang. Als
Jaz nach den Grundprinzipien fragte, winkte er ab.

Bachmans Modell war insofern konventionell, als es darauf ba-
sierte, vorhersehbares Marktverhalten zu erkennen – Regelmäßigkeiten, nachvollziehbare Zyklen – und dieses Wissen zu nutzen,
um Geschäfte zu machen. Aber soweit Jaz einer ersten Einführung entnehmen konnte, die fast drei Stunden dauerte und nach
der er sich fühlte, als hätte er mit einem Riesengorilla geboxt, waren die Regelmäßigkeiten, mit denen Walter operierte, besonders
flüchtig und instabil. Das Modell wurde nicht nur angewendet,

um temporäre Preisschwankungen auszunutzen, sondern um komplette Ad-hoc-Konstellationen von fünf, sechs, sieben Variablen zu identifizieren und aufzuspüren – kurze, aber überwältigende Phänomene, aufblitzende Korrelationen. Die Mathematik dahinter gehörte zum Schönsten, was Jaz in der Hinsicht je gesehen hatte. Das Problem, das an ihm zerrte wie ein nerviges Kind, lag woanders. Es hatte mit seiner schnellen Reaktion zu tun, seiner Gier nach Daten. Es glich eher einem Organismus als einem Computerprogramm. Es wirkte lebendig.

In den ersten Monaten hatte er wenig mit Walters Innenleben zu tun, der Software, die Muster bestimmte und Transaktionen abschloss. Sein Job bestand darin, bestimmte Datensätze zu nehmen und nach statistischen Zusammenhängen zu suchen, das, was Bachman einen »Reim« nannte. Das Material (zusammengestellt nach einem undurchschaubaren Prozess, über den Bachman nicht diskutieren wollte) erschien in Clustern, kleinen Häufchen von scheinbar unzusammenhängenden Zahlen. Einiges davon war ihm vertraut: Rohstoff- und Aktienpreise, Staatsanleihen, Zinssätze, Kursschwankungen. Aber dazu kamen Daten über den Bau von Einkaufszentren, Einzelhandelsumsätze, Medikamentenpatente, Autobesitzer, die Häufigkeit von Geburtsfehlern, Arbeitsverletzungen, Selbstmorden, Beschlagnahmung verbotener Substanzen und den Bau von Mobilfunkmasten. Walter verschlang die seltsamsten Daten: Handfeuerwaffenverkäufe am Horn von Afrika, die Einwohnerzahl von Gary, Indiana, zwischen 1940 und 2008, die Einwohnerzahl von Magnitogorsk in Sibirien in den selben Jahren, Anzahl der Verhaftungen wegen Prostitution in amerikanischen Großstädten, der Datenverkehr über den Trans-Pacific-Express, die Höhe des Grundwasserspiegels in diversen Regionen des Maghreb.

Die Daten waren teilweise so skurril, dass Jaz Willis' Bemerkung, es sei eine Theorie für praktisch alles, ziemlich treffend fand. Es kam ihm vor, als wollte Bachman die ganze Welt in seinem Modell unterbringen. Gab es überhaupt noch irgendetwas, das Walter nicht erfasste? Als Jaz zaghaft versuchte, diese Frage zu formulieren, setzte Cy zu einem verschachtelten Monolog an, nach dem nichts klarer war als vorher. Für Walter, erklärte Cy, während er wie ein Gefangener in seiner Zelle auf und ab tigerte, gab es keinen Unterschied zwischen externen und internen Informationen. Das hier war kein Spielzeugmodell der Welt, das sich ein paar Variablen herausnahm und den Rest ignorierte. Im Gegenteil, es musste gar nicht wissen, wie »alles« zu einem Zeitpunkt t aussah, um nach Mustern zu suchen. Walter funktionierte anders. »Es ist, als würde man die Hände in den Fluss halten«, sagte er, »und einen Fisch rausholen.«

Obwohl Jaz skeptisch blieb, musste er bald zugeben, dass die sogenannten Reime tatsächlich existierten, und zwar an den merkwürdigsten Orten. Eines Tages entdeckte er einen periodischen Zyklus in einer Gruppe von Zahlen über CPU-Transistoren seit 1960, IQ-Testergebnissen bei afroamerikanischen Söhnen alleinerziehender Eltern und einer epidemiologischen Studie zur Verbreitung des Methamphetamins Ya-ba in Thailand und Südostasien. Es bestand nicht nur eine erstaunliche Übereinstimmung bei den Bewegungen dieser scheinbar willkürlich zusammengewürfelten Statistiken, offenbar wiesen sie auch auf Schwankungen auf dem Devisenmarkt hin. Er überprüfte die Zahlen mehrmals und stellte fest, dass er sich nicht verrechnet hatte. Mit einem unguten Gefühl präsentierte er seine Entdeckung Bachman, der anerkennend nickte.

»Perfekt«, sagte er. »Ich hab Fenton ja gesagt, dass Sie ein Händchen dafür haben. Offenbar habe ich mich nicht geirrt.«

Jaz wählte seine Worte mit Bedacht, er war nicht sicher, wo sie ihn hinführen würden. »Ich weiß nicht recht, wie ich das verstehen soll, Cy. Das ist doch sicher nur ein Zufall, der keinerlei Bedeutung hat. Es gibt nicht die geringste Verbindung zwischen den Zahlen.«

Bachman griff sich an die Krawatte und überprüfte seinen Windsorknoten. Er drehte sich mit seinem Stuhl herum und sah aus dem Fenster auf den Fluss, ein mattgrauer Streifen zwischen den glatten schwarzen Fassaden der Türme. Es war Anfang Februar, die Scheibe war vom Regen verschmiert und die Außenwelt nur verschwommen zu sehen.

»Holen Sie Ihren Mantel. Ich will Ihnen etwas zeigen.«

Sie fuhren in Bachmans Wagen durch den Mittagsverkehr

Richtung Uptown. Bachman fummelte an seinen Manschetten-
knöpfen und blätterte in einem Stapel Berichte. Jaz verschickte
Nachrichten, mit einem Auge auf den Passanten, die in Gummi-
stiefeln über die Zebrastreifen schwärmten und mit ihren Regen-
schirmen gegen den Wind ankämpften. Kein guter Tag, um Gy-
ros zu verkaufen oder ein Taxi anzuhalten. Lastwagen pflügten
durch die Pfützen vor den Bordsteinkanten und jagten ganze Wellen Schmutzwasser in die Luft. Büroangestellte eilten in Deckung,
eingefleischte Raucher drängten sich in Hauseingänge. Es fehlte
nicht viel und die Leute wären in Kajaks unterwegs gewesen oder
hätten sich an Treibgut festgeklammert.

Der Fahrer ließ sie vor einem Townhouse an der Upper East
Side mit Blick auf den Park raus. Auf einem unauffälligen Schild
stand der Name »Neue Galerie«, ein Museum, Lisa hatte ihm
davon erzählt, aber er war noch nie dort gewesen. Bachman war
offenbar bekannt, der Wächter begrüßte ihn mit Namen und
winkte sie herein. Sie gingen die Treppe hoch und betraten einen
Raum, in dem diverse Gemälde hingen. Bachman führte ihn an einem glitzernden, von Touristen umringten Klimt vorbei zu einer
Vitrine mit mehreren kleinen Objekten, Uhren, Gläsern und
Schmuck. Wie ein Kellner, der auf einen begehrten Ecktisch zeigt,
deutete er auf ein silbernes Kaffeegeschirr, glatt, schlicht und nüchtern, Kännchen und Krüge mit großen geometrischen Griffen und
Bolzen an der Unterseite, alles auf einem Tablett, dazu eine Zan-
ge und eine kleine Heizplatte, um den Kaffee warm zu halten.

»Was halten Sie von der Wiener Werkstätte?«

Jaz hätte die Gegenstände in der Vitrine wahrscheinlich als Art
déco eingeordnet. Als er sein Unbehagen bemerkte, runzelte
Bachman die Stirn. »Tut mir leid. Ich habe Sie nicht hergebracht,
um Ihnen einen Vortrag in Kunstgeschichte zu halten. Die Sachen stammen aus Wien, kurz vor dem Ersten Weltkrieg, von
einem Mann namens Hoffmann. Ein brillanter Architekt und
Möbeldesigner, der eine Art Wiener Kunstgewerbebewegung ge-
gründet hat. Keine Ahnung, warum mich das so bewegt. Letztendlich ist es ja völlig unseriös. Wie viel Mühe und Können, verschwendet an etwas so Gewöhnliches wie Kaffeekochen! Und
wenn man sich vorstellt, zu welcher Zeit es entstand …«

Er verstummte und starrte trübsinnig auf die Vitrine. Dann
schüttelte er auf einmal den Kopf, als wäre er gerade aufgewacht.
Jaz wurde bewusst, dass er im Grunde nichts über Cy Bachman
wusste, wie er tickte, wofür er sich interessierte. Plötzlich hatte er
das Bild von einem Mann vor Augen, für den die Gegenwart
nicht mehr als eine dünne Eiskruste über einem tiefen kalten See
war. Verstört wandte er sich ab und tat, als würde er ein Gemälde
an der Wand hinter sich betrachten. Bachman berührte ihn am
Arm und lenkte seine Aufmerksamkeit wieder auf Hoffmanns
Kaffeeservice. Er flüsterte, als wollte er ihm ein Geheimnis anver-
trauen.

»Jedes Mal, wenn ich herkomme, frage ich mich, was aus den
Menschen geworden ist, denen das mal gehört hat. Ich bin mir si-
cher, dass es Juden waren. Wohlhabende Wiener Juden. Wie lan-
ge haben sie überlebt? Erst verschwindet ihr Land. Dann folgt der
Anschluss, die Deportationen. Wie lange konnte die Familie ein
Leben mit solchen Luxusgütern führen?«

Er stieß einen tiefen Seufzer aus. Jaz war sich nicht sicher, ob
er eine Antwort erwartete.

»Waren Sie schon mal in Wien, Jaz?«

»Leider nein.«

»Eine verstörende Stadt. Jedenfalls ergeht es mir so. Der Zen-
tralfriedhof ist riesig. Angeblich liegen dort mehr Tote, als Menschen in der Stadt leben. Alles ist sehr gepflegt und ordentlich, bis
man zum jüdischen Teil kommt, der komplett vernachlässigt ist.
Es ist niemand mehr übrig, verstehen Sie? Keine Verwandten, keine Nachkommen, niemand, der sich um die Gräber kümmert. All
diese Familien mit ihrem Besitz, ihren großen Häusern, ihren Angestellten, ihrem Stil, alles weg. Asche, die aus einem Kremato-
riumsschornstein weht.«

Er sprach jetzt noch nachdrücklicher, umklammerte Jaz' Arm
mit einer Hand und beschrieb mit der anderen kleine Bögen und
Kreise in der Luft, wie ein Konzertbesucher, der der Partitur folgt.

»Wie so oft in der Kunst ist auch dies der Versuch, sich außerhalb der Zeit zu bewegen. Das ist vielleicht der größte Luxus daran – vielleicht sogar ein Zeichen von Dekadenz. Was für ein Augenblick, um die Geschichte zu verleugnen! Als sie kurz davor war,

alles mit Füßen zu treten, nicht nur das Ritual von Kaffee und Kuchen, nein, alles! Die gesamte Kultur! Es gibt eine Überlieferung, die besagt, die Welt sei zerbrochen, alles, was einmal ganz und schön war, liegt heute in Scherben. Das meiste ist irreparabel, aber in ein paar dieser Bruchstücke finden sich Spuren des früheren Zustands, und wenn man sie entdeckt und die Schönheit darin bloßlegt, lässt sich die gefallene Welt vielleicht zusammensetzen. Das hier ist nur ein Glaskasten mit Trümmern. Aber er stellt etwas dar. Er wirkt erlösend. Er ist Teil von etwas Größerem.«

»Verstehe.«

»Nein, das glaube ich nicht. Noch nicht. Was, wenn man nach diesen versteckten Spuren suchen wollte? Man kann nicht darin rumwühlen wie auf dem Flohmarkt. Man muss zuhören. Aufmerksam sein. Manche Dinge kann man nicht direkt ansehen. Man muss sie dazu bringen, sich zu offenbaren. Genau das machen wir mit Walter, Jaz. Wir stellen Dinge nebeneinander und horchen auf ein Echo. Das ist kein dummer kybernetischer Traum, das Kommando zu übernehmen und die Welt abbilden zu wollen, damit man das Ergebnis vorhersehen kann. Und ganz bestimmt ist es keine Theorie von allem. Ich habe überhaupt keine Theorie. Ich habe etwas viel Tiefergehendes.«

»Nämlich?«

»Humor.«

Jaz suchte nach einem Hinweis in seinem hageren Gesicht, in den klaren grauen Augen, die ihn – ja, wie, amüsiert, herablassend? – ansahen. Irgendwas an ihm konnte einen in eine hermeneutische Verzweiflung treiben. Der Mann war ein ganzer Wald voller Zeichen.

»Wir suchen nach Witzen.« Bachman sprach langsam, wie zu einem Kind. »Freudsche Versprecher. Kosmischer Zungenschlag. Die sind der Schlüssel zum Verborgenen. Sie helfen uns, es zu entdecken.«

»Was zu entdecken?«

»Das Gesicht Gottes. Wonach sonst sollten wir suchen?«

Jaz saß auf seiner Liege und schob Rajs Plastikspielzeug mit dem Fuß herum, während er nach den richtigen Worten suchte, um

Fenton Willis zu erklären, warum er Angst vor Cy Bachman und dem Gesicht Gottes bekommen hatte. »Das ist keine Frage des Gewissens, Fenton. Ich weiß, dass Sie keine Zeit für so etwas haben … und natürlich hat auch … also gut, ja, es ist eher so ein Bauchgefühl. Nein, Walter ist stabil. Keine Frage. Das Modell ist extrem wirkmächtig.«

Genau das war das Problem. Seine Leistungsfähigkeit. Die Fähigkeit, auf Bewegungen, die es beobachtete, einzuwirken, mit seinen Vorhersagen den Lauf der Dinge zu beeinflussen.

Es erschien ihm unmöglich. Nach dem Besuch in der Neuen Galerie wuchs in Jaz der Verdacht, Bachman sei ein Spinner. Er rief Jaz in sein Büro und verwickelte ihn in größtenteils einseitige Gespräche über Rekursivität, Unberechenbarkeit, die Grenzen mathematischen Wissens. Manchmal war er offen mystizistisch und wollte über die Fibonacci-Folge oder die Kondratjew-Zyklen sprechen, Vorherbestimmung. Er gab aphoristische Erklärungen ab (»wenn sich Preis und Zeit treffen, führt dies automatisch zu einem Wandel«) und las ihm aus Büchern vor, die erst mal nicht das Geringste mit dem Finanzwesen zu tun hatten: die Bhagavad Gita, das Daodejing. Für einen Mann, der mit Computern arbeitete, spielten Papier und Stift eine große Rolle in seinem Leben. Auf seinem Schreibtisch lagen fast immer handgezeichnete Tabellen und Diagramme, häufig Sechsecke mit winzigen Zahlen. Einmal zeigte er Jaz eine Kurve, die den Dow-Jones-Index den Saturnphasen gegenüberstellte, und behauptete, er »bastle« an einer Theorie, wonach alle bedeutenden Zyklen im Aktien- und Rohstoffmarkt mit einem sogenannten Jupiter-Saturn-Zyklus in Verbindung standen. Hin und wieder erzählte er von seinem Haus in Montauk, wie er sich seinen Ruhestand dort vorstellte, oder dass er überlegte, es zu verkaufen und stattdessen etwas in Europa, vielleicht in Berlin, zu kaufen. »Das ist der wahrscheinlich einzige Ort, an dem ich die Vergangenheit richtig verstehen könnte«, meinte er. »Aber was ist mit der Zukunft? Ist eine Zukunft dort überhaupt möglich? Vielleicht doch lieber Mumbai oder Peking?«

Warum er sich ihn als Gesprächspartner ausgesucht hatte, wusste Jaz nicht. Es gab bestimmt andere Leute in der Firma, die ihm auf seinen verschlungenen Gesprächspfaden besser folgen konnten. Manchmal wirkte er regelrecht manisch, wenn er aus dem Fenster auf den Wald aus erleuchteten Banktürmen starrte, wie ein Superschurke im Comic aus seinem Versteck in den Bergen. Dann wieder saß er zusammengesackt in seinem Stuhl und grummelte, die Welt sei ein Spiegelkabinett, ein Rätsel ohne Lösung. Einmal stand er mit ausgebreiteten Armen am Fenster, eine Christusstatue im Anzug über der Broad Street.

»Warum machen Sie das hier, Jaz? Komisch, dass ich Sie das noch nie gefragt habe.«

»Das kann ich Ihnen sagen. Ich habe Frau und Kind. Ich will ihnen ein gutes Leben bieten.«

»Sonst nichts?«

»Und natürlich, weil es interessant ist.«

»Ach, kommen Sie, was ist das denn schon wieder für ein Gewäsch. Eine Karte von Brooklyn ist *interessant*. Oder eine Dokumentation über Pinguine. Aber doch kein Leben. Man steht nicht morgens auf, weil etwas interessant ist. Glauben Sie an Gott?«

»Nein, wahrscheinlich nicht.«

»Wahrscheinlich nicht?« Er machte eine Pause. »Verstehe. Und, wollen Sie mich nicht dasselbe fragen?«

»Okay. Glauben Sie an Gott?«

»*Interessant*, dass Sie das fragen, Jaz. Ich denke, die Frage ist eher, ob Gott an mich glaubt.«

Er stieß ein schrill ansteigendes Lachen aus. Jaz war gereizt. Raj hatte ihn die halbe Nacht auf Trab gehalten, und am Tag davor hatte das letzte einer langen Reihe von Kindermädchen gekündigt. Er hatte keine Geduld für Bachmans metaphysische Scherze.

»Okay, Cy. Sie wollen wissen, warum ich das hier mache? Weil Fenton mit ein bisschen Glück einen Haufen Geld dabei verdient und einen kleinen Teil davon mir gibt. Vielleicht haben Sie recht. Vielleicht ist Walter mehr als das, aber wissen Sie was? Es ist mir egal. Ich will einfach nur ein Trading-Modell entwickeln. Ich muss nicht die Welt retten.«

Bachman setzte sich an seinen Schreibtisch. Er schwieg eine ganze Weile, schaukelte leicht auf seinem Stuhl hin und her und legte die Spitzen seiner langen Finger aneinander.

»Tut mir leid, Cy. Ich leide an Schlafmangel. Mein Sohn …
ich wollte nicht unhöflich sein.«

»Nächsten Monat gehen wir mit Walter an den Start. Anfangs mit kleinen Summen, aber wenn es so gut läuft wie bei den Tests, erhöhen wir direkt.«

»Okay. Ja.«

»Das wäre alles.«

Jaz war wütend, als er ging. Warum hatte er nicht den Mund gehalten? Abends versuchte er, Lisa zu erklären, was passiert war. Sie war Bachman nie begegnet und hatte ein romantisches Bild von ihm, als eine Art weltfremdem Gelehrten, der wie ein mittelalterlicher Alchemist in seinem Büro vor sich hin werkelte. Jaz musste sie an die maßgeschneiderten Anzüge erinnern, die handgefertigten Schuhe, aber sie hatte immer noch das Bild von einem nicht nur profitorientierten Banker im Kopf.

»Du hast ihn angeschrien?«, fragte sie.

»Ich hab gesagt, dass seine Theorien mich nicht interessieren.«

»O Jaz, warum denn? Für mich klingt es, als wäre er mit Abstand der interessanteste Typ bei euch.«

»Interessant? Mein Gott.«

»Wirst du jetzt gefeuert?«

»Glaube ich nicht. Vielleicht sucht er sich einfach einen anderen, den er vollquatschen kann, wenn ihm langweilig ist. Ich glaube kaum, dass der Mann irgendeine Art von Privatleben hat. Jedenfalls weder Frau noch Kinder. Wahrscheinlich hat er nichts Besseres zu tun, als in den Arbeitslosenzahlen nach Gott zu suchen.«

Bachman feuerte ihn nicht. Der Datenstrom floss weiter. Das Gasvolumen, das durch die BTC- und die Druschba-Pipeline gepumpt wurde, rassistische Übergriffe in Australien, Coltanabbau in den Freihandelszonen der Demokratischen Republik Kongo, Fälle von Marburgfieber in denselben Regionen, die Anzahl der gehandelten Technologiewerte pro Stunde am Nikkei … Jaz analysierte die Daten nicht mehr selbst, er fütterte Walter damit, der in einem erschreckenden Tempo Verbindungen ausspuckte. Alles schien mit allem zusammenzuhängen: Vermögenswerte der Rentner in Boca Raton, Florida, standen in Einklang mit dem Fracht-

aufkommen am Hafen von Long Beach, die Anzahl beschlag-
nahmter Immobilien im Südwesten entsprach der der Avatare in
den beliebtesten Online-Games Asiens. Anfangs hatte Jaz den
Verdacht, Bachman wollte sie verarschen und habe sich das Ganze nur ausgedacht. Jetzt stellte er beunruhigt fest, wie viel Macht
darin steckte. Was würde passieren, wenn das System zum Einsatz
kam? Als würde man die Hände in den Fluss halten und einen
Fisch rausholen, hatte Bachman gesagt. Wie hoch waren die Wellen, die Walter schlagen würde?

Quasi nebenbei erwähnte Bachman, er arbeite bereits an einem Walter 2, wie er es nannte. Die Firma hatte extra Equipment
an der New Yorker Börse installieren lassen, eine notwendige Vor-
aussetzung im Hochfrequenzhandel, wo Tausendstelsekunden einen Wettbewerbsvorteil zunichtemachen konnten. Als scheinba-
re Geste der Versöhnung lud Bachman ihn ein, sich anzusehen,
wie die Techniker ihr System an ein Hochsicherheitsdatenzen-
trum in New Jersey anschlossen, in dem auch die entsprechenden
Maschinen der NY-Börse untergebracht waren, die Computer,
die Kauf- und Verkaufsgebote durchgingen, um Geschäfte abzu-
schließen. Das Gebäude stand in einem trostlosen, windigen Ge-
werbegebiet zwei Stunden außerhalb der Stadt, ein niedriger
Schuppen, dessen Anonymität ihn vor terroristischen Anschlägen
bewahren sollte. Während der Wagen auf dem Parkplatz wartete,
liefen sie zwischen brummenden Kästen hindurch, in Begleitung
eines nervösen Mitarbeiters, dem es sichtlich lieber gewesen wäre,
wenn Bachman nicht im Vorbeigehen die Finger über die Geräte
hätte gleiten lassen, wie ein kleiner Junge, der mit einem Stock am
Zaun entlangfährt.

Er bat Jaz, sich einen Walter vorzustellen, dessen Zeithorizont
sich im Tausendstelsekundenbereich abspielt. Im ersten Durch-
gang würde ein Muster identifiziert, das im zweiten und dritten
mit anderen in Verbindung gebracht wurde und im vierten dann
zum Einsatz kam, bevor es wieder im System verschwand. Von da
an wäre die Lichtgeschwindigkeit, der ultimative physische Horizont, Teil ihres Lebens als Trader. Während der Aufpasser hinter
ihnen hertrottete, erzählte er von Walters Fähigkeit, Abschlüsse in
Tausende von Einzelteilen zu zerstückeln, um die einzelnen Posi-

tionen, die eine Firma ihren Konkurrenten abnahm, zu verbergen.
»Die Konsequenzen haben wir noch nicht wirklich erfasst. Wir er-
zeugen dauerhaft Feedback auf den Märkten, verbreiten die von
uns erwünschten Trends und bremsen andere aus. Wir reagieren
nicht mehr nur, Jaz. Wir *machen* den Markt, wir schaffen unsere
eigene Realität. Und wenn Walter mit Hochgeschwindigkeit
läuft, wird das weitreichende Folgen haben. Sobald die Aufsichts-
behörden das mitkriegen, werden sie uns natürlich vorwerfen, das
System zu manipulieren. Womit sie recht haben. Wir manipulieren das System. Ohne dass es einen sozialen Nutzen hätte. Märk-
te sollen es uns ermöglichen, Ressourcen effizient zu verteilen. Sie
sollen nützlich sein. Aber damit hat das nichts mehr zu tun. Es
geht nicht darum, mit Lichtgeschwindigkeit Containerschiffe ab-
zufertigen oder die Produktion von Zahnpasta voranzutreiben. Es
ist ein Glasperlenspiel, und manchmal glaube ich, ich bin der Einzige, der einen Grund hat, dieses Spiel zu spielen.«

Als Walter in Betrieb genommen wurde, bekam Jaz Panik. Er
wusste nicht, wovor er mehr Angst hatte: dass es funktionierte
oder dass es nicht funktionierte. In den ersten Minuten schloss er
sich auf der Toilette ein. Als er wieder rauskam, waren alle am
Feiern. Die Rendite schien sogar Bachman zu überraschen. Als
die US-Märkte schlossen, konnte Fenton Willis seine Freude
kaum verbergen. Die Trader klatschten sich ab und köpften eine
Flasche Krug '95 nach der anderen. Man lockerte die Krawatten
und überlegte, in einen neuen Lapdance-Schuppen zu gehen. Er
rief Lisa an und sagte, er sei auf dem Nachhauseweg.

In der Woche darauf kauften die Leute Autos und ließen Tausende von Dollars beim Essen im Per Se. Jaz ging zu Harry Wins-
ton und kaufte Lisa eine zart gearbeitete Kette aus Platin, die sich
in der Hand zusammenrollte wie eine sehr teure Schlange. Die
Gewinne übertrafen weiter jedermanns wildeste Träume, und
ohne eine zusätzliche Risikoanalyse abzuwarten, ermächtigte Willis die Walter-Leute, sehr viel höhere Summen einzusetzen. Jaz
ließ sich von der allgemeinen Begeisterung mitreißen. Seine Sorgen erschienen ihm lächerlich und letztendlich wohl das Ergebnis
von Stress und Überarbeitung.

Kurz darauf lud Bachman sie nach Montauk ein. Es war ein

wunderbares Maiwochenende, und Jaz konnte es kaum erwarten, aus der Stadt rauszukommen. Der Plan war, am Freitagabend hinzufahren, aber in letzter Minute beschloss Lisa, sie könne Raj nicht allein lassen. Jaz sagte, sie übertreibe, was zu einem ernsthaften Streit führte.

»Kapierst du das nicht?«, brüllte er. »Wir müssen auch noch ein Leben haben. Wir können uns nicht ewig an ihn fesseln.«

»Aber wir sind an ihn gefesselt. Er ist unser Sohn.«

»Ein Wochenende. Es ist nur ein verdammtes Wochenende.«

Er lag wach im Bett und versuchte, sich zu beherrschen. Sie lag neben ihm und hatte ihm den Rücken zugewandt.

Am nächsten Morgen konnte er sie endlich überzeugen, dass die hoch qualifizierte neue Nanny in der Lage war, eine Nacht lang auf ihren Jungen aufzupassen. Sie warfen die Taschen in den Wagen, fuhren aus der Stadt raus und reihten sich in den Verkehr auf dem Long Island Expressway ein. Lisa sah alle paar Minuten auf ihr BlackBerry, als wartete sie nur auf irgendein Unheil und damit auf einen Grund, nach Hause zu fahren.

Bachmans Haus war nicht leicht zu finden, selbst mit Navi. Als sie zum dritten Mal daran vorbeifuhren, entdeckten sie es. Ein schmaler Schotterweg führte vom alten Highway ab zu einem Tor, das aufglitt, um sie einzulassen. Sie parkten vor einer unscheinbaren modernistischen Villa, relativ flach und fast plump, als wollte sie unter dem scharf zulaufenden Dach am liebsten im Boden versinken.

Geöffnet wurde ihnen von einem auffallend attraktiven jungen Mann, der aussah wie aus einem J.-Crew-Katalog. Leinen, Espadrilles und rotblondes Haar. Er stellte sich als Chase vor, nahm ihnen das Gepäck ab und sagte, »Mr. Bachman und Mr. Winter« seien draußen auf der Terrasse. Lisa schnappte kurz nach Luft, als sie die Einrichtung sah. Selbst Jaz erkannte ein paar exquisite Stücke: Bauhauslampen, eine abstrakte Skulptur auf einem Sockel, allem Anschein nach ein Brancusi. Aber am eindrucksvollsten war der Blick. Das Haus stand auf den Klippen, praktisch die gesamte hintere Seite war aus Glas, ein Rahmen für den grauen Atlantik.

Chase brachte sie zur Terrasse, wo ein Tisch zum Mittagessen gedeckt war. Es war das erste Mal, dass Jaz Bachman nicht im An-

zug sah. Er trug Tennisshorts, aus denen seine Beine wie zwei weiße Stelzen herausragten. Neben ihm saß ein deutlich älterer
Mann, den er als Ellis, seinen Partner, vorstellte. Ellis wirkte ge-
sundheitlich angeschlagen. Mit Chase' Hilfe erhob er sich, um sie
zu begrüßen. Sein Händedruck war leicht wie eine Feder, aber seine Augen waren wach und voller Humor. Jaz kam sich vor wie ein
Idiot. Warum hatte Cy diesen Mann nie erwähnt, der (offensichtlich) seit über dreißig Jahren sein Lover war? Weil er davon
ausging, dass er es missbilligen würde? Er konnte sich das Gespräch lebhaft vorstellen. Ja, die sind hier ziemlich konservativ,
die sehen das nicht gern.

Von der langen Fahrt ein wenig verschwitzt, begannen sie ein
kurzes Gespräch. Ellis war plastischer Chirurg gewesen, hatte Ge-
sichtsrekonstruktionen an Brand- und Unfallopfern vorgenom-
men. »Nie aus kosmetischen Gründen«, behauptete er. »Ich war
damals Idealist.« Als sie später in ihrem Zimmer waren, wollte Jaz
Lisa seinen Ärger erklären. Im Grunde hatte er kein Problem damit – auch nicht damit, dass Ellis so viel älter war, oder mit dem
entrückten jungen Mann, der durch die Gegend schwebte und
hinter vorgehaltener Hand grinste. Er hatte es nur schlichtweg
nicht gewusst. Dabei arbeitete er jetzt schon so lange mit Bachman zusammen.

»Na ja«, sagte Lisa, während sie ihr Kleid in den Schrank hängte. »Besonders aufmerksam warst du noch nie.«

Sie gingen zurück an den Pool, wo Chase Eistee servierte. Fenton Willis und seine dritte Frau, Nadia, kamen mit Handtüchern
und Wasserflaschen ausgerüstet vom Strand hoch. Willis sah
leicht absurd aus in seinen Wochenendklamotten – einer lachs-
farbenen, mit kleinen Walen bedruckten Hose und einem gelben
Seidenkrawattenschal. Wie man sich in der Firma erzählte, hatte
er Nadia, die einige Jahre jünger als Lisa war, als Empfangsdame
eines Restaurants in Downtown kennengelernt. Sie trug einen Sarong über ihrem silbernen Badeanzug, der aussah, als dürfte er eigentlich nicht nass werden. Jaz bemerkte ihren durchtrainierten
straffen Körper, Sinn und Zweck dieses Auftritts. Cy und Ellis be-
grüßten sie wie eine verschollen geglaubte Schwester und taten,
als fänden sie sie amüsant statt einfach nur billig. Dieses affektier-

te Auftreten überraschte ihn ebenfalls an Bachman, und er war nicht sicher, was er davon halten sollte.

Zum Essen servierte Chase Lobster Rolls und Chowder, dazu einen exzellenten Weißen Burgunder. Jaz unterhielt sich mit Nadia über ihre geplante Stiftung für Waisenkinder in der Ukraine. Im Herbst wollte sie eine Gala veranstalten, »mit vielen Prominenten, wo die Leute sich wohlfühlen und am Ende das Scheckheft zücken«. Aus einer Anlage im Haus schallte Musik auf die Terrasse, ein Mann trällerte auf Deutsch Lieder zu Klavierbegleitung. Wie Lisa erkannte, handelte es sich dabei um Schubert, gesungen von Fischer-Dieskau, woraufhin Ellis sie in ein längeres Gespräch über einen österreichischen Regisseur verwickelte, der die Musik in einem Film benutzt hatte. Lisa kam bei ihren beiden Gastgebern offensichtlich extrem gut an. Nach dem Essen stand sie im Wohnzimmer und bewunderte eine Zeichnung von Schiele an der Wand, weshalb Cy darauf bestand, sie durchs Haus zu führen und ihr weitere Kunstwerke zu zeigen. Jaz trottete hinterher, vor allem, um nicht bei Willis bleiben zu müssen, der eine endlose Story über eine Helikoptersafari in Kenia erzählte. Jeder Stuhl, jedes Stück schien eine besondere Geschichte zu haben. Wie lange musste es gedauert haben, eine solche Sammlung zusammenzutragen? Und wie lange erst, all das Wissen dahinter zu erwerben? Cy schien besonders stolz auf ein sexuell aufgeladenes Gemälde von einem jungen Mann in Latzhose und Ballonmütze zu sein, der in einer expressionistisch anmutenden Gasse an einer Backsteinmauer lehnte. Jaz persönlich fand das Bild scheußlich, die matschigen Grün- und Brauntöne, die anzügliche Beule im Schritt. Offenbar war es das Werk eines bekannten schwarzen Künstlers aus den Dreißigern, ein New Yorker Kommunist, der für die Arbeitsbeschaffungsbehörde gearbeitet hatte.

Nachmittags schlummerte er am Pool und hörte mit halbem Ohr zu, wie Cy und Fenton über Amerikas Handelsbeziehungen zu China sprachen. Fenton hatte viel Zeit in Shanghai verbracht und war fast ein bisschen besessen von der gegenseitigen Abhängigkeit beider Länder. Lisa und Nadia unterhielten sich über eine neue Boutique, die vor Kurzem in SoHo eröffnet worden war. Jaz war sicher, dass Lisa den Laden noch nie betreten hatte, hörte sie

aber darüber sprechen, als wäre sie Stammkundin. Wahrscheinlich hatte sie ihre Informationen aus dem *New York Magazine*. Ellis war schwimmen und hielt sich mithilfe von zwei Styroporrin-
gen über Wasser. Chase half ihm, hielt seine Beine und setzte ihm
den Sonnenhut wieder auf, wenn er ihm vom Kopf rutschte. Jaz
beobachtete sie durch seine Sonnenbrille, den gebrechlichen alten
Mann und den zärtlichen jüngeren. Etwas an der Intimität der
Szene beschäftigte ihn. Wo hörte es auf, ihr bezahltes Verhältnis?
Wo war die Grenze?

Während sie sich zum Abendessen umzogen, schwärmte Lisa
von ihren Gastgebern, ihrer Kultiviertheit, ihrem Sinn für Ästhe-
tik. »Warum hast du mir das nicht gleich gesagt?«

»Na ja, ich wusste nichts davon. Wir arbeiten zusammen.
Wenn wir reden, dann meistens über die Arbeit.«

»Ach, komm. Du hast doch erzählt, dass er dir Silbergeschirr
von der Wiener Werkstätte gezeigt hat.«

»Was? Ach, das Museum. Ja, stimmt.«

»Du musst doch gemerkt haben, dass er nicht wie die anderen
ist. Alle, die ich bisher aus deiner Firma kennengelernt habe, sind
wie Fenton.«

»Findest du es nicht merkwürdig, dass Ellis so viel älter ist als
Cy?«

»Ich finde es irgendwie toll. Als sie sich verliebt haben, war Cy
Anfang zwanzig. Ellis hat ihn im Greenwich Village auf der Straße gesehen und ist ihm nach Hause gefolgt. Cy sah wohl sehr gut
aus und war ziemlich unnahbar. Ellis musste ihm richtig den Hof
machen. Wie im 19. Jahrhundert – mit Blumen, Fächern und
handgeschriebenen Briefen.«

»Woher weißt du das alles? Du hast ihn doch heute erst kennengelernt?«

»Cy hat es mir erzählt.«

»Mein Gott, alles an einem Nachmittag.«

»Du hast ihn wahrscheinlich nie danach gefragt. Außerdem …
also, Jaz, ich weiß, damit bewegen wir uns etwas aus deiner Komfortzone, aber …«

»Meine Komfortzone?«

»Vielleicht machst du dich mal ein bisschen locker. Sie wissen, dass du zu mir gehörst. Es wird dich schon keiner anspringen und entjungfern wollen.«

»Wovon redest du?«

»Du bist schon den ganzen Tag so steif.«

»Überhaupt nicht.«

»Wie du meinst. Ich will nur, dass du dich wohlfühlst.«

»Hallo? Immerhin hab ich dich überredet, mit herzukommen. Übrigens, hast du in den letzten fünf Minuten mal zu Hause angerufen? Wie kommt Bianca mit Raj klar?«

»Manchmal kannst du ein richtiges Arschloch sein.«

»Du bist es doch, die mich homophob nennt.«

»Das habe ich nicht gesagt.«

»Aber gemeint.«

»Reden wir einfach nicht mehr davon, Jaz. Und sei bitte nicht so laut. Die hören uns wahrscheinlich schon unten.«

Zum Abendessen kamen noch zwei andere Paare dazu: ein Hedgefonds-Manager und seine Frau, die im Haus nebenan wohnten, und noch ein schwules Paar, ein bekannter Künstler und sein Freund, die ein Studio in East Hampton hatten. Das Essen war toll – Austern, ein ganzer Lachs, erlesene Weine, die Ellis von seinen Reisen nach Europa mitgebracht hatte. Alle außer Jaz schienen bester Laune, vor allem Lisa, die eine Energie ausstrahlte, wie er es lange nicht erlebt hatte, sich über Kunst, Bücher und Musik ausließ und den ganzen Tisch zum Lachen brachte. Zu anderer Gelegenheit wäre er stolz auf seine Frau gewesen, und selig, sie so glücklich zu sehen. Jetzt bekam er schlechte Laune. Die Unterhaltung hatte wenig mit der Finanzwelt zu tun, auch wenn Fenton gelegentlich versuchte, sie darauf zurückzulenken. Der Künstler beschrieb sein neuestes Werk, in dem es darum ging, Bilder aus Secondhandläden künstlich altern zu lassen und sie dann in Holzkisten einzufassen. Cy erzählte von einem Bekannten, der sich gefälschte Joseph Cornells hatte andrehen lassen. Es ging viel um Reisen, nach Italien, Island oder auf die Malediven. Erst da schwieg Lisa. Es war lange her, dass sie im Urlaub gewesen waren.

Jaz brütete darüber, was Lisa oben zu ihm gesagt hatte. Hatte sie womöglich recht? War er in Wirklichkeit intolerant? Er musste zugeben, dass er die Art, wie Bachman lebte, nicht wirklich ver-

stand. Zum einen war da der Altersunterschied. Letztendlich war
es bei Fenton und Nadia dasselbe, aber Cy als Trophäe? Bestimmt
war er doch der Wohlhabendere von beiden? Eine Familie waren
sie jedenfalls nicht, nicht in dem Sinne, wie er sich das vorstellte.
Wozu der ganze Reichtum und die Kultur, wenn man das alles
nicht weitergeben konnte? Vielleicht kam da Chase ins Spiel. Ein
Ersatzsohn? Er war nicht sicher, warum er eine solche Abneigung
gegen den Jungen verspürte. Es hatte mit seinem Selbstvertrauen
zu tun, wie locker er mit seinem guten Aussehen umging. Chase
schien unverwundbar, ein Sonnyboy, den die Sonne von Long Island bis ins Mark gewärmt hatte. Als Jaz ihn jetzt verträumt Wein
eingießen und den Salat servieren sah, hätte er am liebsten ge-
brüllt: *Such dir einen anständigen Job, Schmarotzer!*
    Trotz der abendlichen Brise war die Luft auf der Terrasse
feucht und stickig. Jaz wischte sich mit einem Taschentuch den
Schweiß von der Stirn. Als alle zum Likör den Tisch verließen,
verkrümelten Cy und Lisa sich ins Arbeitszimmer. Jaz folgte ihnen und kam sich vor wie ein Spion – oder ein eifersüchtiger Ehemann. Ihm war klar, dass er sich lächerlich machte, trotzdem ärgerte ihn der überraschte Gesichtsausdruck seiner Frau, als er den
Kopf zur Tür reinsteckte. Während er sie besitzergreifend um die
Taille fasste, führte Cy ihnen weitere Schätze vor, zum Beispiel
seine Sammlung von Frühdrucken jüdischer Mystik. Eine Ausgabe des *Zohar*, gedruckt in den 1580ern in Antwerpen. Isaak Luri-
as *Lebensbaum* in einer polnischen Ausgabe aus dem 18. Jahrhundert. Cy klappte das Buch auf und zeigte ihnen die Diagramme
miteinander verbundener Kreise, die Molekülen in einem Che-
miebuch ähnelten. Lisa raunte voller Bewunderung. Es war mehr
als Höflichkeit, sie schien wirklich beeindruckt. Jaz drückte sie
und hoffte, damit eine Nähe zu vermitteln, die er nicht spürte.
    »Die sind toll, oder, Schatz?«, murmelte er. Sie nickte nicht
einmal.
    Cy sprach mit seiner üblichen fieberhaften Energie. »Es gibt
noch so viele Dinge, die ich gern besäße. Zum Beispiel die Man-
tua-Ausgabe des *Zohar* von 1559. Nächste Woche biete ich bei
einer Auktion in Moskau auf eine Ausgabe von 1623 aus Lublin.
Ich habe Drucke aus der ganzen Welt, Salonika, Smyrna, Livor-

no, allein die Namen lösen schon so viel in einem aus, finden Sie nicht? Da steckt die Geschichte einer ganzen Diaspora drin.«

»Was für eine wunderbare Sammlung«, säuselte Lisa.

»Danke. Ich bin froh, sie jemandem zeigen zu können, der etwas damit anfangen kann. Heutzutage verbinden die Leute mit dem Wort Kabbala immer nur Madonna und rote Armbänder. Selbst Juden.«

»Schrecklich.«

»Ich habe versucht, Ihrem Mann klarzumachen, dass seine Arbeit in dieser Tradition steht, aber ich fürchte, er glaubt mir nicht.«

Jaz zuckte mit den Schultern und freute sich insgeheim ein wenig, mit einem Thema in Zusammenhang gebracht zu werden, das seine Frau beeindruckte. Er stand hinter ihr und konnte ihren Gesichtsausdruck nicht sehen, aber Cy zog amüsiert die Augenbrauen hoch und grinste. »Wie viel hat er Ihnen von Walter erzählt?«, fragte er.

»Ihrem Computerprogramm? Ein bisschen. Er sagt, die Firma verdient durch Sie eine Menge Geld.«

»Das mag stimmen. Aber ich bilde mir ein, dass wir noch mehr tun als das. Wie Sie wissen, arbeiten wir mit Daten, Lisa. Unsere Aufgabe ist es, verschiedenartige Dinge miteinander zu vergleichen und Zusammenhänge zu entdecken. Für einen Kabbalisten besteht die Welt aus Zeichen. Das ist keine postmoderne Metapher – es ist wörtlich gemeint. Die Thora existierte schon vor der Schöpfung der Welt, und alle Schöpfung entstammt ihren mystischen Buchstaben. Natürlich ist die moderne Welt kaputt. Ihre Perfektion wurde aufgelöst. Aber ich bilde mir ein, dass wir, indem wir Verbindungen zwischen all diesen unterschiedlichen Phänomenen herstellen, dass Jaz und ich mit unserem Team diese Zeichen lesen und einen kleinen Teil dazu beitragen können, die Scherben zusammenzufügen.«

»Das haben Sie wirklich sehr schön ausgedrückt.«

»Ich bin nicht sicher, ob Jaz das auch so sieht.«

»Was? Natürlich ist das ein schöner Gedanke. Es ist nur ... na ja ... ich denke lieber konkret.« Er verstummte und wurde wütend, als er Lisas verächtlichen Blick bemerkte. Angesichts der

Komplizenschaft zwischen Cy und ihr wurde ihm zum ersten Mal seit dem ganzen Ärger wegen Rajs Beschneidung wieder bewusst, dass seine Frau Jüdin war. Dieser mystische Hokuspokus war noch etwas, was die beiden verband. Absurderweise hatte er das Gefühl, dass dieser … dieser Homo ihn absichtlich ausschließen und sie ihm wegnehmen wollte.

Er schwitzte stark und wusste nicht, wie lange er sich noch beherrschen konnte, also murmelte er eine Entschuldigung und ging zurück zu den anderen. An der Bar goss er sich einen großen Wodka ein, ignorierte eine freundliche Bemerkung von Fenton und verschwand auf die Terrasse, um allein zu trinken. Ihm brummte der Schädel. Das Hemd klebte ihm am Rücken. Was war los? Hatte er eine Panikattacke? Er fragte sich, was er hier machte. Er hatte nichts mit diesen Menschen gemein – jedenfalls nicht wirklich. Was hatte er ihrer ganzen Kunst und Kultur entgegenzusetzen, ihren Büchern und Gemälden, ihren Flaschen Grand Cru Chablis? Er war nur eine Generation vom Dorfleben entfernt, den Lehmhütten, dem selbst gebrannten Schnaps und den Ehrenmorden. Er war bloß ein Bauer, der es zu etwas gebracht hatte.

Überzeugt, dass etwas Schreckliches geschehen würde, dass ihm eine schlimme Demütigung bevorstand, ging er runter an den Strand. Es war fast Vollmond und der Weg gut zu sehen. Der Wodka war alle. Hätte er doch die Flasche mitgenommen. Genervt warf er Cys teures Kristallglas in die Dunkelheit und hörte es in den Sand fallen. Sicher, die Khalsa genossen Ruhm und Ansehen, sie waren die Helden der Sikhs. Aber was bedeutete ihm das? Indien war nicht sein Land. Er war nur einmal dort gewesen, als Vierzehnjähriger mit der Familie, drei Wochen Hitze, Verwirrung und Magenprobleme. Der Lärm und der Geruch in Amritsar, das mörderische Chaos auf den Straßen, das Dorf seiner Familie, ein paar weiß getünchte Hütten, umgeben von endlosen grünen Feldern. Ein anderer Planet. Seine Cousins nannten ihn Tom Cruise und wollten ihm Kricket beibringen. Während die Familie bei süßem Tee und Pakoras im Wohnzimmer seines Onkels saß, das in einer Art Unterwasser-Blau-Grün angemalt und mit billigen Kalendern und mit Kränzen behängten Bildern von toten Verwandten dekoriert war, drängten sich Kinder in der Tür und starrten seine Sneaker an. Den Großteil des Urlaubs verbrachte er in diesem Raum und sah sich indische Filme auf einem alten Fernseher an, auf dessen Holzimitat-Gehäuse ein Spitzendeckchen lag.

Nein, mein Junge, du kommst aus Baltimore, Indien ist nicht dein Zuhause. Er schlenderte am Strand entlang und überlegte, was eigentlich wirklich zu ihm gehörte, was er gegen Cy und Lisa, ihren Schubert und ihre alten Bücher in der Hand hatte. Was wollte eine Frau wie Lisa überhaupt von ihm? Was sah sie in ihm? Offenbar nichts, jedenfalls jetzt nicht mehr. Anscheinend hatte sie endlich herausgefunden, was sie wirklich suchte. So kam es ihm zumindest vor. Mit seinem Chef abhängen und schlaue Bemerkungen machen, dieser ganze jüdische Intellektuellenquatsch.

Das war der Tiefpunkt. Ein paar Drinks, und schon tröpfelte der Hass wie Durchfall aus ihm heraus. Schwule und Juden. Er war kein bisschen besser als seine Onkel. Ein paar Jahre am College, ein bisschen kulturelle Fassade, aber im Grunde immer noch der kleine Bauerntrampel, ein ängstlicher, komplexbeladener Dorfjunge. Und so ging es weiter, während er bis zu den Felsen an der Spitze lief und dann den ganzen Weg wieder zurück. Als er am Haus ankam, sagte er, er sei müde, und ging ins Bett. Er hörte die anderen unten reden und lachen. Klaviermusik sickerte unter der Tür durch. Er wickelte sich in das Bettlaken wie in ein Leichentuch und wartete verzweifelt auf den Schlaf. Lisa kam erst sehr spät. Als sie sich morgens für die Rückfahrt fertig machten, fühlte er sich so erbärmlich, dass er ihr kaum ins Gesicht sehen konnte.

Mehrere Wochen vergingen. Die Profite aus dem Walter-Programm häuften sich weiter an. Als er eines Tages zur Risikobewertung das System überprüfte, fiel ihm auf, dass mehrere Zahlen von den erwarteten Werten abwichen. Einige Zweige waren geringfügig profitabler geworden. Die Unterschiede waren winzig, kaum wahrnehmbar, und normalerweise hätte er sich nicht weiter darum gekümmert, wenn es nicht gleichzeitig Bewegung auf dem Devisen- und Anleihenmarkt gegeben hätte. Ein paar Tage lang hatte Walter extrem auf den Wertverlust einiger schwacher Währungen in Asien und Lateinamerika gesetzt. Das Programm hatte die honduranische Lempira leerverkauft und, nachdem sie im Wert gefallen war, der Firma einen Gewinn von zig Millionen Dollar beschert. Walters Transaktion, auf tausend verschiedene Posten aufgeteilt, die scheinbar von überall auf der Welt ausgingen, hatte andere Investoren zu dem Glauben verleitet, dort sei etwas im Argen. Die Honduraner hatten jetzt eine Staatskrise, ausländisches Kapital wurde abgezogen und die Schuldner trieben ihre Verbindlichkeiten ein. Jaz konnte zusehen, wie sie den Handelsverkehr einstellten und sich mit Funktionären des Internationalen Währungsfonds in Kontakt setzten.

Das waren wir, dachte Jaz. Wir sind da rein und haben den ganzen Laden auf den Kopf gestellt, wie bei einem Banküberfall.

So lief das Spiel, das wusste er. Er hatte immer versucht, nicht zu sehr über diesen Aspekt nachzudenken. Als was hatte sich Bachman bei ihrem Abendessen auf eine von Lisas anbiedernden Fragen im Scherz bezeichnet? Als *Haruspex*. Ein Priester, der dem Kaiser aus den Eingeweiden von Opfertieren weissagte. Der Kaiser war in diesem Fall Fenton Willis, dessen Daumen nach unten zeigte. *Der Sklave muss sterben*. Die Trader feierten ihren großen Gewinn. Jaz ging mit. Es wurden Witze über quantitative Analysten und Eierköpfe gerissen. Sie wollten ihn betrunken machen, und er ließ es zu. Als er Lisa aus einem Klub an der Lower East Side anrief, war es ein Uhr morgens. Irgendwann wachte er in einem Hotel in Midtown auf, zum Glück allein. Von dort aus fuhr er direkt ins Büro, um die Newswires zu checken.

Am nächsten Tag fiel die Lempira weiter. Für die Regierung von Honduras sah es nicht gut aus. In Tegucigalpa gingen die Leute auf die Straße. Jaz schüttete Kaffee in sich hinein und sah sich Walters Rat für den Trading Desk an. Die Lempira kam nicht vor. Er war zu einer anderen Anlagekategorie übergegangen, in einem anderen Bereich. Jetzt ging es nur noch um hypothekarisch gesicherte Wertpapiere in den USA. Er war erleichtert. Wenigstens verlangte Walter nicht, dass sie auch noch Salz in die Wunde streuten.

In den Tagen darauf kaufte Walter große Anteile an australischen Minenaktien auf und setzte auf obskure westafrikanische

Staatsanleihen. Bachman bat das Team, die Zahlen der Geldinstitute der betreffenden Gegenden einzugeben, sodass auf Jaz' Bildschirmen die Aktivitäten der Banque de Développement du Mali, der Banque Internationale pour l'Afrique Occidentale, der Bank of Africa, der Banque Sénégalo-Tunisienne, der Compagnie Bancaire de l'Afrique Occidentale und der Ecobank erschienen. Ihm wäre nichts Außergewöhnliches aufgefallen, hätte er nicht aus Versehen auf seinem Schreibtisch den falschen Ordner geöffnet und dabei eine Grafik der Ergebnisse der Bourse Régionale in Abidjan entdeckt. Das Auf und Ab der Kurven kam ihm bekannt vor. Er verglich das Muster mit der Kurve der Lempira während des Crashs und stellte fest, dass der Verlauf praktisch identisch war. Das musste natürlich ein Zufall sein. Es gab keinerlei Grund für einen Zusammenhang. Andererseits gab es auch keinen Grund, weswegen die Aktienkurse an der Börse in Abidjan zum selben Zeitpunkt so rapide hätten fallen sollen. Es hatte keine größeren Bekanntmachungen gegeben, keine Kriegsgerüchte. Anders als bei der Lempira erholten sich die Kurse schnell. Drei Tage später war alles auf dem Niveau wie vorher.

In letzter Zeit hatte er einen seltsamen Ausschlag auf den Augenlidern. Lisa redete kaum mit ihm. Obwohl er erschöpft war, schlief er schlecht. Walters Punktdiagramme pulsierten hinter seinen Lidern wie ein Schwarm bösartiger Insekten. Er verbrachte mehrere Nächte vor dem Computer oben in seinem Arbeitszimmer, aß im Licht der Schreibtischlampe Tortilla-Chips mit Salsa und verglich die Zeitreihendaten vom Kurs der Lempira mit so ziemlich jeder afrikanischen Variablen, die ihm in den Sinn kam – Wechselkurse, Zahlungsbilanzen, internationale Liquidität, Zinssätze, Preise, Produktion, internationale Transaktionen, Staatskonten, volkswirtschaftliche Gesamtrechnung, Bevölkerung. Als er mit Afrika fertig war, knöpfte er sich Ostasien vor.

Bei thailändischen Bankaktien wurde er fündig. Derselbe plötzliche Crash. Dieselbe Zeitspanne. Und er fragte sich: *Waren sie dafür verantwortlich?* Eigentlich widersprach es jeder Logik, genau wie die Superposition in der Quantenmechanik, eine Idee, die gegen den gesunden Menschenverstand verstieß. Hatte Walter eine Art Halleffekt? Oder war es einer von Cy Bachmans Geis-

tesblitzen, eine Spur göttlichen Intellekts? Jaz' Nacken verkrampfte sich. Er suchte im Badezimmerschrank nach etwas zum
Einschlafen.

Bevor er am nächsten Morgen zur Arbeit ging, fragte Lisa, ob
er sich eine Zeit lang freinehmen könne. Er sah sie an, als wäre sie
verrückt, obwohl es wahrscheinlich kein Problem sein würde.
Niemand sonst in der Firma machte sich Sorgen wegen der Hon-
duras-Geschichte. Nur er. Er sagte, er werde sehen, was er tun
könne, und rief Bachmans Sekretärin an, damit sie ihn informierte, wenn er zu sprechen sei.

Offenbar war Bachman in Bangkok. Fast zwei Wochen nach
dem Lempira-Crash rief seine Sekretärin schließlich an und sagte,
er habe ein paar Minuten für ihn. Jaz lief direkt rüber und sah
Bachman aus dem Fenster starren. Er trug Kopfhörer mit Ge-
räuschunterdrückung, schwarze Büchsen, die wie schmarotzende
Käfer an seinem kahlen Kopf klebten. Die Sonne ging gerade
unter, und die Skyline führte ihr übliches Kunststück vor, aus
dreidimensionalen Gebäuden wurden schillernde Ebenen, dann
leuchtende Schachbretter. Jaz wollte ihn nicht erschrecken. Eine
ganze Minute stand er da und wartete ungeduldig, bis Bachman
sich in seinem Stuhl umdrehte.

»Gershwin«, erklärte er und nahm den Kopfhörer ab. »Muss
hin und wieder sein. Bei dem Ausblick, oder? Ich schätze, ich sollte es besser sein lassen. Wahrscheinlich wird man fett davon. Was
kann ich für Sie tun?«

»Ich muss mit Ihnen reden.«

»Dann legen Sie mal los.«

»Cy, Sie sagten anfangs mal, wir würden das System manipulieren, das sei praktisch Betrug.«

»Ja, und?«

»Wir sollten damit aufhören. Walter ist ... na ja, in den tiefs-
ten Kern der Finanzmärkte vorgedrungen. Ich habe das Gefühl,
es könnte ... ich meine ... ich weiß nicht, was ich meine, Cy.
Aber ich habe viel nachgedacht in letzter Zeit. Walter hat ein
enormes zerstörisches Potenzial. Ich mache mir Sorgen. Über
die Konsequenzen, die unbeabsichtigten Nebenwirkungen.«

»Was genau meinen Sie?«

»Instabilität. Zunehmende Volatilität.«

»Wir sind gut geschützt, Jaz. Um die Firma müssen Sie sich keine Sorgen machen.«

»Ich meine nicht uns. Ich bin etwas müde, vielleicht drücke ich mich nicht deutlich genug aus. Nehmen Sie zum Beispiel Honduras. Walter hat die Währung zusammenbrechen lassen. Einfach so, innerhalb eines Vormittags.«

»Das lag nicht an Walter. Die Stimmung war gegen die Lempira.«

»Wir haben ihr Land gefickt.«

»Das ist ein bisschen pathetisch, Jaz.«

»Zur selben Zeit gab es an der BRVM und bei den thailändischen Aktien dieselben Bewegungen. Wenn Walter das bewirken kann, was kann es dann noch alles? Und es wird immer besser. Ausgeklügelter. Was passiert, wenn wir dieselben Techniken mit Highspeed einsetzen? So schnell, dass niemand am Markt mehr reagieren kann?«

»Es arbeitet genauso, wie es gedacht war. Walter ist eine heuristische Trading-Maschine, Jaz, und lernt immer weiter dazu.«

»Ich weiß, dass Fenton höhere Summen bewilligt. Was, wenn Walter noch so was in der Art macht? Was, wenn es systemisch wird?«

»Systemisch? Sie glauben, wir greifen die Weltwirtschaft an? Und das entnehmen Sie einem mittelgroßen Gewinn durch unsere Devisenarbitrage-Strategie? Wir sind ein Hedgefonds, Jaz, nicht die chinesische Volksbank.«

»Ich finde nur, wir sollten vorsichtig sein und uns etwas zurückziehen.«

Bachman lachte. »Lassen Sie das nicht Fenton hören.«

»Sie nehmen mich nicht ernst.«

»Vertrauen Sie mir. Ich verstehe Sie ja. Sie haben ein mulmiges Gefühl. Aus Gründen der sozialen Verantwortung oder wie immer Sie es nennen wollen. Aber wir haben nirgendwo etwas ausgelöst. Shit happens, Jaz. Wenn wir es nicht tun, tun es andere. Wenn Sie Ihren Bonus kriegen, sehen Sie die Sache bestimmt anders. Womöglich sind wir bald Nachbarn in Montauk. Vielleicht kann Ihre Frau im Vorstand eines der Museen arbeiten.«

»Was ist mit dem Gesicht Gottes? Normalerweise reden Sie
doch immer, als stünden wir kurz davor, das Geheimnis des Universums zu entschlüsseln.«

»Ist alles okay bei Ihnen? Zu Hause alles in Ordnung?«

»Ja, zu Hause ist alles in Ordnung, verdammte Scheiße. Warum hören Sie mir nicht zu?«

»Beruhigen Sie sich. Es ist nur ein Modell. Es bewirkt nichts. Sie verwechseln Karte und Gebiet.«

»Wir handeln mithilfe dieses Modells. Wir sind aktiv.«

»Jaz, in zwei Jahren wird Walter nicht mehr existieren. Jedenfalls nicht in dieser Iteration. Der Markt wird sich anpassen. Wenn das passiert, brauchen wir ein neues Werkzeug. Alles, was wir tun, ist, zur Markteffizienz beizutragen, und wenn die Effizienz wächst, sinken unsere Gewinne und wir ziehen weiter. Das Leben geht weiter.«

»Warum verstehen Sie mich nicht? Ich will doch nur sagen, dass ich Ihnen glaube! Ich denke, ich begreife endlich, was Sie mir schon die ganze Zeit erklärt haben. Dass es nicht um Geld geht. Dass wir es hier mit etwas anderem zu tun haben – etwas viel Größerem.«

»Ich weiß nicht, was ich noch sagen soll. Sie reden wie ein Dorfbewohner mit einer Heugabel in einem Frankensteinfilm. Wollen Sie die Hexe verbrennen? Den alten Cy Bachman auf den Scheiterhaufen stellen?«

Dann kamen die Standardsprüche. Nehmen Sie sich ein paar Tage frei. Erholen Sie sich. Erst in der U-Bahn auf der Fahrt zurück nach Brooklyn wurde Jaz klar, dass er soeben seinen Job verloren hatte.

Die Sonne knallte vom Himmel. Der Pool glitzerte wie blaues Glas. Hinter den Dächern des Motels ragte das Sägezahnmuster der Bergkette wie eine Gewinn-und-Verlust-Kurve in den Himmel. Fenton Willis' Stimme drang als blechernes Krächzen aus dem Handy, während er zusah, wie Raj versuchte, neben dem Whirlpool Plastikstühle zu stapeln. Der Sound von New York. Du entkommst ihm nicht. Von ihm aus konnte die ganze Stadt mit ihren verstopften Abflüssen, Brezelverkäufern, Wohltätigkeitsveranstaltungen und überteuerten Wohnungen zur Hölle fahren. Das hier reichte ihm gerade vollkommen: eine fast leere Welt, ein Haufen Steine und Sand.

»Ich muss los, Fenton. Tut mir leid.«

Er legte auf und starrte auf sein BlackBerry wie auf eine Pistole, die gerade versehentlich losgegangen war. Niemand legte einfach auf, wenn Fenton Willis am Apparat war. Niemand. Das war's dann also. Kein Walter mehr. Keine Firma mehr. Er war fertig mit allem. Zum ersten Mal seit Monaten verspürte er einen tiefen inneren Frieden.

1970

SO EINFACH WAR DAS. Schritt für Schritt lief sie von der Stadt weg und hin zum Kommando, das sie aufnahm wie eine große Seifenblase eine kleine.

Seifenblasen, sagte Wolf, sind ein gutes Beispiel, um sich die Zukunft vorzustellen. Häuser würden sich ihnen bald angleichen, weich und fließend, sodass sie jederzeit wegschweben und sich einer neuen Gruppe anschließen könnten. Man könnte spontan entscheiden, wie man wohnen wolle. Ob in einer Stadt, einem Dorf oder ganz allein. Man müsste sich nur aus seiner Umgebung lösen und woanders hinziehen. So, erklärte er, sieht Freiheit aus.

Dawn wusste nicht viel über Freiheit. Sie wusste nur, dass es in dem Leben, von dem sie träumte, keinen Laden gab, in dem sie arbeiten musste, kein Gefummel auf dem Rücksitz von Frankies Plymouth und keinen Onkel, der sie mit seinen Blicken verschlang.

Sie waren ungefähr zu zehnt. Sie lagen auf den Felsen bei den Indianerzeichnungen, den Berg hinauf verteilt auf einer Strecke, die sie schon seit ihrer Kindheit kannte. Die in den rotschwarzen Wüstenlack gekratzten Windungen und über Kreuz verlaufenden Linien. Das weiße ausgetrocknete Flussbett, das in Richtung Berge führte. Sie ließen einen Joint rumgehen. Jemand klopfte leise einen langsamen Rhythmus auf einer Trommel. Wolf lachte und streckte sich in der Sonne auf einem Felsvorsprung aus. Dawn warf einen Blick über den Rand auf das Bauwerk unter ihnen. Ein Hohlraum, dessen oberes Ende etwa fünfzehn Meter über dem Boden lag, umgab das halb fertige Skelett einer Kuppel wie eine zerbrochene Eierschale. Menschen kletterten darin herum, zogen zu Dreiecken geschweißte Metallstreben an Winden hoch und befestigten sie mit Bolzen. Eine bunte Truppe Freaks in Secondhand-Putz, die über ein riesiges Gerüst krabbelten. Die Ansammlung von Hütten und Wohnwagen, in denen sie lebten, kam einem dagegen schon klein und improvisiert vor.

Aus einer der Hütten schlängelte sich ein langes Kabel an den Felsen entlang und verschwand in einem Loch.

»Was ist das da unten?«

Wolf warf einen Blick hinunter. »Oh, das ist mein Bruder. Er steht wahrscheinlich da unten und belauscht uns.«

»Er belauscht uns?«

»Das tut er gern. Ist so seine Art.«

»Bin ich ihm schon mal begegnet?«

»Ich glaube kaum. Das wüsstest du. Er sieht aus wie ich, nur hässlicher. Schlitzaugen, lange Nase.«

Sie lachte. »Ich glaube, so jemandem bin ich noch nicht begegnet.«

»Hab ich ja gesagt. Das wüsstest du.«

Im Lauf des Sommers verbrachte Dawn den Großteil ihrer Freizeit bei den Felsen mit Wolf und seinen Freunden. Sie lernte so viele neue Leute kennen. Pilgrim Billy, Floyd und Sal, Marcia und die Yuccafrau und die Daunenfeder-Brüder. Sie waren alle älter als sie und so ungefähr die interessantesten und unterschiedlichsten Typen, die man sich vorstellen konnte. Manchmal konnten sie einem auch Angst machen, mit ihrem unheimlichen Gequatsche von Reintegration, dem Land der Toten und der Gemeinschaft der Soundso-Planeten. Am durchgeknalltesten fand sie den einäugigen Clark Davis. Er wirkte wie eine Witzfigur in seinem Panamahut, den Turnschuhen und seinem biblischen Bettlakenumhang. Früher musste er mal gut ausgesehen haben, ein bisschen altmodisch, Errol-Flynn-mäßig. Vor seinem Unfall.

Dawn blieb auf Abstand zu Davis, der zwar freundlich, ihr aber auch nicht ganz geheuer war. Von Judy bekam sie nicht viel mit, sie saß meistens in einem der Wohnwagen oder meditierte mit Maa Joanie. Das Mädchen war ganz anders als alle anderen auf dem Gelände. Sie zog sich nie besonders an, trug immer dasselbe weiße Hemd und Jeans. So ordentlich und gepflegt, wie sie aussah, konnte man sich kaum vorstellen, dass sie hier mitten in all dem Staub und Chaos lebte. Wenn man ihr auf der Straße begegnete, würde man sie für eine Sekretärin oder eine nette Stu-

dentin halten. Eine gute Christin. Sie sang und musizierte nicht
mit den anderen. Sie machte nie mit irgendwem rum, obwohl
man sie durchaus als hübsch bezeichnen konnte, wenn man auf
reine, unverdorbene Mädchen stand. Sie strahlte etwas Gesundes
aus, wirkte aber gleichzeitig abwesend, als hätte ihr jemand einen
Stecker gezogen, sodass sie keine Verbindung mehr zum normalen Leben hatte.

Dawn freundete sich mit Mountain an. Sie hatte einen Süd-
staatenakzent und grüne Augen, die durch einen hindurchzubli-
cken schienen, als könnte sie in die Zukunft sehen. Eines Abends
kletterten sie auf die Felsen, und Mountain erzählte ihr die Geschichte von Judy und Joanie und was damals passiert war, als der
Erste Guide bei dem Versuch gestorben war, die Erde in die Kon-
föderation zu reintegrieren. Es gab ein schreckliches Feuer, anscheinend irgendwas mit der Elektrik in der Maschine, die er gebaut hatte, um mit den Space Brothers zu kommunizieren. Er war
in einer Kapsel gefangen und verbrannte. Es gab noch mehr To-
desopfer. Clark Davis war auch dabei gewesen und hatte sein
Auge verloren, während er versuchte, Leute zu retten. Als alles
weggeräumt war, fehlte immer noch jemand, und zwar Joanies
Tochter, die erst acht Jahre alt war. Alle hielten sie für tot, obwohl
man ihre Überreste nirgends fand. Joanie glaubte nicht daran. Sie
behauptete, die kleine Judy sei von der Flotte abgeholt worden
und würde früher oder später zurückkehren. Sie musste nur Geduld haben, irgendwann würden ihr die Space Brothers ihr Mädchen wiederbringen. Also zog sie zu den Felsen, und genau das
passierte. Eines Tages kam Judy aus der Wüste und sah aus, als
wäre sie nur kurz spazieren gewesen. Sie war natürlich älter, weil
auf den Schiffen die Zeit ja genauso verging wie hier auf der Erde.
Aber Joanie erkannte sie sofort. Judy hatte zehn Jahre im Weltraum verbracht und dort höheres Wissen erlangt. Jetzt war sie zurückgekehrt, um ihr neuer Guide zu sein.

Dawn wusste nicht, was sie davon halten sollte. Sie half bei den
irdischen Aufgaben des Ashtar Galactic Command, schälte Karotten und Kartoffeln für die riesigen, fade schmeckenden Töpfe
Gemüsesuppe, die alle immer aßen. Das Essen fand sie tatsächlich
schwer zu ertragen, aber sie war durchaus bereit, einige Unan-

nehmlichkeiten hinzunehmen, immerhin hatten ihre neuen Freunde die Mission, die Erde zu retten.

Was Dawn wollte, war Folgendes: sie selbst sein, in einer Seifenblase leben, mit Wolf schlafen und Göttliche Universelle Liebe erfahren. Sie würfelte Zwiebeln, schleppte Gerüststangen und starrte ins Feuer, und nach und nach kam ihr das Leben bei den Felsen wirklicher vor als die staubigen Straßen ihres Städtchens, die Highschool, Hansens Tankstelle, das Dairy Queen oder sogar der Laden, obwohl sie immer noch viele Stunden hinter dem Tresen vor sich hin träumte und Mr. Craws Vorträge über Moral und Kommunismus und wie man am besten Nudeln stapelte ausblendete. Wolf sagte, das Ziel des Ashtar Galactic Command sei die Wiedereingliederung der Erde in die Planetenkonföderation. Anfangs lachte sie darüber, und er lachte mit, als glaubte er selbst nicht daran. Doch er meinte es ernst. Sie alle meinten es ernst. Der Gedanke daran machte ihr ein bisschen Angst, aber fürs Erste wollte sie nur Teil von etwas Größerem sein, mit anderen im Kreis in die Hände klatschen und ab und zu aufstehen und tanzen.

Bald darauf erstrahlte die Kuppel. Sie verkleideten sie mit Metallplatten von Autodächern, die es auf dem Schrottplatz in Barstow für 25 Cent das Stück gab. Die Jungs fuhren in ihrem Schulbus rüber, und da sie keine Schneidbrenner hatten, kletterten sie einfach auf die Autos, schwangen ihre Äxte wie riesige Dosenöffner und schlugen die Dächer heraus. Zurück auf dem Gelände, hämmerten sie sie zu Dreiecken zurecht und nagelten sie auf das Gerüst. Die Kuppel sah aus wie eine leuchtende Kugel unter einem Fußgewölbe. Das Metall spiegelte das Sonnenlicht wie ein Leuchtfeuer, und genauso war es auch gedacht, außer dass das Blinken eigentlich ins Weltall gehen sollte und nicht in den Ort, aber genau dort störten sich die Leute daran. Zu bestimmten Tageszeiten, vor allem am späten Nachmittag, war man derartig geblendet, dass man nicht mehr in Ruhe seiner Arbeit nachgehen konnte. Viele empfanden das als Provokation.

Im Ort gab es Gemurre. Draußen bei den Felsen hockten Mädchen und Frauen in zehn Meter Höhe und ließen ihre nackten Brüste schaukeln, während sie mit dem Hammer auf Bolzen eindroschen.

»Unsere Aufgabe ist es«, vertraute Mountain ihr eines Tages
an, »die Erde wieder mit dem spirituellen Strom zu verbinden.«

»Warum?«

»Weil wir von negativer Energie umgeben sind und sich die
Erde allmählich auf ihrer Achse neigt.«

»Und was passiert, wenn sie sich zu weit neigt?«

»Flutwellen. Verwüstungen. Die Zerstörung fast allen Lebens
auf dem Planeten.«

Sie musste ziemlich erschrocken ausgesehen haben. Mountain
streichelte ihr über die Wange.

»Du musst dir keine Sorgen machen, Schatz. Du bist jetzt Teil
des Lichts. Das Kommando überwacht uns auf sämtlichen Frequenzen. Falls es dazu kommt, werden wir evakuiert. Wir machen
uns eher Sorgen um die anderen. Es wird nicht genug Platz für
alle geben.«

Dawn versuchte sich vorzustellen, wie eine Flutwelle durch die
Wüste rauschte. Wie eine Überschwemmung, nur eine Million
Mal größer. Sie musste noch so viel lernen. Wie sie erfuhr, gab es
sehr viele negative Energiequellen, unter anderem:

Krieg
Die Wasserstoffbombe
Städte
Gier
Kunstfasern
Die Finanzmärkte
Fernsehen
Intravenöse Drogen
Plastik
Angststrahlen
Andere Waffen der dunklen Seite

Von all dem war die Wasserstoffbombe das Schlimmste. Nicht
nur, weil es eine Atomwaffe war. Sondern wegen des Wasserstoffs,
der in der Luft und im Wasser steckte und ein Teil der Seele der
Erde war. Die Spaltung von Wasserstoffatomen gefährdete die Le-
benskraft. Das Verbrennen von Kohlenwasserstoffen wie Kohle

und Erdöl (deren Atome das Gedächtnis der Erde an die Urzeit enthielten, als es noch Dinosaurier gab und der Mensch nichts von seiner inneren Wahrheit wusste) zusammen mit dem heutigen Ausstoß menschlicher Negativität produzierte außerdem Smog, der sich über die großen Städte legte und es den Lichtarbeitern erschwerte, Signale zu senden. Das war mit ein Grund, warum sie die Erdenbasis in der Wüste errichtet hatten. Umweltverschmutzung.

Die Erde wieder in Einklang zu bringen war eine wundervolle Sache. Es würde Milliarden von Leben retten. Dawn war frustriert, dass ihre Schulfreunde das nicht verstanden. Immer wenn sie das Kommando erwähnte, behandelten sie sie wie eine Geistesgestörte. Sie sahen nur den Staub, den Gemüseeintopf und dass es keine Klimaanlagen gab. Immer wieder versuchte sie, ihnen zu erklären, dass das Leben in der Ashtar Galactic Command irgendwie wunderbar war. Und irgendwie echt.

»Und was ist bei uns nicht echt?«, fragte Sheri. »Kein Ort ist echter als andere.«

Sie saßen im Dairy Queen. Dawn zuckte mit den Schultern. So wie Sheri, Janet Graves und Diane Castillo sie ansahen, war es die Mühe nicht wert. Sie könnte den ganzen Tag auf sie einreden, sie würden es doch nicht kapieren.

Sheri war misstrauisch. »Haben sie dir irgendwas gegeben?«

Noch eine Frage, die sie nicht beantworten konnte. Natürlich hatten sie das. Energie. Wirklichkeit. Wie immer man es nennen wollte. Es gab dort draußen Dinge, von denen die Mädchen keine Ahnung hatten, Raumschiffe, so groß wie Städte, die in Tausenden von Kilometern Höhe unsichtbar über ihnen schwebten.

»Was soll ich euch sagen?«, erwiderte sie. »Es geht um Liebe. Es geht darum, mit dem Licht zu erstrahlen.«

»Ach du lieber Himmel«, sagte Sheri.

Während es nachts allmählich kälter wurde, war das Verhältnis zu Tante Luanne und Onkel Ray an einem Tiefpunkt angelangt. Der alte Craw feuerte sie, weil sie zu oft mit Wolf abgehauen war, und Onkel Ray meinte, sie müsse sich einen neuen Job suchen, und zwar schnell, weil er nämlich keine Schmarotzer durchfüttere. Er hatte noch mehr zu sagen, über Anstand und die

jungen Männer, die in Vietnam kämpften, und gewisse Verpflichtungen, solange sie unter seinem Dach lebe. Als sie erwiderte, sie sei gegen den Krieg und dass er vielleicht weniger verspannt
wäre, wenn er mal sein blödes Dach vergessen und unabhängig
vom Rest der Stadt in seiner eigenen Seifenblase schweben würde,
drehte er durch und scheuerte ihr eine. Er hätte Schlimmeres getan, wäre ihre Tante nicht dazwischengegangen.

Dawn wusste, was den alten Dreckskerl in Wirklichkeit störte:
der Gedanke, dass sie »Geschlechtsverkehr« hatte. Sobald er von
der Arbeit nach Hause kam (er war Baggerfahrer in der Borax-
Mine), lag er ihr in den Ohren, Geschlechtsverkehr dies, Geschlechtsverkehr das, und dann stellte sie sich vor, wie er in seiner
Kabine saß, an seinen Hebeln zog und sich in allen Einzelheiten
ausmalte, wer gerade seine Hand in ihr weißes Baumwollhöschen
steckte, das sie vorhin im Hof von der Wäscheleine genommen
hatte. Schon als sie als Kind zu ihm und Tante Luanne gekommen war, hatte er sie gern ins Bein gekniffen und ihr den Hintern
getätschelt, auf eine Art, die immer etwas mehr erahnen ließ, aber
irgendwann im letzten Jahr war er dann noch einen Schritt weiter
gegangen. Wenn sie sich sonnte, fand er immer einen Grund,
draußen bei ihr zu sein, er hantierte an der Regenrinne oder bas-
telte an seinem Truck herum. Wenn sie im Bad war, platzte er
ständig herein und tat, als hätte er die Dusche nicht gehört.
Irgendwann stellte sie einen Stuhl vor die Tür, aber selbst dann
versuchte er noch, die Klinke runterzudrücken. Sie wusste, was er
wollte, und er wusste, dass sie es wusste. Der Gedanke, dass sie es
mit einem »Rockertypen« trieb, war wahrscheinlich zu viel für
ihn.

Sie wäre schon lange auf und davon gewesen, hätte sie nur das
Gefühl gehabt, auf eigenen Beinen stehen zu können. Einerseits
war sie halbwegs sicher, dass das Ende der Welt bevorstand, und
dann spielte Geld sowieso keine Rolle mehr. Andererseits gingen
ihr jede Menge unbequeme Fragen durch den Kopf, die damit zu
tun hatten, wo sie sich in fünf Jahren sah und wie sie das bezahlen sollte. Also ging sie zu Mr. Hansen und bat ihn um einen Job,
und er meinte, vielleicht habe er etwas für sie, da er eine zweite
Filiale in Morongo eröffnete. Sie müsste nur ein bisschen auf ihr

Äußeres achten. Warum sie sich denn gar nicht mehr die Haare machte, wollte er wissen. Inzwischen benutzte sie weder Spray noch Spangen, sondern trug die Haare offen oder eben unter einem Bandana zusammengebunden, wie die anderen Mädchen beim Kommando. In Lenas und Sheris Augen war es nichts anderes als ein Hilfeschrei.

Irgendwann verbot Onkel Ray ihr, zu den Felsen rauszufahren, und eine Weile gehorchte sie. Aber dann war Pioneer Day, und die Leute vom Kommando kamen in ihrem Schulbus angefahren, den sie silbern angemalt hatten wie eine NASA-Rakete, um an der Parade teilzunehmen. Bürgermeister Robertson und die anderen aus dem Ausschuss wollten das nicht zulassen, dabei war die Parade ansonsten ziemlich klein und trostlos und bestand gerade mal aus der Marschkapelle der Highschool, den Veteranen, der Feuerwehr und der Cholla-Queen und ihren Kaktus-Mädchen, die aus einem Cabrio winkten. Mit ihren Kostümen und dem tollen funkelnden Bus hätten sie da wenigstens mal ein bisschen Leben reingebracht, aber beim Ausschuss erzählten sie irgendwas von Bewilligungen und Anträgen, und schließlich reichte es ihr dann. Es war Zeit, sich zu entscheiden. Als der große silberne Bus am Nachmittag aus der Stadt fuhr, saß sie mit drin.

Das Problem war, sie war unter einundzwanzig. Onkel Ray musste Sheriff Waghorn mit seinen Höschen-Fantasien angesteckt haben, denn am nächsten Tag stand der Sheriff mit rot angelaufenem Gesicht draußen bei den Felsen und brüllte, er werde eine ärztliche Untersuchung anordnen und überprüfen lassen, ob sie noch »intakt« sei, und kündigte alle möglichen rechtlichen Konsequenzen an, falls nicht. »Bist du aus freiem Willen hier?«, rief er und wiederholte seine Frage jedes Mal, wenn sie Ja, danke sagte, als bekäme er beim dritten oder vierten oder, Gott stehe ihr bei, fünften Mal womöglich eine andere Antwort. »Haben sie dir was gegeben? Eine Spritze? Hast du was gegessen, wovon dir schwindelig wurde?« Sie hätte laut gelacht, hätte sie nicht gleichzeitig eine Heidenangst gehabt. Als sie sich partout weigerte mitzukommen, wurde der Sheriff so wütend, dass sich seine Nasenflügel aufblähten und er schnaubte wie ein Stier.

Sie dachte, das Kommando würde sie rausschmeißen. Immerhin machte sie ihnen nur Ärger. Aber Clark Davis brachte sie zu einem Treffen in Maa Joanies Hütte. Es war einer der Orte auf dem Gelände, die irgendwie tabu waren, und bisher hatte sie keinen Grund gehabt, dort hinzugehen. Die Hütte bestand aus einem Raum und war voll mit allen möglichen Büchern, Papieren und religiösen Gegenständen, Kristallen, Buddha-Statuen, Kerzen und Bildern von Jesus, der sein blutendes Herz zeigte. Maa Joanie hatte eine Lichterkette aufgehängt, sodass es ein bisschen aussah wie in der Cantina in Mexicali, wo sie mal mit Onkel Ray und Tante Luanne gewesen war. Es gab ein kleines Bett mit einer Patchworkdecke, einen alten Waschtisch mit Schüssel und Krug, einen großen runden Spiegel und ein paar gerahmte Fotos, hauptsächlich von Grüppchen in Uniform, mit Schärpen und Tuniken und kleinen Hüten wie Zinnsoldaten oder Majoretten.

Maa Joanie saß in einem Schaukelstuhl. Judy stand hinter ihr und kämmte ihr die Haare mit einer silbernen Bürste. Sie war schwer konzentriert, ihre Augen strahlten, als gäbe es nichts Schöneres.

»Hundertmal bürsten vor dem Schlafengehen«, sagte Maa Joanie schlaftrunken und offenbar zufrieden. Clark Davis drehte einen Holzstuhl herum, pflanzte sich rittlings drauf und ließ nervös den Hut in den Händen kreisen.

»So, liebe Dawn, du hast hier ganz offensichtlich für Aufregung gesorgt.«

»Das wollte ich nicht. Ich will einfach nur bei euch sein. Teil des Lichts.«

»Das verstehe ich. Aber wie Sheriff Waghorn mir deutlich zu verstehen gab, ist dein Onkel immer noch dein gesetzlicher Vormund. Er hat das Recht zu entscheiden, was das Beste für dich ist.«

»Mein Onkel ist ein Arschloch.«

»Das mag durchaus sein.«

»Vielleicht ist es besser, wenn sie geht«, sagte Maa Joanie und starrte dabei verträumt in die Ferne.

»Willst du das?«, fragte Davis.

»Nein! Ihr wisst nicht, wie das für mich ist. Mein Onkel ist ein Widerling, und meine Tante sieht einfach weg.«

»Was meinst du damit?«

»Ich … ich weiß nicht.«

»Willst du damit sagen, dass er dich belästigt?«

»Na ja …« Sie überlegte kurz. »Ja.« Letztendlich stimmte es. Zumindest hatte er es im Sinn.

»Verstehe ich das richtig, er fasst dich an und so? Also, sexuell?«

»Ja«, erwiderte sie, diesmal entschlossener.

»Clark, das gefällt mir nicht«, sagte Maa Joanie. »Wir haben schon genug Probleme.«

»Aber wenn es stimmt, was Dawn sagt, dann steht ihr Onkel mit den Dunklen Mächten im Bunde. Sieh dir das Mädchen an, Joanie. Sie ist ein Sternenkind. Siehst du das Zeichen auf ihrer Stirn? Wir können sie nicht einfach rauswerfen. Wir haben eine Verpflichtung.«

»Sie werden sie holen kommen. Und sie werden uns Ärger machen. Wir sind schon zu weit, um jetzt noch woanders hinzuziehen.«

»Dann kämpfen wir. Dafür sind wir hier.«

»Das ist nicht das Ende der Welt. Noch nicht.«

»Aber es wird bald kommen. Wir alle wissen das. Wir müssen uns Rat holen. Wir sollten das Kommando kontaktieren.«

Judy stand die ganze Zeit hinter Maa Joanie und hielt schlaff die Bürste in der Hand. Um ihre Mundwinkel lag ein leichtes Lächeln. Dawn verstand nicht, was daran komisch sein sollte. Es ging hier um ihr Leben.

Maa Joanie stand auf und machte die Lichterkette aus, sodass nur noch eine Kerze auf dem Nachttisch brannte. Alle setzten sich. Dawn wusste nicht recht, was sie tun sollte, also hockte sie sich ebenfalls hin, legte die Hände in den Schoß und senkte den Kopf, als würde sie in der Kirche sitzen und beten. Offensichtlich war jetzt Judy dran. Sie machte irgendeine komische Atemübung und ergriff dann das Wort.

»Ich rufe das Kommando! Ich rufe das Kommando! Geliebte Kommandanten, seht ihr meine Welle? Seid willkommen, wenn ihr dieses Signal empfangt. Wir von der Erde begehren Kontakt mit dem Licht.«

Kurz war es still, dann erklang eine tiefe männliche Stimme.

Dawn wagte es nicht, die Augen zu öffnen, aber es klang, als würde sie aus Judys Richtung kommen.

»Seid gegrüßt! Ich bin Argus, Leiter der Erdenmissionen, 325ste Welle. Ich stehe bereit. Stopp.«

Jetzt sprach Maa Joanie.

»Geliebter Kommandant Argus! Die besten Wünsche und Grüße an Euch und Euren Oberkommandant Ashtar. Im Namen des Herrn Jesus Sananda, wir brauchen Euren Rat. Der Erdenbasis droht Gefahr durch Gesetzeshüter, die mit den Dunklen Mächten im Bunde stehen. Wir würden gerne wissen, ob wir eine junge Lichtarbeiterin schützen oder sie bitten sollen, ihre Verbindung dem Wohle der Mission zu opfern.«

»Ich verstehe Euch, geliebtes Menschenkind. Eure Gefühle sind in meine Seele geschrieben. Ihr habt Zweifel. Das tut mir leid. Das Problem ist in der Tat komplex. Ich werde den Rat befragen. Bitte bleibt auf Empfang.«

Die Stille schien ewig zu dauern. Wenn es wirklich nur Judy war, die mit verstellter Stimme redete, würden die »Aliens« ihnen bestimmt empfehlen, sie zurück zu Onkel Ray zu schicken. Sie fragte sich, ob sie den alten Craw bitten sollte, es sich noch mal zu überlegen, oder einfach in den nächsten Greyhound springen und abhauen. Aber wohin? Nach L. A.? San Francisco? Dann fing Judy wieder an, seltsam zu atmen.

»Geliebte Menschenkinder, wir haben telepathisch Rat gehalten, alle sind sich einig. Das Mädchen gehört zu den Auserwählten. Sie trägt das Sonnensiegel auf der Stirn. Ihr müsst sie vor den Dunklen Mächten schützen. Mit allen Mitteln. Mein Segen und der Segen der gesamten Sonnenhierarchie möge auf Euch ruhen. Verweilt im Licht. Ich bin Argus. Stopp.«

Dawn sah Judy verwundert an. Judy lächelte. Und sie zwinkerte ihr zu, da war sie ganz sicher. Vielleicht war es auch nur eine optische Täuschung.

Und so saß Dawn kurze Zeit später in einer Anwaltskanzlei in Victorville mit Maa Joanie und Clark Davis, der dem Anlass entsprechend Straußenlederstiefel, Cowboykrawatte und einen neuen Filzhut trug. Sie gab zu Protokoll, was er ihr eingetrichtert hatte, dass ihr Onkel ins Bad käme, wenn sie unter der Dusche stand, sie unsittlich berührte und anzügliche Bemerkungen machte, und dass sie, wenn sie dort wohnen blieb, Angst habe, er würde eine Sünde begehen. Sheriff Waghorn saß da und glotzte sie an, und Ray fluchte und fuchtelte mit den Händen herum, woraufhin der Anwalt erklärte, ein solches Verhalten in Anwesenheit einer jungen Dame sehe er nicht gern. Also forderte der Sheriff Ray auf, die Sache fallen zu lassen, es sei nicht der Mühe wert, sie gegen ihren Willen festhalten zu wollen. Ray sah aus, als würde er sie am liebsten eigenhändig erwürgen, beließ es dann aber dabei, sie Flittchen zu nennen. Währenddessen weinte Tante Luanne die ganze Zeit bitterlich. Sie tat Dawn leid, ein Schwein wie Ray hatte Luanne weiß Gott nicht verdient.

Im Nachhinein löste dies erst den Krieg zwischen den Leuten aus dem Ort und dem Ashtar Galactic Command aus. Beide Seiten glaubten, die andere stünde mit den Dunklen Mächten im Bunde, und beide waren bereit, alles zu tun, um der Gerechtigkeit zum Sieg zu verhelfen. Ein paar Tage später kamen Sal und Marcia aus der Stadt und waren komplett mit roter Farbe beschmiert. Ein paar Jungs in einem grün-weißen Mercury seien mitten auf der Hauptstraße an ihnen vorbeigefahren und hätten sie damit bespritzt. Dawn wusste genau, wer es war. Frankie und Robbie, Donny Hansen, Kyle Mulligan und ein paar andere kamen in letzter Zeit immer wieder zu den Felsen raus. Sie lehnten an ihren Autos, hörten Musik, tranken Bier und warfen die Dosen über den Zaun. Wenn Wolf oder Gila oder jemand anderes auftauchte, zogen sie ab, aber manchmal brüllten sie, Dawn sei eine Hippieschlampe, hoffentlich mache es ihr Spaß, sich von Niggern vögeln zu lassen. Schlimme Dinge, die sie sehr verletzten, vor allem von Frankie, der immer sehr süß gewesen war.

Natürlich entsprachen die Vorstellungen der Herren bei Mulligan, was bei den Felsen so abging, der Wahrheit, und das war noch nicht alles. Es dauerte eine Weile, bis Dawn kapierte, warum Leute, die manchmal so redselig waren, tagelang schweigend in der Kuppel lagen oder nackt im Kreis durch den ausgetrockneten See trotteten. Zumindest ein Teil des Geldes für Lebensmittel und Baumaterialien stammte von Drogenlieferungen nach L.A. und San Francisco, die für einige Kinder des Lichts eine Vollzeit-

beschäftigung zu sein schienen. Was genau da gekauft und verkauft wurde, spielte für sie keine große Rolle. Was das Thema »intakt« anging, was immer das bedeutete, so war Wolf am Abend
nach der Pioneer Parade mit ihr in die Felsen gegangen, hatte ihr
langsam die Shorts und das schulterfreie Top ausgezogen, ihr mit
seiner langen Zunge die Muschi geleckt und sie dann langsam
und systematisch gevögelt, bis sie zu wimmern anfing und die Fin-
gernägel in seinen Rücken grub. Danach fühlte sie sich intakter
als je zuvor.

Es war aber auch durchaus nicht alles toll. Sie dachte, Wolf
und sie seien zusammen, und er benahm sich auch so, bis zu dem
Abend, an dem er seinen Schlafsack packte und sich zu einem
neuen Mädchen aus Wisconsin legte, einfach so, als wäre nichts
gewesen. Dawn hatte gut aufgepasst und viel gelernt. Unter anderem, dass Besitzdenken negative Energie war und wahre Seelen
des Lichts ihre Liebe in die ganze Welt scheinen ließen, aber sie
war trotzdem verletzt und lief Wolf mehr oder weniger hinterher,
bis er sagte, sie solle damit aufhören. Sie sagte, sie liebe ihn, und
er erwiderte, er liebe sie auch, aber seine Liebe sei zu groß, um sich
auf eine einzige Person oder Sache zu beschränken. Eine Weile
verkroch sie sich und dachte sogar daran, zurück in die Stadt zu
gehen, aber das redete Pilgrim Billy ihr aus, und kurz darauf kuschelte sie sich unter einer kratzigen Indianerdecke an ihn, während seine großen sanften Tischlerhände ihren Körper erkunde-
ten und ihr das Gefühl gaben, dass die Welt doch nicht so
schlecht war.

Zu dem Zeitpunkt schliefen sie alle in der großen Kuppel, außer Judy und Joanie und Clark Davis, die ihre eigenen Hütten
hatten. Dank der Metallverschalung herrschte tagsüber eine drü-
ckende Hitze, und selbst nachts war es stickig und die Luft erfüllt
von Körpergerüchen, vom Rauch der Feuerstelle, von Furzen und
Husten und dem kurzen Flackern von Pfeifen und Streichhölzern
und den Strahlen der Taschenlampen, wenn jemand nach einem
Schlafplatz suchte. Meistens waren sie nackt, und obwohl Dawn
sich anfangs noch genierte, gewöhnte sie sich allmählich an den
Anblick der Körper und an die Geräusche und den Anblick von
Sex, der ganz natürlich und wunderbar war und kein angst- und

schuldbeladener »Geschlechtsverkehr«. Sie dachte an Onkel Ray, an Frankie und den Sheriff mit dem roten Kopf, wie viel Angst sie alle hatten, und zu ihrem Erstaunen hatte sie plötzlich ein bisschen Mitleid mit ihnen.

Irgendwann später fand sie heraus, dass alles seinen Preis hatte. Sie war ein Sternenkind, jemand, der Licht und Liebe schenkte, aber bei manchen fiel ihr das eben leichter als bei anderen. Nach Billy kam Guru Bob und dann Floyd, mit dem sie eigentlich gar nicht zusammen sein wollte, weil er einen Ausschlag hatte, aber es war nicht so einfach, jemanden zurückzuweisen, ohne dass negative Energie entstand und man sich in den Dienst der Dunklen Mächte stellte. Eines Abends richtete Mountain ihr aus, Clark wolle sie sehen. Sie wusste, was das bedeutete. Er hatte ihr mit kleinen Gesten zu verstehen gegeben, sie stünde in seiner Schuld, und obwohl er eigentlich mit Maa zusammen war, hatte er es auch auf andere abgesehen und ließ sich nicht abwimmeln beziehungsweise flippte aus, wenn er zurückgewiesen wurde, und früher oder später musste man sich fügen, einfach, um in Ruhe gelassen zu werden. Pech war nur, wenn er Gefallen an einem fand, hatte sie gehört. Dawn sorgte dafür, dass ihm schnell langweilig war. Während er sich abmühte, lag sie da wie ein toter Fisch und dachte daran, wie moralisch er Onkel Ray gegenüber in der Kanzlei aufgetreten war und dass die beiden wahrscheinlich ungefähr gleich alt waren.

Das alles machte ihr nichts aus. Nicht, wenn man in Kontakt zu Wesen von anderen Planeten stand und Teil der Mission zur Rettung der Erde durch das Ashtar Galactic Command war. Wolf und die anderen sagten immer *Musik ist die Botschaft.* Das bedeutete, sie war Kommunikation, eine Art der Kontaktaufnahme mit dem Kommando. Fast jeder auf dem Gelände spielte ein Instrument, und die es nicht taten, wie Dawn, sangen oder klopften irgendwo drauf oder klatschten im Rhythmus mit.

Achtung. Wir wiederholen. Achtung.

Sie trafen sich in der Kuppel oder saßen unter den Sternen. Dann fing der tiefe Basston der Tronics zu rotieren an und öffnete den Raum für den Rhythmus der Trommeln. Streicher und Flöten setzten ein, der großartige Lärm schwoll an, die Leute

stimmten Sprechchöre an, *Das ist unsere Botschaft das ist unsere*
Botschaft könnt ihr uns hören könnt ihr uns hören seid willkommen,
und schon kurz darauf spürten sie ihre Gegenwart, Wesen von einer höheren Dichte, die ihre wunderbaren Obertöne in die kosmische Musik einfließen ließen, bis alle eins waren mit den harmonischen Schwingungen des Universellen Felds.

Wir sprechen im Namen aller fühlenden Wesen in den dreiund-
dreißig Sektoren des Universums, im Namen der Meister der Weis-
heit und der Versammlung der Interdimensionalen Einheit. Wir
bringen euch, den Sternenmenschen, diese Musik, damit ihr versteht.
Natürlich waren Zuckerwürfel, Löschblätter und Acid Punch
im Spiel. Und hier lernte sie auch, ihr Bewusstsein zu sprengen,
ohne Angst zu haben, sich dem Wunder der Existenz zu öffnen
und die unermessliche Weite des Universums in sich einzulassen.
Es veränderte sie auf molekularer Ebene und machte aus der kleinen Dawnie Koenig ein echtes Sternenkind, ihr Körper erstreckte sich über Zeit und Raum, nahm Kontakt auf und brachte sie
dem himmlischen Reich von Jesus Sananda und dem Ashtar Galactic Command näher.

Es lag nicht an den Drogen. Die Drogen waren nur ein Werkzeug, der Schlüssel, um die Tür zu öffnen. Das andere Werkzeug
waren die Tronics, das Werk von Wolfs Einsiedlerbruder, der die
meiste Zeit allein in einer Höhle unter den Felsen saß und mit
Draht, Ventilen und Lötzinn herumbastelte. Er baute Oszilla-
toren, Tongeneratoren, Filter und Prozessoren. Er nahm die von
den Musikern produzierten Klänge, verwandelte sie in kosmische
Energie und schickte sie ins Weltall. Coyote war ein Wissenschaftler, obwohl Dawn den Verdacht hatte, dass vieles von dem,
was er angeblich gebaut hatte, in Wirklichkeit gestohlen war. Die
Tronics sahen zu sauber und zu teuer aus, um in einem staubigen
Loch unter einem Felsen entstanden zu sein.

Die Sessions fanden zu wichtigen kosmischen Ereignissen
statt – zur Sonnenwende oder den Perseiden. Die Leute kamen
Tage im Voraus, auf chromglänzenden Motorrädern, in verbeul-
ten Bussen, mit Instrumenten und Verstärkern, alle aßen und
schliefen sie zusammen mitten im Kabelwirrwarr der Kuppel. Mit
Asche bedeckte Sitarspieler, Nashville-Junkies in dreckigen Strass-

anzügen mit Steelguitars. Einmal kam ein alter Pritschenwagen angestottert und spuckte die gesamte Gemeinde einer Peyote Church aus Arizona aus, ernste Männer in Arbeiterhemden mit riesigen Trommeln, gefolgt von ihren Frauen mit Kesseln voll Maisbrei und folienverpacktem indianischem Fladenbrot. Hier ein dicker alter Dichter, der auf einer Maultrommel spielte, den faltigen Hintern in einen Sarong gehüllt. Da ein tätowierter Veteran mit halblangen Haaren, der mit Schlafsack und Mundharmonika bewaffnet herumstolzierte und nach einer Stelle suchte, um sich ein Erdloch zu graben. Alle waren sie gekommen, um sich an die Tronics anzuschließen und ihre Sounds in den Äther zu schicken. Sich vom Brummen der Bässe wegtragen zu lassen und zu spüren, wie das Universum sich entfaltete.

Wenn das Gelände voller Leute war, die sich auf die Session einstimmten, sah man Coyote hin und her flitzen, Mikrofone aufstellen und an den Einstellungen herumbasteln. Es war so ungefähr die einzige Gelegenheit, ihn außerhalb seiner Höhle zu sehen, ansonsten lebte er so zurückgezogen, dass Dawn erst glaubte, Wolf hätte sich einen Witz erlaubt, in Wirklichkeit gäbe es gar keinen Bruder. Die beiden waren komplett verschieden. So schlecht sah Coyote gar nicht aus. *Ungeschliffen* war vielleicht das richtige Wort. *Verwahrlost*. Wie jemand, der sich aus Mülltonnen ernährte. Man konnte ihm ewig lange nicht begegnen, bis man irgendwann vergaß, dass er überhaupt existierte. Wenn er dann plötzlich auftauchte, war es jedes Mal ein regelrechter Schock. Meistens stolperte man in irgendeiner abstoßenden Situation über ihn, zum Beispiel wenn ihm der Schwanz aus der verdreckten Jeans hing und er bei einem in den Sachen herumwühlte. Grundsätzlich ging man ihm lieber aus dem Weg, aber dann war er auf einmal überall, stand vor dem Mittagstisch, griff sich irgendwas zu essen und kaute mit offenem Mund, oder machte anzügliche Bemerkungen, wenn man ins Bett gehen wollte. Seine Zähne waren vergammelt, die schmuddeligen Hände verdreht, die Nägel schwarz vor Dreck. Erstaunlich, dass er etwas mit Elektronik machte. Dawn dachte immer, dafür müsse man saubere Finger haben. Vor einer Session lief er mit einem feuchten Joint zwischen den Lippen durch die Kuppel, reparierte Kabel, erweckte tote Verbindungen zum Leben, steckte seine Nase in alles und nervte jeden, sorgte aber letztendlich dafür, dass die Sache lief. In seinem Wahn holte er sich bestimmt ein-, zweimal am Tag einen Stromschlag, weil er eine Wasserflasche umstieß oder das falsche Kabel anschloss. Vor einer Session stank er immer nach verbranntem Haar. Man könnte auch sagen, wie der Beginn einer Migräne.

In der Anfangszeit, bevor die Paranoia ausbrach, stimmten Clark oder Joanie die Gäste ein. *Im Namen des Großen Meisters Jesus Sananda und von Ashtar, Kommandant der Bruderschaft des Lichts …* Sie sprachen über das Projekt, den Tsunami negativer Energien, der aus der Dunkelheit kam, und die Gewissheit, dass ohne das Gegenwirken einer intergalaktischen Vereinigung von Lichtarbeitern die Erde auf ihrer Achse kippen und die menschliche Zivilisation ausgelöscht würde. *Denkt an die Bibliotheken, die großen Archive des Wissens! Denkt an die Schatzkammern voller Gold!*

Die Arbeit so vieler Hände.

Wir haben keine Angst, sagte Clark Davis, als das Dröhnen der Tronics lauter wurde. Welten entfalteten sich, schwangen tief im Körper und sendeten Wellen bis in die Knochen. *Vierzig Millionen sind mit uns, vierzig Millionen Seelen!*

Diese Botschaft geht an alle, die uns zuhören und uns verstehen.

Während der Evakuierung, erklärte Maa Joanie, *werden einige verloren gehen, dafür werden andere, die es auf die Mutterschiffe schaffen, Außergewöhnliches erleben. Die Strahlen, in die ihr getaucht werdet, beflügeln euren Verstand, die blauen, die grünen, die violetten, der Elementarstrahl, der Überbringer unserer höherentwickelten Kommunikation. Eure Zellen werden erneuert. Ihr werdet zweihundert Jahre leben.*

Wir haben keine Angst.

Gewisse Mächte auf der Erde haben versucht, euch einzureden, dass ihr in Wirklichkeit gar keine Sternenmenschen seid. Diesen Mächten, die es mit aller Kraft zur Dunkelheit zieht, müsst ihr euch um jeden Preis widersetzen. Ihr Ziel ist es, euch zu zerstören und euch in die negative Materie zu stürzen.

Wir sind der reine Geist.

Wir sind die Hochgötter.

Habt keine Angst.

Habt keine Angst, Kinder des Lichts! Eure Namen sind in Karteikarten gestanzt, die in den Gehirnen unserer riesigen Computer aufbewahrt werden! Wir wissen genau, wo ihr seid!

Wir wissen genau, wo ihr seid! Habt keine Angst!

Habt keine Angst! Fünfzehn Flotten umkreisen die Erde. Millionen von Schiffen, jedes für eine bestimmte Anzahl von Seelen. Familien, die während der Evakuierung getrennt sind, werden wieder zusammengeführt. Kinder erhalten eine besondere Betreuung. Lasst die los, die zurückbleiben. Etwas im Kern ihres Wesens sagt ihnen, dass sie hierbleiben sollen. Entlasst ihre Seelen in die endlose Weltseele, das Haus der vielen Wohnungen, den Körper des Vaters. Die Schiffe sind wunderschön. Sie sind ein Hort der Freude. Eure Kinder werden in großen freundlichen Räumen voller Licht spielen.

Bleibt ruhig, wenn es so weit ist. Es gibt keine Unfälle. Es gibt keine Zufälle. Alles geschieht nach Plan.

Die Schiffe sind wunderschön.

Sie sind ein Hort der Freude.

Bleibt ruhig.

Habt keine Angst

Habt keine Angst

Habt keine Angst

Habt keine Angst

Habt keine Angst

Habt keine Angst

Habt keine Angst

Habt keine Angst

Habt keine Angst

Habt keine Angst

Habt keine Angst

Habt keine Angst

Habt keine Angst

Habt keine Angst

Habt keine Angst

Habt keine Angst

Habt keine Angst
Habt keine Angst
Habt keine Angst
Habt keine Angst
Habt keine Angst
Habt keine Angst
Habt keine Angst
Habt keine Angst
Habt keine Angst
Habt keine Angst
Habt keine Angst
Habt keine Angst
Habt keine Angst
Habt keine Angst
Habt keine Angst
Habt keine Angst
Habt keine Angst
Habt keine Angst
Habt keine Angst
Habt keine Angst

Habt keine Angst
Stopp.

2008

JAZ MUSTERTE SEINE NEUE UMGEBUNG, die Nachmittags-
sonne, die blassblauen Kacheln des Motelpools. Ein taktischer
Rückzug. Er schmierte sich Sonnencreme ins Gesicht und legte
sich auf die knarrende Plastikliege, horchte auf den Verkehr vom
Highway und wartete auf das Geräusch ihres Mietwagens, der auf
den Parkplatz bog.

Er schlief kurz ein und wachte mit trockenem Mund wieder
auf. Die Schatten waren lange, verzerrte schwarze Streifen auf den
Steinen, Geister von Stühlen und Sonnenschirmen. Er ging mit
dem Jungen an der Hand nach vorn zur Straße. Raj langweilte
sich, drehte sich von einer Seite zur anderen und gab Schnalzlau-
te von sich. Eine Weile beobachteten sie die Trucks, je größer,
desto besser. Raj stand auf Trucks, obwohl er sich die Ohren zu-
hielt, wenn sie vorbeifuhren.

Die Frau vom Motel kam aus dem Büro und stellte sich zu
ihnen.

»Wart ihr noch gar nicht weg heute?«

Sie trug auffällige Sachen, eine glänzende Hose und eine tep-
pichartige Weste mit einem Magier-Muster aus Sternen und Planeten.

»Alles okay? Er ist doch nicht krank oder so was?«

»Wir warten nur auf meine Frau. Sie wollte ein paar Besorgungen machen, kommt bestimmt bald wieder.«

Die Frau spitzte die Lippen um eine dünne Mentholzigarette,
guckte skeptisch und stieß den Rauch aus. »Klar, Honey. Sagt einfach Bescheid, wenn ihr was braucht. Falls ihr Hunger habt, im
Gemeinschaftsraum liegen ein paar Speisekarten von den Läden
hier in der Gegend. Gibt auch einen Pizzaservice.«

Er rief Lisa auf dem Handy an. Wenn sie irgendwo saß und
schmollte, war es jetzt an der Zeit, damit aufzuhören. Die Mail-

box ging direkt an. Zehn Minuten später versuchte er es noch mal.
Das rosagoldene Licht legte sich wie ein Schleier über den Pool.
Raj und er spielten ein endloses Spiel: Raj holte Kieselsteine und
ordnete sie im Bogen um seinen Stuhl an. Jaz legte sie auf die andere Seite. Raj legte sie wieder zurück. Es gab ein System. Eine
Ordnung. Ein Zusammenspiel. Ab und zu drückte er auf Wahl-
wiederholung.

Mailbox.

Und noch mal.

Mit einem Klicken und einem Surren ging die Motelbeleuch-
tung an. Das Schild leuchtete rot. Die bunten Punkte einer Lichterkette an der Regenrinne blinkten auf. Was, wenn sie einen
Unfall hatte? Sie war aufgebracht, vielleicht war sie in ihrer Aufregung irgendwo gegengefahren?

Als hätte die untergehende Sonne ihn gerufen, kam der Engländer aus seinem Zimmer und kratzte sich verschlafen am Hintern. Raj ließ die Kiesel fallen und lief mit wedelnden Armen um
den Pool herum direkt auf ihn zu. Wie ein Footballspieler beim
Angriff fiel er ihm um die Knie. Der Engländer wirkte peinlich
berührt.

»Na, hallo, wen haben wir denn da?«

»Tut mir leid. Das hat er noch nie gemacht. Raj, komm her.
Komm zu Daddy.«

»Ist total okay. Wissen Sie zufällig, wie spät es ist? Mein Akku
ist alle.«

»Zehn nach acht.«

»Scheiße. Ich hab den ganzen Tag verpennt.«

Er lächelte schief, eher ein Grinsen. Ihm fehlte ein Zahn. Sein
Akzent war erschreckend, wie in einem *Oliver Twist*-Film. Jaz
wunderte sich. Normalerweise wollte Raj nichts mit Fremden zu
tun haben. Selbst seine Eltern fasste er nicht von sich aus an. Und
jetzt kuschelte er sich plötzlich an diesen schrägen Cockney-Vam-
pir. »Normalerweise macht er so was nicht«, wiederholte Jaz.

Der Vampir guckte verwirrt. Jaz hatte das Gefühl, sich erklären zu müssen. »Er ist Autist. Er hat Schwierigkeiten im Umgang
mit Menschen.«

»Verstehe.«

»Ich bin übrigens Jaz Matharu.«

»Nicky.«

»Und das ist Raj.«

»Alles klar, Raj? Na komm, du kannst mich ruhig ansehen. Nicht so schüchtern.«

Raj vergrub das Gesicht in Nickys Schoß. Nicky runzelte die Stirn. »Also, er ist quasi in sich verschlossen?«

»Ja. Könnte man sagen.«

»Tut mir leid, Mann. Das ist natürlich blöd.«

Jaz zuckte mit den Schultern. »Da haben Sie nicht ganz unrecht.«

»Tja, ich wollte gerade mal zum Maccy D's.«

»Bitte?«

»Na ja, was zu essen holen. Einen Burger.«

»Ah, okay. Na gut, freut mich, Sie kennengelernt zu haben. Ach so, ist das Ihr Camaro da vorne, mit den Felgen und der Perlmutt-Lackierung?«

»Ja. Geht ab wie 'ne Rakete.«

»Hübscher Schlitten.«

»Danke. Ist ein Mietwagen.«

»Mietwagen? Wow. Ich hab einen beschissenen Dodge. Na ja, hatte ich, bis meine Frau heute Morgen damit abgehauen ist. Familiennotfall.«

»Und Sie stecken hier fest?«

»Ja. Raj wird allmählich unruhig.«

»Wahrscheinlich braucht er seinen Tee. Bock aufn Lift?«

»Äh, Pardon?

»Ob ich Sie mitnehmen soll. Wir könnten in den Ort fahren und dem Jungen was besorgen. Wär kein Problem.«

»Gott, so war das nicht … das wäre total nett. Wirklich? Hast du gehört, Raj? Der nette Mann nimmt uns mit.«

»Ich muss nur meine Schlüssel suchen.«

Der Nachtportier, ein trauriger Latino mit zutätowierten Armen, schrieb sich Jaz' Handynummer auf und versprach anzurufen, sobald Lisa auftauchte. Sie ließen sich in die Schalensitze des Camaro sinken, die mit einer dünnen Schicht Staub überzogen waren, als wäre er bei offenem Dach durch einen Sandsturm gefahren. Raj löste sich nur widerwillig von dem hageren jungen Mann und setzte sich auf Jaz' Schoß. Als sie den Hügel runter in Richtung Städtchen sausten, war vom flammenden Orange des Sonnenuntergangs nur noch ein schwaches Glimmen übrig. Das heisere Röhren des Motors und der Wind am offenen Fenster machten ein Gespräch unmöglich. Raj hielt sich die Ohren zu, kniff die Lippen zusammen und guckte streng wie ein Soldat, der in den Krieg zieht. Etwas rollte gegen Jaz' Schuh. Im Fußraum lag eine leere Tequilaflasche.

Als sie in den Ort kamen, glaubte er kurz, ihren Mietwagen gesehen zu haben, aber weiße Dodge Chargers gab es an jeder Ecke, und der hier stand vor einer trostlosen Bar, nichts, wohin sich Lisa verirren würde. Zwischen einem chinesischen Massagesalon und einem Supermarkt entdeckten sie einen Burger King. Nicky fuhr auf den Parkplatz und spähte misstrauisch in den hell erleuchteten Laden.

»Gestern Abend hat's da drinnen von Irren gewimmelt. Die haben hier irgendwo einen fetten Armeestützpunkt.«

»Marines sind das.«

»Wie in *Call of Duty*. Egal, heute sieht's ruhiger aus. Sollen wir reingehen?«

»Klar, können wir versuchen. Manchmal fühlt Raj sich nicht so richtig wohl in solchen Läden.«

Raj wollte nicht an die Hand und heftete sich an Nicky. Er wirkte extrem zufrieden und aß friedlich seine Pommes wie jedes andere Kind. Nur das eine Mal, scheiß auf die Spezialdiät. Lisa bekam es ja nicht mit.

»Und«, fragte er Nicky, »was machen Sie so beruflich?«

»Ich bin Rock-'n'-Roll-Musiker.«

»Ach, wirklich? Welches, äh, Instrument spielen Sie?«

»Gitarre und singen.«

»Cool. Und davon können Sie leben?«

Nicky lächelte. »Ich komm zurecht.«

»Ich bin im Finanzwesen.«

»Tatsächlich? Bankkaufmann?«

»Na ja, so was Ähnliches. Ich entwickle Trading-Strategien.«

»Sie sind bestimmt stinkreich, Sie Bankkaufmann.«

Sie lachten beide, wobei Jaz nicht sicher war, ob aus demselben Grund. Nicky strahlte eine Art Hipster-Coolness aus, die ihm immer das Gefühl gab, bei einer Prüfung durchzufallen. Es beruhigte ihn, dass er Musiker war. Es machte die Sache einfacher, sich die verrückte Frisur und die Klamotten als Uniform vorzustellen.

»Raj gähnte und wedelte mit den Händen.

»Alles okay mit ihm?«, fragte Nicky.

»Ja, er freut sich.«

Lisa würde ihm nicht glauben, wie gut Raj sich benahm. Sie würde denken, er übertrieb, er denke sich das aus, um sie positiv zu stimmen. Lisa war die Expertin, wenn es um ihren Sohn ging. Alles, was er sagte, galt als provisorisch, als wäre er ein Assistent, dessen Arbeit erst mal überprüft werden musste.

Während sie zu Ende aßen, unterhielten Nicky und er sich, hauptsächlich über Autos. Als er ihn nach seiner Band fragte, wich Nicky aus, schien also keine große Nummer zu sein.

Sie fuhren zurück zum Motel. Von Lisa immer noch keine Spur. Raj war müde. Jaz brachte ihn direkt ins Bett, zum Glück schien er sich keine Sorgen zu machen. Als er sicher war, dass er schlief, ging er ins Büro und bat den tätowierten Nachtportier um die Nummer des Sheriffs. Die Zentrale stellte ihn zu einem Deputy durch, der sagte, es habe keine Verkehrsunfälle gegeben und auch sonst keinen Bericht über irgendeine Frau, auf die seine Beschreibung passte. Wenn Lisa bis zum Morgen nicht zurück sei, solle er noch mal anrufen, dann würde sie als vermisst gemeldet, bis dahin sei es zu früh, um etwas zu unternehmen. Seinem Tonfall war zu entnehmen, dass er diese Geschichte schon tausendmal gehört hatte. Lassen Sie ihr Zeit, sich zu beruhigen, schlug er vor. Kaufen Sie ihr Blumen.

Er sah kurz nach Raj und nahm sich einen Stuhl mit nach draußen. Sollte er Krankenhäuser abtelefonieren? Nicky stand am Pool, rauchte eine Zigarette und blickte in den Himmel.

»Wie wär's mit'm Bier?«

»Gern.«

Nicky öffnete die Flaschen mit einem Plastikfeuerzeug und ließ die Deckel zu Boden fallen. Sie stießen an. Jaz sammelte die

Deckel ein. Nicky kippte sein Bier runter und hielt Jaz seine Zigarette hin, die, wie er feststellte, in Wirklichkeit ein Joint war.

»Nein, danke.«

»Wie du meinst. Also, wenn ich fragen darf, was macht ihr hier
in diesem Schuppen? Ich hab das Gefühl, ihr passt hier nicht so
richtig her.«

»Ach. Warum?«

»Na ja, sieh dich doch mal an. Du bist nicht unbedingt der
Typ, der in einem Fünfzig-Dollar-Motel absteigt.«

Unwillkürlich warf Jaz einen Blick auf sein Poloshirt und die
teuren Loafers. Er zuckte mit den Schultern. »Wir sind vor allem
wegen des Jungen hier. Er kann manchmal … etwas schwierig
sein.«

»Mir kommt er ziemlich nett vor.«

»So wie er heute Abend war, ganz ehrlich, das ist selten. Wir
wurden schon mehrmals rausgeworfen.«

»Echt?«

»Die Leute beschweren sich. Er ist schnell frustriert. Dann
kann er ganz schön aggressiv werden.«

»Wäre ich auch.«

»Aggressiv?«

»Frustriert. Wenn ich in meinem kleinen Köpfchen gefangen
wär und gern rauswill.«

»Meine Frau belastet es sehr, dass er so ist.«

»Und dann macht sie ab und zu die Biege?«

»Sie muss sich um eine Familienangelegenheit kümmern.«

»Keine Sorge, Mann. Die kommt zurück. Tun sie immer.«

Eine Weile saßen sie schweigend da, dann sagte Nicky, er müsse mal telefonieren, und verschwand in seinem Zimmer. Jaz betrachtete die Sterne. Sie leuchteten so hell, dass es ihm nicht mehr
nur wie reine Physik vorkam.

Selbst jetzt noch war es drückend heiß. Er ging rein, legte sich
bei aufgedrehter Klimaanlage aufs Bett und versuchte, ein Buch
zu lesen. Der Text verschwamm vor seinen Augen. Es gab zwar
Kabelfernsehen, aber bei den meisten Sendern war das Bild kris-
selig, außerdem liefen nur Realityshows und Telenovelas, also
klappte er den Rechner auf und loggte sich ins wacklige Motel-

WLAN ein. Er surfte durch Newsfeeds, Börsenticker, eine Auto-
seite, einen bescheuerten Blog mit Bildern von Leuten, die sich als
Star-Wars-Figuren verkleidet hatten. Irgendwann landete man
immer auf Pornoseiten. Sich durch den Dschungel von Plastik-
vulvas zu klicken, machte ihn nervös: das unermüdliche Gestoße
animierter Zungen und Penisse, die wundenartigen Löcher. Das
Ganze sah nach Arbeit aus, nach Fließband. Werbebanner blinkten in Kopfschmerzrosa. Halbherzig fummelte er unter dem Hosenbund seiner Shorts herum und klappte dann den Laptop zu.
Noch eine zugedröhnte Frau, die seitlich in die Kamera blickte,
während ein körperloser Schwanz ihr ins Gesicht spritzte, ertrug
er nicht. Er machte das Licht aus und versuchte, möglichst ruhig
und gleichmäßig zu atmen.

Komm schon, Lisa. Komm zurück.

Er schloss die Augen. Kurz darauf schlief er ein.

Als er aufwachte, wusste er nicht, wo er war. Es gab keine
Kontraste, nur Grautöne. Der Türgriff bewegte sich. Eine Gestalt
kam möglichst geräuschlos herein und stieß gegen den Tür-
rahmen.

»Lisa?«

Sie fluchte leise. »Ich bin müde. Lass uns morgen reden.«

»Es ist morgen. Wo zum Teufel warst du?« Er saß jetzt aufrecht im Bett.

»Psst. Wir reden, aber nicht jetzt. Okay? Ich kann nicht. Nicht
jetzt.«

»Was soll das heißen? Sag mir einfach, wo du warst. Ich hab
die Polizei angerufen, Lisa. Ich hab mir wahnsinnige Sorgen gemacht.«

»Ich muss duschen.«

Er stand auf, ging zu ihr und berührte ihre nackte Schulter.
Aus der Nähe hatte sie etwas Animalisches, sie war verschwitzt
und zitterte.

»Nicht«, sagte sie und wich zurück.

Er wurde wütend. »Du stinkst nach Zigaretten. Und Alkohol.
Warst du in einer Bar? Mein Gott, du warst es doch. Ich dachte,
ich hätte den Wagen vor einer Bar stehen sehen.«

»Schrei nicht so«, zischte sie. »Du weckst noch Raj auf.« Sie ging

ins Bad und schloss die Tür. Er hörte die Dusche laufen. Zehn,
fünfzehn Minuten. Er fragte sich, ob sie ohnmächtig geworden war,
und wollte gerade aufstehen und nachsehen, als die Tür aufging.
Ohne ein Wort, noch ins Handtuch gewickelt, ließ sie sich mit
dem Gesicht nach unten neben ihm auf die Matratze fallen.
»Lisa«, sagte er. »Rede mit mir.« Es hatte keinen Sinn, sie
schlief schon. Er stützte sich auf den Ellbogen und strich ihr über
den feuchten nackten Rücken. Sie atmete gleichmäßig schwer.
Nachdem er sich wieder hingelegt hatte, drehte sie sich irgendwann auf den Rücken und fing an zu schnarchen.

Bald darauf wachte Raj auf. Jaz ließ ihn über Lisa krabbeln, die
stöhnte und leicht abwehrend die Hände hob. Mit stiller Genug-
tuung zog er sich ein T-Shirt über und ging in den Gemeinschaftsraum, um Kaffee zu holen. Die Sonne brannte vom Himmel. Zurück im Zimmer, stellte er einen Pappbecher neben seine Frau,
die sich in einen Kokon aus Laken gerollt hatte, ein formloser
Klumpen, der jedes Mal ein dumpfes Geräusch machte, wenn ihr
Sohn unerbittlich rhythmisch auf sie einschlug.

»Kaffee steht neben dir«, informierte er sie. »Nicht umwerfen.«
Ihre Klamotten lagen auf einem Haufen neben dem Wasch-
becken. Er hob sie auf und schnupperte daran. Sie rochen nicht
nach ihr. Außerdem waren sie voller Sand.

Er duschte, suchte ein Hemd raus, eine lange Hose und kämmte sich die Haare. Geschäftsmäßig wollte er rüberkommen, das
war der Plan. Präsent, ohne präsent zu sein. Als er fertig war, riss
er die Tür auf, sodass die Hitze mit voller Wucht aufs Bett fiel.

»Wir müssen hier weg.«
Verschlafen kam Lisa hoch. Raj begrapschte sie und gurrte vor
Freude. Als Jaz den Vorhang aufzog, hielt sie sich die Hand vor
die Augen. Sie schwang die Füße auf den Boden und blieb einen
Augenblick schwer atmend sitzen. Dann stürzte sie ins Bad und
schlug die Tür hinter sich zu. Jaz hörte, wie sie sich übergab. Er
hievte die Koffer aufs Bett und fing an, Klamotten und Schuhe
hineinzuwerfen. Lisa kam raus, drängte an ihm vorbei und wühlte nach Unterwäsche und Shorts. »Was tust du da?«, fragte sie.

»Du willst doch nicht wirklich in dieser Absteige bleiben,
oder?«

»Und was ist mit dem Nationalpark?«

»Was soll damit sein?«

»Willst du nicht mehr hinfahren?«

»Du fragst mich, ob wir auf Sightseeingtour gehen? Willst du mich verarschen?«

»Schrei bitte nicht so.«

»Oh, haben wir Kopfweh? Harte Nacht gehabt, was? Wo warst du, Lisa? Wo zum Teufel warst du?«

»Wir sollten in den Park fahren. Wo wir schon mal hier sind. Doch, wirklich.«

»Ich hab die Bullen angerufen. Ich dachte, du hättest einen Unfall. Raj und ich saßen den ganzen Tag hier fest. Wir mussten mit diesem Junkie-Musiker-Typen in den Ort fahren, damit dein Kind was zu essen bekommt.«

»Du hast die Polizei gerufen?«

»Natürlich hab ich die Polizei gerufen, verdammte Scheiße. Du warst die ganze Nacht weg. Was denkst du denn?«

»Es tut mir leid.«

»Da haben wir es, Ladies and Gentlemen. Ist das alles? Wo warst du? Du sagst mir jetzt sofort, wo du warst.«

»Du übertreibst. Ich musste allein sein. Ich konnte nicht mehr.«

»Ich übertreibe? Findest du?«

»Offenbar hast du vergessen, was gestern passiert ist. Ich war wütend auf dich. Ich *bin* wütend auf dich. Dieses beschissene Amulett. Dass du den Schwachsinn deiner Mutter in unser Leben bringst.«

»Ach, und deswegen bestrafst du mich? Indem du in eine Bar fährst und dich volllaufen lässt? Na los, was hast du sonst noch so gemacht?«

Ein reuiger Blick huschte über ihr Gesicht, ganz kurz nur, aber er hatte ihn gesehen. Es schnürte ihm die Kehle zusammen. Seine Stimme kam ihm ungewohnt grell und weinerlich vor.

»Was ist passiert, Lisa? Wo warst du?«

»Nirgends. Und jetzt lass mich in Ruhe. Es ist nichts passiert.«

Raj stand neben ihnen, er spürte die Unruhe und wedelte mit den Armen. Lisa hockte sich zu ihm, nahm seinen Kopf in die

Hände und lenkte seine Aufmerksamkeit auf sich. Allmählich beruhigte er sich wieder. Jaz ließ sich auf einen Stuhl fallen und sah
ihnen zu.

»Hör zu«, sagte sie. »Ich war total wütend auf dich. Ich bin den
ganzen Tag durch die Gegend gefahren und hab in irgendeinem
Diner mittaggegessen. Dann ... keine Ahnung. Ich bin in die
Wüste gefahren. Ich wollte allein sein.«

»Und danach?«

»Ja, dann habe ich getrunken. Ich habe mich in eine Bar gesetzt und mich betrunken.«

»Und bist noch gefahren.«

»Verklag mich doch.«

»Oh, wie erwachsen. Mein Gott, manchmal kannst du so unglaublich verantwortungslos sein.«

»Weißt du was? Leck mich. Was sagst du dazu? Mami hat etwas Verantwortungsloses getan. Böse Mami, vielleicht sollte man
ihr das Kind wegnehmen. Wann hast du das letzte Mal in den
Spiegel gesehen, Jaz? Wann bist du zu so einem selbstgerechten
Arschloch geworden?«

Raj fing an zu weinen. Lisa kniete sich wieder hin. »Es tut mir
leid, es tut mir leid, okay? Ja, mein Schatz, Mami ist da. Wir holen jetzt Frühstück. Ja, ich weiß, ich weiß, dass du Hunger hast.
Ich hab auch Hunger. Daddy hat bestimmt auch Hunger. Wir
holen uns ein richtig schönes Frühstück.«

Sie warf Jaz einen flehentlichen Blick zu. »Er muss etwas essen.
Lass uns was besorgen, okay? Bitte.«

Schweigend packten sie ihre Sachen. Als sie zum Auto gingen,
begegneten sie der Motelmanagerin, die einem Paar mittleren Alters mit identischen Schirmmützen ein Zimmer zeigte.

»Alles in Ordnung, Honey?«, fragte sie Lisa. Zu Jaz' Erstaunen
nickte Lisa und umarmte sie.

»Sehr gut«, sagte die Frau. »Da bin ich erleichtert.«

Jaz richtete den Schlüssel auf den Wagen. Die Türverriegelung
schnappte auf. Sie setzten Raj in seinen Sitz und schnallten sich
an. Lisa winkte der Frau vom Motel, die kurz die Hand hob und
zurück ins Büro ging.

»Warst du mit *ihr* zusammen?«

»Ich hab sie vor der Bar getroffen.«

»Das passt. Was für ein Freak.«

»Sag das nicht. Sie ist eine sehr nette Frau.«

»Inwiefern?«

»Kannst du mal zwei Minuten aufhören, mich zu verhören? Ich brauche einen Kaffee. Ich schätze, hier gibt's überall nur so eine ekelhafte Plörre wie das Zeug eben.«

»Wir sind hier nicht in Park Slope.«

Er sauste den Hügel hinunter, ignorierte ihre Bitte, langsamer zu fahren, und hielt schließlich vor einem Denny's. Sie setzten sich rein und blickten schweigend durch das Fenster auf die Straße. An den meisten anderen Tischen saßen junge Marines und verschlangen Eier. Jaz aß Pancakes und sah zu, wie Lisa an einem Becher dünnem Kaffee nippte. Sein Ärger wich der Überzeugung, dass irgendetwas Schlimmes passiert war und er der Letzte sein würde, der davon erfuhr.

»Hast du jemanden kennengelernt?«, fragte er.

Sie wusste, was er meinte. »Dawn«, sagte sie. »Ich habe Dawn kennengelernt, die vom Motel.«

»Wen noch?«

»Ich hab mit ein paar Leuten geredet.«

»Was für Leuten?«

»Keine Ahnung, Jaz. Leute. Männer. Ich war betrunken und hab mit Männern geredet. Also, schlag mir mit deinem Krummsäbel den Kopf ab, weil ich die Familienehre beschmutzt habe.«

»Nur geredet?«

»Nur geredet. Und Billard gespielt.«

»Du bist erst um sechs nach Hause gekommen. So lange haben die Bars hier nicht auf.«

»Hör zu, ich weiß, ich hätte anrufen sollen. Ich war sauer. Lass es uns einfach dabei belassen. Es tut mir leid. Ich mach es wieder gut. Lass uns in den Park fahren. Deswegen sind wir hergekommen.«

»Ist das dein Ernst?«

»Ja. Bevor es zu heiß wird. Wir brauchen nichts aus dem Motel. Ich will nur draußen unter freiem Himmel sein. Ich krieg in dem Zimmer keine Luft.«

»Wir haben keinen Proviant. Das Wasser ist auf dem Zimmer.«

»Wir können welches kaufen.«

»Wir haben seinen Hut nicht dabei.«

»Im Kofferraum ist eine Tasche. Ich will nicht zurück. Lass uns einfach fahren, okay? Du musst auch nicht mit mir reden.«

»So ein Quatsch.«

»Du weißt, was ich meine.«

Sie bogen in Richtung Nationalpark ab. An der Rangerstation bezahlten sie den Eintritt und bekamen eine Straßenkarte und ein Ticket fürs Armaturenbrett. Sie fuhren durch eine Mondlandschaft, Felsvorsprünge und Kämme, übersät mit Gesteinsbrocken. Die Straße führte bergauf zu einem Spalt, vorbei an einem Feld mit runden Steinen, willkürlich zu Hügeln und Türmen gestapelt und zu abenteuerlichsten Formen verwittert. Die Sonne blendete. Unten im Tal schimmerte der Asphalt, und es kam Jaz vor, als würde er auf einen Phantomsee inmitten von Joshua Trees auf einer riesigen Ebene zusausen. Der See brach in Pfützen und Bäche auf, die zu weißem Salz vertrockneten. Alles Illusion, ein Trugbild.

»Da vorne links«, sagte Lisa, als sie an eine Kreuzung kamen.

»Wo fahren wir hin?«

»Siehst du die Felsen dort? Die würde ich mir gern ansehen.«

Jaz bog ab.

»Warum? Was steht im Reiseführer?«

»Keine Ahnung. Ich hab sie gestern von Weitem gesehen und bin zu Fuß in die Richtung gelaufen, aber sie waren zu weit weg.«

»Du warst gestern hier?«

»Wahrscheinlich auf der anderen Seite. Jedenfalls nicht im Park.«

Sie fuhren auf die drei Spitzen zu, die wie dünne Arme aus dem Sand gen Himmel ragten. Zu beiden Seiten verliefen Bergketten am Horizont, eine zerklüftete Grenze zum Rest der Welt. Das Land tat sich auf, bis nur noch ein paar wenige traurige Joshua Trees die endlose Ebene durchbrachen. Lisa betrachtete aufmerksam die Felsen, als könnten sie sich jeden Moment in Bewegung setzen oder Hände und Finger aus ihnen wachsen.

Sie stiegen an einer kleinen Parkbucht am Straßenrand aus und schoben Raj im Buggy den Weg zu den Felsen entlang. Der Boden war uneben und der Junge ziemlich schwer. Lisa übergab an Jaz, der sich wie Sisyphos vorkam, während er seinen schlafenden Sohn über das Gelände manövrierte. Der Pfad führte über einen Bach und dann einen sanften, von Kreosotbüschen übersäten Hang hoch. Man hörte nur das Knirschen ihrer Schritte und die quietschenden Kugellager des Buggys. Ganz leise, gerade mal am Rande des Bewusstseins, vernahm Jaz ein helles Jaulen. Er suchte den Himmel nach Kondensstreifen ab. Das klare Keramikblau wurde von hohen Lenticulariswolken durchbrochen, eine Formation perfekter kleiner Scheiben, wie Raumschiffe aus Schaum. Er nahm die Sonnenbrille ab und wurde förmlich vom Licht erschlagen. Die Welt war wie ausgeblichen. Jedes Stückchen Farbe – Lisas grünes Top, das rote Nylondach vom Buggy – erschien im gleißenden Licht gedämpft. Als liefen sie durch ein überbelichtetes Bild.

Endlich hatten sie die Felsen erreicht. Sie standen im Schatten und tranken eine Wasserflasche leer, nachdem sie einen Teil davon in einen Plastikbecher für Raj abgegossen hatten. Die drei Türme standen auf einer Art Sockel, schwarz vom Wüstenlack. Sie schienen direkt der Sonne entgegenzustreben, wie heliotrope Pflanzen. Jaz sah auf die Uhr. Es war Mittag. In der Ferne sah er den Wagen, ein silberner Schimmer im Wüstensand. Raj war kurz aufgewacht, dann aber wieder eingeschlafen, also parkten sie den Buggy im Schatten und liefen um die Felsen herum, um einen Blick auf die andere Seite zu werfen. Ein Kessel erstreckte sich in Richtung Bergkette, in der Mitte das weiße Bett eines ausgetrockneten Salzsees, so hell, dass man kaum hinschauen konnte.

Auf dem Boden waren relativ frische Spuren von Menschen zu sehen, Fußstapfen, leere Patronenhülsen und ein paar zerdrückte Bierdosen. Sie liefen weiter, einmal um die Felsen herum. An einer geschützten Stelle entdeckten sie die Überreste einer Betonplattform, wahrscheinlich das Fundament von einem Gerüst oder Bauwerk. Die bröckelnde Oberfläche war angekokelt.

»Ich war hier schon mal«, sagte Lisa. »Nur dass ich noch nie hier war.«

Jaz trat gegen eine Dose. »Sieht aus, als hätte jemand eine Party
gefeiert.«

Er sah etwas Gelbliches auf dem Boden glitzern und stieß mit dem Fuß dagegen, wahrscheinlich eine Glasscherbe. Es war ein hell gefleckter Stein. Jaz hob ihn auf.

»Wir sind reich.«

Lisa drehte ihn um. »Ist das Gold?«

»Pyrit.«

Auf einmal gab es einen lauten Knall, als wäre der Himmel aufgebrochen wie ein Ei. Unwillkürlich duckten sie sich beide und hielten schützend die Hände über den Kopf. Der Knall ging in ein rollendes Dröhnen über, dann jagte ein Kampfjet kreischend über ihre Köpfe hinweg, in gerade mal ein paar Hundert Metern Höhe. Sekunden später war er nur noch ein Fleck über den Bergen.

Lisa atmete aus. »Ich hatte das Gefühl, er kommt direkt auf uns zu. Ist so was erlaubt?«

»Die können machen, was sie wollen.«

»Raj muss sich furchtbar erschrocken haben.«

»Ich höre nichts.«

Als sie zurückliefen, um nach ihm zu sehen, bemerkte Jaz, dass etwas nicht stimmte. Das rote Dach vom Buggy war zurückgeschoben, der Gurt offen.

»Er kann nicht weit sein.« Die Worte waren magisches Denken, als würden sie dadurch wahr, dass er sie aussprach. Lisa rief nach ihm. »Raj? Raj!« Jaz machte mit. »Raj? Raju? Wo bist du?«

Er stieg ein Stück den Felsen hoch, legte die Hand über die Augen und spähte ins Gebüsch. Lisa lief in die andere Richtung, hielt die Hände trichterförmig vor den Mund und rief Rajs Namen.

Es herrschte eine endlose, fast unmenschliche Leere.

»Jaz, hier!« Er reagierte instinktiv auf ihre Stimme, kletterte hinunter und lief in ihre Richtung. Lisa hockte auf allen vieren vor einer Spalte im Boden, ein Hohlraum, der unter den Felsen führte.

»Ist er da drin?«

»Ich bin nicht sicher. Raj? Raj?«

Jaz legte sich auf den Bauch, zwängte sich mit dem Oberkörper durch die Öffnung und versuchte, etwas in der Dunkelheit zu erkennen. Außer einer kaputten Flasche und einem Knäuel verrostetem Drahtzaun war nichts zu sehen. Ansonsten war alles mit losen Steinen und Gestrüpp vollgestopft.

»Wir brauchen Licht.«

»Ich habe keins.«

»Im Auto muss irgendwo eine Taschenlampe sein. Ist da kein Notfallkoffer oder so was?«

»Keine Ahnung, ich glaube nicht.«

»Dann geh nachsehen!«

»Das ist eine halbe Stunde Weg.«

»Raju! Raj! Verdammt, ich kann nichts sehen.«

»Raj! Komm zu Mami.«

Jaz schob sich tiefer in die Höhle. Nichts, nur Steine, Bierdosen und ein unangenehmer Geruch, als wohnte dort ein Tier. Ein Kojote? Dann fiel ihm ein, dass es auch Schlangen sein könnten, und er kroch keuchend zurück an die Oberfläche.

»Ich glaube nicht, dass er da unten ist. Es ist nicht besonders tief. Und alles voller Geröll.«

Lisa stand auf, lief ein Stück und rief dabei Rajs Namen. Dann lief sie in die entgegengesetzte Richtung. Jaz konnte ihre Augen hinter der Sonnenbrille nicht sehen. Ein beklemmendes Gefühl legte sich wie ein Schleier über ihn. Etwas war passiert, etwas, das nicht so schnell vorbeigehen würde.

Sie liefen in immer größeren Kreisen um die Felsen und brüllten seinen Namen, bis sie heiser und ihre Kehlen ausgetrocknet waren und sich eine Schicht Sand auf ihre Kleider gelegt hatte. Obwohl ihm schwindelig war und sein Rücken vom Schweiß verklebt, hatte Jaz das Gefühl, als würde ihm aus einem Tropf kaltes Gel durch die Adern gepumpt. Die Welt war weit weg, er steckte irgendwo anders fest, an einem toten Ort, weiß wie Knochen, außerhalb von Zeit und Raum. Vielleicht sollte er nach Fußspuren Ausschau halten, den geriffelten Sohlen von Kindersneakern, aber er war immer wieder hin- und hergelaufen, und seine Schritte hatten jeden anderen Abdruck verwischt.

1871

SEINE HÄNDE ZITTERTEN, und die Haut unter seinen Augen brannte. Über ihm zog von Norden ein Wirbelwind auf, eine große gelbe Wolke mit einem lodernden Feuer. Darin verborgen waren die Luftschiffe, die ihn wie immer verfolgten, und in ihnen die Soldaten mit den gespaltenen Hufen, deren Körper glänzten wie poliertes Messing. Er sah nach oben, für den Fall, dass sie eine Botschaft für ihn hatten oder eine Hand ihn an den Haaren in den Himmel ziehen wollte, aber da war weder das eine noch das andere, nur ein Reißen von hinten, als eines der Maultiere im Zug auf dem schmalen Pfad kurz den Halt verlor. Er drehte sich im Sattel um und sah, wie es sich unter der Last der Kohle wieder aufrichtete. Das Leittier, dem er das zerbrechliche Destilliergefäß und die Kolben anvertraut hatte, starrte ihn aus seinem gelben Auge an. Er spuckte ihm den Fluch ins lange Gesicht zurück und schlug seinem namenlosen Pferd die Fersen in die Flanken. Widerwillig trottete der alte Klepper weiter. Endlich zog sich die leuchtende Wolke zurück, und er war wieder allein in der Wüste. Seine Haut kribbelte wie von kleinen Funken, die Fingerspitzen pochten, als hielte er sie in heißen Dampf. Weine nur, murmelte er. Weine nur, Nephi Parr, dein Gott ist ein verzehrendes Feuer.

Unter ihm war das blendende Weiß der Salzebene einem milderen Bernsteingelb gewichen. In der Ferne fielen tiefe Schatten über die Panamint-Berge, die Flanken leuchteten wie reife Pfirsiche. Die Farbe lügt, dachte er. Es gab nichts Süßes hier draußen, die nächste Wasserstelle lag fast fünfzig Kilometer entfernt. Kleidung und Haut waren mit feinem weißem Sand bedeckt, die Augenbrauen und das drahtige Haar auf seinen Armen verklebt. Die ganze Ebene war einmal Meer gewesen, aus der Zeit stammten auch die gespenstischen großen Segelschiffe, die durch sie pflügten, verlorene Seelen, ewig auf den Ozeanen treibend. Wie ein staubiger Geist war er vor Tagesanbruch losgelaufen und über Geröllfelder gerutscht und geklettert, und als die Sonne hoch am Himmel stand, hatte er es bereits ans alte Festland geschafft und folgte jetzt dem Pfad in Richtung Pass, während die Metalle im Stein mit ihren schillernden Stimmen zu ihm sangen.

Noch eine Stunde und die Sonne würde untergehen. So Gott wollte, erreichte er noch vor Einbruch der Dunkelheit die Mine der verlorenen Hoffnung. Nicht, dass er sich vor der Nacht fürchtete, auch wenn es von allen möglichen Kriechtieren wimmelte, denn er war der Repräsentant des Mondes in diesem stillen Land, der Botschafter des Wandels. Am Tag, als er es im Gefolge von Porter Rockwell, dem Daniten, zum ersten Mal betrat, floss Jesu Blut in roten Strömen am Himmel, die Sonne hämmerte ihm im Schädel, und er sah überall Zorn und Herrlichkeit und Täuschungen des Auges und des Verstandes. Er war ein junger Mann gewesen, einer von neun, dem ewigen Gebet zum Allmächtigen verpflichtet, um den Mord an ihrem Propheten zu sühnen, und eingeschworen, dasselbe an ihre Kinder und Kindeskinder bis in die dritte und vierte Generation weiterzugeben. Wie ein grausames Schwert kamen sie aus den Sierras geritten, die Herzen voller Liebe.

Als er einen Schluck warmes Wasser aus seiner Feldflasche trank, erschien auf dem Kamm eine Gestalt und hob den Arm. Bald darauf erblickte er die Hütten und den Schlamm vor dem Eingang der Mine. Der ältere der beiden deutschen Brüder nahm das Zaumzeug und fragte ihn in seinem holprigen Englisch, ob alles in Ordnung sei. Er nickte und lud seine Ausrüstung ab, hob vorsichtig die Eisenbehälter mit Quecksilber herunter und stellte sie in Reihen auf. Der Jüngere stand an der Arrastra und peitschte vier dürre Maultiere, die die schweren Mahlsteine über das zerkleinerte Erz auf der kreisförmigen Fläche zogen. Er sah sich den schwarzblauen Splitt an. Das Zeug hatte die Konsistenz von feinem Sand. Um es so fein zu mahlen, mussten sie seit Tagen hier im Kreis gelaufen sein.

»Gebt ihr heute Wasser dazu?«

Der junge Deutsche schüttelte den Kopf.

»Solltet ihr. Es ist zu trocken.«

Im Schatten der Lore hockte ein dritter Mann neben den
Gleisen und schlug mit einem Hammer auf einem Klumpen Erz
herum.

»Was macht der Chinese hier?«

Der Deutsche zuckte mit den Schultern. »Arbeiten.«

»Verdammter gelber Affe.«

Er schluckte seinen Ärger herunter, kurz erklang jedoch das
Geräusch von Flügeln, wie das Rauschen gewaltiger Wassermas-
sen. Der Chinese unterbrach seine Tätigkeit und blickte ihn unter seinem breiten Strohhut an.

»Wage es nicht, mich anzusehen.«

Der Chinese wandte sich ab und griff wieder nach seinem
Hammer. Wenigstens war er kein Nigger. Parr hatte eine klare
Meinung zu Niggern. Der Herr hatte einen Fluch über die Lama-
niten ausgestoßen, einen bösen Fluch, um sie für ihre Missetaten
zu strafen. Sie hatten ihre Herzen vor Ihm verschlossen, und Er
hatte sie in den Augen seines Volkes verächtlich gemacht. Während des Krieges zwischen den Staaten hatte er mehr als einen der
Teufel ausgelöscht, und das eine Mal führte dann dazu, dass er seine Frauen verlor und man ihn verstieß und in die Wüste jagte.
Der Kerl war ausgerechnet als Priester aufgemacht, ein hellhäuti-
ger Junge, der ziemlich herablassend wurde, als er ihm seine Münze für die Überfahrt geben wollte. Wenn er eine Sorte von Niggern am meisten hasste, dann die Hellhäutigen. Bursche, hatte er
zu dem Affenpriester gesagt, soll ich dir erklären, wie Gottes Gesetz für die Negerrasse lautet? Vermischt ein weißer Mann sein
Blut mit dem Samen Kains, ist die Strafe der sofortige Tod. Der
Nigger behauptete, nie von einem solchen Gesetz gehört zu haben. Er schoss ihm ins Gesicht.

Die deutschen Brüder heizten einen gusseisernen Herd an,
und er setzte sich zu ihnen und aß mit ihnen, und als sie danach
rauchten, fragte der Ältere, ob er eine Weissagung bezüglich der
bevorstehenden Amalgamierung machen könne. Im Grunde eine
ganz triviale Angelegenheit, er war auf jeden Fall einverstanden,
also nahm er seinen Hut ab und legte sich die Urim und Thummim auf die Augen, woraufhin über ihnen der Himmel aufriss,
und es war, als stünde ein Rad vor ihm, das aus sieben Rädern be-

stand, von denen eins ins andere griff. Die sieben Naben arbeiteten in der Mitte wie eine einzige Nabe, die in einem fort Felgen und Speichen hervorbrachte, und das göttliche Luftschiff erschien, wie es das seit Monaten und Jahren tat, aus dem Nichts, um ihn auf seinem spirituellen Weg zu führen. Im Licht jenes Schiffs sah er jeden Augenblick seines Lebens wie auf einem Wandteppich präsentiert, von seiner Geburt in Ambrosia am Marrowbone bis zum gegenwärtigen Moment, als er mit den beiden Zwillingssteinen auf den Augen dasaß und seine Weissagung machte. Er sah, wie seine Mutter ihn in Windeln hochhob, um ihm den wahren Garten Eden zu zeigen, in Jackson County, Missouri, er sah sich auf Bäume klettern und fischen und erinnerte sich an diesen Ort als sein eigenes Eden, mit Obstgärten, Teichen, Bienenstöcken voller Honig und Krippen voller Mais. Er sah den heidnischen Mob seinen Vater teeren und federn, sah die Hütte brennen und die Ochsen erschossen auf dem Feld liegen. Er sah die Heiligen aus ihrem Land fliehen und die Miliz mit ihren rußgeschwärzten Gesichtern in den Westen reiten. Er sah das Seil und den Rand des Brunnens und das Gewirr von Gliedmaßen am Boden, und da alles aus einem durch Gottes Wort entspringt, sah er, dass durch Anordnung der Natur alles aus diesem einen Ding geboren wird. Die Sonne war sein Vater, der Mond seine Mutter, der Wind hatte ihn in seinem Bauch getragen, und die Erde war seine Hebamme. Er sprach Worte der Weissagung, und danach war alles Stille und Dunkelheit und Leere.

Am nächsten Morgen erwachte er und begann mit der Amalgamation. Während der ältere Bruder die Maultiere antrieb, wässerten der jüngere und er den Boden. Als er die Konsistenz der Masse in der Arrastra für gut befand, hieß er die Brüder anzuhalten, nahm eine Handvoll vom Schlamm und ließ ihn durch die Finger laufen. Nicht zu wässrig, aber glatt und schwer, so sang das aufgefangene Silber zu ihm, denn es wollte befreit werden. Mithilfe des jüngeren Bruders – den Chinesen ließ er nicht in die Nähe der Arbeit kommen – gab er Steinsalz und Verdickungsmittel dazu und entnahm eine neue Probe. Da war es später Nachmittag. Sie ließen die Maultiere ausruhen, setzten sich und warteten auf den Mond. Sie rauchten und tranken Kaffee, und als der

weiße Dreiviertelmond über den Bergen aufging, stellte er sich
vor sie und hob die Hände.

»Im Namen Jesu sage ich euch, dies ist der Geist der Wahrheit. Von Beginn der Welt an sehnten die Heiligen sich danach, sein Gesicht zu erblicken.« Die Deutschen sahen zu ihm hoch, die Blechnäpfe fest in den bangen Händen, zwei schnurrbärtige Gesichter im silbrigen Mondlicht. Er zeigte ihnen ein Fläschchen Almadén-Quecksilber aus den Sierras, schraubte den Stöpsel ab und goss die wertvolle Flüssigkeit in eine Eisenwanne, in der sie schimmernd ruhte, paradox und rätselhaft. »Der Herr sei mein Zeuge, kein Wort davon ist gelogen. Was ihr seht, ist das Licht Jesu, wie es in die Dunkelheit der Materie fließt. Es lebt in Form von Feuer in der Luft und führt die Erde hinauf in den Himmel. Es ist das Geheimnis, das schon von Anfang an verborgen war. Ich sage euch, es geht über Leben und Tod hinaus.« Und wie immer, wenn er so sprach, überwältigten ihn die Gefühle, und er begann zu weinen, denn indem er selbst die Schwelle heraufbeschwor, sah er den Rand des Brunnens, das Seil, die Arme und Beine der Frauen in einer Suppe aus Blut und Kaliko. Drei vergewaltigte Schwestergemahlinnen, von den Heiden dort hineingeworfen. Er war der Kleinste, zwölf Jahre alt. Sie ließen ihn an einem Seil hinunter, während sein Bruder Jed den Ehemann am Strick von einem Baum abschnitt. Es war zu viel, er verlor das Bewusstsein und sah seine Heimat nie wieder, denn als er zu sich kam, waren sie schon über den Fluss und in Illinois.

Zusammen betrachteten die deutschen Brüder das Quecksilber und gossen es unter seiner Anleitung in einen Stoffbeutel, woraufhin er durch die Arrastra lief und das Bündel drückte und knetete, sodass kleine Tropfen wie feiner metallischer Regen auf die Erde fielen. Während er den Schlamm besäte, freute er sich, die Brüder die Mysterien lehren zu können, und ob sie es verstanden oder nicht, ob es sie interessierte oder nicht, und ob der Chinese ihnen zuhörte oder nicht, spielte für ihn keine Rolle, denn er erzählte ihnen von dem Einen, aus dem die Drei hervorgingen, nämlich Quecksilber, Schwefel und Salz, und dass aus diesen Dreien all die vielen anderen Substanzen auf der Welt hervorgingen, die in Wirklichkeit nur eine einzige, von Gottes leuchtender Liebe durchdrungene Substanz sind. Und so ging es die nächsten Tage und Nächte weiter, während sie das Erz hineingaben, wieder entnahmen und unter der sengenden Sonne verteilten, damit Apollons Feuer seine Wirkung tun konnte. Er predigte und bezeugte, und das Quecksilber spürte das kostbare Metall im Schlamm auf und verband sich damit und zog das himmlische Licht des Herrn aus der niederen pechschwarzen Dunkelheit der Materie.

Jeden Morgen nahm er eine Handvoll, rieb den silbrigen Schlamm zwischen den Fingern und beobachtete, wie das Sediment in den Glaskolben fiel. Sie ließen zehn Maultiere und den Chinesen durch den Erzbrei laufen, um ihn durchzumischen, und manchmal war die Masse warm und manchmal kalt, dann gab er nach Bedarf Quecksilber und Verdickungsmittel dazu, um beides auszugleichen. Nach und nach schritt die Amalgamierung voran, sie wuschen und spülten, reinigten und reduzierten, und jeden Tag war weniger grauer Abfall im Kolben, und das glänzende Amalgam, das auf den Boden sank, war dicker und fester und leuchtete stärker als beim Mal davor. Und am dreiundzwanzigsten Tag fand Nephi Parr, es sei Zeit für den letzten Schritt, und gab Anweisung, den Ofen anzufeuern.

Während die Brüder warteten, dass der Mond aufging, nahm er ein Fernglas und kletterte auf den Gipfel über der Mine. Die Sonne ging unter, und die Wüste wusch ihr Gewand in Rot, als bereitete sie sich auf eine nächtliche Orgie vor. Beim Aufstieg fragte er sich, ob der Tod ihn jetzt endlich holte, denn er meinte ein Flügelschlagen zu hören, und der Himmel über ihm sah aus wie ein Thron aus Saphir, gespickt mit Achat, Beryll, Porphyr und Chrysopras. Seine ganze linke Seite war taub, und unter dem Hemd löste sich die Haut vom Rücken. Herr, ruf mich jetzt noch nicht zu dir, flehte er. Nicht bevor ich diese letzte Aufgabe vollendet habe. Er betrachtete das Land durch sein Fernrohr. Unter seinen Füßen kippte der Felsvorsprung ins Leere, und er erkannte sich selbst als einen Sünder, dessen Gerippe im Sand ausbleichen würde und dessen exkommunizierte Seele niemals in den Himmel käme. Er umklammerte seinen Wahrsagerstein, denn das Licht, das den weißen Wüstenboden umspielte, schien ihm

nicht das einzigartige, unerschütterliche Licht Gottes zu sein, sondern das sprunghafte Licht des Quecksilbers, das Lachen der Narren und Staunen der Weisen. Und dann ließ er das Fernglas fallen und sah es am Boden zerschellen, denn er hatte ein Zeichen
erhalten: Bevor sie vergrößert vor seinem zusammengekniffenen
Auge auftauchten, war ihm nicht bewusst gewesen, dass man von
der Mine der verlorenen Hoffnung aus die Drei-Finger-Felsen sehen konnte, wo ihm einst so leicht ums Herz und er sich seines
Zieles gewiss gewesen war, als er mit Porter Rockwell darauf wartete, diesem Lyman Pierce die Erlösung zu bringen, der den langen Weg von Illinois gereist war, um für seine Sünden zu büßen.

Die Drei, die aus dem Einen wachsen. Er war jung gewesen und
nicht vertraut mit den Mysterien. Jetzt erkannte er die wahre Bedeutung dieses Ortes. Alles ging aus dem Einen hervor, und es
war immer sein Schicksal gewesen, hierher zurückzukehren, an
den Ort des Todes und der Entstehung, der Wiege des Rätsels.

Wochenlang waren sie geritten, um zu den Felsen zu kommen.
Heiliges Blut weinte aus dem Altar, flehte um Vergeltung, und
Bruder Rockwell hatte von jenem Pierce erfahren, der sich angeblich in Santa Fe aufhielt und eine Gruppe von Einwanderern
über den Spanish Trail führen wollte. Sühne war Rockwells Ge-
werbe, schon als der Prophet noch lebte, und hatten ihn auch die
Goldfelder Kaliforniens von Zion fortgelockt, so hatte er doch nie
mit den Heiligen gebrochen und war bis San Francisco als Sam-
son ihres Glaubens bekannt. Joseph Smith persönlich hatte ihm
die Hand auf die Schulter gelegt und ihm prophezeit, solange er
sich nicht das Haar abschneide, könnten weder Kugel noch Messer ihm etwas anhaben, und so war es auch. Porter Rockwell wurde von seinen Feinden Zerstörerischer Engel und von seinen
Freunden Löwe Gottes genannt, denn er hatte im Namen Jesu
viele Sünder beseitigt und mehrere junge Mormonen vom Boden
einer Bar aufgelesen und ihnen Gottes Werk auferlegt. So war es
auch mit Nephi Parr gewesen, der am American River gescheitert
und in der Murderer's Bar gelandet war, wo Rockwell die Heiden
mit Whiskey und Huren versorgte. Der Mann stand vor ihm wie
ein Berg und sprach mit seiner seltsam hohen Stimme tröstende

Worte. Also war Parr ihm natürlich gefolgt, hatte die geheimen Zeichen gelernt und zusammen mit den anderen geschworen, sich eigenhändig Kehle und Bauch aufzuschlitzen, sollte er jemals ein Wort über die Aufgabe verlieren, für die Rockwell ihn auserwählt hatte, nämlich den abscheulichen Pierce auszulöschen, der sich fünf Jahre zuvor das Gesicht geschwärzt hatte und brüllend vor dem Gefängnis in Carthage herumgehüpft war, und von dem Zeugen behaupteten, er habe die Leiche des geliebten Propheten getreten, bespuckt und auf andere unaussprechliche Weise besudelt, nachdem dieser von den Aufrührern erschossen worden war.

Also ritten sie aus den Bergen gen Osten in die Wüste, wo ihnen die Lippen aufsprangen und sie geblendet wurden von der Weiße des Landes, das zur Mittagszeit zu atmen und pochen schien, sodass Nephi glaubte, über die weiße Brust der Erde zu reiten, und ihn angesichts der Unermesslichkeit des Herrn die schiere Angst überkam. Nach vielen Tagen erreichten sie schließlich die Drei-Finger-Felsen, die der Vater als Zeichen seines Segens für ihr Vorhaben an diesen trostlosen Ort gesetzt hatte. Unter den Felsen hatte ein Haufen zerlumpter Paiutes sein Lager aufgeschlagen. Rockwell, der ihre Sprache beherrschte, schien mit ihnen gerechnet zu haben, er begrüßte ihren Häuptling und setzte sich zu ihnen, um mit ihnen zu rauchen und zu verhandeln. Er erklärte den Wilden, die *Mormonee* befänden sich im Krieg mit den *Mericats*, und warb sie an. Der Häuptling nahm die geschenkten Gewehre an, und so warteten beide Parteien, während Hosea Doyle, der noch jünger als Nephi war, Fieber bekam, und die Brüder ihm die Hände auflegten und die Krankheit im Namen des Herrn austrieben. Danach wurde er wieder gesund, was alle als weiteres günstiges Zeichen ansahen.

Nach vielen Tagen des Müßiggangs sichteten sie den Siedlerzug, kleideten sich wie Wilde in Farbe und Federn und fielen des Nachts über sie her, und der Herr übergab seine Feinde in die Hände seiner Diener. Lyman Pierce starb einen langsamen, qualvollen Tod auf den Drei-Felsen-Fingern. Er flehte um Gnade, bis sie ihn erhörten und ihn erlösten. Von seinen Begleitern fiel ein Drittel durch das Schwert, und ein weiteres Drittel wurde in alle vier Himmelsrichtungen verstreut, Frauen und Kinder gleicher-

maßen. Am Ende legten sie die Leichen in den Sand und skal-
pierten und entkleideten sie, um den Eindruck zu verstärken, sie
seien von Wilden überfallen worden. Und obwohl Nephi Parr zurück nach Deseret ging und versuchte, am Green River ein gere-
geltes Leben zu führen, wo er sich zwei gute Frauen nahm, die auf
ihn hörten und in jeder Hinsicht eine Zierde für sein Reich waren, konnte er weder die Drei-Finger-Felsen noch die heidnischen
Zeichnungen darin vergessen. Wenn er grübelnd vor seiner Hütte an der Fähre saß und zusah, wie die Passagiere sich sammelten,
dachte er, dass die Welt außerhalb der Himmlischen Stadt doch
ein Ort der Niedertracht war, voller Hexenmeister und Huren-
böcke, Mörder und Götzendiener und jenen, die liebten und Lügen erzählten. Bald wurde alles zu Asche und Staub in seinem
Mund, denn es gab Blut, Krieg und Kriegsgerüchte und Politik
oder Ränke, wie er es lieber nannte, und statt standzuhalten, nahmen seine Brüder ihm seine Frauen und sein Eigentum und
schickten ihn auf Wanderschaft, betrogen und exkommuniziert.

Er ließ das zerschellte Fernglas liegen und lief den Weg zurück zur
Mine. Der Mond leuchtete ihm den Weg, und als er sich dem
Hauptschacht näherte, sah er, dass die deutschen Brüder den
Ofen für die letzte Reinigung angezündet hatten. Zusammen er-
hitzten sie das Amalgam im Feuer und fingen den Dampf mit einer kupfernen Abzugshaube ein, unter der das Quecksilber seine
vorherige Form annahm und in einen Kolben tropfte, sodass im
Tiegel pures Silber zurückblieb. Am Himmel standen Zeichen
und Wunder, und er hob die Hände und sah die Schlange mit
dem Schwanz im Mund, und für einen Moment stand er auf der
Schwelle zwischen zwei Welten, in eine Aura aus Violett, Grün
und Gelb getaucht. Durch seine Kunst hatte er das Licht der Natur freigesetzt, und vor seinen Augen erfüllte dieses Licht die ganze Welt mit der Erkenntnis von der Erlösung und fügte sie wieder
zusammen.

Als er am nächsten Tag erwachte, waren seine Glieder ange-
schwollen, hinter seinen Augen pochte es, und er verstand die beiden Deutschen nicht besser als den Chinesen, denn der Herr hatte ihm die Ohren verschlossen und ihn taub gemacht. Mit

Handzeichen gaben ihm die Brüder zu verstehen, er sei in Ekstase geraten und sie hätten ihn festhalten müssen, da ein Geist in seinen Körper gefahren war, und als er ihn endlich wieder verließ, sei er wie tot gewesen. Während seiner Ohnmacht hatten sie das Silber in Formen gegossen, und jetzt zeigten sie ihm die Früchte der Arbeit, von denen er als Bezahlung zwei Barren nahm, sie in seine Satteltaschen packte und auf sein Pferd stieg.

Über den Hals des Pferdes gebückt, denn er konnte nicht gerade sitzen, ritt er in Richtung Drei-Finger-Felsen. Über ihm kreisten die Luftschiffe, und ringsherum spürte er Wandel und Veränderung. Er hob die Hand vors Gesicht und sah die Knochen darin leuchten, ein Kojote heulte, und die Sonne schien durch seine Hand, als wäre sie Glas. Da wusste er, dass sein Körper alles Kreatürliche abwarf und es bald an der Zeit für den Übergang war. O Herr, höre die Worte aus meinem Munde, flüsterte er, und das ganze Wirrwarr seines Lebens drehte sich um ihn, die nackten Füße, von den Winterstoppeln blutig gelaufen, ein Buschmesser, ein brennendes Rad, ein Kamel und ein Dampfschiff, zusammengeschraubt auf den Flussniederungen des Colorado. Er sah Rockwells ungeschorenes Haar und Menschen, die das Fleisch ihrer Söhne und Töchter essen mussten, und dann landete endlich das Luftschiff, und der Engel Moroni und die Götter vieler Welten erschienen ihm und riefen ihn zur Erhöhung.

2008

NICKYS BEIN POCHTE. Er hatte den Großteil des Abends in
Unterhose auf dem Bett gesessen, sich kleine schwarze Splitter aus
der Wade gezogen und im Fernsehen alte Filme angesehen. Männer gaben Frauen Feuer. Soldaten opferten sich für ihre Kamera-
den. Cowboys jagten neben Postkutschen her und wurden von Indianern auf dem Gebirgskamm beobachtet. Alles drehte sich
immer weiter, bis er nicht mehr mitkam und einnickte. Als er aufwachte, war es zu heiß im Zimmer. Die Sonne leuchtete hinter den
Vorhängen. Nebenan staubsaugte jemand. Er musste eine Entscheidung treffen. Sollte er zurück nach L. A. gehen? Dazu hatte er
nicht die Kraft. Die Erklärungen. Entzug. Der selbstgerechte
Scheiß, mit dem Jimmy ihm beim Bandmeeting kommen würde.

Jemand klopfte an die Tür und rief etwas auf Spanisch. Er
brüllte, sie sollten warten. Frühstück. Nie vor dem Frühstück sich
mit irgendwas Kompliziertem beschäftigen. Humpelnd suchte er
nach Sonnenbrille und Autoschlüssel und fuhr dann den Hügel
hinunter zu dem abgewirtschafteten Ufo-Diner. Am Tresen hatte
er eine idiotische Auseinandersetzung mit der Kellnerin. Es ging
um den Bacon, der völlig verkohlt war. Es sei nun mal Bacon, erwiderte sie verächtlich, und Bacon sei kross. Wenn ihm das nicht
gefiel, hätte er Kochschinken bestellen sollen.

Als er wieder draußen war, wischte er sich die Speisereste von
der Hose und beschloss, sich den Ort anzusehen. Der einzige at-
traktive Laden – gleichzeitig der einzige Laden in Laufweite, der
nicht verrammelt war oder Fast Food verkaufte – war ein bunker-
artiger Secondhandladen. Spielzeug und Möbel stapelten sich auf
dem Bürgersteig. Zwei massige Frauen prangten auf nicht ange-
schlossenen Massagesesseln links und rechts von der Tür, wie ein
Paar übergewichtige Marmorlöwen. Beide schauten ihn böse an.
Der Laden war ein Konsumfriedhof. Die Trümmer jedweder kul-

turellen Modeerscheinung seit den späten Siebzigern stapelten sich auf langen Metallregalen. Videospiele, Barbiepuppen, VHS-Kassetten, staubige gerahmte Poster von Autos und Airbrush-Coladosen. In einem Gang quollen *Reader's Digest*-Magazine aus einem Karton und versperrten den Weg zum Geschirr. Nach hinten ging es auf einen großen Hof voll mit Haushaltsgeräten, Laminatmöbeln und Regalen mit von der Sonne vergilbten Taschenbüchern. Ein gestrandeter Jetski stand surreal vor einer Reihe Kühlschränke, die die hintere Grenze des Hofs bildeten. An einem Kleiderständer hing zwischen Tarnanzügen eine Marineuniform. Nicky zog die Jacke über. Nicht schlecht. Mit ein bisschen Glitzerkram könnte er sich darin gut auf der Brick Lane sehen lassen. Er behielt sie an und ging wieder rein, aus dem Augenwinkel merkte er, dass ihm jemand hinterherschlich.

Endlich entdeckte er in ein paar Milchkästen in der Ecke das Vinyl. Der übliche Mist. *Herb Alpert's Tijuana Brass: Zweihundert Millionen Weihnachtsschnulzen, gesungen von einem Idioten mit orangem Schlips.* Ein paar gute Cover waren dabei, Achtzigerjahre-Typen mit Neonklamotten und leicht entflammbaren Frisuren. Dann zog er ein Exemplar mit handbemalter Hülle heraus, eine Figur mit einem Hundekopf, aus der Sprechblasen aufstiegen. Sie stand neben einem Joshua Tree vor einem seltsam organisch anmutenden Gebilde, das wahrscheinlich Felsen sein sollten. Irgendwas daran kam ihm bekannt vor, aber er wusste nicht mehr, woher. Wahrscheinlich ein Krautrock-Album. *Time of Transposition / The Ashtar Galactic Command.* Das klang auf jeden Fall deutsch.

Er war nicht sicher, ob *Time of Transposition* der Name der Band oder des Albums war. Er drehte die Hülle um und zog reflexartig die Platte aus dem Inlay. Sie war etwas staubig, aber ansonsten gut in Schuss. Auf dem Label stand 1971, und es war ganz offensichtlich eine Eigenpressung. Auf der Rückseite die Trackliste (zwei lange Stücke, »Time of Transposition«, 1 und 2) und ein kurzer Text, der in unscharfer lila Schrift geschrieben und unlesbar war.

Viel kosten konnte sie nicht.

Trotzdem, es war genau die Art Hippiescheiß, mit dem Noah

ihm seit Monaten kam, also ließ er sie stehen. Er ging mit dem
Marinejackett und ein paar Achtzigerscheiben zur Kasse und wartete darauf, dass sich einer der beiden Kolosse hochraffte. Er hatte das Gefühl, dass sie ihm die Jacke nicht verkaufen wollten.
Nicht dass ihn das interessiert hätte. Er zog sie wieder an, salu-
tierte kurz und ging aus der Tür. Er schlenderte desinteressiert
die Straße entlang und warf einen Blick ins Schaufenster einer
Weight-Watchers-Filiale, in der Erwartung, ein paar Dicke Sport
machen zu sehen, als von hinten ein Jugendlicher auf ihn zukam
und ihn grüßte. Er musste ungefähr dreizehn sein, vielleicht Pakistani, und war angezogen wie der klassische Mini-Gangster –
alles zwei Nummern zu groß, auf dem Baseballcap noch der Auf-
kleber vom Label.

»Bro, bist du Nicky Capaldi?«

»Ja.«

»Wow! Wusste ich's doch! Sie meinte, du bist es nicht, aber ich
hatte recht. Laila! Laila! Er ist es.«

Ein Mädchen stand ein Stück weiter die Straße hinunter, offenbar peinlich berührt. Ihr schwarzes Haar hing wie ein Vorhang
vor ihrem Gesicht. Trotz der Hitze war sie komplett in Emo-
Schwarz gekleidet. Das Anzughemd bis oben hin zugeknöpft,
Jeans, 10-Loch Doc Martens mit Stahlkappe, Silberschmuck. Sie
kam angetrottet und hob halbherzig die Hand zum Gruß.

»Sorry«, sagte sie, wobei nicht klar war, wofür sie sich entschuldigte.

Das mit den Fans hatte Nicky hinter sich. Es war immer
irgendwie schräg. Sie schenkten einem selbst gestrickte Porträts,
mit Blut geschriebene Gedichte und ähnlichen Kram. Wenn sie
gut aussahen, konnte es ganz nett sein, aber dann kamen gleich
andere Probleme dazu. Mehr als einmal musste er Terry anrufen,
nachdem er in einer Garderobe oder auf der Toilette von Mädchen in die Enge getrieben wurde, die dann drohten, sich/ihm etwas anzutun/Vergewaltigung zu brüllen/nichts mehr zu essen/
oder es ihrem Freund/Bruder/Vater zu sagen, wenn er nicht mit
irgendwas weitermachte, wozu er keine Lust mehr hatte. Die hier
hielt eine LP hinterm Rücken versteckt.

»Willst du ein Autogramm drauf?«

»Weiß nicht«, sagte sie. »Ich hab nur gesehen, dass du sie in der Hand hattest.«

Es war das Hippiealbum aus dem Laden.

»Oh, das. Ich dachte, es wäre eins von uns.«

»Nee. Sorry.«

Der Junge schaltete sich ein. »Laila wollte in San Diego zu eurem Konzert, aber unser Onkel hat sie nicht gelassen.«

»Halt den Mund, Samir.«

»Er hat sie von der Bushaltestelle abgeholt.«

»Ist streng, oder, euer Onkel?«

Das Mädchen zuckte mit den Schultern und strich sich eine Strähne aus dem Gesicht. Als sie den Kopf zur Seite neigte, sah er die dunkle Haut an ihrem Hals. Das Gesicht war kreideweiß gepudert. Sie musste ungefähr siebzehn sein.

»Ja, schon«, sagte sie. »Im Vergleich zu Amerikanern.«

»Woher kommt ihr denn?«

»Aus dem besten Land der Welt!«, platzte der Junge dazwischen. »USA!«

»Irak«, sagte das Mädchen. »Auch wenn mein ADHS-Bruder allen Leuten erzählt, er sei Amerikaner. Ich heiße Laila, das ist Samir. Nicht Juan-Carlos oder Scarface oder was er dir sonst erzählt hat.«

»Leck mich.«

»Du bist so was von uncool.«

Nicky war verwirrt. »Ihr seid Iraker? Was macht ihr hier draußen? Ferien?«

»Wir leben in diesem Drecksloch. Unser Onkel arbeitet auf dem Stützpunkt.«

»Er ist bei der Armee?«

»Lass uns über was anderes reden, okay?«

»Laila hat ein Bild von dir in ihrem Spanischbuch«, verriet ihm Samir.

»Tja«, erwiderte Nicky und schielte nach seinem Auto. »Das freut mich. Schön, dass die Musik dir etwas bedeutet. Da weiß man, wofür man das alles macht.«

Laila guckte betreten. »Warte noch«, sagte sie. »Nur kurz. Mein Bruder ist ein Vollidiot, aber du hast keine Ahnung, wie be-

schissen unser Leben ist. Wenn ich gekonnt hätte, wäre ich auf
jeden Fall zu eurem Konzert gekommen. Eure Musik ist der einzige Grund, warum ich nicht durchdrehe.«

»Danke«, sagte Nicky. »Das weiß ich zu schätzen. Also, lass dich nicht unterkriegen, okay?«

Sie zeigte auf die Platten in seiner Hand. »Ich schätze mal, du hast einen Plattenspieler, oder? Ich meine, du wohnst wahrscheinlich in einem tollen Haus mit Breitbildfernseher und Pool und allem.«

»Ich bin im Motel.«

»Wir haben nämlich einen zu Hause.«

»Ah.«

»Und Onkel Hafiz hat jede Menge coole alte ägyptische Popscheiben.«

»Klingt wie Katzengejammer«, meinte Samir. »Das hat überhaupt keinen Bass.«

»Ich würde ja gern, aber ihr wisst ja, wie das ist.«

»Klar.«

»War aber nett, euch kennenzulernen.«

»Gleichfalls. Das ist echt das Beste, was mir in diesem Jahr passiert ist.«

Samir sprang ein paar Schritte zurück und machte Fotos mit seinem Handy. Nicky lächelte automatisch und legte den Arm um die Schulter des Mädchens. Sie schmiegte sich an ihn.

»Okay, Leute, ich muss weiter.«

Er ging Richtung Auto, der Stehkragen seiner Marinejacke scheuerte im Nacken. Als er sich umdrehte, sah er, dass die beiden noch dort standen und ihm nachschauten.

Auf dem Weg ins Motel hielt er an einem Supermarkt und kaufte Hygieneartikel, Alkohol, ein Päckchen weiße Unterhemden und Surfshorts mit einer Palme auf dem Arsch. Im Motel zog er die Badehose an und ging in den Pool, ließ sich auf dem Rücken treiben und blinzelte in die Sonne. Er dachte an seine Band und an das Album, und weil ihm das nicht gerade gute Laune machte, dachte er an Drogen. Ein Bissen von so einem Peyote-Button und er wäre wahrscheinlich entspannter. Er könnte draußen am Pool sitzen, den Sonnenuntergang anschauen und, wenn die Wirkung nachließ, sich eine Pizza holen. Guter Plan. Als er sich zum Trocknen auf die Liege legte und zufrieden eine Zigarette rauchte, sah er einen Polizisten kommen und mit der toupierten Motelmanagerin sprechen. Der Typ trug tatsächlich einen Cowboyhut, was ihn daran erinnerte, wie viele Filme er am Abend davor gesehen hatte. Er überlegte, was er in letzter Zeit getrieben hatte. Ihm fiel im Grunde nichts besonders Illegales ein, es sei denn, sie hatten die Pistole gefunden. Dann würde er Terry anrufen müssen. Aber der Bulle unterhielt sich nur mit der Managerin und ging dann wieder, ohne auch nur in seine Richtung zu sehen.

Er holte sich ein Bier aus dem Zimmer und legte sich wieder auf die Liege. Nach ein paar Minuten tauchten zwei weitere Polizisten auf, ein Mann und eine Frau, zusammen mit Jaz' Frau. Er freute sich, sie zu sehen, und winkte ihr zu, vergaß aber, dass er sie eigentlich nur von Jaz' Beschreibung her kannte. Sie sah ihn irritiert – oder einfach ausdruckslos – an und verschwand in ihrem Zimmer.

Er entschied sich dafür, kein Peyote zu essen.

Jaz' Frau kam wieder raus, halb auf die Polizistin gestützt. Die Managerin stürzte auf sie zu und schlang die Arme um sie. All das fand vor dem Büro statt. Nicky konnte nicht hören, worüber sie sprachen, aber sie wirkte ziemlich aufgelöst. Er hasste jede Art von Stress, und alles richtig Schlimme – Krieg und was so in den Nachrichten kam – löste in ihm sofort den Drang zur Selbstmedikation aus. Er hatte mal versucht, einem Reporter zu erklären, warum er nach der Invasion im Irak auf eine dreitägige Sauftour gegangen war. Das war nicht unbedingt aus Protest gewesen. Eher eine Kurzschlussreaktion.

Die Polizisten machten sich wieder auf den Weg, zusammen mit Mrs. Jaz. Nicky wollte wissen, was los war. Er ließ das Handtuch auf der Liege, ging zum Büro und klopfte an die klapprige Fliegengittertür.

»Hallo? Hallo?«

Die Managerin kam aus dem Hinterzimmer. Sie wirkte mitgenommen.

»Tut mir leid, wenn ich störe, ist alles okay?«

»Nee, ganz und gar nicht. Es ist das Paar mit dem Jungen. Der Kleine hat sich irgendwo bei den Pinnacles verlaufen. Jetzt suchen sie nach ihm.« Sie zündete sich eine Zigarette an. »Polizei, Park Ranger, alle sind draußen. Die Eltern haben ihn nur kurz aus den Augen gelassen, und zack war er weg.«

Nicky stand da in seinen Badeshorts, und die Klimaanlage blies ihm in den Nacken. Ihm wurde kalt. Jaz' Sohn. Herrgott. Er wollte sich für die Information bedanken und zurück zum Pool gehen, als er durch die Fliegengitter eine raue Stimme hörte.

»Dawn? Bist du da?«

Er drehte sich um, vor ihm stand der Polizist mit dem Cowboyhut. Er war mittleren Alters. Sein großes, teigiges Gesicht steckte auf einem überraschend dünnen Körper, als hätte man zwei völlig verschiedene Menschen zusammengeklebt. Zwischen dem borstigen Schnurrbart und der Aviatorbrille hätte er genauso gut eine Maske tragen können.

»Tagchen, mein Junge.«

Nicky sah kurz sein doppeltes Spiegelbild in der Brille.

Der Bulle warf einen Blick auf seine Tattoos und verzog den Mund. Nicky verschränkte schützend die Arme vor der schmalen Brust. Er fühlte sich nackt gegenüber einem Mann mit so vielen Accessoires – dem Hut, der Sonnenbrille, dem Abzeichen, dem dicken schwarzen Ledergürtel mit den Munitionstaschen, den Handschellen, dem Schlagstock und der Pistole im Holster. Dawn beugte sich über den Tresen und stieß ihre Zigarette in seine Richtung.

»Tom, der Gentleman hier hat sich gerade nach dem Jungen erkundigt.«

Er wandte sich Nicky zu. »Tatsächlich? Deputy Sheriff Loosemore, San Bernardino County. Und du bist?«

»Nicky Capaldi.«

»Woher kommst du, mein Junge?«

»London, England.«

»Ich weiß, wo London ist. War mal da vor ein paar Jahren. Kann nicht gerade behaupten, dass es mir gefallen hätte. Was ist mit deinem Bein?«

»Ich bin auf einen Kaktus gefallen.«

»Sieht entzündet aus.«

»War nur ein kleiner Unfall.«

»Und, was ist mit dem Jungen?«

»Was ist mit ihm passiert?«

»Sag du es mir.«

»Bitte?«

»Hast du irgendwas mit dem Jungen zu tun?«

»Ich, mit ihm zu tun?«

»Hast du mit ihm geredet? Dawn sagt, er war bei dir im Zimmer.«

»Er redet nicht, in dem Sinne. Ich hab seinen Dad und ihn gestern Abend mit zu Burger King genommen. Jaz' Lady war mit dem Wagen weg.«

»Die Mutter hatte also den Wagen.«

»Hab ich dir doch gesagt«, schaltete Dawn sich ein. »Ich hab sie bei Mulligan's Lounge getroffen, hat sich da mit den Jungs amüsiert.«

Jaz war darüber bestimmt nicht erfreut. Er sah nicht aus wie jemand, der so was besonders locker nahm. »Glauben Sie, jemand hat ihn entführt?«, fragte er. »Ich hoffe, es ist nichts Schlimmes passiert. Ist wirklich ein netter Junge.«

Der Sheriff musterte ihn erneut. »Du magst Kinder?«

»Klar«, antwortete er vorsichtig. Irgendwas lag in der Luft.

»Ja? Hast du welche?«

»Nein.«

»Ich hab drei.«

»Schön.«

»Zwei Mädchen und einen Jungen. Ich wäre verdammt sauer, wenn ihnen was passiert. So, und du sagst also, du hast dich gestern Abend mit Mr. Matahari und seinem Sohn angefreundet?«

»Mr. Mat … ähm, ich hab gar nicht mitbekommen, wie er heißt. Wie gesagt, sie brauchten etwas zu essen, also hab ich sie mitgenommen.«

»Er war sehr eng mit dem Jungen«, mischte Dawn sich ein. »Das hat mich überrascht. Der Junge ist eigentlich ziemlich scheu.«

Was spielte die Frau für ein Spiel? Diese Frisur, die Kippe in

der Hand und der grüne Lidschatten. »Er ist Autist«, erklärte Nicky und warf ihr einen giftigen Blick zu. »Das ist eine Krankheit.
Sein Vater war froh, dass er mal auf jemanden reagiert.«

»Ich nehm an, du hast auch auf ihn reagiert. Wo er doch so
nett war.«

Der Sheriff nahm seine Sonnenbrille ab. Seine Augen waren
klein und blass und oben und unten in dunkle Tränensäcke ge-
bettet, wie Maden in vergammeltem Essen. Nicky wurde plötzlich klar, in welcher vertrackten Situation er steckte. Er nahm sich
fest vor, bei nächster Gelegenheit Noahs Waffe zu entsorgen.
Und die Drogen. Und in eine Klinik zu gehen. Oder ins Kloster.
Hauptsache weg von diesen Madenaugen.

»Bisschen kühl hier, liegt wohl an der Klimaanlage. Ich hol mir
kurz ein Hemd.«

»Einen Moment. Ich hab noch ein paar Fragen.«

»Ich bin gleich zurück.«

Der Sheriff wandte sich an Dawn. »Wo ist sein Zimmer?«

»Nummer fünf, in der Mitte.«

»Alles klar, Junge. Ich begleite dich.«

»Nicht nötig, wirklich.«

»Geh ruhig voraus.«

Die zwanzig Schritte zu seinem Zimmer fühlten sich an wie
ein Marsch durch offenes Gelände. Er war ziemlich sicher, dass er
die Drogen versteckt hatte, aber wo war die Pistole? Konnte gut
sein, dass er einen Bogart-Film gesehen und währenddessen damit rumgespielt hatte. Da waren bestimmt Waffen im Spiel gewesen. Womöglich lag sie noch auf dem Bett. Vorsichtig öffnete
er die Tür. Nichts Verdächtiges zu sehen. Der Sheriff stand im
Eingang, während er nach Jeans und einem T-Shirt suchte. Wenn
er ins Bad ging, um sich die Badehose auszuziehen, sah der Kerl
sich vielleicht bei ihm um. Er knotete das Band auf und steckte
die Daumen in den Hosenbund.

»Was dagegen?«

»Nein, nein, nur zu.«

Widerwillig wandte er ihm seinen knochigen Hintern zu. Der
Sheriff zündete sich eine Zigarette an.

»Und, Junge, bist du in einer Gang?«

»Nein, in einer Band. Ich bin Musiker.«

»Bist du so'n weißer Rapper?«

»Nein.«

»Verstehe. Wahrscheinlich geht's dir jetzt besser, mit der Hose an. Weniger nervös, schätz ich.«

Eine Polizistin kam dazu und sagte etwas zu dem Sheriff, der daraufhin nach draußen trat und mit einer Hand auf Nicky zeigte, wie um ihn an Ort und Stelle festzunageln.

Der Sheriff kam wieder rein. »Pass auf, Junge, sieht so aus, als müsste ich weg, aber sei so nett und gib der Kollegin hier deine Personalien, wir sehen uns bestimmt später noch. Ich würde es begrüßen, wenn du nirgendwo hinfährst, bis ich es sage. Vielleicht brauchen wir deine Hilfe.«

Ohne eine Antwort abzuwarten, stiefelte er davon. Die Polizistin, eine junge Hispanoamerikanerin mit Zopf und der gleichen Spiegelbrille wie ihr Boss, holte ihr Notizbuch raus.

»Haben Sie einen Ausweis, Sir?«

Sein Portemonnaie lag auf dem Fernseher. Sie warf einen Blick auf seinen Führerschein und gab ihn mit einem fragenden Lächeln zurück.

»Sollte ich Sie kennen? Sie kommen mir irgendwie bekannt vor.«

Ein Hubschrauber fegte über sie hinweg, das Röhren der Rotoren ersparte ihm die Antwort.

Zwanzig Minuten und ein Autogramm später war er wieder allein. Er spülte das Peyote die Toilette runter, zog die Vorhänge zu, hängte die Kette vor und setzte sich ans Fußende vom Bett. Rauchend sah er sich auf einem Lokalsender Satellitenaufnahmen von der Wüste an. Vereinzelt parkende Autos. Eine Reihe von Deputys, die in einigem Abstand das Gelände durchkämmten.

Es sah nicht gut aus.

Er schaute fern, bis die Sonne unterging und er sich sicher genug fühlte, um rauszugehen und hinter dem Motel nach einem Ort zu suchen, wo er die Waffe loswerden konnte. Eine große goldene Pistole. Wahrscheinlich die auffälligste Scheißpistole auf der ganzen Welt. Natürlich hätte er eigentlich weiter weg fahren müssen, aber er hatte Angst, von der Polizei angehalten zu werden. Er blieb lange dort draußen stehen, spürte die letzte Hitze aus dem Sand abstrahlen und hörte in der Ferne die Hubschrauber kreisen. Ein paar Meilen weiter richtete einer von ihnen einen Scheinwerfer in Richtung Boden. Er sah den Strahl in der Luft schweben wie ein Streichholz aus Licht.

Am Ende lief er einfach zurück ins Zimmer und schaltete den Fernseher ein. Draußen herrschte den ganzen Abend großes Kommen und Gehen. Motorengeräusche, Stimmen, das Knistern vom Polizeifunk. Er konnte sich noch sehr genau an das Gefühl erinnern, wie der Junge seine Hand gedrückt hatte.

Am nächsten Morgen weckte ihn ein lautes Klopfen. Er zwängte sich in seine Jeans und spähte durch den Türspion. Es war kein Polizist. Ein Typ in Anzug und Krawatte. Er klopfte noch eine Weile und gab dann auf. Nicky duschte, zog sich an und sah noch mal durch den Türspion. Niemand da. Als er nach draußen trat, sah er den Anzugträger am Ende des Ganges stehen, dahinter ein Typ mit einer Videokamera.

Er schloss leise die Tür und ging so schnell wie möglich los, ohne zu rennen, einmal um den Pool, damit sie ihn nicht bemerkten. Plötzlich sprang klappernd die Tür vom Büro auf, und die Managerin kam herausgelaufen.

»Runter von meinem Grundstück. Sofort. Das ist Hausfriedensbruch. Sie sind keine Gäste, Sie haben sich nicht angemeldet, also ganz schnell weg hier.«

»Ma'am«, sagte der Anzugträger, »wir machen nur unseren Job. Wir würden uns über eine Stellungnahme von Ihnen freuen.«

Dawn sagte, sie sollten ihre Gäste in Ruhe lassen, worauf der Anzugträger etwas von Pressefreiheit faselte und Nicky auf Zehenspitzen um die Ecke schlich, um festzustellen, dass der ganze Parkplatz voller Autos war. Polizeiwagen standen neben Ü-Wagen und Kombis voller Teenager aus dem Ort, die auf Action hofften. Polizisten tranken Kaffee aus Styroporbechern. Nachrichtenmoderatoren kletterten auf Kisten, um das Motel-Schild ins Bild zu bekommen. Es war wie auf dem Jahrmarkt.

Er hörte jemanden seinen Namen rufen und sah einen Jungen auf sich zukommen. Vielleicht siebzehn. Weiße Sonnenbrille und hochstehende Haare.

»Nicky Capaldi? Ich blogge für *Sounds West*. Was machst du hier?«

»Ich versuche, Frühstück zu bekommen.«

»Hast du was mit dem verschwundenen Kind zu tun? Ich meine, bist du mit ihm verwandt oder so?«

»Wovon redest du? Scheiße, mein Auto ist eingeparkt.«

»Na ja, kann doch kein Zufall sein, dass du hier bist, also, ich meine, wegen der Entführung? Machst du einen Aufruf fürs Fernsehen?«

»Was hast du gehört?«

»Nur dass ein Kind vermisst wird.«

Aus dem Augenwinkel sah er Deputy Sheriff Loosemore. Der Blogger war offensichtlich noch beunruhigter als er, jedenfalls machte er sich augenblicklich aus dem Staub. Der Sheriff lehnte sich an den nächstbesten Streifenwagen und musterte ihn. Ein paar Teenager schlichen heran und machten Fotos.

»Deputy Alvarez sagt, du bist berühmt.«

»Irgendwas Neues von dem Jungen?«

»Nichts. Wir haben alle verfügbaren Leute im Einsatz und sind für jede Art von Hinweis dankbar. Du hast den Jungen kennengelernt. Das verstehst du sicher.«

Er wies auf seinen Wagen. Nicky stieg ein und versuchte, möglichst lässig auszusehen, während die Kids ihre Handys ans Beifahrerfenster hielten.

»Scheinst ja ein echter Rattenfänger für die jungen Leute zu sein«, meinte Loosemore. Schweigend fuhren sie zur Wache, wo man ihm gnädigerweise einen Kaffee und einen trockenen Kopenhagener anbot, ein kurzer Zuckerkick, den er irrtümlich für Optimismus hielt. Im Vernehmungszimmer erzählte er seine Geschichte bei laufendem Tonbandgerät. Wie der Junge in sein Zimmer gelaufen kam, die Fahrt zum Burger King, was er mit Jaz geredet hatte. Warum er so spät aufgestanden sei? Wo er tagsüber gewesen sei? Er berichtete dem Sheriff von den Jugendlichen vor dem Secondhandladen und der Diskussion mit der Kellnerin im Diner. Die Befragung hörte und hörte nicht auf. In einer Pause sagte er, er müsse zur Toilette, schloss sich ein und rief Terry an.

»Wo zum Teufel bist du, Nicky?«

»Hol mich hier raus.«

»Wo bist du?«

»Komm einfach her, und zwar jetzt.«

»Nicky, hör zu. Ist alles okay?«

»Nein. Ich bin auf dem Polizeirevier. Du musst mich hier rausholen.«

»Haben sie dich verhaftet? Im Internet steht, du hast ein Kind entführt.«

»Ich habe was?«

»Das stimmt doch nicht, oder?«

»Wer sagt das? Wer behauptet so was?«

»Nicky, bitte, reiß dich zusammen.«

»Wie konnte mir so was passieren? Sofort, Terry. Komm her. Ernsthaft.«

1920

DER INDIANER STAND OBEN auf den Felsen. Er hatte sie wahrscheinlich durch die Salzebene reiten sehen und beschlossen, sich zur Wehr zu setzen. Als der Trupp den Aufstieg begann, feuerte er ein paar Schüsse ab, sodass die Männer in Deckung kriechen mussten. Fluchend traten sie den Rückzug an. Lange konnte er da oben nicht bleiben. Essen, Munition, Wasser, das alles würde nicht ewig reichen. War nur noch die Frage, wer hochging und ihn sich holte. Bis dahin hieß es abwarten.

Deighton sah zum Himmel. Es war noch nicht mal neun, und die Sonne knallte ihm bereits auf den Kopf wie ein Fluch, der ihn daran erinnerte, welche Schuld er trug. Ohne ihn und seine Lüge wären sie jetzt nicht auf Menschenjagd. Er wusste, dass er das Ganze abbrechen und ihnen sagen musste, dass er sich geirrt hatte, er habe eine Halluzination gehabt, was auch immer. Aber sie würden ihm sowieso nicht zuhören. Der Eliteprofessor, der Bostoner Brahmane. Hier draußen war er ein Nichts, tiefer konnte ein Weißer nicht sinken.

Er kannte den Ort. Das beunruhigte ihn am meisten. Nicht vom Sehen. Von der letzten Geschichte, die Eliza transkribiert hatte. *Du musst in die Höhle unter den Drei-Finger-Felsen gehen. Dort findest du Yuccafrau beim Korbflechten.* Dort war auch der alte spanische Mönch gewesen, als er vermisst wurde. *Sie flicht das Diesseits mit dem Land der Toten zusammen.* Es war der geheime Ort, des Rätsels Schoß.

Der Tod hing am Himmel, im knochenweißen Licht, das ihm in die Augen stach. Der Tod strömte durch den Sand unter seinen Füßen.

Er konnte ihn auf der Zunge schmecken.

Er war nicht mal sicher, was er gesehen hatte. Aber wenn er es erfunden hatte, wenn es seinem Unterbewussten entsprungen

war, hätte er in der Lage sein sollen, es zu erklären. Eine Wahr-
nehmung ohne Stimulus. Eine Sinnestäuschung, ausgelöst durch
sein kriegsbeschädigtes Hirn.

Es fing an, als er sich im Indianerlager in Kairo Elizas Arbeit ansehen wollte. Sie war mürrisch, wie meistens, wenn er sie auf ihre
Schludrigkeit aufmerksam machte. Er hatte ihr sein Aufzeich-
nungsverfahren beigebracht, und in der Praxis lernte sie, genau
auf Grammatik und Aussprache zu achten, trotzdem machte sie
weiter grundlegende Fehler. Er hatte allen Grund, sie zu tadeln.
Wollte man jemals etwas über die Kultur der Wüstenindianer festhalten, dann musste es jetzt sein. Die Indianer starben aus. Sie waren bereits unrein, sowohl kulturell als auch das Blut. Zum Beispiel der Informant, dieser Willie Prince. Wie er selbst zugab, war
ein Großelternteil weiß. Er war zumindest teilweise in einem zivilisierten Umfeld aufgewachsen und hatte große Lücken in seinem Stammeswissen. Dabei gehörte er noch zu den Nützlicheren.
Mindestens zwei Leute im Lager hatten augenscheinlich einen ne-
groiden Einschlag. Diese Menschen waren alles andere als unver-
mischt.

Unerwartet fing Eliza an zu weinen. Er bat sie, sich nicht so
kindisch aufzuführen. Sie hätte doch gewusst, was es bedeutete,
seine Frau zu sein. Er habe nie etwas schöngeredet. Schon bei seinem Heiratsantrag hatte er klargestellt, wenn sie glaube, nicht für
diese Art von Arbeit geschaffen zu sein, solle sie zurück nach New
York gehen und sich einen anderen suchen, einen Lehrer vielleicht. Sie hatte geschworen, dass sie ihn liebte. Trotzdem, sie war
immer noch eine Frau, und er hatte den Eindruck, sie wolle ver-
hätschelt werden. Als er sie zum ersten Mal allein in Kairo ließ,
verstand sie nicht warum. Wenn sie getrennt vorgingen, könnten
sie doppelt so viel Material sammeln. Natürlich war auch ihm
nicht ganz wohl dabei gewesen, aber ihre Bedenken waren rein
egoistischer Natur.

Ihre Ergebnisse zu überprüfen dauerte, sodass er länger als vor-
gesehen im Lager blieb. Im Ort wartete Arbeit auf ihn, er musste
Briefe schreiben und nach Washington schicken, und jetzt war es
zu spät, um noch durch die Wüste zu fahren. Er schickte Eliza los,

damit sie ihnen einen Platz am Feuer suchte, und ging zum Auto, um seinen Schlafsack zu holen. Es war bitterkalt. Ein stürmischer Wind blies durch den Talkessel und drang durch die Kleider bis tief in die Knochen. Er hatte schon ganz steife Hände und rechnete damit, kaum schlafen zu können.

Als er zurückkam, stellte er überrascht fest, dass Eliza nicht auf ihn gewartet hatte. Es dauerte eine Weile, bis er sie entdeckte, eine Gestalt zwischen einem Dutzend anderer, die zusammengedrängt im größten Wigwam lagen. Er schüttelte sie und fragte, was sie sich dabei gedacht habe. Sie blickte hoch und sagte, er solle gehen. Neben ihr stützte sich jemand auf den Ellbogen. Willie Prince. Deighton konnte kaum fassen, wie unverfroren der Mann ihn ansah. Indianer vermieden normalerweise direkten Blickkontakt. Der Kerl schaute ihn völlig gelassen aus seinem breiten platten Gesicht an und schien nicht die geringste Angst zu haben. Immerhin hatte man ihn dabei ertappt, wie er neben der Frau eines Weißen lag.

Deightons erste Reaktion war, beide zu schlagen, aber er beherrschte sich. Er würde sich nicht vor einem Forschungsobjekt streiten.

»Du kommst jetzt sofort mit raus.«

Widerwillig erhob sich Eliza, zuvor jedoch tauschten Prince und sie einen eindeutigen Blick. Deighton wurde schlecht. Eliza war ein halbwegs gebildetes Mädchen. Er hatte hart mit ihr gearbeitet und sie so weit gebracht, dass sie ihm bei seiner Arbeit assistieren konnte. Er hatte sie immer mit Respekt behandelt. Wenn schon keine Dankbarkeit, so erwartete er doch, dass sie erkannte, welche Ehre er ihr zuteilwerden ließ, indem er sie gebeten hatte, seine Frau zu werden.

Zitternd standen sie sich in der Kälte gegenüber.

»Was in Gottes Namen ist hier los?«

Sie zuckte mit den Schultern. »Etwas ist passiert.«

»Deine Vagheit bringt mich jedes Mal zur Weißglut. Jetzt bitte klar und deutlich. Ich will nicht den ganzen Abend hier stehen.«

»Ich kann nicht mehr deine Frau sein.«

Es war unvorstellbar. Er konnte den Mann nicht guten Ge-

wissens als Wilden bezeichnen, dafür hatte er zu viel Respekt vor
der Kultur dieser Menschen. Primitiv würde es besser beschreiben, ein Bewusstsein, dessen Horizont doch außerordentlich begrenzt war. Er hatte sich immer für tolerant gehalten, aber jetzt, wo er gezwungen war, die Rassenmischung als echten körperlichen Akt zu betrachten, erfüllte es ihn mit Abscheu. Sie mochte ja durchaus eine (was hatte seine Mutter in ihrem garstigen Brief geschrieben?) »kleine Verkäuferin« sein, aber sie war immer noch eine Weiße.

Während er um eine Antwort rang, sagte sie, sie wolle sich wieder schlafen legen. Am nächsten Morgen würden sie in Ruhe sprechen. Er rieb über das weiche Narbengewebe am Kinn und schaffte es partout nicht, Ordnung in seine Gedanken zu bringen.

Er nahm Segundas Ramada in Beschlag und breitete seine Decke so nah wie möglich an der verglimmenden Glut aus. Ob es am Stress lag oder an seiner allgemein schlechten Verfassung, jedenfalls verspürte er den plötzlichen Drang, seinen Darm zu entleeren, und lief hinaus in die Wüste, um nach einer geeigneten Stelle zu suchen. Bevor er sich hinhockte, sah er sich argwöhnisch um. Wie erwartet waren ihm mehrere Hunde aus dem Lager gefolgt und warteten schnüffelnd darauf, seine Exkremente zu fressen. Die Zustände in den Indianersiedlungen hatten ihn nie besonders gestört, aber diesen speziellen Aspekt fand er immer äußerst widerlich. Es gab einen großen schwarzen Mastiff, der manchmal versuchte, ihn umzustoßen, bevor er überhaupt fertig war. Zum Glück schien er jetzt nicht dabei zu sein. Er warf ein paar Steine nach den anderen, die erst mal außer Reichweite trotteten und dort herumlungerten.

Er atmete tief aus und versuchte, seinen Schließmuskel zu entspannen. Es war gerade noch hell genug, um seinen Atem zu sehen, bevor der Wind die kleine Wolke wegriss. Er hockte bereits ein paar Minuten dort, als er in der Wüste ein schwaches grünlichweißes Leuchten sah, das sich bewegte. Er gab sich kurz der Vorstellung hin, er säße tief unten auf dem Meeresgrund und beobachtete einen unheimlichen biolumineszierenden Fisch. Genaueres konnte er nicht erkennen. Neugierig knöpfte er die Hose zu und machte sich auf den Weg.

Er lief gegen den Wind, zitternd vor Kälte, und schlang sich vergeblich die Arme um die Brust. Als er sich dem Leuchten näherte, stellte er überrascht fest, dass es sich um einen Indianer handelte, der ein weißes Kind an der Hand hielt, einen etwa fünfjährigen Jungen. Keiner von beiden hatte Gepäck dabei, und obwohl sie nur leicht bekleidet waren, schienen sie nicht zu frieren. Statt zum Lager marschierten sie in die andere Richtung, wo es in den nächsten hundert Kilometern nichts als karge Wüste gab. Am merkwürdigsten war, dass das Leuchten offenbar von dem Jungen ausging.

Die beiden beachteten ihn nicht. Sie schienen ihn nicht mal wahrzunehmen. Wie hypnotisiert folgte er ihnen. Im Nachhinein konnte er nicht sagen, warum er nicht versucht hatte, sie anzusprechen. Etwas hielt ihn zurück. Weder Angst noch Schüchternheit. Eher das Gefühl zu stören. Er versuchte, sich ihrem Tempo anzupassen und in einiger Entfernung hinter ihnen zu bleiben. Er ging schnell, so schnell, dass er einen stechenden Schmerz in der Brust spürte, ohne jedoch aufzuholen. Es gab nur eine glaubhafte Erklärung: Er träumte. Der leuchtende Junge und der Indianer waren nur Produkte seines ruhelosen Verstandes. Er wurde langsamer, bis das seltsame Paar schließlich in der Dunkelheit verschwand.

Das Leuchten. Deighton war sich nicht ganz sicher. Der Mond schien hell. Vielleicht wurde das Licht nur von der blassen Haut des Jungen reflektiert.

Als er zurück zum Lager lief, fühlte die Welt sich allmählich wieder real an, und mit der Rückkehr zur Normalität wurde er auf einmal ängstlich. Alle paar Schritte verspürte er den Drang, sich umzudrehen, um nachzusehen, ob er verfolgt wurde. Am Rand des Lagers traf er auf Pete Mason, der Feuerholz gesammelt hatte. Ob er etwas gesehen habe. Pete schüttelte den Kopf. Joe Pine reichte Serrano Jackie eine Flasche. Als Deighton auftauchte, versteckten sie sie. Er gestikulierte mit den Händen, als Zeichen, dass der Whiskey ihm egal war. Ein Indianer und ein weißer Junge? Nein, Sir, nichts dergleichen.

Schließlich rüttelte er Segunda Hipa wach.

»Segunda, da waren ein Mann und ein Junge.«

»Lass mich in Ruhe!«

»Ein Mann und ein kleiner weißer Junge.«

»Ich hab nichts gesehen. Ich schlafe.«

»Ja, ja. Aber du musst doch etwas wissen. Wer hat ein weißes Kind?«

»Weiße Mütter haben weiße Kinder. Jetzt geh weg.«

»Ich hab sie gesehen, Segunda. Der Junge hat geleuchtet.«

Sie brummte gereizt und rieb sich die Augen. »Geh ins Bett, du zweiköpfiges Schaf. Du hast nichts Besonderes gesehen.«

Dann zog sie sich die Decke über den Kopf. Er fluchte leise, trat in den miefigen Wigwam und bahnte sich seinen Weg zwischen den murrenden Gestalten hindurch, bis er Eliza gefunden hatte. Der Platz neben ihr war leer.

»Wo ist er? Wo ist Willie Prince?«

»Geh weg. Bitte lass mich in Ruhe.«

Sie drehte sich zur Seite. Wütend kehrte er zurück zu seinem Platz unter der Ramada. Um ihn herum war alles still im Lager. Er klaute Pete Mason ein paar Zweige, setzte sich vor ein kleines Feuer und dachte darüber nach, was er gesehen hatte. Nach einer Weile gab er es auf. Es war einfach zu kalt zum Nachdenken. Er wickelte sich in seine Decken und legte sich schlafen.

Er war im Bois de Belleau. Es war früh am Morgen, und er stand in einem Graben am Nordrand des Waldes. Es war ein flacher Graben, erst kürzlich eilig ausgehoben, das Wasser sickerte an den unbefestigten Seiten herein und bildete eine Pfütze unter seinen Füßen. Über dem Feld schwebten lange weiße Nebelschwaden, und das Morgenkonzert der Vögel war in vollem Gange, aber als er hochsah, konnte er keine entdecken, nur die verkohlten abgebrochenen Äste der Bäume. Hoch über ihm hing ein deutscher Beobachtungsballon, ein aufgeblasenes Auge, das unheilvoll auf ihn herunterstarrte. Während er durch den Graben stapfte und der Schlamm an seinen Stiefeln saugte, merkte er, dass er ganz allein war. Seine Einheit hatte die Stellung verlassen. Ängstlich spähte er in die Bäume, ob sich dort etwas regte, suchte nach Anzeichen eines Vorstoßes. Über den rußgeschwärzten Stümpfen hing ein gespenstisches Licht, ein unheimlicher Schimmer wie von Meeresleuchten.

Gegen Tagesanbruch bekam er einen krampfartigen Hustenanfall. Seine Brust brannte, und in dem dreckigen Taschentuch,
das er aus der Tasche zog und sich vor den Mund presste, war
Blut. Er wusste, dass die Wüstenluft nicht die von den Ärzten er-
hoffte Wirkung hatte. Er war der festen Überzeugung, dass Gesundheit größtenteils eine Frage der Geisteshaltung war, und er
wollte auf keinen Fall eine dieser vorzeitig gealterten, nerven-
schwachen Vogelscheuchen werden, die er im Kriegsversehrtenkrankenhaus in New Jersey hatte herumhumpeln sehen. Diese
Männer hatten das Beste von sich in Frankreich gelassen.

Eliza kochte Kaffee. Wortlos reichte sie ihm einen Becher. Gemeinsam tranken sie, und es war wie früher, als er sie zum ersten
Mal mit in die Wüste genommen und geglaubt hatte, eine Gefährtin gefunden zu haben.

»Was jetzt, Eliza?«

»Ich weiß es nicht.«

»Ich muss zurück in die Stadt. Kommst du mit?«

»Nein.«

»Verstehe. Und was gedenkst du hier draußen in der Wildnis
zu tun?«

»Mich um mich selbst kümmern, nehme ich an.«

»Das ist kein praktikabler Vorschlag, nicht für eine wehrlose
weiße Frau.«

»Das schien dir vorher auch nichts ausgemacht zu haben.«

»Du stehst unter meinem Schutz.«

»Wirklich, David? Ich habe mich aber nie sehr beschützt gefühlt.«

»Wo willst du hin? Wie willst du leben?«

»Geht dich das etwas an?«

»Ich muss das fragen. Bist du … dieser Willie Prince …« Er
brachte die Worte nicht heraus.

»Er ist ein guter Mann, David. Ein lieber Mann. Du warst vieles für mich, aber lieb warst du nie.«

Er hätte über Liebe sprechen können, versuchen, sie zurück-
zugewinnen. Aber so etwas war ihm immer lächerlich vorgekom-
men. Diese Rolle hatte er nie spielen können, den Galan, den höf-
lichen Don Juan. Selbst als sein Gesicht noch ganz gewesen war.

Er ging zu seinem Wagen und stellte fest, dass auch der Rest
der Vorräte verschwunden war. Das Frühstück würde also ausfal-
len, und eine warme Mahlzeit in der Stadt bekäme er erst am
Nachmittag. Eine Gruppe von Kindern sah ihm zu, wie er in seiner Truhe wühlte. Er wusste, dass sie wahrscheinlich die Diebe
waren, und obwohl es gegen sämtliche Regeln verstieß – des An-
stands und des Vorsatzes, ein gutes Verhältnis zu seinen Infor-
manten zu pflegen –, schrie er sie an und nannte sie degenerierte
Gassenkinder, unsinnige Beleidigungen, die ihn nur noch mehr
herabwürdigten, schon während er sie aussprach. Natürlich starrten sie ihn weiter ungerührt an, bis er sich verausgabt hatte und
einen erneuten Hustenanfall bekam. Wütend kurbelte er den Motor seines Fords an. Der Wagen kam mit der Kälte nicht gut klar,
sprang aber nach ein, zwei Minuten an, woraufhin er sich vors
Lenkrad kauerte und mit einem Ruck die Bremse löste. Als er an
der Müllkippe vorbeifuhr, sah ihm ein Mädchen nach, das eine
Dose Corned Beef in der Hand hielt und mit den Fingern fettige
Stücke herauslöffelte.

Er rumpelte über die Spurrillen, die er mehr oder weniger
allein geformt hatte, in den Monaten, in denen er immer wieder
nach Kairo gekommen war. Der Weg führte vorbei an gleichmäßig verteilten Kreosotbüschen. Oft hatte er sich über die fast
gitterförmige Ausbreitung gewundert, die vielleicht mit der be-
schränkten Wasserversorgung zu tun hatte, weswegen die einzelnen Büsche alle im selben Anstand voneinander wuchsen, wie
Siedler auf Vierzig-Morgen-Grundstücken. Allmählich wurden
sein Gesicht und seine Hände wieder durchblutet. Es war ein fri-
scher, klarer Morgen, die Hügel sahen aus wie in Honig getaucht,
und er fühlte sich langsam besser. Inzwischen bereute er es, den
Kindern gegenüber die Beherrschung verloren zu haben. Als er an
die Hauptstraße und die ersten neuen Hütten kam, summte er
Zeilen aus Marschliedern und hupte mehrmals gut gelaunt. Lächeln! Lächeln! Lächeln!

Er kam früher als erwartet in der Stadt an, parkte vor Mulligan's Hotel und knurrte dem alten Portier mit den wässrigen Augen eine Begrüßung zu. Der Mann saß wie üblich wie ein Wach-
hund auf der Veranda und las mithilfe einer Lupe Zeitung. Wie

immer roch es in seinem Zimmer, als läge unter den Dielen ein totes Tier. Deighton hatte selbst Schuld. Das Zimmermädchen, ein schüchternes mexikanisches Mädchen, vielleicht vierzehn Jahre alt, weigerte sich, es zu betreten, seit er sie angebrüllt hatte, weil sie seine Papiere durcheinandergebracht hatte.

Er stürzte einen Becher lauwarmes Wasser aus einem Krug auf dem Waschtisch hinunter, zog sich bis auf die Unterhose aus und warf seine Klamotten auf die Pyramide von Kisten, die einen Großteil des Platzes einnahmen. Ihr Inhalt, Abertausende von Karteikarten, manche mit seiner winzigen, schräg nach hinten kippenden Handschrift bedeckt, manche mit Elizas Schleifen und Wirbeln, stellte die Früchte eines Jahres harter Arbeit dar. Das meiste waren Aufzeichnungen zu den uto-aztekischen Sprachen, mit denen er sich beschäftigt hatte, eine Karte pro Wort, einem Wortstamm oder einer Grammatikregel. Auf anderen ging es um ihre materielle Kultur, ihre Philosophie, Teile von alten Liedern, an die sie sich erinnerten. Sein Arbeitgeber, die Behörde für Amerikanische Völkerkunde, finanzierte ihm einen sechsmonatigen Aufenthalt, um einen vorläufigen Bericht zu schreiben, mit dem vagen Versprechen auf mehr, sollten die Ergebnisse interessant genug sein. Durch extreme Sparsamkeit hatte er es geschafft, sich doppelt so lange über Wasser zu halten. Eliza hatte sich gelegentlich über die kärglichen Rationen und sein absolutes Verbot jeder Art von Krimskrams beschwert, aber er war davon ausgegangen, dass sie die Bedeutung dieses Opfers begriff. Es war wirklich schade, dass sie aufgegeben hatte. All die Zeit und Mühe, die er in ihre Ausbildung investiert hatte, waren vergebens.

Auch wenn man sich in Washington nicht wirklich für die Kultur der Mojave interessierte, gefiel dort die Idee, einen verdienten Veteranen an einen Ort zu schicken, an dem er sich womöglich von seinen Verletzungen erholte. Bevor er sich für Frankreich meldete, hatte Deighton mit Küstenstämmen in Oregon und Washington gearbeitet (es war sein größter Stolz, dass er sich mit der Mythologie des Lachses besser auskannte als jeder andere Weiße), aber der Arzt im Kriegsversehrtenkrankenhaus meinte, der Nordwesten sei für ihn ausgeschlossen. »Bei dem Regen und dem Nebel wären Sie in einem Jahr tot.« Deighton hatte schon be-

fürchtet, der Mann würde ihm verkünden, dass er bald blind war.
Im Feldlazarett in Château-Thierry hatte er eine Woche in Dunkelheit verbracht, die tränenden Augen fühlten sich unter den Verbänden an wie zwei faule Eier.

Er stapfte durch den Flur zum Bad, stieg in die Wanne und hockte sich in das knöchelhohe Brackwasser, um sich die Kruste aus Schweiß und Staub abzuschrubben. Dann ging er zurück ins Zimmer und suchte nach etwas Sauberem zum Anziehen, unter den traurigen Augen der Jungfrau von Guadalupe, deren Bild er neben den Spiegel gehängt hatte. Es war ein Insiderwitz, eine Anspielung auf den Kongregationalismus seiner Jugend, mit seiner Ausgeglichenheit und seiner puritanischen Verachtung für die Idee der Vergötterung. Angst und Erlösung, Spitze und Blattgold. Das war in seinen Augen wahre Religion.

Er blieb einen Moment stehen, einen Schuh in der Hand, und kniete sich dann hin, um den anderen unter dem Bett zwischen Schilfrohren und Weidenzweigen rauszuziehen, Überreste eines Versuchs, sich Segundas Korbflechtkunst anzueignen. Als er endlich angezogen war, fuhr er sich mit der Hand übers Kinn und stellte zu seinem Unmut fest, dass er vergessen hatte, sich zu rasieren. Immer war irgendwas. Er hatte keine Lust auf das ganze Theater, sich das Hemd ausziehen, Wasser erwärmen, das Rasiermesser schärfen. Außerdem würde wahrscheinlich kein Mensch in der ganzen Stadt es bemerken oder sich daran stören.

Er ging über die Straße zum Chinesen und setzte sich möglichst weit weg vom kalten Luftzug, der unter der Tür durchkam. Die Tochter des Chinesen brachte ihm einen Teller mit irgendwelchem Zeug, das entfernt nach Huhn schmeckte. Wie jedes Mal probierte er seine paar Sätze Kantonesisch bei ihr aus. Und wie jedes Mal kicherte sie und tat, als verstünde sie ihn nicht.

Zurück im Hotel, räumte er Elizas Müll vom Schreibtisch, machte die Lampe an und versuchte, die letzten Aufzeichnungen durchzugehen. Es war unmöglich, sich zu konzentrieren, also blätterte er zum hundertsten Mal im *Reisetagebuch* des spanischen Ordensbruders Garcés, der als erster weißer Mann durch die Hochwüste gereist war, jedenfalls war er der Erste, der einen Bericht darüber geschrieben hatte. Deighton hätte sich gern mal mit dem alten Franziskaner unterhalten, der, mit kaum mehr als einem Kreuz und einem Bild von der Jungfrau Maria unterwegs, das Glück hatte, so viele Dinge auf seiner Wanderung zu sehen. Das Buch war von Professor Coues übersetzt und trotz zahlreicher Kommentare ein Quell der Frustration. Der Spanier, der die Indianer evangelisieren wollte, hatte nur wenig über ihre Sprache und Kultur festgehalten. Es gab seltsame Lücken in seinem Bericht, mehrere Tage oder sogar Wochen ohne einen Eintrag. Vor allem eines ärgerte ihn. Er vermutete, dass Garcés an der Quelle in Kairo gewesen und von dort zurück zum Fluss gereist war. Aber das Tagebuch gab keine Auskunft darüber, und Coues lieferte keine Erklärung dafür. Das ganze Land, in dem Deighton sich am besten auskannte, fehlte in seinem Bericht. Als wäre Garcés einfach verschwunden und an einem anderen Ort wiederaufgetaucht.

Schließlich plumpste er ins Bett und glitt nahtlos ins Land der Träume über, und damit in den Bois de Belleau, wo er sich einer heftigen nächtlichen Bombardierung ausgesetzt sah. Blaue Blitze umrissen splitternde Bäume, Granatenexplosionen die Silhouetten rennender Männer und Kaskaden aus Steinen und Erde. Er stand am Rand eines Kraters und rief den nicht mehr anwesenden Truppen ermutigende Worte zu. Das Ganze fand praktisch lautlos statt. Er spürte und sah alles – das Beben des Bodens, das zugewachsene Gestrüpp –, aber das einzige Geräusch war ein hohes Insektenjaulen. Als er aufwachte, schien ihm die Wintersonne ins Gesicht, und er wusste weder wo noch wer er war. Ein paar selige Momente lang war er nicht mehr als ein Bewusstsein, eine Präsenz im reinen weißen Licht, und nur da, um es um seiner selbst willen wahrzunehmen, ohne Geschichte oder Ziel oder irgendeinen Fehler.

Er zog sich an und ging rüber zum Chinesen, wo an einem Tisch ein paar Lokalhelden fettige Spiegeleier aßen und die Welt in Ordnung brachten. Unter ihnen war Ellis Waghorn, der Indianeragent. Deighton hatte nie begriffen, warum Waghorn für die Indianerbehörde arbeitete. Er verbrachte so wenig Zeit wie möglich in den ihm zugeteilten Reservaten. Gerüchten zufolge interessierte er sich mehr dafür, die Grenzen des Reservats zugunsten der Southern Pacific Railroad zu verschieben, als für das Wohl der

Indianer. Er sprach mit dem Apotheker und dem Besitzer des Gemischtwarenladens. Sie nickten ihm zu. Waghorn hatte den Mund voller Maisbrot und grinste.

»Morgen, Professor. Haben Sie sich da draußen in Kairo irgendwelche interessanten Krankheiten eingefangen?«

Deighton zuckte mit den Schultern. Monatelang hatte Waghorn angedeutet, »eine Squaw« sei der eigentliche Grund für sein Interesse an den Indianern in der Oase. So wütend ihn diese Unterstellung auch machte, war er doch nie darauf eingegangen. Waghorn ließ nicht locker.

»Wir sprachen gerade über die Lichter, die der alte Parker vor ein paar Nächten gesehen hat. Haben Sie auch irgendwas gesehen?«

»Lichter?«

»Schwebende Lichter. Bill Parker meinte, die hingen da in der Luft wie Edisons Glühbirnen.«

»Ich habe nichts dergleichen bemerkt.«

»Was machen Sie denn da draußen in der Wüste, wenn nicht die Sterne angucken?«

Er ignorierte das herzhafte Gelächter der anderen Männer. »Dasselbe wie immer. Spracharbeit in erster Linie. Sie haben sehr ungewöhnliche grammatische Strukturen.«

»Ach, wirklich?«

»Ehrlich gesagt, Mr. Waghorn, habe ich eine Frage an Sie. Wissen Sie von irgendwelchen Mischehen unter den Indianern in Kairo in letzter Zeit?«

»Wie meinen Sie das?«

»Na ja, ein Indianer und eine weiße Frau?«

»Nein, Sir, kann ich nicht sagen. Die bleiben unter sich.«

»Es ist nur … na ja, ich habe ein weißes Kind gesehen.«

»Einen Mischling, meinen Sie?«

»Nein, weiß. Sehr weiß, um genau zu sein. Ein circa fünf Jahre alter Junge. Der Hand in Hand mit einem Indianer ging.«

Inzwischen zeigten auch die Leute an den umliegenden Tischen Interesse.

»Hast du gehört, Ben? Ein Indianer hat sich einen weißen Jungen geschnappt.«

»Was meinst du mit geschnappt?«

»Der Professor hat ihn gesehen.«

»Sind Sie sicher?«, fragte Waghorn. »Wo war das?«

»Ich glaube nicht, dass … ich meine, ich glaube, dass der Junge freiwillig bei ihm war. Er wirkte fröhlich.«

»Hab von niemandem gehört, der ein Kind vermisst«, sagte Tompkins, der Apotheker.

Waghorn guckte erstaunt. »Ich auch nicht. Und das war draußen in Kairo? Wer war der Indianer?«

»Schwer zu sagen. Ich habe sein Gesicht nicht gesehen.«

»War wahrscheinlich nur irgendein Kind. Viele von denen haben helle Haut.«

Damit schien die Sache erledigt, aber während Deighton sein Essen auf dem Teller herumschob, bereute er es, überhaupt davon angefangen zu haben. Den ganzen Tag lang quälte ihn das Gefühl, etwas in Gang gesetzt zu haben, das nicht ohne Folgen bleiben würde. Er schrieb seine Briefe – an die Behörde, mit der Bitte um weitere Gelder, an seine Schwester, um ihre Einladung, Weihnachten mit ihrer Familie in Boston zu verbringen, auszuschlagen –, holte im Postamt ein Paket Bücher ab und gab seine Schmutzwäsche beim Bruder des Chinesen ab, der neben dem Futterlager eine Wäscherei betrieb. An diesem Abend las er noch lange im Buch des spanischen Ordensbruders und stellte sich vor, wie es gewesen sein musste, so ganz allein durch die Mojave-Wüste zu laufen.

Am nächsten Morgen weckte ihn Lärm draußen vor dem Fenster. Er schob den staubverschmierten Rahmen hoch und sah eine Gruppe zerlumpter Männer, darunter Joe Pine, die zur Polizeiwache geführt wurden. Er schlüpfte in seine Hose und lief nach unten, wo sich bereits eine Menschenmenge vor der Tür drängte.

»Was ist da los?«

»Kidnapping. Der Sheriff hat die Männer einkassiert, um sie zu vernehmen.«

»Wer wurde gekidnappt?«

»Ein kleiner Junge aus der Nähe von Ludlow.«

»Kairo, hab ich gehört.«

Deighton bahnte sich seinen Weg durch die Menge und schob einen Deputy zur Seite, der ihm den Weg versperren wollte. Im

Revier standen Joe und seine Freunde aufgereiht vor Sheriff Calhoun, der vor ihnen entlangmarschierte und Fragen bellte wie ein Ausbilder bei der Armee. Waghorn war auch im Raum, außerdem ein Mann, den er als Danville Craw erkannte, den Besitzer der Bar-T Ranch, die in der Nähe von Kairo an das von der Indianerbehörde verwaltete Land grenzte.

»Professor.«

»Mr. Waghorn. Sheriff.«

»Wir haben zu tun, Deighton.«

»Der Professor hat den Jungen gesehen. Vor drei Tagen, richtig?«

»Richtig. Ich war in Kairo, kurz nach Sonnenuntergang. Ich sah einen kleinen Jungen mit einem Indianer. Weiß der Himmel, wo sie hinwollten. Er wurde entführt, sagen Sie?«

Sheriff Calhoun wischte sich mit einem Taschentuch über die Glatze. Mit seinem Stiernacken und Trinker-Teint bildete er einen starken Kontrast zu dem Indianeragenten und dem Rancher, die beide etwas Geierhaftes hatten. »Also«, sagte er. »Wir wissen nicht genau, was passiert ist, aber so lautet erst mal der Stand. Mr. Craw hier hat die beiden gestern Abend auf seinem Land gesehen.«

»Ich bin hinterhergeritten, aber sie müssen sich versteckt haben. Ist ein schroffes Gelände dort bei den Paiute Holes. Haufen Felsen und so. Jedenfalls hab ich sie verloren.«

»Ist die Bar-T Ranch nicht westlich von Kairo?«

»Richtig.«

»Als ich sie sah, liefen sie in Richtung Osten.«

»Müssen wohl umgedreht sein.«

»Sind diese Männer Verdächtige?«

»Wir haben sie noch nicht vernehmen können. Mr. Craw hat sie direkt danach an derselben Stelle beim Campen entdeckt. Keiner von ihnen konnte erklären, was sie auf seinem Land zu suchen hatten, also haben er und seine Jungs sie hergebracht.«

Joe und seine Begleiter schauten stur zu Boden. Die anderen kamen ihm nicht bekannt vor. Deighton glaubte, dass sie vielleicht von einem der Trupps stammten, die auf den Rinderfarmen jenseits des Colorado arbeiteten.

»Kann ich mit ihnen sprechen?«

»Der Professor spricht ihre Sprache.«
»Ich weiß nicht. Das ist Polizeisache.«

Deighton meinte ziemlich sicher zu wissen, was sie bei den Paiute Holes zu suchen hatten. Von Segunda wusste er, dass der Ort in einem Maultier-Lied vorkam. Bevor Krankheit und Enteignung in ihr Leben traten, dienten die Lieder als Jagdrouten, aber auch als Mittel, geheimes Stammeswissen weiterzugeben. Die Lieder waren Geschichten, und wenn einer von ihnen starb, wurden sie traditionellerweise ganz durchgesungen, von der Abenddämmerung bis zum Morgengrauen, um so die Seele der Verstorbenen auf den Weg ins Land der Toten zu bringen, entlang der Orte, die ihnen im Leben am meisten bedeuteten. Deighton fand das faszinierend, aber jetzt brach das alles zusammen. Die Ältesten starben, ohne ihre Lieder weiterzugeben, Familiengruppen zerstreuten sich. Joe und seine Freunde waren wahrscheinlich dort gewesen, um für einen der Ihren zu singen. Dass das Land Craw gehörte, war für sie völlig unerheblich, zumal der Gedanke, dass jemand Land besitzen konnte, in ihrer Kultur praktisch nicht existierte. Das Calhoun zu erklären kam kaum infrage, vor allem nicht in Waghorns Anwesenheit.

»Ellis«, sagte der Sheriff. »Das sind deine Jungs. Glaubst du, sie haben etwas damit zu tun?«

»Kann ich schlecht sagen, Dale. Joey, warum erzählst du dem Sheriff nicht, was ihr bei Mr. Craws Wasserstelle zu suchen hattet?«

»Wir haben uns verlaufen«, sagte Joe. »Wir dachten, wir befinden uns noch auf Regierungsland.«

Craw spuckte auf den Boden. »Unsinn!«

»Und was ist mit dem Jungen? Wer von euch verrät mir, was ihr mit einem weißen Kind zu schaffen hattet?«

Keine Reaktion.

»Wer ist das Kind?«, wollte Deighton wissen. »Wann wurde es als vermisst gemeldet?«

Calhoun ließ sich auf seinen Stuhl fallen, der unter seinem Gewicht knarrte. »Tja, Vermisstenanzeige gibt es in dem Sinn noch keine. Ich hab ein Telegramm nach Victorville geschickt, und einer meiner Männer hört sich gerade im Tal um.«

»Sie meinen, es hat sich noch überhaupt niemand gemeldet?«
Craw wurde wütend. »Verdammt, Professor! Wir haben keine
Zeit für Haarspaltereien. Irgend so ein Krieger schleppt ein armes
Würmchen durch die Wüste. Wer weiß, was der mit ihm an-
stellt …«

»Was meinen Sie mit anstellen?«

Craw deutete mit dem Kinn auf die Indianer. »Ist nicht lange
her, da haben die unsere Leber verspeist. Weiß der Herrgott, was
die in ihren finsteren Herzen umtreibt.«

»Hören Sie, Professor«, unterbrach ihn Calhoun. »Ich mache
Sie mitverantwortlich für diesen Schlamassel. Sie haben das Kind
gesehen und nichts unternommen. Ohne Ellis, der es für richtig
hielt, sich zu melden, nachdem Mr. Craw die Jungs hier angeschleppt hat, hätten wir nicht mal davon erfahren.«

»Ich verstehe nicht, warum Sie deswegen so ein Theater
machen.«

Craw sah ihn ernsthaft erstaunt an. »Herr im Himmel, haben
Sie nicht zugehört? Ein armes kleines Christenkind wird womög-
lich bei lebendigem Leibe verspeist, wenn wir kein sogenanntes
Theater machen.«

Calhoun warf ihm einen säuerlichen Blick zu. »Aller Wahrscheinlichkeit nach wird es einer der Jungs aus Kairo gewesen sein.
Professor, Sie haben ihn gesehen. Sind Sie sicher, dass Sie ihn
nicht kannten?«

Deighton dachte kurz nach. Dann beging er seine große
Sünde.

»Na ja, einer der Männer war offenbar nicht im Lager.«

»Wer?«

»Sein Name ist Willie Prince.«

»Den kenn ich«, sagte Waghorn. »Arroganter Mistkerl.«

»Sieht aus, als sollten wir mal einen Ausflug nach Kairo machen. Professor, Sie fahren.«

Als sie aus der Wache kamen, drängte die Menge nach vorn,
um etwas zu erfahren. Die Stimmung war beunruhigend. Als Calhoun verkündete, sie würden die Indianer »bis auf Weiteres« in
Verwahrung behalten, brüllte jemand von hinten, sie sollten die
roten Bastarde am nächsten Baum aufknüpfen.

Die Fahrt zur Oase schien endlos zu dauern. Der Wagen ächzte den Weg hinauf zur Wüste, vorbei an neuen Claims mit halb fertigen Hütten und Stapeln von Bauholz. Deighton bog rasant in die Abzweigung nach Kairo ein und ruckelte über den gefrorenen Pfad auf den Gebirgszug zu, der an diesem Tag öde und leblos aussah, ein gezackter eisengrauer Streifen am Horizont. Der sandige Wind, der ihnen von Norden entgegenpeitschte, brannte ihm im Gesicht, und er war froh über seine Schutzbrille. Zum Glück wollte keiner seiner Fahrgäste reden. Sie saßen geduckt in ihre Jacken gehüllt, die Hüte tief über die Augen gezogen. Waghorn hatte die Hände in die Taschen gestemmt, auf Calhouns Schoß lag der Karabiner, wie bei einem Musiker, der auf seinen Einsatz wartet.

Als sie das Lager vor sich erblickten, rutschten Waghorn und Calhoun unruhig auf ihren Sitzen herum. Deighton starrte mit zusammengekniffenen Augen nach vorn.

»Scheint niemand da zu sein.«

Calhoun zündete sich knurrend eine Zigarette an. Sie hielten in einer Staubwolke, stiegen aus, stampften mit den Füßen und rieben sich die taub gewordenen Hände. Calhoun und Waghorn liefen umher, zogen Planen beiseite und spähten in Wigwams. Die Asche der Feuer war noch warm. Ein paar Hunde schnüffelten im Müll und kamen neugierig auf die Männer zu, in der Hoffnung auf Essen. Waghorn trat nach einem, worauf er ein Stück zurückwich. »Jetzt wissen wir, dass etwas im Busch ist«, sagte er.

»Was glaubst du, wo sie hin sind, Ellis?«, fragte Calhoun.

»In die Saddlebacks, nehme ich an. Gibt einen Haufen Höhlen da oben. Die werden wir schnell aufspüren. Glaubst du, sie haben den Jungen dabei?«

Calhoun steckte den Kopf in einen Wigwam und zog ihn schnell wieder raus. »Ich glaube, wir haben jemanden. Himmel, stinkt das nach Scheiße da drinnen.« Deighton hockte sich hin und sah durch die Öffnung. Es dauerte einen Moment, bis seine Augen sich an die Dunkelheit gewöhnt hatten. Der Gestank war überwältigend. Exkremente, Erbrochenes und noch etwas, das er aus dem Krieg kannte: der Geruch eines sterbenden Menschen. Ein älterer Mann lag auf dem Boden, in Decken gehüllt. Sein

Atem ging schwer und rasselte in seiner Brust wie eine Perle in einem leeren Kästchen. Neben ihm saß Segunda Hipa. Er sprach zu ihr in der Sprache ihres Volkes.

»Segunda. Bist du krank?«

Die alte Frau hatte die Augen vor Angst weit aufgerissen.

»Ist schon gut. Dir passiert nichts. Warum haben sie dich zurückgelassen?«

Sie nannte den Namen des Mannes, bei dem sie saß. »Er stirbt. Es ist nicht richtig, ihn allein zu lassen.«

»Segunda, wo ist Eliza? Wo ist Salzgesicht?«

»Weg, wo du sie nicht finden kannst.«

»Ist sie mit Willie Prince zusammen?«

Segunda antwortete nicht.

»Was ist los?«, fragte Waghorn, der versuchte, in der Finsternis etwas zu erkennen.

»Einen Moment noch.«

Der alte Mann stöhnte. Segunda nahm einen Lappen und wischte ihm das Gesicht ab.

»Segunda, erzähl mir etwas über den Jungen. Ich weiß, dass du etwas weißt.«

»Warum hast du sie hergebracht?«

Waghorn drängte an Deighton vorbei ins Dunkle und trat auf etwas Knirschendes auf dem harten Lehmboden, wahrscheinlich ein Korb.

»Komm her, alte Frau. Du musst mit uns reden.«

Mit einer Hand hielt er ein Taschentuch vor Mund und Nase, mit der anderen packte er Segunda am Arm. Als sie nicht gleich aufstand, griff er fester zu und zerrte sie zum Ausgang. Sie fing an zu weinen, ein helles Geheul, das durch die verpestete Luft schnitt.

Deighton war entsetzt. »Um Gottes willen, lassen Sie sie los!«

»Aus dem Weg.«

Deighton versuchte, Waghorns Griff um Segundas Arm zu lösen, bis alle drei draußen im Dreck landeten. Während Segunda zusammengesunken auf dem Boden hocken blieb, rappelten die beiden Männer sich fluchend wieder auf.

»Verdammt, Deighton, aus dem Weg, hab ich gesagt. Und

jetzt, du verlauste alte Schlampe, sagst du mir, was hier los ist. Wo ist das Kind?«

Deighton flehte Calhoun an einzugreifen. »Sheriff, tun Sie etwas, sonst tu ich es.«

»Ellis«, sagte Calhoun. »Hör auf, Ellis. Das bringt uns nicht weiter.«

Waghorn ließ von ihr ab. Segunda saß im Staub und senkte das Gesicht in ihr Tuch. Deighton trat mit geballten Fäusten auf den Indianeragenten zu. »Professor«, warnte Calhoun ihn. »Das lassen Sie besser.« Deighton drehte sich um und sah, dass der Sheriff den Karabiner direkt auf seinen Bauch gerichtet hatte. Er fragte sich, wie die Situation so außer Kontrolle geraten konnte. Er trat einen Schritt zurück. Waghorn hatte ebenfalls die Hand an der Waffe, ein langläufiger Revolver, der im Holster unter seiner zerschlissenen Lederjacke steckte. Die drei Männer beäugten sich misstrauisch.

»Was sind Sie für ein Idiot!«, sagte Deighton zu Waghorn. »Sie wollte nicht reden. Und jetzt wird sie es bestimmt niemals tun. Die anderen haben offenbar erfahren, was mit Joe und seinen Freunden passiert ist, und sind abgehauen. Ich kann es ihnen nicht verdenken.«

»Ach, nein?« Waghorn wischte sich mit der Hand über den Mund. Calhoun ließ seinen Karabiner sinken und ging mühselig in die Hocke. Sein Atem pfiff wie Luft, die aus einer Blase wich.

»Komm schon, alte Frau. Achte nicht auf ihn. Niemand tut dir etwas. Warum erzählst du mir nicht, was hier los war? Wir wollen nur ein Kind finden, das vermisst wird. Einen kleinen Jungen.«

Segunda reagierte nicht, sie starrte nur auf den Boden vor ihr. Waghorn stampfte wütend auf.

»Sag schon, oder du landest mit deinem knochigen Arsch bei den anderen im Gefängnis.«

Die alte Frau schwieg stur weiter. Deighton war übel.

»Bitte, lasst uns einfach gehen. Sie kann uns nicht helfen.«

»Na ja«, sagte Calhoun und erhob sich. »Sie will es jedenfalls nicht.«

»Dale, du lässt sie doch damit nicht durchkommen?«

»Ellis, ich hab keine Ahnung, wie du bei diesen Leuten überhaupt irgendwas geregelt kriegst. Du bist schlimmer als ein toll-
wütiger Hund.« Er sah auf die Uhr. »Zu spät, um jetzt noch nach
Hause zu fahren, außerdem glaube ich nicht, dass mein Hintern
es noch länger in diesem Knochenbrecher aushält. Ich hab Mel-
lish und Frankie Lobo gesagt, sie sollen zur Bar-T Ranch reiten,
wenn es Neuigkeiten gibt. Wir übernachten dort und klären das
morgen früh.«

Waghorn und Calhoun gingen zurück in Richtung Auto.
Deighton kniete sich neben Segunda.

»Alles in Ordnung? Bist du verletzt?«

Sie antwortete nicht. Er machte einen halbherzigen Versuch,
ihr die Erde vom Tuch abzuklopfen, und hielt ihr dann die Hand
hin, um sie hochzuziehen. Sie ignorierte ihn und hielt den Blick
auf die Stelle auf dem Boden vor ihr gerichtet. Schließlich ging er.
Als sie losfuhren, liefen die Hunde ihnen mit hängenden Zungen
hinterher. Sie sahen aus, als würden sie lachen.

Auf Craws Ranch verzichtete Deighton auf das Abendessen
und verzog sich direkt in die Schlafbaracke, wo er mit dem Gesicht zur Wand noch mehrere Stunden lang wach lag. Später hörte er die anderen reinkommen. Jemand kletterte in das Bett über
ihm. Er stellte sich schlafend.

Bei Tagesanbruch erschienen zwei Deputys und ein indiani-
scher Polizist aus dem großen Reservat bei Victorville im Dienst-
wagen der Stadt, einem viertürigen Studebaker. Irgendwann in
der Nacht hatten Union-Pacific-Mitarbeiter in einem Depot vierzig Kilometer nördlich der Ranch einen Indianer mit einem weißen Jungen durch die Wüste laufen sehen. Offenbar war er in
Richtung Berge, die sogenannten Saddlebacks, unterwegs. Als
Deighton davon hörte, fragte er sich, wie ein paar Männer mitten
in der Nacht so weit sehen konnten.

»Haben sie zufällig etwas von einem Licht gesagt?«

»Was für ein Licht?«

»Von dem Jungen. Haben sie gesagt, dass der Junge geleuchtet
hat?«

Alle sahen ihn an wie einen Geistesgestörten.

Es gab noch andere Nachrichten. Eine Siedlerfamilie in der

Nähe der heißen Quelle in Palm Springs vermisste seit zwei Monaten einen Jungen. Der Zehnjährige war zuletzt gesehen worden, wie er in der Umgebung einer alten Mine auf den Felsen herumkletterte. Für die meisten Männer an Danville Craws zerschrammtem Pinienholztisch war der Fall damit klar. Es gab einen vermissten Jungen und einen Entführer. Die einzige Frage lautete, wie es mit der Fahndung weiterging. Wieder ergriff Deighton das Wort.

»Der Junge, den ich gesehen habe, war auf gar keinen Fall zehn Jahre alt. Er war nicht älter als sechs, allerhöchstens sieben.«

»Professor«, erwiderte Calhoun behutsam, »ich danke Ihnen für Ihre Hilfe, aber ich denke, es ist Zeit, dass Sie sich wieder an Ihre Bücher setzen. Von hier an übernehme ich.«

»Sie schicken Ihre Männer hoch in die Saddlebacks?«

»So wird es wahrscheinlich laufen.«

»Ich will mitkommen.«

»Was?«

»Sie haben mich verstanden. Ich will, dass Sie mich zum Deputy machen.«

»Bei allem Respekt, Professor, das halte ich für keine gute Idee.«

Craw trank seinen Kaffee mit den Füßen auf dem Tisch und lachte verächtlich. Deighton drehte sich zu ihm um. »Ich spreche ihre Sprache. Und ich kann bestimmt zehnmal besser mit den Indianern umgehen als dieser Idiot Ellis Waghorn. Außerdem habe ich den Ford. Ich schätze, ich könnte sehr nützlich sein.«

Calhoun schüttelte den Kopf. »Sie wollen ihn in Ihrem Automobil verfolgen? Dieser Indianer hält sich nicht an Straßen. Der ist irgendwo in den Saddlebacks und klettert wie der Teufel. Sobald wir am Depot vorbei sind, ist Ihre Blechkiste keinen Fliegenschiss wert.«

»Ich kann reiten.«

»Haben Sie ein Pferd?«

»Ich leihe mir eins von Mr. Craw.«

»Den Teufel werden Sie.«

»Dann kaufe ich eins. Ich zahle einen guten Preis.«

Calhoun überlegte kurz. »Na ja, wir brauchen jeden Mann,

den wir kriegen können. Aber wie sieht es mit Ihrer Gesundheit
aus, wenn Sie die Frage gestatten? Wir können keine Rücksicht
auf Sie nehmen.«

»Lassen Sie das mal meine Sorge sein.«

»Na gut. Ich werde Sie vereidigen.«

»Danke, Sheriff Calhoun.«

»Eine Sache noch, Professor. Ich hab mitbekommen, wie Sie
bei den Leuten anecken. Wenn Sie dabei sein wollen, sind Sie mir
unterstellt. Ich weiß, dass Sie studiert haben und als Offizier im
Krieg waren, das sieht man schon an Ihren Narben. Aber hier sind
Sie kein Offizier, sondern nur ein Deputy. Also tun Sie, was ich
sage, und halten Sie den Mund, vor allem in Gegenwart von Ellis
Waghorn. So was wie gestern will ich nicht noch mal erleben.«

Deighton kochte innerlich vor Wut, trotzdem nickte er.

»Okay. Heben Sie die rechte Hand. Schwören Sie, den Frieden im County von San Bernardino einzuhalten und zu wahren,
jede Form von Aufruhr und Aufstand zu unterdrücken und sich
zu diesem Zweck sowie zur Zustellung ziviler und strafrechtlicher
Vorladungen und der Festnahme und Verwahrung einer Person
aufgrund eines Verbrechens oder Landfriedensbruchs jederzeit
zur Verfügung zu halten?«

»Ja, ich schwöre.«

»Kraft meines Amtes ernenne ich Sie hiermit vorübergehend
zum Deputy dieses Countys. Gib dem Mann ein Pferd, Danville.«

Deighton ging mit Craw zu einem Pferch neben der Baracke.
Es sah schlimm aus, Kisten waren vor einem maroden Schuppen
gestapelt, Zaumzeug hing wahllos durcheinander am Geländer.
Fünf halbwilde Mustangs tobten durch das Gehege und wichen
zurück, als die Männer näher kamen. Craw beschrieb sie wenig
vielversprechend als »ungerittenen Ausschuss«. Insgeheim hielt
Deighton das für eine Untertreibung.

»Haben Sie keine ordentlich zugerittenen Pferde?«

»Jetzt hör sich das einer an. Doch, Sir, natürlich, das Problem
ist nur, dass meine Männer sie genommen haben. Wollen Sie eins
von denen oder haben Sie Ihre Meinung geändert?«

Mehrere Arbeiter kamen ans Geländer, um zuzusehen. Deighton zeigte auf einen Braunen, der geringfügig zahmer als die anderen wirkte. Craw bückte sich unter dem Zaun durch, legte dem Tier das Zaumzeug um und führte es an einem Strick mit sich, während es stampfte und scheute. Deighton blieb bei seiner Wahl. Er konnte schlecht einschätzen, ob die Experten am Zaun ihn beglückwünschten oder eher nicht. Als er aufstieg, sprang das Pferd hin und her, warf den Kopf herum und sah ihn böse an. Er ließ es ein paarmal ohne Zwischenfälle im Kreis traben und band es dann fest. Deighton hatte im Osten die englische Reitweise gelernt. Das hier war etwas anderes, sogar das Sattel- und Zaumzeug kam ihm merkwürdig vor, der breite, viereckige Sattel mit dem hohen Knopf, die ungewohnten Zügel. Craw sah ihn abwägend an und fing an, über Geld zu reden. Nachdem sie sich auf einen Preis geeinigt hatten, eine exorbitante Summe, die Deighton nie würde bezahlen können, machte er sich mit dem Rest des Trupps bereit, füllte seine Feldflasche, holte den Schlafsack aus dem Wagen, packte in eine Ledertasche Bohnen und Würstchen in der Dose, einen Rasierer, ein Stück Seife und Bruder Garcés' Buch. Um ihn herum sattelten die Männer ihre Pferde und steckten Karabiner in die Gewehrtaschen. Er sah, dass Ellis Waghorn ihn beobachtete und spöttisch den Mund verzog. Deighton stellte sich vor, wie er von einer Haubitze getroffen wurde und in die Luft flog.

Eine Stunde später ritten sie los. Während die Sonne höher stieg, folgten sie dem Stacheldrahtzaun, der die Bar-T Ranch vom Reservat trennte. Eine feine Wolke weißen Kalksteins stieg über den Pferden auf und sank wie gesiebtes Mehl auf die Reiter nieder. Vor ihnen erstreckte sich die Wüste in Richtung Saddlebacks, ein geriffelter ockerfarbener Kamm, der unvermittelt aus der weißen Ebene ragte. Der Weg führte aus Craws Land hinauf über ein Gelände mit runden Felsbrocken, dann wieder hinunter durch weites sandiges Gebiet und immer so weiter, bis sie schließlich die Dünen erreichten. Gegen Mittag sichteten sie eine Reihe von Telegrafenmasten. Eine halbe Stunde später trafen sie auf die Bahnstrecke und folgten ihr bis zu den Lehmziegelbauten und dem großen eisernen Wassertank des Bahndepots.

Während Calhoun und Waghorn über ihren Karten hingen

und die Route planten, stellte Deighton sich an, um aus einem großen Tontopf seine Feldflasche aufzufüllen. Als er dran war, trank er aus dem Schöpflöffel und goss sich etwas Wasser über den Kopf. Der Fährtenleser Francisco Lobo rauchte und schaute in die Berge. Er war ziemlich klein, knapp über einen Meter fünfzig groß, und hatte eine Hakennase und ein glattes rundes Gesicht, das ihn alterslos wirken ließ. Die Haare trug er kurz, dazu ein zerknittertes Nadelstreifenjackett und einen Strohhut, den er sich tief über den Kopf gezogen hatte, insgesamt sah er damit seltsam förmlich aus. Deighton ging zu ihm rüber.

»Was glauben Sie, wer es ist?«

Lobo sah ihn verwirrt an.

»Der Flüchtige. Wer ist es?«

»Irgendein Kerl, würde ich sagen.«

»Ich hab von Indianerstämmen gehört, die weiße Kinder großziehen, aber das ist lange her. Zu Zeiten der Pioniere. Ich verstehe nicht, was er mit dem Jungen will.«

»Ich bin nicht mal sicher, dass es diesen Jungen gibt.«

In dem Moment stieß Calhoun einen Pfiff aus und rief alle zusammen, um die Order auszugeben. Ein paar von ihnen sollten mit der Draisine zur nächsten Station in Richtung Osten fahren, sich dort Pferde besorgen und dem Indianer von der anderen Seite den Weg abschneiden. Die anderen brachen auf in Richtung Gebirge und sollten versuchen, seine Spuren zu verfolgen. Sie sattelten auf und machten sich in zwei Trupps auf den Weg, jeweils auf einem der alten Minenpfade, die durch die Berge führten. Sie waren gerade mal eine Stunde unterwegs, als Lobo die Hand hochhielt. Die Männer stiegen ab und sahen sich an, was er entdeckt hatte. Deighton konnte kaum etwas erkennen, es war nicht mehr als eine ovale Stelle, an der der Sand leicht verschoben war. Lobo ging ein Stück weiter und fand einen zweiten Abdruck, dann einen dritten.

»Er ist schnell gelaufen«, sagte der Fährtenleser. »Sehr schnell, in Richtung Berge.«

Calhoun schüttelte ungläubig den Kopf. »Seht euch an, wie lang seine Schritte sind. Was ist das, ein Meter achtzig? Das ist doch unglaublich.«

Craw war skeptisch. »Das ist ein Trick. Er tarnt seine Spuren.«
»Ich wüsste nicht wie.«

»Ich hab so was schon mal gehört«, sagte Lobo. »Aber ich habe es noch nie mit eigenen Augen gesehen. Der Mann ist ein echter Läufer. Er läuft nach der alten Tradition.«

»Alten Tradition?«

»Nicht wie normale Menschen.«

Lobo hielt die Hand über die Augen und blickte in Richtung Gebirgszug.

»Ich glaube nicht, dass wir ihn kriegen.«

Calhoun wurde sauer. »Ist mir egal, ob er nach der alten oder der jungen Tradition läuft, in dem Tempo kann er nicht ewig weiterlaufen. Außerdem gibt es da oben nichts zu essen. Zwischen der Ranch und hier kann er nirgends was bekommen haben. Irgendwann ist er müde und hungrig und wird langsamer. Wir kriegen ihn.«

Lobo schüttelte den Kopf. »Ich weiß nicht, Sheriff, Sir. In den Bergen gibt es mehr zu essen, als man denkt. Und manche lagern dort Lebensmittel für die Jagd. Pinienkerne, Dörrfleisch. Vielleicht kennt er ein Versteck.«

Calhoun mochte es nicht, wenn man ihm widersprach. Er spuckte auf den Boden und holte einen Taschenspiegel hervor, mit dem er der zweiten Gruppe, die ein paar Meilen weiter südlich ritt, Zeichen gab. Als er sah, dass sie den Kurs änderten, gab er Befehl aufzusatteln. Sie folgten den Spuren in Richtung Gebirge, vorbei an runden Felsbrocken, zwischen denen hier und da Ocotillos und Salbei wuchsen. Die Schatten wurden länger, und im warmen Abendlicht erschienen die weißen Felsen honiggelb und die Landschaft insgesamt weicher. Als die Hitze wich, hatten sie die Berge erreicht und seit mindestens einer Stunde kein Zeichen mehr von ihrem Flüchtigen entdeckt. In der Abenddämmerung folgten sie der einzig plausiblen Route, einem schmalen Pfad, der zu einem steilen Kamm hochführte. Unter ihnen wich das letzte orangefarbene Licht aus der Wüste. Als sie den Pass erreichten, sahen sie, dass er hinunter zu einem Unterschlupf zwischen zwei schroffen Felswänden führte. Hirten hatten einen kleinen Pferch und eine einfache Steinhütte errichtet und einen

Pferdeschädel über dem Eingang aufgehängt. Die Hütte war eine Ruine und wahrscheinlich vor Jahren zum letzten Mal benutzt worden, aber drinnen lag ein Stapel Holz, und in einem Steinbecken war Wasser. Sie schlugen ihr Lager auf. Als die zweite Gruppe eintraf, stand bereits der Kaffee auf dem Feuer. Die gefesselten Pferde schnüffelten nach Futter, während die Männer Bohnen und Tortillas aßen. Deighton setzte sich mit seinem Teller neben Lobo. Obwohl er kaum beachtet wurde, senkte er die Stimme, zumal der andere vielleicht nicht offen sprechen wollte. »Warum haben Sie gesagt, dass wir ihn nicht einholen?«

»Wie ich schon sagte, er ist ein echter Läufer.«

»Was bedeutet das?«

»Früher gab es Kuriere, die dreihundert Kilometer am Tag zurücklegten. Echte Läufer. Sie wussten, dass es nicht nur eine Art zu laufen gibt.«

»Ich verstehe nicht recht.«

»Als ich ein Kind war, lebten wir auf der anderen Seite des Flusses. Es gab eine Gruppe von Männern, die zusammen laufen gingen. Nicht, um irgendwo hinzukommen. Aus purer Freude am Laufen. Einer hieß John Smith, er hatte allerdings mehrere Namen. Wenn er mit seinen Freunden zusammen war, lief er wie alle anderen, aber allein lief er nach der alten Tradition, so erzählte man es sich jedenfalls. Es gibt eine Geschichte über John Smith, wie er mit seinen Freunden bei den Paiute Holes campt und sich verabschiedet, um zu einem Lager ein Stück flussaufwärts zu gehen, einem Ort namens Lehm-der-wie-Tränen-hängt. Seine Freunde sehen ihn ganz normal loslaufen wie immer. Sie sind neugierig und wollen wissen, wie er läuft, wenn er allein ist, also folgen sie ihm. Zuerst finden sie seine Fußspuren, lange Schritte, wie wir sie gerade gesehen haben. Aber dann werden sie immer länger, drei Meter, sechs Meter, bis sie einfach verschwinden. John Smiths Freunde laufen flussaufwärts den Pfad entlang. Nach ein paar Tagen kommen sie nach Lehm-der-wie-Tränenhängt und fragen die Leute dort, habt ihr John Smith gesehen? Und die Leute sagen Ja, er war hier an diesem und jenem Tag, als gerade die Sonne aufging. Es war derselbe Morgen, an dem er aus Paiute Holes losgelaufen war.«

»Dann war dieser John Smith also ein Schamane?«

»Nein, nein, er hatte keinen Stab und auch nie irgendwelche Visionen. Er war ein ganz normaler Mann.«

»Aber er konnte sich auf magische Art fortbewegen.«

»Das war keine Magie. Er konnte einfach laufen.«

Damit war Lobos Geschichte zu Ende. Als sich Deighton ans Feuer legte, den Kopf unbequem auf den Sattel gestützt, vermischten sich diverse Bilder zu einem: der Läufer, der loslief und im nächsten Augenblick an seinem Ziel eintraf, der wandernde spanische Ordensbruder, Coyote, der sich an einem Halm festhielt und so ins Land der Toten gelangte. Hatte Garcés dort seine verlorenen Tage verbracht? Hatte der laufende Indianer sie dorthin geführt? Er lauschte dem Scharren der Pferde in ihren Fußfesseln und schlief ein, und diesmal träumte er von Eliza statt vom Schlamm und der Wirrnis im Bois de Belleau. Es war bitterkalt, und als er irgendwann vor Sonnenaufgang aufwachte, hatte er einen steifen Hals und einen trockenen Husten, der nicht weggehen wollte, wie sehr er auch versuchte, ihn zu unterdrücken.

Den ganzen Tag lang hatte er Schmerzen. Ihm war kalt bis auf die Knochen, und erst als die Sonne hoch am Himmel stand, hörte er auf zu zittern. Er war das Reiten nicht gewohnt. Seine Rücken- und Beinmuskeln taten weh, aber schlimmer waren die Schmerzen in der Brust. Die Bewegung des Pferdes trug offenbar noch dazu bei, und allmählich fragte er sich, ob Calhoun recht hatte. Vielleicht würde er am Ende nicht mithalten können.

Oben in den Bergen stießen sie auf eine stillgelegte Silbermine. Der Schacht war eingestürzt, sodass die Eisenschienen in einem Felshaufen verschwanden, wie bei einem Zaubertrick. Vor diesem zugestopften Eingang stand neben einem Berg Erzschlamm eine primitive Steinmühle. Hier hatte noch am Abend zuvor jemand sein Lager aufgeschlagen. In der Asche eines Feuers lagen Eidechsenknochen. Lobo kniete sich daneben. Calhoun stieß sie mit seinem Stiefel an.

»Tja, Frankie, so viel zu deiner Theorie, dass unser Mann hier oben Essen gelagert hat. Kann nicht viel hergegeben haben, die Chuckwalla. Schon mal eine gegessen?«

Lobo verneinte. Sein Volk kam vom Fluss. Nur die Menschen

in der Wüste aßen Eidechsen. Sie folgten den Schienen bis zu einem Steilhang über einem Talkessel, der sich mindestens vierzig
Kilometer weit erstreckte, bis sich ihm der nächste Gebirgszug
entgegenstellte. Deighton war noch nie in diesem Land gewesen
und war, wie so oft in der Wüste, überwältigt von der völligen Abwesenheit menschlicher Existenz und jeder Form von erkennba-
rem Maßstab. Jetzt hatte er keine Zweifel mehr. Dies war der Ort
der Stille, das Land, in dem Garcés die fehlenden Tage verbracht
hatte. Die Sonne ging unter und tauchte alles in Rot, nur an einer
Stelle ragte ein dunkler Aschekegel wie ein Pickel aus dem Schotter. Calhoun holte sein Fernglas hervor und suchte mehrere Minuten lang das Gelände ab.

»Teufel auch«, sagte er endlich. »Da ist er.«

Das Fernglas wanderte von Hand zu Hand. Die Luftfeuchtig-
keit ging gegen null. Die Sicht war perfekt. Deighton brauchte
eine Weile, um die kleine Staubwolke in der Leere auszumachen,
ein blaues Flimmern, das einen langen Schatten warf. Es schien
unmöglich. Wie weit war das? Fünfzehn, vielleicht zwanzig Kilometer? Ein laufender Mann in einem blauen Hemd. Auf den
Schultern irgendein Bündel. Ein Kind? Schwer zu sagen.

Sie stiegen vorsichtig über ein Geröllfeld ab. Wie Seiltänzer setzten die Pferde einen Fuß vor den anderen. Das war der Punkt, an
dem Deightons Brauner ihn abwarf. Zwei Tage lang war das na-
menlose Tier brav gewesen, von seinem Temperamentsausbruch
in der Koppel war in der Wüste nichts mehr zu spüren gewesen.
Deighton gab sich Tagträumen hin und vertraute dem Pferd, in
der zunehmenden Dunkelheit den besten Weg nach unten zu finden, doch plötzlich bäumte es sich auf und warf ihn rückwärts aus
dem Sattel. Instinktiv wollte er den Sturz mit der Hand abbremsen
und verrenkte sich dabei den Arm. Das Pferd schlug aus, verfehlte
nur knapp seinen Kopf und schlitterte dann ein Stück den Abhang
runter. Das Geröll rutschte ihm unter den Hufen weg, sodass es
fast gestürzt wäre. Von weiter unten drangen Schreie hoch, als die
Reiter an der Spitze Steine auf sich zuspringen sahen. Die Panik
übertrug sich auf die Tiere. Ein mit Feuerholz und Vorräten be-
ladener Esel schlüpfte aus seinem Halfter und riss aus.

Deighton kam auf die Beine, er bewegte sein Handgelenk, um

zu sehen, ob es gebrochen war. Offenbar nur verstaucht. Ansonsten war er mit ein paar Schrammen und Beulen und einer zerrissenen Hose davongekommen. Einer von Craws Männern kümmerte sich um ihn, ein grauer Alter namens Silas Henry, der die Welt mit einem funkelnden Gebiss angrinste, das er angeblich selbst angefertigt hatte. Das Gold hatte er eigenhändig in Skidoo geschürft, bevor ihn die Krise erwischte.

Sie lagerten am Fuß des Abhangs, eine schäbige, ungeschützte Stelle. Als die Hitze sich verzog, peitschte ein scharfer Wind über die Ebene, sodass die Funken vom Feuer wie kleine Kometen durch die Luft schossen. Die Zweige, die der Esel getragen hatte, verbrannten schnell, und nach einem hastigen Mahl machten sich alle zum Schlafen bereit und drängelten sich um einen Platz an der Glut.

Als Deighton im violetten Morgendunst seinen Kaffee trank und seine Kelle Bohnen aß, kam Waghorn vorbei und trat ihm gegen den Stiefel.

»Ihretwegen hab ich kaum geschlafen. Verdammtes Gehuste.«

Deighton war zu müde und zu angeschlagen, um sich zu wehren. Bestimmt hatte er Fieber. Das Taschentuch in seiner Innentasche war blutgetränkt.

Sie brachen auf, ritten zügig über die Ebene und wurden erst langsamer, als sie durch ein Lavafeld mit seinen bizarren Windungen und brodelnden Blasen kamen. Immer wieder hielten sie an, um durch den Feldstecher zu sehen, aber nirgends entdeckten sie eine Spur von dem Indianer. »Er kann nirgends hin«, erklärte Calhoun beschwörend. Sie hatten kaum noch Wasser, und die Pferde waren am Ende ihrer Kräfte. Niemand konnte sich einen weiteren Aufstieg vorstellen. Deighton freute sich über jede Pause, die Schmerzen und die Erschöpfung waren größer als die Angst vor dem Ende dieser Verfolgung, der Auflösung dessen, was er in Gang gesetzt hatte.

Die Sonne stand über den Bergen, als sie mehrere Kilometer weiter südlich einen Spiegel aufblitzen sahen. Sie richteten die Pferde auf das Signal aus. Deighton merkte, wie sein Kopf nach vorn kippte, hinter seinen Augen flimmerten Lichter. Er war nicht mehr sicher, ob das Land, das er sah, wirklich existierte. Es

wirkte provisorisch, wandelbar. Eben noch ritt er durch eine weiße flache Salzpfanne und kurz darauf durch Hochland, wo zwischen den Vertiefungen riesige Felsen aufragten, wie von Kindern
geformte Tonfiguren. Ein Elefant. Eine Gasmaske. Ein Toten-
kopf. Dann ein Garten aus Cholla-Kakteen. Über ihnen flog ein
Habicht. Als sie endlich haltmachten, gruben mehrere Männer in
einem Bachbett nach Wasser. Ein paar Meter weiter wurden sie
fündig, ein braunes brackiges Rinnsal, dann ein kontinuierlicher
Strom. Die Pferde tranken.

Im Wasser schmeckte er Tod. Da wusste er, dass es nicht mehr
weit war.

Andere Männer kamen dazu. Händeschütteln und gesenkte
Stimmen. Der zweite Trupp hatte einen Mann aus der Stadt da-
bei, einen Hearst-Journalisten aus San Francisco mit Kamera und
Stativ, die hinter den Sattel geschnallt waren. Eine Riesenstory sei
das, meinte er. Ein durchgeknallter Indianer, nichts fänden die
Leser interessanter als Geschichten von der wilden Grenze.

Deighton konnte sich nicht daran erinnern, sich schlafen gelegt zu haben. Die Sterne bildeten eine umgekehrte Schüssel, eine
kristallene Kuppel über seinem Kopf. Gleich darauf wurde er
wach gerüttelt. Es war noch dunkel. Um ihn herum luden Männer Gewehre, sattelten Pferde und machten sich bereit.

»Wir haben sein Feuer gesehen. Er kann nicht mehr als acht
Kilometer entfernt sein.«

Im grauen Halbdunkel, weder Tag noch Nacht, irgendwas dazwischen, ritten sie durch das trockene Seebett. Er kam sich vor
wie im Delirium, in einer anderen Welt, als steckte er nicht mehr
ganz in seinem Körper. In der Ferne sah er die drei Felsspitzen
und wusste, dass er die Schwelle erreicht hatte, die Öffnung zwischen dem Diesseits und dem Land der Toten. Auf den Felsen
leuchtete etwas. Das war kein Feuerschein, es hatte eher etwas Gespenstisches.

O Herr, betete er. Wenn es Dich gibt, dann tu etwas. Ich habe
das alles ausgelöst, aus Eifersucht. Herr, bewahre mich vor der
Schuld an dem, was hier geschehen wird.

Sie hielten an und warteten. Die Sonne stand hoch, aber die
Luft war noch kühl. Deighton beobachtete den Himmel und

glaubte, Zeichen darin zu lesen. Geheime Fährten. Wissen. Er fragte sich, wen Willie Prince bei sich hatte. Bestimmt kein Kind. Wie hätte er ein Kind dort hochbringen sollen? Aber Eliza? Bitte, Herr, betete er erneut. Lass sie nicht bei ihm sein.

Die Schüsse klangen wie Feuerwerkskörper.

Die Männer hatten es satt zu warten. Sie liefen geduckt vorwärts. Die Gestalt auf den Felsen feuerte einen Schuss nach dem anderen ab. Danville Craw hielt sein Bein umklammert. Danach krochen sie in Deckung den Berg hoch. Es war ein wirrer, undisziplinierter Vorstoß. Keiner von ihnen hätte die deutschen Gewehre auch nur eine Minute überlebt. Soll ich den Draht durchschneiden?, fragte er. Niemand antwortete. Wenn nicht jemand eine Trasse schlug, würden sie sich im Draht verfangen. Ein blasses Auge sah vom Himmel auf sie herab. Gottes deutsches Auge.

Da war er gar nicht, er hatte sich geirrt. Wie kam er nur darauf? Er war ganz woanders.

Waghorn schrie, ein andauerndes hohes Heulen.

Deighton stand auf und breitete die Arme aus, um zu zeigen, dass er unbewaffnet war. Er rief einen Gruß.

»Garcés! Fray Garcés! En nombre de Dios!«, wiederholte er mehrmals, während er sich in Bewegung setzte. »Runter, Sie Idiot!«, brüllte Calhoun. Deighton ignorierte ihn, folgte dem Pfad und stieg über Craw, der im Staub lag und sich die blutende Wunde am Schenkel hielt. Eine Kugel prallte von einem Stein vor seinen Füßen ab. Dann stieß ihn jemand von hinten um, sodass er der Länge nach hinfiel. Der Boden war eiskalt.

Er blieb lange liegen und rang nach Atem. Er hatte das Gefühl zu ertrinken, als füllten seine Lungen sich mit Schlamm, jeder Atemzug ein heiseres Pfeifen. Er wusste nicht, wo er war und warum er hier war. Nach einer Weile fiel ihm auf, dass die Schüsse aufgehört hatten. Oben von den Felsen kam wildes Gejohle.

Langsam wie ein alter Mann stand er auf, schleppte sich weiter bergauf und blieb alle paar Augenblicke stehen, um auszuruhen. Die anderen waren weitergelaufen. Am Fuß der höchsten Spitze sah er ein Blitzlicht aufflackern. Männer standen um einen Leichnam herum, der vor ihnen am Boden lag.

»Ich hab ihn erschossen!«, jubelte Waghorn. »Ich hab ihn erwischt! Ein sauberer Abschuss!« Silas Henry hüpfte herum und
grinste sein breites goldenes Grinsen.

Der Hearst-Reporter machte Trophäenbilder. Waghorn und
Calhoun mit gekreuzten Gewehren und den Stiefeln auf der Brust
des Toten. Craw, der sich auf eine fremde Schulter stützte, um
das Gewicht von seinem verbundenen Bein zu nehmen. Deighton sah hinunter auf die Leiche, die gekrümmten Finger, die nackten Füße. Er war nicht zu erkennen. Das ganze Gesicht war weg-
geschossen.

»Wer ist das?«, fragte er.

Francisco Lobo warf ihm einen seltsamen Blick zu. »Niemand,
den ich schon mal gesehen hätte.«

»Wo ist der Junge?«

»Da war kein Junge.«

Um sie herum klopften sich die müden Männer auf die Schultern und ließen eine Flasche herumgehen. Niemand schien sich
daran zu stören, dass sie einen Mann tagelang durch die Wüste gejagt und ihn dann ohne Grund ermordet hatten. Sie waren erfolg-
reiche Jäger. Als alle Fotos geschossen waren, schnitten sie Zweige aus den Büschen und legten sie auf den Leichnam. Deighton
ging dazwischen. Er war nicht sicher, wer dort lag, aber er wusste,
dass sie ihn nach unten tragen und anständig beerdigen mussten.
Zwei von Craws Männern zogen ihn weg und drückten ihn zu
Boden. Ist doch nur ein Indianer, höhnte der eine. Dem ist das
egal.

Sie traten einen Schritt zurück und zündeten den Scheiterhaufen an. Deighton sah die unrasierten, ausgezehrten Gesichter
gierig in die Flammen starren.

2008

DAS GESICHT SCHMINKEN. Die Visagistin war Profi. Ohne mit ihr zu reden, bewegte sie sich unauffällig um sie herum. Weder zu persönlich noch zu unpersönlich. Nur ein bisschen Puder. Lisa im Spiegel, umrahmt von Glühbirnen. *So siehst du aus, als würdest du schlafen.*

Frage. Warum hast du das getan? Warum verhält man sich so?

Weil sie es wollte. Nicht lang genug als Antwort. Die Leute wollen mehr. Sie wollen Erklärungen, die sich wie Erklärungen anfühlen.

Am ersten Tag hatten sie die ganze Gegend abgeflogen. Den Suchradius erweitert. Das Gelände zu Fuß durchkämmt. Weiter, sagte Dawn, raus aus dem Schatten. Stell ihr eine Frage. Judy saß in ihrem Schaukelstuhl unter dem Schafsschädel an der Wand. Vor und zurück, vor und zurück. Die Navajodecke auf dem Schoß wie eine alte Frau. Frag sie, was du willst.

Man kann unmöglich das ganze Gelände absuchen.

Nur ein bisschen Puder.

Ma'am, wir haben Autos angehalten, Wanderer befragt. Das ganze Programm. Irgendwann muss man zu einem Schluss kommen. Irgendwann muss man. Irgendwann.

Sie sind zu dem Schluss gekommen, dass es eine Entführung war und das Kind womöglich über die Grenze gebracht wurde.

So, fertig. Das war's.

Die ganzen Suchaktionen.

Die Moderatorin kam rein und sagte Hallo. In echt sah sie älter aus. Sie sah aus wie ein echter Mensch. Es tut mir so leid, sagte sie. Jaz wurde auf dem Sitz nebenan geschminkt, er hatte eine weiße Serviette im Kragen stecken. Verlegen reckte er den Hals. Lisa betrachtete die beiden Frauen im Spiegel, wie die eine sich über die andere beugte. Mein Herz, sagte die Moderatorin. Die

Wut, die man empfindet. Im Spiegel war es weniger schlimm, sie zu sehen. Über den Spiegel war es auch weniger schlimm, als sie sagte, wir sollten uns alle an den Händen nehmen.

Das machte sie vor jeder Sondersendung. Einer Sendung, in der es um das raue, ungeschminkte Leben ging.

Judy in ihrem Schaukelstuhl. War Lisa wirklich in diesem Raum gewesen, mit den dreieckigen Fenstern und den Fellen auf dem polierten Fußboden? Unter dem Sternenhimmel. Nur der Steinofen und die Frau auf dem Schaukelstuhl kamen ihr real vor. Alles andere löste sich in Schatten auf.

Mögliche Nebenwirkungen sind Müdigkeit, Hautreizungen, allergische Reaktionen. Beenden Sie die Einnahme des Medikaments und nehmen Sie medizinische Hilfe in Anspruch, sobald folgende Symptome auftreten:

Die Leute im Flur waren ihre Leute. Sie waren für sie da. Opferbetreuung. Medienleute vom National Park Service. Ihre Eltern hatten einen Anwalt eingeschaltet. Vielleicht war er auch eine Art Berater. So trat er jedenfalls auf. Sein Name war Price. Er trug Cowboystiefel zu zweireihigen Seidenanzügen, außerdem Hemden mit Monogramm. Er redete mit ihr wie in einem billigen Fernsehfilm. Bei Interviews wurde er als »Sprecher der Familie« vorgestellt. Ihre Mutter nahm sie beiseite, fing an herumzudrucksen, und irgendwann merkte sie, dass sie ihr erklären wollte, warum sie einen Nichtjuden engagiert hatten. Du weißt nicht, wie das hier in der Gegend ist, sagte sie. Die brauchen jemand, der so ist wie sie.

Für kurze Zeit gab es eine Schleifen-Kampagne. Und eine Webseite mit Zähler und PayPal-Taste.

Gleich war sie dran. Das Mädchen mit dem Headset sagte, sie seien gleich so weit. Sie beugte sich vor. Ihr Atem roch nach Kaugummi mit Erdbeergeschmack. Es war komisch, wie nahe ihr alle kamen. Wie wenn man schwanger ist und alle einem über den Bauch streicheln wollen, weil es Glück bringt. Das kurze Drücken, die Umarmungen. Wie sie einen an den Handgelenken hielten. Wenn man sich jeden Schritt durch Willenskraft erarbeitet und so den Boden schafft, auf dem man sich bewegt, erfordert das Vertrauen. Vertrauen und Stille. Menschen, die einen anfassen und mit einem reden, bringen einen da leicht aus dem Konzept.

Ihre Leute. In Wirklichkeit waren sie nur da, um sie herumzuschieben. Wie einen Patienten auf der Trage. Solange es sich vermeiden ließ, sagte sie kein Wort.

Vielleicht waren die Fotos schuld. Hinterm Tresen hingen Bilder von lächelnden Marines, die sich die Arme um die Schultern gelegt hatten oder Mädchen an sich drückten. Über dem Tresen waren noch mehr, gerahmte Schwarz-Weiß-Porträts von Männern mit kantigem Kinn vor schlichtem Hintergrund. Unten hatte jeder seine Welt – ein Stück Theke, nackt und glänzend im Blitzlicht, eine Motorhaube, ein Bierposter, Tisch und Stuhl. Oben schwammen die Helden im milchig weißen Fruchtwasser ihres Heldentums, sicher und geschützt. Die Flaschen vor dem verschmierten Spiegel, die verheddene Lichterkette, das Ganze erinnerte sie an einen Schrein, den sie mal in Mexiko am Straßenrand gesehen hatte. Während sie Fotos machte, las Jaz vor, was auf den Kerzen stand. *Nuestra Señora de Guadalupe. Contra el Mal de Ojo y Para Atrear La Fortuna.* Wie viele dieser rotäugigen Flaschenschwenker waren tot? Oder hatten keine Beine mehr? Das war heutzutage der Unterschied. Die Wunder der modernen Medizin. Heute kamen sie mit PTBS oder ohne Arme und Beine nach Hause, oder man hatte ihnen ein Stück Gehirn weggeblasen, als wären sie, weil sie nicht gestorben waren, einer Verpflichtung nicht nachgekommen, hätten sich nicht an die üblichen Regeln gehalten, damit aus ihnen eingerahmte schwarz-weiße Köpfe werden konnten.

Und das war der Moment, als er ankam und fragte, ob sie Lust hätte, Billard zu spielen. Es war ganz einfach. Sie sah ihn schon vor sich, wie er später mal in seinem Rollstuhl durch die Gegend rollen würde. Die Seitenblicke im Einkaufszentrum. Der unübersehbare Adleraufkleber auf dem Stuhl. Seltsam. Sie hatte noch nie so etwas wie eine Vorahnung gehabt, aber das hier sah sie ganz deutlich.

Maria Dolorosa.

Sie dachte an den Sand in ihrem Haar, ihre verschwitzten Klamotten. Sie nahm einen Schluck von ihrem Wodka Soda.

Er wiederholte die Frage.

Schwellung der Lippen, Gesicht, Hals und Zunge. Kann das Re-
aktionsvermögen beeinträchtigen, auf eine Teilnahme am Straßen-
verkehr oder das Bedienen von Maschinen sollte verzichtet werden.
Manche Menschen haben nach Einnahme des Medikaments Tätig-
keiten wie Autofahren oder Telefonieren verrichtet und konnten sich
später nicht daran erinnern.

Es war Zeit. Sie überließ sich dem Erdbeerkaugummimäd-
chen, das ihr die Hand ins Kreuz legte und sie führte. Ihre eigene
Hand lag wie ein nasser Fisch in der von Jaz. Er sprach mit ihr,
sanft und freundlich, in seinem Ich-versuch-dich-zu-erreichen-
Tonfall. Einfach aufs Licht zu, sagte das Erdbeerkaugummimäd-
chen und schob sie in Richtung Set.

Es gab Applaus. Die Moderatorin umarmte und tätschelte sie
und hielt sie an den Handgelenken. Sie roch stark nach Flieder-
Deo. Nach Bürotoilette. Sie setzten sich zusammen aufs Sofa.

Wir sind froh. Unsere Herzen. So eine schwierige. Erzählen
Sie mir.

Also Sally er hat mich an meinen Cousin Nate erinnert er hat mir
das Gefühl gegeben schön zu sein Sie wissen wie wichtig das für eine
Mutter ist also Sally gut dass Sie fragen weil es war ein Hilfeschrei Sie
müssen verstehen Autismus betrifft alle Eltern Betreuer wir leben alle
mit es war eine extrem hohe Belastung für mich Sally ich bin sicher
die Zuschauer verstehen wie schwer verstehen wie unglaublich schwer
verstehen wie schwer es für mich ist heute hier zu sitzen und über mei-
ne Alkohol Drogen Fettleibigkeit Spielsucht zu sprechen aber jetzt mit
Gottes Gnade und meinem Mann an meiner Seite. Mein Mann. Mein

Jaz rutschte unruhig hin und her. Die Moderatorin sagte etwas. Er sagte etwas. Die Moderatorin sagte etwas anderes. Alle Blicke waren auf sie gerichtet: die Hexe Lisa Matharu, die Frau, die
nicht um ihren Sohn weinte.

Deswegen waren sie letztendlich da. Es ging um die magische
Frage der Schuld. Schlimme Dinge passieren nicht ohne Grund.
Wenn wir an schlimme Dinge denken, ziehen wir es vor, wenn sie
bösen Menschen passieren. Wir denken dauernd an schlimme
Dinge, unsere Gedanken müssen in irgendeine Richtung gehen.
Wenn die bösen Menschen also nicht böse genug sind, müssen

wir sie dazu machen, es sei denn, wir können sie gut machen, aber dafür setzen wir sehr hohe Standards an.

Frage. Sie müssen sich schrecklich fühlen. Was möchten Sie dem Menschen sagen, der Raj hat?

Wir brauchen jede erdenkliche Hilfe um ihn zu finden ich möchte also denjenigen der weiß was passiert ist bitten es zu sagen einfach das Telefon zu nehmen und anzurufen damit er nach Hause kommen kann er braucht seine Familie.

Die Kamera fuhr lautlos auf ihrem Dolly heran. Zoomte auf ihr Gesicht, um die Tränen einzufangen. So viele Fernsehauftritte und keine Tränen. Das war nicht normal. Sie hatte gesehen, wie zwei Frauen sich in genau dieser Show über sie unterhalten hatten, Frauen, denen sie nie begegnet war, die sich über ihren Kleidungsstil äußerten, ihre Qualitäten als Mutter, ihre geistige Gesundheit.

Wenn Sie glauben, dies könnte bei Ihnen eingetreten sein, sprechen Sie mit Ihrem Arzt über eine alternative Behandlung. Dieses Medikament beeinträchtigt Ihre

Er war ein kleiner Junge. Zweiundzwanzig Jahre alt. Ein Baby. Er hatte rötlich gelbes kurz geschorenes Haar, brachte die üblichen Sprüche und lehnte auf eine Art am Tresen, die er wahrscheinlich aus Filmen kannte. Er erzählte ihr alles über sich, redete einfach los wie bei einem Vorstellungsgespräch. Die Stadt mit dem Wasserturm in den Farben seiner Highschool-Fußballmannschaft, wie sie immer in den alten Steinbruch zum Schwimmen gefahren waren. So typisch und so dumm, dass sie sich ganz schwer und alt und traurig fühlte. Der Junge wusste nichts vom Leben. In seinem ganzen beschissenen Leben hatte er absolut nichts erlebt. Als er hinter ihr stand und ihr den Billardqueue führte, hätte sie am liebsten geweint. Stattdessen strich sie ihm über die Wange. Es fühlte sich an, als würde sie eine Katze streicheln.

Sein Atem an ihrem Hals, wie er ihr mit seiner Mittlerer-Westen-Stimme ins Ohr flüsterte, sie anbaggerte, anbaggerte ... Dann entdeckte sie seine Freunde, die sie von einem Tisch aus beobachteten, und sie war wieder neunzehn, auf einer Reise mit einer Freundin aus dem College durch den Süden. Tennessee, Missis-

sippi, Arkansas. Wenn sie die Tür aufmachte und die Blicke der
Männer auf sich spürte und ihre abgeschnittenen Jeans plötzlich
zu kurz waren für den Spießrutenlauf zum Tresen.

Der Tisch fing an zu lachen.

Kümmer dich nicht um die, sagte der Junge. Die sind nur neidisch. In dem Moment fragte sie sich, was zum Teufel sie da eigentlich machte. Sie musste sich zusammenreißen. Sie musste an
die frische Luft. Sie legte den Queue weg, stützte sich ab und ging
um den Tisch herum. Dann marschierte sie quer durch den Laden und stieß die Tür auf. Die Nacht war kalt, die Sterne bohrten Löcher in den schwarzblauen Himmel. Hatte sie Hunger?
Vielleicht sollte sie etwas essen. Nebenan war ein Chinese. Ein
paar gebratene Nudeln, damit der Alkohol nicht so reinhaute.

Eine leichte Brise wehte. Sie lief über den Parkplatz, bis sie
plötzlich eine Hand an ihrem Arm spürte und sich umdrehte und
er vor ihr stand. Er sagte nichts, sah sie nur an, und er wirkte so
leer und so jung, so unbeschrieben vom Leben, dass ihr Körper
nachgab und sie ihm ihr Gesicht hinhielt.

Er warf sie rückwärts gegen einen Truck und packte ihre Haare. Sie küsste ihn heftig, und als sie in seine Hose und nach seinem
Schwanz griff, zog er ihr das T-Shirt bis zu den Achseln hoch und
saugte an ihrem Nippel wie ein Baby, hielt mit beiden Händen ihren Arsch, glitt mit den Fingern in ihre Shorts und fuhr über die
Nähte ihres Höschens. Einen Moment lang hielten sie inne, holten ein paarmal Luft, dann zerrte er an ihrem Reißverschluss, und
sie schlang die Beine um seine Hüften und versuchte, sich festzu-
halten. Ein bisschen Gefummel, und er war in ihr. Sie spürte seine straffen Rückenmuskeln und wie sich sein Hintern anspannte
und biss ihm in die Schulter, um nicht laut aufzuschreien. Er
zuckte zusammen und drehte die Schulter weg, legte ihr die Hand
an die Kehle und stöhnte oh fuck oh fuck, als er kam und sich zitternd wie ein Fieberkranker an sie drückte. Einen Moment lang
hing sie einfach so da und streichelte ihm übers Haar, während er
noch tief in seine Träume versunken bebte. Dann sanken sie beide zu Boden, wieder zwei Menschen, die getrennt voneinander
auf der Erde knieten.

Sie sah ein paar Gestalten, die in der Dunkelheit herumlungerten. Waren seine Freunde rausgekommen, um zuzusehen? Egal. Nichts von all dem war real. Was immer gerade passiert war, es bedeutete nichts, es ging nicht über den Moment hinaus. Sie war Tausende Kilometer von ihrem normalen Leben entfernt, trieb irgendwo draußen im All.

Price empfahl ihnen, in der Nähe von Los Angeles zu bleiben, um, wie er es nannte, den »Schwanz« der Berichterstattung zu maximieren. Der Trick sei es, den Leuten immer neue Wendungen zu verkaufen. Jeder Tag ohne neue Entwicklung bedeutete die Möglichkeit, dass ein Sender sein Team abzog und auf eine andere Story ansetzte. Er legte ihr die Hand aufs Knie. Aber eure Story ist gut, sagte er. Sehr gut sogar. Das kommt euch zugute. Er hatte seine Hand auf ihrem Knie liegen, und Jaz sagte nichts. Er sah nicht mal in ihre Richtung. Der Junge keuchte wie ein Hund. Sie schob ihn weg. Bist du in mir gekommen?, fragte sie. Ja, sagte er. Das war super. Ich steh total auf ältere Frauen.

Jeden Tag eine Story.

Sie zogen in ein Hotel in Riverside. Am fünften Morgen organisierte Price einen, wie er es nannte, »Rundgang«. Sie fuhren in den Nationalpark, gefolgt von mehreren Wagenladungen Journalisten. Es schienen mehr als beim letzten Mal zu sein. Ein reiches New Yorker Ehepaar, im Westen vom Schicksal getroffen. So etwas bewegte die Menschen. Die Medien bezeichneten Jaz als »Finanzzauberer« und »Wall-Street-Senkrechtstarter«. Sie dagegen war nichts. Sie war nur die Mutter. Price übernahm die Regie, arrangierte Fotos. Am Himmel kreiste ein Hubschrauber. Hand in Hand liefen sie den Pfad zu den Felsen entlang. Wenigstens erwartete niemand, dass sie lächelten.

Wo war ihr Junge? Würde er hinter einem der runden weißen Felsbrocken hervorkommen? War es das, was sie sich für sie ausgedacht hatten? Eine Überraschung?

Später, auf dem Rücksitz ihres Minivans, hielt Price sie am Handgelenk. Süße, sagte er. Das hast du gut gemacht. Ich bin stolz auf dich. Zurück im Hotel, diskutierten Price, ihr Vater und der Arzt, welche Medikamente sie nehmen sollte. Sie hatten sich direkt vor ihr aufgebaut, während sie auf der Bettkante saß und versuchte fernzusehen. Sie standen im Weg.

Wir haben hier schwarzen Onyx, achtundzwanzig Diamanten, atemberaubend, wenn Sie nur die Mitte nehmen, wäre das ziemlich klassisch, aber zusammen mit dem schwarzen Onyx ist es etwas ganz anderes so schön tiefe Farben vollkommen natürlich nicht wärmebehandelt dann das Gold eine wirklich sehr schöne Fassung, und denken Sie dran zinslose Ratenzahlung sechs Raten auf ein halbes Jahr und es gehört Ihnen sehen Sie mal das sieht doch atemberaubend aus Versand Steuern noch dazu ein echter Hingucker lass uns weiter

Eines Morgens, noch im Motel, stand eine junge Hispanoamerikanerin vor der Tür. Die langen Locken fielen ihr ins Gesicht. Sie trug große goldene Kreolen. Sie schüttelte die Faust. Er ist mein Sohn, brüllte sie. Nicht Ihrer. Halten Sie sich von ihm fern. Lisa verstand nicht. Mein Sohn, wiederholte die Frau. Er ist es, der bei Los Pináculos verschwunden ist. Mein Sohn, nicht Ihrer. Dann zerkratzte sie Lisa das Gesicht. Sie streckte einfach die Hand aus und ging mit den Fingernägeln auf sie los. Jaz sprang auf und stieß die Frau weg, woraufhin sie zurücktaumelte und der Länge nach auf die Erde fiel. Er schlug die Tür zu und stellte sich mit dem Rücken dagegen. Er hatte Tränen in den Augen. Daran konnte sie sich deutlich erinnern, an die Tränen. Was zum Teufel ist hier los?, fragte er. Als wäre es ihre Schuld. Als sie sich übers Gesicht fuhr, hatte sie Blut an den Fingerspitzen.

Die Frau hämmerte gegen die Tür und brüllte etwas auf Spanisch. Ich habe diese Frau noch nie gesehen, sagte Lisa. Jaz nickte. Sie lungerte weiter vor der Tür herum, bis die Polizei kam und sie mitnahm. Sie sagten, sie hätten mit so etwas gerechnet – eine Nebenwirkung der Medienpräsenz. Lisa wollte wissen, ob es stimmte. War der Sohn der Frau tatsächlich verschwunden? Sie hätte sich gern in Ruhe mit ihr zusammengesetzt, Kaffee getrunken und über alles geredet.

Ich mag deine Ohrringe.

Danke.

Ist er das auf dem Bild? Was für ein hübscher Junge.

Auf dem Parkplatz hörte sie gedämpft die Jukebox. Die Luft roch trocken und bitter. Einer nach dem anderen kamen seine Freunde aus ihrem Versteck hervor, die Hände in den Taschen ihrer Baggy-Jeans. Sie hatten alles mit angesehen. Sie hatten gesehen, wie sie gegen einen Truck gevögelt wurde. Der Junge sah erst sie an, dann die anderen. Er grinste und zündete sich eine Zigarette an. Sie zog den Slip hoch und hob ihre Shorts aus dem Staub auf. Geh zur Seite. Er gehorchte. Seine Freunde machten keine Anstalten, ihr zu folgen. Sie zog den Reißverschluss hoch und ging. Die Gummisandalen quietschten an ihren Fersen.

Frage. Wie ist es mit Ihrer Beziehung? Wie gehen Sie mit dieser Belastung um? Sie stehen mit dieser Geschichte im Rampenlicht, es gibt eine Menge Spekulationen, das muss alles sehr verletzend sein.

Sie konnte nicht so tun als ob. Sie hatte es gewollt. Und während es passierte, fühlte es sich gut an. Sie hatte es genossen, mit einem Fremden zu vögeln. Sie hatte es genossen und wurde dafür bestraft. Im Internet kursierten gewisse Dinge. Erniedrigende Dinge. Ein untersetzter Mann brüllte Beleidigungen in seine Webcam. Dinge, die

Dieses eine Bild von Raj, wie er einen Dinosaurier in der Hand hält, und das, wo Raj das blaue Hemd trägt und seine Großmutter ihn auf dem Arm hat und sie ihm die Torte zeigen, das sind ganz klar zwei verschiedene Rajs, die sind auf keinen Fall beide 3 Jahre alt!

Richtig, Chromosomenabnormalitäten entstehen oft durch Kreuzungen, über Generationen. Deswegen glaube ich, dass es jetzt so viele solcher Beschwerden gibt, von denen man vor 50 Jahren, vor der Rassenmischung, nie gehört hat. Aber man darf nicht vergessen – viele Babys mit genetischen Problemen wären damals bei der Geburt oder kurz danach gestorben, und niemand wusste, woran es lag. Dasselbe mit Krebs und MS – die Leute wussten einfach nicht, was los war, und sind nie zum Arzt gegangen, aber

ich nehm ihnen diesen Bullshit irgendwie nicht ab, welche Eltern, die noch richtig ticken, BRINGEN IHR SCHWER KRANKES Kind in eine abgelegene Wüste

@TruFree200!! Danke für die Infos über die Matharus!! Sehr hilfreich. Wir brauchen mehr aufgeklärte Bürger wie dich um die Be-

Leute! Achtet mal darauf wie die beiden bei 1:25 lachen, als sie
denken, die Kameras sind aus!! Ein klarer Beweis, dass die beiden
eiskalte Lügner sind!!!

Jedes Mal, wenn sie aufwachte, dauerte es einen Moment, bis es
ihr einfiel. Dann senkte sich der Helm über ihren Kopf. Innerlich
versuchte sie, am Leben zu bleiben und daran zu denken, dass es
eine Zeit *davor* gegeben hatte, aber es kostete sie sehr viel Kraft.
Für die Reporter, die Fernsehmoderatoren, die Fremden, die blogg-
ten, twitterten und Kommentare über ihre Familie posteten, war
nichts mehr übrig. Eines Tages stellte sie fest, dass sie nicht mehr
wusste, was für ein Gesicht Raj machte, wenn ihm etwas Freude
bereitete. Je mehr sie versuchte, sich daran zu erinnern, desto schlimmer wurde es. Sie listete auf, worüber er sich freute – *Karotten, Lastwagen, seine Plastikdinosaurier, leere Kartons –*, und versuchte, sich
ihn damit vorzustellen, aber irgendwas war durcheinandergeraten,
sie bekam kein klares Bild mehr vor Augen. Ihr Sohn rückte immer weiter weg, er entglitt ihr. Sie geriet in Panik. Was, wenn das
ein Zeichen war? Passierte das, wenn jemand starb? Oder schlimmer, war es eine Bedingung dafür: Entglitt er ihr, weil sie ihn sich
nicht mehr richtig vorstellen konnte? Wenn er jetzt starb, war es
ihre Schuld. Es war sowieso alles ihre Schuld, ihre Strafe. Jaz hatte sie auf dem Boden der Hoteltoilette gefunden. Er dachte, sie hätte eine Überdosis genommen, und brüllte ins Telefon. Sie schaffte es nicht, ihm zu sagen, was wirklich passiert war, ihre Lippen
spielten einfach nicht mit. Ich will nicht, dass er stirbt, flüsterte
sie. Jaz konnte sie nicht hören. Sie war enttäuscht. Sie dachte, er
müsste sie hören können. Die Sanitäter leuchteten ihr mit einer
kleinen Taschenlampe ins Auge. Sie stellten ihr Fragen. Sie antwortete: *Ich will nicht, dass er stirbt.* Es war das einzig Wichtige.
Sie wollte nicht, dass Raj starb, und Gott sollte nicht denken, dass
sie sich das wünschte.

Das war drei Wochen nach seinem Verschwinden.

Price versuchte, mit ihr zu reden. Du machst das sehr gut, sagte er. Zu gut, in gewisser Hinsicht. Die Leute wundern sich. Ich weiß jetzt, dass du Klasse hast. Du zeigst Haltung. Aber du verkaufst dich unter Wert. Du zeigst ihnen nicht dein wahres Ich.

Wie machte man das? Wie zeigte man sein wahres Ich? Sie hatte sich solche Mühe gegeben, hatte die Kernfragen laut vorgelesen, in die Kamera geschaut, wenn sie ihr das Zeichen gaben, die beiden Finger, die auf ihre Augen zeigten. Sie hatte versucht, durch die Linse in die Welt hineinzublicken, direkt in das Herz des Menschen, der ihren Sohn hatte. Bring Raj zurück. Sollten Sie irgendwelche Informationen haben, rufen Sie diese Nummer an. Völlige Anonymität. Wir wollen nur unseren Sohn wiederhaben. Aber offenbar mochten die Zuschauer sie nicht. Sie mochten ihre abgehackte Stimme nicht, ihren schmallippigen Mund. Jaz war ihnen lieber, der sagte das, was sie hören wollten, mit einer Stimme, die sie hören wollten, Sätze wie *Die letzten Tage waren die schlimmsten unseres Lebens* und *Wir danken der Polizei und der Öffentlichkeit für ihre Unterstützung in dieser schwierigen Zeit.* Jaz schien schlafen zu können. Allmählich fragte sie sich, ob er überhaupt etwas fühlte, ob er Raj genauso vermisste wie sie.

Dann war da die komische Geschichte mit diesem Rockstar, Nicky Capaldi. Sie hatte noch nie von ihm oder seiner Band gehört. Im Fernsehen sah er aus wie die Jungs, die immer mit dem Fahrrad durch die Bedford Avenue fuhren, dünn, Bart, die pumpenden Beine in wursthautengen Jeans. Jaz schwor, er habe keine Ahnung gehabt, dass Capaldi so berühmt war. Er hatte ihn auf einer Liege am Pool schlafen sehen und gedacht, er sei ein Obdachloser. Raj war in sein Zimmer gelaufen. Sie verstand das nicht. Nichts an diesem Mann konnte sie mit ihrem Kind in Verbindung bringen. Er war primitiv, irgendwie abstoßend. Jaz meinte, er sei ziemlich sicher, dass er Drogen nahm.

Sie zeigten ein Video von einem Konzert, wo dieser Capaldi sich hinter einem Wald von hochgehaltenen Handykameras um einen Mikroständer wickelte. Es war ein surreales Erlebnis, erklärte er dem Interviewer. Ich wollte nur ein bisschen allein sein, wieder klar denken, ja? Irgendwie mit der Wüste kommunizieren? Eigentlich wollte ich raus, weg von allem, stattdessen steck ich jetzt noch tiefer drin.

Die Polizei hatte ihn über Nacht dabehalten. Dann war eine ganze Phalanx von Anwälten aus L. A. angerückt, und die Bullen merkten, dass sie einen Fehler gemacht hatten. Das Internet drehte durch. Niemand glaubte an einen Zufall. Es musste einen *Grund* geben. Von Jesus geschickt, vom Teufel, den Banken. Er war inzwischen zurück in England, mit einem eigenen TV-Special, in dem er erzählte, wie *grauenvoll* die *Haft* war, das *Schlimmste* sei gewesen, *nicht zu wissen*, was los war. Raj hatte ihn umarmt und ihn an der Hand gehalten. Sie sah in seine ausdruckslosen Augen und erkannte nichts Menschliches darin.

Die Öffentlichkeit würde das absurd finden. Die Leute mochten Capaldi. Sie war es, mit der sie Probleme hatten.

In den ersten Wochen hatten sie versucht, ein Etikett für sie zu finden. Die leidende Mutter, die würdevoll *diese schwere Zeit* durchstand. Die Wende kam ohne jede Vorwarnung, eine plötzliche Umpolung, die sie völlig kalt erwischte. Sie hatte etwas Sarkastisches zu einer Journalistin gesagt, einer Frau mit Perlenohrringen und blonder Betonfrisur. Die Frau war offenbar der Meinung, Lisa müsse für sie weinen, damit es zu den Bildern von Raj passte, die sie in ihrer Lokalnachrichtensendung zeigen wollte, den gescannten Familienfotos und dem Video von seiner Geburtstagsfeier, unter das sie einen sentimentalen Popsong gelegt hatten. Sie stellte Fragen, bohrte gierig nach, schnüffelte herum wie ein Hund. Lisa wollte wissen, warum sie glaubte, es sei ihr Recht, sie am Boden zu sehen. Ich kenne Sie nicht mal, sagte sie. Die Frau sah sie offen feindselig an. Mrs. Matharu, fragte sie, glauben Sie nicht, dass Sie eine gewisse Verantwortung dafür tragen, was mit Ihrem Sohn passiert ist?

Danach schrien sie sich nur noch an. Wie können Sie es wagen. Sie haben ihn mit in die Wüste genommen. Unprofessionell. Unverantwortlich. Verletzung der Aufsichtspflicht. Alles vor laufender Kamera.

Der Clip ging viral.

Die Logik der Geschichte verlangte nach etwas Neuem. Einer Wendung. LISA MATHARU ZEIGT IHR WAHRES GESICHT!!! Niemals auf so etwas eingehen, sagte Price. Du findest das vielleicht übergriffig, aber du musst es für dich nutzen. Du musst immer die eigene Agenda im Auge behalten.

Jemand hat unseren Sohn entführt, erinnerte sie ihn. Er ist keine Agenda, er ist unser Sohn.

Wie er Kerzen auspustete. An einem Swimmingpool. Auf einer Schaukel.

Es hatte etwas Unheilvolles. Sie machten einen kleinen Heiligen aus ihm. Er wurde von Tag zu Tag unwirklicher. Ihr Verdacht wuchs, dass nur ihre eigene Willenskraft ihn am Leben hielt. Sie war der Anker, der ihn davor bewahrte, über die Grenze in den Tod zu treiben. An diesem Punkt hörte sie auf zu sprechen. Es hörte ihr ja ohnehin niemand zu. Sie versuchte, sich zu erinnern, wie er wirklich war, vor allem in schlechten Zeiten, während seiner zwei- bis dreistündigen Anfälle, wenn sie nicht geschlafen hatte und sein animalisches Geschrei irgendwann nur noch wie das Krächzen einer Krähe klang. Wenn sie ihm die Windeln gewechselt und sich gefragt hatte, ob er mit zehn oder vierzehn immer noch in die Hose machen würde.

na ja, das hoffe ich, und wer immer das getan hat, sollte zur Rechenschaft gezogen werden. Ich glaub trotzdem nicht, dass es Jaz war – was Lisa angeht, der traue ich nicht. Lisa hat außerdem gesagt, dass Raj unerträglich war. Apropos habt ihr irgendwas gelesen, dass Raj lernbehindert war bzw Asperger-Syndrom hatte. Auf dem Foto mit den Tennisbällen sieht er definitiv nach Asperger aus

NickyLUVLUVLUV wenn man Nicky C verehrt und die ganzen schwachsinnigen Kommentare sieht, von wegen dass er den Jungen entführt hat, dass er böse ist, ein Vampir etc. muss man einfach mal sagen, dass er ein fantastischer Musiker ist und diese Leute einem leidtun können weil sie nichts Besseres zu tun haben. Die können ihre ganzen kranken Verdächtigungen überhaupt nicht begründen, weil sie keine Ahnung von Musik haben. Das sind alles Klischees.

Wenn ihr glaubt, Raj ist Autist, dann glaube ich, dass das wieder so ein Quatsch vom Vatikan ist, dass Kinder die Krankheiten ihrer Väter und Großväter kriegen, als würden ihre Sünden bis in

die 9. Generation weitergegeben, aber mal echt, die Sünde des Va-
ters ist Autismus, wenn das Kind durch Inzest zwischen Vater und
Tochter geboren wird, Mukoviszidose ist zwischen Bruder und
Schwester, das sind die Sünden der Väter!

Wenn Sie diesen Schwachsinn glauben, würden Sie wahrscheinlich jeden töten, der laut ausspricht, was für ein falsches Spiel die
Matharus spielen, und es dann vertuschen, so wie die Matharus
den Mord an Raj vertuscht haben! Sie sollten sich schämen!!!!!!!

Eines Tages landet die Schlampe im KNAST, da gehört sie nämlich hin, weil sie ihr einziges Kind getötet hat und die Leiche mit
Hilfe von Drogensüchtigen in der Wüste vergraben hat

Nimm ein Bild von Rajs Auge, stell es in Photoshop, nimm die
Farbe raus und du hast die Schwarze Sonne, auch SONNENRAD
genannt, das Bild ist aus Rajs Netzhauterkennung in seinen Kran-
kenakten

Die beiden sind Betrüger und ihre angebliche Suchkampagne ist
auch Betrug. Sie versuchen, das FBI als inkompetent darzustellen,
um ihre Blutschuld zu vertuschen. Wenn ihr sie nicht enttarnt
oder sie dazu bringt, sich selbst zu enttarnen, verstecken sie sich
so lange, bis die Zeit gekommen ist, dass alle die Wahrheit erkennen

Ich glaube nicht, dass sie das tun, das Einzige, was die Wahrheit
über den SATANISTISCHEN RITUALMORD an Raj aufdecken
wird, wären Beweise gegen sie, dann verstecken sie sich wahrscheinlich auf irgendeiner abgelegenen Insel mit dem ganzen
Geld, das sie sich erschlichen haben, bis sie an ihrer Gier sterben.

Wie sie sie hassten.
    Ein Monat verging. Sie kam sich in Riverside wie im Gefäng-
nis vor. Das Hotel war das Gefängnis. Die glänzenden Vorhänge,
der Geruch der Teppiche, die Stimme des Asiaten, der ans Telefon ging, wenn man den Zimmerservice anrief. Jaz fragte vorsich-

tig, ob sie nach Hause wolle. Vielleicht wäre es einfacher. Nicht ohne Raj, erwiderte sie. Er drängte sie nicht. Mehrmals flog er zurück nach New York. Es gab ein Problem bei der Arbeit, aber er wollte nicht darüber reden. Sie sah fern, nahm ihre Pillen und wartete auf einen Anruf der Polizei, aber es gab nichts, keine Spur, keine glaubwürdigen Hinweise, nichts. Sie waren den Ablauf der Ereignisse wieder und wieder durchgegangen, aber weder sie noch Jaz konnte sich an irgendetwas Brauchbares erinnern. Jaz fand eine Seite im Internet und sprach mit Price und ihrem Dad darüber, ein Treffen zwischen Männern, zu dem sie nicht eingeladen wurde. Eines bewölkten Morgens wurden sie nach Pasadena gefahren, wo in ein paar Behandlungsräumen über einem Bioladen ein glatzköpfiger Typ mit Skibräune und zitronengelbem Poloshirt zehn Minuten über eine sogenannte Erweiterung des forensisch investigativen Erinnerungsvermögens redete – ein Vortrag, der klang, als hätte er ihn schon oft gehalten, normalerweise mit einer PowerPoint-Präsentation. Lisa starrte auf die Sammlung von Radrennpokalen im Regal hinter seinem Schreibtisch. Als er die Jalousien schloss und sie sich auf einer Liege ausstrecken und regelmäßig atmen sollte, dachte sie, als Nächstes würde er sie auffordern, sich auf eine der glänzenden Metallfiguren zu konzentrieren, was er dann aber nicht tat. Er nahm weder eine Taschenuhr, noch bat er sie, ihm in die Augen zu sehen, sondern sprach leise und einlullend von Stränden und Entspannung und dass ihr Körper ganz schwer würde, wie auf dem Parkplatz ... Nach einer halben Stunde freier Assoziationen und Wortspiele fiel ihr immer noch nichts Brauchbares ein, also brachte er sie ins Wartezimmer, wo sie sich setzte und in sechs Monate alten Modemagazinen blätterte, ohne die Bilder oder auch sonst irgendetwas wirklich wahrzunehmen, nur das leise Rascheln der Seiten, so schön gebetsmühlenartig und berechenbar. *Das passiert, wenn du eine Zeitschriftenseite umblätterst.* Es war warm und still und die Sprechstundenhilfe starrte sie nicht an oder machte ein mitleidiges Gesicht, sie ignorierte sie einfach, nahm Anrufe entgegen und tippte auf ihrer Tastatur herum. Es war so schön friedlich dort auf der Couch neben dem Gummibaum, so friedlich wie seit Wochen nicht mehr, und da niemand etwas von ihr erwartete, sie an

nichts denken musste und keinen Reizen ausgesetzt war, abgesehen vom Geräusch der Seiten, schreckte sie auf, als Jaz und der
Hypnotherapeut mit den Handys in der Hand aus dem Behand-
lungsraum kamen, gestikulierten und aufgeregt redeten. Als Jaz
sie umarmte, begriff sie nicht weswegen und dachte, dass sie jetzt
womöglich dank irgendeiner wissenschaftlichen Voodoo-Aktion
wussten, wo Raj war. Sie grinste und erwiderte seine Umarmung,
und als er ihr erzählte, woran er sich erinnert hatte, kam ihr das
so klein und lächerlich vor, dass sie ihn wegstieß. Ein zweiter Wagen. Neben ihrem hatte noch ein zweiter Wagen geparkt, der
noch nicht da war, als sie den Pfad zu den Felsen hochgelaufen
waren. Unter Hypnose konnte Jaz sich erinnern, wie er sich umgedreht und das Autodach entdeckt hatte, ein glitzerndes Viereck,
wahrscheinlich weiß oder silbern, auf jeden Fall hell, und irgendwie reichte das aus, um ihn mit Hoffnung zu erfüllen und ihm die
Tränen in die Augen zu treiben.

Für Price war das eine Wendung. Der neue Leckerbissen wurde auch gleich an die Medien weitergegeben, und die Öffentlichkeit wurde wieder gefragt, ob jemand etwas darüber wisse, und
die Opferschutzbeamten versicherten Lisa, irgendwelche extra dafür ausgebildeten Leute würden stundenlang Material aus Überwachungskameras von Mauthäuschen und Tankstellen sichten.
Natürlich kam nichts dabei raus. In der folgenden Woche waren
sie am selben Punkt wie vorher.

Jaz sagte, er wolle zurück nach New York. Falls es neue Entwicklungen geben sollte, könnten sie jederzeit nach Kalifornien
fliegen. Falls?, fragte sie. Was er damit meine. Er wurde wütend.
Warum musste sie ihm jedes Wort im Mund umdrehen? Glaubte sie vielleicht, sie sei die Einzige, die leide? Sie sagte, sie wolle
bleiben. Er hielt das für keine gute Idee. Wer sollte sich um sie
kümmern? Ihre Eltern waren wieder in Phoenix. Warum fuhr sie
nicht zu ihnen, wenn sie in der Nähe bleiben wollte? Es schien, als
wollte er sie loswerden. Als wären sie auf zwei verschiedenen Roll-
steigen unterwegs, getrennt voneinander. Seite an Seite, aber doch
ohne sich berühren zu können.

Also, es ist so, Sally, wir reden nicht viel miteinander. Ich hab es
ihm zwar nicht erzählt, aber er ist auch nicht blöd. Er weiß, dass et-

was vorgefallen ist. Manchmal denke ich – ich hab so viel Zeit zum Nachdenken, weil ich, ich glaube, das hab ich Ihren Zuschauern schon erzählt, an Schlaflosigkeit leide, und trotz des Medikamentencocktails, den ich jeden Tag nehme, liege ich oft allein im Dunkeln wach und muss die Zeit totschlagen, und dann denke ich über die kaputte Beziehung zu meinem Mann nach – ja, ich denke, er weiß ungefähr, was ich getan habe, und weil er es weiß, fürchte ich, dass, selbst wenn wir unseren Sohn zurückbekommen, dieses Wunder nicht ausreichen würde, um uns zusammenzuhalten.

Sie schwitzte im Scheinwerferlicht. Ihr Kleid klebte am Rücken, und zwischen ihren Brüsten sammelte sich der Schweiß. Price sagte, das Interview solle »ihr Image in der Öffentlichkeit wiederherstellen«. Sie fragte sich, ob die Öffentlichkeit das noch interessierte. Die Matharus waren Schnee von gestern. Es würde keine neue Staffel geben. Ihr Gesicht juckte unter dem Make-up, womöglich war sie schon rot angelaufen. In letzter Zeit rebellierte ihr Körper. Hitzewallungen, Ausschläge, Nervenzusammenbrüche. In ruhigen Momenten spürte sie, wie sie zitterte. Auch jetzt lagen die Hände gefaltet im Schoß und zitterten, als hätten sie ein Eigenleben, sie flatterten wie Vögel, die sich jeden Moment in die heiße Studioluft erheben und wegfliegen. Jaz gab Worte von sich, beantwortete Fragen, blieb beim Thema. Wie schaffte er das? Sie stellte sich ihre Hände als Vögel vor, wie sie in Panik gerieten, gegen die Scheinwerfer schlugen und nach einem Ausgang suchten.

Manchmal schlief sie, ausgestreckt auf dem Rücken wie eine Leiche mit Maske und Ohrenstöpseln, tief unter einem Meer von Schlaftabletten. Manchmal träumte sie wirres Zeug von den Felsen und von einem Mann mit Hundekopf, der weder bedrohlich noch freundlich wirkte und Raj an der Hand hielt. Sie spielte mit Raj auf der Erde, man sah die Umrisse der drei Felsspitzen im Dunkeln, weil in diesen Träumen immer Nacht war. Im Traum versuchte sie, ihn ans Töpfchen zu gewöhnen, so wie es in den Büchern stand – indem sie ihn ermutigte und lobte und nie bestrafte –, und sie drehte sich zu dem Mann mit dem Hundekopf um und sagte, das ist eine sehr aufreibende Zeit

das ist eine sehr aufreibende Zeit

und der Mann mit dem Hundekopf hob Raj hoch, blieb eine

Weile so stehen und sah sie aus seinen undurchdringlichen
schwarzen Augen an, und dann drehte er sich um und lief weg.

Frage. New York fühlt mit Ihnen, aber anderswo zeigen die Menschen weniger Verständnis. Was sagen Sie zu Ihrem Image als reiche Großstädter, die jetzt auch mal Probleme haben?

Sie lief über den Parkplatz, die Gummisandalen klatschten gegen ihre Fersen, sie spürte den glitschigen Samen an den Schenkeln und merkte, dass sie betrunken war, richtig betrunken. Plötzlich blendeten sie Scheinwerfer, wie eine Gewehrsalve fuhren sie über ihren Körper, ein Wagen rauschte an ihr vorbei, fuhr dann zurück und ließ das Fenster runter.

»Alles okay, Schätzchen?«

Es dauerte ein bisschen, bis sie in der Fahrerin die Frau aus dem Motel erkannte. Sie sah sich um und entdeckte die Jungs aus der Kneipe, die mit den Händen in den Taschen dastanden und warteten.

Die Frau beugte sich rüber und drückte die Beifahrertür auf.

»Du steigst besser ein. Tasche oder so hattest du nicht dabei? Nichts?«

Dann war da die Straße, vor ihr im Scheinwerferlicht, der Geruch von Parfüm und Zigaretten. Im Radio lief traurige Countrymusik, dazwischen immer wieder Rauschen. Sie redeten nicht viel.

»Du kannst mich Dawn nennen«, sagte die Frau. »Das ist kein guter Laden für dich.«

Sie fragte, wohin sie fuhren.

»Nicht weit. Ich will kurz eine Freundin besuchen. Danach bring ich dich nach Hause.«

»Ich will nicht nach Hause.«

Sie bogen von der Hauptstraße auf einen schmalen Pfad und hielten vor einem Haus in Form einer Kuppel. Ein Märchenhaus. Die Eingangstür war nicht abgeschlossen. Das wusste sie noch genau. Die unverschlossene Tür. Dawn rief etwas, als sie eintraten, und die Frau kam runter, die beiden Frauen stützten sie und hoben sie hoch, weil ihre Beine ihr nicht mehr gehorchten, drinnen roch es nach Rauch, es gab Körbe und Tonkrüge und indianische Teppiche. Es war ein gutes Gefühl, sich hinlegen zu können.

282 Sie deckten sie mit einer Decke zu.

Frage. Wir sehen eine neue Seite an Ihnen. Eine sehr emotionale Seite. Ist das die echte Lisa Matharu?

...

Frage. Was halten Sie von der Theorie, dass ein wildes Tier, vielleicht ein Kojote, Ihr Kind entführt haben könnte?

1971

DIE RAZZIA WAR UNVERMITTELT und brutal. Sie kamen morgens um halb fünf, ein Konvoi von Trucks und Polizeiwagen, die vor Morgengrauen über die unbefestigte Straße rumpelten. Zwei Mädchen waren noch wach, die beiden kamen gerade von einem Trip runter, saßen auf den Felsen und warteten auf den Sonnenaufgang. Später berichteten sie, was sie gesehen hatten, vom matten Schimmer der Pistolen und Gewehre, wie die Männer die Leute aus der Kuppel scheuchten und sie sich in einer Reihe in den Staub knien mussten.

Amerika.

Dawn lag unter der Kuppel an den älteren der Daunenfeder-Brüder gekuschelt. Die Bullen platzten herein, traten und schlugen die Leute mit Knüppeln, ohne Vorwarnung, ohne dass sie irgendwie reagieren oder etwas anderes tun konnten, als sich eine Decke zu schnappen, bevor sie nach draußen gedrängt wurden. Sie zerrten die Jungs an den Haaren raus, richteten ihre grell leuchtenden Taschenlampen auf nackte Mädchen und begrapschten ihre Brüste und Ärsche, während sie sie nach draußen brachten und in einer Reihe aufstellten. Sheriff Waghorn stand auf dem Küchentisch, der unter seinem Gewicht ächzte, und bellte seine Befehle ins Megafon. Man hörte Holz krachen und Glas splittern, während die Bullen alles durchsuchten. Sie sorgten dafür, dass nichts heil blieb.

Sie suchten nach Drogen und Waffen. Und wurden fündig. Messer in der Küche, ein Jagdgewehr, Pillen und Gras. Es gab noch andere Sachen, aber die waren alle draußen in der Wüste vergraben.

Sie nahmen dreißig Leute fest. Sechs steckten sie ins Gefängnis. Wie sich herausstellte, war der ein Meter achtzig große gut genährte, tintenfischarmige Quarterback Donny Hansen ihr Hauptzeuge. Donny war einer der biertrinkenden, Mädchen hinterherpfeifenden Highschool-Helden, die sich wie ausgeschlossene kleine Jungs fühlten, wenn sie hinter dem Zaun die ganzen Lichter und die hübschen Mädchen sahen. Seinem Vater gehörten die Tankstelle, der Eisenwarenladen und ein paar Hundert Morgen Weideland südlich der Stadt. Er hasste Dawn, seit er im Autokino versucht hatte, ihr sein Ding in den Mund zu stecken, und sie sich gewehrt und sich stattdessen in Robbie Molinas Truck gesetzt hatte.

Eines Abends hatte Dawn Donny in der Kuppel entdeckt, als er in einer Art »Undercover«-Fransenwildlederjacke durch die Reihen schlich und versuchte, Drogen aufzutreiben. Er klopfte auf Schultern, schüttelte Hände. *Hey Mann. Hast du was da?* Niemand biss an. Er klang wie ein Schauspieler in einem Lehrfilm. Sie ging Wolf und Floyd suchen, die ebenfalls der Meinung waren, dass er sich aufführte wie ein Drogenfahnder, und ihn rausschmissen. Donny schwor, er hätte eine Wette mit ein paar Jungs vom Football laufen. Sie glaubten ihm nicht, aber was sollten sie tun? Als eine Woche lang nichts passierte, dachten sie, sie seien offenbar gerade noch mal davongekommen.

Wie sich herausstellte, hatten die Rotarier ihn geschickt. Sie konnte sich die Szene vorstellen. Die Jungs im Hinterzimmer vom Mulligan's, eine Flasche Four Roses und eine große Schüssel Chips, wie sie Namen in die Runde warfen, wen sie auf ihre schmutzige kleine Mission schicken könnten. Donny sah zu diesen Typen auf. Er wollte einen guten Eindruck bei ihnen machen. Aus demselben Grund ging er auch irgendwann nach Vietnam und ließ sich dort abknallen, aber das war erst ein paar Jahre später.

Donny behauptete im Zeugenstand, er habe von Floyd LSD gekauft, so bekamen sie den Haftbefehl. Bei der Verhandlung waren mehrere Fotografen anwesend, die Fotos von den verrückten Hippies in ihren verrückten Klamotten machen wollten. Das Kommando versuchte, die Underground-Presse auf ihre Seite zu kriegen, aber keiner von denen spielte mit. Diese sogenannten hippen Arschlöcher. Entweder waren sie zu faul, in ihre Autos zu steigen und aus der Stadt rauszufahren, oder sie kamen irgendwie

nicht mit dem Kommando klar, was Dawn komisch fand, weil sie
dachte, die meisten seien auf ihrer Wellenlänge. War das nicht das
Ziel der Gegenkultur, für die Erleuchtung zu arbeiten? Stattdessen druckten sie Wörter wie *Sekte*.

Sie saß mit sechs anderen Mädchen auf den Zuschauerbänken,
in selbst genähten silbernen Minikleidern und Wappenröcken
mit den Namen diverser Meister der Weisheit, die als himmlische
Zeugen der Verteidigung auftraten. *Korton, Cassion, Soltec, Andromeda Rex, Goo-Ling, Blavatsky* – sie selbst war *Der Graf von Saint-Germain*. Alle starrten sie an, und das war ja auch der Sinn der Sache. Sie protestierten dagegen, dass das Gericht die Meister nicht
anerkannte und ihnen nicht erlaubte, durch ihr Medium zu bezeugen, inwiefern Floyd von Donny und den Rotariern reingelegt
worden war. Sie sah sich die ganzen Anzug- und Krawattenträger
an und dachte, tja, Dawnie, da sitzen sie, die Mächte der Finsternis. Und zwar leibhaftig.

Floyds Strafe zerriss ihr das Herz. Zehn Jahre. Zehn Jahre, weil
Donny Hansen es so wollte. Was für ein Tag für die Jungs im
Mulligan's! Ah, sie hatten das Recht auf ihrer Seite! Ein guter Tag
für diese Scheißkerle, die andere herumschubsten und behaupteten, sie seien faul und sie selbst hätten ja so viel geleistet, was eine
schamlose Lüge war, sie hatten nämlich überhaupt nichts geleistet, nicht das Geringste, ballten einfach nur die Fäuste, machten
ihre Hinterzimmergeschäfte und überlegten, wie sie behalten
konnten, was sie oder ihre Daddys oder deren Daddys anderen gestohlen hatten.

Sie gingen zu allen Verhandlungen, nicht nur zu Floyds. Es
war eine schreckliche Zeit. Dauernd saßen sie im Bus, fuhren in
die Stadt und sahen zu, wie die Häuser immer dichter beieinanderstanden und der Asphalt jeden freien Zentimeter bedeckte. Es
war aufreibend, herzzerreißend. Mit Protestschildern hin- und
herlaufen, stunden- und tagelang mit anhören, wie die Agenten
der Dunklen Seite sogenannte Beweismittel aufzählten. Mehrere
Angeklagte bekamen fünf Jahre, der Rest zwei bis fünf. Für Marcia ging es zurück New Jersey, gegen sie lag noch ein anderer Haftbefehl wegen bewaffneten Überfalls vor. Wie Dawn hörte, gab es
einen politischen Hintergrund, offenbar war sie mit abgesägter

Schrotflinte und einer Bande schwarzer Extremisten mit Wrestler-Masken in eine Filiale der Chase Manhattan Bank marschiert.

Immer weniger von ihnen wollten noch draußen bei den Felsen leben. Jeden Tag packten ein oder zwei ihre Sachen und zogen weiter. Nachdem sie sich umarmt, geküsst und versprochen hatten zu schreiben, bekam Dawn Angst. Was die Felsen ausmachte, waren die Menschen dort, und wenn sie alle abhauten, dann musste sie auch abhauen, sonst stand sie irgendwann allein da mit Donny, Onkel Ray, dem Sheriff, Mr. Hansen, Robbie Molina und den ganzen anderen Dreckskerlen, ob jung oder alt, ein ganzer Ort voller Männer, die sie fertigmachen wollten. Den Kampf würde sie verlieren, um das zu wissen, musste man kein Genie sein.

So viel war kaputtgegangen. Die Küche und die Werkstatt mussten sie praktisch komplett neu errichten. Von jetzt an stand Tag und Nacht jemand Wache. Unbewaffnet, nur damit sie gegebenenfalls rechtzeitig das Weite suchen konnten. Clark und Maa Joanie hatten sich in ihre Hütten verzogen und kamen nicht mehr raus. Judy lief mit künstlichem Grinsen durch die Gegend und verteilte positive Botschaften. Pilgrim Billy fand, sie sollten die Kommune auflösen und Nomaden werden. In der Wüste gäbe es genug zu essen, erklärte er. Billy war ein Stadtjunge. Aus Boston, wie sie sich erinnerte.

Wolf hatte eine Lösung. Wir sollten eine Session abhalten, sagte er. Als Akt der Reinigung.

Es war das einzige Mal, dass sie die Luftmatratzen im Einsatz sah. Sie gehörten einem Künstlerkollektiv, das die Luft gegen das Meer eingetauscht hatte und losgezogen war, um mit Delfinen zu kommunizieren. Aus irgendeinem Grund hatten sie ihren wichtigsten Besitz Coyote hinterlassen. Wolf ging mit ihnen in die Mitte des ausgetrockneten Sees. Das Sonnenlicht blendete. In einer feierlichen, wenn auch unkoordinierten Prozession schlurften sie über die knirschende Salzkruste. Sie pumpten die Matratzen mit riesigen Luftpumpen auf, zwei fünfzehn mal fünfzehn Meter große silberne Kissen, eine gepolsterte Stadt zwei Meter über dem Boden. Es war das Schönste, was sie je gesehen hatte und wahrscheinlich je sehen würde.

Vierundzwanzig Stunden lang blieben sie da draußen, nackt,

an die Tronics angeschlossen, und spielten Musik, um sich von
der negativen Energie der Razzia zu befreien. Als sie nicht mehr
konnten, kletterten sie auf die Kissen, legten sich hin und schauten auf die flache weiße Welt vor ihnen. Es bestand kein Zweifel
mehr: Das hier war das Ende aller Zeiten. Dawn erinnerte sich
später, mit den Daunenfeder-Brüdern hoch über dem Boden
über eine glänzende Oberfläche gekrabbelt zu sein und überall
nur noch Licht gesehen zu haben. Eine Welt purer Schönheit, die
heilige Schönheit des Lichts. Später dann, als sie ihr Weg in die
Dunkelheit führte, war es diese Erinnerung an das Ashtar Galactic Command, an der sie festhielt: das tiefe Brummen der Tronics,
das sich in ihren Körper schraubte, während sie über die heilige
Schönheit des Lichts taumelte.

Ein paar Tage danach wurde sie in einen orangen VW-Bus ge-
zwängt und nach L. A. chauffiert. Sie nannten es Köder-Mission.
Sie schickten sie und drei andere Mädchen mit einem großen Te-
xaner namens Travis los. Offiziell war er dazu da, auf sie aufzupassen, aber nebenbei hatte er, das durfte sie allerdings nicht wissen, noch einen Heroin-Deal laufen. Er telefonierte mindestens
einmal am Tag mit Clark. Deswegen würde sie sich natürlich
nicht ihr hübsches Köpfchen zerbrechen, o nein. Macht den Bus
voll, meinte Clark. Holt sie her. Wir müssen wieder mehr werden.

Bis an ihr Lebensende wünschte sie sich, sie hätte den Sunset
Boulevard nie auch nur von Weitem gesehen. Sie wurde einfach
direkt vor Tower Records abgeladen. Lauf auf und ab, sagte Travis. Sprich Leute an. Travis sorgte dafür, dass die Mädchen sich
sexy anzogen, in Hotpants und Tanktops. Wenn sie an der Ecke
standen, hupten die vorbeifahrenden Autos. Es ging darum, po-
tenzielle Kandidaten kennenzulernen, hauptsächlich Jungs, die
aus dem Plattenladen kamen oder vor dem Whisky a Go Go oder
Sneeky Pete's abhingen. Wenn man mit einem ins Gespräch kam,
musste man versuchen, ihm die LP zu verkaufen und ihn in ein
Gespräch über das Licht zu verwickeln. *Hast du schon mal über
Smog nachgedacht?* Das war einer ihrer Eröffnungssätze. *Dir ist
klar, dass Smog aus negativer Energie besteht, oder? Die Frage ist
nicht, ob du mir glaubst oder nicht, du musst ja nur mal nach oben
schauen. Was sollte das sonst sein, wenn nicht negative Energie?*

»Du kannst auch sagen, dass du mit ihnen gehst«, meinte Travis. »Wenn du glaubst, dass sie dann eher mitkommen.«

»Mit ihnen gehen?«

»Stell dich nicht dumm.«

Wenn einer anbiss, nahm man ihn mit ins Haus, eine verfallene viktorianische Villa in Echo Park. Es gab viele Zimmer, aber alle rochen nach Tod, und in der Nachbarschaft trieben sich vor allem Junkies und Mexikaner herum, die obszöne Gesten machten und einem auf Spanisch nachriefen. Ein paarmal wurde sie verfolgt. Nachts ging sie manchmal vorher in einen Diner und holte sich einen heißen Kaffee, nur damit sie etwas zum Werfen hatte und so im Notfall einen kleinen Vorsprung.

Wenn sie einen Schlafplatz brauchten, durften sie bleiben. Man gab ihnen zu essen (Makkaroni mit Käse, sagte Travis, was Einfaches) und stellte sie den anderen vor. Alle vier Mädchen waren jung und hübsch und hatten keine Probleme, Männer aufzutreiben, die dann im Wohnzimmer auf den gammeligen Sofas saßen und sich ihren Vortrag über das Kommando anhörten. Sie vögelte mit ein paar der Typen, die sie mitbrachte. Und mit ein paar Typen, die die anderen mitbrachten. Travis war meistens oben. Manchmal musste man hochgehen und bei ihm bleiben.

In der Villa kam es einem vor, als würde die Zeit stehen bleiben. Es fühlte sich immer gleich an, Tag und Nacht. Top-40-Musik aus dem Transistorradio, das Rascheln des Plastikperlenvorhangs vor der Küche. Ihr Zimmer war dunkelrot gestrichen, mit einer nackten Glühbirne an der Decke. Vor der Tür unterhielt sich immer irgendwer mit irgendwem über die Evakuierung. *Denk mal drüber nach. Zum Beispiel Erdbeben. Willst du das Risiko eingehen? Das Kommando beobachtet die Westküste seit Generationen. Sie können die gesamte Bevölkerung innerhalb von sechzig Sekunden evakuieren. Sie wissen jederzeit, wo jeder von uns ist.*

Fick mich du kleines Luder na los fick mich.

die Schiffe sind wunderschön

die Schiffe sind ein Hort der Freude

Clark wollte Geld. Man musste nicht nur Rekruten anwerben. Man musste ihnen auch die LP verkaufen. Jeden Nachmittag, bevor sie zum Strip fuhren, hämmerte Travis es ihnen ein. Wie viele wollt ihr heute verkaufen? Denkt euch eine Zahl, stellt sie euch bildlich vor. Eines Abends machte ihr Travis einen Vorschlag. »Die LP verkaufen ist das eine«, sagte er. »Es gibt noch andere Methoden. Ich verlange nichts von dir, was du nicht auch schon umsonst machst.«

Die LP war einfach eine tolle Idee gewesen. Die Aufnahme stammte von einem Tape, das bei einer ihrer Sessions mitgelaufen war. Irgendwie hatte Clark Coyote überredet, es ihm zu geben, und dann bei einem Treffen verkündet, von nun an würden sie die Nachricht vom Weltuntergang über den Äther in die Welt hinaussenden, und zwar an jeden, der neugierig genug war und fünf Dollar in der Tasche hatte. Bei einer Versammlung in der Kuppel setzten die verbliebenen Lichtarbeiter sich im Geiste der Einheit zusammen, um ihre Ideen vorzubringen, wie das Cover aussehen und was draufstehen sollte. Als Clark ihnen das Tape vorspielte, waren sie enttäuscht. Es klang wie durch eine Socke aufgenommen. Coyote war nicht da, konnte also auch nicht angebrüllt werden, und Clark hielt dagegen, die Soundqualität sei im Grunde egal, da die Botschaft des Kommandos verschlüsselt in die Trägerwelle der Musik eingearbeitet sei. Sie würden die Leute erreichen, ohne dass sie es mitbekamen. Das war zwar cool, trotzdem gab die Platte nicht im Ansatz das ursprüngliche Feeling wieder. Sie hatten sich mehr erhofft.

Wie Coyote auf dem Cover gelandet war, konnte sie sich beim besten Willen nicht erklären. Alle gingen davon aus, dass es ein Foto von der strahlenden Judy sein würde, oder Clark und Maa Joanie in ihren Gewändern. Die Zeichnung stammte von einem Mädchen namens Kristel, die sich selbst *ChrisTele* nannte, was ihr zufolge »die Vision von Jesus Sananda« bedeutete. Sie hatte Coyote gemalt, wie er vor einem Raumschiff des Kommandos stand und einen Stromschlag bekam. Clark protestierte nicht. Vielleicht wollte er den Eindruck vermitteln, er verbreite so das Licht.

Clark wollte, dass sie die LP verkauften, also verkauften sie sie. Ob sie sich irgendwer mehr als einmal anhörte, war eine andere Frage. Die Jungs, die dafür bezahlten und wiederkamen, um Makkaroni mit Käse zu essen, und die fanden, ein Ort in der Wüste, wo aufregende Mädchen es Tag und Nacht mit einem trieben, höre sich gut an, wurden in Travis' Bus gesetzt oder durften sich auf eigene Faust im Greyhound auf den Weg machen, mit sorgfältig eingewickelten Päckchen von Travis und dem Versprechen auf ein besonderes Dankeschön bei der Ankunft. Dawn winkte ihnen, wenn sie mit ihren Taschen und Rucksäcken aufbrachen wie Zirkusartisten, die in eine Kanone stiegen und in die Luft geschossen wurden. Ja, Baby. Ich komme in ein paar Tagen nach. Keine Angst. Die Schiffe sind wunderschön.

die Schiffe sind ein Hort der Freude

Dann bekam sie den Tripper, also brachte Travis sie zum Tripperdoktor, der ihr Antibiotika gab und einen Vortrag hielt. Abends stolperte sie über den Strip, zusammen mit Horden von Jugendlichen, die versuchten, in die Klubs zu kommen und die Bands zu sehen, aß von Food Trucks, trippelte vor der 76er-Tankstelle herum und starrte hoch auf die Plakatwände. *Come to Where the Flavor is*. Daneben eine riesige Statue von Rocky und Bullwinkle. Bullwinkles Hemd änderte die Farbe je nach dem Outfit des Mädchens in der Casinowerbung auf der anderen Straßenseite. Dreckig und barfuß stellte sie sich beim Co-op an und bezahlte mit Essensmarken, die Travis ihnen für das LP-Geld gab. Nach einer Weile verlor sie das Zeitgefühl. Zum Laden, vom Laden zurück, zum Sunset Strip, zurück. Sie sah Filzläuse wie einen Trupp Soldaten über eine fleckige Matratze kriechen und fing an, sie zu zählen. Sie ging mit Kristel und Maggie in eine Nachtapotheke, um Drogen zu organisieren. Als sie feststellten, dass der Verkäufer eine Holzhand hatte, hörten sie nicht mehr auf zu lachen. Sie saß in einem Büro, nahm zum ersten Mal Kokain und fragte, hast du schon von der Evakuierung gehört, und dann erinnerte sie sich an die Holzhand des Verkäufers und lachte und lachte und lachte und ging zum Laden und wieder zum Strip, zu den Taco-Ständen und Coffeeshops, den Topless-Bars und den vorbeifahrenden Autos und Autos und Autos …

Sie blieb drei Monate, Frühling und Frühsommer 1971. Sie nahm es damals nicht so wahr, aber irgendwas ging in dieser Zeit in ihr verloren. Eine Unverbrauchtheit. Sie saß auf dem Boden von Travis' VW-Bus und fuhr zurück in die Wüste, Schulter an Schulter mit ihrer neuesten Bekanntschaft, einem rothaarigen

Jungen aus Iowa, der nicht wusste, dass er fast ein halbes Pfund
Heroin aus Laos im Futter seiner Tasche hatte. Durch die verschmierten kleinen Autofenster sah die Erdenbasis des Ashtar Galactic Command schlimmer heruntergekommen aus, als sie sie in
Erinnerung hatte. Die Kuppel stand noch da, aber die einzelnen
Platten waren verrostet und stumpf. Maa Joanies Hütte war komplett abgebrannt. Das war das große Thema: Wer hatte das Feuer
gelegt, das FBI, die Leute aus der Stadt oder die Mächte der Finsternis, die über einen Mittelsmann auf dem Gelände operierten?
Soweit Dawn das beurteilen konnte, hätte es jeder sein können.
Alles war voller Fremder. Sie und die anderen Ködermädchen hatten vielleicht zwanzig Typen aufgerissen und hergeschickt, aber
hier liefen noch jede Menge andere Leute rum, die nicht unbedingt aussahen, als wären sie auf der Durchreise. Massenweise
Tattoos. Ein oder zwei eindeutige Ausreißer, mindestens drei Typen, die mit Gypsy-Joker-Aufnähern rumliefen. In der ersten
Nacht hörte sie die ganze Zeit Motorräder röhren, Leute, die Flaschen zertrümmerten und insgesamt einen Mordskrach veranstal-
teten. Gegen zwei Uhr morgens fing ein Mädchen an zu schreien.
Niemand, der in Dawns Umgebung in der Kuppel schlief, schien
sich daran zu stören. Es kam nicht mal jemand hoch. Sie ging raus
und suchte mit der Taschenlampe, aber die Schreie hörten auf, bevor sie rausfand, woher sie kamen.

Am nächsten Morgen sah sie den rothaarigen Jungen am Straßenrand stehen und den Daumen rausstrecken. Er hatte ein blaues Auge. Als sie fragte, was los sei, meinte er, sie solle sich zum
Teufel scheren. Du hast mir versprochen, dass es hier cool ist,
sagte er.

Ein Großteil der alten Gesichter fehlte. Abends beim Essen
(das noch schlechter geworden war, falls das überhaupt möglich
war – eine Kelle Reis und ein geschmackloser Linsenmansch aus
der Blechwanne) hörte Dawn sich an, was es Neues gab. Nichts
davon klang gut. Die Stadt hatte die Schlinge enger gezogen. Die
Leute von der Erdenbasis wurden in den meisten Läden nicht
mehr bedient. Um zu tanken, mussten sie dreißig Kilometer weit
fahren. Die Jungs vom Mulligan's hatten ihnen alle nur erdenk-
lichen juristischen Knüppel zwischen die Beine geworfen. Bau-

ordnung, sanitäre Anlagen. Sie hatten die Kuppel als gefährliches Bauwerk eingestuft und den Einsatz von Bulldozern angekündigt. Clark bestellte sie zu sich. Sie musste sich hinknien, und als sie fertig war, sagte er, sie solle vorsichtig sein, unter ihnen seien auch ein paar, die nicht zur Bruderschaft des Lichts gehörten. »Sie sind Emissionen der Linken Hand, kleine Dawnie. Ihre Strahlen legen sich wie eine Last auf uns, eine Art Depression. Wenn du so eine Last spürst, sag mir, wie dieser Mensch heißt. Das Kommando schickt dann Hilfe. Du musst es mir nur gleich sagen.«

Danach stieg sie auf die Felsen. Als sie dort saß, nachdachte und einen Joint rauchte, hörte sie jemanden den Pfad hochkommen. Eine in eine Djellaba gewickelte Gestalt erschien, die spitze Kapuze tief ins Gesicht gezogen.

»Bist du das, Dawnie? Ich bin's, Judy.«

Judy fiel ihr in die Arme, als wäre sie eine verloren geglaubte Schwester, sie umarmte sie und bedeckte ihr Gesicht mit Küssen. Es war Vollmond und die Nacht sternenklar. Dawn erschrak. Das Mädchen sah aus wie tausend Jahre alt, die hohlen Augen zwei Bohrlöcher im Gesicht, als hätte jemand beide Daumen in weißen Ton gedrückt.

»Was ist los? Was ist passiert?«

»Ich weiß es nicht, Dawnie. Alles bricht zusammen.«

Judy hatte eine Art, Dinge zu sagen, als würde sie sie glauben und gleichzeitig auch nicht. Wenn sie emotional wurde, hatte man plötzlich das Gefühl, dass ein Teil von ihr völlig losgelöst war und sich selbst zusah, wie sie glücklich war oder weinte oder einen fragte, wie es einem ging. Manchmal schien es, als würde sie nur andere imitieren, als hoffte sie, dadurch Gefühle zu erleben, die sie selbst gar nicht hatte. Diesmal war es anders. Ihre Hände waren eiskalt. Sie zitterte wie ein in die Ecke getriebenes Tier.

Sie kletterten bis zum Fuß der größten der drei Spitzen, dort gab es eine kreisförmige Mulde, wie ein ausgetrockneter Whirlpool, in der man sitzen konnte und vor dem Wind geschützt war. Judy zog die Knie an die Brust und schaukelte vor und zurück. Als Dawn ihr den Joint reichte, schüttelte sie den Kopf.

»Dawnie, die bringen mich um.«

»Was?«

»Ich weiß es. Sie wollen mich aus dem Weg räumen.«

»Was soll das heißen, sie bringen dich um? Wer?«

»Maa und Mr. Davis. Sie steigern sich da richtig rein. Sie haben mich aus dem Flow geholt, und jetzt werfen sie mich wieder rein.«

Sie hatte wieder diesen merkwürdigen sarkastischen Tonfall. Dawn steckte das Ende vom Joint in eine Klemme, hockte sich hin und versuchte, ein Streichholz anzuzünden.

»Ich versteh dich nicht, Süße. Ich glaube nicht, dass jemand hinter dir her ist.«

»Alle machen sich solche Sorgen, weil die Leute aus der Stadt uns so hassen. Mr. Davis prüft, ob man eine Kanalisation legen kann, aber das würde sie auch nicht lange ruhigstellen.«

»Judy?«

»Du hast keine Ahnung. Du warst ja nicht hier.«

»Versuch, dich auf eine Sache zu konzentrieren. Also, was ist los?«

»Ich war ihr kleines Mädchen. Das haben sie immer gesagt.«

»Judy, sie verehren dich. Sie beten dich an. Du bist die Einzige, die auf den Schiffen war. Sie würden dir niemals ein Haar krümmen.«

»Mr. Davis hat draußen in der Wüste Waffen versteckt, weißt du? Und Leute, die damit trainieren.«

»Du machst mir Angst.«

»Die solltest du auch haben. Er verteilt Strahlenplaketten.«

»Clark macht was?«

»Damit man die Strahlung erkennt. Man kann sie weder sehen noch riechen. Deswegen muss man die Plaketten tragen.«

»Gibt es hier radioaktive Strahlen, Judy?«

»Bestimmt. Mr. Davis würde bei so was nicht lügen.«

»Judy, hat Clark etwas Radioaktives?«

»Das sind die Dunklen Mächte, Dawnie. Die Linke Hand. Das spürst du doch, oder? Sie sind überall hier. Mr. Davis spricht die ganze Zeit von Opfern, die wir bringen müssen. Für das Licht. Er hört nicht auf. Als könnte er an nichts anderes mehr denken.«

»Und du glaubst, er meint dich?«

»Warum will er mich töten, Dawnie? Nachdem er mich gefunden und aufgenommen und sich so lange um mich gekümmert hat?«

»Ich weiß es nicht. Ich kann nicht glauben, dass er dir wehtun will – Moment mal. Hast du gesagt, er hat dich gefunden?«

»Im Salzsee. Mehr weiß ich nicht. Ich war noch ein kleines Kind. Er hat mich einfach vom Boden aufgesammelt wie eine funkelnde Münze.«

»Ich dachte, du bist direkt aus der Wüste gekommen. Maa Joanie hat auf dich gewartet, und du bist zu ihr zurückgekehrt.«

»Ich war die Antwort auf ihre Gebete.«

»Heißt das, du bist gar nicht ihre Tochter?«

»Dawnie, manche Dinge sind lange her, jetzt ist Gras darüber gewachsen, und wir möchten nicht mehr darüber reden.«

Sie nahm Dawn in die Arme, hielt sie fest und schmiegte sich an sie. Hilfe, dachte Dawn. Wenn ihr da seid, Meister der Weisheit, dann helft mir. Das ist mein SOS, mein Leuchtfeuer.

Niemand kam. Kein höheres Wesen, kein Licht am Himmel. Hab keine Angst, sagte sie sich.

hab keine Angst

Gerüchte. Man sollte nach zigarrenförmigen Raumschiffen Ausschau halten, die die Insignien an der Seite trugen. Das waren die dunklen Schiffe. Falls sie unsichtbar waren, spürte man trotzdem ihre negative Energie, die sie in einem großen schwarzen Strahl auf die Erdenbasis richteten. Die Strahlung war überall, in den Mentholzigaretten, den lila Aum-LSD-Pappen, im Wasser, im Linseneintopf. Es gab Leute, denen man nicht vertrauen durfte, weil sie mit der Linken Hand in Verbindung standen. Sie hatten Quellen auf dem Gelände vergraben. Uraniumkugeln. Sie kommunizierten mit ihren Meistern über Infrarot.

Sie fand Wolf und Coyote im Wigwam, wo sie Rebellenlieder sangen. Alles war voller Rauch. Sie hatten sich Regenbogenaufnäher auf ihre Sachen genäht.

Jeder wusste, dass es bald wieder eine Razzia geben würde. FBI, CIA oder irgendein anderer Geheimdienst ohne offiziellen Namen. Egal, auf jeden Fall steckte die Regierung dahinter. Sie rollten die Bruderschaft auf. Ultratiefe mentale Frequenzen. Geheimgefängnisse vor der Küste. Lichtarbeiter, die gefoltert wurden

oder verschwanden. Wie hoch war die Strahlung? Auf der Erde
oder im Äther? Wer wusste das schon? Sie befanden sich in einer
abgelegenen Gegend, weit entfernt von den Schwingungen der
großen Städte. Vielleicht waren die Pinnacles als Versuchsgelände
ausgewählt worden.

Von wem?

»Was machst du da?«, fragte sie Wolf.

»Ich reinige meine Waffe.«

»Warum?«

»Damit sie sprechen kann.«

Coyote ließ sich neben ihr hinfallen und hielt sich ein Zippo
über den Schritt seiner Jeans. Er furzte laut. Eine kleine grüne
Flamme schlug hoch.

»Es braucht nur einen Funken«, sagte er, »um ein Präriefeuer
auszulösen.«

»Du bist ekelhaft.«

Er zeigte seine gelben Zähne und lachte. »Du weißt, dass es keine Schiffe gibt, oder? Keinen Hort der Freude?«

Gerüchte. Auf den Felsen waren FBI-Leute mit Masken und
Schutzanzügen, die die Gegend absuchten. Clark sammelte die
Dosimeter-Plaketten ein, für Tests. Finsternis schlängelte sich
durchs Lager, breitete sich zwischen den Menschen aus und sorg-
te für Streit. Coyote baute einen Geigerzähler. Einen kleinen Kas-
ten mit Griff und Mikrofon an einem Gummikabel. Als er das
Mikro hochhielt, sprang eine Nadel über die Skala, und aus dem
Lautsprecher kam Knacken und Ploppen. In unserem Essen, unserer Haut, unserem Blut und Knochenmark. Jedem seine eigene
Entgiftungskur. Schrubben und Gurgeln. Rosenkristalle, Alumi-
niumfolie, Zitronenverbene-Tee. War das ganze Lager infiziert?
In den Kichererbsen. Von Sprühflugzeugen ausgesprüht. Feine
Tröpfchen. Mikroskopisch klein. Coyote warf Quarzklumpen, kicherte über Hintergrundstrahlung und kosmische Strahlen. Zehn,
zwanzig Millionstel. Die Tronics waren kaputt. Sabotage? Sie waren völlig ungeschützt. Die Finsternis hatte sich in die Schaltkrei-
se geschlichen. Der violette Strahl, der grüne Strahl, der schwarze
Strahl der Verzweiflung.

Jeden Tag gingen Leute, andere kamen dazu. Herumtreiber,

Biker, Spitzel, FBI. Jeden Morgen, wenn Dawn aufwachte, machte sie sich auf die Suche nach Judy. Bevor sie nicht wusste, wo sie
war, konnte sie sich nicht entspannen. Das Lager hatte sich in
zwei Gruppen aufgespalten. Die Strahlenfreaks um Clark und
Joanie, die anderen um Wolf und Coyote. Manche trugen Gewehre. Ein neuer Slogan, eine neue Philosophie.

Bewaffnete Liebe.

Tötet die Bullenschweine! Verbreitet Angst und Schrecken in
ihren Plastikherzen. Clark und Joanie waren gekleidet wie Weih-
nachtsbäume und stauchten die Leute zusammen. Das Kommando,
die Meister der Weisheit, sähen mit Entsetzen auf sie herab.
Wolf und Coyote empfingen ihre Befehle von den schwarzen
Schiffen. Tötet ihre Götter, flüsterte Coyote. Steht auf und befreit
euch. Das war eine Kriegserklärung. Wutausbrüche in der Kuppel, Strahlenfreaks gegen bewaffnete Liebe, Geschrei, Schuld-
zuweisungen, erhobene Fäuste. Clark versuchte, für Ordnung zu
sorgen. Die Hierarchie existierte aus gutem Grund. Es konnte
nicht jeder über die heiligen Kanäle Botschaften in den Himmel
senden. Das Schicksal der Erde lag in ihren Händen. Einheit war
alles! Seine Stimme überschlug sich. Niemand schien ihn zu beachten. Coyote hockte sich hin und pinkelte gegen seinen Thron.
Wolf rief aus dem Publikum. Bewaffnete Liebe! Es gab nur eine
Grenze – zwischen den Lebenden und den Toten. Zeit, sie nieder-
zureißen. Zeit, den Himmel zu stürmen.

Große Befreiung allerseits. Die Toten gruben einen Tunnel,
rutschten unterm Draht durch. Wo waren die Schiffe, die wunderschönen Schiffe, Horte der Freude?

Jetzt ging der Tod in der Kuppel um, der Knochenmann als
Kommunarde, der in die Festung der Lebenden drang. Clark
fuchtelte mit einer Pistole herum. Schüsse fielen. Die Leute liefen
in Deckung. Ein junger Mann fiel der Länge nach hin, Dawn
wusste seinen Namen nicht. Blondes Haar, das blauäugige Kind
des Todes. Er hielt sich die Brust. Wir sind keine Siedler, hatte er
gerufen, während er trommelnd ums Feuer lief. Wir sind Ver-
unsiedler. Wir wollen Wasser kennenlernen, Tiere Feuer Sonne
Mond essbare Pflanzen. Wir wollen eine Nation von Aussteigern
sein, wir wollen ein wildes, freies Leben. Mit Knochen würfeln.

Knochen und Steinen. Wie früher, wie in der Zukunft. Eine rote
Rose erstrahlte unter seinem Hemd. Er war noch ein Junge, ein zitternder Junge, der verblutete. Auf dem Weg in den Bardo. Warum genau, sollte Dawn nie erfahren, aber statt ihn zu einem Arzt zu bringen, versammelten sie sich mit ihren Instrumenten um ihn. Coyote huschte hin und her, teilte LSD-Pappen aus, steckte Kabel zusammen. Dann schlossen sie den Jungen an die Tronics an und begannen mit der letzten Session.

Das war der Bardo im Moment des Todes.

Kein Gesang, keine Gebete. Nur das anschwellende Brummen, das einen Spalt zwischen dem Land der Lebenden und dem der Toten öffnete. Verschmelze mit dem Licht, mahnte das Brummen. Du bist Teil des hellen Lichts der Wirklichkeit. Lass alles andere los.

Sie hatten Waffen. Sie hatten Messer und Macheten, Klebeband, eine Säge. Eine Autobatterie, Überbrückungskabel.

Der tote Junge wurde in den zweiten Bardo gezogen.

Für Dawn war es die schrecklichste Nacht ihres Lebens. Als wachte man auf dem Grund eines kalten dunklen Brunnens auf. Wie lange dauerte es an? Tage? Wochen? Sie trieb weg vom Licht hin zu Bildern der Hölle. Blut und Finsternis. Sich windende Schlangen, wie Gedärme. Die Leiche des Jungen wurde in eine Plane gewickelt und in die Wüste getragen. Gestalten gruben ein Loch und warfen ihn hinein.

Als die Sonne über den Bergen aufging und ein Stück mattes orangefarbenes Tageslicht sich durch den Eingang der Kuppel schob, weinte Dawn vor Erleichterung. An diesem Morgen, während die anderen umherstolperten und hinaus ins Licht blinzelten, packte sie ihre Tasche und machte sich auf den Weg zum Highway. Ohne sich von irgendwem zu verabschieden. Nicht von Judy. Und auch von sonst niemandem. Sie wollte nur noch weg.

Ein Trucker, der nach L. A. fuhr, hielt an und nahm sie mit, und so wie Wasser bergab fließt, stand sie bald wieder auf dem Strip. Sie verbrachte ein paar Nächte auf der Straße, ein paar weitere bei einer neuen Bekanntschaft und fand schließlich einen Job als Go-go-Girl in einer Bar, wo die Mädchen Drinks in Superheldenoutfits servierten. Eine Zeit lang wohnte sie in West Hollywood, dann in Santa Monica, in der Wohnung eines chassidischen Juden, der eine Reinigungskette betrieb und sich die Miete gern mit Gefälligkeiten bezahlen ließ. Zeit verging. Sie wurde Teil der Glam-Rock-Szene. Sie sprach nie über Ashtar oder irgendwas in der Richtung. Schnee von gestern. Sie trug Hotpants und Stiefel mit 12-Zentimeter-Absätzen, hing mit Nymphchen und schwulen Jungs vor der English Disco ab und versuchte, Musiker kennenzulernen. Eine Zeit lang fuhr sie Bands hinterher und vögelte Roadies und Booker, um an Bowie oder die Stones ranzukommen. Einer von ihnen nahm sie mit nach Vegas, wo sie von drei Typen zur Musik von den Doobie Brothers im Whirlpool vergewaltigt wurde, von da an ging es mehr oder weniger bergab, jeden Abend fünf Schichten, topless, nackt, ohne Anfassen, mit Anfassen, bis sie irgendwann völlig im Arsch war und weggedröhnt für ein Essen auf der Toilette eines Coffeeshops Blowjobs gab, die Arme und Beine voller blauer Flecken. Eines Abends kroch sie auf den Spuren einer Line Koks in ein Kaninchenloch und tauchte wie durch ein Wunder irgendwann lebend wieder auf, da war es 1986, und sie saß auf einem Bett in einem Hotelzimmer in Miami mit hundertachtzigtausend Dollar in bar, jeder Menge zertrümmerter Möbel und der Erinnerung an etwas Blutiges, Gewalttätiges, über das sie versprochen hatte, nie wieder ein Wort zu verlieren.

Von dem Geld kaufte sie das Motel, und erst als sie es in Flieder und Violett anmalte, kamen ihr Zweifel. War die letzte Session in der Kuppel jemals wirklich beendet worden? War das Leben, das sie geführt hatte, nur ein Zwischenzustand, ein weiterer Bardo? Wachbewusstsein war ein Bardo, zwischen vergangenem und zukünftigem Dasein. Träumen war ein Bardo. Träumte sie? Oder war es ein Bardo des Todes? Sie spürte, wie es sie vom Licht wegtrieb. In ihrem Inneren spürte sie immer noch das Brummen.

2008

NIEMAND AUSSER LAILA HIELT ES FÜR eine gute Idee, den Plattenspieler mitzunehmen.

»Wozu brauchst du das?«, fragte Onkel Hafiz. »Du hast den iPod, alles, was du willst für Musik.« Onkel Hafiz war ein großer Fan von modernen Dingen. Wäre es nach ihm gegangen, würden sie alle in einer Raumstation leben und aus Tuben essen.

Ihre Tante machte sich Sorgen wegen des Staubs. »Er gehört mir«, erinnerte Laila sie. »Ich pass schon darauf auf.«

»Lass sie«, sagte Samir. »Sie ist *loco*.« In letzter Zeit sprach er gern Spanisch. In der Schule erzählte er, er sei Salvadorianer, machte auf dicke Hose und probierte diverse Handzeichen aus. Er erzählte grauenvolle Geschichten von Rachemorden und abgeschlagenen Köpfen, die über die Tanzfläche rollten. Sie glaubte, dass er vielleicht gemobbt wurde.

Sie packte den Plattenspieler in den Kombi, rollte vorsichtig die langen Kabel an den Boxen ein, wickelte die Einzelteile in Handtücher und zwängte sie zwischen ihren Koffer und den Karton mit den Bürgermeisterutensilien ihres Onkels. Die Platten nahm sie auf den Schoß, damit sie sich auf der Fahrt die Cover ansehen konnte. Ihre Sammlung bestand in erster Linie aus dem, was andere gut fanden – beziehungsweise, was sie früher gut fanden und jetzt nicht mehr. Seit ihr Onkel mit ihnen aus San Diego hergezogen war, also seit über zwei Jahren, war sie regelmäßig in den Secondhandladen gefahren und hatte staubige Kisten mit Marschmusik und Neunzigerjahrepop durchstöbert. Es fing quasi aus der Not heraus an, denn wenn man kein Auto hatte, gab es im Ort nicht viel zu tun. Bald war jedoch ein Stadium erreicht, in dem sie die monatlichen Einkaufstrips begrenzen musste, damit überhaupt die Chance bestand, etwas Neues zu finden. Meistens ging sie nach Frisuren. Eine Band mit guten oder zumindest auffälligen Frisuren war es wahrscheinlich wert, einen Dollar dafür hinzulegen. Sie stand auf Achtzigerjahre-Powerballaden, Synthiepop und altmodische dauergewellte Rapper. Neuen Kram fand sie im Netz, so wie alle, aber bei den alten Platten bekam man mehr als nur Musik. Ein Albumcover konnte man sich vors Gesicht halten und die Garagen oder Dachböden riechen oder mit dem Finger innen im Klappcover die Kugelschreiber-Unterschrift des Vorbesitzers nachfahren. Digitales war ihr zu zweckmäßig. Es hatte keine Atmosphäre.

Sie ging zum hundertsten Mal durch, wie sie Nicky Capaldi angeschwärmt hatte. Das Beste, was ihr in diesem Jahr passiert war? O Gott. Und er stand einfach nur da, sah total englisch aus und guckte gelangweilt. Besonders cool hatte er jedenfalls nicht gewirkt. Vor einer Weile hatte sie so eine Art Durchbruch gehabt, was wahrscheinlich eher mit ihren Englischkenntnissen zu tun hatte, weil sie endlich die Nuancen besser mitkriegte als mit Musik oder Philosophie oder Gott oder so, aber auf einmal verstand sie Amerika viel besser und war so gut drauf wie schon seit, na ja, ziemlich langer Zeit nicht mehr, und das alles hatte mit seiner Band zu tun, vor allem diesem einen Song. Sie wollte sich sogar den Refrain um den Arm tätowieren lassen:

Got to have faith in believing in faith in believing in faith.

Aber das war ein Jahr her, und die Idee mit dem Tattoo kam ihr inzwischen eher albern vor. Das Ganze war natürlich sowieso nur ein Traum. In Wirklichkeit hätte sie sich niemals ein Tattoo machen lassen dürfen.

Jetzt, wo sie darüber nachdachte, fiel ihr ein, dass sie den Gitarristen eigentlich immer süßer fand als den Sänger.

Ihr Onkel startete den Wagen. Samir und Tante Sara winkten ihnen von der Veranda zu. Laila winkte halbherzig zurück. Sie hatte das Gefühl, aus einer Plastikblase in die Welt zu schauen. *Stell dir vor, das Einzige, was dich am Leben hält, ist dieses Auto, weil ein so empfindliches, hoch entwickeltes Wesen wie du in der Atmosphäre da draußen nicht atmen kann.* Tante Sara zog ihr Kopftuch zurecht, um ihre Ehre vor den gierigen Blicken der Nachbarn zu schützen, dann watschelte sie ins Haus. Samir zeigte ihr den Finger. Sie streckte ihm die Zunge raus. Sie war nur zu Be-

such in dieser Welt, eine Fremde. Sie ging den Stapel auf ihrem
Schoß durch, bis sie die Ashtar-Platte gefunden hatte. Das war
keine Roller-Disco-Compilation und auch kein merkwürdiges
Soulalbum mit dicken schwarzen Männern in hässlichen bunten
Smokings auf dem Cover. Es war noch besser. Sie hatte schon im
Internet danach gesucht. Nichts. Keine Erwähnung, kein einziger
Treffer. Sie war unsichtbare Dinge nicht gewohnt. Es fühlte sich
an, als hätte sie etwas aus Harry Potter gefunden, irgendwas mit
geheimen Kräften.

Der Mann mit dem Schakalkopf, die Kraftlinien. Ein Raumschiff.

Knistern, dann der erste Ton.

Musik ist die Botschaft

Auf der Rückseite stand etwas geschrieben, die lila Schrift war
so verschmiert, dass sie Stunden auf dem Bett gelegen hatte, bis
sie sie entziffern konnte.

Achtung. Wir wiederholen, Achtung. Dies ist die Stimme des Ash-
tar Galactic Command. Wir sprechen im Namen aller fühlenden
Wesen in den dreiunddreißig Sektoren des Universums, im Namen
der Meister der Weisheit und der Versammlung der Interdimensio-
nalen Einheit. Wir bringen euch, den Sternenmenschen, diese Musik,
damit ihr versteht, wo euer Platz im Kosmos ist. Das AGC ist ein En-
semble aus Menschen und Wesen von einer höheren Dichte. Als Kin-
der des Lichts setzen wir elektronische Instrumente und Verarbei-
tungsmodule ein, die es uns erlauben, unsere Produktion auf die
harmonischen Schwingungen des Universellen Feldes einzustimmen.
Gewisse Mächte auf der Erde haben versucht, euch einzureden, dass
ihr in Wirklichkeit gar keine Sternenmenschen seid. Diesen Mächten,
die es mit aller Kraft zur Dunkelheit zieht, müsst ihr euch um jeden
Preis widersetzen. Ihr Ziel ist es, euch zu zerstören und euch in die ne-
gative Materie zu stürzen. Diese Botschaft geht an alle, die uns zu-
hören und uns verstehen. Im Namen des Großen Meisters Jesus San-
anda und von Ashtar, Kommandant der Bruderschaft des Lichts,
Adonai!

Onkel Hafiz sang beim Fahren zum Soundtrack von *Beverly*
Hills Cop mit. The heat is on, krähte er und trommelte aufs Lenkrad. Bevor sie losfuhren, hatte er ziemlich viel Tee getrunken. Er

war aufgeregt und freute sich auf sein neues Amt. »Ich verspreche dir«, hatte er mehrmals gesagt, »es wird eine tolle Zeit für dich.« In gewisser Hinsicht war ihr Onkel wirklich lieb, aber er war auch verrückt. Bei seinen Sachen im Kofferraum lag unter anderem eine komplette Franklin-Mint-Kunstleder-Ausgabe von »The Timeless Novels of Charles Dickens«, als Deko für sein neues Büro. Außerdem ein Schwert und eine Kunststofftrophäe, die sie im Secondhandladen für ihn besorgt hatte. Tatsächlich war es eine Auszeichnung für Networkmarketing, aber es hatte die Form von einem Paar Flügel, und er hatte sich sehr darüber gefreut. Ein ausgezeichnetes Geschenk, nannte er es. Sehr wohlüberlegt.

Laila bezweifelte, dass es eine tolle Zeit für sie werden würde, aber sie brauchte das Geld. Wenn sie es nächstes Jahr nicht aufs College schaffte, würde sie sich definitiv die Pulsadern aufschneiden. Oder einfach auf die I-5 laufen. Eins von beiden. Klar, es war nett von Onkel Hafiz, dass er ihr den Job besorgt hatte, sie wünschte nur, er würde woanders arbeiten. Bis sie am Stützpunkt ankamen, dauerte es noch ein wenig, aber sie war jetzt schon nervös.

Das eindeutigste Symptom von Onkel Hafiz' Verrücktheit war seine Fröhlichkeit. Laila fand nicht, dass es in seinem Leben viel Grund zum Lachen gab, aber für ihn war offenbar alles urkomisch. Er hatte über zwanzig Jahre in San Diego gelebt, noch vor Desert Storm, vielleicht trug das dazu bei. In vielerlei Hinsicht lebten Tante Sara und er in einer Traumwelt, über manche Dinge redete man mit ihnen einfach nicht. Den Irak zu verlassen war die beste Entscheidung seines Lebens, sagte ihr Onkel immer. »Ich weine um deine Eltern, weil sie nicht auf mich gehört haben, dabei habe ich ihnen immer gesagt, dass sie weggehen sollen.« In Bagdad war er ein glücklicher junger Mann gewesen, hatte Fußball in einer Collegemannschaft gespielt und mit seinen Freunden in Cafés abgehangen. Die Familie hatte Geld, aber dann kam der Krieg mit dem Iran, die Luftangriffe und die Lebensmittelknappheit. Zu jener Zeit war Saddam Amerikas Verbündeter, es war also möglich, eine Green Card zu bekommen. Hin und wieder begann er einen Vortrag mit den Worten »Kalifornien ist wie eine wunderschöne Frau«, kam aber nur selten darüber hinaus, weil

Tante Sara sich jedes Mal aufregte. Als Laila endlich den ganzen Text zu hören bekam, war sie enttäuscht, weil es nur eine Reihe von billigen anatomischen Vergleichen war, mit L.A. und San Francisco als den beiden Brüsten.

Onkel Hafiz liebte Kalifornien. Er liebte die Flüsse und Wälder und die Freeways, die roten Teppiche und den Smog. Er war der stolzeste Amerikaner, den sie kannte. Wenn jemand ihm gegenüber Zweifel an den Bushs anmeldete, oder an der Schönheit des Kapitalismus oder auch nur der Überlegenheit eines McDonald's-Hamburgers gegenüber jedem anderen Lebensmittel, das man für einen Dollar neunundneunzig bekam, winkte er einfach in Richtung Happy Gold Cash and Carry, wenn es denn in Winkweite war, und wenn nicht, holte er das laminierte Bild aus seiner Brieftasche, womit er (zumindest was ihn betraf) die Diskussion für sich entschieden hatte. Für Onkel Hafiz war Happy Gold Cash and Carry eine Art Mischung aus Mount Rushmore, dem Nationalfriedhof Arlington und dem Alamo. Es repräsentierte alles, was groß und edel an seiner Wahlheimat war – Angebot, Kampf, niemals den vollen Preis bezahlen. Den Namen hatte der Laden von seinem früheren Besitzer, einem Chinesen, der zurück nach China gegangen war, um eine Schuhfabrik zu kaufen. Hafiz hatte überlegt, ihn in etwas Ehrlicheres, Verständlicheres umzuändern, vielleicht zu Ehren seines Lieblingspräsidenten Ronald Reagan, dessen Spitznamen er gern benutzte (es klang so ähnlich wie »The Jeeper«, Laila hatte es nie geschrieben gesehen), als wären die beiden alte Freunde, die zusammen Zeitung lasen und Backgammon spielten. Aber *The Jeeper*, da waren sich alle einig, war ein komischer Name für einen Abholgroßmarkt, wohingegen Happy Gold immerhin ein bisschen Sinn ergab, also blieb es bei Happy Gold, wobei der Schriftzug jetzt rotweiß-blau angemalt war, um seiner patriotischen Bedeutung gerecht zu werden. Er hatte seinem Sohn Sayid die Leitung überlassen. Ich habe Verpflichtungen, erklärte er der Familie, als er den Umzug bekannt gab. Wir befinden uns im Krieg. Jeden Abend rief er an und erkundigte sich nach den Einnahmen.

Sayid, der CNN regelmäßig mit der Faust drohte, sich aber hütete, seinem Vater gegenüber das Thema Krieg zu erwähnen, war froh, den Laden führen zu können, ohne sich die täglichen Predigten über den berechtigten Einsatz der Amerikaner im Irak anhören zu müssen. Seine Frau Jamila rollte oft mit den Augen und fing an zu grummeln, wenn ihr Schwiegervater etwas sagte, obwohl Sayid ihr ausdrücklich verboten hatte, dem alten Mann zu widersprechen. »Die Leidtragenden sind nur wir«, erklärte er ihr, als Laila in der Küche war und versuchte, sich unsichtbar zu machen. »Er hört doch sowieso nicht zu. Das prallt alles an ihm ab.« Solche Diskussionen hatten sie oft. Sayid sagte, sie könne sich ihre Worte sparen. Jamila weinte. Sie hatte Familie in Falludscha gehabt. Drei Cousins, alle tot. Wenn Hafiz über den Krieg sprach, versuchte sie, einfach ruhig weiterzuarbeiten. Laila, die am Kochtopf stand, während Jamila Gemüse schnitt, sah dann, wie sie kurz erstarrte und das Messer in ihrer Hand zitterte.

Sie fuhren auf der langen geraden Straße zur Basis, die ein ganzes Stück größer war als die kleine Stadt daneben. Nachts beleuchtete sie das ganze Tal, eine Parallelwelt, die Laila zu Hause aus ihrem Fenster sehen konnte, mit eigenem Straßennetz, Autoverkehr und Fast-Food-Schildern. Der Haupteingang sah aus wie die Kontrollpunkte zu Hause im Irak, ein Slalom aus Betonleitplanken und gelangweilten Marines, die sich runterbeugten und ins Auto guckten. Als sie näher kamen, fing sie unwillkürlich an, unruhig herumzurutschen. Sie warf einen Blick auf den Tacho. Ihr Onkel fuhr zu schnell. Offenbar wusste er nicht, wie gefährlich es war, diese Leute nervös zu machen, wie schnell sie den Finger am Abzug hatten.

Ein Soldat ging neben dem Fenster in die Hocke. Onkel Hafiz begrüßte ihn wie einen Verwandten. Der Marine machte ein finsteres Gesicht und nahm ihnen die Ausweise ab. Nach ein paar Minuten kam er aus seinem Büro und forderte sie auf, zu einem Schuppen zu fahren, wo der Wagen durchsucht wurde. Laila durfte aussteigen und schlurfte ein bisschen umher. Es gab nicht viel zu sehen. Hafiz quasselte die ganze Zeit weiter, in erster Linie über die Präsidentschaftswahlen und den Heldenmut des republikanischen Kandidaten, der früher irgendwann mal Kriegsgefangener war. Laila wünschte, er hielte den Mund. Mit seinem Rumge-

schleime machte er sich nur zum Affen. Niemand wollte mit ihm
reden. Sie musste auf die Toilette, sollte aber warten, bis sie beim
Empfangszentrum waren. Einer der jungen Marines, die den Wagen durchsuchten, sah dauernd zu ihr rüber.

Endlich durften sie weiterfahren. Sie kamen an Baracken und
Hangars vorbei, an Basketballplätzen und einem Kaufhaus mit einem Schild SNEAKER SALE im Schaufenster. Dann parkten sie
vor dem nächsten Büro und gingen hinein. Im Flur wartete eine
ganze Truppe Iraker. Onkel Hafiz kannte sie offenbar alle und
fing an, sie zu umarmen und auf die Wange zu küssen. Als sie von
der Toilette zurückkam, legte er ihr die Hand auf die Schulter
und erklärte den anderen, wie stolz er sei, dass sie ihrem Land dienen wollte. Sie machte sich gar nicht erst die Mühe, darauf hin-
zuweisen, dass es nicht ihr Land war, bevor sie nicht offiziell als
Einwanderer anerkannt wurden. Ihre Landsleute wurden ihr als
Tanten und Onkel vorgestellt, sie würden alle gut auf sie aufpassen. Genau davor hatte sie Angst – ein Haufen Wichtigtuer, die
genauestens darüber berichteten, was sie trieb und mit wem sie redete, und sich zu ihrem Kleidungsstil äußerten, als hätten sie auch
nur die geringste Ahnung von Mode. Sie waren ein bunt zu-
sammengewürfelter Haufen und hatten alle amerikanische Kleidung an, bis auf einen alten Mann, den ihr Onkel Abu Omar
nannte und der Kandora und Kopftuch trug, mit seinen Gebets-
perlen klackerte und völlig ungeniert das Rauchverbotsschild an
der Wand ignorierte.

Mit gefrorenem Lächeln ließ sie sich einem nach dem anderen
vorstellen und steckte dann die Kopfhörer wieder in die Ohren.
Bis jemand sie anstieß und sagte, sie hätten ihren Namen aufgerufen.

Eine Frau in Soldatenuniform nahm ihre Daten auf und ließ
sich die Haftungsausschlusserklärung unterschreiben. Alles, was
von jetzt an passierte, war im Grunde ihr Problem. Dann foto-
grafierte die Frau sie und stellte ihr einen Pass aus. Laila fragte
sich, wie es wohl war, mit so vielen Männern zusammenzu-
arbeiten. Benahmen sie sich anständig? Oder belästigten sie sie,
rissen die Tür auf, wenn sie im Bad war, machten dumme Bemerkungen?

Sie sollte ihre Sachen holen und zusammen mit den anderen auf dem Parkplatz warten. Sie standen in einer langen Reihe mit den Pässen in der Hand, bis ein Marine mit einer Liste alle abgehakt hatte. Es waren mehr, als sie erwartet hätte. Locker über hundert. Nach und nach wurden sie in Gruppen auf die Trucks verteilt und in die Wüste gebracht.

Der Sergeant, der mit ihnen fuhr, teilte Wasserflaschen aus und brüllte Anweisungen. Ihr Dorf hieß Wadi al-Hamam und war fünfzig Kilometer entfernt. Aus Gesundheits- und Sicherheitsgründen durfte während der Fahrt niemand aufstehen. Sie fuhren über eine weite Ebene, hinter ihnen wirbelte der Staub auf und verschleierte das nachfolgende Fahrzeug. Sie saßen sich gegenüber und rutschten auf ihren Bänken hin und her. Zwischen ihnen stapelte sich das Gepäck. Im Nachmittagslicht leuchteten ihre Gesichter goldgelb. Der Mann mit dem schmalen Gesicht und den schlechten Zähnen, die beiden Frauen, die versuchten, ein Klatschblatt zu lesen. Eine einzige Freakshow. Und das sollte die nächsten zwei Monate lang ihre Welt sein?

Wadi al-Hamam war schräg. Das Dorf sah exakt aus wie eines der kleinen Städtchen, in denen die Familie ihrer Mutter lebte. Betonblockmauern, Zement und Lehmziegel, weiß getünchtes Minarett. Über den Dächern ragten Telefonmasten und ein Wirrwarr von Kabeln empor. Die Wüste erstreckte sich in alle Richtungen. Sie parkten vor einer Reihe verriegelter Läden mit Einzimmerwohnungen im ersten Stock. Auf Schildern stand handgemalt in arabischer Schrift: SCHNEIDER. AUTOERSATZ-TEILE. Der Himmel war pfirsichfarben und lila und wirkte ebenfalls handgemalt.

»Siehst du«, sagte Onkel Hafiz. »Das ist für mich.« Er zeigte auf ein Haus mit einem Schild auf Englisch: BÜRGERMEISTER-BÜRO. Sie sah sich aufmerksam um. In Wirklichkeit waren die Gebäude alle Schiffscontainer mit Häuserfassaden. Als sie zur Einführung in das Gemeindehaus liefen, fiel ihr auf, dass die Telefonleitungen nirgendwohin führten. Ziegel und Zement waren an Holzrahmen befestigte gegossene Kunststoffplatten. Es sah genauso aus wie das, was es war, das Bühnenbild für ein aufwendiges Stück.

Gewisse Mächte auf der Erde haben versucht, euch einzureden,
dass ihr in Wirklichkeit gar keine Sternenmenschen seid.
An diesem Abend blieben alle lange auf und sangen Lieder. Es
war wie zu Hause bei einer Hochzeit, die Frauen versammelten
sich auf der einen Seite, die Männer auf der anderen. Sie aßen
Snacks und nippten an Gläsern mit süßem Tee. Es fühlte sich gut
an, von Leuten umgeben zu sein, die Arabisch sprachen. Als wäre
eine Last von ihren Schultern genommen. Anfangs genoss sie es,
machte Witze und lachte mit den anderen. Doch dann fielen die
angenehmen Gefühle in ihrer Brust wie ein Turm in sich zusammen. Es nützte nichts. Das Singen, das Klatschen – alles führte zurück nach Hause, in ihr altes Leben, zu den guten und den
schlechten Dingen und irgendwann dem Schlimmsten von allem,
der Leiche auf dem Müllhaufen beim Flughafen. Sie schlüpfte
nach draußen, versteckte sich im Schlafsaal und zog den Schlafsack über den Kopf, um die Musik nicht hören zu müssen.

Sie wusste, dass es sich komisch anfühlen würde, von Soldaten
umgeben zu sein, aber seit ihr Onkel mit ihnen in die Wüste gezogen war, hatte sie genug von ihnen gesehen – junge Männer mit
harten Gesichtern, die in Trucks rumfuhren und im Supermarkt
Bierkisten kauften. Darauf war sie also vorbereitet gewesen, aber
nicht auf das hier, auf das Gefühl, wieder im Irak zu sein. Sie versuchte, sich das Bild schönzumalen, mit feurigen Gitarren als
Hintergrundmusik, umringt von Tränenden Herzen und anderen Blumen, das Ganze in romantischem Schwarz-Weiß, aber
Baba lag immer noch da, kalt und tot. Er war ganz allein gewesen.
Er musste solche Angst gehabt haben. Dass sie ihn nicht sehen
durfte, machte die Sache noch schlimmer. Dadurch war sein
Geist jetzt umso stärker.

Ein paar Erinnerungen tauchten immer wieder auf. Ein Abend
bei irgendeinem Onkel. Wie alt war sie da? Neun, zehn? Es war
so heiß, dass alle draußen saßen, sie spielte mit Samir Fangen, und
sie schrien und kicherten die ganze Zeit. Ihr Vater stand mit den
anderen ums Feuer, sie rauchten und redeten, und statt seinem
Anzug trug er eine Kandora. Er war entspannt, amüsierte sich
und freute sich, wieder im Dorf zu sein. Sie sah sich kurz als Kind,

wie sie mit untergeklemmten Füßen auf dem Schaukelstuhl saß und las.

Sie hatten ihn mit einem Bohrer bearbeitet. Das hatte sie erst vor ein paar Monaten zufällig aus Sayids Mund gehört. Der Teil der Geschichte war ihr neu gewesen.

An einigen Abenden kurz nach Ausbruch des Krieges wurden Bomben abgeworfen, und alle mussten im Hauptraum schlafen und ihr Bettzeug auf dem Kachelboden ausbreiten. Der Raum war relativ groß, aber sie lagen trotzdem dicht beieinander, weil es an den Fenstern zu gefährlich war. Wer konnte an solchen Abenden schlafen? Die Kinder drehten durch. Selbst die Erwachsenen reagierten hysterisch, ihre Mutter und die anderen Frauen stritten wegen jeder Kleinigkeit, wurden laut, brachen in Tränen aus. Manchmal stiegen die Männer aufs Dach und verfolgten rauchend die »Shock-and-Awe«-Taktik auf der anderen Seite des Flusses bei den Ministerien. Sie bettelte jedes Mal darum, mitgehen zu dürfen, aber vergeblich. An einem dieser Abende kamen alle vorbei, und der Strom fiel aus, sodass die Wohnung einem Backofen glich und die ganze Familie angespannt war, weil irgendwer rausgegangen und nicht wiedergekommen war. Sie tanzte mit Samir im Kerzenlicht und erfand dafür Lieder aus Fragmenten der Popvideos, die sie im staatlichen Fernsehen zeigten:

Sexy sexy!
Sexy sexy!

Beide hüpften sie herum, sangen unanständige Wörter und schrien vor Lachen. Dann kam ihr Vater rein. Sie dachten, er würde mit ihnen schimpfen, stattdessen fing er selbst an zu tanzen, wackelte mit den Hüften und sang mit.

Sexy sexy!
Sexy sexy!

Tante Amira und ihre Mutter kamen dazu und fragten, was der Lärm solle. Erst standen sie in der Tür und guckten streng, dann fingen sie an zu lachen. Baba warf die Arme in die Luft, verzog den Mund und ließ den Schnurrbart hüpfen. Er fasste sie an den Händen und tanzte mit ihr durchs Zimmer.

Immer im Kreis. Ihr Daddy. Nur für sie.

Leider ließ er sich immer wieder in alles Mögliche hineinzie-

hen. Sie erinnerte sich, wie er geweint hatte – tatsächlich geweint – darüber, was mit den Schätzen im Nationalmuseum passiert war. Er ging zu den Amerikanern, um sie zu bitten, etwas dagegen zu unternehmen, und wartete den ganzen Tag in der Sonne
in einer Schlange mit anderen Männern, als würde er davon ausgehen, auf ein Glas Tee in ein Büro gebeten zu werden und einem
schwitzenden rosa Typen in Uniform zu erklären: *Hören Sie, mein
Lieber, ich bin zufällig Geschichtsprofessor, und solange ihr nicht zur
Vernunft kommt, kriegt ihr auch keine gute Note.* Als hätte er erwartet, mit einem Versprechen oder einer Antwort zurückzu-
kommen. Mehrmals hielt er mit dem Wagen an und versuchte,
mit einem Soldaten über ein Problem zu sprechen, das ihm aufgefallen war. In ihren Träumen wurde er wieder lebendig, dann
sah sie ihn in genau solchen Situationen. Die Leiche ihres Vaters,
neben einem Panzer, wie die Ausländer ihre Gewehre auf ihn richteten und er die Hände hob, um sich zu beschweren, die Bohrlöcher wie Muttermale im Gesicht und am Hals.

Ihre Mutter war anders. Sie hatte einen besseren Überlebens-
instinkt. Aber er wollte ja nie auf sie hören.

Die Leiche ihres Vaters, wie sie sein geplündertes Büro durch-
suchte und Blut auf Tische und Stühle tropfte. Sie war mit ihm
gegangen, warum, wusste sie nicht mehr. Die Diebe waren in der
ganzen Universität gewesen. Sämtliche Computer waren weg.
Überall nur Staub und kaputtes Glas. Sogar die Klimaanlagen hatten sie aus den Fenstern gerissen.

Nach einer Weile gingen die Menschen nicht mehr aus dem
Haus. Was war bloß aus ihrer Stadt geworden? Schlangen vor den
Tankstellen, Bomben, Entführungen, verrückte ausländische
Söldner, die auf einen schossen, wenn man zu dicht auffuhr. Die
führen sich auf, als sei das hier ihr Spielplatz, sagte Baba. Sie denken, das ist ihre Sandkiste, wo sie mit ihren großen Metallspiel-
zeugen spielen können. Er hatte gesehen, wie ein Pilot mit seinem
Hubschrauber unter den Schwertern des Sieges durchgeflogen
war, einfach so. Auch wenn er Saddam hasste, so etwas machte
ihn rasend vor Wut. Sie verstand nicht warum, es gab doch so viel
Schlimmeres. Die Universität war geschlossen, und solange es so
gefährlich war, bestand auch keine Aussicht, dass sie wieder auf-

machte. Anfangs hatte Baba versucht, zu Hause zu arbeiten, zu lesen und zu schreiben. Dann gab er es auf. Er machte sich Sorgen wegen des Geldes. Sie verkauften erst das Auto, dann Mamas Schmuck. Ihr toter Vater und ihr Onkel, zwei Zombies, die die Waschmaschine die Treppen runterschleppten.

Nach langer Zeit machte die Universität wieder auf. Zuerst war die Familie glücklich, weil Baba wieder Geld verdienen würde. Da sie kein Auto mehr hatten, musste er sich von einem Kollegen mitnehmen lassen. Jeden Morgen saß er in seinem Anzug mit der Aktentasche am Küchentisch und wartete auf seine Mitfahrgelegenheit. Ihre Mutter fing an, sich wahnsinnige Sorgen zu machen, weil die Todesschwadronen Akademiker töteten. Erst einen Soziologiedozenten, dann den Leiter der Geisteswissenschaften. Offenbar ohne Grund. Einer der Toten war Professor für klassische Philologie, ein Mann, dessen einzige Leidenschaft alte aramäische Manuskripte waren. Selbst Baba war erschüttert. »Akh laa!«, murmelte er, den Hörer noch in der Hand. »Wie kann das sein? Der Mann hat keiner Fliege je etwas zuleide getan!« Niemand wusste, wer dahintersteckte, der SCIRI, der Oberste Islamische Rat, das Innenministerium oder der Mossad. Laila flehte ihn an, vorsichtig zu sein. »Keine Angst«, erwiderte er. »Das hat alles nichts mit mir zu tun.« Er sagte, die Opfer seien wahrscheinlich politisch engagiert gewesen oder in Schwarzmarktgeschäfte verwickelt, aber wirklich überzeugt wirkte er nicht. Mama schrie, er solle an seine Familie denken und in der Öffentlichkeit den Mund halten. Er sprach sich oft gegen die Amerikaner und den Regierungsrat aus. Er sagte einfach, was er dachte, als sei es ein freies Land.

Er ging so viele Risiken ein – mit seiner Arbeit, seinem losen Mundwerk –, aber am Ende war es der blöde Nachbar, der ihm das Genick brach. Mr. Al-Musawi hatte Probleme mit dem Fernsehempfang. Er beschuldigte ihre Familie, ein Kabel so umgelegt zu haben, dass es in der Nähe seiner Antenne verlief. Das stimmte natürlich nicht. Sie hatten nie ein Kabel angerührt. Al-Musawi und Baba brüllten sich über die Mauer an, der eine verlangte, dass sie das Kabel zurückverlegten, der andere konterte, sie hätten ja sowieso nie Strom, wozu also das Theater? Baba hätte ihn wahrscheinlich nicht beleidigen sollen. Der Mann wollte nur seine

Fernsehshows, Pornos, Fußball oder was auch immer sehen. In
Kriegszeiten halten die Leute an ihren kleinen Annehmlichkeiten
fest. So etwas kann sehr wichtig sein.

Es ließ sich nicht beweisen, dass Al-Musawi hinter der Razzia
steckte, aber ein anderer Nachbar hatte Mama erzählt, sein Cousin arbeite als Dolmetscher für die Amerikaner, es konnte also nur
er gewesen sein. Er musste ihnen nur den Namen nennen. Die Soldaten kamen ins Haus und ließen die ganze Familie auf dem Boden knien, während sie sämtliche Schubladen und Schränke durchsuchten und alles durcheinanderwarfen. Sie brüllten Baba an, er
sei ein Terrorist, und hörten gar nicht zu, als er erwiderte, er sei
ein Niemand, ein einfacher Geschichtsprofessor. Wo sind die Waffen, wollten sie wissen. Er flehte sie an, wenigstens vorsichtig mit
den Büchern zu sein, aber sie fegten sie einfach aus den Regalen
und schmissen seine Papiere stapelweise auf den Boden. Alle wein-
ten, aber das Schlimmste war tatsächlich, seine sorgfältig geord-
neten Unterlagen überall auf den Fliesen verteilt zu sehen. »Ihr
glaubt, ich bin ein Terrorist?«, fragte er auf Englisch. »Dann schaut
mal her!« Es war so albern. Er wedelte mit einer DVD, die sie am
Abend zuvor gesehen hatten, ein amerikanischer Schwarz-Weiß-
Film über einen Pfadfinderführer, der zum Senator ernannt wird.
»Glaubt ihr, Terroristen sehen sich so etwas an? Glaubt ihr das?«
Sie zogen ihm eine Haube über den Kopf und nahmen ihn mit.

Er blieb fast zwei Wochen lang weg. Es war eine schreckliche
Zeit. Anfangs ließ sich nicht mal in Erfahrung bringen, wo er war.
Es gab grauenvolle Geschichten darüber, was die Amerikaner in
ihren Gefängnissen trieben. Genauso schlimm wie Saddam, sagte
ein Nachbar, bevor Mama ihn wütend daran erinnerte, dass Kinder im Raum seien. Schließlich musste einer ihrer Onkel einem
Mann im Innenministerium einen Umschlag mit Geld bringen,
um ihn rauszuholen. Er kam nach Hause, unrasiert und erschöpft,
behauptete jedoch, es gehe ihm gut. »Es ist nichts passiert«, erzählte er Laila, als sie sich bitterlich weinend an ihn klammerte.
»Es war nur ein bisschen kalt und schmutzig.« Aber danach war er
nicht mehr derselbe. Mama und er flüsterten im Schlafzimmer. Er
schlich durch das Haus wie ein alter Mann.

Zu der Zeit fing Mama davon an, das Land verlassen zu wollen. Wenn das Telefon funktionierte, redete sie stundenlang mit ihrem Bruder in Amerika, ohne Baba zu beachten, der sie bekniete, an die Rechnung zu denken. Laila und Samir durften nicht aus dem Haus, nicht mal zur Schule. Samir war von einem Mitschüler gefragt worden, ob er Sunnit oder Schiit sei. Er war noch so klein, dass er es nicht mal wusste – vor dem Krieg war das gar kein Thema gewesen. Jetzt machte es ihre Mutter paranoid. Sie sah überall Kidnapper. Also saßen sie zu Hause und schauten Fernsehen, wenn es Strom gab, oder zeichneten und lasen, wenn nicht. In der Straße hängten die Menschen Schilder auf, um ihre Häuser zu vermieten. Täglich hörten sie von jemandem, der nach Syrien oder Jordanien ging. Baba meinte, er wolle nicht weg, der Irak sei seine Heimat und es sei seine Pflicht, zu bleiben und das Land wieder lebenswert zu machen.

Dann ging er eines Freitagnachmittags aus dem Haus und kam nicht zurück. *Der Leichnam ihres Vaters, wie er an der Tür stand und winkte.* Der Kollege, den er besuchen wollte, sagte, er sei nie angekommen. Als es dunkel wurde, versuchte Laila, ihre vollkommen aufgelöste Mutter zu trösten. Einer nach dem anderen trafen die Onkel ein und brachten ihre Familien mit, damit sie nicht allein waren. Das Haus war gerammelt voll, die ganze Sippe saß ums Telefon versammelt, wartete auf eine Nachricht und qualmte die Luft blau. Niemand schlief in dieser Nacht. Sie gingen von einer Entführung aus und nahmen an, dass sich ein Mittelsmann melden und Lösegeld verlangen würde. Stattdessen kam am nächsten Morgen ein Anruf von der Polizei, man habe Babas Leiche am Straßenrand gefunden. Auf einem Müllhaufen, sagten sie. Ihr geliebter Vater, im Müll, wie eine tote Katze.

Diesmal konnten sie Al-Musawi nicht die Schuld geben. Er hatte seinen blöden Fernseher eingepackt und war mit den anderen weggegangen. Jemand fuhr ins Leichenschauhaus, um den Toten abzuholen. Laila blieb bei Mama und Samir, zu betäubt, um von der Couch aufzustehen.

Nachdem sie einen Wachmann auf dem überfüllten Friedhof bestochen hatten, wurde er sofort beerdigt. Laila durfte nicht mit. Drei Wochen nach dem Mord sagte ihre Mutter, sie solle ihre Sachen packen. Sie hatten auf dem Markt zwei Koffer gekauft, einen

schwarzen für Samir und einen in Rosa für sie. Sie würden nach
Amerika ziehen, zu Mamas älterem Bruder Hafiz. Für wie lange,
fragte sie. Bis es hier sicherer ist, lautete die Antwort. Samir hielt
sich an Mamas Kleid fest und flehte, er wolle nicht weggeschickt
werden. Sie tröstete ihn und sagte, sie werde nachkommen, sobald sie einen Mieter für das Haus gefunden hatte. Sie umarmte
Laila und bat sie, auf ihren Bruder aufzupassen. Dann stiegen sie
ins Auto, in dem Onkel Anwar wartete, der sie über die Grenze
nach Jordanien brachte. In Amman nahmen sie ein Flugzeug in
die USA, mit den Papieren in Plastikhüllen um den Hals. Onkel
Hafiz und Tante Sara erwarteten sie.

Es war das erste und einzige Mal, dass sie in einem Flugzeug
gesessen hatte, und während sie jetzt auf ihrem Feldbett in Wadi
al-Hamam einschlief, musste sie daran denken, an das Essen aus
der Mikrowelle und den Film, der auf dem kleinen Bildschirm in
der Rückenlehne vor ihr lief. Samir war so jung, dass er sich vor
Begeisterung gar nicht mehr einkriegte. Sie zischte ihn an, es sei
falsch, sich so zu freuen, nach dem, was mit Baba passiert war. Als
er anfing zu weinen, sahen die Passagiere zu ihnen rüber. Die Ste-
wardess versuchte, ihn mit Buntstiften und einem kleinen Bären
aufzumuntern.

Als sie aufwachte, wusste sie erst nicht, wo sie war. Über sich hörte sie einen Hubschrauber, die Luft war heiß und trocken. Gab es
heute Strom? Dann hörte sie andere Menschen herumwuseln und
öffnete die Augen. Nein, nicht zu Hause. Auf dem Marinestützpunkt. Sie putzte sich die Zähne in der Duschanlage und genierte sich, nur halb bekleidet zwischen so vielen Fremden zu stehen,
all den Frauen, die sich die Haare trocken rubbelten und sich Sonnencreme ins Gesicht schmierten. Sie huschte so schnell sie konnte rein und wieder raus, schlüpfte in ihre schwarze Kampfhose
und ein T-Shirt und ging zum Frühstück in die Kantine. Die Sonne stand schon hoch am Himmel. Die Hügel sahen im grellen
Licht fast weiß aus.

Onkel Hafiz saß an einem der Resopaltische, rauchte und redete mit seinen Bekannten, dem stellvertretenden Bürgermeister,
dem Polizeichef und dem Imam. Sie nahmen ihre Rollen ernst,

warfen sich schon jetzt in die Brust und fühlten sich wichtig. Der Polizeichef war in Wirklichkeit Chauffeur. Der Imam hatte einen Friseursalon in Ventura. Ihr Onkel winkte ihr zu, lud sie aber nicht an ihren Tisch ein. Es gab nun mal gewisse Regeln. Sie nahm ein Tablett und aß allein, möglichst ohne Blickkontakt zu den anderen. Wieder fragte sie sich, ob sie nach einem Zuständigen suchen sollte, um zu sagen, dass sie nach Hause wollte.

Nach dem Frühstück gab es eine Einweisung. Alle Iraker standen dicht gedrängt im Hauptsaal, wo eine zierliche Zivilistin namens Heather sich als »Simulationskoordinatorin für den Echo Sector« vorstellte und eine PowerPoint-Präsentation hielt. Sie trug Jogginghose, einen hohen Pferdeschwanz und ein Baseballcap und hatte ihr Handy an einem Band um den Hals hängen. Die silbernen Laufschuhe vervollständigten ihren Highschool-Sportlehrer-Look. Begleitet wurde sie von »REDFOR Control«, einem griesgrämig guckenden uniformierten Offizier namens Leutnant Alvarado. Heather sprudelte förmlich über vor Begeisterung. Alvarado sah aus, als würde er lieber Toiletten putzen. Heather kompensierte seinen mangelnden Enthusiasmus, indem sie mit Heliumstimme verkündete, sie sei »begeistert, Teil der Operation Purple Rose zu sein«. Sie wolle, dass alle »nicht kämpfenden Rollenspieler« (also sie alle) wüssten, was für eine »entscheidende Rolle für die Sicherheit des Landes« sie spielten. Sie hoffe, sie alle würden »zu jedem Zeitpunkt hundertzehn Prozent geben«. Laila saß da und versuchte, den bösen Blick in einem Strahl zu bündeln und auf Heathers Stirn zu richten.

Die Aufgabe der Bewohner von Wadi al-Hamam war es, die amerikanischen Truppen auf ihre Stationierung im Irak vorzubereiten. Dazu mussten sie realistische Charaktere darstellen, teils proamerikanisch, teils feindlich. Jeder bekam eine eigenständige Persönlichkeit mit Namen, Biografie und Vorgeschichte zugeordnet. Heather sagte, sie sollten sich überlegen, wie ihre Charaktere in bestimmten Situationen reagierten, um so echt wie möglich mit den Soldaten interagieren zu können. Dies sei eine »detailgenaue Simulation«. Sie sollten sich vorstellen, sie seien »kleine bewegliche Teile, wie Zahnräder in einer Uhr«.

Laila war nicht sicher, ob sie ein kleines bewegliches Teil sein wollte, aber wenn, dann in Heathers Luftröhre. Noch weniger sicher war sie, als sie den Umschlag mit ihren persönlichen Angaben öffnete. Sie war ein Bauernmädchen namens Rafah, das schon immer in Wadi al-Hamam gelebt hatte und sich jetzt zur Krankenschwester ausbilden lassen wollte. Sie hasste die Amerikaner, weil ihr Vater bei einer Schießerei an einem Kontrollpunkt ums Leben gekommen war. Bei ihrem Spiel sympathisierte sie mit den Aufständischen und half ihnen bei jeder Gelegenheit. Während sie las, zitterten ihr die Hände. Warum hatten sie ihr einen toten Vater gegeben? Hatte Hafiz ihnen von Baba erzählt? Sie ging zu Heather und bat um einen anderen Lebenslauf. Heather sah sie irritiert an. »Das ist nur für die Simulation, Kleines. Damit du deine Rolle besser spielen kannst. Es geht um die generelle Ausrichtung – sieh mal, du bist gegenüber den Amerikanern extrem negativ eingestellt. Daran kannst du dich orientieren.«

»Aber ich will nicht diese Rafah sein.«

»Daran können wir im Moment nichts ändern.«

»Warum nicht?«

»Tut mir leid, aber ich kann das jetzt nicht mit dir diskutieren. Das ist deine Rolle, das musst du jetzt einfach so akzeptieren. Und wo wir gerade dabei sind, wenn ich etwas sagen darf, ich denke, es wäre besser, wenn du dir die Augen nicht so stark schminkst. Wir möchten, dass unsere Zivilisten einen ethnisch traditionellen Look haben. Deinen Schleier hast du dabei, ja?«

»Meinen Schleier?«

»Deine, äh, Kopfbedeckung und die Gewänder und Ähnliches?«

Laila steckte sich die Ohrstöpsel in die Ohren und ging. Mach nur, dachte sie. Feuer mich ruhig, blöde Kuh. Von mir aus. Onkel Hafiz kam rüber und redete mit ihr. Zum Soundtrack von Arcade Fire sah sie, wie sich seine Lippen bewegten. Schließlich warf er die Arme in die Luft und watschelte davon, wahrscheinlich um irgendeine wichtige Verwaltungsarbeit zu erledigen, zum Beispiel seine Bürgermeisterrequisiten auf dem Regal im Container umzustellen. Zurückgezogen von den anderen las sie den Rest des Tages ein Buch von Neil Gaiman im Schatten des Minaretts einer falschen Moschee.

An diesem Abend saßen die Dorfbewohner im großen Saal und sahen fern. In den Nachrichten kam etwas über Nicky Capaldi. Sie zeigten Bilder, wie er aus einer Polizeiwache kam und in einen großen schwarzen Chevi Suburban stieg. Er trug eine Sonnenbrille und wirkte genervt. Sie konnte es nicht fassen: Offenbar war er wegen eines vermissten Kindes verhört worden. Sie zeigten Aufnahmen von einem Konzert der Band und von ihm bei einer Preisverleihung und dann ein Foto von dem vermissten Jungen. Laila war entsetzt. Natürlich hatte Nicky nichts damit zu tun. Sein Management hatte ein Statement veröffentlicht, in dem der Entführer aufgerufen wurde, das Kind zurückzubringen, und ein enttäuscht wirkender Sheriff erklärte, sie hätten ihn als Verdächtigen ausgeschlossen. Kurz war sogar die Straße in der Nähe von ihrem Haus zu sehen, überall standen Übertragungswagen und Fotografen. Sie fragte sich, ob Samir da gewesen war.

Mit den Gedanken noch bei Nicky ging sie in den Schlafsaal und schloss ihren Plattenspieler an. Sie ignorierte die Blicke der anderen Frauen, die sich auf ihren Betten lümmelten und lasen oder Briefe schrieben, steckte den dicken Kopfhörer in den Apparat und legte sich hin, um die erste Seite vom Ashtar Galactic Command-Album zu hören.

Es ließ sich mit keiner ihrer anderen Platten vergleichen. Als Erstes erklang ein vibrierendes elektronisches Brummen, wie von Geräten aus alten Science-Fiction-Filmen, mit großen Metallskalen und Wellenlinien auf kleinen Bildschirmen. Dazu kam ein Kratzen auf Gitarrensaiten und ein primitiver Beat, der klang, als wäre er in einem Schuhkarton aufgenommen worden, ein unerbittliches dumpfes Klopfen, das die ganze Zeit unverändert weiterlief. Manchmal gab es noch andere Geräusche, Knallen und Klirren, kurz aufflackerndes Feedback oder ein Scheppern, als würde ein Saiteninstrument auf harten Boden geworfen. Ganz leise im Mix, kaum wahrnehmbar, flüsterten Stimmen halb verständliche Worte: *Wir sprechen im Namen aller fühlenden Wesen in den dreiunddreißig Sektoren des Universums, im Namen der Meister der Weisheit und der Versammlung der Interdimensionalen Einheit …* Ein gruseliger und gleichzeitig nerviger Effekt, als würde ein Verrückter neben einem im Bus sitzen. Beim ersten Hören

fand sie, es sei die schlechteste Musik, die sie je gehört hatte. Deswegen legte sie sie wahrscheinlich noch mal auf. So schlecht konnte etwas doch gar nicht sein. Warum sollte jemand Musik machen, die so … unmelodisch klang? Das würde doch niemand
kaufen. Hatte wahrscheinlich auch niemand.

Achtung. Wir wiederholen, Achtung …

Also hörte sie zu. Sie hatte sowieso nichts Besseres zu tun.
Beim zweiten, dritten und vierten Abspielen hörte sie seltsame
Geräusche – Gesänge, Gejaule und Schreie, ein Gurgeln, als würde jemand erhängt. Die Platte schien eine Art Jamsession zu sein,
ein Haufen Musiker, die einfach ein Band mitlaufen ließen. Und
während sie spielten, war in dem Raum irgendwas Merkwürdiges
passiert, eine Party vielleicht. Irgendwas. Die Hintergrundgeräu-
sche wurden immer wieder von neuen Sounds übertönt, elektronische Läufe und Triller, die zu einem ganz anderen Beat als dem
auf der Platte gespielt wurden, als hätten die Musiker etwas gehört, das sie nicht hören konnte, etwas Wesentliches, das sie unbedingt hören wollte, ja musste, wenn auch nur, um ihre Neugier
zu stillen.

Sie schloss die Augen und lauschte einer Stelle, die sie inzwischen so gut kannte wie Nicky Capaldis erstes Album. Zum Rhythmus der Trommeln setzte ein helles Pfeifen ein, dazu ein be-
drohliches Grollen, das immer lauter wurde, bis es klang wie eine
Rakete, die jeden Moment startet. Daraus erhob sich ein Bass, der
von einer Gitarre und noch einem anderen Instrument gedoppelt
wurde, vielleicht ein Keyboard. Eingemummelt mit ihren Kopf-
hörern kam sie sich vor wie in einer Kapsel auf dem Weg ins All.

Sie hörte ein Jaulen, wie von einem Hund. Dann eine Kinder-
stimme, die ein Wort oder einen Namen rief. Hufgeklapper, ein
Motor, Gehuste, nackte Füße auf Sand. Schüsse.

Eine ganze Welt.

Am nächsten Tag begann für die Menschen in Wadi al-Hamam die Arbeit. Es war ein seltsamer Ablauf. Jeden Morgen versammelten sie sich im Saal, um das Tagesprogramm zu erfahren.
Manchmal wurde eine Patrouille losgeschickt, dann mussten sie
ihre imaginären Häuser und Geschäfte besetzen, um dort durchsucht, verhört und gelegentlich mit absurd aussehenden Laserge-

wehren beschossen zu werden. Normalerweise liefen die Soldaten nur mit selbstgefälligem Grinsen durch die Gegend und sagten *Salam aleikum*. Das war offenbar der wichtigste Punkt in ihrer Strategie der Aufstandsbekämpfung. Stand Gewalt auf dem Plan, mussten die Dorfbewohner eine spezielle Ausrüstung über ihren traditionellen Gewändern tragen, damit die Lasergewehre Treffer erfassen konnten. Wenn man getroffen wurde, musste man sich hinlegen und eine Karte auf den Bauch legen, auf der dann die Verletzung erläutert wurde. Manchmal kam ein Maskenbildner und verspritzte ein bisschen Blut, damit es realistischer aussah. Dann kamen die Sanis angelaufen und behandelten einen entsprechend den Infos auf der Karte oder steckten einen einfach in den Leichensack und trugen einen weg. Es gab Punktezähler, die den Nettoeffekt der Herz-und Kopf-Strategie bei den Bewohnern zusammenzählten, und je nachdem, wie es gelaufen war, wurde ihnen am nächsten Tag im Briefing mitgeteilt, ob sie sich mehr oder weniger proamerikanisch fühlten.

Lailas Rolle bestand hauptsächlich darin, in einem Container mit der Aufschrift KLINIK zu stehen, nur hin und wieder musste sie rauskommen, ein bisschen herumlaufen und feindselig gucken. Dann kamen die Soldaten, manchmal nur ein paar in einem Panzerfahrzeug, manchmal ein ganzer Konvoi von Humvees als Geleit für den Major, einen kleinen Mann in sauber gebügelter Uniform, der eher wie ein Verkäufer aussah als wie ein Soldat, eine Art mittlere Führungskraft im Kriegswesen. Wenn der Major kam, schwärmten die Truppen aus und richteten ihre Gewehre in alle Richtungen, während er, um die Moral zu heben, Kugelschreiber und Zahnbürsten verteilte. Dann umstellten sie das Büro des Bürgermeisters, und er traf sich mit Onkel Hafiz. Diese Treffen endeten gewöhnlich damit, dass es ein neues Bestechungsgeschenk für gutes Benehmen gab und Onkel Hafiz verkündete, ob es sich um einen Rohrbrunnen, Kanalisation oder eine Mädchenschule handelte. Manchmal hielt der Major eine Rede, die von einer Dolmetscherin ins Arabische übersetzt wurde, allerdings in einem maghrebinischen Dialekt, den niemand verstand.

Das meiste war leichter, als Laila erwartet hatte. Am stressigsten waren die Razzien. Die Dorfbewohner mussten sich an ver-

schiedenen Orten versammeln, die ihre Häuser repräsentieren
sollten. Obwohl sie dort nicht wirklich schlief, entsprach es zu
sehr der Wirklichkeit, um sich wie ein Spiel anzufühlen. Sie hatte immer noch Albträume von Baba, und eines Nachts wurde sie
von der Frau im Bett nebenan wach gerüttelt, weil sie die ganze
Zeit gestöhnt und um sich geschlagen hatte. Alle waren sehr verständnisvoll, aber sie wollte ihr Mitgefühl nicht. Bei nächtlichen
Razzien blieb sie im Hintergrund und hörte Musik auf dem iPod,
bis man ihr Kapuze und Handschellen anlegte.

Etwa nach drei Wochen erschossen Soldaten eines Tages sämtliche Gäste eines Cafés, und Heather gab bekannt, dass Wadi al-
Hamam als Reaktion darauf einen ersten Aufstand organisieren
würde. Der Major kam, tat besorgt, verteilte Stifte und Fertig-
mahlzeiten und verschwand im Bürgermeisterbüro, um sich mit
Onkel Hafiz zu beraten. Die Dorfbewohner standen draußen,
reckten die Fäuste in die Luft und riefen: »Nieder mit Amerika!
Nieder mit George Bush!« Laila kam es lächerlich vor, so zu tun,
als wäre man wegen etwas wütend, das in Wirklichkeit gar nicht
passiert war, aber ein paar von ihnen steigerten sich richtig rein,
brüllten die Soldaten an und gaben alle möglichen arabischen Be-
schimpfungen von sich. Zu Hause hatte sie Demonstrationen erlebt, von Arbeitslosen oder Aktivisten der Religionsparteien, aber
die sahen ganz anders aus, andererseits sollte Wadi al-Hamam ja
auch ein Dorf auf dem Land darstellen, vielleicht war es also doch
nicht so unrealistisch. Die Soldaten wirkten auf jeden Fall verängstigt und machten den Eindruck, als hätten sie am liebsten
richtige Munition in ihren Waffen gehabt.

Unter die Demonstranten hatten sich Aufständische gemischt,
deren Ziel es war, Unruhe zu stiften. Im Gegensatz zu den normalen Dorfbewohnern wurden sie von amerikanischen Soldaten
gespielt, die sich willkürlich Gewänder, Kandoras und Bandanas
umgewickelt hatten und aussahen wie auf der Toga-Party einer
Studentenverbindung. Als der Aufstand in Fahrt geriet, zündete
einer von ihnen wie geplant eine Sprengfalle und tötete damit einen Haufen Leute. Die Streitkräfte reagierten, indem sie noch ein
paar mehr töteten. Der Major brach sein Treffen ab und kämpfte
sich zurück zur Basis. Danach gab es für alle Kaffee und Kuchen.

Später kam Heather in ihrem Humvee durch die Hauptstraße gerumpelt, machte ein paar Anmerkungen und erklärte, was als Nächstes passieren würde. Anscheinend war die Akzeptanz der amerikanischen Soldaten in Wadi al-Hamam inzwischen auf dem Nullpunkt angelangt, bis ans Ende des Turnus sollten sie ihr Bestes geben, um den BLUEFORs das Leben so schwer wie möglich zu machen. Die Aufständischen kicherten und klatschten sich ab. Laila rückte so weit von ihnen ab, wie sie konnte.

Die Aufständischen wohnten in einem Container am Rand des Dorfes und verbrachten die Tage (ihre Einsätze hatten sie eher nachts) schlecht gelaunt beim Basketball, wozu sie eine Plastikkiste benutzten, die sie an einem Brett an die Mauer der Moschee nagelten. Da es keine echte Moschee war, hatten die meisten kein Problem damit, ein oder zwei von ihnen fanden es allerdings respektlos, und auch der Imam war nicht gerade amüsiert. Für seine Rolle als religiöser Fanatiker hatte er sich einen tollen falschen Bart gebastelt, den er jeden Morgen in einer komplizierten Prozedur mithilfe eines großen Spiegels und einer Tube Hautkleber anlegte. In seiner Amtstracht sah er wirklich beeindruckend aus, und wenn der Bart erst mal saß, benahm er sich tatsächlich wie ein angesehener geistlicher Führer, der die Frauen aufklärte, wie sie sich zu kleiden hatten, und über den Minarett-Lautsprecher feurige Reden hielt. Eines Nachmittags gab es erst eine laute Rückkoppelung, dann fing er an, gegen den Basketballkorb zu wettern, es sei eine Beleidigung Gottes (Friede sei mit Ihm) und ein verabscheuenswertes Symbol für die Arroganz der Eindringlinge. Er toleriere es nicht länger, sagte er und rief alle Gläubigen auf, sich gegen die Ignoranz zu erheben und ihm zu helfen, das Ding abzureißen. In seinem gerechten Zorn stellte er eine Leiter an das Gebäude und stieg hinauf, und erst als er sah, wie die in Togen gekleideten Männer ihre M-16s auf ihn richteten, wusste er, dass er einen Fehler gemacht hatte. Also kletterte er wieder runter. Danach hielten alle Abstand zu den Aufständischen.

Deren Darsteller hatten allesamt Einsätze im Irak absolviert und wussten, was sie taten, wenn sie durch die Gegend schlichen, BLUEFOR-Soldaten auflauerten und Bomben legten. Sie waren nie wirklich unfreundlich zu den Dorfbewohnern, aber eben auch

nicht freundlich, sie blieben einfach unter sich. Einen von ihnen
fand Laila besonders Furcht einflößend. Er war groß und schwarz,
ging leicht gebückt und umklammerte sein Gewehr wie ein Kind
sein Spielzeug. Er lächelte nie, und wenn einer der Dorfbewohner
zu nah an die Schlafbaracke der Aufständischen kam, legte er sein
Gewehr an, als wollte er auf sie schießen. Der Imam behauptete,
er hätte gesagt, er würde ihm die Kehle durchschneiden, wenn er
den Basketballkorb noch einmal anrührte. »Das war kein Scherz«,
sagte er. »Das hab ich in seinen Augen gesehen.« Während der
Einsatznachbesprechung nach der Razzia warf der Kerl den Kopf
nach hinten und jaulte wie ein Kojote, woraufhin seine Kamera-
den in Gelächter ausbrachen. Heather wirkte verärgert, sagte aber
nichts. Leutnant Alvarado auch nicht. Laila wurde klar, dass die
beiden genauso eingeschüchtert waren wie sie.

Sobald die Soldaten verschwanden, zog Laila ihre normalen Sachen an. Die meisten ihrer Landsleute schienen froh zu sein, sich
wie zu Hause im Irak kleiden zu können. Einige hatten sich bei
Onkel Hafiz erkundigt, ob es ihn nicht störte, dass seine Nichte
aussah wie ein Vampir. Obwohl er sie bisher immer verteidigt hatte, schien er in Wadi al-Hamam bei Weitem nicht mehr so glücklich über ihre Aufsässigkeit. Ich bin der Bürgermeister, erklärte er
ihr. Du solltest etwas mehr Respekt vor meinem Amt zeigen. Niemand sonst sprach Laila deswegen an, aus dem einfachen Grund,
dass sie es vermied, mit ihnen zu reden. Ihre einzige Freundin
hieß Noor. Sie war Anfang zwanzig, sprach kaum Englisch und
hatte, bevor sie Rollenspielerin wurde, in einem Scheißviertel im
Osten von L. A. Fertiggerichte für eine Lebensmittelfirma ver-
packt. Sie war mit ihren Eltern und zwei Brüdern in die Wüste
gekommen. Manchmal hörten Laila und sie zusammen Musik.
Noor war zwar älter, wusste aber wenig über das Leben in Amerika. Laila spielte gern die Lehrerin und klärte sie auf, wie die Bands
hießen und was die Slangausdrücke im Fernsehen bedeuteten.
Die meisten Frauen, mit denen Noor am Fließband gestanden
hatte, waren Hispanoamerikanerinnen, also hatte sie ein bisschen
Spanisch gelernt. Sie brachte Laila Ausdrücke wie *pendejo* und
chinga tu madre bei und spielte ihr Ricky Martin vor. Noor mochte hübsche Sachen, Mädchensachen – pinke Accessoires, Ku-

scheltiere und glitzernden Nagellack. Laila war fest entschlossen, das zu ändern, aber Noor blieb stur.

»Ich versteh dich nicht«, sagte sie eines Tages zu Laila.

»Was meinst du?«

»Du bist doch ein hübsches Mädchen. Du könntest was aus dir machen. Warum ziehst du dich so an? Immer nur schwarz?«

»Ich mag das.«

»Und was ist mit deiner Familie? Denkst du da auch mal dran? Warum erlauben sie das?«

»Ich mach, was ich will, okay? Nur weil ich mich nicht wie eine muslimische Barbie anziehe.«

Natürlich gab es einen Grund für die schwarzen Klamotten, die Musik. Als Laila in die USA gekommen war, fühlte sie sich verloren. Sie musste die ganze Zeit an ihren Vater denken. Sie konnte weder schlafen noch essen, selbst wenn Tante Sara sie mit ihren Lieblingsgerichten lockte. Sie schämte sich, wenn sie daran dachte, wie sie den Teller weggeschoben und zu ihrer Tante gesagt hatte, dass das Biryani nicht richtig schmeckte und der Börek zu salzig sei. Im Grunde wollte sie sagen, dass sie nicht so schmeckten wie bei ihrer Mama. Sie konnte nicht verstehen, warum ihre Mutter nicht mit nach Amerika gekommen war. Sie wollte doch unbedingt weg aus dem Irak. Wenn Laila sie am Telefon erreichte, bat sie sie, sich zu beeilen. »Ich hab Angst um dich«, sagte sie. »Ich vermisse dich so.« Irgendwie redete Mama sich immer raus. Laila solle sich keine Sorgen machen. Es gehe ihr gut. Sie käme bald nach.

»Wann?«

»Bald.«

»Versprochen?«

»Versprochen.«

Aber sie kam nicht. Und nach und nach veränderte sich ihr Tonfall am Telefon. Sie sagte, dass die Situation in Bagdad sich verbessere, die Stadt sei wieder sicherer, es gebe weniger Explosionen und kaum noch Stromausfälle.

»Willst du denn, dass wir zurückkommen?«

»Nein, Schatz. Noch nicht.«

»Aber wann kommst du dann her?«
»Eines Tages.«

Was sollte das heißen, eines Tages? Tante Sara und Onkel Hafiz waren lieb und geduldig, aber im ersten Jahr wachte Laila oft mitten in der Nacht schreiend auf. Einmal machte sie sogar ins Bett. Jamila blieb mit ihr auf, und Laila weinte an ihrer Schulter und gestand, wie sehr sie ihre Mutter vermisste. Warum kam sie denn nicht? Jamila sagte, es hätte mit Visa zu tun. Onkel Hafiz hatte einen Freund, ein hohes Tier bei den Republikanern, der für Samir und sie eine vorübergehende Aufenthaltsgenehmigung arrangiert hatte. Er half ihnen jetzt auch, ein Dauervisum zu beantragen. Aber bei Mama gab es Komplikationen. Baba war aus beruflichen Gründen in der Baath-Partei gewesen. Seine Witwe wurde als »Sympathisantin« geführt.

»Dann kommen wir eben zurück«, schluchzte Laila ins Telefon.

»Nein, Schatz. Das ist keine gute Idee. Ihr habt hier keine Zukunft.«

Allmählich gewöhnten sie sich an San Diego. Die Stadt war aufregend, das Leben, das sich früher auf einem Fernsehbildschirm abgespielt hatte, fand jetzt überall um sie herum statt. Es gab Rollerblades und Cabrios, Bikinis und Softdrinks in Riesenbechern. Die Schule war hart. Sie hatte noch nie mit Jungs in einer Klasse gesessen, und von den anderen Mädchen fühlte sie sich so eingeschüchtert, dass sie anfangs mit niemandem redete. Die Leute dachten, sie verstehe kein Englisch, sie sprachen ganz langsam und übertrieben deutlich und gestikulierten mit den Händen. Die meisten Kids dachten, dass sie in einem Zelt lebte und auf Kamelen ritt. Sie konnte nicht fassen, dass die Amerikaner Krieg in einem Land führten, von dem sie nicht das Geringste wussten. Wenn sie versuchte, ihnen etwas zu erklären, redeten selbst die Schlaueren dauernd nur von Selbstmordattentätern und ihrem blöden 9/11, als wäre außer in New York auf der ganzen Welt noch nie jemand gestorben. Als einmal in der Schulkantine ein paar Footballspieler spöttische Bemerkungen machten, verlor sie die Beherrschung und brüllte sie an. »Wir waren keine Wilden! Wir hatten Fernsehen! Ich hab die *Cosby Show* und *California High School* gesehen!« Sie verstand nicht, was daran so lustig war.

Sie war zwar wütend, aber auch neidisch. Sie wollte ein echtes amerikanisches Mädchen sein, wollte selbstbewusst und laut sein und wissen, warum es lustig war, die *Cosby Show* gesehen zu haben. Die nettesten Mädchen waren die Außenseiterinnen, die Schwarz trugen und im Leben zumindest ein paar blaue Flecken abbekommen hatten, statt jeden Morgen vor der Schule wie rosa Törtchen ausgepackt zu werden, frisch, dumm und unberührt. Sie hatte sich immer für Musik interessiert, also machte sie sich auf die Suche nach den Bands, die die Außenseitermädchen gut fanden und in deren Liedern es darum ging, sich leer zu fühlen, innerlich zu weinen, vom Leben gebrochen zu sein und sterben zu wollen. Auch sie war ein Engel ohne Flügel, und ihr Herz war in tausend Teile zersprungen. Zum ersten Mal im Leben bekam sie Taschengeld, und da ihr Onkel und ihre Tante Mitleid mit ihr hatten, hinderten sie sie nicht daran, sich dicke Stiefel zu kaufen, die Augenbrauen zu zupfen und die Augen schwarz anzumalen, sodass sie aussah wie ein Panda. Tante Sara war entsetzt, aber Onkel Hafiz gefiel der Gedanke, einen modernen Teenager großzuziehen. In gewisser Hinsicht ermunterte er sie sogar. Die Henna-Tattoos und die kurzzeitig lila gefärbten Haare bewiesen, dass sie eine amerikanische Familie waren, keine blöden Einwanderer, die die Freiheiten ihrer Wahlheimat nicht zu schätzen wussten.

In San Diego war das ganze Emo-Ding völlig in Ordnung gewesen, aber dank Onkel Hafiz' plötzlichem Entschluss, mit ihnen an den Arsch der Welt zu ziehen, hatten Samir und sie es jetzt mit Redneck-Kids zu tun, die sie Windelkopf, Saddam und Kameltreiber nannten. Und auch wenn die Gruftiklamotten und die überkandidelte Musik ihr allmählich etwas albern vorkamen, gehörten sie zu ihr, sie hatte sie selbst entdeckt, und das konnte ihr niemand mehr nehmen.

Die Wochen vergingen. Der erste Turnus ging zu Ende, und der Schreibtischmajor und seine Truppen wurden in den Irak geschickt. Laila fuhr für eine Woche nach Hause, durchstöberte den Secondhandladen und hing mit Samir rum, der distanziert und mürrisch wirkte und dauernd in seinem Zimmer verschwand, weil irgendein Mädchen anrief. Sie sahen viel zusammen fern. Ei-

nes Nachmittags hockten sie noch im Pyjama vor einer Talkshow,
in der die Moderatoren die neuesten Wendungen im Fall Raj Matharu besprachen, zum Beispiel, ob die Eltern etwas mit dem Verschwinden des Kindes zu tun hatten. Von Nicky Capaldi war
nicht mehr die Rede, allerdings wurde in den Blogs berichtet, dass
er in England in einer Entzugsklinik sei und geschworen habe, nie
wieder in den USA zu touren, solange die Regierung sich nicht offiziell bei ihm entschuldigte. Bisher hatte das Weiße Haus offenbar keine Zeit dafür gehabt. Fans starteten eine Petition, aber sie
hatte keine Lust zu unterschreiben. Während die Moderatoren
weiter vor sich hin spekulierten, klappten sie Samirs Laptop auf
und sahen sich ein YouTube-Interview mit den Matharus an, die
T-Shirts in komplementären Pastellfarben trugen, Händchen
hielten und ihr Bestes taten, um dem Gerücht entgegenzuwirken,
sie seien satanische pädophile Kinderhändler.

»Glaubst du, sie waren es?«, fragte Samir, während er Erdnüs-
se in die Luft warf und versuchte, sie mit dem Mund aufzufangen.

»Nein.«

»Ich schon. Die Frau sieht aus wie eine Crackhure.«

»Du würdest auch nicht so gut aussehen, wenn dein Kind vermisst wird.«

»Ich hätte schon mal gar kein bescheuertes Assburger-Kind.«

»Na ja, aber wenn.«

»Hätte ich einfach nicht. Fertig.«

Sie war fast erleichtert, als sie ins Dorf zurückmusste.

Der neue BLUEFOR-Major war ganz anders als der letzte. Er
sah aus wie ein Zeichentricksoldat, eine Spritzgussplastikfigur
auf Anabolika, mit abgeflachtem Schädel und Glupschaugen.
Um seine Macht zu demonstrieren, fuhr er am ersten Tag an der
Spitze eines Konvois ins Dorf ein, und aus den Lautsprechern auf
seinem Panzer schepperte die Titelmelodie von *Lawrence von Ara-
bien*. Trotz seines Selbstvertrauens waren seine Soldaten immer
noch inkompetent, murmelten verlegen falsch ausgesprochene
Begrüßungen und schossen wahllos in die Menge. Schon nach
kurzer Zeit war die Akzeptanz in Wadi al-Hamam erneut dahin,
und als er die imaginäre neue Zementfabrik einweihen sollte,
wies Heather die Dorfbewohner an, ihn mit Steinen zu bewerfen.

Eines Tages spielte Onkel Hafiz in einem Enthauptungsvideo mit. Gedreht wurde es in der Moschee, weil es der düsterste Ort im Dorf war. Alle Aufständischen wollten mitspielen, also veranstaltete Leutnant Alvarado ein Casting und wählte die sechs aus, von denen er glaubte, sie sähen am ehesten wie Terroristen aus. Das Video war für Al-Mojave, einen Fake-Sender, der den Soldaten im Speisesaal gezeigt wurde und ihnen letztendlich das wichtigste Feedback über den Verlauf der Simulation lieferte. Die Reporter von Al-Mojave tauchten manchmal auf und interviewten die Dorfbewohner zu ihrer Einstellung gegenüber den Amerikanern. Besonders Noor hatte es ihnen angetan, mit ihrer Mischung aus Gejammer und wütenden Beschuldigungen. Onkel Hafiz hatte mit den Besatzern kollaboriert und war deswegen im frühen Morgengrauen in einer dramatischen Aktion aus seinem Büro entführt worden. Den Rest des Tages sah er mit den Aufständischen Vietnamfilme, während der Major mit dem flachen Kopf Hausdurchsuchungen anordnete, die ohne Erfolg blieben. Der Tod von Onkel Hafiz (so Al-Mojave) stellte einen bedeutenden Rückschlag für BLUEFOR dar, da er ihre Fähigkeit, in ihrem Sektor für Sicherheit zu sorgen, infrage stellte. Was Laila betraf, schafften sie es nicht mal, in ihrem Sektor für Snacks und Dips zu sorgen, geschweige denn für Sicherheit, aber wahrscheinlich war es das, was sie herausfinden sollten, bevor sie in den Irak gingen und Ernst machten. Noor und sie sahen zu, wie die Enthaupter sich bereit machten. Sie waren noch lächerlicher gekleidet als sonst, einer hatte seine Kandora verloren und trug stattdessen ein Arielle-die-Meerjungfrau-Strandtuch um die Hüfte. Onkel Hafiz wollte ihnen helfen, ihre Kufiyas richtig aufzusetzen, was leider nicht möglich war, da seine Hände hinter dem Rücken in Handschellen steckten.

»Mädchen, bitte kommt und helft.«

Also zupften und stopften sie an den Männern herum. Äußerst widerwillig sah sie sich gezwungen, dem großen Schwarzen dabei zu helfen, sich ein Tuch um den Kopf zu wickeln. Er sah imposant aus und noch beängstigender als sonst, wie ein Berber, der sich auf den Weg in die Wüste macht. Zu ihrem Erstaunen lächelte er und bedankte sich. Es war das erste Mal, dass er mit ihr sprach.

»Du bist Laila, oder?«, fragte er. Seine Stimme klang überraschend hell, fast mädchenhaft.

»Ja.«

»Wie in dem Song.«

Sie musste ziemlich verwirrt geguckt haben. Er tat, als würde er Gitarre spielen, und summte ein paar Töne von einem Riff.

»Also kein Eric-Clapton-Fan.«

»Nicht unbedingt.«

»Ich auch nicht. Aber das mag ich. Das mögen alle.«

Er lächelte wieder und wartete, dass sie etwas sagte. Sie blickte verlegen zu Boden.

»Komm, Laila«, zischte Onkel Hafiz. »Ist gut jetzt. Wir sind fertig.«

Der große Soldat ignorierte ihn und reichte ihr die Hand. »Ich bin Ty.«

Sie nahm sie, woraufhin eine Reihe von kurzen Drehungen folgte, die mit der Gettofaust endete.

»Ja, genau.« Er grinste. »So ist gut.«

Leutnant Alvarado klatschte in die Hände. »Okay, Ladys, legen wir los.«

Onkel Hafiz kniete sich auf den Boden. Ty zog ihm eine Haube über.

»Allahu Akbar!«, rief einer der Aufständischen.

»Zu früh!«, hörte man Onkel Hafiz' gedämpfte Stimme unter der Haube schimpfen.

Da er als feuriger Rhetoriker galt, hatten sie den Imam als Rebellenführer aufgestellt. Er startete in förmlichem Arabisch, nannte Allah den Gnädigsten und Barmherzigsten und rief die jungen Männer in den islamischen Ländern auf, niemals den Kampf gegen die Kreuzritter und die Juden aufzugeben. Nachdem er sie daran erinnert hatte, dass es nur zwei Möglichkeiten im Leben gab, Sieg oder Märtyrertum, versuchte er, seine Anhänger zu einem Sprechchor zu animieren, »Tod dem Kreuzritter Bush«, und vergaß dabei zeitweilig, dass keiner von ihnen auch nur ein einziges seiner Worte verstand. Leutnant Alvarado, der die Kamera hielt, gestikulierte, man solle endlich zur Sache kommen. Der Imam ignorierte ihn und ließ sich erneut über die Scheinheiligkeit des Eindringlings aus, der es wagte, mit seiner Schlangenzunge von Menschenrechten und Würde zu sprechen, wo er doch der größte Peiniger in der Geschichte der Menschheit sei. Alvarado verlor die Geduld.

»Jetzt schneid ihm endlich den Kopf ab!«

»Allahu Akbar!«, brüllten die Aufständischen. Ty fing an, an Onkel Hafiz' Hals rumzusägen, und schnitt dabei einen Beutel mit Blut auf, das sehr realistisch über sein Hemd spritzte. Onkel Hafiz kippte zu Boden.

»Schnitt«, sagte Leutnant Alvarado. »Ist im Kasten.«

Alle standen auf. Ty nahm Onkel Hafiz die Handschellen ab, der darauf bestand, sich das fertige Produkt anzusehen, bevor Leutnant Alvarado es zur Ausstrahlung freigab. Er schien mit dem Ergebnis zufrieden. »Sehr realistisch«, sagte er. »Sehr blutrünstig.« Gut gelaunt drehte er den Bildschirm in Lailas Richtung. »Siehst du, was die mit mir gemacht haben? Diese Bestien!«

Einer der Aufständischen wollte wissen, ob er eine Kopie haben könne, um sie seiner Mutter zu schicken. Leutnant Alvarado meinte, eine Postkarte sei vielleicht angebrachter. Ty kam zu Laila rüber und wischte sich das Blut von den Händen. »Das war ziemlich cool«, sagte er.

Sie zuckte mit den Schultern. »Wenn man Folter und Gewalt mag.«

»Stimmt. Sag mal, du bist das mit den Schallplatten, oder?«

»Woher weißt du das?«

»Hör mal, wir sind jetzt schon seit Wochen hier. Willst du nicht mal vorbeikommen und uns ein bisschen was vorspielen?«

»Ich glaub nicht.«

»Ich hab ein paar Platten im Lager. Vor allem Soul. Old School.«

»Ich weiß nicht.«

»Na los, ich schneid dir schon nicht den Kopf ab.«

Laila fand das nicht lustig. Onkel Hafiz legte ihr beschützerisch den Arm um die Schulter. Der Imam warf Ty einen bösen Blick zu. Ty trat einen Schritt auf ihn zu. Der Imam tat, als hätte er etwas im Auge.

Danach sagte Ty immer Hallo, wenn er Laila vorbeilaufen sah.

Manchmal, wenn er mit seinen Freunden Basketball spielte, warf
er ihr den Ball zu. Er lud sie zwar nicht mehr zum Plattenhören
ein, aber sie merkte, dass er sie mochte.

»Was glaubst du, wie alt er ist?«, fragte sie Noor einmal.

»Keine Ahnung. Zweiundzwanzig? Dreiundzwanzig? Warum?«

»Nur so.«

»Du stehst auf ihn!«

»Quatsch.«

»Das ist ein Schwarzer, Laila. Dein Onkel würde durch-
drehen.«

»Mein Gott, Noor! Ich hab doch gar nichts gesagt. Du denkst
immer nur an das eine.«

Eines Tages saß sie vor der Klinik und wartete darauf, dass die
BLUEFOR-Patrouille auftauchte. Ty kam mit seinem Berberkopf-
tuch vorbei. Sie rief nach ihm.

»Willst du sie überfallen?«

»Nee. Heute nicht. Wir feuern heute Abend ein paar Raketen
auf ihre Basis ab. Wird bestimmt cool.«

»Aha.«

»Muss ganz schön schräg für dich sein, das alles hier.«

»Was meinst du?«

»Krieg zu spielen.«

»Für dich nicht auch?«

»Aber du bist da aufgewachsen, oder? Bevor du in die USA
gekommen bist?«

»Ja.«

»Und, ist das nicht schräg? Hier zu sein und zuzusehen, wie
diese Blödmänner so tun, als würden sie deine Landsleute an-
greifen?«

»So ist das Leben.«

Er lachte. »So kann man's auch sehen. Woher kommst du?«

»Bagdad.«

»Da war ich schon mal. Nicht lange – die meiste Zeit war ich
im Norden. Kennst du Tikrit?«

»Klar.«

Sie konnte nicht erklären, warum sie die nächste Frage stellte.
Es kam einfach so aus ihr raus. »Hast du jemanden getötet?«

Er sah sie lange an.

»Ja.«

»Iraker?«

»Wen hätte ich sonst töten sollen?«

Als sie sich umdrehte und ging, spürte sie, wie er ihr nachsah.

In dieser Nacht lag sie wach und dachte darüber nach, was er gesagt hatte, es hatte weder fröhlich geklungen noch traurig, weder reumütig noch stolz. Ausdruckslos. Sie tastete nach ihrer Taschenlampe. Noor hatte ein Klatschblatt gefunden mit einem Bild von Nicky Capaldi. Sie verkroch sich unter der Decke und fing an zu lesen. Er war aus der Klinik raus und kam gerade von einer Wohltätigkeitsveranstaltung in London. ZURÜCK AUF DER BILDFLÄCHE! *Nicky C., »müde und aufgewühlt« verlässt er die Künstler-Gegen-Magersucht-Party im Shoreditch House ...* Sie warf das Heft weg. Das Mädchen an seiner Seite war spindeldürr. Vielleicht war sie Teil seiner karitativen Arbeit.

Am nächsten Tag sah sie Ty wieder. Er winkte, blieb aber nicht stehen. Im selben Moment kam der Imam mit ernstem Blick angeprescht.

»Ich muss mit dir reden«, sagte er.

»Was ist denn?«

»Meine Liebe, ich bin wie ein großer Bruder für dich. Ich sehe, was mit dir geschieht, und das gefällt mir nicht. Du bist ein anständiges Mädchen, ich weiß also, dass du meinen Rat annehmen wirst, wenn ich dir sage, dass es sehr schlecht ist, wenn du mit ... mit so einem Mann sprichst.«

»Ich hab nur Hallo gesagt.«

»Das spielt keine Rolle. Bitte hör mir zu. Ich bin nur um dein Wohl besorgt. Es gibt so viel Unmoral heutzutage, vor allem hier. Diese Soldaten sind schlimme Menschen. Sie sind wie die Tiere.«

»Ich dachte, Sie unterstützen den Krieg.«

»Bitte unterbrich mich nicht, wenn ich mit dir rede. Du bist ein gutes Mädchen. Ich habe mit deinem Onkel über dich gesprochen.«

»Warum?«

»Wie du weißt, verdiene ich mein Geld mit Haaren. Ich habe mehrere junge Mädchen, die für mich arbeiten, aber – ich will

ganz offen sein – sie sind Huren. Flittchen. Ich sehe sie in ihre
Nachtklubs und Discos gehen, in kurzen Röcken und auch sonst
zu kurzen Sachen. Das macht mich wütend. Deswegen bin ich so
streng mit dir. Es ist nur, weil ich Respekt vor dir habe. Du bist
ein gutes muslimisches Mädchen, nicht so eine amerikanische
Prostituierte. Das habe ich auch zu deinem Onkel gesagt.«

»Okay. Wie auch immer. Ich glaube, ich muss jetzt gehen.«

»Aber du bist natürlich gewissen Einflüssen ausgeliefert. Das
merkt er auch. Diese homosexuellen Sänger mit ihren langen
Haaren und ihrer Schminke. Ich habe zu deinem Onkel gesagt,
dass er nicht streng genug mit dir war. Ich habe angeboten, bei
deiner Erziehung zu helfen.«

»Sie haben was?«

»Ich denke, im Grunde bist du ein sehr gutes Mädchen. Aber
du musst dir die Schminke abwischen und dich anständig anziehen. Und ich verbiete dir, mit diesen Soldaten zu sprechen. Sie
sind unmoralisch, vor allem die Schwarzen. Sie sind nicht besser
als Affen.«

Das war so ungefähr der verrückteste Vortrag, den ihr jemand
gehalten hatte, seit der Präsident vom Matheklub ihr zum Valen-
tinstag ein Gedicht geschrieben hatte und es im Unterricht vortra-
gen wollte. Das brauchte sie sich nicht länger anzuhören, sie drehte sich einfach um und rannte in den Frauenschlafsaal, wohin der
Imam ihr nicht folgen würde. Sie war nicht mehr so wütend gewesen, seit die Soldaten gekommen waren und Baba mitgenommen hatten. Was glaubte dieser Mann, wer er war? Wie konnte er
es wagen, ihr zu erzählen, was sie zu tun und zu lassen hatte? In
seinen frommen Worten lag so ein seltsam schmieriger Unterton.
Ich kümmere mich um dich, ich helfe dir bei deiner Erziehung ... Sie
wusste, was er im Sinn hatte. Es war ekelhaft.

Danach gab sie sich Mühe, so viel Zeit wie möglich mit Ty zu
verbringen. Er brachte ihr eine Discoplatte mit, die er irgendwo
gefunden hatte, eine Band namens Rufus and Chaka Khan. Sie
drehten die Anlage auf, saßen auf dem Dach des Klinikcontainers
und ließen die Musik in die Wüste hinausschallen, während über
den Bergen die Sonne unterging.

»Ich will ganz ehrlich sein«, sagte Ty. »Ich weiß, das klingt jetzt schlimm, aber ich muss sagen, ich finde es schwierig, mit Hadschis zusammen zu sein.«

»Was?«

»Sorry. Ich weiß, das Wort hört ihr nicht gern. Ich bin kein Rassist oder so. Es ist nur … na ja, wenn man da draußen unterwegs ist, muss man die ganze Zeit auf der Hut sein. Man muss jeden als Feind betrachten. Das wird man so schnell nicht wieder los.«

»Du glaubst also, wir sind alle Terroristen?«

»Du nicht. Na ja, vielleicht dieser Imam. Der würde mich am liebsten fertigmachen.«

»Wusstest du, dass er Friseur ist?«

»Leck mich am Arsch. Ernsthaft?«

»Ty, warum mögt ihr uns nicht? Was haben wir euch getan?«

»Das lässt sich schwer erklären. Ich meine, wir sind hier auf einem verdammten Marinestützpunkt. Dem sichersten Ort der Welt. Ich muss da nicht wieder hin, sondern nur andere Idioten dafür ausbilden. Aber ich kann mich nicht entspannen. Ich will einfach nur abschalten, verstehst du? Einfach mal eine Nacht gut schlafen.«

»Ist dir etwas zugestoßen?«

»Wann?«

»Im Irak.«

»Ja. Könnte man so sagen.«

»Etwas Schlimmes?«

»Ziemlich schlimm.«

»Bist du drüber hinweg?«

»Nein.«

»Ich auch nicht.«

Sie überlegte, ihm von Baba zu erzählen. Er hätte es wahrscheinlich verstanden. Stattdessen spielte sie ihm das Ashtar Galactic Command-Album vor. Es war die schlechteste Musik, die er je gehört hatte, »noch schlimmer als arabische Musik«, und obwohl sie wahrscheinlich beleidigt hätte sein sollen, lachte sie. Er erzählte ihr, dass für diese Nacht ein großer Überfall geplant war, und fragte sie, ob sie zusehen wollte. Das wollte sie, also nahm er sie mit in die Schlafbaracke und organisierte ihr einen Helm mit zerfranstem Tarnnetz. Vorne drauf steckte etwas, das aussah wie ein Fernglas, ein schwarzer Apparat mit zwei Linsen, die zu einer zusammenliefen. Die anderen Aufständischen sahen zu, wie er ihr den schweren Helm aufsetzte und die Riemen so einstellte, dass er nicht über die Augen rutschte.

»Du willst ihr das Ding nicht wirklich leihen, oder, Ty?«

»Warum nicht?«

»Und wenn sie ihn verliert?«

»Wird sie nicht, oder, Laila? Mach das Licht aus, Danny.«

Jemand knipste einen Schalter aus, und es wurde dunkel. Ty klappte ihr die Okulare vor die Augen und drückte auf einen Knopf. Plötzlich leuchtete die Welt um sie herum grün. Sie konnte alles deutlich erkennen: die Jungs auf ihren Feldbetten, das Wirrwarr von Taschen und trocknender Wäsche, selbst die pornografischen Poster an den Wänden.

»Bitte schön. Nachtsicht, Baby!«

»Das ist unglaublich! Wie ein Computerspiel!«

»Mit Wärmebild.«

»Genau«, kicherte jemand. »Damit kannst du sehen, dass Tys Schwanz raushängt.«

»Halt die Klappe, Kyle.«

Um Mitternacht schlich sie Tys Anweisungen folgend aus dem Frauenschlafsaal und stieg einen Hügel am Ortsrand hinauf, von wo aus sie die Straße überblicken konnte. Die BLUEFOR planten eine Reihe von Strafdurchsuchungen, eines der Lieblingsmanöver des flachköpfigen Majors, nachdem er das Thema Akzeptanz der Soldaten in Wadi al-Hamam mehr oder weniger aufgegeben hatte. Der Himmel war klar und mit Sternen übersät. Laila klappte die Brille runter und sah zu, wie die Aufständischen ihre Positionen einnahmen, grüne Gestalten, die sich flach auf dem Boden ausstreckten und hinter einem Gebäude einen Raketenwerfer aufbauten. Sie hatten eine Sprengfalle in der Straße vergraben, die explodieren würde, sobald der letzte Truck drüberfuhr, sodass der Konvoi in der »Todeszone«, wie Ty es nannte, in der Falle saß. Sie sollte aufpassen, wo sie sich hinsetzte, wenn sie sich nicht genau an seine Anweisungen hielt, geriet sie womöglich in die Schusslinie. Obwohl die Aufständischen keine echte Munition abfeuerten und die Bomben nur Knallkörper waren, war es trotzdem gefährlich. Sie sollte oben auf dem Kamm bleiben, fernab vom Geschehen. Zum Glück war die Brille mit einem Zoom ausgestattet, wie bei einer Digitalkamera. Sie zog den Reißverschluss ihres Hoodies hoch, spielte ein bisschen mit der Einstellung und suchte mit ihrem Hightech-Blick die leere Wüste ab.

In der Dunkelheit war überall Bewegung. So sahen sie also den Irak, so sah ihr Haus aus, wenn sie in ihren Hubschraubern darübergeflogen waren. Sie lag eine Weile auf dem Rücken, stand dann auf und drehte sich langsam einmal um 360 Grad, ein Gefühl, als beherrschte sie die ganze Welt. Draußen in der Einöde, ein Stück entfernt vom Dorf, leuchtete etwas. Auch wenn sie es mit dem Zoom vergrößerte, konnte sie nicht erkennen, was es war. Ein Stück weiter sah sie eine Lichterkette, den BLUEFOR-Konvoi, auf der Hauptstraße in Richtung Dorf fahren. Während die Wagen näher kamen, brachten die Aufständischen sich in Position. Plötzlich kam ihr alles weit weg vor, wie ein Kinderspiel. Cowboy und Indianer. Kriegen und Verstecken.

Sie wandte sich wieder dem Leuchten zu. Was war das? Ein Tier? Sie konnte nicht sagen, wie weit es entfernt war. Wie viele Kilometer. So sahen die Soldaten sie, einen kleinen Punkt Infrarotlicht, eine Planquadratangabe, die man mit einer Bombe oder Drohne oder einem Schuss aus dem Scharfschützengewehr anvisieren konnte. Knopf drücken, Finger am Abzug. Auspusten wie eine Kerze. Das seltsame Leuchten kam ihr auf einmal wichtiger vor als der Hinterhalt. Sie warf einen letzten Blick auf den nahenden Konvoi, stieg den Hügel hinab und marschierte darauf zu.

Sie lief zehn Minuten. Dann hörte sie hinter sich einen lauten Knall, Schüsse fielen. Als sie sich umdrehte, sah sie Blitze, heftige Energieentladungen. Sie lief weiter. Vor sich sah sie die Gestalt. Sie lebte. Für einen Menschen kam sie ihr zu klein vor.

Als sie sah, was es war, hielt sie sich die Hand vor den Mund. Er stand einfach da, als wäre er aus dem All gefallen. Ein Kind. Ein kleiner leuchtender Junge.

1942

IHM WAR KLAR, wie sie aussehen mussten. Wie typische Hinterwäldlerbullen. Der Sheriff und er standen auf der Veranda und beobachteten das Spektakel mit offenem Mund und rausgestrecktem Bauch.

Der Konvoi kam die Hauptstraße herunter, als brennte irgendwo ein Feuer. Ein Truck voller Soldaten und ein mattolivfarbener Plymouth, der vor den Stufen zum Stehen kam. Ein Mann in Zivil stieg aus, grauer Fedora, Budapester und vornehmer Anzug mit spitzem Revers. Für Deputy Prince sah er eher aus wie ein Zuhälter oder ein schwuler Schauspieler, nicht wie ein Hüter der nationalen Sicherheit. Vom FBI war er jedenfalls nicht. Als er näher kam und die Hand ausstreckte, stank er derartig nach Parfüm, dass es einen Elefanten umgehauen hätte.

»Das Büro?«, fragte der Mann. Für eine höflichere Begrüßung war offenbar keine Zeit.

»Erwarten Sie General Tojo oder so was?« Sheriff Grice deutete auf die Soldaten im Truck.

»Wie bitte?«

»Sieht aus, als wollten Sie in den Krieg ziehen. Die Japaner sind jedenfalls nicht hier.«

»Es gibt so etwas wie eine Heimatfront. Ich dachte, die Nachricht hätte Sie vielleicht erreicht.«

Mit diesen Worten schob er sich an ihnen vorbei ins Haus. Er duckte sich unter dem Tresen durch, marschierte in Grice' Büro und setzte sich auf seinen Stuhl. Fehlte nur noch, dass er die Füße auf den Tisch gelegt hätte. Der Sheriff sah aus, als hätte er ihm am liebsten den Schädel eingeschlagen.

»Ich muss mich auf Ihre Mitarbeit verlassen können«, sagte der Mann und schwenkte auf Grice' Stuhl hin und her.

»Tatsächlich?«

»Und auf Ihre Diskretion.« Er stieß den Daumen in Richtung Prince. »Ist der Junge vertrauenswürdig?«

»Denke schon. Ike hat einen guten Ruf bei den Kollegen. Und er redet nicht viel.«

»Bist du Ureinwohner, Junge?«

»Mein Vater, Sir.«

Damit hatte er ihn. Damit kriegte man sie alle. Hier war es mal umgekehrt. Statt einem Typen, der ein Abenteuer suchte, ein bisschen dunkles Fleisch probierte, musste er sich jetzt eine weiße Frau vorstellen, die es mit einem Indianer trieb.

»Da hab ich wohl die klassische Lone Ranger- und Tonto-Kombination erwischt«, schnaubte er und machte aus seinem Wutausbruch einen Scherz. »Gut, dann legen wir mal los. Wir müssen jeden noch so kleinen Hinweis überprüfen. Mein Büro hat eine Nachricht von einer Miss Evelina Craw erhalten. Sie glaubt, ihr hättet hier einen deutschen Spion in der Gegend. Der Kerl sendet offenbar Botschaften.«

Grice grinste. »Schätze, Ihre Reise war umsonst. Miss Evelina ist nicht unbedingt die verlässlichste Quelle. Sie meint Methusalem. Ein komischer alter Kauz, der draußen bei den Pinnacles lebt. Beziehungsweise unter ihnen. Der hockt dort schon seit mehr als zwanzig Jahren. Und ist kein bisschen deutscher als ich.«

»Unter ihnen?«

»Hat sich 'ne Höhle gegraben, mit seinen bloßen Händen. Er hat Miss Evelinas Daddy einen Silber-Claim abgekauft, als der noch die Bar-T Ranch besaß, dabei weiß jeder, dass es dort kein Klümpchen Silber oder sonst was gibt. Oh, oben in den Saddlebacks schon, aber das haben sie schon vor Jahren abgebaut.«

»Kommen Sie zum Punkt, Sheriff.«

»Zum Punkt? Am besten, Sie kehren einfach wieder um und fahren zurück nach Los Angeles. Miss Evelina hat zu viel Zeit.«

Die Männer im Truck draußen rauchten Zigaretten und leerten ihre Feldflaschen. Der Beamte, wer immer er war, hatte nicht daran gedacht, sie aus der Sonne zu holen.

»Verstehe«, sagte er und musterte einen Kratzer an seinem Budapester. »Methusalem. Kennen Sie seinen richtigen Namen?«

»Wie wär's, wenn Sie mir erst mal Ihren Namen sagen?« Grice
verbarg seinen Ärger nicht länger.

Der Mann sah ihn ausdruckslos an. »Sie können mich Munro nennen. Captain Munro.«

»Captain Munro. Was für eine Art Captain sind Sie denn?«

»Ein Nervensägen-Captain, wie es aussieht. Stellen Sie sich nicht quer, Sheriff Grice. Sie haben gestern einen Anruf von Ihrem Boss bekommen, mit der Bitte, mir jede Unterstützung zukommen zu lassen. An den Anruf können Sie sich doch erinnern, oder? Jede Unterstützung. Und zwar Sie mir, nicht umgekehrt. Also, wenn Sie mir jetzt bitte den Namen des Mannes nennen würden, damit wir diese Angelegenheit möglichst bald erledigt haben, dann kann ich Sie mit Ihren zweifellos dringenden Amtsgeschäften wieder allein lassen.«

Grice' Gesicht war eine Maske. »Er heißt Deighton. Ich hab seine Papiere überprüfen lassen, als Miss Evelina mich zum ersten Mal auf ihn aufmerksam gemacht hat. Schien alles in Ordnung zu sein. Sie ist eine alte Frau. Nie verheiratet. Da kommt man schon mal auf dumme Gedanken.«

»Na ja, nach meinen Informationen besitzt dieser Mr. Deighton eine Funkanlage. Ob gefährlich oder nicht, wenn er Funksignale aussendet, müssen wir dem auf den Grund gehen.«

»Was zum Teufel soll er denn für Signale aussenden?«

»Das werden wir herausfinden. Wenn Sie und der Junge so freundlich wären, mir den Weg zu zeigen, können wir gleich los.«

Wie Ike Prince wusste, war dies der Nachmittag, an dem Grice immer zum Barrington ging und sich mit der Witwe tröstete. Er war bestimmt nicht scharf darauf, ganz raus zu den Pinnacles zu fahren und Methusalem aufzuscheuchen. Nichtsdestotrotz stiegen sie in Munros Wagen, Ike neben dem uniformierten Fahrer, der Sheriff missmutig auf der Rückbank, so weit wie möglich weg von Munro.

Es war eine lange, heiße und schweigsame Fahrt.

Als sie die Schnellstraße verließen und auf den zerfurchten Weg in Richtung Felsspitzen bogen, sah Prince aus dem Fenster. Über ihnen teilte ein weißer Kondensstreifen den Himmel wie eine Narbe. Seit Beginn des Krieges war das Militär in der ganzen Wüste unterwegs. Es gab Stacheldrahtzäune, Trucks auf den Straßen und Schilder, auf denen BETRETEN VERBOTEN stand. Tag und Nacht hörte man in der Ferne das Donnern der Geschütze vom Bombenabwurfplatz hinter den Saddlebacks. Manchmal klang es wie Gewittergrollen, und dann sah man ein silbernes Geschoss, das für ein normales Flugzeug zu schnell war. Die Luftwaffe testete eine Art neuen Super-Flieger. Geheime Technologien. Mysteriöse Lichter in der Nacht.

Niemand hatte Ike Prince je gefragt, was er über den Krieg dachte oder über die mysteriösen Lichter oder sonst irgendwas. Und solange sie nicht fragten, war es auch nicht an ihm, den Mund aufzumachen. Über Methusalem zum Beispiel. Warum der alte Mann beschlossen hatte, in einem Loch unter den Felsen zu leben. Er wusste mehr über Methusalem als Methusalem selbst.

Als seine Mutter krank wurde und merkte, dass sie sterben würde, sagte sie zu ihm: *Vergiss nicht, wer du bist.* Er war damals noch ein kleiner Junge, aber er vergaß es nicht, und als sie kamen und ihn ins Waisenhaus brachten, war er stärker als die meisten anderen. Er war vielleicht eine Mischlingswaise, aber er wusste, woher er kam: Er kannte den richtigen Namen seines Vaters.

Nicht, dass er damit angegeben hätte. Manche Dinge entwickeln mehr Kraft im Verborgenen.

Jeder in der Hochwüste kannte die Geschichte von Willie Prince. Es war eine Geschichte wie aus einem Groschenheft oder einem Radiohörspiel: die letzte echte Menschenjagd an der alten Grenze. Es war auch eine Indianergeschichte, und von jeder Indianergeschichte gab es immer zwei Versionen. In der weißen Version entführte Willie Prince, ein dem Whiskey verfallener Wilder, ein Kind und ließ sich fast eine Woche lang durch die Wüste jagen, bis er beschloss, sich auf den Felsspitzen seinen Verfolgern zu stellen, und erschossen wurde wie ein Hund. Die meisten wussten nicht, dass es noch eine andere Version gab. Vielleicht erzählten ein paar alte Frauen im Reservat sie, wenn sie Decken nähten. Und er. Es war die Geschichte, wie Spottdrosselläufer sich in die Frau eines weißen Mannes verliebte, wie der Mann sich vor Eifersucht verzehrte und ihn mit einer Meute verfolgte, wie Spott-

drosselläufer lief, so wie man früher lief, und sie so leicht abhäng-
te wie ein Maultier eine Schildkröte, bis er schließlich die Grenze
erreichte, das Loch im Himmel zwischen dem Diesseits und dem
Land der Toten. Wie er den weißen Mann hereinlegte und ihm
weismachte, er sei ein Kadaver, indem er statt seiner die Knochen
eines Kojoten hinlegte. Wie er entkam und in Gefallener Schnee
im tiefen Westen ein langes, glückliches Leben führte.

Manche erinnerten sich daran, manche nicht. Nur wenige
wussten noch den Namen des eifersüchtigen weißen Mannes und
dass er danach wahnsinnig wurde, durch die Schuld, die er glaubte, auf sich geladen zu haben. Und nur sehr wenige wussten, dass
er zu den Felsen zurückgekehrt war, um nach Willie Prince zu graben und ins Land der Toten zu gehen, um dort seinen Platz einzunehmen.

Niemand außer Ike – niemand, der lebte - wusste, dass Willie
Prince einen Sohn hatte.

Es war nicht an ihm, etwas daran zu ändern.

Endlich tauchten die Pinnacles aus dem Staub auf, drei Spitzen, die Erde und Himmel miteinander verbanden. Als Ike sie sah,
legte sich die Angst auf seine Schultern und umhüllte ihn wie ein
Mantel. Er wusste, warum er die Felsen gemieden hatte. Und warum sie an ihm zerrten wie ein Faden, der sich an einem Kaktus-
stachel verfangen hat.

Kaum stiegen sie aus, kam Wind auf. Sand drang in Ikes Augen und Nase und schob sich zwischen seine Zähne. Munro zog
den Hut tiefer ins Gesicht und gab Order an seinen Unteroffizier
aus, der die Soldaten ausschwärmen ließ. Der Wind peitschte den
Männern die Hosenbeine um die Knöchel und wirbelte die Erde
vom Boden auf.

Tatsächlich stand in etwa sechs Metern Höhe eine Funkanten-
ne auf dem Felsen, ein drachenförmiges Viereck aus Metallstan-
gen mit einem Kabel, das sich in ein mannshohes Loch hinunter-
schlängelte. Um die Öffnung herum lag diverser Schrott, kaputtes
Werkzeug und Holzstücke. Ein verrostetes Model T, halb voll mit
Sand, parkte neben einem Haufen Minenschlamm. Die Sitze, aus
denen Federn und Rosshaar hervorsprangen, waren unter dem
Überhang auf Ziegeln aufgebockt und dienten als Couch. An ei-

ner Wäscheleine hingen ein ausgeblichenes Jeanshemd und eine lange Unterhose. Auf einem Holzhaufen steckte eine Axt. Aus dem Loch drang das Knistern einer Swingband. Es klang wie ein Radiosender aus Los Angeles.

Sheriff Grice hockte sich vor die Öffnung. »Deighton, sind Sie da drin?«

Keine Reaktion.

»Mr. Deighton, kommen Sie heraus. Wir müssen mit Ihnen reden.«

Munro gab seinem Unteroffizier ein Zeichen, der daraufhin einen Befehl bellte. Die Soldaten nahmen ihre Gewehre ab und richteten sie auf das Loch.

Grice sah sich gereizt um. »Ganz ruhig«, brummte er. »Das ist nur ein alter Mann. Er ist wahrscheinlich taub.«

Er brüllte lauter, bekam aber immer noch keine Antwort.

»Deighton, kommen Sie raus!«

Die Swingmusik brach ab. Eine Männerstimme drang aus der Höhle, schwach und brüchig, kaum hörbar.

»Was wollt ihr?«

»Wir müssen mit Ihnen reden.«

»Haut ab. Das ist Privatgelände.«

»Die Polizei ist hier, Deighton. Kommen Sie hoch.«

»Haut ab.«

»Schluss mit den Spielchen jetzt. Kommen Sie raus. Wir wollen uns nur ein bisschen unterhalten, dann verschwinden wir auch schon wieder.«

Nach kurzem Geklapper und Gescharre wurde eine Leiter an den Rand des Loches gestellt. Ein grauhaariger Kopf erschien und sah sich um. Als er die Soldaten entdeckte, ging er sofort wieder auf Tauchstation.

»Deighton. Ist schon okay. Wir wollen nur reden.«

Grice versuchte, besänftigend zu klingen. Der alte Mann brüllte aus seiner Grube hoch, seine Stimme kam kaum gegen den Wind an.

»Zur Hölle mit euch!«

Grice band sich ein Taschentuch um den Mund und ging zurück zu Munro. Er zeigte auf die Antenne, die im Dunst nur un-

deutlich zu erkennen war. »Sie sehen ja. Das ist nur ein Radio-
empfänger. Jedenfalls keine Bedrohung.«

»Wir müssen die Höhle trotzdem durchsuchen.«

Der alte Mann polterte weiter, nannte sie Teufel, und dass sie,
wenn sie ihm sein Wissen stehlen wollten (worin auch immer
das bestand), es mit ihm zu tun bekämen. Dann hatte er einen
schrecklichen Hustenanfall. Ike hörte ihn leiden und fragte sich,
wie es in seiner Höhle wohl aussah, in welchem Unrat er dort
lebte.

Munro machte ein paar Schritte vorwärts, warf einen Blick
nach unten und trat dann schnell wieder zurück.

»Jesus, er hat eine Waffe.«

Wie zur Bestätigung ertönte ein scharfes Klicken, das für Ike
nach einer .30-06-Patrone klang.

»Das ist wirklich nicht nötig!«, rief Grice. »Machen Sie keinen
Unsinn.«

Munro besprach sich mit seinem Unteroffizier und rief einen
seiner Männer nach vorn.

»Wir räuchern ihn aus.«

Es gab nur eine Sache, die Ikes Mutter ihm über den Mann erzählt hatte, mit dem sie mal verheiratet gewesen war. Und diese
eine Sache war ihm im Gedächtnis geblieben. Als Kind im
Waisenhaus hatte er sich in seinen Tagträumen vorgestellt, den
Mann mit dem verbrannten Gesicht zu treffen und zum Kampf
herauszufordern. Noch jetzt, wo er erwachsen war, einundzwanzig und in Uniform, ging es ihm nicht aus dem Kopf. Sein Dä-
mon saß dort unten in dem Loch. Er konnte es nicht ewig aufschieben.

»Moment«, sagte er. »Ich rede mit ihm.«

Die anderen drehten sich verblüfft nach ihm um.

»Ich gehe zu ihm runter und hol ihn raus.«

»Den Teufel wirst du!«, sagte Grice.

Munro amüsierte sich. »Nein, lassen Sie ihn. Nur zu, mein
Junge, mach ruhig. Scheuch ihn für uns raus.«

Grice versperrte Ike den Weg. »Du gehst da nicht runter wie
so ein Jagdhund. Der Kerl hat seine eigenen Leute, denen er Befehle erteilen kann.«

»Mir macht das nichts aus, Sheriff«, versicherte Ike. »Ich tu das, weil ich's will.«

Entweder man stellte sich seinen Dämonen, oder sie holten einen ein.

Als er an den Rand trat, spürte er die Tiefe dieses Ortes, hörte das stille Grollen. Er rief Deightons Namen, ging in die Hocke und rief ihn noch mal, diesmal in der Sprache seines Volkes.

»Offene Haut«, rief er. »Kannst du mich hören?«

Er wusste noch einiges mehr.

In diesem Moment legte sich der Wind. Der alte Mann antwortete: »Wer ist da? Wer spricht da zu mir?« Er sagte noch ein paar Worte in der Sprache der Indianer, die Ike zu seiner Schande jedoch nicht verstand.

»Ich heiße Ike Prince«, sagte er auf Englisch. »Mein Vater war Spottdrosselläufer, und meine Mutter war Salzgesicht.«

Stille. Dann wurde die Leiter erneut an den Rand geschoben. Ike stieg hinunter.

Es war weniger eine dreckige Höhle als ein unaufgeräumtes Zimmer mit Gaslampe. Es gab einen Stuhl, einen Tisch und ein Feldbett. Der Boden war gefegt, die Wände glatt wie Putz. Deighton selbst sah aus wie eine runzlige alte Ratte, aber nicht wirklich beängstigend. Sein Gesicht bestand zur Hälfte aus glattem Narbengewebe, die andere war von Furchen durchzogen. Ein Mann mit zwei Seiten. Ein Mann, der in beiden Welten lebte. In den Händen hielt er ein altes Springfield-Militärgewehr. Seine Stimme klang wie ein ersticktes Krächzen. Ike hatte keine Angst. Warum auch, der Mann war nur noch eine Hülle. Da wusste er, dass es keinen Kampf geben würde, keine ruhmreiche Rache. Er empfand nichts als Verachtung.

»Warum hast du diesen Namen gesagt?«, röchelte Deighton.

»Du hast nicht damit gerechnet, ihn noch mal zu hören.« Es war eine Aussage, keine Frage.

»Bist du Elizas Sohn?«

Ike nickte. Er sah sich um. Das Antennenkabel führte zu einem Radiogerät, ein herkömmliches Modell in einem Nussholzgehäuse, wie es reiche Menschen zu Hause stehen hatten. Deighton hatte es in Stoff eingewickelt, um es vor Staub zu schützen,

und an einen Apparat mit einer Spule und einer Kurbel angeschlossen, wahrscheinlich ein Generator. Überall lag bündelweise
Papier, an einer Wand stapelten sich dicke Aktenordner.

»Was ist das alles?«

»Wissen.«

»Was soll das heißen, Wissen? Was glaubst du zu wissen?«

»Ich bin der Hüter. Ich rette es vor der Dunkelheit.«

»Du lebst in der Dunkelheit, alter Mann. Leg das Gewehr
weg.«

Deighton ließ die Waffe sinken. »Wenn du die Sachen an-
rührst, bring ich dich um.« Er klang traurig.

Sheriff Grice' Stimme donnerte von oben.

»Was ist da unten los?«

»Alles bestens, Sheriff. Ich überrede ihn nur, mit hochzukom-
men.«

»Das werde ich nicht. Lieber sterbe ich.«

»Sieh dich an. Du bist schon tot.«

Die jungen Leute in der Gegend erzählten sich Geschichten
über Methusalems Höhle. Ein Schatz, ein Tunnellabyrinth. Hier
war nichts dergleichen, nur ein kleiner Raum, die Höhle eines
Tieres. Ein Rattennest aus Papier. Außerdem jede Menge Gerümpel. Bergbauwerkzeug, Kupferspulen. Unterm Bett hatte der
alte Narr Kisten mit der Aufschrift DUPONT SPRENGSTOFFE:
SPRENGGELATINE stehen, und zwischen Kaffee und Konserven
lagen Blechschachteln mit Sprengkapseln.

»Eliza hat einen Sohn«, sagte er.

»So ist es.«

»Ich habe sie schlecht behandelt.«

Ike zuckte mit den Schultern. »Bisschen spät für eine Entschuldigung.«

»Aber du bist ihr Sohn. Sie hat einen Sohn.«

Ike fragte sich, warum er sich je davor gefürchtet hatte, einem
alten Trottel, der in einer Höhle wohnte, gegenüberzustehen.
Mehr war er nicht. Jetzt hatte er ihn gesehen und gut. Er konnte
wieder zurück in die Welt klettern und sein Leben weiterleben.

»Ich wollte nur mal einen Blick auf dich werfen. Die möchten,
dass du rauskommst. An deiner Stelle würde ich gehorchen.«

»Wie heißt du?«

»Ike Prince. Nicht, dass dich das etwas angehen würde.«

»Ike Prince. Nur das? Hast du keinen anderen Namen?«

Ike wusste, was er meinte. Es machte ihn wütend. Er hatte nur den einen weißen Namen.

»Du kommst besser mit raus, sonst werfen sie Tränengas und holen dich mit Gewalt.«

»Nur, wenn du darauf aufpasst.« Deighton zeigte auf seine Ordner. »Wenn das irgendwem gehört, dann dir. Mein Lebenswerk. Ich habe dein Volk studiert, Ike Prince. Deswegen war deine Mutter hier. Um zu studieren.«

»Spinnst du? Ich will deine alten Zettel nicht. Ich will überhaupt nichts von dir. Er hat dich reingelegt, weißt du das? All die Jahre hast du in diesem Loch gehockt. Da, wo du meinen Vater sehen wolltest, in einem Loch. Aber er hat dich reingelegt. Du hast seinen Platz eingenommen. Er lebt, und du bist tot.«

Der alte Mann hatte Tränen in den Augen. Er griff nach seinen Ordnern. »Bitte«, flehte er. »Was ich über deinen Vater gesagt habe. Dass ich diesen Männern seinen Namen genannt habe. Ich wollte nie, dass das passiert. Ich war eifersüchtig. Ein eifersüchtiger Ehemann. Bitte, dieses Wissen gehört dir. Wenn du es nicht nimmst, verschwindet es in der Dunkelheit.«

Es war lächerlich, wie er ihm die Kiste mit dem Geschreibsel hinhielt, als wären es die Kronjuwelen der Königin von England.

»Ich sag ihnen, dass du nicht mit rauskommst.«

Ike ließ den alten Mann mit seiner Kiste stehen und stieg die Leiter hoch. Oben warteten Grice und Munro auf ihn. »Er hört nicht auf mich«, sagte er. »Ihr müsst ihn wohl doch ausräuchern.«

Einer von Munros Männern ging zurück zum Truck und kam mit einer Metalldose wieder. Sheriff Grice schüttelte den Kopf. »Ich denke, das ist keine gute Idee. Klingt nicht gerade so, als bekäme er gut Luft.«

Munro klopfte sich den Staub vom Anzug. »Tja, leider ist es mir relativ egal, was Sie denken. Ich habe keine Zeit, mit einem verrückten Alten zu verhandeln.«

Er gab das Zeichen, ein Soldat stellte sich an den Rand, zog den Stift der Gasgranate und warf sie hinein. Es zischte, dann stieg Rauch auf. Sie traten ein paar Schritte zurück aus dem Qualm, der mit dem Wind über den ausgetrockneten See trieb.

Auf einmal erklang ein lautes Donnern.

Die Erschütterung warf sie alle um. Geduckt gingen sie hinter den Wagen in Deckung, während Felsbrocken und kleine Steine auf sie niederprasselten. Ike wusste, was passiert war. Eigentlich hatte er es schon geahnt, als er sagte, sie sollten das Gas reinwerfen. Als der Steinregen fiel, lachte er. Jetzt konnte er in Frieden sein Leben leben. Ein guter Polizist sein, seine Pflicht tun. Ein Deckel hatte sich über die Vergangenheit gelegt.

Natürlich, nachdem sie sich alle aufgerappelt, Munros Kopf verbunden und die drei verwundeten Soldaten ins Krankenhaus gebracht hatten und Grice angefangen hatte, seinen Bericht zu schreiben, die Formulare auszufüllen und die Schuldfrage zu klären, war es Ike, der hinunterklettern und die Reste zusammenkratzen musste. Das zersplitterte Mobiliar, die ganzen verkohlten Papiere mit Deightons enger, winziger Handschrift. Von ihm selbst schien bis auf ein paar Knochen kaum etwas übrig geblieben zu sein.

2009

RAJ LÄCHELTE SEINEN VATER AN, seine tiefbraunen Augen waren so fremd und unergründlich wie Sterne. »Sieh mal«, sagte er und zeigte auf einen Lieferwagen. Jaz hielt den kleinen blauen Turnschuh fest, während sein Sohn in Richtung Tür hüpfte, um besser sehen zu können. Ein Wunder: Das war das Wort, das Lisa benutzte. Gott und Lisa standen sich derzeit ziemlich nahe.

»Wir gehen ein ganzes Stück«, erklärte er. Das machten sie immer. Seit mehreren Monaten war Laufen ihre Hauptbeschäftigung, den ganzen Winter durch, auch wenn es anstrengend war, den Buggy durch den Schnee zu schieben. Lisa rief regelmäßig vom Büro aus an und fragte, wo sie seien. Unterwegs, sagte Jaz dann. Er dachte sich fiktive Erledigungen aus, Besorgungen bei Whole Foods, einen Gang zur Reinigung. Während er sie anlog, stand er an unbekannten Ecken irgendwo in der Stadt, wo aus vorbeifahrenden Autos Bässe schmetterten und Männer vor Pfandleihern und Bodegas rumhingen.

Er zog Raj den zweiten Schuh an und trug den Buggy die Treppe runter. »Willst du fahren?«, fragte er. Raj schüttelte den Kopf. Hand in Hand liefen sie in Richtung Fluss. In Chelsea gab es einen Buchladen, zu dem er wollte, auch wenn es ein Dutzend Läden gab, die näher gewesen wären. Raj und er gingen die Strecke zu Fuß. Früher oder später würden sie über eine der Brücken nach Manhattan laufen, auf einen Snack anhalten und sich auf eine Parkbank setzen. So ein Ausflug konnte fast den ganzen Tag dauern.

Wenigstens war es warm. Der Juni war nass und kühl gewesen, ganze Tage, an denen es nur geregnet hatte. In gelben Regenponchos waren sie durch die Straßen gestapft, Raj klebten die Haare in nassen schwarzen Streifen im Gesicht. Heute war der Himmel grau, über den Straßen lag ein schwüler Schleier, der die Passan-

ten mit einem leichten Schweißfilm überzog, die Hundeausführer
und die Nachbarin, die eine Torte vom Auto ins Haus brachte
und die riesige rosa Schachtel vor sich hertrug wie eine Reliquie
oder einen Blindgänger. Sie grinste, nickte zur Begrüßung und
riss affektiert die Augen auf, wahrscheinlich als Ausdruck gespielter Aufregung. *Wer hätte denn heute mit so einer Torte gerechnet.*
Während sie in der Handtasche nach ihren Schlüsseln kramte,
warf sie heimlich einen Blick auf Raj. Jaz kannte sie. Carrie-Anne
oder Carol-Ann. Ihr Mann war Urologe. Auf einmal tat sie interessiert, dabei hatte sie ihn noch vor ein paar Monaten auf der Stra
ße jedes Mal ignoriert. O ja, dachte er. Leck mich, Lady. Tu ruhig so, als hättest du nie gedacht, was du gedacht hast.

Sie kamen an dem Coffeeshop neben dem Eingang zur
U-Bahn vorbei. Früher war er oft hier gewesen, aber seit letztem
August gar nicht mehr. Als er eines Morgens auf dem Weg zur Arbeit in der Schlange stand, hatte ihm eine Frau auf die Schulter
geklopft und, als er sich umdrehte, ihm ins Gesicht gespuckt.
Mörder, zischte sie. Pädophiler. Gott hasst dich. Er war zu geschockt gewesen, um zu reagieren. Als er zu sich kam, war sie
schon wieder draußen. Die Glastür klapperte noch im Rahmen.

Der Mann hinter ihm hatte alles mitbekommen. »Sie hat mich
angespuckt«, sagte Jaz ungläubig. »Haben Sie das gesehen? Sie hat
mich angespuckt.« Der Typ zuckte mit den Schultern und konzentrierte sich auf irgendwas Wichtiges am Boden. Jaz wischte
sich mit einer zusammengeknüllten Serviette ab. Alle wichen seinem Blick aus. Schließlich fragte das Mädchen hinterm Tresen in
seltsam sarkastischem Tonfall, ob er etwas zu trinken wünsche.
Auf einmal wurde ihm klar: Alle dort wussten, wer er war. Das
erklärte die sonderbare Atmosphäre, die unsichtbare Blase der
Gleichgültigkeit, die ihn von den anderen Kunden trennte. Er
ging auf der Stelle und verließ drei Tage lang nicht das Haus.
Während der Monate, als Raj verschwunden war, hatte er sich an
die Reaktion der Leute gewöhnt, wenn sie ihn erkannten: die stille Empörung, das instinktive Zurückweichen. Er sagte sich, dass
sie ihn gar nicht kannten, dass ihr Zorn sich gegen etwas anderes
richtete, die eigene dunkle Seite, mit der sie sich konfrontiert sahen, sobald er in der Kassenschlange oder in der U-Bahn neben

ihnen stand. Es half nichts. Er wurde auf der Straße angerempelt, wurde in Läden teilweise nicht bedient. Einmal warf jemand aus einem fahrenden Auto eine Getränkedose nach ihm, sodass die sprudelnde orange Flüssigkeit in hohem Bogen vor seine Füße spritzte.

Es waren erdrückende, einsame Monate. Lisa war eine Weile zu ihren Eltern nach Phoenix gezogen. Seine alten Freunde schienen mit ihrem eigenen Leben beschäftigt zu sein. Eines Abends lief er bis zur Mitte der Williamsburg Bridge und betrachtete den Maschendrahtzaun, der ihn vom Wasser trennte. Er überlegte, was noch mal genau passierte. Starb man direkt beim Aufprall? Auf jeden Fall war man bewusstlos. Das Pro und das Kontra. Nach einer Weile drehte er um und lief zurück.

Der Gedanke, der ihm durch den Kopf ging, machte ihn krank. *Es war seine Schuld.* Er hatte gewollt, dass Raj verschwand. Auf dem Weg von L. A. in dieses schreckliche Kaff hatte er die ganze Zeit darüber nachgedacht, wie schön es wäre, sein altes Leben zurückzuhaben, als Lisa und er wie Schlüsselkinder durch die Stadt liefen. Dann zerriss Lisa das Band von Rajs Amulett und ließ seinen bösen Gedanken freien Lauf. Diese Geisteskranken im Internet sagten die Wahrheit – er hatte seinen Sohn getötet. Durch bloße Willenskraft, schwarze Magie. Wie wenn man einen Löffel verbiegt.

Er redete nicht mehr mit seinen Eltern. Erst wollten sie, dass er irgendeinen Guru aus Indien einfliegen ließ, dem seine Mutter Geld geschickt hatte. Nur der Guruji und drei oder vier Anhänger. Sie bräuchten Hotel und Verpflegung. Er verlor die Beherrschung, sie sei verrückt, wenn sie glaube, er ließe sich von ein paar Dorf-Swamis ausnehmen. »Aber du kannst es dir doch leisten«, meinte sie. »Du bist reich. Es ist für deinen Sohn.« Eines Abends rief sie an und sagte, sein Vater wolle ihn sprechen. Papaji gehe es nicht gut in letzter Zeit. Seine Stimme klang brüchig, als er ans Telefon kam. »Beta, es ist Gottes Wille. Ganz einfach. Wenn du den Guru nicht willst, mach deiner Frau ein zweites Kind, einen Jungen mit gesundem Geist und Körper. Beeil dich. Hilf ihr, ihren Schmerz zu vergessen. Am Ende ist es vielleicht für alle das

Beste.« All das gerade mal zwei Wochen nach Rajs Verschwinden.
Als wäre er genetischer Abfall.

Damals wohnten sie in einem Businesshotel in Riverside. Brummende Klimaanlage, jede Menge Tabletts vom Zimmerservice. Lisa war praktisch nicht anwesend, ein apathisches Häufchen im Bett. Er würgte seinen Vater am Telefon ab, stieg zu ihr ins Bett und streichelte ihr über den Rücken, die Hüfte, atmete ihren ungewaschenen, animalischen Geruch ein. Sie stöhnte und streckte die blassen Finger nach etwas auf dem Nachttisch aus. Die Fernbedienung. Und schon ging das Geschnatter los. Schalldämpfer, Doppelverglasung, toller neuer Geschmack. An manchen Tagen wurde er wahnsinnig und verzog sich in das antiseptische Restaurant, wo ihn die Kellnerinnen beobachteten, an anderen gab er klein bei, sah mit ihr fern und versuchte zu verfolgen, wie Gavin Deanas Auto zu Schrott fuhr und Petra aus dem Koma aufwachte.

Während er dort auf dem Bett saß, geriet er immer mehr ins Grübeln. Nicht nur darüber, was im Park passiert war, die winzigen Details, die sie vergessen hatten und von denen alles abhing, wohin er abgebogen war, was er hinter sich auf dem Weg gehört hatte, sondern über den Tag davor, als Lisa ihn mit Raj allein im Motel gelassen hatte. Irgendwas war da mit ihr passiert. Okay, sie hatte sich betrunken, aber er hatte das Gefühl, dass sie noch irgendwo anders gewesen war, irgendwo weiter weg. Sie war fast vierundzwanzig Stunden lang nicht zu erreichen gewesen. Sie hätte an die dreihundert Kilometer weit fahren können. Mit jedem Tag wuchs sein Verdacht, dass diese Fahrt im Zusammenhang mit Rajs Verschwinden stand. Wenn sie etwas wusste und es nicht sagte, und Raj deswegen … Wenn er wieder in New York war, wollte er ihre Kreditkartenrechnung überprüfen, vielleicht hatte sie etwas in Las Vegas oder Palm Springs bezahlt. Es war nicht mal so, dass sie ihn anlog. Sie erzählte einfach gar nichts. Sie hatte sich komplett zurückgezogen. Er fühlte sich ohnmächtig. Er saß in seinem Sessel am Fenster und starrte wütend auf das unförmige Bündel unter der Bettdecke, wie ein Raubtier vor einem Bau.

»Du hast nichts falsch gemacht«, sagte er am siebzehnten Tag möglichst sanft. Es war ein Experiment, ein Versuch. »Egal, was du getan hast, es spielt keine Rolle. Das hier ist nicht deine Schuld.«

»Das weißt du nicht.«

»Dann sag es mir.«

Sie schüttelte nur den Kopf. Er bohrte weiter, aber sie schwieg. Nach einer Weile merkte er, dass die Medikamente wirkten und sie wieder eingeschlafen war.

Als er sie auf dem Fußboden im Badezimmer fand, war er sicher, dass sie sich umbringen wollte. Verzweifelt rief er 911 an, dann sah er, dass sie die Augen geöffnet hatte. Innerhalb von Minuten war das Zimmer voller Sanitäter und Hotelangestellter. Ihr schien nichts zu fehlen, außer dass sie nicht reden wollte. Sie weigerte sich zu sagen, ob sie etwas genommen hatte, also brachten sie sie ins Krankenhaus, behielten sie über Nacht da und machten ein paar toxikologische Untersuchungen. Die Ergebnisse waren negativ.

Die Ärzte diagnostizierten einen psychotischen Schub. Ihr Dad flog ein und versuchte, das Ruder zu übernehmen. Louis wollte seine Tochter in eine teure Klinik nach Colorado schicken. Er war der Typ, der Probleme gern mit Geld löste, es gab ihm das Gefühl, Herr der Lage zu sein. Auf dem Luftweg, sagte er, als wäre sie auf dem Schlachtfeld verwundet worden. Jaz war nicht einverstanden, und am Ende standen sie sich im Krankenhaus-Starbucks gegenüber, zeigten mit dem Finger aufeinander und stritten sich.

»Wir sind verdammt noch mal ihre Familie.«

»Und was bin ich?«

»Jaz, so war das nicht gemeint. Aber wir reden hier über meine Tochter. Wir beide wissen, dass ihr nicht immer unbedingt gut füreinander wart.«

»Was bitte soll das heißen?«

»Ich mische mich da ungern ein, Jaz. Aber, Herr im Himmel, sie ist meine Tochter. Ich sehe doch, wenn sie nicht glücklich ist.«

»Und du willst mir sagen, das sei meine Schuld?«

»Wer zur Hölle weiß schon, wessen Schuld das ist? Aber immerhin sitzt sie jetzt da oben in dieser … dieser verschissenen Klapsmühle.«

Dann fing er an zu weinen. Die Tränen liefen ihm nur so übers Gesicht, und er stammelte immer wieder: O mein Gott O verdammt, bis Jaz mit ihm auf den Parkplatz ging, damit die Leute bei Starbucks nicht mehr guckten.

Price war zu dem Zeitpunkt noch im Spiel. Dieses aalglatte Arschloch. Ein Immobilienheini aus Phoenix, der Louis im Golfklub seine Karte gegeben hatte. In den ersten Wochen war es Jaz egal gewesen, wo Louis ihn aufgetrieben hatte. Er war einfach dankbar für die Hilfe. Das Pressebriefing, das unablässig klingelnde Telefon, Lisa kam mit alldem nicht klar, was bedeutete, dass es an ihm hängen blieb. Ein Hotelarzt bot ihm Medikamente an. Er lehnte ab und änderte dann seine Meinung. Einschlafen war praktisch unmöglich. Wenn die Erschöpfung endlich siegte, träumte er, er würde mit bloßen Händen unter den Felsen graben, oder aber an sich selbst herumkratzen und Wunden und Abszesse aufreißen. Die Pillen machten all dem ein Ende, anfangs.

Die Bullen nahmen sie mit zum Tatort. Ein ganzer Güterzug von Nachrichtenteams fuhr hinter ihrem Escalade her und wirbelte Staub auf. Eine von der Sonne ausgebleichte Welt. Die Tinte auf den Vermisstenanzeigen wurde schon braun, dann blassgelb und am Ende knochenweiß, was hier der übliche Endzustand zu sein schien. Stille und Tod. Jaz stieg die Felsen hinauf, sah sich um und hielt die Hand über die Augen, alles wie besprochen, um die Minuten nach Rajs Entführung nachzustellen. Als er dort so stand, eingerahmt von langen Objektiven, wurde ihm beim Anblick der weiten Leere übel. Er stützte sich auf den Knien ab und beugte sich vor. Bald würde von Raj nichts mehr übrig sein als ein paar blanke Zettel an den Pinnwänden des Nationalparks. Wenn der letzte Journalist ihn vergessen hatte, würden Lisa und er ebenfalls verschwinden, ausgelöscht aus dem kollektiven Gedächtnis.

Die Polizei glaubte, dass der Entführer sie beobachtet hatte. Er oder sie musste hinter ihnen in den Park gefahren und ihnen auf dem Weg die Felsen hoch gefolgt sein. Sie hofften, dass es vielleicht nur eine Frau war, die sich ein Kind wünschte. Der junge Detective mit dem Schnurrbart sagte, falls das der Fall sei, würde sie ihn vielleicht zurückgeben, wenn sie feststellte, dass er nicht – er wusste nicht, wie er sich ausdrücken sollte, versuchte es mit *geistig, psychisch* und entschied sich schließlich für das direktere *normal.* Dann gab es noch die anderen Möglichkeiten. Ein Keller, ein leeres Grundstück, der Laderaum eines Lieferwagens. Jaz hatte sich nie groß Gedanken gemacht, was Menschen an Serienmördern faszinierte. Die Filme, die dicken Taschenbücher. Klebeband, Kettensägen, Nadeln und Masken. Der ganze Halloweenzirkus kam ihm plötzlich unerträglich vor. Es war böse, entwürdigend.

Jetzt, wo er sensibilisiert für diese Widerlichkeiten war, sprang es ihn an jeder Ecke an. Er musste nicht mal das Hotelzimmer verlassen, es drängte ihm direkt entgegen, wie die ausgezehrte Latina mit ihrem Reinigungswagen. Die Zeitung im Plastikbeutel am Türgriff war voll davon: ein kleines Mädchen, das in Bagdad an einem Kontrollpunkt erschossen wurde, zehn Passanten, die auf einem Markt in die Luft gejagt wurden. *Nein, äh, por favor. Morgen vielleicht. Kommen Sie morgen wieder.* Aber was war neu? Krieg war immer irgendwo. Nur die Orte und Gesichter änderten sich. Man konnte nichts dagegen tun. Warum also saß er jetzt hier auf dem Boden, die Zeitung vor sich ausgebreitet, und die Tränen liefen ihm übers Gesicht? Warum schaffte er es nur so, sich halbwegs rein zu fühlen?

Es gab auch Gesten der Freundschaft. Bekannte riefen aus New York an und fragten, wie es ihnen ging, boten ihre Hilfe an. Lisas Cousine Eli richtete einen Blog ein, in dem sie um Informationen bat und Updates über die Suche gab. Lisa sprach mit niemandem außer ihrer alten Freundin Amy, die inzwischen in Chicago lebte. Er rief Amy an, ob sie kommen könne, er würde das Ticket zahlen. Ich glaube, sie braucht jemanden, erklärte er ihr. Jemand anderen als mich. Amy versprach, es zu probieren, und stand zwei Tage später in ihrem stinkenden Zimmer, riss die Vorhänge auf und zwang die beiden aufzuräumen. Sie half ihnen, eine andere Unterkunft zu finden, wo es ruhiger war und der Balkon nicht auf die Schnellstraße ging. An ihrem letzten Abend saßen die drei beim Mexikaner. Es fühlte sich fast normal an. Als sie zum Flughafen musste, umarmte Lisa sie und krallte sich an ihrem Rücken fest.

Als das mit den Anschuldigungen losging, wusste er nicht, wie er reagieren sollte, so absurd erschien es ihm. Das erste Mal war während der zweiten Rekonstruktion, nachdem man ihn hypnotisiert und er sich an den Wagen erinnert hatte, der bei den Felsen neben ihrem parkte. Überall waren Leute, und nicht nur Journalisten. Zwischen den Bussen der Fernsehteams standen diverse Pick-ups. Sonnenschirme und Kühlboxen, gelangweilte Kids, die sehen wollten, was es zu sehen gab. Lisa und er liefen den Weg hoch. Man hatte sie überredet, einen Buggy mit einem fremden Kind, dem Sohn eines Deputys, vor sich herzuschieben. Jemand rief: »Was hast du mit ihm gemacht, Lisa?« Das war alles. Er drehte sich wütend um, konnte aber nicht erkennen, wer gerufen hatte. Lisa sah zu Boden, ihre Knöchel wurden weiß, während sie den Buggy weiterschob.

Von da an liefen die Dinge aus dem Ruder. Die Lokalsender räumten der Entführung immer mehr Sendezeit ein. Der Grundton war erst mitfühlend, aber gegen Ende der zweiten Woche brauchten sie offenbar neues Material. Die Kommentatoren langweilten sich und wurden angriffslustig, sie hielten sich nicht mehr mit Klischees auf, wie »unvorstellbar« die »verzweifelte Lage« der Familie sei, und fingen an, ihr Auftreten bei Pressekonferenzen auseinanderzunehmen. *Die beiden sind ein eher kühles Paar. Sehr reserviert. Typisch New York.* Eines Morgens saßen sie im Bett und zappten sich durch die Programme. Im Frühstücksfernsehen saßen zwei Frauen in Hosenanzügen – die Moderatorin und als Gast eine Frau, die sich als Psychologin zu erkennen gab – auf einem Sofa und gaben ihre Meinungen zum Besten. Irgendwann spekulierten sie darüber, ob Lisa und er Raj selbst umgebracht hatten. »Ich weiß nicht, was mit dieser Frau ist«, hörten sie eine von ihnen sagen, »aber es interessiert mich auch nicht. Auf jeden Fall wirkt sie, na ja, nicht richtig normal. Eine normale Mutter würde doch irgendwie Gefühle zeigen.«

Eine Stunde später hatte Lisa eine ausgewachsene Panikattacke. Sie versteifte sich und schnappte nach Luft. Jaz versuchte, sie zu beruhigen, aber sie kam nicht runter. Schön atmen, sagte er. Ein und aus. Er versuchte, zu sagen, was man in so einem Moment sagt, aber es half nichts. Er sagte es trotzdem. Vergeblich.

Am Ende rief er die Rezeption an. Hilfe, sagte er. Aus irgendeinem Grund flüsterte er. Kommen Sie einfach und helfen Sie ihr, okay? Ich kann es nicht.

Der Hotelarzt stopfte sie derart mit Beruhigungsmitteln voll, dass er irgendwann nachts glaubte, ihr Herz hätte aufgehört zu schlagen. So still war sie. Er tastete nach dem Lichtschalter und wurde halb wahnsinnig, weil seine Frau tot neben ihm lag und er den verdammten Schalter nicht fand. Es war seine Schuld, genau wie alles andere. Sie hatten sie ins Krankenhaus bringen wollen, und er hatte Nein gesagt. Und jetzt war sie tot, weil er sie daran gehindert hatte. Als er sie schüttelte, drehte sie sich um und stöhnte. Danach konnte er nicht mehr einschlafen. Der kleine Streifen Himmel, den man durch die Jalousien sehen konnte, wechselte langsam von Schwarz nach Grau.

Am nächsten Tag schrie er Price an. Was zum Teufel tun Sie? Meine Frau soll sich so einen Dreck nicht anhören müssen. Das ist Verleumdung. Es ist Ihre Aufgabe, uns zu schützen. Price erwiderte, so einfach sei das nicht. Er sage das nicht aus Bosheit, aber Jaz und Lisa hätten sich selbst keinen großen Gefallen getan. Das Problem sei, dass sie nicht gerade sehr sympathisch wirkten. Sie kämen – wohlgemerkt nicht für ihn, aber doch für einige Leute – wie Snobs rüber. Man könne die Medien nicht für alles verantwortlich machen. Sie arbeiteten nur mit dem, was die Matharus ihnen angeboten hatten. Er holte eine Seite aus einer Zeitschrift aus seiner Jackettasche, ein Feature von einem ehemaligen Filmproduzenten, der prominente Prozesse und Ermittlungen verfolgte. *Die beiden sind*, schrieb er, *wie ein Paar aus Gips, etwas, das man anmalen kann, damit es wie im echten Leben aussieht.*

»Hören Sie, Mann«, sagte er, »wir müssen etwas ändern. Zuerst mal müssen Sie beide sich öffnen, Ihre menschliche Seite zeigen. Gehen Sie in die Kirche?«

»Ich bin kein Christ.«

»Kein praktizierender?«

»Mr. Price, machen Sie einfach Ihre Arbeit. Sagen Sie den Leuten, dass wir keine Snobs sind, oder was sie sonst hören wollen, damit dieser Mist aufhört. Alle, einschließlich Ihnen, vergessen of-

fenbar, dass es hier um unseren Sohn geht. Raj heißt er. Wissen
Sie noch? Der kleine Junge, der vermisst wird? Um ihn geht es
hier. Um sonst nichts.«

»Sir, genau das mache ich gerade, meine Arbeit. Ich sage Ihnen,
gehen Sie in die Kirche. Dann kriegen Sie das, was Sie wollen.«

»Ich bin Sikh, Mr. Price. Meine Frau ist Jüdin. Sie wissen
wahrscheinlich nicht, was ein Sikh ist, aber von Juden haben Sie
sicher schon mal gehört. Die, die Jesus umgebracht haben?«

»Warum denn jetzt dieser gereizte Ton?«

»Meine Güte, ich dachte immer, meine Landsleute seien ignorant. Was sind Sie bloß für ein verdammter Hinterwäldler.«

Die Beleidigung hing in der Luft. Jaz zuckte mit den Schultern. »Ich will mir diesen Mist nicht mehr anhören. Sie haben
nicht die geringste Ahnung von mir und meiner Familie. Sie sind
gefeuert. Und jetzt raus hier, bevor ich mich vergesse.«

Price ballte die Fäuste, nahm seine Aktentasche und ging, dabei murmelte er etwas von einer Klage. Jaz folgte ihm auf den
Flur und rief ihm nach, das solle er ruhig versuchen. Price nannte ihn einen elitären Scheißkerl und dass es kein Wunder sei,
wenn die Leute ihn nicht mochten. Dann schlug die Flügeltür
hinter ihm zu.

Am nächsten Morgen rief Jaz Louis an, um mit ihm über die
Klinik zu sprechen. Lisa saß aufrecht im Bett und sah ihm be-
nommen zu. Er beugte sich verstohlen über sein Handy und kam
sich vor, als würde er sie an die Gestapo verkaufen.

»Ich weiß nicht, Louis. Vielleicht ist es doch das Beste. Da
kann sie sich wenigstens ein bisschen erholen.«

Lisa klang misstrauisch. »Ihr redet über mich.«

»Gleich, Schatz.«

Er hätte rausgehen sollen. Aber sie hatte noch geschlafen. Und
er hasste es rauszugehen. Im Hotel wollte man sie loswerden, weil
andere Gäste sich gestört fühlten. Einige waren in der Lobby angerempelt worden. Es hatte Beschädigungen an Autos auf dem
Parkplatz gegeben.

Louis reichte ihn an Patty weiter.

»Ich hoffe, du weißt, was du tust«, sagte sie. »Ich nämlich
nicht. Weißt du, was dein Problem ist, Jaz? Du sagst das eine und

tust dann das andere. Erst heißt es ›Oh, ich kann schon auf sie aufpassen‹. Jetzt wird dir das zu anstrengend, also willst du sie in die Klinik bringen? Meine Tochter, einfach so in eine Klinik stecken? Unfassbar.«

Dass es ursprünglich Louis' Idee gewesen war, schien ihr egal zu sein. Ihrer Meinung nach zeigte Jaz jetzt seine »dunkle Seite«. Die Lösung lag auf der Hand. Lisa sollte nach Hause zu ihren Eltern. Jaz hatte nicht mal die Kraft, sich gekränkt zu fühlen. Also brachte er Lisa nach Phoenix. Während sie sich im Gästezimmer ausbreitete, stand er verlegen in der Küche und trank mit Patty und Louis Kaffee.

»Tja, also«, sagte Louis. »Dann gute Fahrt.« Als wollte Jaz auf Reisen gehen.

Jaz blieb ein paar Minuten vor dem Haus im Wagen sitzen. Er fühlte sich leer. Dann startete er den Motor und fuhr in Richtung Flughafen.

Nach New York zurückzufahren war wahrscheinlich keine gute Idee gewesen. Auf der Flucht, schrieb eine Zeitung, dazu ein Teleobjektiv-Foto von ihm bei der Ankunft in LaGuardia. Sonnenbrille, Rollkoffer. Gut betucht und herzlos. Plötzlich war #matharus Trending Topic. Das Internet nannte ihn einen Mörder. Jeder auf der Welt schien eine Meinung zu ihm zu haben. Natürlich hätte er alles ausschalten müssen – das Fernsehen, das Netz, das ständige Gebrabbel. Aber irgendwie konnte er es nicht. Er wollte wissen, was die Welt von ihm dachte, er wollte ihr ins Gesicht sehen. Er las die Artikel, die Blogposts, sah die Webcam-Köpfe reden und tauchte in den Strudel von Gerüchten ein wie ein Yogi in einen eiskalten Fluss. Anscheinend waren Lisa und er die meistgehassten Menschen in ganz Amerika. Jemand hatte seine E-Mail-Adresse herausgefunden und schickte ihm obszöne Kommentare, in denen er beschrieb, was alles mit ihm passieren würde, wenn die Öffentlichkeit erst »die Wahrheit« kannte. Ein Journalist rief ihn auf dem Handy an und fragte unumwunden, ob er Raj umgebracht habe.

»Mein Sohn wird vermisst«, erklärte er dem Mann. »Ich will, dass man mir hilft, ihn zu finden. Das ist alles.«

Hätte er wütend sein sollen? Er spürte nichts. Vielleicht nahm er zu viele Tabletten. Zwei Minuten später konnte er sich nicht mal mehr an die Stimme des Anrufers erinnern.

Nachts schaute er sich Filme auf dem Laptop an, romantische Komödien, die er sonst höchstens im Flugzeug sah. Er versuchte insgesamt, möglichst so zu leben wie im Flugzeug. Er schlief in einem Sessel, den er in Rajs Zimmer geschoben hatte, mit Augenmaske und Noise-Cancelling-Kopfhörer. Als hoffte er, sich so selbst an einen anderen Ort, in eine andere Zeit überführen zu können. Emotionale Teleportation.

Lisa rief an und weinte wegen etwas, das sie auf Facebook gesehen hatte. Er war sauer. Louis hatte versprochen, sie davon abzuhalten. »Warum warst du online?«, fragte er. »Du wusstest doch, was dabei rauskommt.«

»Er ist tot, oder? Irgendein Perverser hat ihn.«

»Sag das nicht.«

»Glaubst du, er lebt?«

»Ja, das glaube ich.«

»Du weißt es aber nicht.«

»Nein, ich weiß es nicht. Aber ich glaube es.«

»Das verstehe ich nicht.«

»Ich hab ein positives Gefühl. Ich glaube, es wird alles gut. Mehr sage ich gar nicht.«

»Doch, du sagst, du *glaubst*. Das ist nicht dasselbe. *Dein* Glaube, Jaz? Was ist der wert? Ich weiß nicht mal, was das Wort für dich bedeutet.«

Er verstand nicht, warum sie so wütend war. Ging es um Religion? Das war nie Teil ihres Lebens gewesen. Religiosität war nicht irgendein kostbares Gut. Sie war überall. An guten Tagen war sie für ihn so etwas wie Rauchen – eine schlechte Angewohnheit, mit der die Gesellschaft allmählich brach. An schlechten Tagen war es eher eine Art gemäßigte Geisteskrankheit. Menschen, die darunter litten, konnten irrational oder gewalttätig werden. So wie seine Eltern zum Beispiel, die immer noch mit Gott ankamen, wenn sie die Familie kontrollieren wollten. Als Wissenschaftler konnte man das als Atavismus bezeichnen, vielleicht mit einer kleinen sozialen Komponente – das war seine Erklärung, wenn er irgendwo zum Abendessen eingeladen war und es um al-

Qaida oder Sarah Palin ging. Die ehrliche Antwort auf Lisas Frage lautete also *nichts*, sein Glaube war nichts wert. Aber das hatte er auch nicht gemeint. Er wollte sie nur beruhigen.

An dem Abend ging er wieder auf die Williamsburg Bridge, zu einer Art Käfig, wo er an eine mit Graffiti besprühte Steinplatte gelehnt sitzen konnte und die Radfahrer vorbeirasen sah. Wenn er einen Glauben gehabt hätte, vielleicht hätte er darin Trost gefunden? Oder wenigstens einen Plan, eine Vision von der Zukunft. Als die Kälte durchs Jackett kroch, stand er auf und lief nach Manhattan, wanderte ziellos durch den Financial District, bis er vor dem Gebäude in der Broad Street stand, wo er mal gearbeitet hatte. Er blieb dort fast eine Stunde stehen, sah hoch zu dem Mosaik beleuchteter Fenster und dachte über das Walter-Modell, über Ursache und Schuld nach. Wenn die Welt aus Zeichen bestand, warum konnte er sie dann nicht lesen? Wahrscheinlich war er einfach ein Idiot. Letztendlich wusste er nur, dass alles irgendwie zusammenhing – Raj, Walter, die Wüste. In einem Anfall von Paranoia hatte er auf einmal das Gefühl, aus den oberen Stockwerken beobachtet zu werden. Durch ein Fernglas oder ein Gewehrvisier. Er setzte sich in Bewegung, versuchte, möglichst ruhig zu gehen. Er musste sich extrem konzentrieren, nicht einfach loszurennen.

Es konnte kein Zufall sein, dass am nächsten Tag Fenton anrief. »Haben Sie mich beobachtet?«, fragte Jaz. Fenton erwiderte, davon wisse er nichts, aber Jaz solle jetzt mal zuhören. Es tue ihm leid, aber sie müssten ihn leider entlassen. Es folgte ein längeres Schweigen, während Jaz vergeblich nach einer angemessenen Antwort suchte. Er hatte vergessen, dass es noch nicht bereits passiert war.

Die Abfindung war großzügig. Fenton sagte, er fühle sich schlecht deswegen, aber die Geschäfte müssten eben weitergehen und aufgrund seiner »familiären Probleme« könne Jaz nun mal nichts dazu beitragen. Der alte Schmierenkomödiant klang tatsächlich, als sei es ein schwerer Schlag für ihn, einen »so geschätzten Kollegen« zu verlieren. Jaz wusste es zu schätzen, dass er versuchte, nett zu sein. Er bot sogar an, einen Privatdetektiv zu engagieren, um bei der Suche nach Raj zu helfen.

»Das kann ich nicht annehmen, Fenton.«

»Seien Sie nicht so stur, Jas-win-der. Im Ernst. Das ist das Min-
deste, was ich tun kann.«

Es klang aufrichtig, aber er wiederholte sein Angebot nicht. Jetzt, wo es vollbracht war, wussten beide nicht recht, was sie sagen sollten.

»Tut mir leid, das am Telefon zu besprechen, aber der Gedanke, dass Sie Ihren Arsch bis nach Downtown bewegen müssen ...«

»Ich verstehe schon. Danke.«

»Gut. Dann ...« Fenton wirkte unsicher. »Alles Gute.«

Er klang erleichtert, das Telefonat beenden zu können.

So sah es aus. Er war frei. Jetzt gab es absolut nichts mehr, was ihn von seinem Schmerz ablenken konnte.

Er telefonierte jeden Tag mit Lisa, aber es war eher ein Ritual als richtige Gespräche. Sie machte den Eindruck, als ginge es ihr besser. Vom Gästezimmer ihrer Eltern aus fing sie an, die Welt um sich herum wieder wahrzunehmen, sogar ein paar müde Scherze auf Kosten ihrer Mutter kamen ihr über die Lippen – über die Blumentapete und die kleinen Beutelchen mit Duftmischungen in den Wandschränken. Die Telefonate dauerten nie lange. Jaz hatte das Gefühl, als folgten sie einem Protokoll, wie Priester einer Religion, an die sie nicht mehr glaubten.

»Wie geht es dir?«

»Ganz okay. Und dir?«

»Gut. Kannst du schlafen?«

»Ich hab meine Tabletten.«

»Was machst du sonst so?«

»Mom will, dass ich ihr im Garten helfe.«

»Wächst da eigentlich überhaupt was? Ihr Garten sieht doch aus wie in *Dune*.«

»Du würdest dich wundern. Sie pflanzt jetzt Kakteen. Außerdem will sie einen Wunschbrunnen bauen.«

»Schön.«

»Ja, oder?«

»Ich hab mit dem Bauunternehmer gesprochen. Er weiß jetzt Bescheid, dass wir mit dem Umbau erst mal nicht weitermachen wollen.«

Er wartete darauf, dass sie etwas sagte.

»Du musst dir deswegen also keine Gedanken mehr machen.«
»Ich bin müde, Jaz. Ich sollte mich hinlegen.«
»Wie viel Uhr ist es bei euch?«
»Uhr?«
»Ist es noch hell bei dir?«
»Ja.«
»Ich vermisse dich.«
»Klar.«
»Komm nach Hause. Du gehörst nach Hause.«
»Ich weiß nicht.«
»Ich aber.«
»Hier bin ich wenigstens nicht so weit weg, wenn …«
»Okay.«
»Hör mal, ich bin wirklich müde.«
»Gut. Ich lass dich schlafen. Ich liebe dich.«
»Ich dich auch.«
Klick.

Nach diesen Gesprächen kam ihm das Haus immer vor wie ein riesiger Sarg mit Parkettboden. Er sah sich um und erkannte nichts. So viel Zeug, all die Tennisschläger, Teller und geschmackvollen gerahmten Drucke. Gehörte das wirklich ihm? Er schlief nicht mehr in Rajs Zimmer, die vorwurfsvollen Blicke der Stofftiere wurden ihm zu viel. Stattdessen zog er sich in ihr Schlafzimmer zurück und lag nachts wach. Er spürte die Berge von Klamotten und Schuhen, die sich hinter den Schranktüren stapelten und drohten, in einer Flutwelle aus Wolle und Sea-Island-Baumwolle über ihn hereinzubrechen.

Er wollte noch mal von vorn anfangen, ein formloses Etwas sein, ein Fötus im warmen Fruchtwasser. Als er eines Tages durch SoHo lief, ging er in einen No-Name-Klamottenladen und kaufte sich eine Jeans, ein graues T-Shirt und weiße Turnschuhe. Er zog alles im Laden an und stopfte seine anderen Sachen in eine Plastiktüte. Er fühlte sich von einer Last befreit, ihrer nervigen Exklusivität, ihrer Verbindung zur Vergangenheit. Die Tüte gab er später einem Obdachlosen am Astor Place. Er lief durch die Straßen, bis es dunkel wurde, ein Mann ohne Eigenschaften in einer Stadt ohne Eigenschaften. Als er irgendwann an einem anonymen

Businesshotel in Midtown vorbeikam, beschloss er einzuchecken.
Er fuhr mit dem Aufzug hoch, steckte die Schlüsselkarte in den
Schlitz an der Tür, und als das Licht anging, schaltete er es wieder
aus. Untypischerweise für New York ließ sich das Fenster öffnen.
Er lag in der Abenddämmerung auf dem Bett und lauschte dem
Verkehr. Nichts erinnerte ihn hier an sein eigenes Leben. Es gab
nur die Geräusche der Stadt, irgendeiner Stadt, eine Ameisenko-
lonie, in der er eine Ameise war, die einer Pheromonspur gefolgt
war, bis an diesen Ort, an dem er sich jetzt ausruhen sollte. So gut
hatte er seit Wochen nicht geschlafen.

Er behielt das Zimmer noch eine Nacht und dann noch eine
dritte. Am Morgen des vierten Tages saß er auf einem Stuhl am
Fenster und sah den Angestellten im Bürogebäude gegenüber zu.
Sie saßen an ihren Schreibtischen und starrten auf ihre Bildschirme. Sie liefen mit Ordnern und Zetteln durch die Räume. Nur
selten sprachen sie miteinander. Es war nicht klar, was sie machten. Ihm gefiel das, es beruhigte ihn, sie bei ihrer abstrakten Arbeit zu beobachten, das Gefühl zu haben, dass sie so lange weiter-
machten, wie er Lust hatte, ihnen zuzusehen. Bis der Tod sie holte
oder der Stellenabbau oder einfach die Entropie. Ganz vage bekam er mit, dass sein Handy klingelte. Er überlegte ranzugehen,
entschied sich dagegen und tat es dann aus einer Art Pflichtgefühl
doch. Erst verstand er nicht, was die Stimme sagte. Wer sind Sie?
Von wo? Ich … oh, ja. Ja? Was? Sind Sie sicher?

Es war die Polizei von San Bernardino. Man hatte Raj gefunden. Er lebte.

Er versuchte, die Information zu verarbeiten. Sein Sohn war in
Sicherheit. Leicht dehydriert, aber ansonsten … Nein, im Moment konnten sie noch nicht sagen, wo er gewesen war. Draußen
in der Wüste. Auf Militärgebiet. Ja, er hatte richtig verstanden.
Nein, sie wussten nicht warum. Natürlich, hörte er sich sagen. Ich
fahre sofort los. Ich weiß nicht, wie lange. So bald wie möglich.
Ich melde mich, wenn ich eine Uhrzeit weiß. Er legte auf und rief
Lisa an. Sie schluchzte hemmungslos. Gott sei Dank, wiederholte
sie immer wieder. Gott sei Dank, er hat meine Gebete erhört.

Er checkte aus dem Hotel aus und nahm ein Taxi zum JFK.
Im Midtown Tunnel packte ihn plötzlich die Angst. Er hatte et-

was falsch verstanden. Das war nur ein Wunschtraum, es konnte nicht wahr sein. Kaum hatte er wieder Empfang, rief er im Büro des Sheriffs an. Im Hintergrund hörte er Partygeräusche. »Sie müssen lauter sprechen, Mr. Matharu«, sagte der Deputy. Seine Stimme klang, als hätte man ihm in letzter Zeit viel auf die Schulter geklopft. »Wir haben einen Haufen Leute hier. Sind alle zum Feiern gekommen.«

»Sie haben ihn also gefunden.«

»Ja, Sir, so ist es.«

»Und er lebt?«

»Wie ich schon sagte. Gesund und munter. Ist ein zäher kleiner Kerl, ihr Sohn.«

»Ich weiß, dass Sie es mir schon gesagt haben, aber – könnten Sie es noch mal sagen? In groben Zügen, was passiert ist?«

Der Mann wiederholte die Details. Raj war während eines Manövers in einem Marinestützpunkt gefunden worden. Niemand konnte sich erklären, wie er dort hingekommen war. Der Ort war fünfzehn Kilometer von der nächsten Straße entfernt. Der Entführer musste ihn dort abgeladen haben, wobei es ein vollkommenes Rätsel war, warum er sich für diese Stelle entschieden hatte und wie er mit dem Wagen dorthin gelangt war. Die Außensicherung des Marinekorps galt als topmodern. Wärmesensoren, Bewegungsmelder, Luftraumüberwachung, das volle Programm.

Am JFK kaufte er ein Ticket nach Las Vegas. Er konnte nicht still sitzen und lief vor dem Gate auf und ab. Das Bodenpersonal war misstrauisch, weil er ohne Gepäck reiste, und filzte ihn gleich zweimal. Der Flug kam ihm endlos lang vor. Die Leute um ihn herum lasen oder sahen sich Filme an. Er horchte nur auf das Grollen der Motoren und versuchte, den Piloten Kraft seiner Gedanken dazu zu bewegen, schneller zu fliegen. Am McCarran-Flughafen wartete ein Polizist auf ihn, ein junger Mann mit dünnem Schnurrbart und falsch geschriebenem Schild. Sie fuhren die I-15 runter, in der Abendsonne leuchtete die Wüste orange-golden. Er rief Lisa an.

»Bist du da?«

Sie schluchzte. »Ja. Ja, bin ich.«

»Geht es ihm gut?«

»Er ist wieder da, Jaz. Er ist tatsächlich wieder da.«
Sie fuhren weiter. Das goldene Land versprühte Triumph, die
Offenbarung der Herrlichkeit.

Die Medien warteten vor dem Revier, ein vertrautes Bild,
Reporter, die auf dem Parkplatz telefonierten, Scheinwerfer auf
3-Meter-Stativen. Als er ausstieg, stürmten sie mit ihren Mikros
und Kameras auf ihn zu und riefen seinen Namen. »Wie fühlen
Sie sich, Jaz? Wie fühlen Sie sich?« Der Fahrer schob ihn durch
die Tür in die Stille der Wache.

Uniformierte lächelnde Männer schüttelten ihm die Hand
und führten ihn in eine Art Konferenzraum. Ein langer Tisch,
Stühle mit Plastiklehnen, verblichene Plakate an den Wänden
und, am hinteren Ende, Raj auf Lisas Schoß. Als Jaz den Raum
betrat, blickte der Junge hoch und lächelte. Zusammen sahen sie
aus wie ein Heiligenbild, Yashoda und Krishna, Maria und Jesus.
Jaz fiel auf die Knie und umarmte beide. Er spürte den heißen
feuchten Atem seines Sohnes im Nacken, die weiche Haut, roch
sein Haar. Er war wirklich da. Alles war echt. Er atmete aus, und
die Luft strömte aus ihm heraus wie aus einem Luftballon. Lisa
streichelte ihm beruhigend über den Rücken, während er die Tränen fließen ließ.

Als sie zwei Tage später ins Flugzeug nach New York stiegen,
applaudierten die anderen Passagiere und reckten die Köpfe, um
einen Blick zu erhaschen. In der Woche darauf war der Aufmerk-
samkeitssturm noch stärker als bei Rajs Verschwinden. Die Matharus galten jetzt als die große amerikanische Vorzeigegeschichte
des Triumphs über die Tragödie. Sie galten als Inspiration. Alle
suchten ihre Nähe und wollten ihre Herzen am Feuer der Gefühle
wärmen. Obwohl man ihnen immense Beträge anbot, lehnten sie
alle Interview-Anfragen ab. »Alles, was ich will«, sagte Lisa zu einer besonders aufdringlichen Reporterin, die ihr am JFK in die
Damentoilette gefolgt war, »ist, dass die Leute, die all diese Lügen
über uns geschrieben haben, so anständig sind, sich zu entschuldigen.« Was natürlich niemand tat.

Da den Medien der Zugang zu den Hauptpersonen verwehrt
war, nahmen sie vorlieb mit den Nebendarstellern. Man stürzte
sich auf das irakische Mädchen, das Raj gefunden hatte, sie wur-

de durch diverse Talkshows gereicht. Die Leute liebten sie. Sie galt als vorbildliche Einwanderin, die Amerika alle Ehre machte. Mehrere Kommentatoren zitierten Emma Lazarus' Satz von den Armen und den geknechteten Massen, die frei zu atmen begehren. Ein anonymer Wohltäter bot sogar an, ihr das College zu finanzieren. Der britische Rockstar Nicky Capaldi trat mit Rübezahlbart in der BBC auf, brabbelte irgendwas und sang einen kryptischen Song namens »The Boy on the Burning Sands«. Er habe sich »mit Raj identifiziert«, erklärte er dem Interviewer. »Der Junge im Sand, das bin in vielerlei Hinsicht ich selbst.«

Als ein Mann anrief, der behauptete, Filmproduzent zu sein, und die Rechte an ihrer Familiengeschichte kaufen wollte, schaltete Jaz sein Handy aus. Es interessierte ihn nicht mehr, was die Welt dachte. Er wollte sein eigenes Leben zurück. Nach und nach riefen Freunde und Bekannte an, um ihnen zu gratulieren. Manche Gespräche verliefen zäh, wenn zum Beispiel Leute, die sie seit Monaten nicht gesprochen hatten und die anscheinend vom Schlimmsten ausgegangen waren, jetzt den Eindruck vermitteln wollten, sie seien die ganze Zeit auf ihrer Seite gewesen. Der einzige Mensch, über den Jaz sich wirklich freute, war Amy. Lisa und er skypten mit ihr und hielten Raj vor die Webcam, damit sie sein Gesicht sehen konnte. Weinend streckte sie die Hand nach dem Bildschirm aus, als glaubte sie kurz wirklich, ihn berühren zu können.

Sie gingen selten aus, bestellten lieber Essen nach Hause und sahen zu, wie der Ahorn vor dem Fenster die Blätter verlor. Manchmal gingen sie zu dritt Hand in Hand im Prospect Park spazieren, eingemummelt gegen den Wind, in ein gemeinsames, aber auch etwas unheimliches Schweigen versunken, als wären sie verzaubert und jemand hätte den Ton abgestellt. Ab und zu fing Jaz ein Gespräch an, stellte Vertrautes dar, als wäre es neu und exotisch, kam dann aber doch wieder zu dem Schluss, dass es nichts zu sagen gab, dass die Monate des Leids und der Trennung die Worte aufgebraucht hatten. Oft fing Lisa oder er einfach so an zu weinen. Ohne Vorwarnung. Er sah sie mit geröteten Augen die Wäsche zusammenlegen, wandte sich dann wieder seinem Buch zu und stellte fest, dass die Seiten feucht waren.

Der Rest der Welt kümmerte sich wieder um andere Themen.

Eine Präsidentschaftswahl stand an, die Nachbarn glaubten, es könne sich wirklich etwas verändern, machten Wahlkampf und hängten Plakate auf. Für eine Weile bildete sich eine dünne Schicht Normalität um ihr Leben, wie ein Wundschorf. Dann riss ein anderes
Ereignis sie wieder auf. Jaz hatte die Finanzkrise wie durch das falsche Ende eines Teleskops verfolgt, Ereignisse, die noch vor ein paar
Monaten sein Leben beherrscht hätten – der Zusammenbruch von
Lehman Brothers, der rapide sinkende Dow Jones –, schienen in
einer anderen Realität stattzufinden, ohne Verbindung zu seiner.
Er ging nicht mal online, um sein eigenes Portfolio zu checken, obwohl er wusste, dass es massiv eingebrochen sein musste. Zur Hölle damit. Die ganzen riesigen abstrakten Beträge, das Spekulieren
auf Seifenblasen. Hier hatte er die fallenden Blätter, den Geruch
der Haut seines Sohnes. Dank seiner Abfindung brauchte er sich
mindestens ein Jahr lang nicht nach einem neuen Job umzusehen
– wenn sie sich etwas einschränkten, noch länger. Er fragte sich, ob
Walter das Chaos vorausgesehen hatte. Wenn Cy und Fenton inmitten dieses Massakers noch Geld machten, würden sie als Helden bejubelt. Fentons Ego wäre völlig außer Kontrolle.

Ganz so lief es dann doch nicht. Ein ehemaliger Kollege rief an
und erzählte ihm, dass Fentons Firma pleitegegangen war. Oben
im Gästezimmer, umgeben von Kartons voller Gerümpel, das sie
der Heilsarmee bringen wollten, hörte er den Kollegen, der jetzt
für eine Ratingagentur arbeitete, über den Stand der Dinge berichten. In der Firma ging niemand mehr ans Telefon. Gerüchten
zufolge hatten sie für den Walter-Fonds Fremdkapital in beispiel-
losem Ausmaß aufgenommen, um Long-Positions auf dem Hypothekenmarkt einzugehen. Als der Crash kam und die Kredit-
linie ausgeschöpft war, geriet das Geschäft ins Wanken.

In den Tagen danach bekam Jaz Anrufe von Anwälten und
Verwaltern, die hofften, er könne ihnen helfen, etwas Licht ins
Dunkel zu bringen. Höflich erklärte er, dass er nicht darin verwickelt werden wollte, auch als er erfuhr, dass Cy Bachman verschwunden war. Die Polizei nahm sich der Sache an. Er hatte einen Koffer mit Disketten und Dokumenten mitgenommen. Es
war die Rede von strafrechtlicher Verfolgung.

Ihm kam ein Gedanke, den er allerdings so gut es ging zu verdrängen versuchte. Was, wenn Walter den Crash ausgelöst hatte – oder wenn nicht ausgelöst, zumindest angestoßen oder auf irgendeine Art beeinflusst? Er verwarf den Gedanken. Die Probleme auf dem Hypothekenmarkt waren weitreichend, systembedingt. Sie hatten nichts mit Bachmans Modell zu tun. Doch obwohl er wusste, dass die Idee irrational war, nagte sie weiter an ihm. Hatte Bachman seine zweite, die High-Speed-Version von Walter in Betrieb genommen? Jaz war aufgefallen, dass Bachman etwas Mystisches, fast Beängstigendes hatte. Er erinnerte sich an seinen Gesichtsausdruck vor den Schaukästen in der Neuen Galerie. Bachman hatte regelrecht machttrunken gewirkt. Welche Versuchungen hatte Walter ihm vor die Nase gesetzt? Warum war er abgehauen?

Ein paar Tage lang widmete die Presse sich der Geschichte und berichtete vom »flüchtigen Finanzmann«, der offenbar an verschiedenen internationalen Business-Knotenpunkten gesichtet worden war. Dann wurde die Wahl wieder wichtiger, der wilde Kulturkrieg-Tribalismus ließ im nationalen Bewusstsein keinen Platz mehr für anderes. Barack Obama wurde auch ohne Familie Matharus direkte Anwesenheit gewählt – Jaz und Lisa waren zu nervös, um sich im Wahllokal in die Schlange zu stellen und dort erkannt und womöglich belästigt zu werden –, aber sie machten Briefwahl, spendeten Geld und blieben bis spät auf, um sich die Bilder der feiernden Menschen anzusehen. Als sie den Fernseher ausschalteten und ins Bett gingen, hörten sie Gehupe und Pfeifen auf den Straßen. Jaz ging nach Raj sehen. Zu seiner Überraschung war der Junge wach und stand am Fenster. Er fuhr ihm durch die Haare.

»Ganz schön laut, was?«

Raj sah zu ihm hoch. »Hup-hup!«, sagte er.

Jaz wollte nicht glauben, was er gerade gehört hatte.

»Raj?! Stimmt! Die Autos! Sie machen hup-hup!«

Er nahm seinen Sohn in die Arme und lief mit ihm ins Schlafzimmer, keuchend und schluchzend wie jemand, den man gerade aus einem Fluss gezogen hat. Es dauerte mehrere Minuten, bis Lisa begriff, was los war.

»Er hat gesprochen! Raj hat gesprochen! Er hat die Autos hupen gehört. Er hat ›hup-hup‹ gesagt.«

»Bist du sicher?«

»Absolut.«

»Ich wusste es. Ich wusste, dass etwas anders ist. Neulich ... als wir neulich im Park waren, hat er auch etwas gesagt. Da kam ein Mann mit so einer riesigen Dogge vorbei, und er hat ›Hundi‹ gesagt. Es war nicht wirklich deutlich, aber ich bin sicher, dass er es gesagt hat. Es war nicht einfach nur Gebrabbel oder so.«

»Warum hast du mir das nicht erzählt?«

»Ich war nicht ganz sicher.«

»Und du meinst, das hätte mich nicht interessiert?«

»Ich sag ja, ich war nicht ganz sicher. Und um ehrlich zu sein, Jaz, ich dachte, du würdest mir nicht glauben. Ich wollte nicht, dass du sagst, es würde nicht stimmen. Aber das ist doch jetzt egal, oder? Es spielt keine Rolle.«

Leicht angespannt gingen sie ins Bett. Als sie am nächsten Tag schweigend frühstückten, zeigte Raj auf den Ahorn vor dem Fenster. »Baum«, sagte er. Und dann noch mal. »Baum.« An dem Morgen wiederholte er das Wort Dutzende Male, machte ein Lied daraus, dehnte den Vokal wie eine Sirene. An den folgenden Tagen kamen weitere Worte hinzu, Namen für Dinge in der Küche oder auf der Straße.

Hup-hup
Baum
Saft
Vogel
Möhre
Gute Nacht

Sie gingen zur Kinderärztin, die bestätigte, dass er einen »ungewöhnlich großen Sprung« gemacht habe. Sie ermunterte sie, mit ihm zu sprechen, und sagte, sie habe »große Hoffnungen« für die Zukunft. Vielleicht war Rajs Zustand nicht so schlecht wie ursprünglich angenommen. Wenn er so weitermachte, konnten sie womöglich »ihre Erwartungen nach oben korrigieren«. Lisa war so glücklich, dass sie durch die Park Avenue tanzte, sich drehte und hüpfte wie ein Musical-Star. Jaz konnte sich nicht erinnern, wann sie das letzte Mal so schön ausgesehen hatte. Er hielt Rajs

Hand fest in seiner, die Sonne glitzerte in seinen feuchten Augen. Was für ein schöner Tag. Sie beschlossen, noch eine Weile zu Fuß zu gehen und erst später ein Taxi zu nehmen. Irgendwo in den Siebzigern an einer ruhigen, von Bäumen gesäumten Straße kamen sie an einer Kirche vorbei. Lisa schlug vor hineinzugehen.

»Warum?«

»Ich will ein Gebet sprechen.«

Offenbar sah er sie irritiert an. Sie lachte.

»Wir sind gesegnet worden, Jaz. Das sollten wir anerkennen.«

»Aber ...«

»Ja, ich weiß, dass es eine Kirche ist. Aber letztendlich ist es doch alles dasselbe, oder? Viele Wege zur selben Wahrheit.«

Sie nahm Raj an der Hand und drückte die schwere Holztür auf. Es war eine katholische Kirche, den Altar dominierte ein grässliches Kruzifix, an dem ein milchig weißer Jesus im Todeskampf mit verdrehten Augen hing. Lisa und Raj liefen darauf zu, ihre Schritte hallten auf dem Marmorboden wider. Jaz blieb an der Tür stehen, neben einem Tisch mit Werbeflyern für Lebensmittelsammlungen und Patenschaften für Kinder in Afrika. Etwas verlegen betrachtete er ein Plakat für ein Orgelkonzert und tat, als wäre es ganz normal für ihn, hier zu sein. Lisa blieb zögernd vor dem Jesus am Kreuz stehen, ging dann aber weiter zu einem kleineren Altar in einer Seitenkapelle. Sie warf ein paar Münzen in eine Dose, nahm eine schmale Leuchterkerze und zündete sie an einer der anderen an, die schon vor einer Gipsfigur der Jungfrau Maria standen. Dann half sie Raj, sich hinzuknien, ließ sich neben ihm vor dem Geländer nieder und faltete die Hände. Es war merkwürdig, sie so zu sehen, so inbrünstig, fast theatralisch. Beinah wartete er darauf, dass aus einem Zimmer ein Priester auftauchte und sie verscheuchte – die Jüdin im Hause Jesu –, aber nichts dergleichen geschah. Ein paar ältere Damen kamen herein, tauchten die Finger ins Taufbecken, gingen in die Knie und bekreuzigten sich vor dem Altar, als würde dort jemand oder etwas darauf reagieren.

Apfel
Geh

Während der kommenden Wochen nahm Rajs Entwicklung Fahrt auf. Er hatte immer Blickkontakt gemieden, wollte sich nicht anfassen lassen, wand sich aus Umarmungen und weinte oder schrie, wenn man ihn streichelte oder an der Hand nahm. Jetzt begegnete er dem Blick seines Vaters aus einer unergründlichen Tiefe, die Jaz fast verunsicherte. Er lag auf dem Teppich im Wohnzimmer und dachte sich Spiele aus, stellte seine Spielsachen hintereinander auf und redete mit ihnen, sprach sie mit Namen und Bezeichnungen an, die Jaz aufzuschnappen versuchte. Etwas an diesem Verhalten war komplett neu, eine derartige Verbindung zur Welt hatte er davor nie gehabt.

Die Polizei hatte zugegeben, dass sie keine Fortschritte bei der Suche nach Rajs Entführer machte, und es war klar, dass sie die Ermittlungen auslaufen ließen. Das Marinekorps hatte das Material aus den Überwachungskameras gesichtet und nichts Auffälliges entdeckt. Es gab keine Reifenspuren in der Gegend, wo Raj gefunden wurde. Es war, wie einer der Ermittler bemerkte, »als wäre der Junge aus dem Nichts aufgetaucht«. Jaz rief ungefähr einmal in der Woche an, bekam aber nichts Neues mehr zu hören. Er hatte das Gefühl, lästig zu werden. Sein Sohn war wieder da – das war doch schon Wunder genug. Er sollte zufrieden sein, sich bedanken, so wie Lisa. Aber es gab zu viele unbeantwortete Fragen. Der kleine Junge, der fröhlich Plastikdinosaurier auf dem Küchentisch aneinanderreihte, hatte ein extrem traumatisches Erlebnis hinter sich. Solange sein Vater nicht wusste, was genau, war da ein weißer Fleck, eine Unbekannte in der Geschichte ihrer Familie. *Hier sind Drachen.*

Das war das Thema, um das Jaz' Gedanken ständig kreisten. Raj war zurückgekommen, und er hatte sich verändert. Oder besser gesagt, Raj war verändert zurückgekommen. Etwas an ihm war anders. Nicht nur, dass er zu sprechen angefangen hatte. In ihm steckte ein neuer Geist, der ihn beflügelte und seine Verbin-

dung zur Welt stärkte. Jaz war froh darüber. Natürlich war er
das – es war mehr, als er je zu hoffen gewagt hatte. Er wollte nur
gern verstehen, wie es dazu gekommen war. Halb im Scherz kit-
zelte er seinen Sohn und fragte ihn: »Was ist mit dir passiert? Wo
warst du?« Halb im Scherz. Nur halb. Die andere Hälfte war auf
die schlimmsten Enthüllungen vorbereitet.

Was ist mit dir passiert?

Wo warst du?

Bist du noch mein Sohn?

Eines Abends fragte Lisa ihn, ob er auf Raj aufpassen könne,
sie müsse zu einem Treffen.

»Was für ein Treffen?«

Sie sah ihn verlegen an und winkte ab.

»Eine Art Lesegruppe.«

»Eine Art?«

Irgendwann bekam er die Wahrheit raus. Es war eine Judais-
tik-Gruppe, die sich einmal die Woche traf, um religiöse Texte zu
lesen, »aus der Perspektive der zeitgenössischen Frau«.

»Ich weiß, was du denkst«, sagte Lisa. »Aber so ist es nicht.«

»Ich hab nichts gesagt.«

»Du weißt genau, was ich meine. Jedenfalls ist es nicht das, was
du denkst. Das sind einfach interessante Frauen. Ich bin gegen
zehn zurück.«

Hund
großer Hund
Haus
mein Haus
mein Daddy
mein

Die Gruppe wurde ein fester Bestandteil von Lisas Leben. Jeden
Mittwoch ging sie hin, kochte vorher etwas und nahm es in ab-
gedeckten Schüsseln mit. Zu Hause ließ sie hebräische und jid-
dische Worte fallen, vor allem, wenn sie mit ihren neuen Freundinnen telefonierte: *Schlep, Meschugge, Goj.* Während er auf der
Treppe stand und lauschte. War er der Goj? Der Außenseiter?

Dann verkündete sie, sie habe einen Job gefunden. Er wusste nicht mal, dass sie einen gesucht hatte. Sie ließ einfach den Autoschlüssel auf den Küchentresen fallen und gab die Neuigkeit bekannt. Sie würde wieder im Verlagswesen arbeiten, als Lektorin bei einem kleinen Imprint, das sich auf Esoterik und Mystik spezialisiert hatte.

»Und hast du mal überlegt, mit mir darüber zu reden?«

»Na ja, ich war nicht sicher, ob ich den Job kriege. Und als sie ihn mir angeboten haben, war ich nicht sicher, ob ich Ja sagen soll. Aber dann hab ich's gemacht.«

»Du hast Ja gesagt.«

»Genau.«

»Und wer passt dann auf Raj auf?«

»Fang bitte nicht damit an! Du arbeitest nicht. Und scheinst auch nichts daran ändern zu wollen.«

»Moment mal, es ist immer noch mein Geld, von dem wir leben.«

»Das hab ich nicht gemeint. Ich weiß, woher das Geld kommt, und im Moment brauchst du keinen Job. Das war keine Kritik. Ich hab das schon verstanden. Wir haben eine schreckliche Zeit hinter uns und müssen beide neu zusammenfinden. Aber was spricht dagegen? Nenn mir einen guten Grund.«

»Es ist nur … na ja, es betrifft auch mich. Und Raj. Und du hast es einfach so für dich entschieden?«

»Willst du, dass ich absage?«

»Nein, aber …«

»Aber was?«

»Scheint ja jetzt auch kein besonders seriöser Verlag zu sein.«

»Mit seriös meinst du Mainstream? Ach komm, Jaz. Warum kommst du nicht einfach gleich zur Sache und hältst mir einen kleinen Vortrag über wissenschaftliches Denken und überprüfbare Hypothesen und den ganzen Kram?«

»Ich will nur mit dir über Raj sprechen.«

»Gut, ich auch. Im Gegensatz zu dir möchte ich arbeiten. Fünf Jahre, Jaz. Fünf Jahre hab ich mit ihm zu Hause gesessen. Warum gönnst du mir das jetzt nicht?«

»Okay. Es ist ja nicht so, dass du kein Leben haben sollst. Ich hab nur … ich hätte es gut gefunden, wenn du mit mir geredet hättest, bevor du zusagst. Wir sind immer noch eine Familie.«

Schließlich einigten sie sich. Sie würde arbeiten. Er würde zu Hause bei Raj bleiben, mindestens die nächsten sechs Monate. Danach würden sie weitersehen. Die unausgesprochene Variable war Rajs Zustand. Wenn er weiter solche Fortschritte machte, war alles Mögliche denkbar. Kita, Schule. Derartige Gedanken hatten sie bisher nie zugelassen. Die Vorstellung, Pläne für die Zukunft zu schmieden, war ihnen so fremd, dass sie Panik in Jaz auslöste. Forderten sie damit nicht das Schicksal heraus? Was, wenn sie ihren Horizont wieder erweiterten und es dann nicht klappte? Als Lisa zu ihrem ersten Arbeitstag aufgebrochen war, saß Jaz mit Raj am Küchentresen, er hielt einen roten Buntstift in der Hand und malte. Raj sah zu ihm hoch, er wirkte verschlossen. Die Zeichnung auf dem Block war halbwegs gut erkennbar, eine Art Flugzeug oder vielleicht eine Rakete.

das Auto
das Haus
geh Daddy
geh
mehr Saft
fliegen
hinfliegen
gib mehr Saft Daddy

Ein neues Alltagsprogramm begann, das Laufen. Zweimal die Woche liefen sie zu Dr. Siddiqi, der Logopädin. Sie war jung und attraktiv, das dichte schwarze Haar fiel ihr in einer glänzenden Welle über die Schulter, oder sie hatte es zu einem losen Pferdeschwanz gebunden, mit ein paar einzelnen Strähnen im Gesicht. Sie trug keinen Ehering. Jaz las in einer Zeitschrift oder sah zu, wie sie mit Raj arbeitete, der sie offenbar genauso gern mochte wie er selbst. Sie dachte sich kleine Übungen und Situationen aus, stellte Fragen, gab ihm Gegenstände und nahm sie wieder weg und lobte ihn, wenn er etwas Neues richtig machte. Obwohl er immer mehr Wörter lernte, hatte er ihr zufolge Probleme mit der

»Pragmatik der Konversation«. Wann man nach etwas fragt.
Wann man Hallo sagt oder Danke oder Verzeihung. Nach den
Übungen nahm sie sich Zeit, um mit Jaz über Rajs Fortschritte zu
sprechen, während der Junge spielte oder mit feierlicher Miene
auf einem Hocker wippte. Jaz hatte das starke Bedürfnis, sich ihr
zu öffnen, ihr zu erzählen, was er niemandem sonst erzählte. Er
sprach von den Ermittlungen und dass nichts dabei herausge-
kommen war, von seinem Verdacht, dass der Entführer auf dem
Marinestützpunkt arbeitete, vielleicht einer der Iraker, die sie für
ihre seltsamen Kriegsspiele engagiert hatten. Er wollte noch mehr
erzählen. Über Raj, und über sich.

»Ich kann mir gar nicht vorstellen, was Sie alles durchmachen
mussten«, sagte sie. Er wurde rot. Von jedem anderen hätte er es
als Plattitüde empfunden.

Mamis Buch
Gib Mamis Buch
Komm her Daddy
Wo bist du Daddy
Warten
Wo bist du?

Eines Abends, als Lisa bei ihrer Gruppe war, stand Raj in der
Wohnzimmertür und starrte ihn an. Etwas an seinem Blick, eine
Art autarke Intelligenz, machte Jaz Angst. Die Frage kam intuitiv:
Was bist du? Nicht *Was machst du?* Oder *Was denkst du?* Oder
auch *Wer bist du?* *Was* bist du? Was bist du, wenn du nicht mein
Sohn bist? Er goss sich einen Drink ein, beschloss, sich zusam-
menzureißen, und ging dem Jungen für den Rest des Abends aus
dem Weg, indem er sich möglichst nicht im selben Zimmer aufhielt, sondern sich stattdessen mehr oder weniger im Arbeitszimmer versteckte, für alle Fälle aber die Tür aufließ. Als er Lisas
Schlüssel in der Tür hörte, rannte er ihr quasi entgegen. Sie nahm
Raj hoch, knuddelte ihn und genoss sichtlich die Berührung, die
ihr so lange verwehrt geblieben war. Ihr schien nichts Außergewöhnliches aufzufallen.

Später, als sie ins Bett gingen, versuchte er, mit ihr zu reden.

»Findest du es normal, wie Raj sich verhält?«
»Normaler als jemals zuvor jedenfalls.«
»Ich meine … keine Ahnung, was ich meine.«
»Findest du, er lässt wieder nach?«
»Nein, gar nicht. Es ist nur … ich hab nur das Gefühl, dass irgendwas mit ihm los ist.«
»Natürlich ist was mit ihm los.«
»Nicht das.«
»Irgendwas …«
Er fand nicht die richtigen Worte. Lisa sah ihn fragend an. Dann nahm sie ihn in den Arm.
»Ich weiß, Jaz. Ich glaube, wir müssen einfach nur darauf vertrauen, dass … na ja. Einfach vertrauen.«
»Glaubst du manchmal, dass er es vielleicht gar nicht ist?«
»Wie meinst du das?«
»Dass es nicht Raj ist.«
»Was erzählst du da?«
»Nichts. Vergiss es. Ich bin nur müde.«
Ihm wurde klar, dass er, wenn er es zu weit trieb, ihr nur Angst machte. Es machte ihm ja selbst Angst. Solche Gedanken zu haben war nicht normal. Es gehörte sich nicht. Eine Stimme in seinem Kopf flüsterte leise, aber beharrlich – *Das ist nicht mein Kind, das ist nicht mein Kind, das ist nicht mein Kind* …

Also lief er durch die Gegend, schob Raj vor sich her und zwang die Stimme, ruhig zu sein und ihn in Frieden zu lassen. Lisa blühte auf. Im Haus lagen überall Manuskripte und Druckfahnen mit Wörtern wie *golden*, *Pfad*, *Offenbarung* und *Licht* im Titel. Sie sprach ganz offen darüber, Raj in der Grundschule anzumelden. »Ich denke, er ist bald so weit«, sagte sie. »Ich glaube, er ist sogar ziemlich begabt.« Eines Tages fand Jaz Papiere auf dem Küchentresen, Ergebnisse aus kostspieligen speziellen IQ-Tests – dem Otis-Lennon-Schuleignungstest und dem Stanford-Binet-Test. Er fragte, weshalb sie die habe.

»Ich denke«, sagte sie, »wir sollten uns darauf einstellen, dass die positive Seite vielleicht genauso stark ausgeprägt ist wie die negative.«

»Verstehe ich nicht.«

»Unser Sohn ist etwas Besonderes. Er ist kein gewöhnliches Kind.«
»Vor ein paar Monaten hat er noch nicht mal gesprochen.«
»Jaz, ich bitte dich. Siehst du das denn nicht?«
»Was sehe ich nicht?«
»Wow, du bist tatsächlich gefangen in deinem negativen Denken.«
»Ich sage doch nur …«
»Ich weiß, was du sagst, und ich würde mich freuen, wenn du damit aufhörst. Ich ertrage diese Energie nicht. Sie laugt mich aus, Jaz. Wirklich.«

Am nächsten Morgen rief seine ehemalige Sekretärin an, mit der Nachricht, man habe Cy Bachman tot aufgefunden. Wanderer hatten seine Leiche an einem Berghang in den Pyrenäen entdeckt. Es war offensichtlich Selbstmord. Lisa rief Ellis an, der, wie sie sagte, völlig aufgelöst klang. Sie telefonierten lange, während Jaz im Hintergrund herumschlich. Ellis zufolge war das Versagen des Walter-Modells eine persönliche Katastrophe für Bachman gewesen. Er war einfach verschwunden, ohne ihm zu sagen, wohin, wobei der Todesort in der Nähe der spanischen Grenzstadt Portbou keine wirkliche Überraschung war.

Jaz fühlte sich leer. Er ging mit Raj zu Dr. Siddiqi, aber statt wie üblich mit der Sitzung anzufangen, sagte er, er müsse mit ihr reden. Sie setzte sich auf einen Stuhl ihm gegenüber.

»Was kann ich für Sie tun?«
»Ich weiß, dass ich froh über diese Entwicklung sein sollte. Rajs Entwicklung, meine ich. Aber ich bin … ich habe viele Fragen. Es gibt so viel, was wir nicht wissen. Um ehrlich zu sein, habe ich Angst.«
»Angst?«

Er starrte auf den Teppich und schämte sich plötzlich. Schuldbewusst sah er zu Raj rüber, der umgeben von Plastiktieren auf dem Boden lag. Der Junge musterte ihn aufmerksam.

Dr. Siddiqi wartete geduldig, dass er fortfuhr. Er spürte Rajs Blick auf sich, wie zwei kleine Finger, die sich ihm in den Nacken bohrten.

»Hören Sie, Ayesha. Ich weiß, das klingt komisch, aber ich

kann nicht richtig sprechen, solange er im Raum ist. Gibt es jemanden, der ein paar Minuten auf ihn aufpassen kann?«

»Ist alles in Ordnung mit Ihnen?«

»Nein, nicht wirklich.«

Sie rief eine Kollegin, die Raj in ein anderes Zimmer brachte.

»Also, Jaz, was ist los? Reden Sie.«

»Es ist verrückt. Ich weiß. Und ich weiß, dass ich so etwas nicht denken sollte. Wahrscheinlich gibt es einen Namen dafür. Ein Syndrom. Ich stand unter sehr großem Druck. Wir alle. Als Familie. Ich will sagen, mir ist bewusst, dass wahrscheinlich mit mir etwas nicht stimmt, nicht mit ihm. Aber seit Raj zurück ist, ist er irgendwie anders. Er ist nicht mehr dasselbe Kind.«

»Es ist tatsächlich ungewöhnlich, dass er solche Fortschritte gemacht hat, nachdem er ein so schweres Trauma durchlebt hat.«

»Nein, ich meine, er ist nicht dasselbe Kind. Es ist nicht Raj.«

»Ich verstehe nicht ganz, worauf Sie hinaus wollen.«

»Er sieht aus wie er und er riecht wie er. Er hat seinen Körper. Aber er ist es nicht.«

»Sie meinen, Sie glauben nicht, dass das Ihr Sohn ist?«

»Er macht mir Angst.«

»Warum? Er ist ein kleiner Junge.«

»Er sieht aus wie ein kleiner Junge. Was weiß ich, vielleicht ist er ein kleiner Junge. Ich hab keine Ahnung, was er ist. Aber er ist nicht Raj.«

Sie sah ihn aufmerksam an.

»Jaz, haben Sie in letzter Zeit gut geschlafen?«

»Klar. Na ja, nicht so richtig gut. Aber auch nicht schlecht. Warum?«

»Sonst irgendetwas Ungewöhnliches?«

»Zum Beispiel?«

»Beklemmungen?«

»Ja.«

»Andere verstörende Gedanken? Im Zusammenhang mit Ihrer Frau vielleicht?«

»Nein.«

»Haben Sie … Dinge gehört? Irgendetwas Ungewöhnliches?

Eine Stimme zum Beispiel. Hatten Sie das Gefühl, Menschen
würden hinter Ihrem Rücken über Sie reden?«
»Eine Stimme?«
»Ja. Zum Beispiel eine Stimme, die etwas über Raj sagt.«
»Nein. Nicht unbedingt.«
»Nicht unbedingt?«
»Nein. Ich meine Nein.«
»Das ist gut. Aber Sie sagen, Sie hätten manchmal Angst vor
Raj. Hatten Sie schon mal den Impuls, sich ... gegen ihn zu ver-
teidigen?«
»Sie meinen, ihm wehzutun?«
»Ja, ich schätze, das meinte ich.«
»Glauben Sie, ich werde verrückt?«
»Das habe ich nicht gesagt. Aber immerhin kommen Sie zu
mir und behaupten, Ihr Sohn sei nicht Ihr Sohn.«
»Glauben Sie, ich bin eine Gefahr für ihn?«
Er stand auf.
»Bitte setzen Sie sich, Mr. Matharu. Jaz. Bitte.«
Sie streckte die Hände nach ihm aus. Plötzlich wollte er sie in
den Arm nehmen, sie an ihren langen Haaren packen und an sich
ziehen, ihre vollen dunkelblauen Lippen küssen, die Zunge zwi-
schen ihre Zähne schieben. Er trat einen Schritt vor, beherrschte
sich dann aber.
»Ich habe Angst«, wiederholte er.
»Jaz, ich weiß, unter was für einem unglaublichen Druck Sie
gestanden haben. Ich muss Sie das noch mal fragen, haben Sie
manchmal gewalttätige Gefühle gegenüber Ihrem Sohn?«
»Nein.«
»Das ist gut. Das ist sehr gut.«
»Ich will es nur ... wissen. Jemand hatte ihn in seiner Gewalt.
Halten Sie es für möglich, dass ... ich meine ... glauben Sie, er
könnte ersetzt worden sein?«
»Ersetzt?«
»Durch einen Doppelgänger. Etwas, das in jeder Hinsicht so
ist wie er, nur dass er es nicht ist.«
Sie runzelte die Stirn und legte die Hände zurück in den
Schoß, eine artige, bewusste Geste, die Geste einer Frau, die sich

im Griff hat, die auf der Hut ist. Er stellte sie sich nackt vor, einen leichten Schweißfilm auf dem Rücken und auf den Brüsten. Er war verwirrt, nicht mehr Herr seiner Sinne. Er wünschte, sie würde zu ihm kommen, ihn berühren, vielleicht wäre dann alles in Ordnung.

»Nein«, sagte sie. »Das halte ich nicht für möglich.«

2008

JEDER MOMENT IST EIN BARDO, der irgendwo zwischen Vergangenheit und Zukunft hängt. Wir befinden uns ständig im Übergang, von einem Zustand zum nächsten. Im Laufe der Jahre kamen ihr manchmal Zweifel, sie fragte sich, ob sie tatsächlich *hier* war, ob diese Person *Dawn* überhaupt existierte oder nur ein vorübergehendes Zusammenfließen der Kräfte war, ein Kräuseln auf dem Teich. Sie bezog ein Bett oder steckte ein zerkratztes Wasserglas in eine Papierhülle und hielt dann plötzlich inne, weil sie sicher war, dass sie etwas vergessen hatte und sich auf einmal in der Kuppel wiederfinden würde, am Abend des letzten Rituals, als sie sich vom weißen Licht entfernte.

Sie hätte diese New Yorkerin nicht mit zu Judy nehmen sollen, aber sie war so betrunken und steckte sowieso schon in Schwierigkeiten, dass es ihr das Beste zu sein schien. Judy musste ihr helfen, sie auf die Liege zu legen, während Dawn ihr erklärte, was passiert war, dass so ein paar Scheißkerle von den Marines sie im Mulligan's rausgelockt hatten, um der Reihe nach über sie rüberzurutschen.

»Und sie hat einen Mann, sagst du?«

»Weiß der Himmel, warum er sie allein in so einen Laden gehen lässt. Selbst wenn er dabei gewesen wäre, bei Mulligan's ist das keine gute Idee. Der Mann stammt aus Pakistan und trägt Docksider. Sie haben einen Sohn, der ist irgendwie zurückgeblieben.«

»Du meinst geistig verwirrt? Vielleicht hat er eine Vision?«

»Verdammt, Judy. Er ist zurückgeblieben. Er hat nicht mehr Visionen als ein Hund. Guck dir doch mal an, wie sie aussieht. Alles voller Sand.«

Die Frau, Lisa, brabbelte noch etwas, bevor sie wegdämmerte. Nehmen Sie das weg, murmelte sie. Das hab ich nicht bestellt. Judy rollte mit den Augen, sagte, du und ich, wir beide, Lady, und fing dann an, warum Dawn so dringend alles stehen und liegen lassen musste, um sie hier draußen besuchen zu kommen. Sie musste ihr einen Gefallen tun.

»Es ist nicht für mich.«

»Mein Gott, Judy. Ich hab dir schon die Schmerztabletten gebracht. Und die Schokoladenmilch, die du wolltest.«

»Richtig. Die Schokoladenmilch.«

Wenigstens ging es nicht um Geld. Und diesmal erinnerte Judy sich immerhin, dass sie angerufen hatte, das war schon mal was. Sie sagte, ihr Mann sei irgendwo unterwegs. Er hätte sie angerufen, weil er Schokoladenmilch brauchte, und sie war derartig breit, dass sie sich nicht hinters Steuer setzen konnte.

»Du musst mich fahren, Dawnie.«

»Du verarscht mich.«

»Nein, ernsthaft. Es ist wichtig.«

»Scheiß auf seine Schokoladenmilch.«

»Er braucht sie.«

»Er hat dich angerufen, um zu sagen, dass er Schokoladenmilch will? Bist du sicher, dass er angerufen hat?«

»Ich schwöre bei Gott. Er rastet total aus, wenn ich sie ihm nicht bringe. Weil er die doch immer auf seine Cheerios tut.«

»Und jetzt ist er draußen in der Wüste.«

»Er kocht.«

»Ist das alles? Du hast nichts mehr übrig?«

»Er braucht Schokoladenmilch, das ist alles. Ich hätte dich nicht angerufen, wenn es nicht um Leben und Tod ginge.«

Und wie immer – aus Mitleid oder dem ewigen Verdacht, dass diese Welt nur ein Zwischenstadium war und es sowieso keine Rolle spielte – gab Dawn nach. Sie ließen New-York-Lisa halb ohnmächtig unter einem Schaffell liegen und stiegen in den Wagen. Den Großteil der Fahrt ratterte der alte Nissan über sandiges Gelände, Büsche tauchten wie Geister im Scheinwerferlicht auf.

Geradeaus durchs Nichts.

Dawn blickte immer wieder unauffällig zu Judy rüber, die unruhig auf dem Beifahrersitz saß und an einer Schorfkruste an ihrer Hand pulte. Die beiden, nach all den Jahren, immer noch unterwegs in die Dunkelheit.

Wann war sie noch mal aufgetaucht? Irgendwann Anfang der Neunziger. Das Motel lief ganz gut, und Dawn glaubte, ihr Verdacht, dass sie eigentlich schon tot war, wäre aus der Welt geschaffen – und dann kam Judy an und machte ihr klar, dass sie sich da mal nicht so sicher sein sollte. Vor dem Motel hielt eine Corvette Stingray, in unterschiedlichen Grundierfarben lackiert, ein Patchwork aus Schwarz, Oxidrot und Grau. Irgendwie wusste Dawn schon vorher, wer da drinsaß. Der Fahrer blieb im Wagen sitzen. Die Frau stieg aus und kam ins Büro. Sie machte die Tür auf, und die elektrische Klingel spielte ihre kleine Melodie. Judys Gesicht war runzelig, und sie wirkte auch nicht mehr so keck und unverbraucht. Ehrlich gesagt sah sie aus wie Maa Joanie: eine Frau mittleren Alters in Jeans und weißem Hemd (immer noch das weiße Hemd) mit grau meliertem Haar und den schmalen Lippen eines Menschen, der im Leben zu oft Nein sagen musste. Sie starrten sich über den Tresen an, alt und müde, verzehrt von Missbrauch und Sorgen, und es war ein bisschen wie eine verblichene Version des ersten Mals, die Kopie einer Kopie, so oft abgezogen, dass alles Klare und Hoffnungsvolle nur noch ein schmutziger Fleck war.

Klammere dich nicht am Leben fest. Selbst wenn du es versuchst, es steht nicht in deiner Macht. Und hab keine Angst, auch wenn die Bilder beängstigend sind. Versuch, das helle Licht der Wirklichkeit zu erkennen. Konzentrier dich.

»Judy.«

»Hallo, Dawnie. Hast es dir ja richtig hübsch hier gemacht.«

Sie umarmten sich unbeholfen. Judy fühlte sich dünn und zerbrechlich an, ihre Wirbelsäule war wie ein Gebirgskamm, die Schulterblätter verkümmerte Flügel. Das Motorengeräusch der Corvette drang durch die dünnen Wände, ein unheilvolles Grollen, das die Fliegengitter schnarren ließ. Dawn sah aus dem Fenster. Sie konnte nicht erkennen, wer hinterm Steuer saß. Dann stieg er aus und zündete sich eine Zigarette an. Das lange Kinn. Das mürrische Geiergesicht. Sie hätte ihn überall erkannt.

»Ihr seid zusammen?«

»Richtig. Er hat mich gesucht und gefunden.«

Coyote lief um das Auto herum und kratzte sich. Er nahm den

letzten Zug von seiner Zigarette und drückte sie mit dem Stiefel aus, dann stieg er wieder ein und fuhr los. Die Reifen schleuderten den Kies gegen die Metallverkleidung.

»Lässt er dich jetzt hier?«

Judys Lachen klang nicht wirklich heiter. »Er kommt später wieder. Ich hab gehört, dass du wieder hier lebst, und wollte mal Hallo sagen.«

»Seid ihr zurück oder nur auf der Durchreise?«

»Ich schätze, wir werden ein Weilchen bleiben. Wir haben so ein Mobilheim auf dem Grundstück an der Three Mile Road. Ist nur fürs Erste. Wir finden schon noch was Besseres.«

»Nicht draußen bei den Felsen?«

»Ich hab gehört, die sind jetzt Nationaldenkmal.«

»Mit Pfad und Wegweisern und allem. Vor den Indianermalereien haben sie sogar eine Absperrung gebaut. Willst du was trinken? Ich hab Soda und Schnaps in der Küche.«

»Schnaps klingt gut.«

Sie saßen auf Klappstühlen unter dem Carport, tranken und blickten auf die Straße. Judy sprach kaum darüber, wo sie all die Jahre gesteckt hatte, und Dawn fragte nicht nach. Es war die Art Gespräch, bei dem das Schweigen mehr verrät als die Worte. Coyote hatte ein paar Jahre südlich der Grenze verbracht. Belize. Yucatán. Orte mit alten Göttern. Judy und er hatten eine Zeit lang in New Mexico gelebt, oben in den Bergen, wo man tagelang laufen konnte, ohne einer Menschenseele zu begegnen. Aber auch in Städten. Judy ließ ihre dunklen Zeiten aus, und Dawn ihre. Stattdessen erkundigte sie sich nach den anderen. Nach dem Bruch hatten sie sich in alle Winde verstreut. Ein wenig hatte Judy noch erfahren, aber nicht viel. Maa Joanie war an Krebs gestorben. Clark Davis war auch tot, man hatte ihn in einem Diner in Reno erschossen. Und Wolf? Judy zuckte mit den Schultern, als Dawn seinen Namen erwähnte. Der ist in den Westen gegangen, sagte sie. Dawn wusste, was das bedeutete. Es war das Letzte, was irgendwer auf dieser Welt von ihm hören würde.

Wie sich herausstellte, steckte Coyote in Schwierigkeiten. Ein oder zwei Monate später brannte ihr Trailer an der Three Mile Road ab, von da an lebten Judy und er in ihrem Auto hinter dem

Taco Bell. Nach dem Feuer tauchte er eine Weile unter, aber es dauerte nicht lange, da fuhr er wieder mit einem alten Wohnmobil in die Wüste und braute sein Gift. Zwischendurch saß er im Mulligan's und gab sein Geld aus, die Klamotten voller Löcher und den Geruch von Äther im Fell. Dawn hatte genug Junkies erlebt, um zu wissen, was das bedeutete. Von einem Tag auf den anderen war sein Meth überall. In der ganzen Stadt sah man Junkies. Eingefallene Gesichter und verfaulte Zähne. Sie fingen im Diner Streit an und durchwühlten die Müllcontainer hinter dem Supermarkt. Und sie klauten alles. Altmetall, Gartenmöbel. Einmal sah Dawn einen Typen auf dem Fahrrad mit einem Grabstein auf dem Lenker durch die Main Street strampeln. Nachdem ihr jemand den Poolroboter und die Hälfte der Stühle geklaut hatte, holte Dawn sich im Pfandhaus einen 45er, den sie im Büro in der Schreibtischschublade aufbewahrte. Keine niedliche kleine Damenpistole. Sollte irgendwer ihr dumm kommen, würde sie ihm ein Loch in den Kopf pusten.

Die Touristen bekamen davon meistens nichts mit, was gut fürs Geschäft war. Sie fuhren einfach raus in den Park, fotografierten sich vor den ausgewiesenen Aussichtspunkten und fuhren wieder nach Hause. Coyotes Crystal hatte bald die ganze Wüste erobert, jeden Trailer und jede Hütte, und verwandelte die Menschen in gierige Gespenster. Münder so groß wie ein Nadelöhr, Mägen wie Berge, nichts machte sie satt. Das Meth bahnte sich seinen Weg an Highways und Bahngleisen entlang, drang durch Gullys, Stromleitungen und Fernsehkabel in die Bausubstanz der Häuser, in denen die Junkies lebten. Meth in der Belüftung, in den Möbeln, an den Wänden der Mikrowellen, in denen sie das Essen für ihre Kinder warm machten.

Judy nahm es. Sie blieb nächtelang auf, ließ sich vom Rausch treiben, rauchte Zigaretten und redete am Telefon oder redete einfach nur so, ohne dass jemand zuhörte. Coyote und sie zogen in ein merkwürdiges altes Haus ein Stück außerhalb des Ortes. Alles war aus Holz, wunderbar verarbeitet, und obwohl Dawn zwar sah, dass es ein hübsches Haus war, mochte sie es nicht. Mit seinem Kuppeldach und den Hippiewinkeln erinnerte es sie an das Kommando. Manchmal erbarmte sie sich und fuhr in den frühen

Morgenstunden raus, mit Oxy, Alkohol oder Verbandszeug, um Judy zu verarzten, nachdem sie sich geschnitten hatte oder hingefallen war. Häufig brauchte sie nur jemanden, der ihr zuhörte. Sie erzählte von Männern, die sie gekannt hatte, Orten, an denen sie gewesen war, und wie sehr sie sich ein Kind gewünscht hätte. Sie sprach über Clark, als wäre er noch da und säße bei ihnen im Raum. Dann wurde sie paranoid und warf Dawn vor, Lügen über sie verbreitet und die Polizei angeschleppt zu haben. Coyote hatte einen Haufen Waffen im Haus, Automatikwaffen, für den Fall, dass die schwarzen Hubschrauber landeten und er sich wehren musste. Dawn machte sich Sorgen um Judy, so ganz allein da draußen, inmitten der ganzen Waffen. Ein- oder zweimal versuchte sie, mit ihr über den Tod zu sprechen, dass sie Angst hatte, sie beide wären noch in einer alten Lüge gefangen und müssten weiter umherirren, weil sie das innere Licht der Wirklichkeit nicht erkannten.

›Die bösen Taten aus der Vergangenheit haben eine große Macht, Judy. Der Teufelskreis der Unwissenheit ist unerschöpflich.«

»Komm mir nicht mit diesem Mystikscheiß. Ich hab genug von Prophezeiungen.«

»Das ist nicht dasselbe.«

»Doch. Das kapierst du nur noch nicht.«

Coyote ging ihr aus dem Weg. Er war noch genauso durchtrieben wie früher. Einmal traf sie ihn bei Mulligan's und sagte ihm direkt ins Gesicht, dass er Judy mit seinen dreckigen Chemikalien umbringe. Nicht nur sie. Alle. Er vergiftete sie. Warum richtete er so viel Schaden an?

Er lachte nur. »Was kümmert dich das?«, fragte er. »Du bist ja nicht mal sicher, ob das alles wahr ist.«

Er wusste, womit er sie kriegte. Sie drehte sich um und ging, sein Triumphgeheul in den Ohren.

Irgendwie hielt Judy durch. Sie starb nicht. Sie suchte sich Hobbys. Korbflechten. Sticken. Steppen. Alle Arten von Kett- und Schussfäden. Nach ein paar Jahren hatte der Meth-Wahn seinen Höhepunkt erreicht und zog weiter in andere Gegenden. Coyote sattelte um und verlegte sich auf Geldgeschäfte in L. A.

und Vegas. Er hatte etwas mit Computern am Laufen und be- hauptete, sich in die New Yorker Börse einklinken und die Schwankungen beeinflussen zu können. Das war natürlich Quatsch, konnte ja nicht anders sein. Er war ein Kleinkrimineller. Wäre er so ein dicker Fisch gewesen, warum hockte er dann hier in diesem Kaff in der Wüste? Er hatte Freunde in einem Reservat bei Yuma, die das große Geld mit Glücksspiel machten. Ein- oder zweimal im Monat fuhr er runter zu ihnen und kehrte mit Kisten voller technischer Geräte zurück, die angeblich durch klimatisierte Tunnel über die Grenze kamen. Es war schwer zu sagen, was er da machte, und Dawn bezweifelte, dass er es selbst wusste. Er behauptete, Teil der Kommunikationsrevolution zu sein. Sie hatten kistenweise Telefonkarten im Haus. Handys, Radarwarner. Es war ein Zwang, eine Sucht. Wenn Coyote einen Zaun sah, musste er einen Tunnel graben. Immer musste er seine Finger überall drin haben, Dinge miteinander verbinden. Er war regelrecht besessen.

Und so ging es weiter. Sie wurden älter. Die Dinge veränderten sich, manchmal schnell, manchmal so langsam, dass man es gar nicht mitbekam.

Ein Stück weit entfernt sah Dawn ein Licht.

Coyotes zerbeultes altes Wohnmobil parkte an einem ausgetrockneten See. Ein paar Lampen waren an einen Generator angeschlossen und beleuchteten den Bereich vor der Tür. Er saß zurückgelehnt auf einem Klappstuhl, eine Gasmaske um den Hals, und trank Whiskey-Cola aus einer Plastikflasche. Als sie ankamen, holte er noch zwei Stühle raus, sie gaben ihm die Schokoladenmilch, und dann saßen sie da, rauchten einen Joint, und jeder hing seinen eigenen Gedanken nach.

Und, sagte Judy, als sie sich nicht länger zurückhalten konnte. Hast du was zum Probieren da?

Kurz vor Sonnenaufgang brachte Dawn Lisa zurück zu ihrem Auto und sah zu, wie sie mit den Schlüsseln hantierte. Im Konvoi fuhren sie langsam den Hügel hoch zum Motel. Sie hoffte, dass die Sache damit erledigt war, aber als der Junge verschwand, wusste sie, dass sie wahrscheinlich verantwortlich dafür war. Nicht so,

dass man es einem Polizisten oder Reporter hätte erklären können. Sie hatte nichts Unrechtes getan. Aber weil sie Lisa in die
Wüste mitgenommen hatte, hatte sie ihre Familie mit hineinge-
zogen. Sie hatte sie mit Coyote in Kontakt gebracht. Jetzt steckten sie mit drin. In allem, was passierte. Dawn wollte mit nichts
davon etwas zu tun haben. Es ging sie nichts an. Sie wusste jetzt –
ganz sicher –, dass sie noch in der Kuppel war und durch die Sphären des Daseins sank, direkt auf das Grauen zu. Noch war nicht
alles verloren. Am Rande ihres Bewusstseins vernahm sie allmählich wieder das Brummen, den hellen weißen Klang der Wirklichkeit.

2009

Frage nicht, was über dir ist. Frage nicht, was unter dir ist. Frag nicht, was vor dir ist. Das Problem mit den modernen Menschen – eines der Probleme – war, dass sie vergessen hatten, was Demut ist. Man konnte in der U-Bahn sitzen, zusammengepfercht mit all den anderen Pendlern auf dem Weg nach Manhattan, und auf einmal las man etwas in einem Buch und man hielt inne und schaute sich um. Dann sah man die Gesichter, ganz normale Gesichter, an die man zu anderer Zeit (oder vor langer Zeit, der Zeit *davor*) keinen Gedanken verschwendet hätte, Männer und Frauen, irgendwie überzeugt von ihrer bedeutenden Rolle im Lauf der Dinge und davon, dass sie als Bewohner einer Weltstadt und Angehörige des mächtigsten Landes auf dem Planeten gewisse Rechte geerbt hatten, unter anderem das Recht, die Welt in ihrer Gesamtheit zu verstehen, oder wenn sie sich dagegen entschieden (weil sie ihre Zeit anders nutzen wollten, zum Beispiel mit Arbeit und Unterhaltung), dann dass andere sie verstanden, damit sie sie ihnen erklären konnten, oder wenn nicht ihnen, dann einem Experten, der diese Erklärung verarbeiten und in ihrem Interesse handeln konnte. Sie kamen ihr so hässlich vor, all diese Morgenmenschen, denn als Raj vermisst wurde, hatte sie die Kehrseite ihrer Selbstgewissheit gesehen: die Empörung, wenn sie es mit etwas Unerklärlichem zu tun hatten, etwas, das nicht einfach nur momentan nicht zu klären war, weil sie oder ihr ausgewiesener Experte sich noch nicht darüber informiert hatte, weil sie noch den Suchbegriff googeln, eine Mail schreiben oder der zuständigen Firma oder dem Ministerium einen Scheck über den entsprechenden Betrag ausstellen musste, sondern grundsätzlich unerklärlich, dem menschlichen Verständnis verschlossen. Ihre Angst machte sie gefährlich, ja mordlustig, weil sie sich in ihrer blinden Panik auf den erstbesten Sündenbock stürzten und ihn in Stücke rissen, um ihre fixe Idee aufrechtzuerhalten, die Idee von der grundlegenden Verständlichkeit der Welt.

Lisa kannte das wahre Gesicht der Morgenpendler, weil die sich auf sie gestürzt und mit ihren Klauen an ihrem Fleisch gerissen hatten. Sie hatte sie gesehen, und seitdem hatte ihre Lebensaufgabe darin bestanden, wieder auf die Beine zu kommen, in der U-Bahn, in Kaufhäusern, in Kassenschlangen zu funktionieren, unter Menschen, die sie gehasst hatten, die wollten, dass sie stirbt, damit ihre Welt sich weiter sinnvoll und makellos anfühlte. Gelernt hatte sie daraus (es war ein Teil der Aufgabe, das Geschehene als Lehre zu betrachten, etwas, wovon sie profitieren konnte, statt als Wunde, die bis auf den Knochen ging und wahrscheinlich niemals heilen würde), dass Wissen, wahres Wissen, das Wissen um Grenzen ist, zu begreifen, dass im Herzen der Welt, hinter, jenseits, über und unter allem, ein Geheimnis liegt, das wir nicht durchdringen sollen. Davor, in ihrem alten Leben, hatte sie keinen Namen dafür. Dann war Raj verschwunden und ihr schließlich wiedergegeben worden, danach hatte sie einen Namen, behielt ihn aber für sich, weil es ihr peinlich war vor ihrem Mann und ihren schlauen, weltlichen New Yorker Freunden. Jetzt konnte sie es Gott nennen und es laut aussprechen, sie konnte mit der U-Bahn nach Manhattan fahren und wusste, dass die Welt zwar unerklärlich ist, aber doch eine Bedeutung hat, und dass diese Bedeutung ihr Sicherheit gab und sie frei machte. Hätte jemand ihr gesagt, ihre Überzeugung könne etwas mit der, die sie an den anderen Fahrgästen belächelte, gemein haben, dann hätte sie das wütend gemacht, sehr wütend sogar, denn *ihre* Gefühle, *ihre* Selbsterkenntnis waren verdient, sie hatte sie sich durch ihr Leid erworben, wohingegen die der anderen pure Ignoranz waren.

Sie hatte das Gefühl, zerstört und wieder aufgebaut worden zu sein. Sie kam sich, wenn sie diesem Gefühl einen Namen hätte geben sollen, vor wie ein Sinnbild, als stünde sie jetzt für etwas Größeres, Bedeutenderes, das Wissen um die Grenzen, als wäre sie – nein, nicht Gottes Vertreterin, nichts so Grandioses, Selbstgefälliges – einfach so etwas wie Sein Wegweiser, ein Mensch unter vielen, dessen Lebensgeschichte auf Ihn hinwies, einen Weg hinaus zeigte aus den Nichtigkeiten dieser Welt hin zur Ehrfurcht vor dem Unerklärlichen, dem Undurchdringlichen dahinter. So vieles davon war ihr nicht klar gewesen, bevor sie sich der Gruppe angeschlossen hatte. Besonders Esther war während ihrer Einführung wahnsinnig nett und mitfühlend. Sie hatte Fragen gehabt – deswegen war sie ja überhaupt erst zu ihnen gekommen. Ein halbes Dutzend Frauen, die sich in einer ähnlichen Situation wie sie befanden, berufstätig, Collegeabschluss, zwischen dreißig und fünfzig. Sie trafen sich ein- oder zweimal im Monat, meistens bei Esther. Esther meinte, im Grunde unterschieden sie sich nicht groß von den hundert anderen Lesegruppen in Brooklyn, nur dass es bei ihnen eben um ein bisschen mehr ging als die Frage, ob das Treiben einer Handvoll ausgedachter Figuren sie unterhalten, bewegt oder überzeugt hatte. Sie fühlte sich wohl bei ihren neuen Freundinnen. Keine von ihnen war in irgendeiner Form anmaßend oder moralisierend. Es waren ganz normale, bodenständige jüdische Frauen, die sich trafen, um etwas über ihre gemeinsame Kultur zu erfahren. Lisa wusste natürlich, dass sie eine Sonderstellung hatte. Sie umwehte eine besondere Aura, ein leichter Glamour. Ganz zaghaft hatten sie gefragt, wie sie mit dem Medienrummel klargekommen war. Sie sahen sie als einen Menschen, der großes Leid erfahren hatte, und gruben entsprechende Zitate für sie aus.

Esther fand, dass Lisa ein Buch über die Hexenjagd schreiben sollte, über ihre Rolle als Mutter im Rampenlicht. Lisa wisse wahrscheinlich mehr als jeder andere, wie es sich anfühlte, als Frau von den misogynen Nachrichtenmedien verfolgt zu werden. Es sollte ein emotionales Buch sein. Eine Polemik. Es konnte anderen Frauen helfen, die Ähnliches durchmachten. Lisa spielte mit dem Gedanken, konnte sich dann aber doch nicht wirklich damit anfreunden. Nicht nur, was das Schreiben selbst betraf, die Vorstellung, tagelang vor dem Laptop zu sitzen und an ihre schlimme Zeit zurückzudenken – das Hotel in Riverside, die surrende Klimaanlage, der Fernseher und die schmutzigen Tabletts vom Zimmerservice –, sondern überhaupt damit, ihr Innerstes nach außen zu kehren. Sie hatte genug davon, kritisiert und auseinandergenommen zu werden. Jetzt, wo sie ihren Sohn wiederhatte, wollte sie es einfach genießen, und zwar allein, ohne dass sich jemand einmischte und sie beobachtete, ohne beurteilt zu werden. Esther hatte Verständnis. Wir alle haben ein Recht auf Privatsphäre, sagte sie. Du mehr als jeder andere. Esther wusste die Stille zu schätzen, die Stille, in der die leise Stimme sich Gehör verschaffte. Dafür bewunderte Lisa sie. In den ersten Tagen nachdem Raj wieder bei ihnen war, hatten Jaz und sie kaum ein Wort von sich gegeben. Als hätten sie beide dieselbe Angst, von etwas Zartem, Zerbrechlichem umwoben zu werden – einem magischen Kokon, einem gläsernen Netz –, das eine laute Stimme oder plötzliche Bewegung nur allzu leicht zerstören könnte. Sie lebten wie mittelalterliche Bauern und wichen jeder Art von Zeichen und Omen ängstlich aus. Selbst dem FedEx-Mann.

Beide waren wahnsinnig verletzt und empfindlich. Sie hatte gehofft – und Jaz bestimmt auch –, dass sie, wie ein kaputter Knochen, irgendwann wieder zusammenwachsen würden, dass die Fäden der Liebe sich zwischen Küchentisch und Spüle miteinander neu verbanden. Sie hatten so viel durchgemacht. Es wäre absurd, sich jetzt zu trennen. Und sie konnte nicht leugnen, wie sehr er sich um sie bemüht hatte. Wenn sie gefallen war, hatte er ihr wieder aufgeholfen. Als sie sie zwangen, den Weg zu den schrecklichen Felsen zu laufen, und sie es nicht ertragen hatte, ein fremdes Kind im Buggy zu schieben; als sie wie gelähmt auf dem Badezimmerboden lag, völlig apathisch, sich sämtlicher Verantwortung entziehen, zu atmen aufhören und ihr Herz daran hindern wollte, weiter Blut durch ihren Körper zu pumpen, hatte Jaz sich nach besten Kräften um sie gekümmert. Er hatte versucht, das Richtige zu sagen. Aber (und das lag wie ein Pesthauch über ihnen) er war gescheitert. Er hatte es nicht geschafft, sie wieder auf die Beine zu bringen. Letztendlich hatten seine Liebe und Fürsorge nicht ausgereicht.

Sie waren zu unterschiedlich. Natürlich war das schon immer so gewesen und auch ein Grund, warum sie voneinander angezogen waren. Die gegenseitige Faszination, eine Liebesbeziehung mit jemand Neuem, Fremdem einzugehen. Mit Exotik hatte es allerdings nie etwas zu tun gehabt. Sie hatte immer versucht, Jaz als Individuum zu sehen, nicht als Repräsentanten irgendeiner

Gruppe. Als Raj wieder da war, hatten Jaz' Eltern sich in Balti- more in den Zug gesetzt. Gott sei Dank, hatten sie gesagt und die Handflächen zusammengepresst, und endlich war sie mal einer Meinung mit ihnen. Aber dann hatte seine Mutter es wieder zu weit getrieben, als sie mit geschlossenen Augen bei ihnen in der Küche stand, die Hand auf Rajs Kopf, und irgendwas auf Punjabi murmelte. Lisa hätte ihren Sohn am liebsten weggerissen. Es ist einfach ihre Kultur, sagte sie sich, nur ihre Kultur. Es war auch Jaz' Kultur, aber er selbst war ja nicht so. Ihr Problem mit ihm hatte rein persönliche Gründe.

Ihr reichte es, dass Raj wieder da war. Er schien unversehrt. Er war der Beweis, dass etwas, das man liebte, das man festhielt, auch zurückkehren würde. Aber Jaz gab sich damit nicht zufrieden. Er wollte eine Erklärung. Er kaute darauf herum wie ein Hund auf seinem Spielzeug und rief so oft bei der Polizei an, dass sie bestimmt schon genervt waren. Er kam mit immer neuen Theorien. Als sie eines Abends von der Arbeit kam, hing er über einer Karte der Mojave-Wüste und zeichnete mit einem Zirkel Kreise. Neben ihm lag ein gelber Block, vollgekritzelt mit Notizen und Zahlen: wie weit ein Kleinkind in einer Stunde laufen konnte, wo die nächste öffentliche Straße war.

»Es ist so frustrierend«, sagte er. »Die Gegend, in der sie ihn gefunden haben, ist auf der Karte nicht verzeichnet. Das ist Militärgelände, die Daten sind geheim.«

»Ich bin sicher, dass die Polizei alle nötigen Informationen hat. Was willst du herausfinden, was sie nicht können?«

»Sie machen ja nichts. Es interessiert sie nicht mehr.«

»Sie haben andere Probleme, Jaz. Andere Fälle.«

»Aber was ist mit ihm passiert? Was glaubst du denn, was passiert ist?«

»Ist das so wichtig?«

Er sah sie mitleidig an. »Wie kannst du so was sagen? Er ist unser Sohn. Jemand hatte ihn in seiner Gewalt. Jemand hat ihn uns weggenommen. Wie kannst du weiterleben, wenn dieser Mensch noch irgendwo herumläuft und es vielleicht noch mal tut?«

»Ich weiß es nicht, Jaz. Ich glaube nur nicht, dass es unsere Aufgabe ist.«

Manchmal kam es ihr vor, als gäbe es nur eine bestimmte Menge an Energie innerhalb einer Beziehung, eine bestimmte Menge an Strom, die zwischen zwei Menschen im Umlauf ist. Während sie wieder stärker und selbstsicherer wurde, schien bei Jaz das Gegenteil der Fall zu sein. Er nahm ab. Er tappte in Jogginghose und T-Shirt durchs Haus und sah aus wie ein Gespenst. Seine Trägheit nervte sie. »Was ist los mit dir?«, fragte sie eines Abends, als sie mit Einkaufstüten beladen nach Hause kam und er zusammengesackt auf dem Sofa lag und eine True-Crime-Show sah, umgeben von verkrusteten Cornflakes-Schüsseln und der *Times* vom Vortag. Raj spielte unbeaufsichtigt in ihrem Arbeitszimmer. Er hatte eine Schachtel mit Stecknadeln und Büroklammern umgekippt, sodass der Teppich voller scharfer Spitzen war. Sie lief durchs Zimmer, sammelte alles auf und schimpfte über die Schulter mit Jaz, der gähnend auf die Fernbedienung drückte. »So kenn ich dich nicht. Du solltest wieder arbeiten gehen. Als du gearbeitet hast, hast du mir besser gefallen.«

»Ich weiß nicht, wo«, sagte er. Nur das. Als hätte er etwas beendet und nicht den Willen weiterzumachen.

Esther nahm kein Blatt vor den Mund. »Liebst du ihn noch?« Sie hatten sich auf einen Kaffee getroffen. Lisa hatte Raj mitgenommen, er war ein echter Engel, saß ganz still an ihrem Tisch und aß sein Eis. Ein braver kleiner Junge in einem neuen blauweißen Matrosenpulli. Sie sah nervös zu ihm rüber und versuchte herauszufinden, ob er ihnen zuhörte.

»Esther, was für eine Frage!«

Ihre Freundin zog die Augenbraue hoch, um ihre Neugier runterzuspielen. »Das ist schließlich nicht ganz unwichtig. Wenn du ihn liebst, ergibt sich der Rest von selbst.«

Lisa dachte nach. »Ja«, sagte sie. »Ich glaube schon.« Ja, irgendwie. Ja, um der alten Zeiten willen. Vor ihr saß Esther, die pausbäckige, großbrüstige Esther, mit ihrem klobigen Bernsteinschmuck, dem Seidenkopftuch über dem von der Chemo dünnen Haar, die Kinder schon an der Brown und der Penn, und ihrem ungeniert dicken Mann Ralph, der immer mit irgendwas in Geschenkpapier Eingewickeltem hereinplatzte, weil er zufällig vorher an einem Deli, einem Buchladen oder einer Bäckerei vorbeigekommen war, wo es die leckersten Macarons gab. Ralph war so offensichtlich dankbar, weil seine Frau noch lebte, dass der morgendliche Gang ins Büro jedes Mal eine schmerzliche Trennung war und er sich zusammenreißen musste, sie nicht an seiner riesigen Brust zu zerquetschen, wenn er abends wieder nach Hause kam. Ihr Zuhause war ein Tempel, der Familientisch ein Altar. Es fiel ihr schwer, da keine Vergleiche zu ziehen.

Sie strich Raj übers Haar. Er ließ das inzwischen zu, ohne zurückzuzucken.

»Ich wünschte ... ich wünschte, er würde es auf sich beruhen lassen. Es fühlt sich an, als würde er immer noch da draußen durch diese schreckliche Wüste laufen.«

Am Abend zuvor hatten sie einen schlimmen Streit. Jaz hatte Raj angestarrt, wie er es in letzter Zeit häufiger tat, ein stilles Verhör. Er hockte auf dem Fußboden und sah dem Jungen beim Spielen zu, wie ein Forensiker, als könnte ihm irgendein Manöver seiner Plastikdinosaurier lebenswichtige Informationen liefern. Er sah nicht mal zu ihr hoch.

»Glaubst du, er wurde ... du weißt schon.«

»Jaz.«

»Es gab keine Hinweise.«

»Nicht vor dem Jungen.«

»Das muss aber nichts heißen. Die Tatsache, dass sie nichts gefunden haben. Ich meine, er war monatelang weg. Es kann in der Zwischenzeit geheilt sein.«

»Um Himmels willen, halt den Mund. Ich will nicht darüber sprechen. Und vor allem nicht, während er zuhört.«

Sie nahm Raj hoch, schleppte ihn ins Bad und schlug die Tür hinter sich zu. Sie setzte sich auf die zugeklappte Toilette und drückte ihn an sich. Raj murrte ein bisschen und versuchte, sich aus ihrem Griff zu befreien. Jaz klopfte vorsichtig an die Tür.

»Geh weg«, rief sie. »Geh einfach weg. Er ist wieder da. Warum reicht dir das nicht?«

Natürlich stellte sie sich dieselben Fragen. Wo hatte er geschlafen? Was hatte er gegessen? Was hatte er als Erstes gesehen, wenn er morgens aufwachte? Hatten sie ihn berührt, ihn gebadet, ihm übers Haar gestrichen? War es eine Person? Zwei? Es musste eine

394 Frau dabei gewesen sein. Vielleicht ein Paar. Was hatte die Frau sich gedacht, als sie ihn aus dem Buggy losschnallte und den staubigen Weg hinunterrannte? War sie verzweifelt? Wütend? Verrückt? Jede Frage zog weitere nach sich, verdoppelte, vervierfachte sich und führte zu einem schwindelerregenden Abgrund der Ungewissheit. Letztendlich half nur, die Klappe zuzumachen und nicht mehr reinzusehen. Das verstand Jaz nur nicht. Gott hatte ihnen ihren Sohn wiedergegeben. Das sollte genügen.

Als der Job bei Paracelsus Press sich ankündigte, hatte sie es erst gar nicht ernst genommen. Das Angebot kam über Paula aus ihrer Gruppe. Sie war Ernährungsberaterin und mit Karl, dem Verleger, befreundet. Er suchte eine Lektorin. Sie hatte sofort an Lisa gedacht. Instinktiv hatte Lisa geantwortet, es klänge nicht unbedingt so, als wäre es das Richtige für sie. Paula sah sie erstaunt an. Warum denn nicht? Sie fand, es passte perfekt. Lisa warf einen Blick auf das Programm und entdeckte zwischen den Titeln über Farbtherapie und Wünschelruten diverse Bücher, die ihr seriös und durchdacht vorkamen. Es machte sie jedenfalls neugierig genug für ein Vorstellungsgespräch. Karl erwies sich als typischer Lower-East-Side-Typ, ein salopper älterer Kommunarde mit grau meliertem Pferdeschwanz und einem kleinen schwarzen Stecker im linken Ohr. Er hatte mit Undergroundzeitschriften angefangen und dann irgendwann Bücher verlegt, als der Traum von einer Revolution des Bewusstseins Mitte der Siebziger allmählich abflaute. Paracelsus hatte er anfangs mehrere Jahre lang von seiner Wohnung aus geführt, aber mit dem Internet (ein Wunder, sagte er, ein Segen) war der Verlag zu einem der führenden in seinem Bereich herangewachsen. Ein Iyengar-Yoga-Buch und eine illustrierte Version des Tibetischen Totenbuchs hatten sich ziemlich gut verkauft, die Einnahmen wollte er wieder in den Verlag stecken. In einem Rohkostrestaurant im East Village erklärte er ihr, er suche jemanden für eine Reihe über die Weltreligionen, eine Sammlung mystischer Texte, weder zu populär noch zu wissenschaftlich angelegt, ein Einblick für den normalen Leser in die diversen sich überschneidenden Glaubensströmungen. Sie konnte von ihrem Büro in der 9th Street aus arbeiten. Sie sagte direkt zu.

Jaz grinste. Wenn sie einen Job suchte, warum dann nicht bei einem *seriösen* Verlag? Allein schon das Wort. Eins seiner Lieblingswörter wie *vernünftig, rational, pragmatisch.* Voller Spott las er die Titel vor. *Das Sonnensiegel: Ein Handbuch für Lichtarbeiter. UFOs und die Manifestation des Geistes.* War dieser Quatsch wirklich das, was sie der Welt andrehen wollte? Sicher, gab sie zu, einige Titel zielten auf ein Nischenpublikum. Aber sie würde an etwas Bedeutsamem arbeiten, etwas, für das sie sich wirklich interessierte. Er konnte sagen, was er wollte, aber sie würde sich nicht mehr dafür schämen, woran sie glaubte.

»Und woran glaubst du?«

»Dass mir mein Sohn zurückgebracht wurde. Und dass ich etwas schuldig bin.«

»Wem? Der Polizei? Den Leuten, die ihn gefunden haben?«

»Ich kann mit dir über so was nicht sprechen.«

»Weil es Unsinn ist.«

»Ich weiß, was passiert ist. Ich habe an Raj geglaubt, und er ist zu mir zurückgekommen.«

»Lisa, du warst völlig apathisch. Selbstmordgefährdet. Du hast gesagt, du weißt, dass er tot ist.«

»Aber er ist zurückgekommen.«

»Du kannst dich nicht mal mehr erinnern. Ich dachte … pass auf, der Gedanke, dass Raj dank deines magischen Denkens gefunden wurde, ist … du weißt, dass das verrückt ist, oder?«

»Ach so, nur weil ich etwas anderes machen will, als in meinem eigenen Dreck zu sitzen, Chips zu fressen und Verschwörungstheorien aufzustellen, bin ich verrückt?«

»Verschwörungstheorien?«

Und so ging es weiter. Es war wahnsinnig ermüdend, aber schließlich stimmte er zu. Er wollte nicht arbeiten, und sie wollte. Er würde tagsüber auf Raj aufpassen, wenn sie im Büro war. Sie hoffte, die beiden würden sich dadurch wieder näherkommen. Sie freute sich, als sie von ihren Spaziergängen erfuhr. Das klang gesund. Ein Vater-und-Sohn-Ding. Sie hatte keine Ahnung, dass sie so weit liefen, bis sie eines Tages die Räder vom Buggy sah. Sie waren fast bis aufs Metall abgefahren.

Der Job war wirklich interessant, auch wenn sie froh war,

nicht von ihrem bescheidenen Gehalt leben zu müssen. Ihr erstes Projekt war ein Buch über den tibetanischen Buddhismus, das ein Rinpoche aus Kalifornien schreiben würde, ein Amerikaner, der viele Jahre im Himalaja studiert hatte. Karl drängte schon, dass sie mit dem zweiten Band anfing, über christliche Mystiker im Mittelalter. Sie fühlte sich wohl in seiner Nähe, zwischen den ganzen Papierstapeln in dem kleinen Büro, wenn sie ihn mit Teri reden hörte, der anderen Lektorin, und mit Mei Lin, die für die Herstellung zuständig war. Karl wurde bald genauso wichtig für sie wie Esther. Sie freute sich auf ihre Gespräche unter vier Augen, die Mittagessen beim Thai oder Japaner, die Sandwiches aus dem veganen Café um die Ecke. Karl war eine positive Kraft. Das waren zwar seine eigenen Worte, aber wenn man ihn ein bisschen kannte, kam es einem nicht arrogant vor, sondern eher wie eine Feststellung. Er meditierte. Er fuhr Rennrad. Er braute sein eigenes Kombucha, beängstigend aussehende Pilzkulturen, die in Einweckgläsern im Lagerraum standen. Er begeisterte sich für die Geschichte und Landschaft Ostasiens, vor allem Laos und Kambodscha, die er sehr detailreich beschrieb. Obwohl er ein ganzes Stück älter war als sie, wahrscheinlich Mitte sechzig, war sein Körper schlank und drahtig. Manchmal fragte sie sich, einfach nur so, wie es wäre, ihn in den Armen zu halten, seine Beine und seine Brust zu streicheln.

Sie hatte das Gefühl, über den Berg zu sein. Ihr Leben wurde von Tag zu Tag ein bisschen besser. Als Raj zu sprechen anfing, erklärte sie ihren Kollegen, das sei eine Bestätigung, der Beweis, dass sie alle von einer höheren Macht beschützt wurden. Im Lesekreis sprach sie mit Esther und den anderen Dankgebete. Sie ließ ihrer Fantasie freien Lauf. Raj war – das Wort schien ihr nicht übertrieben – ein Wunder. Jeden Tag machte er neue Fortschritte. Bei einer so ungewöhnlich steilen Lernkurve (das sagten selbst die Ärzte) war alles möglich. Vielleicht entpuppte er sich sogar als Genie, als außergewöhnlicher Denker, der zu Beginn seines Lebens vom Rest der Welt weggesperrt war. Sie forderte Schulbroschüren an, studierte Zugangsvoraussetzungen für Begabtenprogramme. Nur Jaz schien das alles nicht zu interessieren. Er zuckte zusammen, als sie ihren (völlig vernünftigen) Wunsch äußerte, ihn von einem Schulpsychologen testen zu lassen, um ihn auf eine der Elitegrundschulen in der Stadt zu schicken. Das führte (natürlich) zum nächsten Streit. Warum konnte er nicht dankbar sein, so wie sie? Warum freute er sich nicht? Er sagte, es sei ihm scheißegal, ob er »keinen Zugang zu seinem Licht« hatte, und stürmte aus dem Haus. Erst spätabends kam er wieder. Er roch säuerlich, nach schalem Rotwein. Wahrscheinlich hatte er in einer Bar geschmollt.

Manchmal waren sie auch vereint. Freunde kehrten zurück. Ein paar zumindest. Einigen konnte sie nicht verzeihen, andere schreckte offenbar immer noch das Drama des vergangenen Jahres ab. Aber immerhin hatten sie wieder so etwas wie ein soziales Leben. Sie fanden einen Babysitter in der Nachbarschaft und gingen versuchsweise zum Essen aus. Es war ein voller Erfolg. Sie kauften Stadtmagazine und informierten sich, was in der Stadt los war. Amy kam zu Besuch und brachte ihren neuen Freund mit, einen sehr netten nigerianischen Arzt. Lisa lud Esther und Ralph und noch ein anderes Paar zum Essen ein. Bevor sie aßen, bat sie alle, gemeinsam mit ihr ein kurzes Gebet zu sprechen. Jaz guckte betreten. Die anderen nicht. Am Ende brüllte Adé ein lautes Amen.

Als sie danach das schmutzige Geschirr in die Küche brachten, zischte Jaz sie an.

»Meine Güte, das war echt peinlich.«

»Warum? Warum muss dir das peinlich sein?«

»Du zwingst die Leute dazu. Sie haben ja gar keine andere Wahl.«

»Du meinst, ich zwinge dich.«

»Versteh mich doch auch mal, Lisa.«

Es entwickelte sich zu einem Streit über Raj. Was möglich war. Wie die Zukunft aussah. Sie beschuldigte ihn, vorsätzlich blind gegenüber allen positiven Entwicklungen zu sein. Manchmal habe sie das Gefühl, er glaube nicht an seinen eigenen Sohn. Er erwiderte, er wisse gar nicht, wie er auf einen solchen Vorwurf reagieren solle.

»Weil du weißt, dass es stimmt«, erklärte sie mit triumphierender Miene.

»Nein, weil es totaler Unsinn ist.«

»Du musst einfach mal den Kopf aus dem Sand ziehen.«

»Himmel, Lisa. Du glaubst, ich bin derjenige, der den Kopf in den Sand gesteckt hat? Dann ist deiner aber richtig tief vergraben … Pass auf, ich gebe mir wirklich Mühe, das alles positiv zu sehen. Ich würde sogar behaupten, ich war optimistisch. Vorsichtig optimistisch. Raj scheint es gut zu gehen. Aber denk doch mal daran, was ihm passiert ist. Da kann alles Mögliche wieder hochkommen. Verdrängte Erinnerungen, Traumata. Solange wir nicht wissen, wo er war und was er durchgemacht hat, lässt sich das schwer sagen.«

In dieser Nacht lag sie wach im Bett und horchte auf den Dopplereffekt der Sirenen in der Ferne. Hinter Kissen verbarrikadiert hatte Jaz sich in seine Decke gewickelt und zu einer starren, vorwurfsvollen Kugel zusammengerollt. Sie hatte versucht, ihm das mit dem Trauma auszureden, er müsse sich Raj doch nur mal ansehen, so gut, wie es ihm ging, könne das doch kein Thema sein. Aber in Wirklichkeit machte sie sich Sorgen. Sie musste zugeben, dass sie nicht ganz so sicher war, wie sie es gern gewesen wäre. Was Raj anging, aber auch viele andere Dinge. Lange Zeit hatte sie immer nur an eins denken können – nicht wie Jaz an den Tag, als Raj verschwand, sondern an die Nacht davor, ihre betrunkene Odyssee durch die Stadt. Sie hatte völlig die Kontrolle verloren. Das passierte ihr sonst nie. Vielleicht hatte ihr jemand was in den Drink getan. Es war die Art Bar, wo so etwas durchaus vorkommen konnte. Sie konnte sich nur ganz vage daran erinnern, wie sie bei der Frau im Auto gesessen hatte und die Scheinwerfer auf den Weg leuchteten, an das Haus, auf das sie zufuhren, das seltsame bauchige Dach, die dreieckigen Fenster, die Felle auf dem polierten Holzboden. Der Alkohol hatte alles verwischt und in Schatten aufgelöst. Nur den Steinofen und die Frau im Schaukelstuhl sah sie noch deutlich vor Augen. Sie erinnerte sich, auf ein Bett gefallen zu sein, das nach Staub und Zigaretten roch, an die raue Indianerdecke unter ihrer Wange. Die beiden Frauen standen über ihr und unterhielten sich.

»Was ist mir ihr?«

»Lass sie, der geht's morgen wieder gut.«

»Was, wenn sie aufwacht?«

»Die hat so viel intus, bis morgen früh rührt die keinen
Finger.«

Warum war ihr das im Gedächtnis geblieben? Hatten sie sie
allein gelassen? Wo waren sie hingegangen? Wie lange hatte sie so
weggetreten dort gelegen? Die Klappe war auf, die Fragen krochen hervor und schwärmten aus wie Fliegen, die aus Maden
schlüpften. Raj war in diese wimmelnde Dunkelheit hineingezau-
bert worden. Sie hatten etwas über sie und Raj gesagt. Was hatten
sie über Raj gesagt? Mach die Klappe zu. Schieb den Riegel vor.
Es gibt Orte, die man nicht betreten sollte.

Der Anruf von Rajs Logopädin kam aus heiterem Himmel. Natürlich hatte sie sie kennengelernt. Sie war teuer. Die Beste. Sie
waren sehr zufrieden mit ihrer Arbeit.

»Tut mir leid, wenn ich störe, Mrs. Matharu.«

»Schon in Ordnung. Was kann ich für Sie tun?«

»Ich hätte das wirklich lieber persönlich mit Ihnen besprochen,
aber … na ja, es ist nicht ganz einfach. Ich wollte nur möglichst
schnell mit Ihnen reden. Ihr Mann war bei mir.«

»Allein?«

»Nein. Er war mit Raj zu seinem Termin da. Aber er bat mich,
allein mit ihm zu sprechen. Ohne dass Raj dabei ist.«

»Warum denn das?«

»Ich weiß nicht, warum er ausgerechnet mich ausgesucht hat.
Vielleicht weil ich … na ja, er dachte wahrscheinlich, dass ich ihn
verstehen würde. Wobei das natürlich nicht mein Fachgebiet ist.
Ich fand nur, was er mir erzählt hat … besorgniserregend. Er hat
Wahnvorstellungen. Offenbar hat er große Angst.«

»Wahnvorstellungen?«

»Er glaubt, dass Raj nicht Ihr Sohn ist. So etwas ist ungewöhnlich, hat es aber durchaus schon gegeben. Er sagte, er glaube, dass
Raj – der echte Raj – durch einen identischen Doppelgänger ersetzt wurde. Einen Zwilling. Ich weiß nicht, warum er beschlossen hat, mir davon zu erzählen, aber ich nehme an, der Gedanke
beschäftigt ihn schon eine ganze Weile. Er weiß, dass das nicht
normal ist und dass es keine logische Erklärung dafür gibt. Er ist
sehr aufgewühlt deswegen.«

»Ich verstehe es immer noch nicht.«

»Ich habe ihn gefragt, woher er das weiß. Wie er darauf gekommen ist. Was genau sich geändert habe. Er sagt, alles sei genauso wie bei Raj, nur sei ihm klar, dass er nicht derselbe Junge ist. Dieser Raj ist in jeder Hinsicht identisch mit Ihrem Sohn, aber eben nicht derselbe Junge.«

»Aber das ist doch verrückt. Es ergibt keinen Sinn. Glaubt er das wirklich? Dass jemand Raj ausgetauscht hat?«

»Vielleicht durch die Entführung, das Trauma ...«

»Wollen Sie mir sagen, dass er den Verstand verloren hat? Sie glauben, er ist verrückt geworden?«

»Ich denke auf jeden Fall, es gäbe Gründe, einen Psychiater aufzusuchen. Zwingende Gründe. Sie haben beide ... Ihre Familie hat viel mitgemacht. Möglicherweise ist es nur eine Reaktion darauf. Mit ein bisschen Ruhe oder den richtigen Medikamenten erledigt sich das vielleicht von selbst. Es ist ziemlich kompliziert, und wie gesagt, ich bin nicht qualifiziert, eine Diagnose abzugeben. Sie sollten unbedingt zu einem Spezialisten gehen. Ihr Mann hat mir versichert, dass er Raj nichts antun will. Er hört keine Stimmen und leidet unter keiner Zwangsstörung. Er sagt, er sei keine Gefahr für den Jungen.«

»O Gott! Er ist gerade mit ihm unterwegs. Was soll ich tun? Soll ich die Polizei anrufen?«

»Ich glaube nicht, dass das nötig ist. Wie gesagt, er will ihm offenbar keinen Schaden zufügen. Ich würde vorschlagen, Sie warten einfach und sprechen selbst mit ihm. Tut mir leid, Ihnen schlechte Nachrichten zu überbringen. Das ist bestimmt nicht leicht für Sie. Wenn Sie eine Empfehlung brauchen, vielleicht kann ich mich umhören ...«

Lisa saß am Küchentresen und rutschte auf ihrem Barhocker hin und her. Sie steckte hier fest, fühlte sich übergangen. Sie leerte eine Schüssel aus, in der sie Kleingeld sammelten. Sie formte aus den Münzen Muster und schob sie mit dem Zeigefinger hin und her, ein Spiel ohne Regeln. Endlich hörte sie, wie Jaz die Tür aufschloss und im Flur Jacke und Stiefel auszog. Raj kam reingesaust. Sie nahm ihn hoch und hielt ihn fest umklammert.

Sie wusste nicht, wo sie anfangen sollte. Jaz fragte sie, wie ihr

Tag war. Sie hatten den Babysitter gebucht und wollten ins Kino gehen. Was sie sehen wolle? Er wirkte vollkommen normal. Sie beobachtete ihn. War er angespannter als sonst? Ängstlich?

»Dr. Siddiqi hat mich angerufen.«

»Ach ja?«

»Jaz, ich verstehe das nicht. Sie sagt, du hättest ihr erzählt, Raj sei nicht unser Sohn.«

Plötzlich entglitten ihm die Züge. Sein Gesicht fiel in sich zusammen. In dem Moment wusste sie, dass es stimmte. Unwillkürlich hielt sie die Hand vor den Mund. Er schüttelte den Kopf und hob besänftigend die Hände.

»Hör zu«, sagte er. Und noch mal. »Hör zu.«

»Was ist los?«

»Ich weiß, das ist unlogisch. Aber gerade du müsstest mich doch verstehen.«

»Ich müsste dich verstehen? Warum?«

»Du glaubst doch an ... diesen Kram.«

»Was für einen Kram?«

»Du meintest doch, es sei ein Wunder.«

»Ein Wunder, dass er wieder da ist. Ich glaube nicht, dass er ... was? Dass ein anderer sich als er ausgibt? Ich habe keine Ahnung, was du dir da vorstellst. Was hast du dieser Frau erzählt?«

»Ich kann nicht ... nicht in seiner Anwesenheit. Raj, geh im anderen Zimmer spielen.«

Raj sah verwirrt von einem zum anderen.

»Na los, Schatz. Geh spielen. Wo sind deine Dinosaurier? Nimm sie ruhig mit ins Wohnzimmer.«

Raj gehorchte. Jaz ließ sich auf einen Stuhl sinken und stützte den Kopf in die Hände.

»Lisa, ich weiß, wie verrückt das klingt.«

»Ich glaube nicht. Was genau hast du zu ihr gesagt? Sie meinte, du solltest zum Psychiater gehen. Sie meinte, sie glaubt nicht, dass du unserem Sohn wehtun willst. Sie musste das sagen – sie glaubt es nicht, aber sie konnte es nicht mit Sicherheit sagen.«

»Ich würde ihm nie etwas tun. Das schwöre ich.«

»Dann sag mir, was los ist. Es ist Raj. Siehst du das nicht? Es ist alles in Ordnung mit ihm. Nichts hat sich verändert.«

»Ich kann es nicht genau erklären. Es ist, als ob … als ob etwas in seiner Haut steckt.«

»Du machst mir Angst. Ich kann nicht fassen, dass du so etwas sagst.«

»Ich weiß, wie das klingt. Ich habe auch Angst, Lisa. Ich weiß nicht, was hier los ist.«

»Du musst mit jemandem reden.«

»Einem Psychiater?«

»Ja, einem Psychiater. Mein Gott, du bist die ganze Zeit mit ihm zusammen, schiebst ihn durch die Stadt. Wohin auch immer. Da hätte alles Mögliche passieren können.«

»Ich schwöre, ich würde ihm nie wehtun.«

»Aber du glaubst ja nicht mal, dass er es ist. Du denkst, jemand oder etwas steckt in seiner Haut.«

»Lisa, ich gehe zu einem Psychiater. Was immer du willst. Wenn es an mir liegt, an meinem Verstand oder sonst was, bringe ich das in Ordnung. Aber findest du es nicht auch manchmal komisch, wie er sich verändert? Er ist ein ganz anderer Mensch.«

»Ja, genau. Es geht ihm viel besser. Ich verstehe nicht, warum du das nicht akzeptieren willst. Dafür haben wir doch gebetet, und jetzt willst du es nicht glauben.«

»Ich muss wissen, was mit ihm passiert ist. Ich halte das sonst nicht aus. Etwas an ihm ist anders. Und ja, ich hab das Gefühl, dass er es nicht ist. Ich kann dir nicht sagen, warum. Ist dir nicht aufgefallen, wie er dich ansieht?«

»Mich?«

»Uns beide. Als wäre er uralt. Als würde er all unsere Geheimnisse kennen.«

»Er ist ein kleiner Junge, Jaz. Sonst nichts. Ich möchte, dass du heute unten schläfst. Ich will dich nicht in unserer Nähe haben.«

»Das ist doch lächerlich, Lisa.«

»Lächerlich, wirklich?«

»Es ist überhaupt nicht nötig.«

»Halt dich von uns fern, Jaz. Ich weiß noch nicht, was ich tun soll. Das ist einfach zu verrückt. Du musst mir etwas Freiraum lassen.«

»Sieh ihn dir an, Lisa. Das ist alles, worum ich dich bitte. Sieh ihn dir mal richtig an.«

Sie ging mit Raj nach oben. Während sie ihn bettfertig machte, ihm die Zähne putzte und in den Pyjama half, hörte sie Jaz unten hin- und herlaufen, Türen zuschlagen und wütend in der Küche herumklappern. Nach einer Weile drangen Fernsehgeräusche durch die Decke, irgendeine Krimiserie, laut aufgedreht.

Bevor sie sich schlafen legte, klemmte sie einen Stuhl unter den Türgriff.

Als sie am nächsten Morgen Karl anrief und sagte, sie könne nicht zur Arbeit kommen, stand Jaz in der Küchentür.

»Das ist doch Quatsch. Ich bin doch kein Irrer.«

»Ich lasse ihn nicht mit dir allein.«

»Ich verspreche es dir, Lisa. Ich gehe zum Psychiater. Such einen raus, mach einen Termin, und ich gehe hin.«

An diesem Tag ließ sie Raj nicht aus den Augen. Sie saß mit ihrem MacBook am Küchentisch und suchte nach Psychiatern, Psychoanalytikern und anderen Therapeuten. Dr. Siddiqi hatte ihr ein paar Namen gemailt, und am Ende rief sie einen von denen an. Sie sprach ein leises Gebet, bevor sie das Arbeitszimmer betrat, wo Jaz lag und Dehnübungen machte.

»Die Couch. Mein Rücken ist völlig hinüber.«

»Tut mir leid, wenn du nicht gut geschlafen hast.«

»Schon okay.«

»Ich muss erst mal wissen, dass du keine Gefahr für uns bist.«

»Verstehe.«

»Das Risiko kann ich nicht eingehen.«

»Ich bin doch …«

»Ich weiß. Ich habe einen Psychiater rausgesucht. Hier ist der Name und die Telefonnummer. Du kannst Donnerstagnachmittag hingehen. Ich dachte, du gehst vielleicht lieber zu einem Mann.«

»Dachtest du? Na gut.«

»Willst du lieber zu einer Frau?«

»Nein, ist okay. Ich gehe zu diesem …« Er sah auf den Zettel. »Dr. Zuckerman.«

Sie war erleichtert. In der Nacht schliefen sie im selben Bett, allerdings zog sie die Kommode halb vor die Tür. Wenn er also aufstehen und sie wegschieben wollte, hätte sie es gehört. Er sah sie böse an.

»Was, wenn ich auf die Toilette muss?«

Sie zuckte mit den Schultern. »Dann weckst du mich auf.«

»Na gut, wie du willst.«

Am nächsten Morgen rief sie wieder Karl an, um ihm zu erklären, dass es etwas Ernstes sei, ohne jedoch ins Detail zu gehen. Sie würde es ihm erzählen, das hatte sie schon beschlossen. Aber sie wollte persönlich mit ihm sprechen, am besten beim Lunch. Er würde Verständnis haben. Vielleicht konnte er sogar helfen.

»Ich kann nicht ins Büro kommen. Es ist eine Privatangelegenheit. Tut mir wirklich schrecklich leid. Ja, das weiß ich. Ich ruf ihn an und verschiebe den Termin. Kann er nicht? Verstehe. Das ist natürlich blöd.«

Jaz stand neben ihr, so nah, dass sie aufschreckte, als er plötzlich losredete.

»Jetzt komm schon, Lisa. Du kannst nicht ewig so weitermachen. Ich hab ihm nichts getan und werde ihm auch nichts tun. Niemals.«

»Jaz! Sorry, Karl, kannst du kurz warten? Verdammt, Jaz, was soll das?«

»Geh arbeiten. Ich pass auf ihn auf.«

Das Treffen war wichtig, und Karl wirkte erstaunt, nicht unbedingt verärgert, aber auf jeden Fall nicht so verständnisvoll, wie sie gehofft hatte. Während sie die Papiere in die Tasche steckte, redete sie sich ein, dass Jaz seit Monaten durchgehend mit Raj zusammen war, ohne dass es Probleme gegeben hatte. Es würde schon alles gut gehen. Als sie aufbrach, standen die beiden auf der Treppe vor dem Haus und winkten.

Es ging bestimmt alles gut.

In der Mittagspause rief sie Jaz auf dem Handy an. »Wo bist du?«, fragte sie und horchte angestrengt, ob im Hintergrund Verkehrsgeräusche zu hören waren. Sie hatte Jaz gebeten, nicht mit ihm rauszugehen. Bleibt bitte einfach zu Hause, hatte sie gesagt. Ich komme heute früher.

Er klang fröhlich. »Ach so, wir sind zu Hause.«

»Alles okay?«

»Alles bestens.«

Irgendwas an seinem Tonfall gefiel ihr nicht. Nachdem sie aufgelegt hatte, saß sie ein paar Minuten am Schreibtisch, und das
ungute Gefühl sank weiter hinunter in ihre Brust, bis in die Ein-
geweide. Ohne Karl oder Teri Bescheid zu sagen, die sich gerade
Entwürfe für Buchumschläge ansahen, griff sie nach ihrer Tasche
und lief runter auf die First Avenue, um ein Taxi anzuhalten.

Sie kam gerade rechtzeitig. Jaz und Raj standen schon draußen.
Raj trug seinen kleinen gelben Regenponcho. Der Kofferraum
war offen. Jaz legte eine Tasche hinein. Sie schob dem Taxifahrer
ein paar Scheine durchs Fenster, rannte auf den Wagen zu und
stellte sich zwischen Raj und Jaz.

»Wo zum Teufel wollt ihr hin?«

»Ich muss das tun, Lisa. Lass mich gehen.«

»Wo willst du mit ihm hin?«

»Was glaubst du wohl? Wir müssen zurück. Solange wir nicht
wissen, was passiert ist, kommen wir nie zur Ruhe.«

»Du wolltest ihn entführen? Einfach losfahren, ohne mir Bescheid zu sagen?«

»Du hältst mich doch sowieso für verrückt. Ich hab gar keine
Chance, es dir zu erklären.«

»Du kannst ihn nicht mitnehmen.«

»Wenn wir heute nicht fahren, früher oder später muss es sein.
Du kannst es nicht ewig verdrängen.«

»Ich rufe die Polizei.«

»Das ist nicht nötig.«

»Und ob das nötig ist. Du hast den Verstand verloren. Du
willst unseren Sohn entführen.«

»Komm mit.«

»Du bist krank, Jaz. Du brauchst Hilfe.«

»Du stellst dir doch auch Fragen. Komm mit mir. Wir finden
es zusammen heraus. Wir lösen das. Es gibt eine Erklärung.«

Beide waren lauter geworden. Lisa war bewusst, dass sie von einem Nachbarn auf der anderen Straßenseite beobachtet wurden.
Sie winkte und versuchte, fröhlich und unbekümmert zu wirken.

»Komm rein, Jaz. Bitte. Wir reden drinnen.«

»Nur wenn du sagst, dass du mitkommst.«

»Okay, okay. Alles, was du willst. Aber bitte lass uns reingehen.«

»Raj, Mami kommt auch mit! Wir gehen auf Abenteuerreise! Ist das nicht toll?«

Eine Stunde später schoben sie sich auf dem Weg zum JFK durch den Feierabendverkehr. Jaz saß am Steuer. Sie saß hinten mit Raj, der angeschnallt auf seinem Kindersitz mit den Beinen schaukelte und die entgegenkommenden Autos zählte.

»Blaues Auto«, sagte er. »Rotes Auto. Rotes Auto weißes Auto schwarzes Auto blaues Auto weißes Auto.«

Sie kam sich vor, als würde sie entführt. Wenn sie in der U-Bahn stand, sah sie manchmal jemanden in der Bibel lesen. Meistens waren es Schwarze oder Latinos, die zu ihren Mindestlohn-Jobs in die City fuhren. Putzleute, Hausmeister. Sie hatte deren Glauben an Gott immer hauptsächlich als funktional verstanden, als Schutz vor Schulden und Krankheit in der Familie. Ihre Bibeln waren normalerweise zerlesen, oft in ausländischen Sprachen. Manchmal waren Absätze unterstrichen oder mit Textmarker hervorgehoben. Sie hatte immer das Gefühl gehabt, zwar nicht unbedingt über diesen Leuten zu stehen, aber auch nichts mit ihnen gemeinsam zu haben. Jetzt wünschte sie, sie hätte ihre eigene abgegriffene Bibel, um sie auf dieser schrecklichen Fahrt in der Hand zu halten.

Am Flughafen parkte Jaz den Wagen im Langzeitparkhaus und trug das Gepäck zum Terminal. Sie fragte sich, ob sie weglaufen sollte, vielleicht zu einem Polizisten. Was würde sie ihm sagen? Jaz war so entschlossen. Solange sie ihn nicht verhafteten oder in die Geschlossene einwiesen, war er nicht zu stoppen. Sie stellte sich vor, wie sie mit Raj auf dem Arm über ein Laufband flüchtete. Es hatte keinen Sinn. Wenn sie mitmachte, merkte er vielleicht, wie sehr er sich verrannt hatte.

Sie kauften Tickets nach Las Vegas, setzten sich in die Lounge und verfolgten mit halbem Auge das Fernsehprogramm. Nachrichtenkommentatoren diskutierten über den Krieg. Den Rückzug aus dem Irak. Die verstärkten Einsätze in Afghanistan. Bilder von Bergen wurden eingeblendet, öde Sandwüste. Es war wie eine Vorahnung.

»Fliegen wir mit dem Flugzeug, Mami?«, fragte Raj.

»Ja, Schatz.«

»Fahren wir zu Oma Patty und Opa Louis?«

»Nein, Süßer. Wir fahren dahin, wo du warst, als du weg warst.«

»Wo ist das?«

Jaz beugte sich vor, um besser hören zu können. »Wo du warst. Als du weg warst. Du warst ja nicht bei uns.«

»Ich konnte euch nicht sehen.«

»Das stimmt.«

»Ich hab geschlafen.«

»Nein, Raj. Nicht, als du geschlafen hast. Als du uns sehr lange nicht gesehen hast.«

»Da hab ich Gute Nacht gesagt.«

»Nein, Raj.«

»Lass ihn, Jaz. Lass ihn in Ruhe.«

Sie hatte heimlich Nachrichten verschickt. SOS-Rufe an ihre Mutter und an Esther. *Jaz ist völlig irre. Er zwingt uns, mit ihm in die Wüste zu fahren. Bitte helft uns.* Als ihre Mutter anrief, warf Jaz ihr einen strengen Blick zu. Geh nicht dran, sagte er.

Der Flug dauerte ewig. Am McCarran standen sie zusammen in der Schlange vor der Autovermietung. Keiner wollte den anderen mit Raj allein lassen, aus Angst, der andere könnte sich davonmachen. Während Jaz und Raj auf der Herrentoilette waren, wartete sie davor. Als sie pinkeln musste, bestand sie darauf, Raj mit reinzunehmen, auch als er sich beschwerte, er müsse gar nicht und dass sie ihm wehtue.

Nachdem sie sich eingeschlossen hatte, rief sie Esther an.

»Ist alles in Ordnung bei dir?«, fragte sie. »Hat er dich bedroht?«

»Nein, das nicht. Aber er behauptet, dass Raj nicht Raj sei. Der echte Raj sei durch etwas anderes ersetzt worden. Er denkt, wenn wir zurück zu den Felsen fahren, würden wir eine Art Rätsel lösen oder so. Er ist verrückt, Esther. Ich weiß nicht, was ich tun soll.«

»Warum bist du bloß mit ihm ins Flugzeug gestiegen?«

»Ich hab keine Ahnung. Es kam mir einfacher vor. Ich dachte, wenn ich ihn lasse, erkennt er vielleicht, wie verrückt er ist.«

»Vielleicht hast du recht. Wenn er erst mal da ist, beruhigt er sich wahrscheinlich. Wie weit ist es weg?«

»Ein paar Stunden Fahrt.«

»Soll ich die Polizei hinschicken?«

»Ich weiß nicht. Was sollen die machen? Jaz schafft es, den Leuten einzureden, er sei normal. Wahrscheinlich hätte er wieder irgendeine schlüssige Erklärung für alles.«

»Ich könnte sie trotzdem anrufen und schon mal vorwarnen. Ist vielleicht einfacher, als wenn du dir irgendwen schnappst und eine Szene machst.«

»Okay. Vielleicht. Ah, ich weiß nicht. Pass auf, vielleicht warten wir noch. Ich melde mich, wenn wir da sind. Wenn du nichts von mir hörst, ruf die Polizei.«

»Viel Glück.«

»Danke, Esther. Bis später.«

Jaz stand vor der Tür, er wirkte misstrauisch, nervös.

»Warum hat das so lange gedauert?«

Sie antwortete nicht. Sie setzte Raj auf den Kindersitz und stieg dann selbst ein. Dir kann nichts passieren, dachte sie. Nichts wirklich Schlimmes jedenfalls. Du bist das Kind eines liebenden Gottes, dessen endlose Fürsorge und Weisheit dich jetzt und für immer umgeben. Das ist die Welt, in der du lebst. Eine Welt, erfüllt vom Geist Gottes.

Es war später Nachmittag. Vegas wich trostlosen Vororten, dann Trailerparks und unbebauten Grundstücken mit Plakatwänden, die für Bauvorhaben warben, für Casinos, Anwälte für Personenschäden, evangelikale Kirchen und Striplokale. Dann erhob sich das Land zu seiner ganzen Größe, weiße Felsen, von der sinkenden Sonne blassgelb gefärbt. Jaz bog von der Interstate auf eine zweispurige Asphaltstraße. Inzwischen glänzte die Landschaft golden, die Berge in der Ferne leuchteten kupferrot.

»Wir sind fast da«, sagte er. »Spürst du es?« Es war das erste Mal seit Las Vegas, dass einer von ihnen etwas sagte. »Es tut mir leid, dass ich dir das antun musste. Es tut mir leid, dass ich dir Angst gemacht habe. Aber spürst du es nicht auch? Wie richtig es sich anfühlt?«

»Doch«, sagte sie. Und zu ihrem eigenen Erstaunen empfand

sie es auch so. Dieses fremde Land war wunderschön. Die leere
Weite um sie herum schien etwas in sich zu tragen, etwas, von
dem sie wollte, dass es Gestalt annahm.

Sie kamen durch eine verfallene Siedlung, ein paar Häuser mit
einer Tankstelle und einem zugenagelten Motel. Am Ortsausgang
stand ein knorriger, mit Turnschuhen behangener Baum. Als
hockte eine Schar Krähen auf den kahlen Ästen. Die Straße führte auf einen Kamm hoch und fiel dann wieder ab auf einen Talkessel zu, wo irgendeine Chemieanlage stand, Schuppen und große Tanks, die sich über die Ebene verteilten. Dann ging es wieder
aufwärts, direkt, so kam es einem zumindest vor, in die runde goldene Sonne, mitten ins Herz. Auf Kollisionskurs.

Weiter vorne sahen sie Lichter blinken. Eine Absperrung. Ein
Polizeiwagen parkte quer über beiden Fahrbahnen. Als sie vor ihm
stehen blieben, stieg ein Polizist aus. Jaz ließ das Fenster runter.

»Tut mir leid, Sir. Sie müssen wieder umkehren.«

»Wir müssen zu den Pinnacles.«

»Sind Sie Anwohner?«

»Nein.«

»Dann muss ich Sie leider bitten umzudrehen. Wir haben hier
gerade einen Notfall, eine Weiterfahrt könnte gefährlich werden.«

»Was für einen Notfall?«

»Das kann ich Ihnen nicht genau sagen, Sir. Soweit ich weiß,
gab es eine Explosion. Irgendwelche Chemikalien, die freigesetzt
wurden.«

»Ich muss unbedingt zu den Felsen. Wir kommen von weit
her. Aus New York.«

»Tatsächlich?«

»Ich habe extra meinen Sohn mitgebracht, unseren Jungen
hier. Er ist sehr müde.«

»Tja, Sir, dann weiß ich nicht, warum Sie ihn unbedingt in
Gefahr bringen wollen. Wenn Sie zurück auf die Interstate fahren, sehen Sie mehrere Motel-Schilder. Zwanzig Kilometer in die
entgegengesetzte Richtung ist außerdem eine Umleitung ausge-
schildert.«

»Sie verstehen mich nicht. Wir müssen dorthin. Gibt es vielleicht einen anderen Weg?«

»Das weiß ich nicht, Sir. Ich mache nur meinen Job, und jetzt müssen Sie leider umdrehen und in die Richtung zurückfahren, aus der Sie gekommen sind.«

»Bitte. Sie verstehen das nicht.«

»Sir, ich bin nicht hier, um mit Ihnen zu diskutieren. Sie können hier nicht langfahren. Also, drehen Sie bitte um und fahren Sie dahin zurück, woher Sie gekommen sind.«

Jaz wendete den Wagen. Die schmale Fahrbahn vor ihnen erstreckte sich in Richtung Berge. Lange Schatten schnitten Kerben in die Felswände. Schweigend fuhren sie den Weg zurück. Lisa beobachtete ihn unauffällig. Er starrte unverwandt nach vorn.

Plötzlich riss er ohne Vorwarnung das Steuer herum und fuhr von der Straße ab in die Wüste. Hinter ihnen stieg eine Staubwolke auf, Schotter flog gegen die Karosserie. Die Kreosotbüsche knallten rhythmisch gegen den Unterboden. Lisa stützte sich am Armaturenbrett ab.

»Was tust du?«

»Ich gebe nicht auf.«

»Stopp, Jaz! Bitte bleib stehen! Das ist gefährlich!«

Der Wagen schwankte hin und her. Jaz zog das Steuer abwechselnd nach links und rechts, um größeren Steinen auszuweichen. Das Gelände führte leicht bergauf. Plötzlich gab es einen starken Ruck, offenbar hatten sie etwas überfahren, der Wagen kam zitternd zum Stehen, die Airbags füllten den Wagen aus wie riesige weiße Marshmallows. Jaz schien das nichts auszumachen. Er befreite sich von seinem Anschnallgurt, riss die Tür auf, holte Raj aus dem Wagen und setzte ihn auf die Schultern.

»Komm.«

Schluchzend folgte Lisa ihnen. Sie hatte eine Wunde über dem Auge. Blut trübte ihren Blick. Raj brabbelte in einem fort unverständliches Zeug, seine Stimme wurde immer höher, bis er eher wie ein zirpender Vogel oder ein Faxgerät klang, nicht wie ein Mensch. Sie kletterten ein Geröllfeld hoch. Jaz streckte die Hand aus und half ihr über die schwierigen Stellen. Kleine Steinlawinen lösten sich hinter ihnen. Die Erde schien die Hitze auszuatmen. Inzwischen war ihr egal, was mit ihr passierte. Die Welt bestand nur noch aus dem rutschigen Geröll unter ihren Füßen und ihrem stoßweisen Atem. Endlich standen sie zusammen oben auf dem Grat, schwitzend und nach Luft schnappend. Zu dritt hielten sie sich an den Händen und blickten über den weiten Talkessel unter ihnen. In der Ferne wurde die Ebene nur von den drei Fingern der Pinnacles durchbrochen. Ihnen fiel nichts Ungewöhnliches auf. Keine Wolke, keine Feuersäule, kein giftiger Schleier. Der Himmel war blau. Vor ihnen lag nur leere Weite, Abwesenheit. Es war absolut nichts zu sehen.

1775

Aus dem Tagebucheintrag von Padre Fray Francisco Garcés, Sohn des Colegio de la Santa Cruz, Querétaro, von seiner Reise im Jahr 1775 im Auftrag Seiner Exzellenz Don Antonio María de Bucareli y Ursúa, Generalleutnant, Gouverneur und Vizekönig von Neuspanien, bekannt gegeben in seinem Brief vom 2. Januar besagten Jahres und beschlossen vom Kriegsrat in México am 28. November des vorangegangenen Jahres; ebenso auf Anordnung des Padre Fray Romualdo Cartagena, Vorsteher besagten Colegios, in seinem Brief vom 20. Januar 1775, in dem Fray Garcés die Weisung erhielt, die Länder westlich des Colorados zu beaufsichtigen und mit den angrenzenden Nationen zu verhandeln, um zu bestimmen, ob sie gesinnt und bereit sind, den Katechismus zu empfangen und Untertanen unserer Hoheit zu werden. Folgender Abschnitt wurde vor der Imprimatur verboten, bestätigt durch Verordnung Seiner Durchlaucht und Eminenz, Carlo, Kardinal Rezzonico, Sekretär der Kongregation der römischen und allgemeinen Inquisition.

154. TAG: In der letzten Woche bin ich vierzehn Wegstunden in Richtung Westen und Nordwesten gereist und habe heute die Rancheria der Chemegueba erreicht, nahe einer von Palmen beschatteten Quelle. Die Männer der Rancheria kamen heraus und stießen Drohungen aus, und ich nehme an, ein Martyrium blieb mir nur erspart, weil ich das Bild des Vermaledeiten hervorholte, woraufhin meine Peiniger solche Angst bekamen, dass sie mich anflehten, das Bild umzudrehen und ihnen wieder das sanfte Gesicht der heiligen Maria zu zeigen. Und so nannte ich den Ort, an dem ich verschont wurde, *Aguaje de Kairos.*

159. TAG: In den letzten vier Tagen bin ich zehn Wegstunden in westlicher Richtung gereist. Meine Dolmetscher haben heute

Morgen kehrtgemacht, sie sagten, sie seien an die Grenzen ihres Landes gekommen, hier beginne nun das Land der Feinde. Sie warnten mich weiterzureisen, ich würde dort nur auf wüste Einöde treffen. Ich war froh, sie gehen zu sehen, zumal ich glaube, dass sie mit dem Widersacher im Bunde stehen. Also sah ich ihnen nach, und in der Tat verschwanden sie flink wie das Wild.

164. TAG: Essen und Wasser habe ich nur sehr wenig. Selbst Mäuse und kleine Eidechsen sind hier selten, und es ist mein größter Wunsch, einen Brunnen zu finden. Seit Aguaje de Kairos habe ich kein Süßwasser gesehen. Ich bin von Visionen befallen und weiß nicht, ob sie Gottes Werk sind oder das meines Feindes, dessen Namen ich nicht niederzuschreiben wage.

165. TAG: Heute habe ich meine Kompassnadel verloren, auf einem Gelände, das von Spalten und Rissen durchzogen ist. Ich suchte mehrere Stunden lang, grub mit bloßen Händen in den Spalten, konnte sie aber nicht finden. Mein Feind lachte mich aus und empfahl mir, mich von Gottes heiligem Licht leiten zu lassen.

168. TAG: Ich bestieg die San-Ignacio-Berge und blickte auf eine riesige weiße Ebene, aus der nur an einer Stelle ein dreispitziger Felsturm hervorstach, der mir verheißungsvoll als Symbol der Dreifaltigkeit erschien. Von Wasser oder Vegetation war keine Spur, doch ich vertraute auf Gott und brach in Richtung dieses Zeichens Seiner Gnaden auf. Von dort oben sah ich, dass hinter der Ebene eine weitere Bergkette lag, und dahinter ohne Zweifel noch eine, und mein Herz war voller Angst, denn ich hatte derartigen Hunger und Durst, dass der Wind wie ein Bach in meinen Ohren rauschte und die runden weißen Steine auf meinem Weg mir wie Brotlaibe erschienen.

168. TAG: An den Felsen der Dreifaltigkeit machte ich halt. Mein Widersacher befahl mir, hinaufzuklettern und mich von der Spitze zu stürzen, Gottes Engel sollten meinen Fall aufhalten, aber ich vertraute auf den Herrn, dass er mir die Kraft gab, auf

meinen beiden Füßen weiterzulaufen, obgleich ich nicht über die Erde zu segeln weiß wie die heidnischen Läufer oder durch die Luft zu fliegen wie mein heuchlerischer Widersacher, der sich in Sonnenlicht hüllt wie in das weiße Gewand der Gerechten. Was immer von Gott kam, lebt nur, wenn es zu Ihm zurückblickt, und das tat ich, weg vom verlogenen Licht des Widersachers hin zu Gottes wahrem Licht. Mein Vertrauen in Ihn ist unbedingt, auch wenn ich mich in arger Not befinde.

Während ich im Schatten der Felsen ausruhte, erschien es mir, dass der Himmel gespalten wurde und ein Pfeil der Sehnsucht von meinem Herzen ausging und den Schleier durchbohrte, der Gott umgab, dessen Liebe überlief und auf mich hinabfiel wie ein Engel in der Gestalt eines Menschen mit dem Kopf eines Löwen. Und er sprach zu mir und sagte, ich sei geliebt, und enthüllte mir gewisse Geheimnisse bezüglich Leben und Tod, die, kaum dass er sie enthüllt hatte, in Vergessenheit rückten, denn das, was unendlich ist, ist nur sich selbst bekannt und kann nicht vom menschlichen Geist erfasst werden. All das vernahm ich in Stille und Schweigen, dann kehrte das Wesen zurück in den Himmel, und ich war wieder ganz allein an diesem verlassenen Ort.

Hier endet der redigierte Abschnitt.